国家社会科学基金重点项目（项目编号：14AZW001）资助成果

中国现代文学文献整理研究丛书

中国现代文学基础
理论文献编目

贺昌盛　何锡章 ◎主编

华中科技大学出版社
http://www.hustp.com
中国·武汉

主编简介

贺昌盛

1968年生，湖北十堰人。2002年于武汉大学文学院获文学博士学位，2004年于南京大学中国语言文学博士后流动站出站，现为中南民族大学文学与新闻传播学院教授、博士生导师。主要从事文学基础理论、中国现代文论及文艺学学术史方面的研究，刊发学术论文80余篇，主持国家社会科学基金项目"晚清民初'文学'学科的学术谱系"及国家社会科学基金重点项目"中国现代文学基础理论文献的整理与研究"2项，参与国家社会科学基金及教育部人文社会科学基金项目多项。独著《象征：符号与隐喻》《想象的"互塑"》《晚清民初"文学"学科的学术谱系》《现代性与"国学"思潮》等，译著《华语圈文学史》（藤井省三著），参著《中国西部现代文学史》《中美文学交流史》《中国现代文学思潮史》等，主编《中国现代文学基础理论与批评著译辑要》《文与现实》和"国学思潮丛书"（四卷）等。

何锡章

1953年生，四川云阳人。1978年考入西北大学中文系，1982年入四川大学中文系攻读中国现当代文学硕士学位，1985年起在华中科技大学中文系工作，现为华中科技大学人文学院教授、博士生导师。曾任华中科技大学人文学院院长、中文系主任。主要从事中国现代文学与中国传统文化的研究，兼及中国古代文学的研究。在《文学评论》《文艺研究》等刊物发表论文100余篇，先后主持省部级科研项目多项。主要著作有《历史透镜下的魂灵——中国封建社会人性结构论》《神佛魔怪话西游》《鲁迅读书生涯》，译著《文化模式》等。

内容简介

文献史料的整理研究作为中国传统学术的重要方法，近年来一直在逐步向各学科延伸。事实证明，这种积极有效的方法不仅激发和开拓出很多全新的学术生长点，而且还能促使各专业学科在理论层面上更趋精细与稳固。近年来逐渐成为热潮的"中国现代文学文献/史料学"即是最为有力的例证。

基于文献史料整理，"中国现代文学文献整理研究丛书"首批推出《中国现代文学基础理论文献编目》与《中国现代文学基础理论稀见文献选编》《中国现代文学基础理论与批评著译编纂史稿（1912—1949）》三部著作。

《中国现代文学基础理论文献编目》完整地整理出晚清至民国现有文学理论文献的刊发和出版的时间、出处等基本信息，为进一步的研究解读提供清晰的文献指南，填补了中国现代文学基础理论文献整理的空白，并且初步描画出现代文学理论演进的具体历程，对大学中国语言文学专业中国现代文学方向的学者和教师，以及本科生、硕士生与博士生，在现有教材学习的基础上开拓视野、深化和拓展相关的理论研究，进而推进现代文学研究的持续纵深发展有积极助益。

总序

如何构建具有中国自身民族特色的现代文学理论体系,一直是文学研究界持续关注的话题,而要构建和完善这一体系,除了需要积极地汲取文艺理论的最新学术成果,充分发掘和利用已有的文学理论资源,培植理论自身扎根生长的丰沃土壤,更是需要引起学界高度重视的关键问题。文献史料的整理研究作为中国传统学术研究的重要方法,近年来一直在逐步向各个学科延伸,事实证明,这种积极有效的方法不仅激发和开拓了很多全新的学术生长点,而且还能够促使各个学科在理论层面上趋于精细与稳固。近年来逐渐成为热潮的"中国现代文学文献/史料学"即是最为有力的例证。

就中国现代文学学科目前的研究境况而言,虽然在文献研究方面已经取得了较为丰硕的成果,但由于种种原因,既有的研究仍旧处于偏重单一向路、琐碎细微有余而宏观把握不足的状态之中。要走出目前中国现代文学研究的瓶颈,就必然需要将微观发掘与宏观建构密切地结合起来。文学理论在一定程度上一直起着统领中国现代文学学科之各项研究的职能,从宏观的文学基础理论文献的整理与研究入手,无疑是促进中国现代文学研究走向深入的关键步骤。

本项研究的成果包括以资料的搜集整理为目标的《中国现代文学基础理论文献编目》和《中国现代文学基础理论稀见文献选编》,以及对重点文献给予具体解读的《中国现代文学基础理论与批评著译编纂史稿(1912—1949)》三个部分。

现代中国文学理论的基本样态是在晚清时期"古今中西"交汇互生的情境中诞生并演进而来的,追溯其源头,大体可以概括为四种最为基本的向路:一是章太炎的广义"文学"论,可视为现代"人文/文化"研究的源头;二是刘师培的"修辞/文章"论,可归为文学之"语言/修辞"研究的一路;三是王国维的超功利"诗性/审美"说,已被视为中国现代文学审美论的发端;四是梁启超的"文以致用"论,沿袭并改造了传统中国的"文以载道"思想,可以看作是向现代文学社会学研究的转换。新文化运动以后,中国文学的总体面貌虽然与传统形成了迥然的差异,但文学思想上对于人文学、修辞学、审美论和文学社会学等不同重心的趋向与选择,与晚清时代所确立的基本路径并没有发生根本的变化。甚至从某种程度上说,整个现代中国的文学思想也正是由这四种基本的向路共同建构呈现出来的，只不过因其各自形态的或隐或现而常常被忽略与遮蔽而已。从世界范围的文学研究的趋势来看，这四种向路实际上与当下"文化研究""形式理论""审美主义"及"社会批判"等热点文学理论取向，其实有着潜在的呼应。《中国现代文学基础理论文献编目》即是从这种总体的宏观视角出发，对现有的基础理论文献资源给予了全面的筛选与汇总，而《中国现代文学基础理论稀见文献选编》则以具体个案的方式初步展示了四种向路的实际面貌，由此也为"中国现代文学基础理论文献总汇"的拓展性研究奠定了扎实的基础。

　　传统中国的文学理论是一种相对封闭的知识体系，在"政-学"一体的制度性构架中，文学的地位一直是附属性的，文学理论的价值也一直不为人所重视。但自近代梁启超倡导新小说及王国维引进全新的审美理念开始，在以桐城派为代表的文人学者们所确立起来的"义理、考据、词章"的传统学术结构中，"词章"研究一途重新引起了人们的普遍重视，在"审美"这一新的维度的引领及大学"文学概论"课程的陆续开设等推动下，中国文学开始了自身的理论转型，民国初期的诸多著述就带有明显的过渡色彩。民初文学理论与批评方面的著述多数都历经一种从"去传统化"到译介、从编译到著述的过程，这类著述既显示出了中国学人对于"现代"意识的逐步认同，同时也意味着现代中国文学自觉的理论意识的萌芽，中国文学由此也开始了在理论领域重新建构其知识系统的历程。

　　在新的观念的指引下，新文学作家也自觉地将文学理论与批评的建设纳入了新文学总体发展的日程之中，以全新的角度与理论视野来展开批评的著述也日趋增多，这一点无疑为现代中国文学在理论范畴的逐步推进奠定了必要的基础。现代中国文学的理论建构是在域外文学理论与中国传统文学资源的双重刺激和影响下逐步发展起来的。在经历了初期的理论转型以后，中国文坛普遍开始将目光转向域外，并且在20世纪20年代前期掀起了广泛的文艺理论译介高潮。这个时期的译介渠道，一是直接译述欧美最新的理论著作，二是转道日本引进各式理论著述。在译介引进的同时，早期的理论家们也开始借鉴不同的理论观点来展开新的文学批评，并且在积极吸纳域外理论的基础上初步构建起富有自身民族特色的新文学理论的雏形，由此也形成了一种"西体中用"式的文学批评模式（用中国传统文学的范例来证明和强化西式理论的合法性）。当然，中国传统的文学观念在这个时期并没有完全消失，它们既在一定程度上延续了中国传统的"大文学"概念，同时也为新的文学理论的知识建构提供了某些必要的资源。

　　在广泛引进域外文学理论著述的基础上，中国理论家们开始自主建构自身文学理论的独立知识系统，现代中国文学的理论与批评也逐步进入到一个相对成熟的繁荣时期。从整体上看，这个时期的理论形态主要显示为三种类型：一是以欧美文学理论与批评为蓝本重新确立了现代中国文学的基本观念（文学的重新定位）与核心要素（主要理论范畴如想象、情感、思想、形式等）；二是以苏俄新兴文艺思想为蓝本初步建立了唯物史观文学论的理论框架；三是以寻求中外古今文学思想的对话与融合为目的形成了诸多"会通"式的文学理论文本。这三种理论类型基本上奠定了后世中国文学的主要理论模式。自1937年开始，由于抗战的爆发，现代中国的文学版图被划分成了多个不同的区域，加之现实需求及文学审美等多重诉求的影响，中国文学的理论形态也形成了多元并存的格局。但从另一方面来看，也正是因为战争因素的介入，现代中国文学才与人自身的生命体验及身份认同等发生了直接的关联；虽然这个时期的理论建构似乎出现了某种程度的停滞，但实际上，这一新的知识系统其实恰恰得到了切实的现实检验和深化。正因为如此，这一时期的那些被逐步强化起来的观念与范畴（如主题、形式、民族性、倾向性、题材、典型、世界观、创作方法等），才为后来"中国形态"的文艺思想与理论构架的真正确立奠定了根本的基础。多元形态的理论建设过程中，唯物论经典文学理论的译介及其论争是这个时期的一个重要现象，后来对中国文学理论与批评影响至远的左翼文学理论及其知识构架，就是在这个时期基本确立起来的。同时，由于有了较为充分的理论资源及创作实践上的既有成果，持不同思想倾向的批评家们，也开始对中国新文学自身的基本性质及内在特征进行重新估价与定位。正是这些理论家们的持续努力，为富有中国特色的文学理论的最终成熟奠定了坚实的基础。

与传统中国文学相比，现代中国的文学面貌已经发生了根本性的转变，而这种变化首先就是以"文学"自身在思想观念上的彻底革新与理论知识的系统化建构作为突破口才得以实现的。一方面，革新与建构是基于对传统"经学/诗学"思想之有限性的深刻反思；另一方面也得益于在域外文学理论知识的启发之下对中国文学既有的思想理论资源所做出的系统的清理与整合。由此才逐步构建起了全新的现代中国文学的理论系统，即一种以"时间"维度上的文学史研究、"空间"维度上的域外文学研究，以及"科学"维度上的文学理论研究为基本支点的立体的理论知识系统。正是这三个维度的逐层叠加（知识增殖）才最终塑造了现代中国文学的整体理论雏形。《中国现代文学基础理论与批评著译编纂史稿（1912—1949）》所尝试勾勒的即是这一理论形塑的具体轨迹与一般形态。通过对1912—1949年30余年间所产生的几百部相关的理论与批评译述及著作的检视、梳理、考证和评判，来全面描述和展示现代中国文学理论家们的成绩与现代中国文学理论的学术风貌，以此勾勒出现代中国文学理论建设领域所走过的艰难而曲折的发展历程。

本丛书的突出特色主要有以下三个方面：其一，本丛书首次对凌乱分散乃至诸多稀见的文学理论文献进行了较为全面的发掘整理，从而使中国现代文学基础理论的文献有了一种清晰完整的面目；其二，本丛书将重点集中放在文学基础理论文献的专门性整理与研究上，以"编目"和"选编"的形式避免了目前文学史料研究方面习惯将创作文本与理论批评文本相互混杂的一般方法的弊端，为文学文献的整理研究探索了一种新的思路；其三，从"编纂史"的角度重新全面清理了中国现代文学理论的知识谱系，使得以往诸多被遮蔽的理论思想能够重新以较为清晰的面貌展示出来，以此也可为建立中国特色的文学理论体系提供必要的参照。文学理论文献的挖掘将在现代中国文学理论体系的建设、传统中国文学思想在现代的延续、域外文学理论在中国的传播与接受及变异等多个领域拓展出新的"问题域"，有利于激发和促进新的学术生长点的发掘、培育与巩固；同时也将在多个层面上促进中国现代文学学科及其不同向度的研究趋于更加精确和完备。本丛书在一定程度上突破了现有的"纯文学"理论的一般格局，对真正实现人文及社会科学领域的跨学科研究奠定了必要的基础，同时也为建立有汉语文学特色的理论系统提供了一定的理论支撑。

文学理论文献的搜集、整理与研究并不单纯是一种形式上的知识聚合，本丛书以马克思主义唯物史观与方法论为指导，在合理利用学术前沿的最新科学研究方法的同时，充分汲取中国传统朴学与经典解释学方法的经验；融搜证、校注、辨伪、辑佚、考订等传统学术方法与现代"知识考古学"的"知识还原""现象解释"为一体。力求探索出一条现代文献史料整理与研究的全新途径，以便为其他类型的文献史料整理与研究提供方法论层面上的借鉴。

贺昌盛

2020 年 12 月于福建厦门

现代中国文论转型的四个面相①

有学者曾将中国文论之现代转型的源头追溯至梁启超的工具主义式政治书写与王国维的自主主义式审美书写两种基本理论模式的确立上,②这种看法无疑是深刻而富于洞见的。但仅仅停留于此,也容易陷入"革命/审美"式此消彼长的既定思维框架之内,进而忽略或遮蔽了以其他形式存在并延续着的"文论"探索向路。事实上,晚清时代中国"文学"思想的转变,首先应归因于由日文"文学"一词逆向输入汉语语境之后所带来的多重层面的变化与重新定位。作为日制新词的"文学",③在进入汉语语境之后,一直在寻求能够得以生根的土壤,以便获得必要的本土理论资源的滋养与护育。由此,对于"文学"之特性与功能等的界定就成为晚清学人需要解决的首要问题。

概而言之,晚清有关"文学"的理论阐发至少有四种不同的路向:一是章太炎的广义"文学"论,可视为现代"人文/文化"研究的源头;二是刘师培的"修辞/文章"论,可归为文学之"语言/修辞"研究的一路;三是王国维的超功利"诗性/审美"说,已被看作中国现代文学审美论的发端;四是梁启超的"文以致用"论,沿袭并改造了传统中国的"文以载道"思想,可以看作是向现代文学社会学研究的转换。新文化运动以后,中国文学的总体面貌虽然与传统时期已经有了迥然的差异,但文学思想上对于人文学、修辞学、审美论和文学社会学等不同重心的趋向与选择,与晚清时代所确立的基本路径并没有发生根本的变化。甚至从某种程度上说,现代中国的"文学"思想也正是由这四种基本的路向共同建构呈现出来的,只不过因各自形态的或隐或现而常常容易被忽略或遮蔽而已。

---

① 本文曾以《现代中国文论转型的四种路向》为题发表于《中州学刊》2017年第8期。
② 参余虹:《革命・审美・解构——20世纪中国文学理论的现代性与后现代性》,桂林:广西师范大学出版社,2001年。
③ 参[日]铃木贞美:《文学的概念》,王成译,北京:中央编译出版社,2011年。

一、"人文/文化"研究

在晚清学人中，章太炎一直被公认为传统"经学"的末代大师。一般认为，章氏治"经学"宗于"汉学"考据，以"小学"为本，实际上忽略了章氏在西学影响下对于传统"经学"的根本性改造。这种改造的核心表现，一是借日本岸本能武太的《社会学》（章太炎译，商务印书馆，1902）中所阐发的"创造进化"思想确立起了重建"民族学术"（即所谓"国学"）的自觉意识；一是不再独尊"儒学"为唯一正统，而将"诸子"并列为民族文化的正源（儒学只是文化取向之一种）。前者呼应的是现代"民族-国家"的诉求（强调不同民族文化的差异性），后者转换的则是"知识"的一般形态（区别于传统的儒学、道学、经学、理学、君学等）。章氏曾明确表示："盖学问以语言为本质，故音韵训诂，其管籥也；以真理为归宿，故周、秦诸子，其堂奥也。"①其于 1910 年刊行于日本的《国故论衡》即是以"小学、文学、诸子学"三个部分的结构设计而成的，其中的"文学七篇"可以看作是由"语言"向"真理"的过渡，"文学"以"小学"追溯其语言源头，而以"诸子"为"文学"之旨归，即所谓"钩汲賮沉"以"熔冶哲理"。正是基于这样的知识设计，章太炎才给予了"文学"一个总体的定义。他认为："文学者，以有文字著于竹帛，故谓之文。论其法式，谓之文学。凡文理、文字、文辞，皆称文。言其采色发扬谓之彣，以作乐有阕，施之笔札谓之章。"②章氏所定义的"文学"实际指的是"文之学"——即研究"文"的形制、原则的"学问"——既包括"说/写了什么"（思想观念），也涵盖了"怎么说/写"（语言）和"为什么说/写"（作为缘由流脉的历史依据）。这里的"文学"虽然表面上借用的是日制新词的"文学"，实际呼应的却是汉语语境中"文章博学"的原初意味，而且特别强调"文"属于"人"留下来的"痕迹"，这样就打破了偏于辞采的"彣（纹）"与循于规矩的"章（彰）"之间的界限，同时与汉民族所固有的"人文/文史"传统形成了对接。

中国传统学术一直遵循的是以儒家"经学"为主脉的思想取向，到清康熙时代才出现了"经、史、子、集"分类并举的格局，但仍然是以"经学"为核心的。章学诚的重大贡献就在于以"六经皆史"相号召，将"经学"重心转移到了"史学"上（仍保留儒家的中心地位），章太炎则更进一步，视"子学"为学术之最高范畴，"诸子并举"动摇的正是"儒家"正统的中心地位，这一点确实属于章太炎的"创举"。回到先秦诸子有利于重新展示中国"人文"传统多重路向并存的丰富面相，而以"文字/痕迹"本源为基础，经"言说"以明辨"真理"的构想，与西式语言哲学之"言说/存有"论的思想模式并非完全没有通融之处。只不过遗憾的是，章太炎只

---

① 章太炎：《致国粹学报社书》，《国粹学报》第 5 年第 10 号，1909 年 11 月。
② 章太炎：《国故论衡》，上海：上海古籍出版社，2003 年，第 49 页。

专注于"族裔同声"层面上的追本溯源,尝试以恢复民族"本真言说"(原初"国语")来重建汉民族的精神统系(道统与学统),最终就只能退回到"复古"的老路上去了。所以,胡适才评价说,章太炎的"文学"定义推翻了"古来一切狭隘的'文'论"。但是,"他的成绩只够替古文学做一个很光荣的下场,仍旧不能救古文学的必死之症","他的成绩使我们知道古文学须有学问与论理做底子,他的失败使我们知道中国文学的改革必须向前进,不可回头去"。①

章太炎之"文学"定义的关键启发在于,如同"天文(天相)""地文(地貌)"所呈现的"痕迹"一样,"人文"即"人"所留存的"痕迹",其中最主要的就是"著于竹帛"及金石纸木等载体物之上的"文字",研究这些"所著所作"即为"文之学",这一定位倒恰与西文"Literature"词源意义上的"著述/书写/文法"之意②暗相吻合。而且,就目前东西方学界已经普遍认可的"文学"的"文化研究"转向来看,以"文学"为平台的研究早已经突破了"纯文学"的既定范畴,开始向多重维度形成辐射式的"跨界"延伸了。从这个意义上讲,章太炎所开辟的"大人文"视野确实需要引起我们的重新重视。

事实上,自章太炎以后,以"文学"面貌出现的现代形态的"人文"研究并没有完全中断,胡适自身以"文学"求"真理"的思路与章太炎即有暗相呼应的意味,朱希祖所谓的"文学为人类思想之枢机",③谢无量的"大文学史"观,钱基博对于"现代中国文学史"的构想,程千帆在其《文论要诠》(初名《文学发凡》)中对于章太炎的推崇,钱穆对于"文学/文化"实乃"一体两面"的定位,乃至徐复观对于"文学"与"心灵世界"关系的探索,等等,其中都可以窥见超越于"纯文学"之外的更为博大的"人文"关怀。自章太炎以降的"人文/文化"研究并没有因为学科的界限而消逝。

二、"修辞/文章"研究

与章太炎并为晚清"经学"代表人物之一的是刘师培。章太炎认为,"文"在其本源意义上就是"著","夫命其形质曰文,状其华美曰彣,指其起止曰章,道其素绚曰彰,凡彣者必皆成文,凡成文者不皆彣,是故揅论文学,以文字为准,不以彣彰为准"。④也就是说,"文"所强调的既不是"润色",也不是"采饰","文"之所立,重在"明道"而不在修饰。但刘师培对此却不以为然,他认为,典籍称之为"经",正是出于"编织"的结果,即孔颖达《左传》注疏中所谓"经纬相错乃成文"。所以,"文"者"纹"也,真正的"文学"恰恰需要"修饰"。刘师培认为:"散行之体,

---

① 胡适:《文学论略·序论》,章太炎:《文学论略》,上海:群众图书公司,1925年,第1、7、11页。
② 参[美]乔纳森·卡勒:《文学理论》,李平译,沈阳:辽宁教育出版社,1998年,第21—22页。
③ 朱希祖:《文学论》,周文玖选编:《朱希祖文存》,上海:上海古籍出版社,2006年,第45页。
④ 章太炎:《国故论衡》,上海:上海古籍出版社,2003年,第50页。

概与文殊。……言无藻韵，弗得名文；以笔冒文，误孰甚焉。"①刘师培对于"文学"的定位源于阮元的"沉思翰藻"，"沉思"即言之有物，思有所得；"翰藻"则要求将所思所得用最为恰当的方式传达出来。以"沉思翰藻"为标准本于《文选》，依萧统的说法，《文选》不收经、史、子之类的著述，因为它们不属于"文"；凡"文"，不只是要求有所悟得，更需要富有文采，所以入于《文选》的篇章，主要以"赋"为主。阮元虽然将"沉思"与"翰藻"并举，其实重点倒是在强调"翰藻"的音韵辞采，张之洞称其为"摹高格，猎奇采"（《輶轩语》）；不务实际，专注于追求赋陈华丽，奇辞异譬，由此，修辞层面的"装饰性"就成了衡量"文"之高下的核心尺度。

刘师培在《论文杂记》中有言："中国文学，至于周末而臻极盛。庄、列之深远，苏、张之纵横，韩非之排奡，荀、吕之平易，皆为后世文章之祖。而屈、宋《楚词》，忧深思远。上承风雅之遗，下启词章之体，亦中国文章之祖也。惟文学臻于极盛，故周末诸子，卒以文词之美，得后世文士之保持，而流传勿失。"②据此，刘师培认定，"文"在魏晋六朝之所以能够崛起，正是出于"文"在这个时候开始有了"华采""藻饰"的"纹/彰"的自觉意识，而这种"修饰"才是前代之"文"得以流传的根本，同时也是"文学"最需要研究的问题。因此《文选》之于刘师培才显得至关重要。与周、汉时代相比，六朝"文学"空前繁荣，既有以"美饰"为目的的诗赋骈文，也有以实用为特征的论传奏记；唯其纷纭错杂，才会出现"文""笔"之辨或"韵""散"之分。刘师培重"沉思翰藻"的《文选》一途，倒确是在突出"文"的"修辞"特质。在"文"的基本定位问题上，刘师培以"修饰"为准绳与章太炎及桐城文法划出了界限。

从现代语言学的角度看，"彰韵律"而"轻文字"似乎有以"语音中心"抵制"文字中心"，即以"声音"而非（章太炎式的）"书写"来辨别其是否属于"文学"的意味，这一点实际也可以看作是"辞达"（载道）与"翰藻"（采饰）的分界。"辞达"者立意在"明道"，多以"尚质/朴实"为目标，章太炎所崇尚的"魏晋文"，姚鼐所编《古文辞类纂》及后续黎庶昌的《续古文辞类纂》等，都可成为研习"辞达"一路文章的"典范"（以"考据"为本借"辞章"达于"义理"并兼及"经济"）；"翰藻"者偏于性情，除了自身所固有的天分才干以外，更需要显示出创造性的语言组织能力，所以更重视语词表述自身形式上的"美感"，萧统的《文选》即被此派中人奉为楷模。吉川幸次郎认为："尊重理智的修辞决定了成为中国文学中心的，与其说是所歌咏之事，所叙述之事，倒不如说是如何歌咏、如何叙述；换言之，往往常识性地理解文学素材，却依靠语言来深切感人，这可说是中国文学的理想。"③在清季

---

① 刘师培：《中国中古文学史》，刘师培：《中国中古文学史·论文杂记》，舒芜校点，北京：人民文学出版社，1984年，第10页。
② 刘师培：《论文杂记》，刘师培：《中国中古文学史·论文杂记》，舒芜校点，北京：人民文学出版社，1984年，第110页。
③ [日]吉川幸次郎：《中国文学史》，陈顺智、徐少舟译，成都：四川人民出版社，1987年，第17页。

学人中，刘师培的文学理念确有创见，他至少使人对骈俪之文所蕴含的"形式/修辞"特性有了一种新的认识。但遗憾的是，与阮元持论相似，刘氏过于强调"文辞"自身在音节、韵律、骈偶等表层形式上的"美"感，所以只能形成一种"翰藻"有余而"沉思"不足的理论格局。加以"附逆"之举及易顺鼎、樊增祥等人的骈丽赋作所带来的负面影响，刘氏之说一直为新、旧各派文人所诟病。

刘师培所偏重的以"文章"为"文学"的路向可以看作是对章太炎的"无所区分"的"文"的定位的反拨。出于多方的抵制，《文选》一派在清末渐至颓逝，但从"修辞/文体"的角度来研究文学的思路却一直有所延续，汪馥泉的《文章概论》、马宗霍的《文学概论》、蒋祖怡的《文章学纂要》等，所取的也正是这一路径。在充分汲取传统"文章学"资源的基础上，最终奠定了后世"文学语言学"及"文学修辞学"的学理基础。

三、"诗性/审美"研究

如果说刘师培主要强调的是"文"的"外在形式"的"修饰性"的话，王国维则是从"文学"自身"内在"的"感性审美"特质出发对"文学"给予了重新的界定。王国维的第一重突破，就是缘焦循所谓"一代有一代之所胜"的思想，将不同时代的特定文体并举为"文学"呈现的多样形态。楚骚、汉赋、唐诗、宋词等等，"皆所谓一代之文学，而后世莫能继焉者也"。①循此逻辑，既不必再纠缠韵、散或文、笔的问题，同时元之杂剧、明之传奇、清之小说等，也都可合理地被纳入正统的"文学"研究的范围。当"文体"不再作为"文"之高下的价值判别标准时，作为"文"的精神内质的"美感"因素也就被凸显出来了。

事实上，视"美感"为"文学"的本质特性，完全是一种被强行"移植"的观念。在古典形态的中国学术研究中，为了维护正统"经学"系统中"道、体、心、性、理"等核心范畴的地位不受到损害，纯然感性的"美"（"文饰""辞藻""附丽"等）常常被视为有害的因素而被排斥在"学术/思想"之外，即所谓"五色炫目，五音乱耳"。刘师培也曾指出："东周诸子，均视美术为至轻。非惟视为不急之务也，且视为病国害民之具，一若真美二端，不能相并。故崇真黜美，其说日昌。"②"五经"之外别无学术，由此，刘师培才会生出以形式层面的"文采/修饰"为"文章"正名的想法。与刘师培有别，王国维是直接"移植"了康德、叔本华等人的西式观念，以"真、善、美"并置，从根本上改变了传统中国"以真为本，施之以善"的"学统"格局。

作为一种舶来的观念，要在本土生根，就必然需要与之相适应的"土壤"。王国

---

① 王国维：《宋元戏曲考》，姚淦铭、王燕编：《王国维文集（第一卷）》，北京：中国文史出版社，1997年，第307页。
② 刘师培：《中国美术学变迁论》，《刘师培辛亥前文选》，北京：生活·读书·新知三联书店，1998年，第444页。

维的思路即是依着"观念"自身的本质性规定,从中国本土既有的资源中去寻找那些"附合"于此一"观念"规范的具体例证。"美"作为一种先验的存在形式,其功能首在"无用而有大用",即它与"求真/至善"一样,在日常的社会生活中没有任何实际的用途,却同时又是人的精神生活所不可或缺的部分;以诗、词、曲、赋等样态出现的"文学",于实际生活不过是"余裕之物",而于精神本身却有"超越"之功(脱离俗世苦海),其正"附合"于"无用而有大用"的一般特性。由此,将"美"确定为"文学"的核心特质也就顺理成章了。"美术之务,在描写人生之苦痛与其解脱之道,而使吾侪冯生之徒,于此桎梏之世界中,离此生活之欲之争斗,而得其暂时之平和,此一切美术之目的也。"[①]"天下有最神圣、最尊贵而无与于当世之用者,哲学与美术是已。……夫哲学与美术之所志者,真理也。"[②]"美之性质,一言以蔽之曰:可爱玩而不可利用者是已。"[③]王国维将"美"的理念"移植"灌注在了"文学"之中,"美"作为一种全新的范畴彻底置换了传统"文学"的既有内核——"道"。至此,"文学"才以一种独立的面目走出了"经学"的阴影。也正是因为"审美"成了"文学"的新的内核,王国维才以《古雅之在美学上之位置》《论哲学家与美术家之天职》《文学小言》、《屈子文学之精神》《〈红楼梦〉评论》《人间嗜好之研究》《人间词话》等一系列的创造性论述,建构起了包括优美、古雅、宏壮、眩惑、悲剧、游戏、嗜好、境界、第一形式、第二形式等在内的一整套有关"文学"的现代审美知识系统。

王国维的"诗性/审美"研究取向,可以看作是一种比较典型的"西论中据"的学术策略。从积极的一面看,这种策略从根本上彻底改变了传统中国学术的基本面貌,并且促使中国学术本身初步完成了向"现代"学术的转型;以西式"美学"理论为准绳来重新检视中国传统文学艺术,迄今已经形成了某种相对普遍的对于"审美主义"的"认同"(包括海外"汉学"的诸多研究取向)。但从消极的一面来看,"西方中心论"的倾向自身所蕴含的弊端也已经逐渐暴露了出来。当然,作为文学研究的路向之一,"诗性/审美"模式实际仍有相当的潜在资源可资开掘。

四、"启蒙/致用"研究

与王国维类似,清季援西学以治中国"文学"者还有梁启超。如果说王国维借"审美"为"文学"提供了内质层面的理论定位的话,那么,梁启超则主要是借助"进化论"的启发所带来的"(新)史学"的转型,使"文学"的外部功能获得了进

---

① 王国维:《〈红楼梦〉评论》,姚淦铭、王燕编:《王国维文集(第一卷)》,北京:中国文史出版社,1997年,第9页。
② 王国维:《论哲学家与美术家之天职》,姚淦铭、王燕编:《王国维文集(第三卷)》,北京:中国文史出版社,1997年,第6页。
③ 王国维:《古雅之在美学上之位置》,姚淦铭、王燕编:《王国维文集(第三卷)》,北京:中国文史出版社,1997年,第31页。

一步的拓展。这种拓展至少显示在这样两个方面。

其一是从"以史为鉴"到"以文启智"的转移。晚清时代，章学诚的"六经皆史"论完成的是传统学术由"经学"本位向"史学"本位的重心转换，但"文"的"载道"功能并没有发生变化，儒家正统的思想仍然是"文"需要传达的核心，只不过作为儒家思想的"道"从"理学"式的观念灌输变成了"有史为证"——以"证据"为本位而不是以"说法"为本位，但"观点/思想"本身并没有变化。梁启超将"进化论"引入史学，则是把中国传统史学所固有的兴亡更迭式的封闭性"循环历史"形态，改造成了"今胜于古""未来胜于今"的"直线"式"历史进化"形态。所以他才会坚持相信："史学者，学问之最博大而最切要者也。""历史者，叙述进化之现象也。……进化者，往而不返者也，进而无极者也。凡学问之属于此类者，谓之历史学。"①由社会-历史的进化顺理成章地就可以推导出文学的进化。"文学之进化有一大关键，即由古语之文学，变为俗语之文学是也。各国文学史之开展，靡不循此轨道。"②唯其如此，"新""未来"之于梁启超就成为最具有说服力的价值尺度，"新小说"（政治小说）、"新诗体"（欧语入诗）、"新文体"（报章时文）等的出现，都可以归于"进化"的必然。而在"器物、制度、思想"循序演进的序列结构中，"思想"才是改变一切的核心，而要改变思想，"文"就当然地成为可资利用的最佳平台；梁氏举"小说"为"文学之最上乘"，目的倒并不是像王国维那样尝试提升"小说"本身的"文学"地位，而恰恰是在利用小说自身的"大众化"特性，来完成其借"熏、浸、刺、提"以"启民智"进而"新国民"的政治设计。小说写得怎么样不重要，借小说以传达新的"观念"（民权、共和、宪政等）才是核心。"文"在梁启超看来仍然需要延续其"载道"的功能，只是依据"进化"的思路，这里的"道"必须给予更新和置换，即从单纯儒家之"道"转变为"现代"的观念。"文"在此仍然只承担着"具"的作用。

其二是以"进化史观"开辟了"文学史"书写的新格局。除了线性进化式历史形态的转换以外，进化史学有别于章学诚史学者，还在于一者求其"动"，一者求其"静"；求"动"者倾心当世亟变，以我观史，终趋于"以论带史"，求"静"者彻察世道人心，以史观我，有利于"论从史出"。章学诚与梁启超的分途，大抵确定了后世文学史论形态的原初取向。晚清民初，受日本学者的影响，有关"中国文学史"的书写渐成风气，但在总体上仍未超出"文章流别乃各擅其胜"与"后胜于前故演化推进"这两种基本的模式。而就后世大量出现的文学史著述而言，"以论带史"，即以确定的"观念"（如启蒙、革命）为先导来展开历史叙述的趋向，已经成为文学史书写的主流，于此就不难看出梁启超的深远影响。

---

① 梁启超：《新史学》，梁启超：《梁启超全集（第三卷）》，北京：北京出版社，1999年，第736、739页。
② 饮冰等：《小说丛话》，陈平原、夏晓虹编：《二十世纪中国小说理论资料（1897年—1916年）·第一卷》，北京：北京大学出版社，1989年，第65页。

"文以启智"和"以论带史"强调的都是"观念"本位,在功能上突出的主要是"文"所蕴含的"思想"对于社会、历史所发挥的实际效用,所以仍然属于传统"文以载道"的变体。某种程度上说,五四新文学能够得以在较短的时间内获得广泛的影响和支持,与梁启超等所倡导的"进化"观念的普及是密不可分的。"今胜于古"的演绎思路毕竟为"白话文学"的生存和推进("白话"胜于"文言")提供了强有力的学理支持,而"白话文学"本身也顺理成章地延续了"文以启智"的"载道"思路。只是在梁启超的基础上,白话的新文学已经进一步扩大了"观念/道"的范围,而将"个体、权利、科学、民主、自由、平等、理性、逻辑"等更多的"现代"意识,带入到了以"白话"为载体的"新文学"之中。而以"观念"的演化为核心的现代中国新文学史的书写,也逐步被确定成了一种特定的典范样式。

吉川幸次郎曾指出:"文学具有政治性,是贯穿中国文学的极大特点,这种传统直联系到现代文学。作为觉悟的现代文学与过去的文学是不连续的,但现代中国的小说在目的小说很多这点上,与过去的文学又是连续的。"① "文学"偏重于描绘现实,则"文学"也就成为映射社会的镜子和工具,"文学"的目的既然主要在"致用",则研究"文学"实际上也就是在研究"社会"了。从这个角度说,"文学社会学"取向在中国能够一直兴盛不衰,其根源也正在中国文学自身的"文以载道"的传统延续上;在由传统向现代转型的过程中,社会的种种问题需要寻求各式的答案,"文学"呈现和尝试解答社会问题以求变革改造社会的责任就不会消逝。即此而言,梁启超等所开启的"启蒙/致用"的文学取向即使在当下也仍然有其特殊的意义和价值。

必须承认,现代中国文学理论的基本样态是在"古今中西"交汇互生的情境中诞生并演进而来的,追溯其源头,大体可以概括为章太炎、刘师培、王国维和梁启超所代表的"人文、修辞、审美、社会"四种路向。这四种路向除了各自都有其或隐或显的延续之外,与当下的"文化研究""形式理论""审美主义"及"社会批判"等文学理论取向,其实同样有着潜在的呼应与对接。有学者认为:"研究传统是在不断成长和发展之中的,甚至往往发生所谓'革命性'的变动。章炳麟、王国维等上承乾、嘉学统,然而最后更新了这个传统。"② 探索中国文学的现代转型,如果仅仅着眼于当下现实的实际需求,或者所谓学术前沿的最新成果,恐怕都可能只是一时之便利;真正回归现代中国文学自身所已经形成的典范向度,也许才是走出困境的最佳方案。

作 者

2020 年 12 月

---

① [日]吉川幸次郎:《中国文学史》,陈顺智、徐少舟译,成都:四川人民出版社,1987年,第19页。
② 余英时:《文史传统与文化重建》,北京:生活·读书·新知三联书店,2004年,第538—539页。

编 辑 说 明

一 本编目为1857—1949年间发表于各式报刊和正式出版的基础文艺理论著述及主要理论文献的汇编，除了专门的文艺理论之外，也搜集了部分相关或产生过一定影响的作家作品批评、哲学、历史、社会学、心理学等方面的著述与译介文献，以期形成相互映射的立体的理论景观；

二 编选以原篇名目及著译者为准，原著者译名不作统一，著者与译者间以"；"间隔，除校订个别明显误讹外均一仍其旧（含未标国籍），某栏空缺表信息不详；

三 编选以年月时间为序，相同名目（如月份、著译者、刊物、出版社等）归并为一栏，同月刊物及出版文献未分先后，连续几期发表的文献则列于最早发表的月份之下；

四 同名刊物以"地点"或"周刊""半月刊"等区分，报纸的文艺副刊则以"·"标示；

五 所有原"民国×年"均改为对应的公历纪年；

六 未明刊行出版具体月份的文献均列于该年末栏；

七 连续刊行时间和期号以"—"标识，著者与译者以"；"间隔，月份栏"次×"表示"次年某月"。

目录

晚清文学基础理论报刊文献

1857年（咸丰七年） ··· 3
1873年（同治十二年） ·· 3
1874年（同治十三年） ·· 3
1875年（光绪元年） ··· 3
1897年（光绪二十三年） ··· 3
1898年（光绪二十四年） ··· 3
1899年（光绪二十五年） ··· 4
1901年（光绪二十七年） ··· 4
1902年（光绪二十八年） ··· 4
1903年（光绪二十九年） ··· 6
1904年（光绪三十年） ·· 8
1905年（光绪三十一年） ··· 10
1906年（光绪三十二年） ··· 12
1907年（光绪三十三年） ··· 14
1908年（光绪三十四年） ··· 16
1909年（宣统元年） ··· 18
1910年（宣统二年） ··· 19

1911年（宣统三年）……19

民国文学基础理论报刊文献

1912年……23
1913年……24
1914年……26
1915年……30
1916年……33
1917年……36
1918年……39
1919年……45
1920年……54
1921年……63
1922年……74
1923年……87
1924年……96
1925年……104
1926年……115
1927年……124
1928年……133
1929年……149
1930年……166
1931年……180
1932年……192
1933年……204
1934年……223
1935年……247
1936年……269
1937年……288
1938年……299
1939年……306
1940年……314
1941年……328

1942 年	343
1943 年	353
1944 年	367
1945 年	376
1946 年	382
1947 年	396
1948 年	409
1949 年	420

晚清文学基础理论著译文献

1902 年	429
1903 年	429
1905 年	429
1906 年	429
1907 年	429
1908 年	429
1910 年	429
1911 年	430

民国文学基础理论著译文献

1912 年	433
1913 年	433
1914 年	433
1915 年	434
1916 年	434
1917 年	434
1918 年	435
1919 年	435
1920 年	436
1921 年	437
1922 年	439
1923 年	440
1924 年	443

1925 年	446
1926 年	449
1927 年	452
1928 年	454
1929 年	459
1930 年	465
1931 年	473
1932 年	478
1933 年	482
1934 年	488
1935 年	493
1936 年	498
1937 年	505
1938 年	510
1939 年	513
1940 年	517
1941 年	521
1942 年	524
1943 年	527
1944 年	530
1945 年	533
1946 年	535
1947 年	538
1948 年	542
1949 年	546

参考文献 ···················551

晚清文学基础理论
报刊文献

月	作者·译者	篇　名	发表刊物	卷·期·号
1857 年（咸丰七年）				
1	[英]艾约瑟	希腊为西国文学之祖	六合丛谈	第 1 号
3		希腊诗人略说		第 3 号
4		罗马诗人略说		第 4 号
8		基改罗传		第 8 号
11		百拉多传		第 11 号
12		和马传·土居提代传		第 12 号
1873 年（同治十二年）				
1	刘业全	聊斋志异辩解	中西闻见录	第 6 号
9	[英]艾约瑟	清文源流考		第 14 号
1874 年（同治十三年）				
4	李善兰	德国学校论略序	中西闻见录	第 21 号
5	陈留树	驳格致诸论	瀛寰琐记	第 20 卷
1875 年（光绪元年）				
4	[英]艾约瑟	亚里斯多得里传	中西闻见录	第 32 号
1897 年（光绪二十三年）				
	严复	天演论自序	国闻汇编	第 2 册
1898 年（光绪二十四年）				
2	[法]向爱莲；乐在居侍者译	学问之源流门类	格致新报	第 1 册
3	爱莲室主人述意；乐在居侍者纂辞	通语言为中国当务之急论		第 2 册
4	唐才常	时文流毒中国论	湘报	第 47 号
5	伍元栔	改时文为古文论		第 62 号
6	张翼云	书唐才常时文流毒中国论后		第 95 号
8	裘廷梁	论白话为维新之本	无锡白话报	第 19、20 期合刊
8—10	曾广铨采译；章炳麟笔述	斯宾塞尔文集	昌言报	第 1—6 册
12	任公	译印政治小说序	清议报	第 1 册

月	作者·译者	篇　名	发表刊物	卷·期·号
1899 年（光绪二十五年）				
5		论中国文章首宜变革	亚东时报	第 7 号
6	[日]井上哲次郎	心理新说序	清议报	第 18 册
8		培根论	亚东时报	第 12 号
6	瑷斋主人	社会进化论序	清议报	第 47 册
6—次 2	[日]有贺长雄；瑷斋主人译	社会进化论		第 47—70 册
7	[日]加藤弘之	十九世纪思想变迁论		第 52 册
10		文明促进论		第 59 册
1901 年（光绪二十七年）				
1		小说之势力	清议报	第 68 册
	林纾	译林序（附章程）		第 69 册
5		原国	国民报	第 1 期
		美国独立檄文		
5、6	[法]阿勿雷脱	欧洲近代哲学		第 1、2 期
6		说国民		第 2 期
		孟德斯鸠之论支那		
10		论仿行西学之难	集成报	第 20 期
		白话书是变法自强的根子	京话报	第 3 回
10、11		西学入门		第 3、5 回
	蔡崔顾	哲学总论	普通学报	第 1、2 期
11	[日]奥村信太郎；汪有龄译	日本教育家福泽谕吉传	教育世界	第 12、13 号
		斯片挪莎学案	清议报	第 97 册
11、12		卢梭学案		第 98—100 册
12		烟士披里纯（Inspiration）		第 99 册
		论译书为今日之急务	集成报	第 24 期
	观云	精神之苦乐高于形骸乎	选报	第 4 期
1902 年（光绪二十八年）				
1		言文一致会规则	教育世界	第 17 号
2	邓实	原艺	政艺通报	壬寅第 1 期
	中国之新民	中国之旧史学	新民丛报	第 1 号
		论学术之势力左右世界		
		近代文明初祖二大家之学说		第 1、2 号

月	作者·译者	篇　名	发表刊物	卷·期·号
3	中国之新民	天演学初祖达尔文之学说及其略传	新民丛报	第3号
		史学之界说		
3—12		论中国学术思想变迁之大势		第3—58号
3、4		法理学大家孟德斯鸠之学说		第4、5号
		泰西学术思想变迁之大势		第6号
4	何负	六国语言类辑序	经济丛编	第2册
		经义丛编叙		
4—9	章氏学	文学说例	新民丛报	第5、9、15号
5		倍根笛卡儿学说书后	政艺通报	壬寅第6期
	蔡崔顾	群学说	普通学报	第5期
	亚泉	心理学略述		
		白话演说的缘故	女报	第1期
		世人对于科学之谬想	译书汇编	第2年第2期
6		民族主义	政艺通报	壬寅第7期
6、8	中国之新民	格致学沿革考略	新民丛报	第10、14号
		民约论钜子卢梭之学说		第11、12号
7		论正统		第11号
		日本国粹主义与欧化主义之消长	译书汇编	第2年第5期
8	中国之新民	历史与人种之关系	新民丛报	第14号
		论书法		第16号
	何负	英文学课八种序	经济丛编	第13册
9	马叙伦	史学总论	新世界学报	壬寅第1期
	汤调鼎	欧洲大哲学家卢氏斯宾氏之界说		
	杜士珍	英法德哲学大家思想之变迁		壬寅第2期
	[日]高山林次郎	论理学	译书汇编	第2年第7期
10	樵隐拟稿	论中国亟宜编辑民史以开民智	政艺通报	壬寅第17期
	杜士珍	法国哲学思想之变迁	新世界学报	壬寅第3期
		德国哲学思想之变迁		
		竞争之界说		
	郑浩	学术变迁论	新民丛报	第17号
	中国之新民	进化论革命者颉德之学说		第18号
		宗教家与哲学家之长短得失		第19号

月	作者·译者	篇 名	发表刊物	卷·期·号
10、11		万国思想家年表	新民丛报	第 18、19、22 号
11	中国之新民	论纪年	新民丛报	第 20 号
		亚里士多德之政治学说		第 20、21 号
	梁启超	论小说与群治之关系	新小说	第 1 号
		德意志六大哲学者列传	大陆报	第 1 期
	中国之新民	释"革"	新民丛报	第 22 号
	衮父	史学概论	译书汇编	第 2 年第 9、10 期
	黄纯熙	国粹保存主义	政艺通报	壬寅第 22 期
12	吴辟疆译	日本早稻田大学讲义丛译旨趣	经济丛编	第 20 册
	陈黻宸	辟天荒	新世界学报	壬寅第 9 期
	陈怀	学术思想史之评论		
		支那翻译会社设立之趣意	翻译世界	第 1 期
12、次 1	周家树译	十九世界学术史	游学译编	第 1—3 册
	[日]村井知玄	社会主义		第 1—3 期
12—次 2	[日]蟹江义九	哲学史	翻译世界	第 1—4 期
	[德]楷尔黑猛	哲学泛论		
	[日]远藤隆吉译	社会学		
	[日]中野礼四郎	教育史		

1903 年（光绪二十九年）

月	作者·译者	篇 名	发表刊物	卷·期·号
1	集译	十九世纪科学之发达	政艺通报	壬寅第 23 期
		教育主义之变迁	大陆报	第 2 期
		近世世界史之观念		
		唯物论二巨子之学说		
2		论文学与科学不可偏废		第 3 期
	君武	社会主义与进化论比较	译书汇编	第 2 年第 11 期
	邓实	论社会主义	政艺通报	癸卯第 2 号
2—6		世界文明史提纲	大陆报	第 3—7 期
	余一	民族主义论	浙江潮	第 1、2、5 期
2—次 2	中国之新民	近世第一大哲康德之学说	新民丛报	第 25、26、28、46—48 号
2、3	杨廷栋	政治学大家卢梭传	政艺通报	癸卯第 2、3 号
2—4	杜士珍	近世社会主义评论	新世界学报	第 11—15 号
3	贺廷谟	天演论书后	政艺通报	癸卯第 3 号
	君武	创造文明之国民论	译书汇编	第 2 年第 12 期

月	作者·译者	篇 名	发表刊物	卷·期·号
3	中国之新民	论中国国民之品格	新民丛报	第27号
	君武	唯心派巨子黑智儿学说		
	马君武	十九世纪二大文豪		第28号
	雨尘子	近世欧人之三大主义		
	载振	英轺日记序例	经济丛编	第21册
	马叙伦	桑木氏哲学概论	新世界学报	第13号
		改文字议		
		地理与国民性格之关系	湖北学生界	第3期
3、4	黄纯熙	世界之国家主义	政艺通报	癸卯第4、5号
4		译书难易辨	大陆报	第5期
		十二种教育主义相反对说		
		注释卢骚氏非开化论	江苏	第1期
	严复	群学肄言叙	政艺通报	癸卯第5号
4—6	中国之新民	近世文明初祖二大家之学	广益丛报	第2、4、5号
5		日本美术学校科目课程	政艺通报	癸卯第8号
		日耳曼厌世派哲学晓本忽尔之学说	大陆报	第6期
		论支那文学与群治之关系	湖北学生界	第5期
	邓实	论社会主义	广益丛报	第3号
	季新益	泰西教育界之开幕者阿里士多德之学说	江苏	第2期
		本馆编印绣像小说缘起	绣像小说	第1期
5—12	公猛	希腊古代哲学史概论	浙江潮	第4、5、7、10期，第11、12期合刊
6	别士	小说原理	绣像小说	第3期
		希腊哲学	游学译编	第8册
	贵公	法兰西文学说例	新民丛报	第33号
6—次5	侯生	哲学概论	江苏	第3—7、11、12期
7	邓毓怡	小说改良会叙例	经济丛编	第29册
	[美]维廉彼因	爱美耳钞序		第53号
7、8	[法]约翰若克卢骚；[日]中岛端重译	教育小说爱美耳钞（附自序）	教育世界	第53、56、57号
7—9		希腊哲学家各派学说纲领	大陆报	第8、10期
8		卢骚略传及爱美耳评论	教育世界	第57号

月	作者·译者	篇　名	发表刊物	卷·期·号
8	籍亮侪	小说改良会公启	经济丛编	第30册
	严几道	京师大学堂译书局章程		第31册
		哲学丛谈	游学译编	第9册
		教育泛论		
8、9	马叙伦	二十世纪之新主义	政艺通报	癸卯第14—16号
9	楚卿	论文学上小说之位置	新小说	第7号
		民族主义之教育	游学译编	第10册
9、10	[英]西额惟克；王国维译	西洋伦理学史要	教育世界	第59—61号
9—次1	君武	新学术与群治之关系	政法学报	癸卯年第3期，第7、8期合本
9—次2	内明	心理学纲要	新民丛报	第37、46—48号
10	慧广	大哲斯宾塞略传		第38、39号
	平子等	小说丛话	新小说	第8号
		民族主义	江苏	第7期
	木曾山人	中东两国古今感情之变迁说	政法学报	癸卯年第4期
10、11	飞生	近时二大学说之评论	浙江潮	第8、9期
11	旡朕	十九世纪时欧西之泰东思想		第9期
12		中国白话报发刊辞	中国白话报	第1期
		笛卡儿之怀疑说	新民丛报	第42、43号
		欧美之文运		
		泰西十大家传	政法学报	癸卯年第6期

1904年（光绪三十年）

月	作者·译者	篇　名	发表刊物	卷·期·号
1	邓实	语言文字独立第二；学术独立第三	政艺通报	癸卯第24号
	李树田	姚选古文校勘记序	经济丛编	第40、41册
	白话道人	做百姓的思想及精神	中国白话报	第4期
2	[日]丘浅治郎	进化论大略	新民丛报	第46—48号合刊
	耐庵	易哲学之原理及其影响		
	观云	文体		
	王国维	孔子之美育主义	教育世界	第69号
		德国文豪格代希尔列尔合传		第70号
3		尼采氏之教育观		第71号
		亚历斯度德尔之外籀术	大陆报	第2年第1号

月	作者·译者	篇 名	发表刊物	卷·期·号
3	邓实	国学保存论	政艺通报	甲辰第3号
3—8	[英]卢阿里美；[英]山雅各译、虚经邦述	哲学源流考	鹭江报	第58—73册
3、4	王国维	就伦理学上之二元论	教育世界	第70—72号
4		叔本华氏之遗传说		第72号
		培根氏之教育学说		第73号
		汗德之哲学说		第74号
		汗德之知识论		
5	竹庄	女权说	女子世界	第5期
		海尔巴脱之兴味论	教育世界	第75号
	严复	社会通铨序	政艺通报	甲辰第6号
	严复	群己权界论序		甲辰第7号
		论历史为如何之学科	湖北学报	第2集第8册
5、6	王国维	论叔本华之哲学及其教育学说	教育世界	第75、77号
6		人类进化之阶级	大陆报	第2年第4号
	灵石	读黑奴吁天录	觉民	第7期
		德国文化大改革家尼采传	教育世界	第76号
6—8	王国维	红楼梦评论	教育世界	第76—78、80、81号
6、7		新释名	新民丛报	第49—51号
7	幼渔	论戏曲改良	宁波白话报	第一次改良第4期
	王国维	尼采氏之学说	教育世界	第78、79号
		书叔本华遗传说后		第79号
		近代英国哲学大家斯宾塞传		
8	三爱	论戏曲	安徽白话报	第11期
	平子	小说丛话	新小说	第9号
		改良戏剧之计划	广益丛报	第44号
	重光	国民与人民之分别	觉民	第9、10期合本
8、9	简朝亮	国粹学	政艺通报	甲辰第13、14号
9	[日]丘浅治郎	进化论大要	海外丛学录	第1期
	亚卢	二十世纪大舞台发刊词	二十世纪大舞台	第1期
	佩忍	论戏剧之有益		
10	醒狮	告女优		第2期
		法国文界大讽刺家列传	大陆报	第2年第9号
	邓实	民史总叙	政艺通报	甲辰第17号
	陈黼宸	读史总论		

月	作者·译者	篇　名	发表刊物	卷·期·号
10	昭琴等	小说丛话	新小说	第11号
	王国维	德国哲学大家叔本华传	教育世界	第84号
		叔本华与尼采		第84、85号
11	邓实	种族史叙；言语文字史叙；风俗史叙；学术史叙	政艺通报	甲辰第18号
		英国大戏曲家希哀苦皮阿传	大陆报	第2年第10号
11—次1	观云	共同感情之必要	新民丛报	第57—60号
12		希腊圣人苏格拉底传	教育世界	第88号
		希腊大哲学家柏拉图传		第89号
		德国教育大家廓美纽司传		
		英国教育大家洛克传		
		法国教育大家卢骚传		
		脱尔斯泰伯爵之近世科学评		
	侠人	小说丛话	新小说	第12号

1905年（光绪三十一年）

月	作者·译者	篇　名	发表刊物	卷·期·号
1—3	中国之新民	近世学术史	广益丛报	第62—64号合本、第65号
2	王国维	论近年之学术界	教育世界	第93号
	刘光汉	文章原始	国粹学报	第1年第1号
		国粹学报发刊辞		
	侠人等	小说丛话	新小说	第13号
2—8		英国大文豪脱摩斯卡赖尔之传	大陆报	第3年第1—8、12号
2—11	刘光汉	论文杂记	国粹学报	第1年第1—10号
3	三爱	论戏曲	新小说	第14号
	浴血生	小说闲评录		
	姚鹏图	论白话小说	广益丛报	第65号
		叔本华之思索论	教育世界	第94号
	章绛	文学论略	四川学报	乙巳第1册
	颂嘉	自由解	新民丛报	第64号
3—7	田北湖	论文章源流	国粹学报	第1年第2—6号
4	严复	英文汉诂卮言	政艺通报	乙巳第5号
	定一	小说丛话	新小说	第15号
		教育之历史的研究	大陆报	第3年第4号

月	作者·译者	篇　名	发表刊物	卷·期·号
4	箸夫	四千年中西学术消长论	之罘报	第4期
		论文明潮流之循环		
	王国维	论新学语之输入	教育世界	第96号
		论哲学家与美术家之天职		第99号
	解脱者	小说丛话	新小说	第16号
5		小说丛话	新新小说	第2年第8号
		死与宗教及哲学之关系	大陆报	第3年第6号
		释进化论之误解		
		论直觉说之价值兼及科学的伦理学之立脚地		第3年第7号
	亚泉	物质进化论	东方杂志	第2卷第4号
6	天笑生	迦因小传序	政艺通报	乙巳第9号
	松岑	论写情小说与新社会之关系	新小说	第17号
	浴血生	小说闲评录		
	刘光汉	中国文字改良论	广益丛报	第72号
	[美]占士李	真我论		
	后素	苏格拉底学说第一	二十世纪之支那	第1期
7		个人特性	大陆报	第3年第10号
		论哲学及于社会之影响		第3年第11号
8		语言文字宜合为一说	东方杂志	第2卷第6号
	趼	小说丛话	新小说	第19号
	知新主人	小说丛话		第20号
9	师薑	学术沿革之概论	醒狮	第1期
		论小说与社会之关系	东方杂志	第2卷第8号
9、10	天蜕	进化论与各学科之关系	醒狮	第1、2期
10		论文明潮流之循环	东方杂志	第2卷第9号
11	见之	论中国进化		第2卷第10号
	浴血生	小说丛话	新小说	第22号
	李惜霜	中国语言合一说	广益丛报	第89号
	精卫	民族的国民	民报	第1、2号
12		平等自由之界说	东方杂志	第2卷第11号
	观云	阿里士多德之中庸说		第71号
12、次1	[法]Everon；[日]中江笃介译、观云译述	维朗氏诗学论	新民丛报	第70、72号
12—次4	刘光汉	文说	国粹学报	第1年第11、12号至第2年第3号

月	作者·译者	篇 名	发表刊物	卷·期·号
1906 年（光绪三十二年）				
1	观云	梭格拉底之谈话法	新民丛报	第 72 号
	昭琴	小说丛话	新小说	第 24 号
		我之观念	大陆报	第 3 年第 23 号
		达尔文传		
	钱博	说文	国粹学报	第 1 年第 12 号
2	王国维	奏定经学科大学文学科大学章程书后	教育世界	第 118、119 号
		英国哲学大家休蒙传		第 118 号
		英国哲学大家霍布士传		第 119 号
3		德国哲学大家汗德传		第 120 号
	观云	冷的文章热的文章	新民丛报	第 76 号
	渊实译述	中国诗乐之迁变与戏曲发展之关系		第 77 号
	观云	中国之演剧界	广益丛报	第 98 号
4		荷兰哲学大家斯披洛若传	教育世界	第 122 号
		汗德之伦理学及宗教论		第 123 号
	陆绍明	文谱	国粹学报	第 2 年第 3 号
	蒋观云	平等说与中国旧伦理之冲突	东方杂志	第 3 卷第 3 号
5		说权利		第 3 卷第 4 号
5—10	罗惇曧	文学源流	国粹学报	第 2 年第 4—9 号
6		汗德详传	教育世界	第 126 号
7		述近世教育思想与哲学之关系		第 128、129 号
	伯鸿	著作家之宗旨（上）	图书月报	第 1 册
8	严几道	述黑格儿惟心论	寰球中国学生报	第 2 期
	范祎	国文之研究		
	胡梓方	说国粹		
	孙师郑	国文讲义余谈		
	林纾	英孝子火山报仇录序	政艺通报	丙午第 13 号
		鬼山狼侠传序		
8、9	严复	孟德斯鸠法意之支那论		丙午第 13—15 号
9	谢无量	血泪痕传奇序		丙午第 16 号
	太炎	俱分进化论	民报	第 7 号
		国学讲习会序		
10	[日]田次郎讲演；遇虎译	英国民之特性	新民丛报	第 88 号

月	作者·译者	篇　名	发表刊物	卷·期·号
10	孤鸣	刚德之学说	民报	第8号
	渊实	无政府主义之二派		
	[英]倭斯弗；严复译	美术通诠篇一：艺术	寰球中国学生报	第3期
	沈敦和	论道德心与科学之关系		
	严侣琴	天演广义		
10—12	章绂	文学论略	国粹学报	第2年第9—11号
11	王壬秋	湘绮楼论文		第2年第10号
	太炎	谢本师	民报	第9号
	渊实	无政府主义与社会主义		
		月月小说序	月月小说	第1年第1号
	[美]威廉杰姆士；张耀曾译	释我（The Self）	新译界	第1号
	[日]石川千代松；黄梅芬译	进化论		
	蓝公武	天演新论	教育月刊	第1年第1号
	[英]Darwin；蓝公武、张东荪译	物种由来		
	[德]Foester；冯世德达意	伦理学与生存竞争		
	蓝公武	红楼梦评论		
	王国维	去毒篇	东方杂志	第3卷第10号
		个人说		
11—次1	黄人	国文学赘说	东吴月报	第6、8期
11、12	[美]James；张东荪、蓝公武译	心理学悬论	教育月刊	第1年第1、2号
12	王闿运	湘绮楼论诗文体法	国粹学报	第2年第11号
	王国维	文学小言	教育世界	第139号
	黄国康译述	泰西伦理学变迁之大势	新民丛报	第93号
	[日]八木光贯；光益译	国家主义教育		第94号
		个人主义教育		
	黄国康译述	历史哲学及哲学史		
	王仪通	新译界发行祝词	政艺通报	丙午第22号
	太炎	俱分进化论	广益丛报	第122号
	蓝公武	斯宾塞之美论	教育月刊	第1年第2号
		英哲格林之学说		

月	作者·译者	篇 名	发表刊物	卷·期·号
12	章炳麟；蓝公武评	俱分进化论	教育月刊	第1年第2号
	冯世德	与章太炎书		

1907年（光绪三十三年）

月	作者·译者	篇 名	发表刊物	卷·期·号
1	王国维	屈子文学之精神	教育世界	第140号
		论改良戏曲	四川学报	丙午第12册
	[日]片山国嘉；李锦沅译	精神者何也	新译界	第3号
		爱为群之主力说	东方杂志	第3卷第12号
		论新名词输入与民德堕落之关系		
		近三百年学术变迁大势论		
	太炎	人无我论	民报	第11号
	远公	原学	学报	第1年第1号
	吴瑞民编译	西洋学术略史		第1年第2号
1、2	章绛	论语言文字之学	国粹学报	第2年第12、13号
2		托尔斯泰著述之价值	学报月刊	第1年第1号
	摩西	小说林发刊词	小说林	第1期
	觉我	小说林缘起		
		论尊古之心理	东方杂志	第3卷第13号
2、3		脱尔斯泰传	教育世界	第143、144号
2—4	黄晦闻	孔学君学辨	政艺通报	丁未第1—4号
2—次2	蛮	小说小话	小说林	第1—4、6、8、9期
2—8	[英]耶方思；张立斋译	耶方思氏伦理学	学报月刊	第1年第1—8、11、12号
3	刘师培	论近世文学之变迁	国粹学报	第3年第1号
	太炎	社会通诠商兑	民报	第12号
	宝云	国文语原解	学报	第1年第3号
	王国维	古雅之在美学上之位置	教育世界	第144号
	[英]倭斯弗；严复译述	美术通诠篇二：文辞	寰球中国学生报	第4期
	董寿慈	论欧化主义		
	[日]大西祝；陈治安译	泰西哲学史	新译界	第4号
	吴渊民编译	西洋学术略史	学报月刊	第1年第2号
	远	释国		

月	作者·译者	篇　名	发表刊物	卷·期·号
3—5		戏曲大家海别尔	教育世界	第145、147、148号
4	王国维	人间嗜好之研究		第146号
5	金一	文学上之美术观	国粹学报	第3年第3号
		心声		
5、6		英国小说家斯提逢孙传	教育世界	第149、150号
		霍恩氏之美育说		第151号
6	[英]倭斯弗；严复译述	美术通诠篇三：古代别鉴	寰球中国学生报	第5、6期合刊
	董寿慈	拟译英文百科全书引言		
	严复	英文百科全书评论		
		德国将来之理想小说	广益丛报	第137号
	刘师培	论近世文学之变迁		
6、7	黄人	文学史上·文学讲义	东吴月报	第11、12期
	刘师培	中国美术学变迁论	国粹学报	第3年第5、6号
	忏碧	妇人问题之古来观念及最近学说	中国新女界	第5、6期
7	微全	论政术与学术分离之现象及其将来	振华五日大事记	第20—22期
		论新名词输入与民德堕落之关系	四川学报	丁未第6册
	太炎	中华民国解	民报	第15号
8	老棣	文风之变迁与小说将来之位置	中外小说林	第6期
		大仲马传	小说林	第5期
	章绛	文学论略	广益丛报	第143、144号
	金一	文学观	国粹学报	第3年第7号
8—次6	觚庵	觚庵漫笔	小说林	第5、7、10、11期
9	刘师培	论美术与征实之学不同	国粹学报	第3年第8号
	无首	巴枯宁传	民报	第16号
	民鸣	社会契约说评论	天义报	第7卷
	耀公	普及乡间教化宜倡办演讲小说会	中外小说林	第9期
	亚荛	小说之功用比报纸之影响为更普及		第11期
10	耀公	探险小说最足为中国现象社会增进勇敢之慧力		第12期
	刘师培	原戏	国粹学报	第3年第9号
	[日]北村泽吉日译；侯毅译	海夫定氏心理学	震旦学报	第1期

月	作者·译者	篇 名	发表刊物	卷·期·号
10	[日]高山林次郎；侯毅译	近世美学	震旦学报	第1期
		莎士比传	教育世界	第159号
		倍根小传		第160号
	太炎	国家论	民报	第17号
	天僇生	论小说与改良社会之关系	月月小说	第1年第9号
		论平民主义与国家主义之兴废	东方杂志	第4卷第8号
10—12	蛤笑	神州文学兴衰略论		第4卷第9—11号
11	刘师培	文例举隅	国粹学报	第3年第10号
		英国大诗人白衣龙小传	教育世界	第162号
	[日]深作安；光益译	人格论	新民丛报	第95号
	黄国康译述	教育学说之变迁		第96号
	伯耀	小说之支配于世界上纯以情理之真趣为观感	中外小说林	第15期
12	刘师培	论说部与文学之关系	国粹学报	第3年第11号
	天僇生	中国历代小说史论	月月小说	第1年第11号
	计伯	论二十世纪系小说发达的时代	广东戒烟新小说	第7期

1908年（光绪三十四年）

月	作者·译者	篇 名	发表刊物	卷·期·号
1	蛤笑	劝学说	东方杂志	第4卷第12号
		论文明之名义		
	光翟	淫词惑世与艳情感人之界线	中外小说林	第17期
	老棣	学堂宜推广以小说为教书		第18期
1—6	仲遥译	百年来西洋学术之回顾	学报	第1年第9—12号
1—5	马尔克斯、因格尔斯；民鸣译	共产党宣言（The Communist Manifeste）序言	天义报	第15、16—19卷
2	耀公	小说发达足以增长人群学问之进步	中外小说林	第2年第1期
	棣	改良剧本与改良小说关于社会之重轻		第2年第2期
	王闿运	湘绮楼论文	国粹学报	第4年第1号
	天僇生	剧场之教育	月月小说	第2年第1期
	醒	万国新语之进步	新世纪	第34—36号
2、3	令飞	摩罗诗力说	河南	第2、3号
	唐演	谢灵克（Schelling）哲学学说	学海（甲编）	第1年第1、2号
2、4	觉我	余之小说观	小说林	第9、10期

月	作者·译者	篇 名	发表刊物	卷·期·号
3		支那文学之概观	广益丛报	第161号
	莎泉生	个人主义之研究	牖报	第8号
	天僇生	中国三大家小说论赞	月月小说	第2年第3期
	[日]宫崎来城;滨江报癖译	论中国之传奇		
	棠	中国小说家向多托言鬼神最阻人群慧力之进步	中外小说林	第2年第3期
	世	小说风尚之进步以翻译说部为风气之先		第2年第4期
	耀公	小说与风俗之关系		第2年第5期
		学问分类	汇报·科学杂志	戊申第4期
		学类中西名合璧		戊申第5期
	陶曾佑	中国文学之概观	著作林	第13期
4	陶曾佑	论文学之势力及其关系		第14期
	仲遥	摆伦（Byron, George Gordon）	学报	第1年第10号
	行严	康德美学		
	太炎	无政府主义序	民报	第20号
	吴兴让	人类问题	东方杂志	第5卷第3号
		论学术与道德相离之危险		
	皞叟	论改良戏剧	新朔望报	第6期
4、5	[日]市川源三郎译;唐演重译	李朴（Ribot）感情心理学	学海（甲编）	第1年第3、4号
4、8	侠魔	二十世纪之新思潮	夏声	第3、7号
5	刘师培	近代汉学变迁论	广益丛报	第170号
	老伯	曲本小说与白话小说之宜于普通社会	中外小说林	第2年第10期
5、6	独应	论文章之意义暨其使命因及中国近来论文之失	河南	第4、5号
6	令飞	科学史教篇		第5号
		斯宾塞尔学案		
	尘客	中国近世之文豪	学报	第1年第12号
	县解	心理的国家主义	民报	第21号
	太炎	驳中国用万国新语说		
	观雪	砭学篇	东方杂志	第5卷第5号
7	蛤笑	史学刍论		第5卷第6号
		论中国之国民性		

月	作者·译者	篇　名	发表刊物	卷·期·号
7	尘客	中国近世之文豪	学报月刊	第1年第12号
	仲遥	世界女优之鼻祖		
8		论科学之分类	四川教育学报	戊申第6册
		论中国宜保存国文		戊申第7册
	高凤谦	论偏重文字之害	东方杂志	第5卷第7号
	王瑞征	论国文与种族之关系	广益丛报	第177号
	王闿运	湘绮楼论文		第179号
	迅行	文化偏至论	河南	第7号
	令飞	裴彖飞诗论		
	周桂笙译述	英美两小说家	月月小说	第2年第7期
8、9；次2—7	沈维锺	新文典	国粹学报	第4年第7、8号；第5年第2—7号
9	扫魔	绅士为平民之公敌	广益丛报	第180号
10	陈潜	西人译中国书籍及在中国发行之报章	东方杂志	第5卷第9号
	伯夔	革命之心理	民报	第24号
	太炎	规新世纪（哲学及语言文字二事）		
	铁	铁瓮烬余	小说林	第12期
11	汉卿	论白话报	竞业旬报	第32期
	君翔	说美育	云南	第15号
11—次2	王国维	人间词话	国粹学报	第4年第10、12号；第5年第1号
12	孙毓修	童话序	东方杂志	第5年第12期
	迅行	破恶声论	河南	第8号
	鸿飞译述	东西思想之差异暨其融和		
	独应	哀弦篇		第9号
	沈湛钧	释支那	广益丛报	第190号
		论戏曲改良之法		第191号
12、次2	王国维	戏曲考原	国粹学报	第4年第11号；第5年第1号

1909年（宣统元年）

月	作者·译者	篇　名	发表刊物	卷·期·号
1	李详	论桐城派	国粹学报	第4年第12号
2	莞尔	说今之小说家	竞业旬报	第41期
3、4	陈忠炳	国文体制述义	广益丛报	第197、198号
4		论欧化派之误点		第200号
4、5		保存中国特色论		第200、201号

月	作者·译者	篇　名	发表刊物	卷·期·号
9	钝觉	论国民性	夏声	第9号
11	义侠	论人	云南	第18号
	潜龙	戏曲正伪	陕西	第1期
		啮雪杂话		
12	蒋维乔	心理学术语解	教育杂志	第1卷第13号
		学界与伶界之消长	广益丛报	第219号

1910年（宣统二年）

1	钝公	论中国宜划一方言	扬子江白话报	中兴第2期
2	[法]戎雅屈卢骚；[日]中江笃介译解	民约论译解	民报	第26号
4—次1	林传甲	中国文学史	广益丛报	第229—256号
5		论学术与国家之关系		第231号
6	章绛	文学总略	国粹学报	第6年第5号
7	汪炳台	心理学术语比较考	教育杂志	第2卷第6号
	[日]浮田和民；为人译	现代生活之研究	东方杂志	第7卷第5号
8	大呼	国文与国民的进步大有关系	云南	第20号
8—11	林传甲	中国文学史	四川教育学报	庚戌第10—12册
9	[日]浮田和民；为人译	现代生活之研究	广益丛报	第245号
10	民质	论翻译名义	国风报	第1年第29期

1911年（宣统三年）

3	[日]山木宪；杜亚泉译	中国文字之将来	东方杂志	第8卷第1号
		耸动欧美人之名论		
	[俄]托尔斯泰；辜鸿铭	俄国大文豪托尔斯泰伯爵与中国某君书		
4	侗生	小说丛话	小说月报	第2年第3期
5	沧江	学与术	国风报	第2年第14号
6	阿阁子	滑稽诗文集序	广益丛报	第268号
	卞寿孙	英诗史略	留美学生年报	庚戌第1期
7	简宗实	说性	东方杂志	第8卷第5号
8	林骏	尊欲说	东方杂志	第8卷第6号
9	陶报癖	滑稽诗文集序	广益丛报	第273号

月	作者·译者	篇　名	发表刊物	卷·期·号
11	陆费逵	色欲与教育	教育杂志	第 3 年第 9 期
	蠧仙	梨园小史	小说月报	第 2 年第 9 期
	皕海	东方旧文明之新研究	进步杂志	第 1 册
		文以通今为贵；文衡；作论之箴砭；修辞六义		
11—次 8	[英]斯宾塞；紫宸达恉、健鹤润辞	学术进化之大要		第 1 卷 1—3、5、6 册；第 2 卷 3、4 号
12	皕海	学问二字之新理解		第 2 册
		普通文学之程度；文学与时势		

民国文学基础理论
报刊文献

月	作者・译者	篇　名	发表刊物	卷・期・号
1912 年				
1	二我	小说之价值	广益丛报	第 286 号
	芳擢	统一中国言语之问题	进步杂志	第 3 册
2	周作人	古小说钩沉序	越社丛刊	第 1 集
	周作人	拟曲序		
	[希腊]谛阿克利多思；周作人译	诗铭		
4	绾章	革命与文学	进步杂志	第 6 册
4—9	[美]泼洛歇；巽吾译	艺术教育之原理	教育杂志	第 4 卷第 1、2、6 号
5	大白	新世界	新世界	第 1 期
	煮尘	言语与文字合一之研究		
6	大白	死人世界与生人世界	学艺杂志	第 2 期
	沈成章	原情		
	沈成章	论文		第 2 期
	罗文模	中国学派之变迁		
7	[日]服部宇之吉	性与教育之关系	湖南教育杂志	第 1 年第 2 期
	少少	戏剧改良说		
8	TY 生译	论影戏与文化之关系	东方杂志	第 9 卷第 3 号
8—次 2	管达如	说小说	小说月报	第 3 年第 5、7—10 期
9	绿天翁	英人谈中国文学		第 3 年第 6 期
	孤愤生	文艺俱乐部发刊词	文艺俱乐部	第 1 号
	林礼铿	统一中国言语策	进步杂志	第 2 卷第 5 号
10	甯海	中国文字释难・今后之文人	进步杂志	第 2 卷第 6 号
	史久润	语言与思想之关系	独立周报	第 1 年第 5 号
	知难	论国学之前途		
	唐群英	创办女子白话旬报意见书	女子白话旬报	第 1 期
		英国大文学家丹勒栋甫传略	湖北教育会报	第 1 期
10—12	曾学传	美利论	四川国学杂志	第 2—4 号
11	刘师培	与人论文书		第 3 号
	绾章	国民文之反镜	进步杂志	第 3 卷第 1 号
	[日]宇野哲人；绾章译	满清一代学术思想之小史		
	甯海	何谓国粹		

月	作者·译者	篇　名	发表刊物	卷·期·号
11、12	率群	论文学	独立周报	第1年第9、11、13号
12	社英	艺术谈	神州女报	第4期
	梁启超	国性篇	庸言	第1卷第1号
12、次1	张裕钊	张廉卿先生论文书牍摘抄	中国学报	第2、3期

1913年

月	作者·译者	篇　名	发表刊物	卷·期·号
1	甾海	与人论学文之法	进步杂志	第3卷第3号
	[美]儒洛史；朱进摘译	中国社会之研究	留美学生年报	第2年
	邢岛	改革文字之意见书	东方杂志	第9卷第7号
2	章锡琛译	新唯心论	东方杂志	第9卷第8号
	汪炳台	论应用文字与著述文字	独立周报	第2年第6号
	吴贯因	史家位置之变化	庸言	第1卷第5号
2—5	周季侠	诗学枝谭		第1卷第5、6、10、11号
2、3	甾海	中国古代之哲学	进步杂志	第3卷第4、5号
2—6	章学诚	章实斋文钞	古学汇刊	第4—6编
2、3	卷曲	西方谈苑：论杂剧	独立周报	第2年第5、10号
3	学文	文学博论		第2年第9、10、13—15号
	张仲炘	文史社宣言书	文史杂志	第1期
	余箴	国民性与教育	教育杂志	第5卷第3号
	傅君剑	文学读本弁言	湖南教育杂志	第2年第5期
4	素隐	改良戏剧谈		第2年第7期
	囷	说演戏	通俗教育杂志	第1期
	[日]山木宪；杜亚泉译	中国文字之将来	文史杂志	第2期
	王惕	论中国政治与学术之关系		
	[日]中里弥之助；李钊译	托尔斯泰主义之纲领	言治	第1年第1期
	郁嶷	答友人论文书		
	琐尾生	小说丛考序言	小说月报	第4卷第1号
4、5	[法]卢骚；夏丏尊译	爱弥尔	教育周报	第1、2、5期

月	作者·译者	篇 名	发表刊物	卷·期·号
4—12	孙毓修	欧美小说丛谈	小说月报	第4卷第1—8号；第5卷第9—12号
4—次2	泖东一蟹编	小说丛考		第4卷第1—11号；第6卷3—11号（1915年4月—12月）
4—次3	王国维	宋元戏曲史	东方杂志	第9卷第10号—第10卷第9号
5	俞乾三	论中国文字足以统一世界	教育周报	第6期
	[日]古城贞吉；王灿译	支那四千年文学史	说报	第2期
	我斯	予之剧场观	大同周报	第1期
	息霜	近世欧洲文学之概观	白阳	诞生号
5、8	[日]上野阳一；周树人译	艺术玩赏之教育	教育部编纂处月刊	第1卷第4、7册
6	余箴	国民性与教育	教育杂志	第5卷第3号
	选	改良社会须先改良小说	通俗教育杂志	第5期
	华	卢梭		
	陈国惠	论美感教育之关系	教育周报	第8期
	郁嶷	汉学东渐	言治	第1年第3期
		古今文粹叙例		
6—8	汪炳台	心理学学术语之比较	教育研究	第2—4期
7	张东荪	余之孔教观	庸言	第1卷第15号
	康有为	日本书目志序	不忍	第6册
	宋育仁	哲学研究序例	文史杂志	第5期
	伧父	精神救国论	东方杂志	第10卷第1—3号
	钱智修	现今两大哲学家学说概略		第10卷第1号
7—10	[日]须藤新吉	温德之心理学说	教育部编纂处月刊	第1卷第6—9册
8	陆志韦	怀瑾献璞	东方杂志	第10卷第2号
	孙振涛	人格教育说	教育周报	第14期
	蔡子民	世界观与人生观		第16期
	陈焕章等	请定孔教为国教呈文		
9	王葆心	历史研究法		第19期
	吕翼文	论风骚之风骨体质	说报	第6期
	余箴	美育论	教育杂志	第5卷第6号
	[日]稻垣末松；绾章译	东欧文学之概观	进步杂志	第4卷第5号

月	作者·译者	篇 名	发表刊物	卷·期·号
9	[日]桑木严翼；绾章译	实证主义与理想主义	进步杂志	第4卷第5号
	希如	论中西学术之相通	文史杂志	第7期
10、11	[日]上野阳一；周树人译	社会教育与趣味	教育部编纂处月刊	第1卷第9、10册
11	王桐龄	历史上汉民族之特性	庸言	第1卷第23、24号
	李大钊	文豪	言治	第1年第6期
12	高劳	理性之势力	东方杂志	第10卷第6号
	[美]勃鲁斯；钱智修译	笑之研究		
	章锡琛	寻绎理趣之乐		
	静庵	论人间的嗜好	吴县教育杂志	第2期
	远公	论戏曲	歌场新月	第2期
	眷秋	小说杂评	雅言	第1期

1914年

月	作者·译者	篇 名	发表刊物	卷·期·号
1	章锡琛	新乐天观	东方杂志	第10卷第7号
	余箴	何谓学问	教育杂志	第6卷第1号
	章太炎	文始叙例	雅言	第2期
	大浣	清代学术思想变迁论		
	胡适	非留学篇	留美学生年报	第3年
	许先甲	论文学		
	觐庄	论孔教		
	藏晖	论汉宋说诗之家及今日治诗之法		
	[美]伊略特；翁长锺译	学问之士之新界说	中华教育界	第3卷第1期
	丁锡华	日儒福泽谕吉之修身要领		
2	[英]弗纳乔逊；严桢译	戏剧对于历史科之功用		第3卷第2期
	章锡琛	浮田和民氏之新道德论	东方杂志	第10卷第8号
	砺志斋主	进化学之研究		
	邢岛	读音统一会公定国音字母之概说		
	胡以鲁	论译名	庸言	第2卷第1、2号合刊
	远生	神秘哲学		
	康达宕	与说难论文学书	雅言	第4期
	启明	小说与社会	绍兴县教育会月刊	第5号
	周作人	艺文杂话	中华小说界	第1年第2期

月	作者·译者	篇　名	发表刊物	卷·期·号
2	天翼	近世文化之缺点	进步杂志	第5卷第4号
2—7	管侯	论中国文字之义理与学科之关系	雅言	第4、5、7、8期
3	和士	吾人高尚趣味之涵养	进步杂志	第5卷第5号
	无我	裴希脱传	教育杂志	第6卷第1号
	梁启勋	说感情	庸言	第2卷第3号
	管侯	礼教问题之研究	雅言	第6期
3、4	优	文章与经济	清华周刊	第3、4期
	闲云	美感教育论	教育研究	第11、12期
3—8	成	小说丛话	中华小说界	第1年第3—8期
4	葛定志	中国学术变迁论	天籁	第2卷第3号
	日夕	理想与实验	东方杂志	第10卷第10号
	余箴	何谓学问	教育杂志	第6卷第1号
	冰心	进化学上之妇人观	妇女时报	第13期
	光昇	论中国之国民性	中华杂志	第1卷第1号
	杨荫樾	人性新说	神州丛报	第1卷第2册
	寄沤	人道说	金陵光	第6卷第2期
	启明	古童话释义	绍兴县教育会月刊	第7号
4、5	远生辑译	新剧杂论	小说月报	第5卷第1、2号
	心史	文艺谈		
5	秋桐	译名	甲寅月刊（东京）	第1卷第1号
	玄中	国民性论	民国	第?年第1号
	恕庵	再论理性之势力	东方杂志	第10卷第11号
	钱智修	梦之研究		
		常识说		
	[英]高葆真	自由解		
	季子	新剧与道德之关系	新剧杂志	第1期
		新剧与小说之关系		
		新剧与文明之关系		
	啸天	我之论剧		
		记吴稚晖先生之伦敦剧谈		
		论女子新剧广义		
	瘦月	美术白话剧本之创议		
		中国新剧源流考		
		希腊戏剧之原起		
		新旧剧之异点一、二		

月	作者·译者	篇 名	发表刊物	卷·期·号
5	瘦月	新剧中之外国派	新剧杂志	第1期
	剧魔	喜剧与悲剧		
6		加藤弘之天则论	东方杂志	第10卷第12号
		吾人高尚趣味之涵养		
	佚名	托斯道氏之人道主义		
	柯峄希译	英人斐斯脱对于孔教之论调	宗圣汇志	第1卷第8、9期合刊
	高旭	学术沿革之概论	国学丛选	第5集
	顾增辉	情欲说		
	胡怀琛	文论		
	何其伟	五千年来学术沿革略论	国学丛刊（清华）	第1期
	沈鹏飞	泰西哲学源流考		
	王善佺	论中国文学		
	郑宗海	辛亥以来之文学观		
	启明	童话释义	绍兴县教育会月刊	第9号
6—次10	吴梅	顾曲尘谈	小说月报	第5卷第3—6、8—12号，第6卷第1—10号
7	钱基博	国文教授私议	教育杂志	第6卷第4号
	海鸣	改良旧剧说	民权素	第2集
	季子	论新剧	新剧杂志	第2期
	许豪士	最近新剧观		
	瘦月	戏剧进化论		
		新剧原于理想说		
	江郎	新剧之必要条件		
		脚本与小说		
	云父	对于新剧之三大主张		
	顽石	伶人与学术之概观		
	宜人	巴黎戏话		
	韦系	说史学	学生杂志	第1卷第1号
	指严	文学卮言		
7—次1	义华	戏剧杂谈	民权素	第2—4集
8	[美]玛尔康穆；钱智修译	世界妇女美观之异同	东方杂志	第11卷第2号
	章锡琛译述	风靡世界之未来主义		
		论语言之缘起及其进化		

月	作者·译者	篇　名	发表刊物	卷·期·号
8	刘仁航	论质文与国家兴灭之消长	说报	第13、14期
8—12	胡茨村	诗史	小说月报	第5卷第5—11号
9	大可	活动影戏滥觞中国与其发明之历史	进步杂志	第6卷第5号
	王朝阳	说卑劣文学之害	教育研究	第15期
	张锡佩	后世文体多出于尚书说	学生杂志	第1卷第3号
	镜若口述；叔鸾达恉	伊蒲生之剧	俳优杂志	第1期
	叔鸾	新旧剧根本上之研究		
	马二	自由演剧之将来		
		演剧之等级		
	冷眼	一年来新剧进行之状况		
	孤松	论文字与世风之关系	织云杂志	第1期
10	少少	美与善之关系	公言	第1卷第1号
	钱智修	布格逊哲学说之批评	东方杂志	第11卷第4号
	陆福基	国粹主义与欧化主义	学生杂志	第1卷第4号
	于纬	心之意味		
	[日]宫崎来城；郭家声、孟文翰译	中国文学部之诗乐变迁与歌曲关系论	京师教育报	第9期
	志厚	摹仿说	教育杂志	第6卷第7号
		心理学研究法		第6卷第8号
	沧一译述	论意志自由学说之分类	湖南教育杂志	第3年第11期
	傅锡鸿	论中外学术	法政学报	第2卷第10号
11	适盦	奥义开氏与东洋哲学	世界杂志	第1卷第1号
	梁天柱	孔教	甲寅月刊（东京）	第1卷第4号
	孙叔谦	国学		
	容挺公	译名		
	皕海	东方思想与西方思想	进步杂志	第7卷第1号
	皕海辑	人类进化为言语与文字之效果；论天才		
	尹文光	国文说	学生杂志	第1卷第5号
	柳鹃	论戏剧与文学之关系	剧场月报	第1卷第1号
	王剑秋	声音之道与政相通说		
	铁柔	春柳剧场观剧谈		
11、12	吴公恺	物心神概观	东方杂志	第11卷第5、6号
12	樊炳清	说反		第11卷第6号
	志厚	教育上之色欲问题	教育杂志	第6卷第12号

月	作者·译者	篇　名	发表刊物	卷·期·号
12	程公达	论艳情小说	学生杂志	第1卷第6号
	张寿民	天演学辨惑		
	遏云	新剧之前途	剧场月报	第1卷第2号
	旷望	新剧之悲观		
	杨铨	科学与中国	留美学生季报	第1卷第4期
	孙恒	中国与西洋文明		

1915年

月	作者·译者	篇　名	发表刊物	卷·期·号
1	陈容	现今我国思想应趋之正轨	教育杂志	第7卷第1号
	朱元善	尊重个性		
	[美]戴维；周建人译	人文与地形之关系	绍兴教育杂志	第3期
	徐大纯	述美学	东方杂志	第12卷第1号
		论文学与思想之关系		
	少少	中国戏剧史发凡	公言	第1卷第3号
	方竹雅	广达尔文进化论		
	啬庵	论中国文学之特质	中华学生界	第1卷第1期
	孙本文	士说		
	钟莽村	教育与民族主义论	教育周报	第68、71期
	蓝公武	辟近日复古之谬	大中华	第1卷第1期
	梁启勋	个人主义与国家主义		
	郈海辑	艺术者性欲之变形也	进步杂志	第7卷第3号
1、2	[英]德尔伯；青霞译	活动幻影之发达及影片之制造	大中华	第1卷第1、2期
1—6	亦周郎	京师三十年来梨园史	中华小说界	第2卷第1—6期
1—8	容纯甫自叙；凤石译述、铁樵校订	西学东渐记	小说月报	第6卷第1—8号
2	俞乾三	中国文学概论	教育周报	第72期
	遏云	编剧之方针	剧场月报	第1卷第3号
	心史	说演戏之脚本		
	郈海	音乐家与诗人	进步杂志	第7卷第4号
	冰心	英美最近流行之小说观		
	吴贯因	尊孔与读经	大中华	第1卷第2期
	章锡琛译	欧洲之思想战争	东方杂志	第12卷第2号
2—10	钱智修	德国大哲学家郁根传	教育杂志	第7卷第2、6号；第8卷第3、8、10号

月	作者·译者	篇 名	发表刊物	卷·期·号
3	[日]安部矶雄;彭金夷译	二十世纪三大问题	东方杂志	第12卷第3号
	丽海	东方家族主义与个人主义之革代	进步杂志	第7卷第5号
	秋风	旧剧与历史	戏剧丛报	第1卷第1期
		新旧剧之比较观		
	佩弦	评剧之罪恶		
	岵庵	读佩弦评剧之罪恶篇书后		
	振公	女子新剧团之过去历史		
	魂郎	北京新剧失败之原因		
	雨村译	莎士比小传		
	[英]利达生;琯玉译	背景之起源与舞台建筑法		
	白苹	外国报之评外戏		
		外国人之论中国旧剧		
	侯德榜	划一译名刍议	留美学生季报	第2卷第1期
	蒋梦麟	与吾国学者某公论学书		
	萧公弼	释我	学生杂志	第2卷第3号
	吴贯因	说国性	大中华	第1卷第3期
	任鸿隽	说中国无科学之原因	教育周报	第76期
3、4	范石渠	近世民族主义之争斗	大中华	第1卷第3、4期
3—5	吴贯因	改良家族制度论		第1卷第3—5期
4	赵元任	心理学与物质科学之区别	教育周报	第80期
	萧公弼	科学国学并重论	学生杂志	第2卷第4号
		研究哲学之要点		
	范石渠译	现代思潮之文明史的观察	大中华	第1卷第4期
	梁启勋	欲望与希望		
	丁怀瑾	近世学术史通弁言	云南教育杂志	第4卷第4号
	陆尔奎	辞源说略	东方杂志	第12卷第4号
	林纾	古文谭	国学杂志	第1期
5	伧父	战争与文学	东方杂志	第12卷第5号
	高硐若	实体存在论		
	高一涵	章太炎自性及与学术人心之关系	甲寅月刊（东京）	第1卷第5号
	叶景莘	学理与经验	大中华	第1卷第5期
5、6	和士	现在世界思想艺术之一览	进步杂志	第8卷第1、2号
6	梁启勋	论理学与心理学之关系	大中华	第1卷第6期
	吴贯因	改良家族制度后论		
	吴曰法	小说家言	小说月报	第6卷第6号

月	作者・译者	篇 名	发表刊物	卷・期・号
6	和士	文明释义	进步杂志	第8卷第2号
	嗇庵	人性论	中华教育界	第4卷第6期
		读书勺言	东方杂志	第12卷第6号
	CZY生	改良家族制度札记	甲寅月刊（东京）	第1卷第6号
	劳勉	论国家与国民性之关系		
	萧公弼	读康德人心能力论书后	学生杂志	第2卷第6号
7	造五	科学之价值	东方杂志	第12卷第7号
	钱崇树	天演新义	科学	第1卷第7期
	稼畦	对于国文之研究	教育周报	第91期
	倪义抱无斋	诗说	国学杂志	第3期
	张寿民	心之科学意味	学生杂志	第2卷第7号
	铁樵	论言情小说撰不如译	小说月报	第6卷第7号
	梁启超	复古思潮平议	大中华	第1卷第7号
7、8	谢无量	德国大哲学者尼采之略传及学说		第1卷第7、8期
7、9	[日]石川千代；苏贻纶译	进化论	安庆教育杂志	第1、3期
8	兼士	国民生存之大问题	大中华	第1卷第8期
	彭举	世界观释名	世界观杂志	第1卷第1期
	萧公弼	欧战后新文明之蠡测		
	酉海	国语统一之希望	进步杂志	第8卷第4号
	周作人	童话研究	湖南教育杂志	第4年第8期
8、9	秋魂	新剧刍议	民权素	第9、10集
9	叔雅	唯物唯心得失论	甲寅月刊（东京）	第1卷第9号
	曹佐熙	原史		
	黄英灏	中国文学概论	宗圣学报	第2卷第3册第15号
	易鼎新	文言改良浅说	留美学生季报	第2卷第3期
	黄琳	中国宜除去守旧性根说		
	雪村	浪漫主义	东方杂志	第12卷第9号
	陈独秀	敬告青年	青年杂志	第1卷第1号
		法兰西人与近世文明		
	汪叔潜	新旧问题		
	[法]Max O'Rell；独秀译	妇人观		
	[法]薛纽伯；陈独秀译	现代文明史		
10	高一涵	近世国家观念与古相异之概略		第1卷第2号

月	作者・译者	篇 名	发表刊物	卷・期・号
10	高劳	吾人今后之自觉	东方杂志	第12卷第10号
	高亚宾	近日学校蔑视本国文学匡谬	安庆教育杂志	第4期
	无涯	道德进化论	甲寅月刊（东京）	第1卷10号
	唐钺	达尔文传		第1卷第10期
10、次7	[美]开洛格；胡先骕译	达尔文天演学说今日之位置	科学	第1卷第10期；第2卷第7期
11	高劳	国民共同之概念	东方杂志	第12卷第11号
	[英]赫胥黎；刘叔雅译	近世思想中之科学精神	青年杂志	第1卷第3号
11、12，次3—6	[法]卢梭；谭觉民重译	教育臆说（一名爱美儿）	湖南教育杂志	第4年第11、12期；第5年第3—6期
11、12	陈独秀	现代欧洲文艺史谭	青年杂志	第1卷第3、4号
	李亦民	法兰西人之特性		
12	远生	反省	东方杂志	第12卷第12号
	恽代英	文明与道德		
	陈独秀	东西民族根本思想之差异	青年杂志	第1卷第4号
	高一涵	读梁任公革命相续之原理论		
	刘叔雅	叔本华自我意志说		
	天民	意志自由说之分类	教育杂志	第7卷第12号
	林琴南	桐城派古文说	民权素	第13集
	农生	最近十五年文艺史	中华学生界	第1卷第12期
	[日]石坂养平；张习术译	社会问题与文学者	世界观杂志	第5卷第1期
	朱进	人道主义	留美学生季报	第2卷第4期
	邹秉文	科学与科学社		
12—次4	张可治译	七十年来科学发达史	清华学报	第1期第2、4、6号

1916年

1	远生	国人之公毒	东方杂志	第13卷第1号
	民质	我		
	民质	倭铿人生学大意		
	曹素宸	中外文字之比较		
	蔡寓仁	对于国文之主张	教育周报	第112期
	金蓉镜	国粹学会缘起		
	丁怀瑾	近世学术史通弁言		第113期

月	作者·译者	篇 名	发表刊物	卷·期·号
1	易白沙	我	青年杂志	第1卷第5号
	任鸿隽	科学精神论	科学	第2卷第1期
	[日]幸田露伴；法孝译纂	说情	大中华	第2卷第1期
	[日]副岛义一；法孝译纂	说文		
	刘师培	文说五则	中国学报	复刊第1册
		文笔词笔诗笔考		
1—3	周祺	诗体辨要		复刊第1—3册
1—5	金楚青	中国文化与世界之关系	大中华	第2卷第1、2、4、5期
	梁启超	国文语原解		第2卷第1—5期
1—6	蔡元培	石头记索隐	小说月报	第7卷第1—6号
1、次5	钱智修	法国大哲学家布格森传	教育杂志	第8卷第1号；第9卷第5号
2	远生	新旧思想之冲突	东方杂志	第13卷第2号
	家义	个位主义		
	金蓉镜	学术与时务之关系	教育周报	第116期
	陈独秀	吾人最后之觉悟	青年杂志	第1卷第6号
	易白沙	孔子平议上		
	皕海	进化之吾人	进步杂志	第9卷第4号
	淡兮	法国国民之精神		
3	皕海	原人		第9卷第5号
	任夫	嚣俄之永生论		
	飞	论学术思想	清华周刊	第68—70期
	稼畦	历代文辞变迁概说	中华学生界	第2卷第3期
	海澄	实利主义之梗概		第2卷第3期
3—10	谢无量	中国六大文豪	大中华	第2卷第3、8—10期
3—次1	徐彦宽	桐城三家论文书牍集录	国学杂志	第6—8期
4	伧父	再论新旧思想之冲突	东方杂志	第13卷第4号
	王水公	吾人与世界之关系		
	高劳	爱与争		第13卷第5号
	伧父	论国音字母		
	刘师培	广阮氏文言说	中国学报	复刊第4册
	孙学悟	人类学之概略	科学	第2卷第4期

月	作者·译者	篇　名	发表刊物	卷·期·号
4、5	周祺	文章志要	中国学报	复刊第4、5册
4—6	佩我	西方思想之道德学说史	进步杂志	第9卷第6号；第10卷1、2号
5	郢石	说爱	进步杂志	第10卷第1号
	皕海辑录	德国国民性之观察		
	任鸿隽	论学	科学	第2卷第5期
	刘师培	与人论文书	中国学报	复刊第5册
	漱石	论改良文学	宗圣学报	第2卷第4册
	多	论振兴国学	清华周刊	第77期
	彤	托尔斯泰传		第78期
	翁长锺译	中国之文字问题	中华学生界	第2卷第5期
6	圹罜	说古今人思想之差违		第2卷第6期
	陈光辉	改良戏剧刍言	复旦	第2期
	冷风	武侠丛谈序	小说月报	第7卷第6号
	纳川	小说丛话	中华小说界	第3卷第6期
	实存	国民性篇	民铎杂志	第1卷第1号
	苏鉴	改良家族制度略论	留美学生季报	第3卷第2期
7	章锡琛	生存竞争在伦理学上之价值	东方杂志	第13卷第7号
	郢石	古今文学界之大伟人	进步杂志	第10卷第3号
	谢无量	中国哲学史	大中华	第2卷第7期
7—次3	胡明复	科学方法论	科学	第2卷第7、9期；第3卷第3期
8		古今文学界之大伟人	东方杂志	第13卷第8号
	郢石	法兰西之国民性	进步杂志	第10卷第4号
	陶孟和	文化之嬗变	大中华	第2卷第8期
	逐微译	印度大思想家太阿儿自传		
8、9	蔡元培	赖斐尔	东方杂志	第13卷第8、9号
9	陈独秀	新青年	新青年	第2卷第1号
	李大钊	青春		
	易白沙	孔子平议下		
	俞颂华	说科学	环球	第1卷第3期
	[美]汤松	美育论		
	梅光迪	民权主义之流弊论	留美学生季报	第3卷第3期
	林天兰	通俗演讲议		
	胡适	藏晖室杂记		
	瞿宣颖	国民劣根性之研究	约翰声	第27卷第6期
	张寿民	思想与归纳	学生杂志	第3卷第9号

月	作者·译者	篇名	发表刊物	卷·期·号
10	[日]昇曙梦；逐微译	俄罗斯文学之社会意义	大中华	第2卷第10期
	法孝译	英法人之根本气质		
	石曾	卢梭传	旅欧杂志	第4、5期
	王慕陶	诗史十章		
	刘半农	爱尔兰爱国诗人	新青年	第2卷第2号
	李士铭	社会我略说	绍兴教育杂志	第16期
	伧父	静的文明与动的文明	东方杂志	第13卷第10号
10—12	章锡琛	笑之研究		第13卷第10—12号
	马君武	赫克尔之一元哲学	新青年	第2卷第2—5号
11	吴稚晖	再论工具		第2卷第3号
11、12	天民	艺术教育上之诸问题	教育杂志	第8卷第11、12号
12	许家庆	纸之学问与物之学问	东方杂志	第13卷第12号
	任鸿隽	吾国学术思想之未来	科学	第2卷第12号
	唐崇慈	说性情	清华学报	第2卷第2期
	陈元龙	文法蠡论	天籁	第4卷第4号
	[美]W.C.Stephenson；张子芳译述	文学与战争		
	静观	卢梭及其学说	民铎杂志	第1卷第2号
	叔琴	卢梭之教育说		
	陈独秀	孔子之道与现代生活	新青年	第2卷第4号
	刘半农	拜轮遗事		
	陈独秀	西文译音私议		
	张贻志	科学统系论	留美学生季报	第3卷第4期
	胡适	论诗偶记		
	王预	说文明之所以然		
12—次9	胡适	藏晖室札记	新青年	第2卷第4号—第5卷第3号
12、次1	徐宝谦	郁根氏学说之介绍	进步杂志	第11卷第2、3号

1917年

1	荫亭	论美育与道德教育之关系	中华教育界	第6卷第1期
	陈独秀	再论孔教问题	新青年	第2卷第5号

月	作者·译者	篇 名	发表刊物	卷·期·号
1	胡适	文学改良刍议	新青年	第2卷第5号
	章锡琛译	中国民族性论	东方杂志	第14卷第1号
	叔节	评点本古文辞类纂序	小说月报	第8卷第1号
		畏庐文续集序		
	余家菊	梦之心理学	光华学报	第2年第1期
1—7	萧公弼	美学	寸心	第1—4、6期
		鬼学		
	太玄译	生物学家达尔文自传	学生杂志	第4卷第1、3、7号
1—3	陶履恭	人类文化之起源	新青年	第2卷第5号—第3卷第1号
2	王荧	释人格	中华教育界	第6卷第2期
	余寄	德国之国民性	教育周报	第152期
	钱基博	中学校教授中国文学史之商榷	教育杂志	第9卷第2号
	陈独秀	文学革命论	新青年	第2卷第6号
	吴虞	家族制度为专制主义之根据论		
	光昇	中国国民性及其弱点		
	陈嘏	"基尔米里"译者识		
	吴敬恒	学问标准宜迁高其级度说	东方杂志	第14卷第2号
	高劳	个人与国家之界说		第14卷第3号
	曹素宸	文章之形式与精神		
3	王闿运	湘绮楼论诗文法（遗稿）	太平洋杂志	第1卷第1号
	朱少屏	有益之小说	环球	第2卷第1期
	恽代英	物质实在论	新青年	第3卷第1号
	常乃惪	我之孔道观		
	胡适	文学改良刍议	留美学生季报	第4卷第1期
	吴东园	论骈文	中华编译社社刊	第3号
4	陶履恭	社会	新青年	第3卷第2号
	李大钊	青年与老人		
	方孝岳	我之改良文学观		
	伧父	战后东西文明之调和	东方杂志	第14卷第4号
	[美]立孟阿勃脱	东西文化论衡		
	白坚武	家族原论	言治季刊	第1册
	李大钊	美与高		
	陈裕祺	今日之学生与国文	清华周刊	第104期
	沈鹏飞	世界印刷术发达史	清华学报	第2卷第6期
	童锡祥	德国大诗家许雷传略		

月	作者・译者	篇 名	发表刊物	卷・期・号
4	唐崇慈	美国大文豪汉雷哲穆斯传略	清华学报	第2卷第6期
	王刚、吴启风	文以载道说	艺文杂志	第1期
	蔡方忱	振兴文学以保存国粹说		
	方矩、陈鼎芬等	文艺与国家之关系		
	适今	东西洋伦理研究之起源	教育周报	第158期
	我生	美国之国民性		第160期
4、5	成	印度诗人塔果尔传	清华周刊	第106、110、111期
5	余寄	法国国民之特质	教育周报	第164期
	刘半农	我之文学改良观	新青年	第3卷第3号
	胡适	历史的文学观念论		
	高硎若	生存竞争与道德		
	[日]桑原骘藏；J.H.C生译	中国学研究者之任务		
	余元濬	读胡适先生文学改良刍议		
	高素素	女子问题之大解决		
	扶亚	泰西挽近之思潮	新国民	第3期
	天民	现代教育思潮之种类	教育杂志	第9卷第5号
	时	学生演剧平议	清华周刊	第107期
	[美]佛勒斯顿；天逸译	哲学之意义	光华学报	第2年第3期
5、9	姚寅恭	国文科语法之研究	教育周报	第163、175期
6	严继光	法国大哲学家柏格森学说概略	清华学报	第2卷第8期
	顾谷成	法兰西二大文学评论家		
	程其保	卢梭教育思想		
	西治	论中国国民之品格	公民周刊	第1卷第3号
	愈之	论道德上之势力	东方杂志	第14卷第6号
	吴虞	儒家主张阶级制度之害	新青年	第3卷第4号
	凌霜	托尔斯泰之平生及其著作		
7	字民	心的现象略说	学生杂志	第4卷第6号
		俄国革命与文学家	言治季刊	第3册
		文艺与人生		
	陈独秀	近代西洋教育	新青年	第3卷第5号
	刘半农	诗与小说精神上之革新		
	Sydney Smith；胡善恒译	智乐篇		
	易明	改良文学之第一步		

月	作者·译者	篇名	发表刊物	卷·期·号
7、8	谢麓逸	文艺漫谈——浪漫主义同自然主义的比较观	晨报	7月30日—8月3日
8	朱毓魁	青年与欲望	学生杂志	第4卷第8号
	陈独秀	复辟与尊孔	新青年	第3卷第6号
	蔡孑民	以美育代宗教说		
9	胡适	先秦诸子之进化论	留美学生季报	第4卷第3期
	行隑	中华民族特性论	神州学丛	第1号
	许崇清	哲学新义	学艺	第1卷第2号
	蔡元培	以美育代宗教说		
	罗重民	国民之统一与国语之统一		
9—12	光	伯爵托尔斯泰传	清华周刊	第112、115、118、119、122期
10	恽代英	经验与智识	东方杂志	第14卷第10号
	胡适	文学改良刍议		
	华林	情感与世界之创造		
11	[英]赫胥黎；龚自知译	科学与文化	尚志月刊	第1卷第1号
11、12	病夫	论法兰西悲剧源流	真美善	第1卷第1—3、6号
12	行严	欧洲最近思潮与吾人之觉悟	东方杂志	第14卷第12号
	高劳	世界人之世界主义		
	[日]小林照朗；风欠译	近世社会之三大倾向		
	林德育	泰西女小说家论略	妇女杂志	第3卷第12号
	顾实	比较言语学上国民智育观	教育杂志	第9卷第12号
	周时敏	论言文合一	教育周报	第185期
	昭承	记胡适之先生演讲中国文学改良问题	清华周刊	第122期
	汪懋祖	论文以载道	留美学生季报	第4卷第4期

1918年

	雁冰	一九一八年之学生	学生杂志	第5卷第1号
	无我	心之修养		
1	太玄	文豪意普森传		
	陆费逵	灵魂与教育	中华教育界	第7卷第1期
	天贶	裴根文选序	青年进步	第9册
	高亚宾译述	吾国古代良美教育之尊贫主义	安徽教育月刊	第1期

月	作者·译者	篇 名	发表刊物	卷·期·号
1	曾煦伯	剧谈	约翰声	第29卷第1期
	龚自知	英吉利文学变迁谭	尚志月刊	第1卷第3号
	高一涵	近世三大政治思想之变迁	新青年	第4卷第1号
	陶履恭	女子问题		
	刘半农	应用文之教授		
	[英]W.B.Trites；周作人译	陀思妥夫斯奇之小说		
	傅斯年	文学革新申义		
	胡适	论小说及白话韵文		
	钱玄同	新文学与今韵问题		
	鲍国宝	梅德林克之人生观	清华学报	第3卷第2期
	高祖同	文字潮流与时代变迁之关系		
	宋春舫	文学上之"世界观念"		
	光	英文文学丛谈	清华周刊	第126期
1、2	A.K.Rogers；龚自知译	近代哲学概论	尚志月刊	第1卷第3、4号
1—5	高亚宾译述	德国哲学思潮	安徽教育月刊	第1—5期
1—4	顾树森	温德氏之新心理学	中华教育界	第7卷第1—4期
1—8	袁丕佑	文章流别论	尚志月刊	第1卷第3—10号
2	蔡元培	以美育代宗教说		第1卷第4号
	陶履恭	新青年之新道德	新青年	第4卷第2号
	刘叔雅	柏格森之哲学		
	钱玄同	尝试集序		
	沈兼士	新文学与新字典		
	傅斯年	文言合一草议		
	沈嗣芳	西诗式	学生杂志	第5卷第3号
	蒋梦麟	过渡时代之思想与教育之关系	教育杂志	第10卷第2号
3	A.K.Rogers；龚自知译	宇宙原始论：泛神论与超神论	尚志月刊	第1卷第5号
	庆汝廉	释我		
	[法]柏格森；笪远纶译	原梦	清华学报	第3卷第4期
	唐庆诒	与友人论文书	留美学生季报	第5卷第1期
	汪懋祖	致新青年杂志记者		
	沈嗣芳	西诗式	学生杂志	第5卷第3号
	休白拉克；陈霆锐译	释想象	青年进步	第11册

月	作者·译者	篇 名	发表刊物	卷·期·号
3	崔通约	提倡基督教文学说	青年进步	第11册
	高一涵	读弥尔的自由论	新青年	第4卷第3号
	余慧殊	新文学之运用		
	王敬轩	文学革命之反响		
3、6	唐崇慈	广进化论	清华学报	第3卷第4、8期
	鲍国宝	法国文学导言		
3—次5	胡以鲁	国语学草创	尚志月刊	第1卷第5—8号，第2卷第1、11号
3、4	黎锦明	国语研究调查之进行计划书	教育杂志	第10卷第3、4号
	吴世英	幻觉	教育周报	第195、197期
4	胡适	建设的文学革命论	新青年	第4卷第4号
	傅斯年	中国学术思想界之基本误谬		
	钱玄同	中国今后之文字问题		
	林玉堂、钱玄同	论汉字索引制及西洋文学		
	T.F.C.生	日本人之文学兴趣		
	伧父	迷乱之现代人心	东方杂志	第15卷第4号
	蒋梦麟	个人之价值与教育之关系	教育杂志	第10卷第4号
	陆费逵	论学	中华教育界	第7卷第4期
	袁丕钧	言语起源论	尚志月刊	第1卷第6号
		文章格律论		
4、5	A.K.Rogers；龚自知译	唯物论与唯心论		第1卷第6、7号
	[法]鲁滂；钟建闳译	原群	戊午杂志	第1期第1、2号
5	[日]与谢野晶子；周作人译	贞操论	新青年	第4卷第5号
	胡适	论短篇小说		
	陶履恭	法比二大文豪之片影		
	凌霜	德意志哲学家尼采的宗教		
	李大钊	新的！旧的！		
	盛兆熊；胡适	论文学改革的进行程序		
	鲍国宝	梅德林克之人生观	东方杂志	第15卷第5号
	顾毂成	叔本华学案	清华学报	第3卷第6期
	沈有乾	活动影片		
	天虹一友	艺术浅说	学艺	第1卷第3号
	高铦	学名 Scientific Name		

月	作者·译者	篇　名	发表刊物	卷·期·号
5	[德]因曼纽儿康德；屠孝实译	形而上伦理学基义	学艺	第1卷第3号
	许崇清	美之普遍性与静观性		
	[日]金子马治讲；屠孝实记译	东西文明之比较		
	毅伯	论中国文字应当改良及其改良之方法		
	蔡元培	舍己为群	戊午周报	第3期
	刘荫深	方言之研究	学生杂志	第5卷第5号
5、6	庆汝廉	超绝之实在论	尚志月刊	第1卷第7、8号
5—7		社会问题		第1卷第7—9号
5、7	夏光南	中国旧有伦理之评论		第1卷第7、9号
5—9	高亚宾译述	中国各体文之研究	安徽教育月刊	第5—9期
5、6	唐崇慈	广进化论	清华学报	第3卷第6、8期
	鲍国宝	法国文学导言		
6	杨贤江	个体之觉悟	学生杂志	第5卷第6号
	陈钟凡	人类心理进化论	尚志月刊	第1卷第8号
	凌霜	托尔斯泰之平生与其著作		
	洪承德	近世女子位置之三大变迁		
	高亚宾译述	中国之文化	安徽教育月刊	第6期
	天翼译述	进化论与造化论		
	钱智修	功利主义与学术	东方杂志	第15卷第6号
	蛰庵译	欧洲各国国语势力消长考		
	宋春舫	国运与文学	清华周刊	临时增刊
	孟宪承	哲学要诠	清华学报	第3卷第8期
	刘大钧	社会主义		
	华尔科博士讲演；孟宪承译述	哲学要诠		
	张学古	美术文与应用文之根本谈	南开思潮	第2期
	郑道儒	心理学略说		
	胡适	易卜生主义	新青年	第4卷第6号
	袁振英	易卜生传		
	张厚载	新文学及中国旧戏		
	贞立	西说辨惑书后	教育周报	第205期
	费培杰	吾国与西欧文明演进之迟速	清华学报	第3卷第8期
7	刘慎德	赫克尔之人类进化史	复旦	第6期
	郭任远	本能		
	金国宝	心理学略史		

月	作者·译者	篇　名	发表刊物	卷·期·号
7	余家菊	潜识索隐	青年进步	第15册
	李大钊	东西文明根本之异点	言治季刊	第3册
	胡适	贞操问题	新青年	第5卷第1号
	周作人	日本近三十年小说之发达		
	邓萃英	文学革新与青年救济		
	汪懋祖	读新青年		
	戴主一	驳王敬轩君之反动		
	罗罗	近世人类学	东方杂志	第15卷第7号
	天心	新尚知主义	教育杂志	第10卷第7号
	高亚宾译述	哲学之分类	安徽教育月刊	第7期
	李仿溪	欧洲小说家及其名著	戊午周报	第8期
	斧私	数学与文学		第11期
	龚自知	唯心论唯物论之批评与叔本华世唯意志说	尚志月刊	第1卷第9号
	朱希祖	文章封域论		
	龚自知	论比喻		
	鲍国宝	梅德林克之人生观		
	刘復	通俗小说之积极教训与消极教训	太平洋杂志	第1卷第10号
	王传英	影戏	妇女杂志	第4卷第7号
	奠邑	活动影片之幻景及其制法		
8	伧父	劳动主义	东方杂志	第15卷第8号
	伧父	国文典式例		
	高劳	国家主义之考虑		
	贾丰臻	教育上之国文观	教育杂志	第10卷第8期
	朱希祖	论文字起源与积字成文之理	尚志月刊	第1卷第10号
	陈独秀	偶像破坏论	新青年	第5卷第2号
	唐俟	我之节烈观		
	华林	社会与妇女解放问题		
	朱经；胡适	新文学问题之讨论		
	任鸿隽；胡适	新文学问题之讨论		
	朱我农；胡适；玄同	革新文学及改良文字		
	玄同；刘半农	今之所谓"评剧家"		
8、9	Thomas Hunter；龚自知译述	德意志哲学小史	尚志月刊	第1卷第10、11号
	天民	我之两端	学生杂志	第5卷第8、9号

月	作者·译者	篇　名	发表刊物	卷·期·号
8—次7	中明译	英国文学史	安徽教育月刊	第8、9、11、19期
9	胡适	答黄觉僧君折衷的文学革新论	新青年	第5卷第3号
	记者	说短篇小说	小说月报	第9卷第9号
	龚自知	斯宾塞尔与综合哲学	尚志月刊	第1卷第11号
	朱希祖	论古人文言合一		
	袁振英	易卜生传		
	沈尹默	学术文录叙目		
	致志	哲学表解		
	刘少少	哲理学说与伦理学说	东方杂志	第15卷第9号
	罗罗	心灵研究之进境		
	钝庵	论吾国美术之沿革	中华美术报	第3号
	费德堃	美术琐语		
	邵拙荞	美术之概论		第4号
9、10	冰纮	美感	华铎	第1卷第7、8号
10	胡适	文学进化观念与戏剧改良	新青年	第5卷第4号
	傅斯年	戏剧改良各面观		
	欧阳予倩	予之戏剧改良观		
	张厚载	我的中国旧戏观		
	傅斯年	再论戏剧改良		
	宋春舫	近世名戏百种目		
	剑衡	真我与实现	青年进步	第16册
	袁丕钧	文学平议	尚志月刊	第1卷第12号
	朱希祖	论译异域书籍与本国文学之关系		
	龚自知	述英国文学革命		
	傅斯年	中国学术思想界之基本误谬		
	陈大齐	哲学绪论		
	章炳麟	国语学草创序		
	蔡元培	蔡孑民先生之剧谈	戊午周报	第23期
	杜鹃	戏剧与社会	梨影杂志	第2期
	基	国文与科学	清华周刊	第144期
10—12	抑庵译	科学精义	东方杂志	第15卷第10—12号
11	罗罗	傀儡剧之复兴		第15卷第11号
	翼	论戏剧与社会之关系	梨影杂志	第3期
	进	新剧之悲观		
	李大钊	BOLSHEVISM的胜利	新青年	第5卷第5号

月	作者·译者	篇　名	发表刊物	卷·期·号
11	刘半农	"作揖主义"	新青年	第5卷第5号
	周作人；钱玄同	论中国旧戏之应废		
	吴敬恒；钱玄同；胡适	文学上之疑问三则		
	[日]福来友吉；天民译	心灵研究之价值	学生杂志	第5卷第11号
12	萨孟武	生物进化述略		第5卷第12号
	[英]G.W.Thorn；罗罗译	陀思妥夫斯基之文学与俄国革命之心理	东方杂志	第15卷第12号
	高一涵	非君师主义	新青年	第5卷第6号
	周作人	人的文学		
	张寿朋	文学改良与孔教		
	攸	中西学术宜兼通不宜偏重	清华周刊	第153期
	孙松龄	文学之研究	云南教育杂志	第7卷第10号
	龚自知	进化论上之学问思索观与我国思想界之奴性与惰性	尚志月刊	第2卷第1号
	袁丕钧	主观快乐论		
	夏光南	礼教与近世伦理思想之异同		
	秦光华	佛兰西斯倍根、沙姆约翰生		
	朱希祖	论古人述作不同		
	陈汉章	今古文家法述		
	孔繁霱	论我国现代文学之趋势及其原因	南开思潮	第3期
	丁业新	中国家庭论		
	文波	国文论要		
	南国少年	中国学术变迁之大势		
	应业存	学问与知识	约翰声	第29卷第9期
	石君	共和国民与世界主义	民铎杂志	第1卷第5号
	若失	理想的人格主义与近世三大诗人	青年进步	第18册
	李涛痕	论今日之新戏		第1期
12—次9	露厂	戏剧词典	春柳	第1—7期

1919年

1	陈独秀	本志罪案之答辩书	新青年	第6卷第1号
	知非	近代文学上戏剧之位置		
	查钊忠	新文体		
	黄介石	修辞学的题目		

月	作者·译者	篇　名	发表刊物	卷·期·号
1	吕澂	美术革命	新青年	第6卷第1号
	张寿镛	对于革新文学之意见		
	朱希祖	文学论	北京大学月刊	第1卷第1号
		新潮发刊旨趣书	新潮	第1卷第1号
	罗家伦	今日之世界新潮		
	陈嘉蔼	新		
	仲密	论黑幕	每周评论	第4号
		平民文学		第5号
	赤	鬼学		第6号
	远瞩	变性的民族主义之研究	青年进步	第19册
	孙松龄	文学之研究	教育公报	第6年第1期
	韩遹仙	文学浅见	绍兴教育杂志	第26期
	春柳旧主	春柳社之过去谭	春柳	第2期
	齐如山	新旧剧难易之比较		
	涛痕	论新戏之难更难于旧戏		
	章秋桐讲演	思想律之解释及评论	尚志月刊	第2卷第2号
	黄侃	六艺略说		
	朱希祖	论文章中训诂音韵变迁		
	罗罗	世界名剧谈	东方杂志	第16卷第1号
	君实	著作与批评		
		小说之概念		
	蔡子民	欧战与哲学		
	陈长蘅	进化之真象		第16卷第1、2号
	陈复光	托尔斯泰之人生观		
	蔼尔吴德；黄钰生译	西方文化源流略	清华学报	第4卷第2期
1—8	天文	哲学之概念	教育杂志	第11卷第1—8号
	蒋梦麟	个性主义与个人主义		第11卷第2号
2	仲密	再论黑幕	新青年	第6卷第2号
	[美]高曼女士；震瀛译	近代戏剧论		
	周祜	文学革命与文法		
	彝铭氏	对于文学改革之意见二则		
	张东荪译述	柏格森之智慧论		
	章实斋	与邵二云论文	国民	第1卷第2号
	杨亦曾译	中国之小说		
	林纾	六朝文论略	文学杂志	第1期

月	作者·译者	篇　名	发表刊物	卷·期·号
2	章太炎	文学论略	文学杂志	第1期
	魏禧	论文		
	马通伯	读艺文志		
	刘师培	论说部与文学之关系		
	黄素	说诗		
	罗家伦	什么是文学——文学界说	新潮	第1卷第2号
	[日]新村正；宋春舫译	评新戏本		
	康白情	论中国之民族气质		
	孟真	中国文艺界之病根		
	傅斯年	心气薄弱之中国人		
		中国文学史之分期研究		
		怎样造白话文		
	仲密	中国小说里的男女问题	每周评论	第7号
	适	文学的考据		
	仲密	杀儿的母		第8号
	一湖	新时代之根本思想		
	仲密	祖先崇拜		第10号
	涵庐	我的戏剧革命观		
	世纪	破坏与建设		
	秦光华	维廉沙士比亚、约纳芬斯威弗替	尚志月刊	第2卷第3号
	蔡元培	欧战与哲学		
	李大钊	Bolshevism的胜利		
3	钱智修	不求甚解	东方杂志	第16卷第3号
	君实译	挽近之神秘主义		
	胡先骕	中国文学改良论（上）		
	吴致觉演讲	泰西哲学问题及派别之大概		
	正溪	正名		
	后康译	哲学之极致	教育周报	第234期
	仲密	思想革命	每周评论	第11号
	守常	新旧思潮之激战		第12号
	二古	评林蝟庐最近所撰“荆生”短篇小说		第13号
	庚言	旧戏的威力		第15号
	陈衡哲	松楼杂记	留美学生季报	第6卷第1期
	康德馨	安诺德之传略及其学说	清华学报	第4卷第4期
	唐崇慈	个性		

月	作者·译者	篇 名	发表刊物	卷·期·号
3	任鸿隽	何为科学家	新青年	第6卷第3号
	高一涵	斯宾塞尔的政治哲学		
	周作人	日本的新村		
	张崧年	男女问题		
	俞平伯	白话诗的三大条件		
	T.F.C.	论译戏剧		
	张耘	改良文学与更换文字		
	朱敏章	白话文	约翰声	第30卷第2期
	康白情	难思想律	新潮	第1卷第3号
	傅斯年	译书感言		
	涛痕	论电影与新戏之于社会上关系	春柳	第4期
	俞士镇	古今学术钩通私议	国故	第1期
	王肇祥	文笔说		
	张煊	言文合一平议		
	唐崇慈	个性	清华学报	第4卷第4期
	洪绅	进化与道德		
	康德馨	安诺德之传略及其学说		
3—5	薛祥绥	邃思斋文论卷一	国故	第1、3期
	黄建中	原知	东方杂志	第16卷第3—5号
3—次3	洪深、沈浩	编剧新说	留美学生季报	第6卷第1、2期；第7卷第1期
4	㰀宁	人格与我	国民月刊	第1卷第4期
	马崇淦	中国文学沿革略论	约翰声	第30卷第3期
	林琴南	论古文白话之相消长	文艺丛报	第1期
	君实编译	俄罗斯文学之过去及将来	东方杂志	第16卷第4号
	罗罗	活动影戏发达之将来		
	蓝公武	破除锢蔽思想之偶像		
	胡适	实验主义	新青年	第6卷第4号
	朱希祖	白话文的价值		
		非折中派的文学		
	石沤	研究外国白话文学之商榷	清华周刊	第166期
	丹	白话文学要义之大略		第167期
	舍	共产党的宣言（摘译）	每周评论	第16号
	渊泉	警告守旧党		第17号"特别附录"
	毋忘	最近新旧思潮冲突之杂感		
	遗生	最近之学术思潮		
	鉴湖	林蔡评议		
	蕴巢	新旧之争		

月	作者·译者	篇　名	发表刊物	卷·期·号
4	遗生	时势潮流中之新文学	每周评论	第19号"第二次特别附录"
		规劝林琴南先生		
	蕴巢	再论新旧之争		
	汪敬熙	什么是思想	新潮	第1卷第4号
	陈达材	文学之性质		
	何思源	思想的真意		第1卷第5号
	龚自知	时代精神与历史思想	尚志月刊	第2卷第4号
		美国现代文学大势谈		
		美		第2卷第4、5号
4—6	金聿修	国文学之研究	约翰声	第30卷第3、5期
	雁冰	托尔斯泰与今日之俄罗斯	学生杂志	第6卷第4—6期
5	毛子水	国故和科学的精神	新潮	第1卷第5号
	罗家伦	驳胡先骕君的中国文学改良论		
	傅斯年	白话文学与心理的改革		
	张煊	驳新潮国故和科学的精神篇	国故	第3期
	李石岑	晚近哲学之新倾向	民铎杂志	第1卷第6号
		倭铿精神生活论		
	黎锦熙	国语学之研究		
	君实译	新欧洲文明思潮之归趋及基础	东方杂志	第16卷第5号
	蓝志先	近代文学之特质		
	顾兆熊	马克思学说	新青年	第6卷第5号
	凌霜	马克思学说的批评		
	胡适	我为什么做白话诗		
	刘秉麟	马克思传略		
	李大钊	我的马克思主义观（上）		
	克水	巴枯宁传略		
	受	文学改革谈	清华周刊	第168期
	秋水	折衷主义		第169期
	南	何谓白话文学		
	孙几伊	论新旧思想	新中国	第1卷第1号
	李浩然	新旧文学的冲突		
	徐彬彬	对于新旧学派争潮之感想与希望		
	天放	新体诗与傅君孟真商榷书		
	翼	论改良戏剧之要点	梨影杂志	第4期
	真如	日本新俳优之趋势		
	春柳旧主	提倡伶界文学之必要	春柳	第6期

月	作者·译者	篇　名	发表刊物	卷·期·号
5	半解	说戏剧中之身份	春柳	第6期
	宋春舫	中西文学之观念与白话	约翰声	第30卷第4号
5、6	伶	电影戏之种种色色	梨影杂志	第4、5期
5—7	乔治瓦叩；钱泰基译	尼采哲学之平议	青年进步	第23—25册
6、7	启明	中国家族制度改革论		第24、25册
5—12	田汉	俄罗斯文学思潮之一瞥	民铎杂志	第1卷第6、7期
6	罗罗	陆亭之艺术	东方杂志	第16卷第6号
	胡适	杜威论思想	新中国	第1卷第2号
	何思源	新唯实主义		
	徐一士、张丹斧	论新旧文学		
	孙几伊	论译书方法及译名		
	龚自知	实验哲学	尚志月刊	第2卷第5号
	胡适	实验主义		
	秦光华	欧洲文学变迁之大概		
	程俊英	论批评家论文之陋习	北京女子高等师范文艺会刊	第1期
	罗静轩	改革文学管见		
	梁惠珍	文言合一之研究		
	刘云孙	文言合一之研究		
	党生；吴世瑞译	论罗师金	金陵光	第10卷第4期
	党生；刘国均译	罗师金之学说		
	汤梦若	文学泛论		
	郎宝鎏	性与人格之关系		
	赵绍鼎	人格		
	戴宗樾	近世之人心观		
	张若农	改良社会说	南开思潮	第4期
	徐汝弘	改良家庭论		
	胡维宪	我之文学观		
	太清	美术于人生之价值	美术	第1卷第2期
	守桐	美术的观念		
	慕慈	美育与高尚趣味		
	清	美的真趣味		
6—12	[德]赫克尔；刘叔雅译	生命论	新中国	第1卷第2—8号
7	田汉	平民诗人惠特曼的百年祭	少年中国	第1卷第1期
	胡适	多研究些问题，少谈些"主义"	每周评论	第31号
	赤	智识阶级		

月	作者·译者	篇　名	发表刊物	卷·期·号
7	寄	科学的思想，思想的科学	每周评论	第32号
	任鸿隽	科学方法讲义	科学	第4卷第11期
		托尔斯泰与革命	东方杂志	第16卷第7号
8	傅斯年	宋元戏曲史（王国维）	新潮	第1卷第1号
	陈达材	物质文明		第1卷第3号
	知非	问题与主义	每周评论	第33号
	慰慈	女子解放与家庭改组		第34号
	李大钊	再论问题与主义		第35号
	胡适	三论问题与主义		第36号
	涵庐	武者小路理想的新村		
	胡适	输入学理的方法		第37号
	朱溪	新剧谈	上虞教育杂志	第1年第7期
	姚鹓雏	文学进化论	新中国	第1卷第4号
	钱天鹤	天演新说	科学	第4卷第12期
	畹兰女士	新旧文学的比较观	云南教育杂志	第8卷第8号
	朱执信	神圣不可侵与偶像打破	建设	第1卷第1号
9	[德]海凯尔；古湘芹译	精神不灭论	建设	第1卷第2号
	薛祥绥	中国言语文字说略	国故	第4期
	张煊	中国文学改良论		
	韦悫	改良中国文学意见书	留美学生季报	第6卷第3期
	赵英若	现代新浪漫派之戏曲	新中国	第1卷第5号
	姬式轨	新旧文学平议		
	蒋梦麟	新文化的怒潮	新教育	第2卷第1号
	[日]桑人严翼；天民译	解放之哲学	学生杂志	第6卷第9号
	宗白华	说唯物派解释精神现象之谬误	少年中国	第1卷第3期
	田汉译	说尼采的"悲剧之诞生"		
	胡适之	国语的文学	云南教育杂志	第8卷第9号
	王纶	文学革命之反响		
	朱希祖	白话文的价值	尚志月刊	第2卷第7号
	涛痕	欧洲歌剧之述闻	春柳	第7期
	胡适	我为什么要做白话诗	解放与改造	第1卷第1、2号合册
	东荪	第三种文明		
	等观	何谓德谟克拉西	教育杂志	第11卷第9号
	伦父	新旧思想之折衷	东方杂志	第16卷第9号
	樊炳清	论知识之价值		

月	作者·译者	篇 名	发表刊物	卷·期·号
9	君实	英国之自由主义	东方杂志	第16卷第9号
	李浩然	新旧文学之冲突		
		杜威博士在新学会之演讲		
9—11	张燕熙	哲学上唯一问题心物神之研究	安徽教育月刊	第21—23期
10	秋叶	讽刺画考	东方杂志	第16卷第10号
	俞平伯	社会上对于新诗的各种心理观	新潮	第2卷第1号
	罗志希	古今中外派的学说		
	傅斯年	新潮之回顾与前瞻		
	东荪	中国智识阶级的解放与改造	解放与改造	第1卷第3号
	李鹤鸣	妇女解放论		
	寿凡	现代智识阶级与社会问题		
	济民译	德谟克拉西的新思想	云南教育杂志	第8卷第10号
	涛痕	论女优	春柳	第8期
	李吟秋	平民文学与中国	清华周刊	第173期
	仲九	五四运动之回顾	建设	第1卷第3号
	蔡元培	国文之将来	新教育	第2卷第2号
	宗白华	叔本华之论妇女	少年中国	第1卷第4期
	刘麟生	新文学与新女子	妇女杂志	第5卷第10号
	任鸿隽	科学方法讲义	尚志月刊	第2卷第8号
10—12	袁丕佑	诗学浅说		第2卷第8—10号
	胡汉民	中国哲学史之唯物的研究	建设	第1卷第3、4号
	天民	哲学之内容	教育杂志	第11卷第10—12号
10—次2	明权译	欧洲近代文学述	新中国	第1卷第6、7号；第2卷第2号
11	伧父	何谓新思想	东方杂志	第16卷第11号
	陈嘉异	我之新旧思想调和观		
	胡怀琛	新派诗说	妇女杂志	第5卷第11号
	天民译	思想之自由	学生杂志	第6卷第11号
	王天士	惟心惟物论衡	青年进步	第27册
	朱佩弦	译名	新中国	第1卷第7号
	梦麟	新旧与调和		第1卷第5号
	匡僧	什么叫解放？什么叫自由？	解放与改造	第1卷第6号
	苏峰	无产阶级论		
	王统照	美之解剖	曙光	第1卷第1号
	汪敬熙	英国的美术教育	新教育	第2卷第3号
	陈群	欧洲十九文学思潮一瞥	建设	第1卷第4号

月	作者·译者	篇 名	发表刊物	卷·期·号
11	唐俟	我们现在怎样做父亲	新青年	第6卷第6号
	沈兼士	儿童公育		
	吴虞	吃人与礼教		
	[日]厨川白村；朱希祖译	文艺的进化		
	[日]昇曙梦；邹诩译	启发托尔斯泰的两个农夫		
	李大钊	我的马克思主义观（下）		
	潘公展	关于新文学的三件要事		
	郭惜黔	写白话与用国音（致玄同附复信）		
	刘麟生	思想革命与其过程	约翰声	第30卷第8期
	岑德彰	新旧思想		
	胡适	多研究些问题少谈些"主义"	太平洋杂志	第2卷第1号
	知非	问题与主义		
	李大钊	再论问题与主义		
	胡适	三论问题与主义		
		四论问题与主义		
	张贻志	平新旧文学之争	安徽教育月刊	第23期
11—次2	施畸	文学的研究	新中国	第1卷第7、8号；第2卷第2号
11—次1	慎持、董凤鸣译	印度文学之过去、现在与将来	清华周刊	第178、180、183、184期
12	景藏	我之新思想观	东方杂志	第16卷第12号
	伧父	论通俗文		
	PC生译	睡与梦		
	刘叔雅	怎样叫做中西学术之钩通		
	美意	甚么叫美术		
	胡适	"新思潮"的意义	新青年	第7卷第1号
	王星拱	科学的起源和效果		
	潘力山	论新旧		
	W.B.Pillsbury；应元道译	我的问题	青年进步	第28册
	伏生	新文学同旧文学	清华周刊	第182期
	渊泉	日本最近的社会运动与文化运动	解放与改造	第1卷第7号
	雁冰译	社会主义下的科学与艺术		第1卷第8号
	王统照	美育的目的	曙光	第1卷第2号
	段澜	英国十六世纪之戏剧		

月	作者·译者	篇　名	发表刊物	卷·期·号
12	任鸿隽	说"合理的"意思	科学	第5卷第1期
	胡汉民	唯物史观批评之批评	建设	第1卷第5号
	朱谦之	虚无主义的哲学	新中国	第1卷第8号
	赵英若	美学论端：据德人Lipps氏之说		
	随垚	海格尔传略	教育杂志	第11卷第12号
	郭任远	实际主义	新教育	第2卷第4号
	熙初	美学浅说	北京高师教育丛刊	第1集
	蒋锡昌	思想论	学生杂志	第6卷第12号
	罗家伦	近代西洋思想自由的进化	新潮	第2卷第2号
	李大钊	物质变动与道德变动		
12—次6	[美]杜威；吴康、罗家伦译	思想的派别		第2卷第2—5号

1920年

月	作者·译者	篇　名	发表刊物	卷·期·号
1	周作人	新村的精神	新青年	第7卷第2号
	宋春舫	戈登格雷的傀儡剧场		
	沈雁冰	小说新潮栏宣言	小说月报	第11卷第1号
	冰	新旧文学评议之评议		
	方珣	柏格森"生之哲学"	少年中国	第1卷第7期
	魏嗣銮	空时释体		
	胡怀琛	文学图说	妇女杂志	第6卷第1号
	缪程淑仪	新文体之一夕谈		
	甘沄	新旧文学之商榷	复旦	第8期
	徐民谋	通俗文与白话文	天籁	第9卷第3期
	朱希祖	五四运动周年纪念感言	新教育	第2卷第5号
	黄炎培	五四纪念日敬告青年		
	陶履恭	评学生运动		
	舒新城	自我的研究	解放与改造	第2卷第1号
	耿佐军	对于卢梭自然教育之批评	建设	第1卷第6号
	胡汉民	阶级与道德学说		
	向復庵	卢梭政治学说之研究	太平洋杂志	第2卷第3号
	雁冰	表象主义的戏曲	时事新报·学灯	5—7日
	景藏	感情论	东方杂志	第17卷第1号
	心瞑	海格尔学说一斑		
	佩韦	现在文学家的责任是什么		
	愈之	近代文学上的写实主义		
	天民	近代文学与婚姻问题	学生杂志	第7卷第1号

月	作者·译者	篇 名	发表刊物	卷·期·号
1—4	沈雁冰	尼采的学说	学生杂志	第7卷第1—4号
1、2	冰	俄国近代文学杂谈	小说月报	第11卷第1、2号
1—9	高亚宾	英法哲学思潮	安徽教育月刊	第25—33期
2	愈之	托尔斯泰的莎士比亚论	东方杂志	第17卷第2号
2	陈朴	谦谟康德明我论		
2	高瞻	论禁白话文		
2	蒋梦麟	何谓新思想		
2	皕海	新文学的感想旧文学的系恋	青年进步	第30册
2	雁冰	我们现在可以提倡表象主义的文学么？	小说月报	第11卷第2号
2	宋春舫	戏曲上德模克拉西之倾向	东方杂志	第17卷第3号
2	王水工	新和旧		
2	贞晦	文学革命的商量		
2	宋春舫	近世浪漫派戏剧之沿革	东方杂志	第17卷第4号
2	愈之	都介涅夫		
2	朱调孙	研究新旧思想调和之必要及其方法论		
2	洪北平	新文谈	教育杂志	第12卷第2号
2	许崇清	实际主义哲学的社会观	建设	第2卷第1号
2	胡适	国语的进化	新青年	第7卷第3号
2	张崧年译	近代心理学		
2	松涛	科学与德模克拉西	解放与改造	第2卷第4号
2	晴霓	新文学的问答	曙光	第1卷第4号
2	王统照	美性的表现		
2	周作人	英国大诗人勃莱克的思想	少年中国	第1卷第8期
2	田汉	诗人与劳动问题		
2	易家钺	难道这也应该学父亲吗？		
2	胡先骕	天择学说发明家沃力斯传	科学	第5卷第2期
2、3	胡适	清代汉学家的科学方法		第5卷第2、3期
2—8	舒新城	美学	新中国	第2卷第2、4、6—8期
2、3	献书	卢梭人类不平等之原由与基础论	解放与改造	第2卷第3—5号
3	西曼	俄国诗豪朴思经传	少年中国	第1卷第9期
3	田汉	哥德诗中所表现的思想		
3	康白情	新诗的我见		
3	吴弱男	近代法比六大诗家		
3	谢承训	洛士的群众心理	少年世界	第1卷第2期

月	作者·译者	篇 名	发表刊物	卷·期·号
3	沈怡	理想的美术趋势	少年世界	第1卷第3期
	郑伯奇	与S君论日本学术界的现状		
	王统照	美与两性	曙光	第1卷第5号
	王晴霓	诗与两性		
	余天栋	新文化运动之种种问题及其推行法	学生杂志	第7卷第3号
	延陵	颉德氏的社会哲学论述	解放与改造	第2卷第6号
	心瞑	唯物论与唯物史观	东方杂志	第17卷第5、6号
	澄叔	栗泊士美学大要		
	陈嘏	布兰兑司（愈之附识）		第17卷第5号
	徐民谋	通俗文与白话文		
	W	世界文学者之联合运动		
	吴统续	国民性之要求	法政学报	第2卷第3期
	庄泽宣	教育造国民性说	留美学生季报	第7卷第1期
	王金吾	电影戏园与教育之关系		
	唐隽	什么叫美感	美术	第2卷第1号
3、4	雁冰	近代文学的反流——爱尔兰的新文学	东方杂志	第17卷第6、7号
3—8	[日]本间久雄；瑟庐译	新文学概论	新中国	第2卷第3、4、6—8号
4	欧阳予倩	民主的文艺与贵族的文艺	美育	第1期
		什么叫社会剧		
	吕澂	说美意识的性质		
	王统照	叔本华与哈儿特曼对于美学的见解	美术	第2卷第2号
	周勤豪	为什么要研究艺术		
	俞寄凡节译	卢思敬（Ruskin）的美谈		
	许士骐	美术的价值及影响		
	汪亚尘	美与美术		
	唐隽	美术与人生		
		读陈独秀的"新文化运动是什么"		
		评白华君所讲底"艺术的定义和内容"		
	汪鸾翔	我对于国文改良的意见	清华周刊	第186期
	杨喆	白话文问题之商榷		
	梁朝威	改良中文刍议		
	胡竟铭	我之中文学科改良意见		

月	作者·译者	篇　名	发表刊物	卷·期·号
4	王造时	教授国文的我见	清华周刊	第186期
	杨文一	新文化与新文学	北京女子高等师范文艺会刊	第2期
	罗静轩	创造与因袭		
	苏梅	历代文章体制底变迁		
	钱用和	文学之过去与未来		
	程俊英	诗人之思想及其心境		
	苏梅	美术的文学谈		
	陈独秀讲演	什么是"新文化"运动	沪江大学月刊	第9卷第4期
	Bertram Laing；陈受颐译	尼采之问题的起源和解决	南风	第1卷第1号
	施畸	我的白话文章观		
	易家钺	诗人梅德林	少年中国	第1卷第10期
	刘国钧	欧战后美国哲学界思想的变迁	少年世界	第1卷第1期
	周作人	中国民歌的价值	学艺	第2卷第1号
	潘大道	何谓诗		
	钱穆	研究白话文之两方面	教育杂志	第12卷第4号
	昔尘	莫理斯之艺术观及劳动观	东方杂志	第17卷第7号
	罗罗	文学的催眠术		
	华林	真美善与近代思潮		
	蔡元培	洪水与猛兽	新青年	第7卷第5号
	陈独秀	新文化运动是什么		
	高一涵	罗素的社会哲学		
	王星拱	什么是科学方法		
	周佛海	精神生活的改造	解放与改造	第2卷第7号
	颂华	颉德氏能力科学论述		第2卷第8号
	吴康	我的白话文学研究	新潮	第2卷第3号
	胡适	非个人主义的新生活		
	朱自清	心理学的范围		
	[日]本间久雄；谢六逸译	社会改造运动与文艺	东方杂志	第17卷第8号
	宋春舫	小戏院的意义由来及现状		
	蒋善国	我的新旧文学观		
	杨贤江	学生与文化运动	学生杂志	第7卷第4号
4、5	吴梦非	美育是什么	美育	第1、2期
5	[日]桑原骘藏；陈明译	中国人之妥协性及猜疑心	学艺	第2卷第2号
	陈启修	文化运动底新生命		

月	作者·译者	篇 名	发表刊物	卷·期·号
5	刘伯明	文学之要素	学艺	第2卷第2号
	陈承泽	国语改进商榷		
	胡怀琛	科学观之诗谈	妇女杂志	第6卷第5号
	蔡元培	美术的起原	新潮	第2卷第4号
	郭绍虞	从艺术发展上企图社会的改造		
	何思源	社会学中的科学方法		
	树声	短篇小说	清华周刊	第189期
	翟桓	一九一九年英国小说界之回顾		
	张士章	"真""善""美"的标准究竟是什么	沪江大学月刊	第9卷第5期
	[印]泰戈尔；枕江译	印度泰戈尔之物质文明与精神文明论	解放与改造	第2卷第10号
	颂华	从觉悟到自觉		
	澂叔	美术之基础	东方杂志	第17卷第9号
	心眠	近代生活侧面观		第17卷第10号
	雁冰	安得列夫		
	谢六逸	妇人问题与近代文学	新中国	第2卷第5号
	李鸿梁	我国戏曲的沿革	美育	第2期
	欧阳予倩	戏剧鉴别谈		
	林损	文学要略	唯是	第1册
5、6	谢六逸辑	文学上的表象主义是什么	小说月报	第11卷第5、6号
5—7	明心译	恩特列夫文学思想概论	学生杂志	第7卷第5—7号
6	郭绍虞	文化运动与大学移殖事业	东方杂志	第17卷第11号
	昔尘	现代文学上底新浪漫主义		第17卷第12号
	金兆梓	我之社会改造观		
	陆殿扬演讲	修辞学与语体文		
	W	国际的文化运动		
	田汉	新罗曼主义及其他	少年中国	第1卷第12期
	郑伯奇	补充白话文的方法		
	罗家伦	近代中国文学思想的变迁	新潮	第2卷第5号
	杜仲	新思潮与文学	青年进步	第34册
	仲鸣	法兰西近代之小说家	太平洋杂志	第2卷第5号
	潘力山	论诗	学艺	第2卷第3号
	欧阳予倩	文艺与通俗教育	美育	第3期
	周玲荪	新文化运动和美育		
	徐松石	语言文字的由来和种类	沪江大学月刊	第9卷第6期
	朱荣泉	诗与社会		

月	作者·译者	篇 名	发表刊物	卷·期·号
6	郑振铎	新文化运动者的精神与态度	新学报	第2号
		俄罗斯文学的特质及略史		
6、7	[法]梅尼亚尔；文梫、冠生节译	莫泊三传	东方杂志	第17卷第11—14号
7	罗敦伟	我国学术思想的解放		第17卷第13号
	华林	科学与艺术		
	周作人	新村的理想与实际		第17卷14号
	潘力山	论文	学艺	第2卷第4号
	陈承泽	智识阶级应有的觉悟		
	雁冰译	时间空间的新观念	学生杂志	第7卷第7号
	李石岑	学灯之光		
	刘伯明	文学之要素		
	颂华	主义之科学的研究与集化分化之调和	解放与改造	第2卷第13号
	白华	戏曲在文艺上的地位		第2卷第14号
	[美]A.M.Pittenger；王靖译	论短篇小说	新的小说	第1卷第5期
	王靖	托尔斯泰主义		
	沈泽民	妇女主义的发展	少年世界	第1卷第7期
	刘儒	我们为什么要做白话文		
	扶风译	罗素论社会主义治下之科学与文艺	青年进步	第35册
	胡怀琛	文字语言的界说和分类	妇女杂志	第6卷第7号
	陆鼎揆译	倭铿哲学：自然主义还是理想主义	新中国	第2卷第7期
7、8	郑振铎	写实主义时代之俄罗斯文学		第2卷第7、8期
8	胡怀琛	文学图说补遗	妇女杂志	第6卷第8号
	胡先骕	欧美新文学最近之趋势	解放与改造	第2卷第15号
	刘衡如	保守之心理	少年中国	第2卷第2期
	佩韦	艺术的人生观	学生杂志	第7卷第8号
	[日]河上肇；徐苏中译	见于资本论的唯物史观	建设	第2卷第6号
	李石岑	尼采思想之批评	民铎杂志	第2卷第1号
	S.T.W	尼采学说之真价		
	朱侣云	超人和伟人		

月	作者·译者	篇　名	发表刊物	卷·期·号
8	[德]尼采；张叔丹译	查拉图斯特拉的绪言	民铎杂志	第2卷第1号
	白山	尼采传		
	[英]M.A.Miigge；符译	尼采之一生及其思想		
	陈嘏	十九世纪末德国文坛代表者——滋德曼及郝卜特曼	东方杂志	第17卷第15、16号
	江绍原	生活艺术		第17卷第15号
	君实	性欲之科学		
		文化的国家主义		
	冠生	法国人之法国现代文学批评		第17卷第16号
	雁冰	遗帽译序		
	郑贞文	学术界的新要求		
	郑振铎	人道主义	人道	第1号
	俞寄凡	艺术教育家的修养	美术	第2卷第3号
	俞寄凡译	希尔恩的美学		
	王以刚	什么是少年的中国所需要的？美育		
	六逸	俄国之民众小说家	小说月报	第11卷第8号
	绍虞	村歌俚谣在文艺上的地位	晨报副刊·艺术谈	第31期
	潘力山	品藻	学艺	第2卷第5号
	植夫	人类之生存竞争		
9	郑贞文	科学之体系		第2卷第6号
	罗家伦	近代中国文学思想之变迁	新潮	第2卷第5号
	雁冰	文学上的古典主义、浪漫主义和写实主义	学生杂志	第7卷第9期
	罗易	谈外国文学之先决条件	改造	第3卷第1号
	沈雁冰	为新文学研究者进一解		
	楼巍	唐宋元明文概说	唯是	第2册
	[日]加藤朝鸟；R.T.S.译	"乔那律士姆"（Journalism）的正解	民铎杂志	第2卷第2号
	吴宓	英文诗话	留美学生季报	第7卷第3期
	雁冰	爱伦凯的母性论		
	B.Matthews；张毓桂译	文学与戏剧	东方杂志	第17卷第17号
	胡先骕	欧美新文学最近之趋势		第17卷第18号
	雁冰	"欧美新文学最近之趋势"书后		
	张静庐	诗赋与小说	新的小说	第2卷第1期

月	作者·译者	篇　名	发表刊物	卷·期·号
9	张毅汉译	短篇小说是什么——两个原素	小说月报	第11卷第9号
10	张崧年	罗素	新青年	第8卷第2号
	[英]罗素；张崧年译	梦与事实 哲学里的科学法		
	[俄]哥尔基；郑振铎译	文学与现在的俄罗斯		
	罗敦伟	劳动的艺术化与艺术的劳动化	国民	第2卷第3号
	周无	法兰西近世文学的趋势	少年中国	第2卷第4期
	胡怀琛	诗与诗人	民铎杂志	第2卷第3号
	张静庐	周代的文学与小说	新的小说	第2卷第2期
	君实	新文化之内容	东方杂志	第17卷第19号
	坚瓠	文化运动之第二步		
	雁冰	意大利现代第一文家邓南遮		
	鸣白	日本社会主义运动史		
	Y	电影与教育		第17卷第20号
	瑟庐	近代思想家的性欲观与恋爱观	妇女杂志	第6卷第10号
	胡怀琛	译诗丛谈		
	杨树达	论中国文字的省略	学艺	第2卷第7号
	白鹏飞	何谓社会主义		
	罗迪先	孟南律士姆与未来主义的运动	时事新报·学灯	10日
	[日]加藤朝鸟；望道译	文学上的各种主义	民国日报·觉悟	28日
11	百里	新思潮之来源与背景	学生杂志	第7卷第11号
	雁冰	精神主义与科学		第7卷第12号
	孔襄我	做小说的三种概念	新的小说	第2卷第3期
	泽民	阿采巴希甫与"沙宁"	东方杂志	第17卷第21号
	何仲英	国语文底教材与小说	教育杂志	第12卷第11号
	谢六逸	自然派小说	小说月报	第11卷第11号
	昔尘	文化运动之分功	东方杂志	第17卷第22号
	蔡元培	美术的进化		
	冠生	二十世纪法国文坛之新鬼		
	Y	佛洛特新心理学之一斑		
	刘绍桢	予之国文研究观	学生杂志	第7卷第11号
	S.Rouland；匪石译	近代的艺术与个性	青年进步	第37册
	屠孝实	新理想主义之人生观	学艺	第2卷第8号
	刘伯明	关于美之几种学说		

月	作者·译者	篇　名	发表刊物	卷·期·号
11	向復庵	卢梭政治学说之研究	太平洋杂志	第2卷第7号
	杨端六	马克思学说评		
	蔡孑民讲演	美学与科学底关系	民国日报·觉悟	15日
	周作人	文学上的俄国与中国		19日
	王统照	美是人类自然的品性吗？	民国日报·批评	21日
	胡怀琛	人性论	妇女杂志	第6卷第11号
	[日]本间久雄；瑟庐译	性的道德底新倾向		
	浦逖生	时髦白话诗底罪恶	清华周刊	第200期
12	聪强	电影之由来		第201期
	繁祁	电影事业		
	亦传	世界各国电影底情形		
	光旦	电影与道德		第202期
	吴泽霖	电影与教育		
	光旦	电影与视觉		
	繁祁	电影与宣传		
	聪强	清华电影之过去与现在		
	陈华寅	清华文化运动的各方面		第203期
	一多	电影是不是艺术		
	陈受颐	美国新诗述略	南风	第1卷第4号
	陈荣捷	诗之真功用		
		诗翁雪利的研究		
	陈独秀	关于社会主义的讨论	新青年	第8卷第4号
	李大钊	唯物史观在现代历史学上的价值		
	周作人	儿童的文学		
	俞平伯	做诗的一点经验		
	震瀛译	文艺与布尔塞维克		
	周作人	文学上的俄国与中国	东方杂志	第17卷第23号
	说难	国语之统系的研究与孤立的研究		第17卷第24号
	陈敦	虚无主义的研究		
	冠生	战后文学底新倾向——浪漫主义的复活		
	李思纯	诗体革新之形式及我的意见	少年中国	第2卷第6期
	汪懋祖	实用主义之研究	教育杂志	第12卷第12号
	石冠英	心理的要素之分类	学生杂志	第7卷第12号
	范寿康	柏格森的时空论	学艺	第2卷第9号
	顾复	科学论	太平洋杂志	第2卷第8号

月	作者·译者	篇 名	发表刊物	卷·期·号
12	霍俪白	自觉之真意义	改造	第3卷第4号
	郑振铎	俄国文学发达的原因与影响		
	雁冰	托尔斯泰的文学		
	朱信庸	新诗的意义	妇女杂志	第6卷第12号
	甘荼	释学	云南教育杂志	第10卷第1号

1921年

月	作者·译者	篇 名	发表刊物	卷·期·号
1	周建人	达尔文主义	新青年	第8卷第5号
	周作人	文学上的俄国与中国		
	李达	马克思还原		
	震瀛译	罗素与哥尔基		
	仲密	个性的文学		
	太玄	艺术教育上的各种问题	教育杂志	第13卷第1号
	余尚同	艺术教育的原理		
	杨英	应用的艺术		
	太玄	教育之美学的基础		
	陆志韦	最近心理学的两大学派	中华教育界	第10卷第6期
	李石岑	现代哲学杂评	民铎杂志	第2卷第4号
	郭沫若	儿童文学之管见		
	沈雁冰	家庭改制的研究	小说月报	第12卷第1号
		改革宣言		
		文学研究会宣言		
		脑威写实主义前驱般生		
		文学和人的关系及中国古来对于文学者身分的误认		
	周作人	圣书与中国文学		
	陈嘉异	东方文化与吾人之大任	东方杂志	第18卷第1、2号
	[日]河上肇；范寿康译	马克思的唯物史观		第18卷第1号
	愈之	文学批评——其意义及方法		
		威尔士的新历史		
	马鹿	佛朗西访问记		
	康符	德国哲学家文得尔班之学说		
	愈之	近代英国文学概观		第18卷第2号
		桑泰耶拿的理性生活观		
		梭罗古勃——一个空想的诗人		
	刘伯明	关于美之几种学说		

月	作者·译者	篇 名	发表刊物	卷·期·号
1	坚瓠	文化发展之路径	东方杂志	
	陈震异	外国学说与中国社会问题	太平洋杂志	第2卷第9号
	杨端六	布尔札维主义与共产主义之异同		
	[美]C.Sarver；程小青译	影戏作法的研究	妇女杂志	第7卷第1号
	愈之	论民间文学		
1、2	天民	艺术教育学的思潮及批判	教育杂志	第13卷第1、2号
2	余尚同	国语教育的新使命：养成文学趣味		第13卷第2号
	何逊江	国语学的科学基础	云南教育杂志	第10卷第3号
	陆殿杨	语体文与修词学		
	愈之	新文学与创作	小说月报	第12卷第2号
	郎损	新文学研究者的责任与努力		
	沈雁冰	波兰近代文学泰斗显克微支		
	张东荪	论精神分析	民铎杂志	第2卷第5号
	罗迪先	萧伯讷的作品观		
	关素人	实验主义的哲学	东方杂志	第18卷第3号
	愈之	近代法国文学概观		
		哲学的改造		
	马鹿	戏剧上的表现主义运动		
		新俄国的宣传画		
	愈之	得诺贝尔奖金的两个文学家		
	潘公展	近代社会主义及其批评		第18卷第4—7号
	孔常	梅德林克评传		第18卷第4号
	化鲁	克鲁泡特金与俄国文学家		
	幼雄	克鲁泡特金的艺术观		
3	郑振铎	译文学书的三个问题	小说月报	第12卷第3号
		史蒂芬孙评传		
	扶雅	美学上所谓美的价值	青年进步	第41期
	刘儒	国语究竟是什么	中华教育界	第10卷第8期
	杨鸿烈	批评论	云南教育杂志	第10卷第4号
	缪尔纡	语体文的诸种关系		
	谭常恺演说、毛飞笔述	近代思想的变迁	清华学报	第12期
			复旦	第12期
	[日]稻叶君山；杨祥荫译	中国社会文化之特质	东方杂志	第18卷第5号
	滕若渠	梵文学		

月	作者·译者	篇　名	发表刊物	卷·期·号
3	化鲁	亚美尼亚文学	东方杂志	第18卷第5号
	俞寄凡	法国近代的绘画		第18卷第6号
	化鲁	马克思主义的最新辩论		
	马鹿	一个新近的法兰西艺术家		
	愈之	南非女文学家须林娜		
	吕澂	艺术批评的根据	美术	第2卷第4号
		美术品和美术家的人格		
	唐隽	裸体艺术与道德问题		
		评近世美学家克尔曼"非道德与艺术"后面译者的附志		
	滕若渠	诗歌与绘画		
		戏剧革命		
	[苏]凯仁赤夫；瞿秋白译	共产主义与文化	改造	第3卷第7号
	君劢	倭伊铿精神生活哲学大概		
	魏嗣銮	空间时间今昔的比较观	少年中国	第2卷第9期
	周太玄	纯洁与内心生活		
	李璜	法兰西哲学思潮		第2卷第10期
4	张梦九	新文化运动底精神与生命	学艺	第2卷第10号
	愈之	近代德国文学概观	东方杂志	第18卷第7号
	化鲁	法兰西诗坛的近况		
		一个漫游新大陆的英国著作家		
	马鹿	触觉的艺术		第18卷第8号
		俄国的学术界		
	坚瓠	都市生活之美化		
	[美]W.L.Phelps；泽民译	俄国文学内所见的俄国国民性		
	滕若渠	柯洛斯美学上的新学说		
	愈之	英国诗人克次的百年纪念		
	幼雄	表现主义的艺术		
	周作人	欧洲古代文学上的妇女观	妇女杂志	第7卷第4号
	味憨	妇女之社会的地位与文艺		
	沈雁冰	译文学书方法的讨论	小说月报	第12卷第4号
	李季	社会主义与中国	新青年	第8卷第6号
	陈望道	性美		
	沈兼士	文论集要叙	北京大学月刊	第1卷第8号
	陈良猷	戏剧与小说		

月	作者·译者	篇 名	发表刊物	卷·期·号
4	弸	詹姆士的学说	清华周刊	第214、215期
	禹	快乐主义变迁的大观		第218期
	甘乃光	童子小说	南风	第2卷第1号
4—10	周作人	欧洲古代文学上的妇女观	妇女杂志	第7卷第4—10号
5	本刊同人	文学旬刊宣言	时事新报·文学旬刊	第1号
	西谛	文学的定义		
	玄珠	中国文学不发达的原因		
	世农	文学的特质		
	沈泽民	王尔德评传	小说月报	第12卷第5号
	周作人	日本的诗歌		
	沈泽民	译文学书三问题的探讨		
	[日]贺川丰彦；陈嘉异译	社会主义与进化论之关系	东方杂志	第18卷第9号
	邓演存	戏曲家之托尔斯泰		
	化鲁	劳动文化		
		新希腊的新诗人		
		德国的劳动诗与劳动剧		
	愈之	文明之曙光		第18卷第10号
	马鹿	未来派跳舞		
	雁冰	哈姆生和斯劈脱尔	新青年	第9卷第1号
	陈望道	文章底美质		
	徐松石	评尼采哲学	青年进步	第43期
	Dawson；应元道、远涛译	英文短篇小说底沿革		第43、45期
	方东美	詹姆士的宗教哲学	少年中国	第2卷第11期
	郭沫若	艺术之象征	学艺	第3卷第1号
	潘力山	言文接近论		
	章枚叔讲演	研究中国文学的途径	宗圣学报	第3卷第2册
	江亢虎讲演	中国文化及于西方之影响；西方文化及于中国之影响		
	陈大悲	演剧员底责任是什么	戏剧	第1卷第1号
	滕若渠	最近戏剧界的趋势		
	公彦	过去的戏剧和将来的戏剧		
	明梅	与创造新剧诸君商榷		
	徐半梅	无形剧场		
	沈泽民	民众剧院的意义与目的		
	王统照	高士倭绥略传		

月	作者·译者	篇　名	发表刊物	卷·期·号
5—10	欧阳予倩	西洋歌剧谈	戏剧	第1卷第1、2、5、6号
5、11	吴康	柏格森哲学	哲学	第1、4期
6	徐半梅	古拉芙的独立剧场	戏剧	第1卷第2号
	郑振铎	现代的戏剧翻译界		
	滕若渠	梅德林克的"青鸟"及其他		
	徐半梅	英国爱白二氏的合同演剧		
	大悲	戏剧指导社会与社会指导戏剧		
	蒲伯英	戏剧之近代的意义		
	[日]小山内薰;徐半梅译	一封谈"无形剧场"底信		
	[美]爱登;汪仲贤译	美国最近组织的"小剧场"		
	陈大悲	爱美的（AMATEUR）戏剧		
	李达	写实主义	民国日报·觉悟	6日
		自然主义		
		理想主义		
		唯美主义		
		新浪漫主义		
	唐性天	世界文学中的德国文学	时事新报·文学旬刊	第4号
	西谛	文学的使命		第5号
	鸿声	文学名辞的审定		
	世农	现在中国创作界的两件病		第6号
	[日]高富素之;望道译	社会主义底意义及其类别	东方杂志	第18卷第11号
	化鲁	俄国的自由诗		
		傀儡剧		
		文学研究会丛书缘起		
		文学研究会丛书编例		
		文学研究会丛书目录		
	慧心	新文化前途之消极的乐观		第18卷第12号
	镜湖	文学上之模仿与创造		
	愈之	法国的儿童小说		
	化鲁	乐天主义的的思想家卜罗斯		
	李石岑	象征之人生		
	[日]黑田礼二;海镜译	雾飙运动	小说月报	第12卷第6号

月	作者·译者	篇　名	发表刊物	卷·期·号
6	郑振铎	审定文学上名辞的提议	小说月报	第12卷第6号
	[日]生田春月；李达译	现代的斯干底那维亚文学		
	沈雁冰	十九世纪末丹麦大文豪约柯伯生		
	王靖	文学与人生的关系	新晓	第3卷第1期
	智荪	对于谈新文学者之意见	改造	第3卷第10期
	陈石孚	短篇小说作法	清华周刊	第222期
	黎锦熙	国语的标准语与"话法"	教育杂志	第13卷第6号
	华超	什么叫做言语学		
	李凤亭	爱新性与爱古性	太平洋杂志	第3卷第1号
	郑振铎	血和泪的文学	文学旬刊·杂谭	第6期
	李璜	法兰西诗之格律及其解放	少年中国	第2卷第12期
	李思纯	抒情小说的性德及作用		
	朱应鹏	艺术的真义	晨光（上海）	第1卷第1期
	吴颂皋	美学的派别及沿革		
	王瑞麟	"未来派戏剧"与"漫剧"	世界日报	27日
	陈公博	新剧底讨论	新青年	第9卷第2号
6、7	沈雁冰	十九世纪及其后的匈牙利文学		第9卷第2、3号
	洪瑞创	中国新兴的象征主义文学	时事新报·学灯	6月9日、7月8日
6、8	施畸	科学的文学建设论	学艺	第3卷第2、4号
7	愈之	历史大纲（威尔士著）	东方杂志	第18卷第13号
	宋春舫	未来派戏剧四种前记、译后记		
	鸣田	维新后之日本小说界述概		第18卷第13、14号
	李石岑	教育上新价值之估定	教育杂志	第13卷第7号
	俞长源	现代妇女问题剧的三大作家	妇女杂志	第7卷第7号
	张梓生	论童话		
	郑振铎	光明运动的开始	戏剧	第1卷第3号
	瞿世英	创作与哲学	小说月报	第12卷第7号
	叶绍钧	创作的要素		
	郎损	社会背景与创作		
	郑振铎	平凡与纤巧		
	海镜编译	后期印象派与表现派		
	[日]千叶龟雄；厂晶译	犹太文学与宾斯奇		
	陈独秀	社会主义批评	新青年	第9卷第3号

月	作者·译者	篇 名	发表刊物	卷·期·号
7	郑振铎	俄国文学史中的翻译家	改造	第3卷第11期
	百里	欧洲文艺复兴时代翻译事业之先例		
	朱光潜	福鲁德的隐意识说与心理分析	东方杂志	第18卷第14号
	化鲁	现代英国诗坛的二老		
	马鹿	立体派与电影艺术		
	吕澂	美学导言	美术	第3卷第1号
	春华	德国表现派戏剧杰作在东京开演了	民国日报·觉悟	7日
	冰	"谈美"		13日
	[日]厨川白村；白鸥译	近代文艺思潮底变迁与人底一生		25日
	郑振铎等	语体文欧化的讨论	时事新报·文学旬刊	第7号
	厚生	文学名辞的审定		第8号
	李开中	文学家的责任		
	西谛	文学与革命		第9号
	庐隐	整理旧文学与创造新文学		
	周玲荪	美感与教育	美育	第6期
7、次4	夏丏尊	近代文学概说		第6、7期
7、8	胡适	国语文法的研究法	新青年	第9卷第3、4号
7—次3	[日]伊达源一郎；赵光荣译	近代文学	时事新报·文学旬刊	第7—13、17、18、23、25、30号
8	坚瓠	现代生活之机械化	东方杂志	第18卷第15号
	华林	居友传略		
	愈之	但底——诗人及其诗		
	俞颂华	德国欢迎印哲台莪尔的盛况		
	拙	鲍多莱尔	时事新报·学灯	7、9、13日
	[日]山岸光宣；海镜译	近代德国文学的主潮	小说月报	第12卷第8号"德国文学研究专号"
	[日]金子筑水；厂晶译	"最年轻的德意志"的艺术运动		
	[日]片山孤村；李达译	大战与德国国民性及其文化文艺		
	[日]山岸光宣；程裕青译	德国表现主义的戏曲		
	Anna Nussbaum；孔常译	罗曼罗兰评传		第12卷第8号

月	作者·译者	篇 名	发表刊物	卷·期·号
8	百里	莫泊三文学上之地位略谈	改造	第3卷第12号
	君劢	法国哲学家柏格森谈话记		
	彭尼士；汪仲贤译	英国名优亨利欧文事略	戏剧	第1卷第4号
	冰血	十年来的回忆		
	徐半梅	两种态度		
		德国的自由剧场		
	蒲伯英	戏剧要如何适应国情		
	雁冰	中国旧戏改良我见		
	[英]G.T.Orme；董贞柯译	中国与西洋	东方杂志	第18卷第16号
	愈之	鲍尔希维克下的俄罗斯文学		
	宋春舫	德国之表现派戏剧		
	杨贤江	文艺与人生	学生杂志	第8卷第8号
	西谛	中国文人对于文学的根本误解	时事新报·文学旬刊	第10号
	春	儿童文学的翻译问题		第11号
	J.R.Angell；倪文宙译	异常心理述概	教育杂志	第13卷第8号
	质	我之希望于提倡新文化者	云南教育杂志	第10卷第6号
8、9	施畸	文学方法论	广东省教育会杂志	第1卷第2、3期
9	翟俊于	Hobhouse的国家论	学林	第1卷第1期
	志廉	英国戏剧与莎士比亚		
	杨昭恕	美感与人生		
	Olgin；灵译	"近代主义派"的俄国文学概观	时事新报·学灯	12、15日
	W.G.Randall；柳译	德国现代主义的主潮		25日
	唐隽	艺术独立论和艺术人生论的批判	东方杂志	第18卷第17号
	愈之	台莪尔与东西文化之批判		
	无敌	现代日本文艺的特点		
	惟志	希尔台勃兰的美学		
	郑振铎	俄国文学的启源时代	小说月报	第12卷号外"俄国文学研究"
	[日]昇曙梦；陈望道译	近代俄罗斯文学底主潮		
	沈雁冰	近代俄国文学家三十人合传		
	[俄]沙洛维甫；济之译	十九世纪俄国文学的背景		
	济之	俄国四大文学家合传		
		俄国乡村文学家伯得洛柏夫洛斯基		

月	作者·译者	篇名	发表刊物	卷·期·号
9	济之	阿里鲍甫略传	小说月报	第12卷号外"俄国文学研究"
	静观	兹腊托夫拉斯基略传		
	[美]约翰·科尔诺斯；周建人译	菲陀尔·梭罗古勃		
	鲁迅	阿尔志跋绥夫		
	郭绍虞	俄国美论及其文艺		
	[俄]克鲁泡特金；沈泽民译	俄国底批评文学		
	张闻天	托尔斯泰的艺术观		
	沈泽民	俄国的叙事诗歌		
	[英]C.H.Wright；沈泽民译	俄国的农民歌		
	[日]白鸟省吾；夏丏尊译	俄国底诗坛		
	[日]昇曙梦；灵光译	俄罗斯文学里托尔斯泰底地位		
	[俄]克鲁泡特金；夏丏尊译	阿蒲罗摩夫主义		
	[日]西川勉；夏丏尊译	俄国底童话文学		
	周作人	文学上的俄国与中国		
	沈泽民	克鲁泡特金的俄国文学论		
	朱希祖	中国古代文学上的社会心理	新青年	第9卷第5号
	叶绍钧	艺术的生路	戏剧	第1卷第5号
	半梅译	莎翁剧之疑问		
	[俄]V.Kergenceff；瞿秋白译	校外教育及无产阶级文化运动	改造	第4卷第1号
	胡毅	文学杂谈	清华周刊	第223期
10	华因	戏剧与"美的剧场"		第224期
	王星拱	物和我	新潮	第3卷第1号
	冯友兰	柏格森的哲学方法		
	吴康	从思想改造到社会改造		
	俞平伯	诗底自由和普遍		
	黄仲苏	1820年以来法国抒情诗之一斑	少年中国	第3卷第3期
	周学普	剧作家的耶芝	戏剧	第1卷第6号
	瞿世英	演完太戈尔的齐拉德之后		
	陈大悲	一个旧戏辩护者底诬枉		

月	作者·译者	篇　名	发表刊物	卷·期·号
10	蒲伯英	戏剧为什么不要写实	戏剧	第1卷第6号
	王统照	剧本创作的商榷		
	周学普	近代剧研究参考书		
	济之	译黑暗之势力以后		
	爱芙连·希力亚德女士；陈大悲译	教育的戏剧之意义与效果	晨报副镌	12—15、17日
	陈大悲	万恶的侦探长片		30日
	六逸	小说作法	时事新报·文学旬刊	第16、17号
	冯飞	梅德林克之死后生活观	东方杂志	第18卷第20号
	宋春舫	现代意大利戏剧之特点		
	松山	托尔斯泰与鲍尔希维主义		
	小航译	罗素批评进化主义的哲学	改造	第4卷第2号
	品无	精神生活杂谈		
	刘凤生	柴霍夫传		
	宋焕达	美学与训育	中华教育界	第11卷第3期
	W.Grant；应元道译	旧约圣经的文学观	青年进步	第46期
	秉志	生物学与社会学之关系	科学	第6卷第10期
	愈之	但底与比德丽淑	妇女杂志	第7卷第10号
11	胡适	国语运动的历史	教育杂志	第13卷第11号
	李征	美学述略	妇女杂志	第7卷第11号
	仲密	三个文学家的纪念	晨报副镌	14日
	蒲伯英	我主张要提倡职业的戏剧		28、29日
	俞平伯	与佩弦讨论"民众文学"	时事新报·文学旬刊	第19号
	滕固	爱尔兰诗人夏芝		第20号
	YL	论散文诗		第23号
	滕固	法国两个诗人的纪念祭——凡而伦与鲍桃来尔	时事新报·学灯	14日
	梁启超	中国文化史纲	改造	第4卷第3号
	朱光潜	行为派心理学之概略及其批评		
	[日]平林初之辅；海晶译	民众艺术底理论和实际	小说月报	第12卷第11号
	许藻镕	日本的国民思想和国民性	学林	第1卷第3期
	百钧	中国文法家语法家的几个弊病		
	宋春舫	法兰西战时之戏曲及今后之趋势	东方杂志	第18卷第21号
	松山	苏维埃俄国下的艺术		

月	作者·译者	篇　名	发表刊物	卷·期·号
11	[英]St.John Ervine；王靖译	美国的文学——现在与将来	东方杂志	第18卷第22、23号
	张其昀	柏拉图理想国与周官	史地学报	第1卷第1期
	蔡元培	美学的进化	绘学杂志	第3期
		美学的研究法		
11、12	陈大悲	爱美的（AMATEUR）戏剧	晨报副镌	11月1—25日；12月8—30日
	田汉	恶魔诗人波陀雷尔的百年祭	少年中国	第3卷第4、5期
11—次3	金聿修	中国文学史	约翰声	第33卷第1、2期
	刘祖烈	柏格森与其哲学		
12	冠生	福罗贝尔的艺术观	东方杂志	第18卷第23号
	[日]岛村抱月；晓风译	文艺上的自然主义	小说月报	第12卷第12号
	[日]村松正俊；海镜译	意国文学家邓南遮		
	沈雁冰	"雾飙"诗人勃伦纳尔的"绝对诗"		
		俄国诗人布洛克死耗		
	俞寄凡	自然主义的先驱者弗洛培尔	时事新报·学灯	12日
	六逸	未来派的诗		17日
	[美]O.Shepard；王靖译	唐珊南文学作风评	东方杂志	第18卷第24号
	化鲁	意大利大歌剧家的新著		
	惟志	瑙威现存文学家鲍也尔的生平		
	李石岑	柏格森哲学之解释与批判	民铎杂志	第3卷第1号
	蔡元培	节译柏格森玄学导言		
	张东荪	柏格森哲学与罗素的批评		
	柯一岑	柏格森精神能力说		
	吕澂	柏格森哲学与唯识		
	梁漱溟	唯识家与柏格森		
	[英]Kitchin；严既澄译	绵延与自我		
	[法]柏格森；柯一岑译	梦		
	杨正宇	柏格森之哲学与现代之要求		
	瞿世英	柏格森与现代哲学趋势		
	范寿康	直观主义哲学的地位		

月	作者·译者	篇名	发表刊物	卷·期·号
12	严既澄	柏格森传	民铎杂志	第3卷第1号
	云六	国语修辞法述概	教育杂志	第13卷第12号
	杨夏怀仁	中国文学退化之原因	清华周刊	第228期
		我之新剧观		第231期
	顾彭年	哲学的诠释	沪江大学月刊	第11卷第1期
	邱昌渭	论新文化运动	留美学生季报	第8卷第4期
	吴宓	再论新文化运动		

1922年

月	作者·译者	篇名	发表刊物	卷·期·号
1	梅光迪	女子与文化	妇女杂志	第8卷第1号
	易家钺	十字街头的中国	改造	第4卷第5号
	君劢	学术方法上之管见		
	瞿世英	希腊文学研究		
	宰平	倭伊铿谈话记		
	梅光迪	评提倡新文化者	学衡	第1期
	谢随安	文学之定义	时兆月报	第17卷第1号
	黄华表	曾国藩的文学	清华学报	第13期
	[英]罗素；愈之译	中国国民性的几个特点	东方杂志	第19卷第1号
	丐尊	近代文学与儿童问题		第19卷第1、2号
	化鲁	布兰兑斯的时代心理观		
	[日]宫岛新三郎；薇生译	一九二一年的日本小说界		第19卷第2号
	李石岑	美育之原理		
	周邦道	儿童的文学之研究	中华教育界	第11卷第6号
	胡适讲演	国语运动与文学	晨报副镌	9日
	蒲伯英	戏剧为什么不要写实		12—14日
	吕一鸣、仲密	通信：文艺的讨论		20日
	冰心	论"文学批评"		22日
	廖学章、吴廷献	南北欧文艺与英国之关系		24—26日
	俞平伯	诗底进化的还原论	诗	第1卷第1号
	[日]柳泽健；周作人译	儿童的世界（论童谣）		
	西谛	论散文诗	时事新报·文学旬刊	第24号
	沈雁冰	陀思妥以夫斯基的思想	小说月报	第13卷第1号
	小航	陀思妥以夫斯基传略		

月	作者·译者	篇　名	发表刊物	卷·期·号
1	郎损	陀思妥以夫斯基的地位	小说月报	第13卷第1号
1—11	谢六逸	西洋小说发达史	小说月报	第13卷第1、2、5—7、11号
1—3	赵景深、周作人	通信：童话的讨论	晨报副镌	1月25日—3月29日
1、2	俞平伯等	民众文学的讨论	时事新报·文学旬刊	第26、27号
	胡先骕	评"尝试集"	学衡	第1、2期
1—12	吴宓	英诗浅释		第1、9、12期
2	郑振铎	太戈尔传	小说月报	第13卷第2号
		太戈尔的艺术观		
	张闻天	太戈尔诗与哲学观		
	雁冰等	文学作品有主义与无主义		
	滕固	论散文诗	时事新报·文学旬刊	第27号
	许昂若	文学上的贵族与民众		第28号
	六逸	平民诗人惠特曼		
	郎损	评梅光迪之所评		第29号
	路易	文学与民众		
	黄日葵、仲密	通信：文学的讨论	晨报副镌	7、8日
	俞寄凡	意大利近代的绘画	东方杂志	第19卷第3号
	抗父	最近二十年间中国旧学之进步		
	张君劢	欧洲文化危机及中国新文化之趋向		
	汪亚尘	近五十年来西洋画底趋势		
	坚瓠	智识阶级的自身改造		第19卷第4号
	愈之	俄国新文学的一斑		
	梓生	俄国新诗人白洛克		
	化鲁	新俄国的剧场		
	[俄]爱罗先珂讲演；李小峰、宗甄甫合记	智识阶级的使命		
	刘延陵	美国的新诗运动	诗	第1卷第2期
	陆侃如	英国诗坛大事记	学艺	第3卷第9号
	潘力山	言文一致的讨论		
	范寿康	思惟论		
	陆费逵	整理汉字的意见	国语月刊	第1卷第1期
	施畸	论翻译	广东省教育会杂志	第2卷第2期
	杨袁昌英	释梦	太平洋杂志	第3卷第4号

月	作者・译者	篇 名	发表刊物	卷・期・号
2	B.Mathews；均一译	戏曲应如何批评	太平洋杂志	第3卷第4号
	吴宓	文学研究法	学衡	第2期
	罗汝荣	民国十年以来文学的革新	学林	第1卷第4、5期合刊
	邝鹏	日本十年度思想界之倾向		
	杜守素	中国知识阶级与社会运动之关系之将来		
	墨笙	唯物史观公式的解释		
	张锡昌	文学的范围和要素	学生杂志	第9卷第2号
	[日]宫森麻太郎；周建侯译	近代剧和世界思潮	戏剧	第2卷第2号
	蒲伯英	中国戏天然革命底趋势		
2、3	易家钺	社会主义与家族制度	民铎杂志	第3卷第2、3号
	吕澂	晚近的美学说和"美的原理"	教育杂志	第14卷第2、3号
	[日]厨川白村；馥泉译	文艺思潮论	民国日报・觉悟	2月21—3月27日
2—4	马国英	国语文讲义	国语月刊	第1卷第1—3期
2、4	君劢	德国哲学家杜里舒氏东来之报告及其学术大纲	改造	第4卷第6、8号
	梁启超	中国韵文里头所表现的情感		
3	[美]史奈钝；孟宪承译	艺术欣赏应如何教授	民铎杂志	第3卷第3号
	朱谦之	唯情哲学发端		
	李石岑	评"东西文化及其哲学"		
	严既澄	评"东西文化及其哲学"		
	许地山	粤讴在文学上底地位		
	胡适	三国六朝的平民文学	国语月刊	第1卷第2期
	刘荔生	中国文学之变迁	约翰声	第33卷第2期
	张原絜	学术与主义		
	冯友兰	论"比较中西"	学艺	第3卷第10号
	[法]E.Faguet；郑超麟、汪颂鲁译	波兰文学提要		
	胡先骕译	白璧德中西人文教育谈	学衡	第3期
	缪凤林	文德篇		
	胡先骕	论批评家之责任		
	陈钟凡	中国文学演进之趋势	文哲学报	第1期

月	作者・译者	篇　名	发表刊物	卷・期・号
3	[法]L.L.Buffon；钱堃新译	白芬论文	文哲学报	第1期
	徐景铨	桐城古文学说与白话文学说之比较		
	景昌极	文学与真与美		
	钱堃新	理想之中国文学家		
	张子和	梦之研究	心理	第1卷第2期
	黄仲苏	诗人维尼评传	少年中国	第4卷第1期
	[日]昇曙梦；馥泉译	俄罗斯文学和社会改造运动	东方杂志	第19卷第5号
	愈之	黑种文学家马兰及其著作		
	化鲁	意大利著名小说家卫尔笳的死		
	嫒碟	战后法国新艺术及其批评		
	尚一	法国文艺上特有的作品——Conte		
	[日]河上肇；施存统译	马克思底理想及其实现底过程		第19卷第6号
	嫒碟	乌克兰农民文学家柯洛涟科		
	化鲁	新德意志及其文艺		
	沈泽民	瑞典现代大诗人赫滕斯顿	小说月报	第13卷第3号
	谢六逸	屠格涅甫传略		
	周作人	法国的俳谐诗	诗	第1卷第3号
	刘延陵	现代的平民诗人买丝翡耳		
	王统照	对于诗坛批评者的我见		
	张秉洁	晚近西洋哲学之趋势及批评	创造（北京）	第1卷第1号
	郭沫若	"少年维特之烦恼"序引	创造季刊	第1卷第1期
	郁达夫	艺文私见		
	[英]淮尔特；达夫译	"杜莲格来"的序文		
	[法]A.Meillet；李思纯译	言语学方法论	改造	第4卷第7号
	[英]罗素；傅严译	敬告欧罗巴之智识阶级		
		中法文化沟通运动	中华教育界	第11卷第8期
	[俄]爱罗先珂讲演	智识阶级的使命	晨报副镌	6、7日
	蒲伯英	中国戏天然革命底趋势		9—11日
	[俄]爱罗先珂讲演	世界语与其文学		25日
	谢六逸	西洋文艺思潮之变迁	学林	第1卷第6期

月	作者·译者	篇 名	发表刊物	卷·期·号
3	郎损	近代文明与近代文学	时事新报·文学旬刊	第30号
		驳反对白话诗者		第31号
	海峰译	哈姆生传		
3、4	OP	朵思退益夫斯基与其作品		第32—35号
4	黎锦晖	国语概论	国语月刊	第1卷第3期
	张一麟	国语浅说		
	王璞	平民的国语书籍		
	[俄]爱罗先珂讲演	现代问题	晨报副镌	4日
	赵景深、周作人	童话的讨论		9日
	周野荪	剧本创作的要素		24日
	玄珠	一般的倾向	时事新报·文学旬刊	第33号
	钱鹅湖	驳郎损君"驳反对白话诗者"		
	郎损、西谛	答钱鹅湖君		
	之常	支配社会的文学论		第35号
	叶绍钧	诗的泉源	诗	第1卷第4期
	刘延陵	法国诗之象征主义与自由诗		
	佩弦	短诗与长诗		
	丰子恺	艺术教育的原理	美育	第7期
	胡怀琛	中国文学溯源		
	华林	美学随谈	东方杂志	第19卷第7号
	邓飞黄	个人主义的由来及其影响		
	俞寄凡	比利时近代的绘画		
	幼雄	礳礳主义是什么		
	[日]赤木桁平; 馥泉译	白桦派底倾向特质和使命		第19卷第8号
	祁森焕	日本最近五十年来的哲学和伦理		
		日本的阶级文学问题		
	[挪]卡特; 沈泽民译	包以尔传	小说月报	第13卷第4号
	徐秋冲等	语体文欧化问题和文学主义问题的讨论		
	[美]强特勒; 周作人译	现代戏剧上的离婚问题	妇女杂志	第8卷第4号
	[日]本间久雄; 幼彤译	离婚问题的悲剧		
	胡嘉	赫克尔对于进化论上之贡献	民铎杂志	第3卷第4号

月	作者·译者	篇名	发表刊物	卷·期·号
4	J.B.Bury；严既澄译	进化论与历史	民铎杂志	第3卷第4号
	瞿世英	社会进化论		
	常乃惪	读鲍尔文"发展与进化"		
	朱光潜	进化论证		
	张作人	突然变异说		
	陈兼善	进化之方法		
	[俄]托尔斯泰；瞿秋白译	宗教与道德	改造	第4卷第8号
	吴宓	论新文化运动	学衡	第4期
	华桂馨	论剧曲与社会改良		
	胡南湖	无产阶级与文学	今日	第1卷第3号
	闻天、馥泉	王尔德介绍	民国日报·觉悟	3—18日
	Lobcadio；王靖译	最高的艺术问题		29日"平民百期增刊"
	陈望道	平民艺术和平民的艺术		
	缪尔纡	国文余论	云南教育杂志	第11卷第1号
	郑崇贤	群经的文学史观		第11卷第2号
	雷协中	读托尔斯泰的短篇小说		
4、5	龚自知	文章学		第11卷第2、3号
	钱玄同	注音字母与现代国音	国语月刊	第1卷第3、4期
5	徐良士	中国文学之病态	云南教育杂志	第11卷第4号
	文春波	诗的讨论		
	宋廷珍	词采之研究		
	刘复	国语问题中的一个大争点	国语月刊	第1卷第4期
	胡适	禅宗的白话散文		
	庄泽宣	中国的言文问题	新教育	第4卷第5号
	孟宪承	所谓美育与群育		
	李劼人	法兰西自然主义以后的小说	少年中国	第3卷第10期
	天协	文学的概观	青年进步	第53册
	达流氏；徐松石译	文学与艺术上之唯实主义		
	任策奇	世纪末的文学思想		
	A.Chaumeix；远涛译	最近五十年法国文学的大概		
	吴传绂	现代俄罗斯文学中之厌世主义		
	M.L.Boynton；应道远译	六十年来美国的小说界及其作者		

月	作者·译者	篇　名	发表刊物	卷·期·号
5	陈其善	弗劳贝尔传	青年进步	第53册
	顾敦鍒	檀德对于现代之教训		
	皕海	中国文学概论		
		中国白话文学的源流		
		中国的文学批评家		
	云鹤	性的新道德之基础	妇女杂志	第8卷第5号
	陆志韦	评心力	科学	第7卷第5期
	罗承烈	美的人生	晨光（北京）	第1卷第1号
	甘蛰仙	评五十年来中国文艺		
	K·Y	评新文化运动		
	松石	文学与艺术	沪江大学月刊	第11卷第4、5期合刊
	S.C.Pepper；钱翼民译	关于审美学底谈论		
	陈小航	法朗士传	小说月报	第13卷第5号
		布兰兑斯的法朗士论		
	周赞襄等	自然主义的论战		
	刘延陵	现代的恋歌	诗	第1卷第5期
	化鲁	俄国的革命诗歌	东方杂志	第19卷第9号
	[印]台莪尔；子贻译	东西文化的结合		第19卷第10号
	馥泉	荷马史诗"伊丽雅"底研究		
	甘蛰仙	二十世纪中国文坛之半打新鬼	晨报副镌	19—24日
	H.Carter；毕树棠译	苏维埃俄国戏院小史		27—30日
	梁实秋	读"诗底进化的还原论"		27—29日
	邹谦	教育与文艺的争斗	时事新报·文学旬刊	第36号
	西谛	新文学观的建设		第37号
	路易	文学之要素		
	刘伯明	杜威论中国思想	学衡	第5期
6	[法]莫泊三；杨袁昌英	创作与批评	太平洋杂志	第3卷第6号
	希真	霍普德曼传	小说月报	第13卷第6号
		霍普德曼的自然主义作品		
		霍普德曼的象征主义作品		
	希真译	霍普德曼与尼采哲学		
	雁冰等	自然主义的怀疑与解答		
	沈雁冰	法国艺术的新运动		

月	作者·译者	篇 名	发表刊物	卷·期·号
6	[日]栉田民藏；存统译	唯物史观在马克思学上底位置	东方杂志	第19卷第11号
	衡如	新历史之精神		
	蠢才译	新表现主义的艺术		
	[英]华尔德配德；子贻译	文艺复兴研究集序		第19卷第12号
	愈之	保加利亚国民诗人伏若甫		
	蔡元培	美育实施的方法	教育杂志	第14卷第6号
	李荣芳	圣经的文学观	青年进步	第54册
	陈玉科	哲学的艺术化	云南教育杂志	第11卷第5号
	尹培兰	关于美育研究的一篇札记		
	季涛	美育与人生		第11卷第6号
	汤源新	读爱罗先珂智识阶级的使命		
	陆秀珍	读家庭剧后		
	杨道腴	科学的精神	清华学报	第14期
	汤泌	十九世纪初叶英国文学革命运动的概观		
	Ch.Sarolea；倪鸿文译	托尔斯泰在俄国文学上的位置		
	仲密	论小诗	民国日报·觉悟	29日
	小虫	文学衰堕之由		29、30日
	苹初	评读诗底进化的还原论	时事新报·文学旬刊	第41号
	周作人讲演	女子与文学	晨报副镌	3日
	南庶熙讲演	艺术心理		8日
	[美]B.Metthews；上沅译	作戏的原理		25—30日
	[美]葛兰坚；吴宓、陈训慈译	葛兰坚论新	学衡	第6期
6—11	吴宓	西洋文学精要书目		第6、7、11期
7	[美]B.Metthews；上沅译	歌乐剧的习惯	晨报副镌	4、6、7、10日
	仲密	诗人席烈的百年祭		18日
	[美]马太士；上沅译	情境的欠缺		25—30日
	宓汝卓	小说的"做"的问题	时事新报·文学旬刊	第42、43号
	鸿编述	美学概念	民国日报·觉悟	7、9日
	馥泉	文艺上的新罗曼派		9、10日

月	作者·译者	篇　名	发表刊物	卷·期·号
7	德徵	浪漫运动	民国日报·觉悟	25日
	吴其祥	第二次建设的文学革命论	民国日报·平民	第113期
	沈雁冰	自然主义与中国现代小说	小说月报	第13卷第7号
	[日]千叶龟雄;海镜译	波兰文学的特性		
	雷协中	史记的文学观	云南教育杂志	第11卷第7号
	李德荣	翻译的研究		
	雷协中	平民文学与贵族文学		第11卷第8号
	高维祺	研究国故底方法	安徽教育月刊	第55期
	张耀翔	文学家之想像	心理	第1卷第3期
	[日]本间久雄;薇生译	近代剧描写的结婚问题	妇女杂志	第8卷第7号
	邵祖平	论新旧道德与文艺	学衡	第7期
	缪凤林	文情篇		
	解中苏	心理学上知情意三分法的研究	教育杂志	第14卷第7号
	梅光迪讲演	中国文学在现在西洋之情形	文哲学报	第2期
	[英]温采司特;景昌极、钱堃新译	文学评论之原理		
	柳翼谋讲演	文学家之世界		
	缪凤林	希腊精神和希伯来精神		
	范希曾	韩昌黎之古文学说		
7—次10	陈训慈	托尔斯泰		第2—4期
7—9	瞿世英	小说的研究	小说月报	第13卷第7—9号
7、8	化鲁	中国的报纸文学	时事新报·文学旬刊	第44、46、47号
	冯飞	童话与空想		第8卷第7、8号
8	[日]厨川白村;李宗武译	勃朗宁的三篇恋爱诗	妇女杂志	第8卷第8号
	周作人	女子与文学		
	郎损	文学批评管见一	小说月报	第13卷第8号
	雁冰	直译与死译		
	郑振铎	文学的统一观		
	[俄]A.Filippov;希真译	新德国文学		
	[法]J.Mesnil;泽民译	新俄艺术的趋势		
	滕固	论短诗	时事新报·文学旬刊	第45号

月	作者·译者	篇 名	发表刊物	卷·期·号
8	李之常	自然主义的中国文学论	时事新报·文学旬刊	第46、47号
	郭沫若	论国内的评坛及我对于创作上的态度	时事新报·学灯	4日
	钱玄同	汉字革命	国语月刊	第1卷第7期
	何仲英	汉字改革的历史观		
	后觉	汉字改革的几个前提		
	黎锦熙	汉字革命军前进的一条大路		
	蔡元培	汉字改革说		
	周作人	汉字改革的我见		
	沈兼士	国语问题之历史的研究		
	[美]马太士；上沅译	编剧家与演剧家	晨报副镌	2—5日
		布景的简单化		9—15日
	雨苍译述	英国近代剧底消长		29—31日
	沈雁冰	文学上各种新派兴起的原因	时事公报（宁波）	12—16日
	[日]昇曙梦；馥泉译	革命俄罗斯底文学	民国日报·觉悟	18—22日
	梅光迪	现今西洋人文主义	学衡	第8期
	缪凤林	希腊之精神		
	庄泽宣	用科学的方法去解决中国的言文问题	教育杂志	第14卷第8号
	华林	美学随谈	弘毅	第1卷第3期
	蠢儿	美国最近小说界的概略	学艺	第4卷第2号
	王独清	诗人魏莱奈之二大名作		
8、9	闻天	哥德的浮士德	东方杂志	第19卷第15、17、18号
9	费鸿年	非达尔文主义	学艺	第4卷第3号
	谢六逸	人生与文学		
	罗承烈	情意论与现代哲学之趋势及现代人生之要求	晨光（北京）	第1卷第2号
	周作人	国语改造的意见	东方杂志	第19卷第17号
	高山	中国的女权运动		第19卷第18号
	吴宓	诗学总论	学衡	第9期
	刘永济	中国文学通论		
	夏崇璞	明代复古派与唐宋文派之潮流		
	[法]G.Lechartier；毕树棠译	法国文学之趋势	晨报副镌	1—8日

月	作者·译者	篇　名	发表刊物	卷·期·号
9	A.Filippov; 毕树棠译	德国的新文学	晨报副镌	15—19日
	黎锦熙讲演	国语与新文化		16—19日
	[日]稻毛诅风; 叶直青译	国民思想的独立和外来思想		18—21日
	J.V.A.Kuller; 毕树棠译	荷兰之戏剧		23—26日
	甘蛰仙	周秦女子文学思潮		24—30日
	[日]片上伸讲; 川岛译	北欧文学的原理		25—28日
	[美]阿塞洪伯罗; 陈大悲译	戏剧学校概论		26、27日
	西谛	评 H.A.Giles 的"中国文学史"	时事新报·文学旬刊	第50号
	郎损	"曹拉主义"的危险		
	梁启超	科学精神与中西文化	科学	第7卷第9期
	秉志	人类之天演		
	胡人椿	艺术教育概论	教育杂志	第14卷第9号
	黄公觉	嘉木氏之美育论		
	雁冰	文学与政治社会	小说月报	第13卷第9号
		自由创作与尊重个性		
		主义		
	[俄]万雷萨夫; 耿济之译	什么是作文学家必须的条件		
	G.Lechartier; 济徽译	法兰西文学之新趋势		
	[日]川路柳虹; 馥泉译	不规则的诗派		
	讼卤	法兰西戏曲之述略	学生杂志	第9卷第9号
	六逸	诗与韵律		
9—11	[日]生田长江; 汪馥泉译	最近欧洲文艺思潮概观		第9卷第9—11号
9、10	谢晋青	日本民族性底研究	东方杂志	第19卷第18—20号
9—次2	吴宓	英诗浅释	学衡	第9、12、14期
10	沈雁冰	未来派文学之趋势	小说月报	第13卷第10号
	[英]赫孙; 汤澄波、叶启芳译	圣经之文学的研究		

月	作者·译者	篇名	发表刊物	卷·期·号
10	唐钺	旧书中的新诗	小说月报	第13卷第10号
	佩韦	现代捷克文学概略		
	蔡堡	进化论的历史	科学	第7卷第10期
	钱玄同	国文的进化	国语月刊	第1卷第9期
	黎锦熙	国语与新文化		
	王独清	未来之艺术家	学艺	第4卷第4号
	余祥森	德国文学小史		
	王平陵	现代心理学底派别及其研究法	东方杂志	第19卷第19号
	[英]H.G.Wells;王靖译	论现代的小说		
	化鲁	最近之英文学		
	幼雄	美国革命文学与贵族精神的崩坏		第19卷第20号
	化鲁	俄国文学与革命		
	嫒礴	革命德意志之诗人及剧作家		
	幼雄	法国反军国主义的文学		
	蒋梦麟	英美德法四国人民之特性与大学特点	新教育	第5卷第3号
	胡适	北京的平民文学	读书杂志	第2期
	梅汝璈	辟文风	清华周刊	第253期
	皇皇	辟"辟文风"		第254期
	式芬	新诗的评价	晨报副镌	16日
	菊农译述	杜里舒论康德		18—22日
	西谛	整理中国文学的提议	时事新报·文学旬刊	第51号
	佩韦	"文学批评"杂说		
	玄珠	译诗的一些意见		
	化鲁	形式和实质		第52号
	西谛	圣皮韦的自然主义批评论		
	太郎	谈日本文学		
	馥泉	整理中国古代诗歌的意见及其他		第53号
11	静宜	性教育的戏剧及其他	云南教育杂志	第11卷第12号
	作人	什么是不道德的文学	晨报副镌	1日
	[日]昇曙梦;薇生译	俄国文学上之代表的女性	妇女杂志	第8卷第11号
	徐炳昶	礼是甚么	北大社会科学季刊	第1卷第1号
	周作人	国语改造的意见	国语月刊	第1卷第10期
	王统照	批评中国文学的方法	晨光（北京）	第1卷第3号
	剑三	文学概论		

月	作者·译者	篇 名	发表刊物	卷·期·号
11	陈庆麒、王剑三	"文学概论？"问题的辩正与答复	晨光（北京）	第1卷第4号
	吴家镇	七自由艺术论		
	朱维基	叔本华的哲学和其批评	沪江大学月刊	第12卷第1期
	缪凤林	文义篇	学衡	第11期
	余祥森	德国罗曼文学与其反对派	学艺	第4卷第5号
	曹聚仁	组织"中国文学史研究会"问题	民国日报·觉悟	13日
	雁冰	介绍西洋文艺思潮的重要		19日
	[德]杜里舒讲；张企留记	欧美近代哲学		21、24日
	冰	写实小说之流弊？	时事新报·文学旬刊	第54号
	Bilis；傅东华译	诗人与非诗人之区别		第55号
	馥泉	"中国文学史研究会"的提议		
12	华林一	安诺德文学批评原理	东方杂志	第19卷第23号
	[日]大塚保治；鸿译	美学所研究的问题及其研究法		
	洪丹	欧战与意大利文学	小说月报	第13卷第12号
	汤用彤	评近人之文化研究	学衡	第12期
	陈柱	诗说		
	程俊英	诗之修辞		
	汤姆孙；天警译	达尔文以前之进化论	民铎杂志	第3卷第5号
	陈兼善	达尔文以后之进化论		
	波古拉；常道直译	达尔文主义与社会学		
	聂耦庚	以佛法诠进化		
	陈兼善	进化论发达略史		
	杨人杞	达尔文学说与唯物论底关系		
	甘蛰仙	章实斋的文学概论	晨报副镌	6—13日
	[俄]爱罗先珂讲演	俄国文学在世界上的位置		9、10日
		安特来夫与其戏剧		27—29日
	黎锦熙	国语学大概		31日
	馥泉	从希腊思潮到文艺复兴	民国日报·觉悟	14、15、17日
		文学之力	时事新报·文学旬刊	第57号
	玄珠	乐观的文学		
	周辨明	词的界说	国语月刊	第1卷第11期
	君谖	什么是诗	清华周刊·文艺增刊	第2期
	秋	诗的音韵		

月	作者·译者	篇　名	发表刊物	卷·期·号
12	黄维荣	谈诗	复旦	第 15 期
	敬盦	罗丹艺术的印象		
	旡离	我之艺术观		
	剑三	文艺之杂评	批评	第 2 号
	王统照	叔本华评传	晨光（北京）	第 1 卷第 5 号
	[英]C.Winchester；余心一译	文学批评的定义与范围	革新	第 1 卷第 2 期
	杨树荣	重定文学的价值		
	华林	艺术与宗教	学艺	第 4 卷第 6 号
12—次 4	余祥森	德国写实派文学与其反对派		第 4 卷第 6—10 号
	[日]松村武雄；路易译	精神分析学与文艺	时事新报·文学旬刊	第 57—71 号

1923 年

月	作者·译者	篇　名	发表刊物	卷·期·号
1	周游	汉学普行世界之运动	新教育	第 6 卷第 1 号
	汪亚尘译述	表现主义的小史	时事新报·学灯	14 日
	路易	文学之分类	时事新报·文学旬刊	第 61 号
	[俄]爱罗先珂讲演	安特来夫与其戏剧	晨报副镌	13—27 日
		过去的幽灵		29 日
	愈之	小泉八云	东方杂志	第 20 卷第 1 号
	化鲁	台莪尔的东西文化联合运动		第 20 卷第 2 号
	劲风	礃礃派小说	小说世界	第 1 卷第 1 期
	为君节译	歌谣的起源	歌谣周刊	第 4 号
	洪北平	文学史的研究	约翰声	第 34 卷第 2 期
	卢自然	汉字改革的我见	国语月刊	第 1 卷第 12 期
	李石岑	美育之原理	河南教育公报	第 2 年第 5 期
	吕澂	晚近的美学说和"美的原理"		
		艺术和美育		
	黄公觉	嘉木氏之美育论		
	刘伯明讲演	美育		
	吴俊升	关于美育之研究		
	吕澂	美术成形之经过	山西省教育杂志	第 9 卷第 1 号
	沈青来	美育和宗教	青年进步	第 59 册
	于庚虞	诗的自然论	红纹	第 1 集
	郑振铎	新文学之建设与国故之新研究	小说月报	第 14 卷第 1 号
	余祥森	整理国故与新文学运动		
	王伯祥	国故的地位		

月	作者·译者	篇 名	发表刊物	卷·期·号
1	顾颉刚	我们对于国故应取的态度	小说月报	第14卷第1号
	严既澄	韵文及诗歌之整理		
	西谛	关于文学原理的重要书籍介绍		
1—6	[英]赫孙；邓演存译	研究文学的方法		第14卷第1—3、5、6号
1、2	吴宓	希腊文学史	学衡	第13、14期
2	李大钊	今与古	北大社会科学季刊	第1卷第2号
	潘梓年	文学是什么	民国日报·觉悟	25日
	徐祖正	英国浪漫派三诗人拜伦、雪莱、箕茨	创造季刊	第1卷第4号
	M.J.Olgin；何畏选译	俄罗斯文学便览		
	成仿吾	创造社与文学研究会		
	俞寄凡	表现主义的小史	东方杂志	第20卷第3号
	坚瓠	欧化的中国		第20卷第4号
	[英]Ruskin；丰子恺	使艺术伟大的真的性质		
	郑振铎	何谓古典主义	小说月报	第14卷第2号
	沈雁冰等	文学上名辞译法的讨论		
	沈雁冰	倍那文德的作风		
	胡寄尘	小说谈话	小说世界	第1卷第8期
	[英]C.Hamilton；李加雪译	自然主义和浪漫主义	革新	第1卷第3期
	谢康	美的世界与中国妇女文艺		
	潘学增	华士活的研究		
	祁森焕译	美国文艺与妇女的势力	妇女杂志	第9卷第2号
	梅光迪	安诺德之文化论	学衡	第14期
	[俄]克鲁巴金；开先译	俄国小说家郭歌里论	晨报副镌	1—4、6、7日
2、4	程俊英	诗人之注意及兴趣	心理	第2卷第1、2期
2、3	[俄]克洛泡特金；K.H译	普希金评传	时事新报·文学旬刊	第65、66号
3	吴宓	论今日文学创造之正法	学衡	第15期
	刘永济	论文学中相反相成之义		
	张君劢	现时两大哲学潮流之比较	文哲学报	第3期
	章志超	法国大戏剧家毛里哀评传		
	刘文翮	介绍文学评论之原理		

月	作者·译者	篇 名	发表刊物	卷·期·号
3	陈钧	小说通议	文哲学报	第 3 期
	江亢虎	欧战与中国文化	史地学报	第 2 卷第 3 期
	化鲁	两个哲学家的死	东方杂志	第 20 卷第 5 号
	汤澄波	析心学略论		第 20 卷第 6 号
	坚瓠	互助的文化观		
	李石岑	人格论	民铎杂志	第 4 卷第 1 号
	郭任远	心理学的史略及其最近的趋势		
	朱谦之	美及世界		
	严既澄	非本能论之批评		
	常惠	歌谣中的家庭问题	歌谣周刊	第 8 号
	张务源	法兰西人的特质	太平洋杂志	第 3 卷第 9 号
	[美]马德生；毕树棠译	犹太戏院	晨报副镌	16—28 日
	[俄]克洛泡特金；K.H 译	娄蒙妥夫 Lermontoff 评传	时事新报·文学旬刊	第 67、68 号
	路易	战争与文学		第 67 号
	吴文祺	联绵字在文学上的价值	小说月报	第 14 卷第 3 号
	胡寄尘	中国小说考源	小说世界	第 1 卷第 11 期
	李子诚	达尔文进化论伦理学之研究	互助	第 1 卷第 3 号
	王中君	马克斯学说系统		
	常文安	康德美学研究		
4	[俄]爱罗先珂讲演	现代戏剧艺术在中国的目的	晨报副镌	1 日
	俞平伯	文艺杂论	小说月报	第 14 卷第 4 号
	韦兴	奥国的现代文学		
	佩韦	南斯拉夫的近代文学		
	郑振铎	丹麦现代批评家勃兰特传		
	傅东华	梅脱灵与"青鸟"		
	周作人	日本的小诗	诗	第 2 卷第 1 期
	胡怀琛	中国地方文学的一斑	小说世界	第 2 卷第 3 期
	胡寄尘	中国民间文学之一斑		第 2 卷第 4 期
	张东荪	知识之本质	教育杂志	第 15 卷第 4 号
	唐钺	吾国人思想习惯上的几个弱点	东方杂志	第 20 卷第 7 号
	邓光禹	东西哲学本体论之别类比观与综合批评		
	陈衡哲	介绍英国诗人格布生		
	[德]杜里舒；张君劢译	近代心理学中之非自觉及下自觉问题		第 20 卷第 8 号

月	作者·译者	篇 名	发表刊物	卷·期·号
4	朱谦之	系统哲学导言	民铎杂志	第4卷第2号
	[日]刘久男；刘叔琴译	艺术观照论		
	[俄]P.Kropotkin；毅纯译	俄国文学之先驱		
	邵纯熙	我对于研究歌谣发表一点意见	歌谣周刊	第13号
		歌谣分类问题		第15号
	刘文林	再论歌谣分类问题		第16号
	周建人	妇女主义之科学的基础	妇女杂志	第9卷第4号
	滕固	艺术学上所见的文化之起源	学艺	第4卷第10号
	王独清	诗人孟德斯鸠底周年祭		
	李子诚	康德批判之伦理学说	互助	第1卷第4号
	王中君	美学底特质		
	谢康	中国妇女文艺所表现的女性	革新	第1卷第4期
	六逸	批评家卡莱尔	时事新报·文学旬刊	第71号
	俞寄凡	艺术的真谛	民国日报·艺术评论	第1号
4、5	胡怀琛	文学界的四个问题		第1、5号
5	傅彦长	欧洲的歌剧		第3号
	丰子恺	现代艺术潮流		第5、6号
	谷剑尘	中国戏剧革命与小剧场运动		第5号
	郭沫若	批评与梦	创造季刊	第2卷第1号
	徐志摩	艺术与人生		
	成仿吾	"雅典主义"		
	王靖	论乔治梅立狄的小说	东方杂志	第20卷第10号
	郭任远	心理学的范围		
	王统照	夏芝的诗	诗	第2卷第2期
	倪文宙	变态心理之基本观	教育杂志	第15卷第5号
	L.Hearn；王靖译	文学的创造	学生杂志	第9卷第5期
	胡寄尘	研究与创作	小说世界	第2卷第7期
	陈大齐	事实判断与价值判断	北大社会科学季刊	第1卷第3号
	吴立	推纳逊文学之研究	复旦	第16期
	汤用彤译	亚里士多德哲学大纲	学衡	第17期
	毕树棠	战后俄国文学概述	晨报副镌	20、21、23、24日
	西谛	"世界文学"：一部研究各国文学史的入门书	时事新报·文学旬刊	第73号

月	作者·译者	篇 名	发表刊物	卷·期·号
5	既澄	与胡适之先生谈谈文学史上的"大"和"小"	时事新报·文学旬刊	第74号
	成仿吾	诗之防御战	创造周报	第1号
	郭沫若	中国文化之传统精神		第2号
	成仿吾	新文学之使命		
	郭沫若	我们的文学新运动		第3号
	郁达夫	文学上的阶级斗争		
	胡朴安	释言语	国学周刊	第3期
	杨树达	中国文法学之回顾	民铎杂志	第4卷第3号
	朱谦之	宇宙生命——真情之流		
5—7	刘建阳	帕尔荪（Panlson）之道德论	学艺	第4卷第3—5号
	陈承泽	国文法概论		第5卷第1—3号
6	闻一多	女神之地方色彩	创造周报	第4号
		女神之时代精神		第5号
	成仿吾	写实主义与庸俗主义		
	郁达夫	艺术与国家		第7号
	沈秉廉	美	民国日报·艺术评论	第8号
	周作人	艺术与道德	晨报副刊·文学旬刊	第1号
	王统照	文学批评的我见		第2号
	李勖刚	中国新诗的将来		第3号
	剑三	纯散文		
	滕固	威尔士的文化救济论	东方杂志	第20卷第11号
	吴颂皋	精神分析的起源和流派		
	化鲁	威尔士的新乌托邦		第20卷第12号
	子贻	文学与人生	时事新报·文学旬刊	第75号
	既澄	文艺上的魔道		第76号
	既澄	自然与神秘		第77号
	J. E.Spingarn；赵景深译	文学的艺术底表现论		
	A.Bell；玄珠译	葡萄牙的近代文学	小说月报	第14卷第6号
	秀丽	随便谈谈小说的历史	小说世界	第2卷第11期
	忆秋生	中国的神话		第2卷第13期
	张育桐	法国文学之社会性	民铎杂志	第4卷第4号
	家斌译述	歌谣的特质	歌谣周刊	第23号
	瞿秋白	新青年之宣言	新青年（季刊）	第1期
	徐震堮译	圣伯甫评卢梭"忏悔录"	学衡	第18期
	胡先骕	评胡适"五十年来中国之文学"		
	杜国兴	学理与假说	学艺	第5卷第2号

月	作者·译者	篇 名	发表刊物	卷·期·号
6	艾华	学校剧——一个艺术教育问题	学艺	第5卷第2号
	杨铨	社会科学与近代文明	科学	第8卷第5期
	冰心讲演	什么是文学	辟才杂志	第2号
6、7	[日]桑木严翼;傅昌钰译	康德与现代哲学	新时代	第1卷第3、4期
6—9	庐隐	中国小说史略	晨报副刊·文学旬刊	第3—10号
7	高宝寿	最近文化史之趋向	东方杂志	第20卷第13号
	王希和	太戈尔学说概观		第20卷第14号
	[俄]布利乌沙夫;耿济之译	俄国诗坛的昨日今日与明日	小说月报	第14卷第7号
	[德]叔本华;任白涛译	天才论	民铎杂志	第4卷第5号
	胡愈之	犹太新文学一斑		
	李石岑	怀疑与信仰		
	朱谦之	宇宙美育		
	渭川	怎样研究中国文学史	学生杂志	第10卷第7号
	[法]马西尔;吴宓译	白璧德之人文主义	学衡	第19期
	楚荍	非审美的文学批评	民国日报·文艺旬刊	第1期
	汤懋芳	初民的诗歌		第2期
	吴冈	现代艺术的特质	民国日报·艺术评论	第12号
	潘梓年	中国与文学	民国日报·觉悟	8日
	黄维荣	文学之社会的价值		10、12日
	叶楚伧讲演	中国小说谈		24日
	王统照	文学的作品与自然	晨报副刊·文学旬刊	第5号
	剑三	文学的趣味		
	道明	欣赏力的培养		
	[美]E. Clippinger;贺自昭译	文学批评	时事新报·文学	第81号
	郁达夫	"创造日"宣言	中华新报·创造日	21日
	敬隐渔	罗曼罗朗		25日
	郁达夫	批评与道德	创造周报	第10号
	郭沫若	论翻译的标准		
	严既澄	语体文之普及与提高	时事新报·文学	第82号
	西谛	文学的分类		
		诗歌之力		第83号
	路易	谈戏剧		

月	作者·译者	篇 名	发表刊物	卷·期·号
7—次2	胡怀琛	中国文学史略	国学周刊	第12—41期
8	今心	两个文学团体与中国文学界	时事新报·学灯	22、23日
	西谛	何谓诗	时事新报·文学	第84号
		诗歌的分类		第85号
	李开先	叙事诗之在中国	民国日报·文艺旬刊	第5、6期
	[法]S.Persky；毕树棠译	俄国文豪高尔该论	晨报副镌	18—20、23—31日
	张东荪	唯用论在现代哲学上的真正地位	东方杂志	第20卷第15、16号
	亨利侣赤；沈泽民译	近代近代的丹麦文学	小说月报	第14卷第8号
	西谛	关于俄国文学研究的重要书籍介绍		
	杨栋林	个人本位与社会本位	北大社会科学季刊	第1卷第4号
	陈承泽	国文和国语的解剖	学艺	第5卷第4号
	范寿康	评所谓"科学与玄学之争"		
	成仿吾	批评与同情	创造周报	第13号
	郁达夫	文艺鉴赏上之偏爱价值		第14号
	郭沫若	自然与艺术——对于表现派的共感		第16号
8、9	傅屯艮	美文之研究	国学周刊	第17、18、20期
9	郭沫若	未来派的诗约及其批评	创造周报	第17号
		艺术家与革命家		第18号
	[印]太戈尔；愈之译	东与西	东方杂志	第20卷第18号
	瞿菊农讲演	太戈儿的思想及其诗	晨报副刊·文学旬刊	第10号
	王剑三讲演	文学观念的进化及文学创作的要点		第11号
	西谛	抒情诗	时事新报·文学	第86期
	化鲁	文学界的联合战线		
	王伯祥	文学的环境		第87期
	西谛	史诗		
	雁冰	阿剌伯K.Gibrau的小品文字		第88期
	王伯祥	文学与地域		第89期
	仞生	改革文字的必要		
	楚茨	小说的使命	民国日报·文艺旬刊	第8期

月	作者・译者	篇　名	发表刊物	卷・期・号
9	吴梅	南北戏曲概言	国学丛刊	第1卷第3期
	顾实	国民文学之决心		
	江远楷	文学之研究与近世新旧文学之争		
	顾震福	释艺		
	顾实	文章学纲要序论		
	赵俨	文运与世运并行论		
	[美]柯克斯；徐震堮译	柯克斯论古学之精神	学衡	第21期
	AB	中国的人民的分析	东方杂志	第20卷第18号
	孙世扬	文学管窥	华国	第1卷第1期
	[日]吉田熊次；亦劳译	艺术教育思潮及其批判	中华教育界	第12卷第9期
	李守常演讲	史学与哲学	清华学报	第17期
	端木恺	最近的心理学运动	复旦	第17期
	瑟庐	家庭革新论	妇女杂志	第9卷第9号
	西滢	译本的比较	太平洋杂志	第4卷第2号
	郭沫若	文学上的节产	创造周报	第19号
	郁达夫	THE YELLOW BOOK 及其他		第20、21号
	王统照	太戈尔的思想与其诗歌的表象	小说月报	第14卷第9号
9、10	郑振铎	太戈尔传		第14卷第9、10号
10	田汉	艺术与社会	创造周报	第23号
	何植三	歌谣分类的商榷	歌谣周刊	第27号
	刘经庵	歌谣与妇女		第30号
	陈定谟	语言与思想	心理	第2卷第4期
	黄俊	文学概论	文学季刊	第1期
	[美]柳威生；佩弦译	近代批判丛话	时事新报・文学	第94期
	吴梦非	西洋歌剧发展之梗概	民国日报・艺术评论	第24号
	J.Galswariny；默声译	艺术	民国日报・文艺旬刊	第11期
	李思纯	论文化	学衡	第22期
	吴宓	西洋文学入门必读书目		
	王焕镛	史传叙法举例	文哲学报	第4期
	胡步蟾	心与身	学艺	第5卷第6号
	胡朴安	中国文章论略	国学周刊	国庆日增刊
	周作人	新文学的二大潮流	燕大周刊	第20期

月	作者·译者	篇名	发表刊物	卷·期·号
10	汪东	新文学商榷	华国	第1卷第2期
	陈震云	赫克尔学说概要	东方杂志	第20卷第19号
	颂华	时代精神的批评与中国的前途		第20卷第20号
	[印]太戈尔；康建民	西方的国家主义	小说月报	第14卷第10号
	俍工	小说创作与作者		
	胡寄尘	柳宗元的小说文学	小说世界	第4卷第1期
	佩弦译	近代批评丛话	时事新报·文学	第94期
	淑真	文学上摹仿之意义	时事新报·学灯	30日
	Paul Carns；邓均吾译	歌德传	创造日	31日
11	忆秋生	福劳贝尔小传	小说世界	第4卷第6期
		什么是客观态度		第4卷第9期
	仲密	文学作品的分类法	时事新报·学灯	19日
	I.T.Ozneil；沈雁冰译	俄国文学与革命	时事新报·文学	第96期
	仲云	文艺作品的分类法		第97期
	瞿秋白	最后俄国的文学问题	星海（上）	文学研究会会刊
	客提斯温脱顿；唐钺译	科学之精神的价值	东方杂志	第20卷第21号
	黄朴	歌谣谈	歌谣周刊	第33号
	詹保黄	与友人论白话文书	学生文艺丛刊	第3集
	佩斯	新名词浅释：文学·艺术·文艺·学艺	少年杂志	第13卷第11号
	郭沫若	瓦特裴德的批评论	创造周报	第26号
	成仿吾	真的艺术		第27号
	郭沫若	艺术的评价		第29号
	[美]R.C.Nemian；希和译	论翻译的文学者	小说月报	第14卷第11号
	瞿秋白	灰色马与俄国社会运动		
	[俄]O.Kulikovsky；耿济之译	阿史德洛夫斯基评传		
11、12	谢六逸	近代日本文学		第14卷第11、12号
	丰子恺	艺术教育的哲学	民国日报·艺术评论	第31—33号
12	[日]生田春月；无明译	现代德奥两国的文学	小说月报	第14卷第12号

月	作者・译者	篇 名	发表刊物	卷・期・号
12	西谛	一九二三年得诺贝尔奖金者夏芝评传	小说月报	第14卷第12号
	胡寄尘	侯方域的小说文学	小说世界	第4卷第13期
	林玉堂	科学与经书	晨报	1日"五周年纪念增刊"
	钱玄同	汉字革命与国故		
	刘海粟	近代艺术发展之现象及其趋向		
	李毅士	我们对于美术上应有的觉悟		
	鲁迅	宋民间之所谓小说及其后来		
	周建侯	近代底科学文明		
	茜滢	萨脑斐挪脱		
	陈衡哲	彼述克		
	洪式间	东方学术之将来		
	章炳麟	答曹聚仁论白话诗	华国	第1卷第4期
	卢自然	研究文学的几条方法	学生杂志	第10卷第12期
	方兆鸿	与友人论白话文书	学生文艺丛刊	第4集
	王璠	文学观的检讨	学风	第3卷第10期
	张佩英	安诺德略传	文艺评论	第23号
	黄宪祖	安诺德与十九世纪之英国		
	[英]安诺德;李今英译	今日批评界之功用		第24号
	王统照	何为文学的"创作者"	晨报副刊・文学旬刊	第20号
	郑伯奇	新文学之警钟	创造周报	第31号
	郭沫若	印象与表现	时事新报・学灯	30日
	仲云	夏芝和爱尔兰的文艺复兴运动	时事新报・文学	第99号
	雁冰	"大转变时期"何时来呢?		第103期
	刘开渠	艺术与道德	民国日报・艺术评论	第34号
12—次2	[日]厨川白村;汪馥泉译	苦闷底象征		第37—44号
12—次1	郑伯奇	国民文学论	创造周报	第33—35号
12—次5	[日]厨川白村;樊仲云译	文艺思潮论	时事新报・文学	第102—120号
1924年				
1	佩弦	文艺的真实性	小说月报	第15卷第1号
	叶圣陶	诚实的自己的话		
	[美]阿兰波;林孖译	诗的原理		

月	作者·译者	篇　名	发表刊物	卷·期·号
1	子汶	中国文学研究的重要书籍介绍	小说月报	第15卷第1号
	叶劲风	影戏的三大要素	小说世界	第5卷第2期
	王统照	夏芝思想的一斑	晨报副刊·文学旬刊	第22号
	和	夏芝与爱尔兰文艺复兴的诗		
	黄仲苏	梅特林的戏剧	创造周报	第35、36期
	孙少仙	研究歌谣应该打破的几个观念	歌谣周刊	第43号
	陈兆鼎	中国文学以六艺为心本说	华国	第5期
	胡朴安	二十年学术与政治之关系	东方杂志	第21卷第1号
	甘蛰仙	最近二十年来中国学术思想蠡测		
	瞿秋白	现代文明的问题与社会主义		
	郭梦良	柯尔与卢骚		
	李石岑	英德哲学之比较		
	费鸿年	立伽脱之生命哲学及其批评		
	杨树达	说中国语言之分化		第21卷第2号
	周作人	中国戏剧的三条路		
	徐志摩	汤麦司哈代的诗		
	王统照	夏芝的生平及其作品		
	俞寄凡	现代之美学		
	杜元载	变态心理学之内容	心理	第3卷第1期
	容肇祖	变态心理学的历史		
	陈大齐	德国心理学派略说		第3卷第2期
	黄维荣	近代心理学运动	复旦	第18期
	汪震	古代情性定义考	国文学会丛刊	第1卷第2号
	[日]泽村专太郎；徐祖正译	文艺复兴之意义		
	陈大齐	论批评		
	[美]巨斯大佛·朗宋；黄仲苏译	法兰西文学批评与文学史之概略	少年中国	第4卷第9期
	修云	英国论文的社会关系	晨报副刊·文学旬刊	第24号
1、2	黄仲苏	法国最近五十年来文学之趋势	创造周报	第37—39期
1—次7	忆秋生译	欧洲最近文艺思潮	小说世界	第5卷第4期—第7卷第4期
1—次12	郑振铎	文学大纲	小说月报	第15卷第1号—17卷第12号
2	谢位鼎	莫泊三研究		第15卷第2号

月	作者·译者	篇 名	发表刊物	卷·期·号
2	诵虞	读文艺思潮论	小说月报	第15卷第2号
	蔡元培	中国的文艺中兴	东方杂志	第21卷第3号
	洪式闾	东方学术之将来		
	[英]罗素；胡献书译	中西文化之比较		第21卷第4号
	伯潜	汉字的进化		
	胡梦华	文艺批评概论		
	孙德谦	论六朝骈文	学衡	第26期
	[美]格莱哥里女士；樊仲云译	女性道德的变迁	妇女杂志	第10卷第2号
	滕固	艺术与科学	创造周报	第40号
	成仿吾	"呐喊"的评论	创造季刊	第2卷第2号
		批评的建设		
	郑伯奇	批评之拥护		
	周鼎培	美术之解剖及其在教育上之价值	革新	第1卷第5期
	赵景深	研究童话的途径	时事新报·文学	第108期
	吕一鸣	诗的修辞	文艺周刊	第22期
	吴梦非	艺术的社会主义	民国日报·艺术评论	第43号
2、3	[日]加藤一夫；毅夫译	阶级艺术底主张		第42—44、47号
	王统照	散文的分类	晨报副刊·文学旬刊	第26、27号
2—4	[日]小泉八云；沈泽民译	文学论	民国日报·觉悟	2月18日—4月18日
2—5	[美]巨斯大佛·朗宋；黄仲苏译	文学史方法	少年中国	第4卷第10—12期
3	刘师培	文说五则	华国	第1卷第7期
	胡朴安	诗之阳刚与阴柔	国学周刊	第44期
	胡怀琛	文学之体相用		第45期
	吕一鸣	现代文学与现代语	中华国语励进会会刊	第1期
	张国良	国语的文学		
	唐钺	哲学者之眼中钉——心理学	东方杂志	第21卷第5号
	冯式权	北方的小曲		第21卷第6号
	西滢	显尼志劳的剧本	太平洋杂志	第4卷第5号
	成仿吾	艺术之社会的意义	创造周报	第41号
		建设的批评论		第43号

月	作者·译者	篇　名	发表刊物	卷·期·号
3	杨世清	从歌谣看我国妇女的地位	歌谣周刊	第48号
	周春霆	欧洲文艺复兴之研究	学生文艺丛刊	第7集
	汪震	罗素论直觉与柏格森	晨报副镌	第50—55号
	素园	俄国的颓废派	晨报副刊·文学旬刊	第29号
	傅东华	中国今后的韵文	时事新报·文学	第115期
	澄泽	专门术语与文艺	文艺周刊	第23期
	余心一	什么是文学	潮州留省学会年刊	第1期
	林梓珊	情感与文学		
	杨树荣	潮州文学史		
3、4	刘铁庵	文学的界说及其组成之原素	云南教育会月刊	第11卷第3、4期
	朱谦之	一个唯情论者的人生观	民铎杂志	第5卷第1、2号
4	西谛	诗人拜伦的百年祭	小说月报	第15卷第4号
	甘乃光	拜伦的浪漫性		
	郑振铎、沈雁冰	法国文学对于欧洲文学的影响		第15卷号外"法国文学研究号"
	耿济之	中产阶级胜利时代的法国文学		
	胡梦华	法文之起源与法国文学之发展		
	刘延陵	十九法国文学概观		
	谢六逸	法兰西近代文学		
	[德]Sturm；闻天译	波特莱耳研究		
	G.L.Strachey；希孟译	法国的浪漫运动		
	汪馥泉	法国的自然主义文学		
	胡愈之	法国近代写实派戏剧		
	君彦	法国近代诗概观		
	佩蘅	巴尔札克的作风		
	沈泽民	罗曼罗兰传		
	雁冰	福罗贝尔		
	俊仁	文学批评家圣佩韦评传		
	B·D·Conlan；愈之译	介绍爱尔兰诗人夏芝	东方杂志	第21卷第7号
	玄默	新康德派学说概要		第21卷第8号
	甘蛰仙	康德在认识论史上之位置	晨报副镌	第90、91号
	张维思	研究文学的动机	齐大心声	第1卷第1期
	胡朴安	中国学术论略	国学丛选	第15、16集
	张耀翔	新诗人之情绪	心理	第3卷第2期
	魏建功	拟语的地方性	歌谣周刊	第51号

月	作者・译者	篇　名	发表刊物	卷・期・号
4	成仿吾	民众艺术论	创造周报	第47号
		文学界的现形		第50号
	汤鹤逸	文艺与人生	民铎杂志	第5卷第2号
4、5	刘叔琴	精神文明底物质的说明		第5卷第2、3号
4—6	[美]李查生・渥温；吴宓译	世界文学史	学衡	第28—30期
4—12	陈望道	修辞随录	小说月报	第15卷第4—6、9、12号
4—7	楚茨	近代剧中的家庭研究	文艺周刊	第29、30、35、39、40期
4、5	李特尔；玄珠译	匈牙利文学史	时事新报・文学	第119—121期
5	[日]加藤美仑；金溟若译	自歌德至现代		第120、122期
	雁冰	文学上的反动运动		第121期
		治古文之意义与价值		
	卢自杰	批评文艺的标准是什么？		第123期
	董秋芳	"五四运动"在中国文学上的价值	晨报副镌	第99号
	叶维	摆仑在文学上之位置与其特点	晨报副刊・文学旬刊	第35号
	吴梦非	"游戏""劳动"与艺术	民国日报・艺术评论	第55号
	成仿吾	批评与批评家	创造周报	第52号
	服鲁	哥德和希来儿略述	学生杂志	第11卷第5号
	诵虞	近二十年来的十大作品与十大作家	东方杂志	第21卷第10号
	[印]太戈尔	东方文明的危机		
	彭基相	詹姆士之哲学	民铎杂志	第5卷第3号
6	马文；彭基相译	文明影响于人之心灵性质的变化		第5卷第4号
	和	勃劳宁研究	晨报副刊・文学旬刊	第37号
	[日]本间久雄；汪馥泉译	新文学概论	民国日报・觉悟	1—24日
	傅彦长	民族主义的艺术	民国日报・艺术评论	第59号
	仲云	一种研究文学史的新方法	时事新报・文学	第124期
	栋文	文与文学？		第127期
	[日]本间久雄；从予译	生活美化论	东方杂志	第21卷第11号

月	作者·译者	篇　名	发表刊物	卷·期·号
6	佩斯	新名词浅释：古典主义·浪漫主义·自然主义·新浪漫主义	少年杂志	第14卷第6号
	郑宾于	歌谣中的婚姻观	歌谣周刊	第57号
	瞿秋白	赤俄新文艺时代的第一燕	小说月报	第15卷第6号
	叶璜	周代平民文学	文学季报	第1期
	叶瑛	诗人底精神生活		
		文学家对于自然的态度		
	Long；徐玮译	文学之意义		
	陆懋德	国学之分析	清华周刊	第318期
	胡怀琛	关于文与文学之辩论	国学周刊	第58期
6—9	[日]厨川白村；仲云译	文艺创作论	时事新报·文学	第128、129、138期
7	玄珠	苏维埃俄罗斯的革命诗人冯霞考夫斯基	文学周报	第130期
	彭基相	论鲍桑葵底"理想主义"	民铎杂志	第5卷第5号
	朱光潜	无言之美		
	孙俍工	从文艺的特质上解释国语文的价值	学生杂志	第11卷第7号
	顾颉刚	中国学术年表及说明	东方杂志	第21卷第14号
	刘永济	文鉴篇	学衡	第31期
	胡先骕	文学之标准		
	水淇	全生命之艺术	狮吼	第1期
	滕固	文艺批评的素养		第2期
	吴芳吉	三论吾人眼中之新旧文学观	学衡	第31期
	陈望道	美学纲要	民国日报·觉悟	15、16日
	丰子恺	艺术底创作与鉴赏	民国日报·艺术评论	第65号
	刘开渠	艺术上的批评	晨报副镌	第168期
	陈晓江	提倡艺术应有的途径		第170期
	泽民	什么是革命的文学	评论之评论	第18期
	秉丞	革命文学	时事新报·文学	第129期
	[苏]玛雅考夫斯基；玄珠译	苏维埃俄罗斯的革命诗人		第130期
	陈望道讲演	修辞学在中国的使命		第132期
7—10	[日]本间久雄；章锡琛译	文学批评论："新文学概论的后半部"		第132—136、138、140—142期
8	陈晓江	研究艺术的真谛	民国日报·艺术评论	第67号
	狄明真	为人生而艺术的一个解释		第68号

月	作者·译者	篇 名	发表刊物	卷·期·号
8	包罗多	托尔斯泰论	民国日报·艺术评论	第68号
	桑鸿	近世美学思潮述略		第69号
	惕文	异哉现代的良妻贤母主义	妇女杂志	第10卷第8号
	黄石	无家阶级		
	赵元任	新文字运动底讨论	国语月刊	第2卷第1期
	卢自然	对于改用国语罗马字的讨论		
	刘朴	辟文学分贵族平民之伪	学衡	第32期
	曹慕管	论文学无新旧之异		
	西谛	新与旧	时事新报·文学	第136期
8、9	雁冰	非战文学杂谈		第136、137期
	徐公美	演剧术概论	国闻周报	第1卷第4—6期
9	马二先生	影片在文学上之价值	国闻周报	第1卷第9期
	剑三	文学与战争	晨报副刊·文学旬刊	第48号
	廖立勋	国语与国学	国语季刊	第1期
	胡适之讲演	国语文学史大要	国语月刊	第2卷第2期
	刘海粟	艺术与生命表白	新教育	第9卷第1、2号合刊
	李毅士	艺术的社会化		
	汪亚尘	艺术与社会		
	Hugh S.R.Eliot；高仲洽译	反对柏格孙哲学的理由	复旦	革新号
	[英]罗素；仲云译	道德的方式	妇女杂志	第10卷第9号
9、10	高山	性的进化		第10卷第9、10号
9—次6	杨鸿烈	中国诗学大纲	晨报副刊·文学旬刊	第48—73号
10	蔡受百	中国影戏事业之勃兴	国闻周报	第1卷第11期
	吴稚晖	国音沿革序	东方杂志	第21卷第20号
	[日]厨川白村；仲云译	文艺上几个根本问题的考察		
	J.G.Eletcher；刘乃慎译	评平民诗人惠得曼	青年进步	第76册
	樊仲云	康拉特评传	小说月报	第15卷第10号
	舒啸	小说的略史与历代史家的观念	小说世界	第8卷第6期
	徐震堮译	白璧德释人文主义	学衡	第34期
	[日]厨川白村；鲁迅译	苦闷的象征	晨报副镌	第233—259号

月	作者·译者	篇 名	发表刊物	卷·期·号
10	和	文学批评与编辑中国文学史	晨报副刊·文学旬刊	第50号
	王统照	法朗士之死		第51号
10、11	金满成	法朗士的生平及其思想		第51、52号
10—12	[日]土居光知；方光焘译	近代英国文学批评的精神	狮吼	第7、8期合刊；第9、10期合刊
10、次3	黄仲苏	论剧	东方杂志	第21卷第19号；第22卷第5号
11	汤鹤逸译述	近代文学之背影	晨报副镌	第270—277号
	景尼	艺术的制限性和实在性		第280、281号
	泽民	文学与革命的文学	民国日报·觉悟	6日
	蒋光赤	现代中国的文学界		16、23日
	Hugh S.R.Elliot；陈正谟译	柏格森哲学之批评	东方杂志	第21卷第22号
	汤澄波	古英文民歌概说	小说月报	第15卷第11号
	王警涛	说说小说	小说世界	第8卷第8期
	马二先生	演剧以后	国闻周报	第1卷第16期
	虞山	康德审美哲学概说	学艺	第6卷第5号
	范扬	康德传		
	欧阳兰	文字的匀整	晨报副刊·文学旬刊	第53号
	靳又陵	文学与人生的关系		第54号
	徐可飘	文学论略	约翰声	第36卷第1期
	曹云祥	西方文化与中国前途之关系	清华周刊	第326期
	李桂瑛	王静安的文学理论	洁芳校刊	第4号
12	诵虞	佛朗士	东方杂志	第21卷第23号
	擎黄	病国论		第21卷第24号
	陈大悲译	演剧术第一课	妇女杂志	第10卷第12号
	李寄野	易卜生戏剧中的妇女问题		
	周作人讲演	神话的趣味	晨报副刊·文学旬刊	第55号
	李毅士	艺术与教育	晨报副镌	第291号
	甘蛰仙	创作翻译与批评之交光互影		第292号
	蛰仙	旧史家与小说界之一段因缘		第295、296号
	余文伟	现代中国思想		第302—304号
	徐卓文讲演	教育与审美		第303号
	甘蛰仙	文学与人生		第310—312号
	杨鸿烈	中国文学观念的进化	京报副刊	第1—5号
	[日]厨川白村；鲁迅译	观照享乐的生活		第5—9号

月	作者·译者	篇 名	发表刊物	卷·期·号
12	杨鸿烈	什么是小说	京报副刊	第14—16号
	蒋梦麟	智识阶级的责任问题	晨报	1日"六周年纪念增刊"
	甘蛰仙	今年中国学术界之新发展		
	杨鸿烈	自心理学观之"人物志"		
	汪震	易经书中之古代人民的生活		
	刘海粟	艺术与生命表白		
	汤鹤逸	新浪漫主义文艺之勃兴		
	张君劢	诗之反柏剌图主义		
	后觉译	摆伦底百年纪念		
	曾仲鸣	法朗士		
	胡适	林琴南先生的白话诗		
	J.Dietterle；后觉译	康德底二百年纪念		
	西滢	民众的戏剧	现代评论	第1卷第2期
	杨袁昌英	短篇小说家契呵夫	太平洋杂志	第4卷第9号
	禹钟	纯正小说与读者	小说世界	第8卷第10期
	滕固	物质繁荣艺术凋零	狮吼	第11、12期合刊
	敬轩	女子与文学	革新	第1卷第6期
	罗运清	新文学罪言	广西留京学会学报	第1卷第2号

1925年

月	作者·译者	篇 名	发表刊物	卷·期·号
1	欧阳予倩	乐剧革命家瓦格纳	国闻周报	第2卷第1期
	一得	影片与国民性		第2卷第1、2期
	心冷	中国影戏之前途		第2卷第3期
	鲁迅	诗歌之敌	文学周刊	第5期
	欧仲荣	文学的定义	学生文艺丛刊	第2卷第1集
	[日]厨川白村；鲁迅译	西班牙剧坛的将星	小说月报	第16卷第1号
	任白涛	文艺底研究和鉴赏		
	沈雁冰	中国神话研究		
	章锡琛	新性道德是什么	妇女杂志	第11卷第1号
	周建人	性道德之科学的标准		
	乔峰	现代性道德的倾向		
	沈雁冰	新性道德的唯物史观		
	沈泽民	爱伦凯的"恋爱与道德"		
	[日]岛村民藏；默盦译	近代文学上的新性道德		

月	作者·译者	篇 名	发表刊物	卷·期·号
1	[英]格黑康；慨士译	至上的冲动	妇女杂志	第11卷第1号
	开明	生活之艺术		
	克鲁契；樊仲云译	现代恋爱与现代小说		
	张定璜	鲁迅先生	现代评论	第1卷第7、8期
	杨振声	礼教与艺术		第1卷第8期
	沅君	对于文学应有的理解	语丝	第10期
	阿勃脱；彭基相译	鲍桑葵与逻辑的将来	民铎杂志	第6卷第1号
	[法]斯丹大尔；任白涛译	恋爱心理之分析研究		
	蒋光赤	现代中国社会与革命文学	民国日报·觉悟	1日
	张竞生	美的思想	京报副刊	第30—37号
	[日]厨川白村；鲁迅译	从灵向肉和从肉向灵		第31—36号
	陈序经	进化的程序	复旦	第1卷第1期
	黄维荣	各种本能学说的批评		
	杨幼炯	一九一七年后的俄国文学		
	陈大齐	黎尔哲学略说	北大社会科学季刊	第3卷第2号
	[日]厨川白村；鲁迅译	描写劳动问题的文学	民众文艺周刊	第4、5期
		现代文学之主潮		第6期
1—3	荆有麟	过去的中国非战文学之一瞥		第4—11期
2	[苏]列宁；超麟译	托尔斯泰与当代工人运动	民国日报·觉悟	13日
	吴宓译	白璧德评欧亚两洲文化	学衡	第38期
	化鲁	佛朗士的头	东方杂志	第22卷第4号
	愈之	文学家的革命生活		
	曹聚仁	国故学之意义与价值		
	宋介	电影与社会立法问题		
	刘海粟	写实主义之艺术及其大师		
	徐志摩	济慈的夜莺歌	小说月报	第16卷第2号
	景尼译述	松原宽评厨川氏"苦闷象征"之难点	晨报副镌	第23、24号
	侣白译述	自然与精神		第27号
	陈声树译	哥德小传	晨报副刊·文学旬刊	第61号
			晨报副镌	第33、34号
	金满成	批评家之天才	晨报副刊·文学旬刊	第62号
	I.E.Spingarn；圣麟译	文学批评上的七大谬见	京报副刊	第54号

月	作者·译者	篇 名	发表刊物	卷·期·号
2	毕树棠	爱尔兰与戏剧	京报副刊	第55号
	董秋芳	批评文学与文学原理		第57号
	[日]厨川白村;鲁迅译	出了象牙之塔以后		第60—74号
	毕树棠	女子与艺术		第64号
	[美]杜威;彭基相译	二百年后的康德		第65、66号
	玄珠	最近法兰西的战争文学	时事新报·文学	第161期
	任白涛	生活与文艺	民铎杂志	
	[日]厨川白村;任白涛译	作家之外游		第6卷第2号
	周建人	性道德的变迁		
3	但焘	自由新诠	华国	第2卷第5期
	张尔田	史传文研究法	学衡	第39期
	方乘	文章流别新编序		
	尹石公	文体刍言	国学周刊	第79期
	傅振伦	歌谣分类问题的我见	歌谣周刊	第84号
	凝冰	银幕谈片	国闻周报	第2卷第8期
	李春涛	唯物史观通释	法政学报	第4卷第3期
	王桐龄	历代学术与政治之交互的影响		
	从予	论科学哲学与文艺	时事新报·文学	第162期
	佩弦	"文学的美"		第166期
	毕树棠	革命化的歌舞剧	京报副刊	第76号
	[日]厨川白村;鲁迅译	出了象牙之塔		第76—85号
	穆木天等	论国民文学的三封信		第80号
	李秉之	苏俄现代文学之命运		第87号
	燕生	白话与文言的用法		第89号
	子美	理学家与文学		第92号
	郁达夫	生活与艺术	晨报副镌	第53、54号
	金满城	诗人莫泊三		第63、64号
	唐隽	法兰西之美术院	东方杂志	第22卷第6号
	陈贤德	语言心理		
	杨人楩	萝曼罗兰	民铎杂志	第6卷第3号
	管容德	现代美学底主要的趋势及其根本问题	心之窗	第2号
	沈雁冰	人物的研究	小说月报	第16卷第3号

月	作者·译者	篇名	发表刊物	卷·期·号
3	黄馨北女士	艺术论浅说	妇女杂志	第11卷第3号
	[英]赫胥黎；高山译	性的升华		第11卷第3号
3、4	[美]邓拉普；郑师泉译	人体美的解剖		第11卷第3、4号
3、5	傅东华	读"诗学"旁札	小说月报	第16卷第3、5号
4	[法]莫泊桑；金满成译	小说之评论		第16卷第4号
	沈建平	近代各派艺术教育说之批判	教育杂志	第17卷第4号
	任白涛	欧美之艺术教育		
	金满成	艺术家的态度	晨报副刊·文学旬刊	第66号
	郁达夫	文学上的殉情主义	晨报副刊·艺林旬刊	第1号
	黄侃	文心雕龙札记		第1—3号
	毕树棠	德国的战事剧	京报副刊	第110号
	近藤	"现代书话的艺术价值"	时事新报·文学	第167期
	伏园	民众文艺的三条路	京报副刊·民众文艺	第16期
	蒋鉴、希生	"到民间去"与"革命文学"	京报副刊	第117号
	鲍文蔚	新格（Synge）评传		第119号
	高一涵讲演	马克斯的唯物史观		第130号
	[日]本间久雄；H生译	近代文学与世纪末	民国日报·文学	诞生号
	李宗武	近代文学上之两性问题	晨报副镌	第89—93、95号
	倪贻德	艺术家的春梦		第91号
	黄侃	文学记微——标观篇	晨报副刊·艺林旬刊	第3号
	鉴璋	艺术家的宗教精神		
	吴致觉	康德哲学底批评	民铎杂志	第6卷第4号"康德专号"
	余文伟	康德哲学的批评		
	胡嘉	纯粹理性批判梗概		
	杨人杞	实践理性批判梗概		
	叶启芳	康德范畴论梗概及其批判		
	吕澂	康德之美学思想		
	张铭鼎	康德批判哲学之形式说		
	帕尔荪；杨人杞译	康德之形式的合理主义		
	林德绥；彭基相译	批评主义的概念		
	[日]朝永十三郎；任白涛译	康德的平和论		
	朱经农	康德与杜威		

月	作者·译者	篇 名	发表刊物	卷·期·号
4	[美]杜威；彭基相译	二百年后的康德	民铎杂志	第6卷第4号"康德专号"
	胡嘉	康德传		
	H·C	康德年谱		
	沅君	闲暇与文艺	语丝	第22期
	杨丙辰	葛德传略	猛进	第7期
	王大恕	文艺的自由与统一	学生文艺丛刊	第2卷第4集
	孙伏园	民众文艺的三条路	民众文艺周刊	第16期
	傅振伦	歌谣的起源	歌谣周刊	第87号
	秉志	天演现象之窥则	科学	第9卷第12期
	齐水	苏俄的中国研究与东方杂志	东方杂志	第22卷第7号
	吕思勉	国民自立艺文馆议		
	樊仲云	波兰小说家雷芒德		第22卷第8号
	刘永济	说部流别	学衡	第40期
	罗家伦	批评与文学批评	现代评论	第1卷第19期
	吴汝滨	文学的实质与形式	文艺（开封）	第1卷第1期
4、5	彭善彰	古人的审美观	天籁	第14卷第12、13期
5	陈茜滢	洋钱与艺术	现代评论	第1卷第21期
	张铭鼎	实用主义之研究	民铎杂志	第6卷第5号
	陈兼善	自然淘汰说及其批评		
	郭沫若	文艺之社会的使命	民国日报·文学	第4期
	厉谷峥	桐城派文章之研究		第4、5期
	龚墓兰	七言诗概谈	晨报副刊·艺林旬刊	第4、5号
	刘桂章	陶渊明的乌托邦		第4号
	扬灵	批评与创作		
	毕树棠	英美文学的比较观	晨报副镌	第105号
	徐志摩	丹农雪乌的作品	晨报副刊·文学旬刊	第70号
		丹农雪乌的小说	晨报副镌	第111—113号
	郁达夫	诗的意义	晨报副刊·艺林旬刊	第5号
	金满成	艺术的普遍性	晨报副刊·文学旬刊	第71号
	毕树棠	俄国小说之复兴	晨报副镌	第116、117号
	倪贻德	绘画与诗		第119号
	郁达夫	诗的内容	晨报副刊·艺林旬刊	第6号
	[日]武者小路实笃；王明来译	阶级与文学		

月	作者·译者	篇　名	发表刊物	卷·期·号
5	狄更生；彭基相译	希腊的艺术观	京报副刊	第138—151号
	彭基相	罗素的"心之分析"		第161号
	胡适	从历史上看哲学是什么	国闻周报	第2卷第20期
	樊中	由言语上研究古代文化	国语月刊	第2卷第3期
	卢自然	中国文法演进的两条公律		
	吴文祺	重新估定国故学之价值	鉴赏周刊	第1期
	王季平	近代心理学的潮流	学林	
	罗正纬	东方文化和现在中国及世界的关系		第1卷第11期
	张东荪	唯用派哲学之自由论	东方杂志	第22卷第9、10号
	[日]厨川白村；仲云译	病的性欲与文学	小说月报	第16卷第5号
	陆懋德	中国文化史	学衡	第41期
	[美]葛兰坚；吴宓译	但丁神曲通论		
	长虹	中国与文学	莽原（周刊）	第6期
	Hudsoi；启昌译	短篇小说的研究	石室学报	第4期
	钟作猷	谈一谈文艺		
	贺麟译	卜蒲之八不主义		
	王任叔	文体杂话	文学周报	第175期
5—10	沈雁冰	论无产阶级艺术		第172、173、175、196期
6	周建人	赫胥黎与达尔文进化说	东方杂志	第22卷第12号
	刘感	赫胥黎略传		
	吴芳吉	四论吾人眼中之新旧文学观	学衡	第42期
	心冷辑	影戏谭	国闻周报	第2卷第21—23期
	西谛	"谴责小说"	文学周报	第176期
	匡世	什么是艺术	学生文艺丛刊	第2卷第6集
	止水	文学正宗	语丝	第29期
	语堂	话		第30期
	家霖	到民间去的白话	国语周刊	第2期
	黎锦熙	国语		第3期
	杜同力	改革施行和唤醒民众的工具		
	陶孟和	人性——改革社会的根本问题	太平洋杂志	第4卷第10号

月	作者·译者	篇 名	发表刊物	卷·期·号
6	冯友兰	对于哲学及哲学史之一见	太平洋杂志	第4卷第10号
	宋春舫	象征主义 Le Symbolisme	清华学报	第2卷第1期
	朱自清	文学的一个界说	立达季刊	第1卷第1期
	陈望道	修辞学的中国文字观		
	王中君	文艺家思想精神底背影	现代评论	第2卷第27期
	宋春舫	法国现代戏曲的派别	猛进	第14期
	杨丙辰	葛特和德国的文学		第14—17期
	燕生	什么叫做东方文化	莽原（周刊）	第7期
	刘复	国语运动略史提要	晨报副镌	第1201号
	宋介	批评之批评		第1203号
	华林	美的人生·人生的美术		第1206号
	裴文中	平民文学的研究		第1209、1210号
	李步霄	五言诗发源考	晨报副刊·艺林旬刊	第7号
	黄人望	历史学的意义及其范围		
6—11	[日]厨川白村；仲云译	论劳动文学	小说月报	第16卷第6号
	[美]蒲克；傅东华译	社会的文学批评论		第16卷第6、7、10、11号
7	资平	古典主义	晨报副镌	第1217—1220号
	徐志摩	丹农雪乌的戏剧	晨报副刊·文学旬刊	第74号
	蒋鉴璋	文学范围论略	晨报副刊·艺林旬刊	第9号
	黄侃	补文心雕龙隐秀篇（并序）		
	[俄]萨渥特尼克；吕澂林译	俄罗斯文学中的感伤主义及浪漫主义	晨报副刊·文学旬刊	第75、76号
	段易	现代法兰西小说的派别	京报副刊	第207号
	彭基相	论自由思想		第213号
	江	新诗与国家主义		第223号
	汪静之	做诗的序次		第224号
	[日]市村瓒次郎；冷观译	论环境与文化之关系并及儒教之体系与其革新	国闻周报	第2卷第25、27期
	强牛辑	银幕新潮		第2卷第25、28期
	[日]金子筑水；鲁迅译	新时代与文艺	莽原（周刊）	第14期
	燕生	论思想		第15期
	李霁初	梦的心理	东方杂志	第22卷第13号
	何济	民俗学大意		第22卷第14号

月	作者·译者	篇 名	发表刊物	卷·期·号
7	许地山	中国文学所接受的印度伊兰文学底影响	小说月报	第16卷第7号
	[日]厨川白村；仲云译	文艺与性欲		
	姜忠奎	诗古义	学衡	第43期
	西谛	论寓言	文学周报	第181期
	敬慈译述	从有产阶级到无产阶级的剧场	晨报副镌	第1232—1234号
	汪静之	东方文化与西方文化		第1233、1234号
	华林	文艺之创造		第1235号
	黄侃	中国文学概谈	晨报副刊·艺林旬刊	第11号
	谢循初	佛洛德传略及其思想之进展	心理	第3卷第4期
	汪震	概念之新解释		
	房之龙	最近欧洲文艺之新趋势	粤海潮	第3期
	梁实秋	诗人与国家主义	大江季刊	第1卷第1期
7、8	褚东郊	中国文学上所受的外国影响	鉴赏周刊	第8—11期
7—11	D.Water；梁实秋译	文学里的爱国精神	大江季刊	第1卷第1、2期
8	[英]格里康；高山译	性与社会	妇女杂志	第11卷第8号
	[美]韩米顿；陆祖鼎译	戏剧原理	学衡	第44期
	郭沫若	文学的本质	学艺	第7卷第1号
	于赓虞	新诗诤言	文学周刊	第32期
	刘真如	"世界底文学"	鉴赏周刊	第11期
	程步高	谈谈中国电影的现状	国闻周报	第2卷第29期
	心冷	影戏里的战争		
		影戏的效能		第2卷第30期
	仲云	文学与政治及舆论	文学周报	第184期
		作品与作家		第188期
	瞿宣颖	文体说	甲寅周刊	第1卷第6号
	资平	浪漫主义	晨报副镌	第1240—1248号
	汪震	古文与科学		第1259号
	资平	浪漫主义——法国的浪漫主义	晨报副刊·文学旬刊	第78号
	魏建功	从中国文字的趋势上论汉字——方块字——的应该废除	国语周刊	第8期
	杜子观	国语文		
	荻舟	驳瞿宣颖君"文体说"		第12期

月	作者・译者	篇 名	发表刊物	卷・期・号
8	黄仲苏	兰兴之艺术的批评	晨报副刊・艺林旬刊	第 12 号
8、9	胡云翼	文学欣赏引论		第 13、15 号
	范寿康	论崇高与优美	学艺	第 7 卷第 1、2 号
	陈承泽	文章论大要		第 7 卷第 2 号
	受百	美国电影业概况	国闻周报	第 2 卷第 35 期
		再述美国之电影业		
	L.L.女士	谈谈外国人导演的中国影戏		
		沉痛的滑稽戏		第 2 卷第 37 期
	孤桐	答适之	甲寅周刊	第 1 卷第 8 号
		新旧		
		评新文化运动		第 1 卷第 9 号
	周作人	理想的国语	国语周刊	第 13 期
	俞平伯	吴歌甲集序		
	疑古玄同	吴歌甲集序		
	朱文熊	旧话重提		第 15 期
	丁山	国音字母与汉字革命		第 16 期
	谷凤田	我所见到的用国音字母代替方块字的可能性		
9	杨宗翰讲演	但丁的生平及其著作	清华文艺	第 1 卷第 1 号
	华林	行为的美术	晨报副镌	第 1265 号
	毕树棠	中国的新文艺运动		第 1266 号
	郁达夫讲演	介绍一个文学的公式	晨报副刊・艺林旬刊	第 15 号
	倪贻德	批评与创作	晨报副镌	第 1273 号
		裸体艺术之真义		第 1274、1275 号
		艺术家之生活		第 1278 号
	裴文中	平民文学的势力		第 1279 号
		平民文学的产生		第 1280 号
		平民文学的需要		第 1281 号
	闻国新	整理国故与翻译外籍		第 1282 号
	张资平	文艺上的冲动说	晨报副刊・艺林旬刊	第 17 号
	钱铸九	艺术与人生	京报副刊	第 269 号
	伏园	评美的人生观		第 279 号
	张东荪	出世思想与西洋哲学	东方杂志	第 22 卷第 18 号
	章克标	德国的表现主义剧		
	沈雁冰	文学者的新使命	文学周报	第 190 期
9、10	[西班牙]鲍罗耶；仲云译	小说的创作		第 192、193 期

月	作者·译者	篇 名	发表刊物	卷·期·号
10	张寿林	我们研究中国文学应取的态度	文学周刊	第38期
	谷凤田	介绍"苏俄的文艺论战"	鉴赏周刊	第19、20期
	顾仲起	革命文学论		第21期
	幼雄	国际联盟与学问艺术之国际化	东方杂志	第22卷第19号
	陈定谟	认识论之历史观		
	孤桐	文俚平议	甲寅周刊	第1卷第13号
		评新文学运动		第1卷第14号
	陈朝爵	新旧质疑		
	施畸	修辞学		第1卷第14、15号
	孤桐	进化与调和		第1卷第15号
	陈筦枢	国故		
	陈拔	论语体文		
	陈启修	什么是文化的进步	猛进	第34期
	肖拔	理性与本能之比较		第35期
	王捷三	价值哲学	京报副刊	第286—305号
	胡侯楚	谈谈线装的新诗		第290号
	徐炳昶讲演	学术应有的对象		第299号
	余上沅	戏剧的意义及起原		第304号
	尚钺	文化的基础		第312号
	[日]盐谷温;雷昺译述	中国文学研究	民大月刊	第8号
	杨昭恕	现代哲学之概观（上）	学林	第2卷第1期
	柳翼谋	中国文化史绪论	史地学报	第3卷第8期
	张其昀	中国与中道		第3卷第8期
	唐擘黄	文言文的优胜	现代评论	第2卷第43期
	郁达夫	咒甲寅十四号的评新文学运动		第2卷第47期
	黄鹏基	刺的文学	莽原（周刊）	第28期
	[日]片山正雄;鲁迅译	思索的惰性		
	胡适	吴歌甲集序	国语周刊	第17期
	吴稚晖	"读经救国"		第18期
	汪震	与疑古玄同先生论文书		第19期
	刘海粟	特拉克洛洼与浪漫主义	晨报副镌	第1286号
	胡适之讲演	新文学运动之意义		第1287号
	余上沅	演员对编剧者之影响		第1291号
	刘朴	文诵篇	学衡	第46期

月	作者·译者	篇　名	发表刊物	卷·期·号
10	缪凤林	人道论发凡	学衡	第 46 期
10—次 8	刘永济	旧诗话		第 46、48、56 期
10—次 10	柳诒徵	中国文化史		第 46—72 期
10、11	[德]佛洛伊德；高卓译	心之分析的起源与发展	教育杂志	第 17 卷第 10、11 号
11	周鲠生讲演	民族主义	晨报副镌	第 1305 号
	余上沅	社会问题与社会问题剧	晨报副刊·社会	第 8 号
	张文亮	批判易卜生的娜拉	京报副刊	第 321 号
	季志仁辑译	法国现代的批评家		第 325 号
	[法]波特莱尔；伏疎译	给青年文学家的商量话		第 326 号
	余文伟	与黄建中先生论西洋最近哲学趋势		第 335 号
	培良	论社会问题剧并质余上沅先生		第 342 号
	陆衣言	全国国语运动大会缘起	中华教育界	第 15 卷第 5 期
	吴康	明学	甲寅周刊	第 1 卷第 17 号
	陈箓枢	评新文化运动书后		第 1 卷第 20 号
	王独清	论国民文学书	语丝	第 54 期
	黄鹏基	常识与文艺	莽原（周刊）	第 30 期
	朱大枏	民众和文学间的墙	民众文艺周刊	第 46 期
	刘真如	文艺之抒写问题	鉴赏周刊	第 23 期
	潘光旦	近代种族主义史略	大江季刊	第 1 卷第 2 期
	吴文藻	一个初试的国民性研究之分类书目		
	[俄]萨渥尼克；韦素园译	世界大文豪朵思妥也夫斯奇评传	学林	第 2 卷第 2 期
	赵景深	童话的分系	文学周报	第 200 期
	金满成	创作的意义		
	采真	论翻译	文学周刊	第 42 期
	潘汉年、疑古玄同	关于民间文艺	国语周刊	第 23 期
	沈杰三	民间文艺的类别		第 25 期
	贺麟	严复的翻译	东方杂志	第 22 卷第 21 号
	丰子恺	歌剧与乐剧		第 22 卷第 22 号
12	L.L.女士	开心滑稽影片的批评	国闻周报	第 2 卷第 47 期
	刘梦苇	中国诗底昨今明	晨报副镌	第 1409 号

月	作者·译者	篇名	发表刊物	卷·期·号
12	郑书年	文学的生活和科学的生活	京报副刊	第354号
	董秋芳	思想革命		第371号
	L.Blumenfeld；海镜译	犹太文学与考白林	小说月报	第16卷第12号
	成仿吾	读章氏"评新文学运动"	洪水半月刊	第1卷第6期
	倪贻德	缺陷的美		
	孙伏园	国语统一以后	国语周刊	第27期
	裴文中、疑古玄同	平民文学谈		
	黎锦熙	全国国语运动大会宣言		第29期
	赵麟	十九世纪英国文学浪漫运动略史	约翰声	第37卷第1期
	李圣悦	现代妇女与现代家庭制度	妇女杂志	第11卷第12号
	唐擘黄	告恐白话文的人们	现代评论	第3卷第54期
12、次1	松岩	何谓戏剧	文艺半月刊	第1卷第1、2期

1926年

月	作者·译者	篇名	发表刊物	卷·期·号
1	丰子恺	青年的艺术教育	教育杂志	第18卷第1号
	农隐	我国的俳优	妇女杂志	第12卷第1号
	忆梅	戏剧与妇女		
	败刀	我之与诗		
	景荪	美术的起源和功能		
	郭维屏	记忆	心理	第4卷第2期
	L.L.女士	白话剧之悲观	国闻周报	第3卷第4期
	东晖	俄国之影片事业		第3卷第5期
	刘永济	文诣篇	学衡	第49期
	含凉	两宋小说史略	小说世界	第13卷第5期
	傅东华	"文学之近代研究"译序	文学周报	第210期
	全飞	十九世纪的法兰西文学	京报副刊	第374—377号
	汤鹤逸	通俗小说		第377号
	梁佩衮	理性的分析		第379、380号
	周作人	国语文学谈		第394号
	余上沅	表情的工具和方法		第396号
	萧度	跋现代文学史冤狱图表		第401号
	邓叔存	艺术家的难关	晨报副镌	第1420号
	A.Bennet；荫棠译	文体问题	国民新报副刊	第32期
	[日]小泉八云；荫棠译	文艺与政治的意见		第46期

月	作者·译者	篇 名	发表刊物	卷·期·号
1	杨丙辰	释勒传略	猛进	第44期
	[日]厨川白村；鲁迅译	东西之自然诗观	莽原半月刊	第1卷第2期
	李霁野	反表现主义		
	为法	木兰歌、革命文学及其他	洪水半月刊	第1卷第8期
	薛曼；宋海林译	写实主义与浪漫主义	文艺半月刊	第1卷第3期
	何凯诒	文学与环境	大夏周刊	第27期
	朱逖人	文学批评家之任务及其修养		
	段熙仲	杜诗中之文学批评	金陵光	第15卷第1期
	沈雁冰	各民族的开辟神话	民铎杂志	第7卷第1号
	费鸿年	两性的本性及其作用	学艺	第7卷第5号
1、2	范寿康	原真		第7卷第5、6号
1—8	莫尔顿；傅东华译	文学之近代研究	小说月报	第17卷第1—3、5、8期
2	王化周	童话的研究	教育杂志	第18卷第2号
	高卓	社会心理学概说		
	彭学沛	劳动的艺术化与艺术的劳动化	京报副刊	第402、403号
	汪奠基	逻辑与近代哲学的趋向		第402号
	[英]麦修斯；采真译	文学会的性质		第409、410号
	彭基相	摩耳对于詹姆士实验主义的批评		第417、418号
	杨丙辰	亨利海纳评传	莽原半月刊	第1卷第3期
	胡梦华	国语两面观与国语运动之变轨	中华教育界	第15卷第8期
	周太玄	对于大规模译述事业的一个建议		
	梁家义	白话文学驳义	甲寅周刊	第1卷第30号
	郭绍虞	中国文学演化概述	文艺（开封）	第1卷第2期
	孙师毅	电影剧在艺术中之位置	神州特刊	第2期
	谷剑尘	艺术上的仿效与创造		
3	王志成	儿童文学的重要	教育杂志	第18卷第3号
	华林一	希腊悲剧的研究	民铎杂志	第7卷第3号
	胡梦华	絮语散文	小说月报	第17卷第3号
	为法	斥"国家主义与新文艺"	洪水半月刊	第1卷第12期
	达夫	小说论及其他		第2卷第13期
	郁陶	试验期戏剧底分化	京报副刊	第439号
	A.H.Thorndike；任冬译述	文学的遗产	国民新报副刊	第95、98期

月	作者·译者	篇　名	发表刊物	卷·期·号
3	L.M.	强盗文学	国闻周报	第3卷第8期
	心冷	中国影戏界的一个难关		第3卷第9期
	唐庆增	新文化运动平议	甲寅周刊	第1卷第34号
	陈德基	文体平议		
	彭国栋	我与群		第1卷第35号
	王力	文话平议		
	梁实秋	现代中国文学之浪漫的趋势	晨报副刊	第1369—1372号
	夏家驹	戏剧与教育	新教育评论	第1卷第17期
	熊佛西、梁实秋	戏剧的讨论	留美学生季报	第11卷第1期
	郭沫若	论节奏	创造月刊	第1卷第1期
	穆木天	谭诗		
	王独清	再谭诗——寄给木天、伯奇		
3—5	成仿吾	文学批评杂论		第1卷第1、3期
3、4	[苏]脱洛斯基；仲云译述	论无产阶级的文化与艺术	文学周报	第216、217、219号
4	志摩	诗刊弁言	晨报副刊·诗镌	第1号
	闻一多	文艺与爱国		
	朱湘	新诗评		第1、3号
	邓以蛰	诗与历史		第2号
	饶孟侃	新诗的音节		第4号
	余上沅	论诗剧		第5号
	谢循初	潜意识的意义	晨报副刊	第1379号
	[日]中泽临川、生田长江；鲁迅译	罗曼罗兰的真勇主义	莽原半月刊	第1卷第7、8期合刊
	赵少侯	罗曼罗兰评传		
	斯滨加；华林一译	表现主义的文学批评论	东方杂志	第23卷第8号
	陈恩成	语言文字与文学	新东吴	第1卷第1期
	钱萼生	近世诗评	学衡	第52期
	余文伟	佛洛特派心理学及其批评	民铎杂志	第7卷第4号
	郁达夫	历史小说论	创造月刊	第1卷第2期
4—次8	蒋光赤	十月革命与俄罗斯文学		第1卷第2—4、7、8期
5	梁叔荣	视象上的异性美研究	民铎杂志	第7卷第4、5号
	余文伟	普罗特的批评哲学		第7卷第5号
	彭基相	罗素的"心"的学说		
	刘海粟	艺术与人生	新艺术半月刊	第1卷第1期
	倪贻德	近代艺术的趋向		

月	作者·译者	篇 名	发表刊物	卷·期·号
5	俞寄凡	新理想派的艺术	新艺术半月刊	第1卷第1期
	汪亚尘	艺人的灵魂		
	滕固	气韵生动略辨		
		伟大的艺术		第1卷第2期
	刘海粟	其癫岂其癫乎		
	心冷	理想的中国好莱坞	国闻周报	第3卷第18期
	佩弦	现代生活的学术价值	文学周报	第224期
	王伯祥	历史的"中国文学批评论著"		
	曹聚仁	国故与现代生活		第226期
	杨翼谋	中国民族之根性	哲学月刊	第1卷第3期
	饶孟侃	再论新诗的音节	晨报副刊·诗镌	第6号
	闻一多	诗的格律		第7号
	天心	随便谈谈译诗与做诗		第8号
	饶孟侃	新诗话		第8、9号
	一多	诗人的横蛮		第9号
	[日]有岛武郎；鲁迅译	生艺术的胎	莽原半月刊	第1卷第9期
	[英]亨勒；吴宓译	物质生命心神论	学衡	第53期
	杨浩然	构成文学之要素	暨南周刊	第31、32期
	张君劢	爱国的哲学家——菲希德	东方杂志	第23卷第10号
	林风眠	东西艺术之前途		
	朱湘	评闻一多的诗	小说月报	第17卷第5号
	何畏	劳动艺术运动	洪水半月刊	第2卷第16期
	郭沫若	革命与文学	创造月刊	第1卷第3期
	何畏	个人主义艺术的灭亡		
	成仿吾	文艺批评杂论		
5、6	梁实秋	拜伦与浪漫主义	晨报副刊·社会	第1卷第3、4期
	祁森焕	概念派历史哲学的体系		第32、33号
	秋山	谈社会小说	小说世界	第13卷第19—23期
5、11	赵元任	符号学大纲	科学	第11卷第5、11期
6	木天	写实文学论	创造月刊	第1卷第4期
	成仿吾	革命文学与他的永远性		
	徐祖正	拜轮的精神		
	摩南	诗人谬塞之爱的生活		
	为法	伟大的批评家	洪水半月刊	第2卷第19期

月	作者·译者	篇 名	发表刊物	卷·期·号
6	庄泽宣	国民性与教育	新教育评论	第2卷第2期
	张嘉铸	纯观	新艺术半月刊	第1卷第3期
	李季	译马克思通俗资本论自序	学林	第2卷第4期
	杨昭恕	由美学上所见之人生		
	孟毅	汉赋之研究		
	圣陶	国故研究者	文学周报	第228期
	刘大白	中国戏剧起源之我观		第231期
	志摩	诗刊放假	晨报副刊·诗镌	第11号
	饶孟侃	感伤主义与"创造社"		
	志摩	剧刊始业	晨报副刊·剧刊	第1号
	赵太侔	国剧		第1、2号
	余上沅	演戏的困难		
	夕夕	戏剧的歧途		第2号
	该岱士	剧场的将来		
	西滢	新剧与观班		第3号
	余上沅	旧戏评价		
	[日]武者小路实笃；鲁迅译	论诗	莽原半月刊	第1卷12期
	徐志摩讲；瞠岚记	文学与美术	清华周刊	第25卷第16期
	锦	谈诗	金陵光	第15卷第3期
	谢育才	美术概论	天籁	第15卷第14期
	邹敬芳	东西国民性及其社会思想	东方杂志	第23卷第11号
	朱光潜	中国文学之未开辟的领土		
	马宗融	罗曼罗兰传略	小说月报	第17卷第6号
	[德]雷赫完；吴宓译	孔子、老子学说对于德国青年之影响	学衡	第54期
	倪贻德	艺术之都会化	新艺术半月刊	第1卷第4期
	樊树芬	写实主义的文学	新华周刊	第6、7期
	唐钺	现代人的现代文	东方杂志	第23卷第12号
	李雁晴	文学的方舆色彩	孤兴	第7、8期合刊
	段凌辰	与陈子翼论文学书		
6—次11	蒋瑞藻	小说枝谈	小说世界	第14卷第1期—第16卷第20期
7	朱光潜	完形派心理学之概略及其批评	东方杂志	第23卷第14号
	陈钟凡讲演	中国文学变迁之趋势	新东吴	第1卷第3、4期合刊

月	作者·译者	篇 名	发表刊物	卷·期·号
7	马凡鸟	谈谈影片的剧本	国闻周报	第3卷第27期
	方光廉	文学与情绪	创造月刊	第1卷第5期
	汪亚尘	直觉的艺术	新艺术半月刊	第1卷第5期
	滕固	诗人乎？画家乎？		第1卷第6期
	刘思训	柯洛评传		
	金发	少生活的美性之中国人	世界日报副刊	第1卷第6期
	张天庐	古代的歌谣与舞蹈		第1卷第9—14期
	伯山	谈所谓中国文化		第1卷第14期
	萍若	论"不准感伤"及其他		第1卷第15、16期
	邓以蛰	戏剧与道德的进化	晨报副刊·剧刊	第4、5号
	杨振声	中国语言与中国戏剧		第5号
	顾颉刚	九十年前的北京戏剧		第6号
	梁实秋	戏剧艺术辨正		第7、8号
	苏郎	自然美论	语丝	第138期
	岂明	文学谈		
	徐蔚南	艺术三家言序	文学周报	第235期
	赵憩之	法朗士的文评一脔	孤兴	第9期
	郭斌龢	新文学之痼疾	学衡	第55期
8	曹聚仁	再论国故与现代生活	文学周报	第237期
	赵景深	夏芝的民间故事分类法		
	金满成	什么叫做艺术		第238、239期
	马楷	小剧场之勃兴	晨报副刊·剧刊	第8号
	邓以蛰	戏剧与雕刻		第9、10号
	熊佛西	论剧		第9号
	俞宗杰	旧剧之图画的鉴赏		第10—13号
	杨声初	上海的戏剧	晨报副刊·剧刊	第10号
	余上沅	论戏剧批评		第11号
	韦素园	"外套"的序	莽原半月刊	第1卷第16期
	[日]武者小路实笃；鲁迅译	在一切艺术		
	[法]拉姆贝尔；王鲁彦译	沙库泰拉和印度的戏剧	学林	第2卷第5期
	吕诚之讲演	中国韵文研究	学生文艺丛刊	第3卷第6集
	[英]哈特兰德；赵景深译	神话与民间故事	小说月报	第17卷第8号

月	作者·译者	篇 名	发表刊物	卷·期·号
8	胡怀琛	文笔辨	小说世界	第14卷第7期
		赋辨		第14卷第9期
	[日]有岛武郎；任白涛译	产生艺术之胎	民铎杂志	第8卷第1号
	陈仲益	康德之生涯		
	余文伟	康德所谓经验的比类及其批评		
	[日]松浦一；任白涛译	文学的本质		
	李笠	文家迷溺之境	孤兴	第10期
	滕固	艺术之质与形	新艺术半月刊	第1卷第7期
	汪亚尘	近代艺术的特征		
	John Ruskin；刘思训译	群众意识的评价		
		艺术之伟大		第1卷第8期
8、9	胡云翼	我们为什么研究中国文学	醒狮	第95、97、101期
9	John Ruskin；刘思训译	美	新艺术半月刊	第1卷第9期
	倪贻德	女性与艺术		
	狄更生；冯友兰、冯叔兰合译	希腊之悲剧	晨报副刊·剧刊	第12号
	顾一樵	剧话		第12、13号
	熊佛西	我对今后戏剧界的希望		第13号
	恒诗峰	明清以来戏剧的变迁说略		
	志摩	托尔斯泰论剧的一节		第14号
	舲客	论表演艺术		
	志摩	剧刊终期		第15号
	徐霞村	乔治桑德的五十周年纪念	晨报副刊	第1448号
	[日]武者小路实笃；鲁迅译	凡有艺术品	莽原半月刊	第1卷第17期
	张铭鼎	倭伊铿之生平及其哲学	民铎杂志	第8卷第2号
	滕固译	小泉八云的文学讲义	小说月报	第17卷第9号
	浦江清译	薛尔曼现代文学论序	学衡	第57期
	王易	词曲史		
	[英]W.Pater；张定璜译	"文艺复兴时代研究"的结论	沉钟	第3期
	A.France；陈炜谟译	佐治桑德与艺术上的理想主义		第4期

月	作者·译者	篇 名	发表刊物	卷·期·号
9	王炽昌	魏晋文艺批评之趋势	国学丛刊（南京）	第3卷第1期
	陈延杰	读文心雕龙	东方杂志	第23卷第18号
	朱孟实	小泉八云		
	许杰	文学中的恋爱问题	华侨努力周报	第2卷第4期
	黄汉瑞	打破肉的神秘观念	新女性	第1卷第9号
	淑章	论艺术运动	北新周刊	第5期
	朱大枏	说"平民的"并评先艾的诗		
9—11	黎锦明	我的批评		第3、4、9、14期
10	非子	艺术与性爱	新女性	第1卷第10号
	俞寄凡	表现主义的解释	新艺术半月刊	第1卷第11期
	John Ruskin；刘思训译	崇美		
		艺术家之环境		第1卷第12期
	李玄伯	服尔德	中法教育界	第1期
	萧子昇	服尔德与中国		
	赵少侯	左拉的自然主义	晨报副刊	第1452号
	黄新运	行为心理学和内省派的心理学		第1458号
	梁实秋	文学批评辩		第1464、1465号
	R.M.Meyer；于若译	近代的诗人	莽原半月刊	第1卷第20期
	莫泊桑；旅翁译	小说论	北新周刊	第7、8期
	陈著译	克鲁泡特金的柴霍甫论	小说月报	第17卷第10号
	[俄]蒲宁；赵景深译	柴霍甫		
	胡梦华	表现的鉴赏论		
	胡寄尘	中国戏是什么	小说世界	第14卷第16期
	为法	作品与作家	洪水	周年增刊
	胡怀琛	桐城文派	国学	第1卷第1期
	杰	儿童文学分类法	清华周刊	第26卷第4期
	李璜	文化史中文化的意义起源与变迁	中华教育界	第16卷第4期
	姜公畏	我对于新旧诗的平议	学生文艺丛刊	第3卷第8集
	马文；余文伟译	浪漫主义与逻辑	民铎杂志	第8卷第3号
	任白涛	文艺的内容与表现		
	非子	艺术与性爱	新女性	第1卷第10号
	李增扬	本能	心理	第3卷第4期
	余家菊	中国心理学思想		第4卷第1期
	刘叔琴	从自然的社会学进向文化的社会学	东方杂志	第23卷第19号

月	作者・译者	篇　名	发表刊物	卷・期・号
10	汪国恒	读书举要	东方杂志	第23卷第19号
	唐擘黄	谁是美的判断者	现代评论	第4卷第97期
	李石岑	美神与酒神	一般	第1卷第2号
	吕思勉、心如	章句论		
	龚自如、默之	文章学初编		
	景深	社会的文学批评论（蒲克）		
10、11	西谛	中世纪的波斯诗人		第1卷第2、3号
	疆青译	薛尔曼现代文学论序	国闻周报	第3卷第42、43期
11	梁实秋	亚里士多德以后之希腊文学批评	东南论衡	第1卷第23、24期
	Leo Stein；康伦先译	艺术与社会	晨报副刊・社会	第54号
	周德之	为迷信"主义"者进一言	晨报副刊	第1469号
	菊农	真善美与西方文明		第1470—1475号
	梁实秋	"Ut Pictura Poesis"		第1475号
	冰心女士讲演	中西戏剧之比较		第1477号
	汤鹤逸	悼倭铿教授		第1482号
	熊佛西	何谓戏剧诗人		第1483号
	郭麟阁	卢梭评传	中法教育界	第2期
	[日]昇曙梦；画室译	无产阶级诗人和农民诗人	莽原半月刊	第1卷第21期
	徐如泰	童话之研究	中华教育界	第16卷第5期
	陈于德	论诗歌小说戏剧之异同	学生文艺丛刊	第3卷第9集
	陈张荣	哲学和文学		
	胡怀琛	韩柳欧苏文之起源	国学	第1卷第2期
	黎锦熙	国语罗马字	新教育评论	第2卷第25期
	吴有容	统一国语言文一致的暗礁		
	瞪岚	"文学要有革命性"	清华周刊	第26卷第7期
	高卓	所谓"兽性问题"	一般	第1卷第3号
11、12	张大东	文学总集与分类之沿革论略	国闻周报	第3卷第46、47期
12	钟敬文	李金发底诗	一般	第1卷第4号
	丰子恺	工艺实用品与美感		
	王基乾	文学	甲寅周刊	第1卷第36号
	[苏]列宁；一声译	论党的出版物与文学	中国青年	第144期
	何炳松、程瀛章	外国专名汉译问题之商榷	东方杂志	第23卷第23号

月	作者·译者	篇 名	发表刊物	卷·期·号
12	何畏	法兰西近代哲学思想的特征	东方杂志	第 23 卷第 23 号
	陈延杰	读诗品		
	张崧年	文明或文化		第 23 卷第 24 号
	张东荪	西方文明与中国		
	徐庆誉	心是脑的产物吗		
	张继	情感化与群众化的艺术	新文化	第 1 卷第 1 期
	王受命	文学批评论	群大旬刊	创刊号
	万蕾	文艺自私论	北新周刊	第 18 期
	露明	万蕾的文学常识		第 19 期
	长虹	艺术与时代	狂飙周刊	第 11 期
	梁实秋	"与自然同化"	晨报副刊	第 1485 号
	于赓虞	诗之情思		第 1486 号
	刘复讲演	语言的进化		第 1491 号
	梁实秋	喀赖尔的文学批评观		第 1501 号
	潘复	电影与社会教育	学生文艺丛刊	第 3 卷第 10 集
	刘安民	论研究文学之方法		
12、次 1	培良	中国戏剧概评	狂飙周刊	第 9、10、15、16 期

1927 年

月	作者·译者	篇 名	发表刊物	卷·期·号
1	徐益棠	儿童文学底心理分析	中华教育界	第 16 卷第 7 号
	陈宝锷	电影与教育	新教育评论	第 3 卷第 6 期
	邱椿	意义的意义	心理	第 4 卷第 2 期
	丰子恺	音乐与文学的握手	小说月报	第 18 卷第 1 号
	胡寄尘	文学赏鉴法	小说世界	第 15 卷第 5 期
	章士钊	文论	甲寅周刊	第 1 卷第 39 号
	吴国桢	西方文化的弊端	学生杂志	第 14 卷第 1 号
	露存	文乎艺乎	青年进步	第 99 册
	何子恒	倭铿哲学的我观		
	彭善彰	翻译学说略		
	杨昭恕	艺术起源之研究	学林	第 3 卷第 1 期
	[德]雷兴;杨丙辰译	拉敖康的原序（Laokoon）	沉钟	第 11 期
	熊佛西	中国戏剧运动的将来	晨报副刊	第 1502 号
	许地山	中国美术家底责任		第 1503 号
	哥德;步虚、秋士译	文艺杂想		第 1505—1514 号

月	作者·译者	篇 名	发表刊物	卷·期·号
1	庄秋水	先天观念论	晨报副刊·社会	第63号
	[俄]普洛特尼珂夫;韦漱园译	现代俄国文学底共通性	莽原半月刊	第2卷第1期
	J.Galsworthy;李霁野译	艺术		第2卷第2期
	[日]小川未明;高明译	少年主人公的文学	文学周报	第7卷第14期
	孟和	主义与他的制限	现代评论	第5卷第109期
	采真	文学底诵读与赏鉴		
	张奚若	中国今日之所谓智识阶级		二周年纪念增刊
	邹成熙	诗之鉴赏的态度	洪水半月刊	第2卷第23、24期合刊
	成仿吾	完成我们的文学革命		第3卷第25期
	丏尊	艺术与现实	一般	第2卷第1号
	博董	李金发的"微雨"	北新周刊	第22期
2	朱应鹏	文化与革命	艺术界	第1期
	傅彦长	艺术哲学的无聊		
		民族与文学		第6期
	赵景深	听觉的文艺	北新周刊	第24期
	梁叔莹	思想上的新时代	晨报副刊	第1519号
	焦菊隐译	艺术家之易卜生		第1520、1521号
	菊农	名与物		第1522号
	荫棠译述	浪漫的文艺与古典的文艺		第1523、1524号
	刘开渠	严苍浪的艺术论		第1525号
	梁实秋	西塞罗的文学批评		第1526号
	于赓虞	诗的创作之力		第1527号
	穆木天	法国文学的特质	创造月刊	第1卷第6期
	[日]武者小路实笃;鲁迅译	文学者的一生	莽原半月刊	第2卷第3期
	R.M. Freienfels;李霁野译	生活中的创造艺术		第2卷第4期
	[日]铃木虎雄;鲁迅译	运用口语的填词		
	曰归	无产阶级专政和无产阶级的文学	洪水半月刊	第3卷第26期
	长风	新时代的文学的要求		第3卷第27期
	达夫	小说的技巧问题		
	宇文	打倒智识阶级	现代评论	第5卷第116期

月	作者·译者	篇 名	发表刊物	卷·期·号
2	何子恒	十年来西方哲学思想变动之一隅	青年进步	第100册
	王治心	十年来中国新文化运动之结果		
	朱维之	十年来之中国文学		
	彭善彰	十年来中国翻译事业之进步与今后之方针		
	程小青	十年来中国小说的一瞥		
	吴有容	统一国语言文一致的暗礁	国语月报	第2期
	静渊、岂明	文学与主义	语丝	第119期
	佩弦	新诗（上）	一般	第2卷第2号
	方光焘	文艺上的内容与表现		
	华林	艺术概谈		第1卷第2期
2—5	[法]左拉；修勺译	实验小说论	新文化	第1卷第2—4期
2—8	莫尔顿；傅东华译	文学进化论	小说月报	第18卷第2、4、6、8期
2、3	张旭光	文学与社会	国闻周报	第4卷第7、8期
3	徐中舒	评"中国文字变迁考"	一般	第2卷第3号
	唐擘黄	语言对于思想的反响	现代评论	第5卷第117期
	万蕾	趣味与批评	北新周刊	第28期
	陈醉云	文艺的鉴赏与批评		第29期
	仿吾	文艺战的认识	洪水半月刊	第3卷第28期
	尹若	马克思社会阶级观简说		
	梁叔莹	所谓"东西文化"	晨报副刊	第1537号
	熊佛西	论剧评		第1542号
	刘叔琴	新的文化史观	民铎杂志	第8卷第4号
		文化琐谈		
	[日]厨川白村；任白涛译	"苦闷的象征"的缩译		
	梅思平	文化人类学之三大派	教育杂志	第19卷第3号
	张若谷	关于艺术三家言	艺术界	第7期
	徐蔚南	批评的本领与灵想		第8期
	[日]昇曙梦；画室译	苏俄的二种跳舞剧	莽原半月刊	第2卷第5期
3、4	[苏]特洛茨基；韦漱园、李霁野译	无产阶级的文化与无产阶级的艺术		第2卷第6—8期
4	徐庆誉	以哲学的眼光谈谈跳舞	东方杂志	第24卷第7号
	张铭鼎	进化论与近代哲学	民铎杂志	第8卷第5号

月	作者·译者	篇　名	发表刊物	卷·期·号
4	[日]上田敏；丰子恺译	现代的艺术	民铎杂志	第8卷第5号
	夏丏尊	"中"与"无"		
	余文伟	唯心论		
	安振声	文学批评的真理	妇女杂志	第13卷第4号
	万蕾	印刷与文学	北新周刊	第34期
	成仿吾等	中国文学家对于英国智识阶级及一般民众宣言	洪水半月刊	第3卷第30期
	倪贻德	艺术断片感想		第3卷第31期
	孤愤	中国平民文学的潜在	中央副刊	第22号
	赵荫棠	诗人与读众	晨报副刊	第1554号
	于赓虞	诗之读者		第1555号
	汤鹤逸	艺术与社会	学艺	第8卷第6号
	傅彦长	艺术文化的创造	艺术界	第13期
	甘乃光	由文学的革命到革命的文学		第15期
	若谷	新俄文学之曙光		
	卢景斌	赋学述略	广西留京学会学报	第5期
5	翟永坤	诗与诗人	晨报副刊	第1564号
	蹇先艾	文艺的欣赏谈		第1577号
	杨昭恕	生物之美的进化	学林	第3卷第3期
	Hofmannsthal；张水淇重译	象征论	狮吼月刊	创刊号
	滕固	今日的文艺		
	刘思训	文艺批评私感		
	邵洵美	史文朋		
	郁达夫	日记文学	洪水半月刊	第3卷第32期
	仿吾	文学革命与趣味		第3卷第33期
	[日]川村多实二；幼雄译	生物之美的进化	东方杂志	第24卷第9号
	皆平	近世宇宙观	学生杂志	第14卷第5号
	华林	法国浪漫派与古典派之战争	新文化	第1卷第4期
	刘奇峰	精神分析论及其派别	留美学生季报	第11卷第4期
	瑞赓	中国之通俗文学及其时代潮流之关系	天籁	第16卷第12期
	庐隐女士	文学与革命	国闻周报	第4卷第19期
5、9	[日]平林初之辅；方光焘译	文学之社会学的研究方法及其应用	一般	第2卷第4号；第3卷第1号

月	作者·译者	篇 名	发表刊物	卷·期·号
5—7	张大东	中国文学上之"体"与"派"	国闻周报	第4卷第19、20、26、27期
5、6	王森然	从来暧昧的文学定义	世界日报副刊·骆驼	5月29日—6月4日
	[苏]特洛茨基；韦漱园、李霁野译	未来主义	莽原半月刊	第2卷第9、11、12期
6	丰子恺	中国画的特色	东方杂志	第24卷第11号
	种因	中国文学之地方的背景	学生杂志	第14卷第6号
	郑振铎	研究中国文学的新途径	小说月报	第17卷号外
	郭绍虞	中国文学演进之趋势		
	唐钺	诗与诗体		
	潘力山	从学理上论中国诗		
	郭绍虞	赋在中国文学史上的位置		
	俞平伯	读诗札记		
	刘经庵	中国民众文艺之一斑——歌谣		
	吴瞿安	元剧杂说		
	[日]盐谷温；君左译	中国小说概论		
	谢无量	明清小说论		
	严既澄	韵文与骈体文		
	陈衍	散体文正名		
	梦湘	托尔斯泰与德谟克拉西	国闻周报	第4卷第23期
	赵景深	中国文学的婉约与豪放	北新周刊	第36期
	胡云翼	论赋		第38期
	D.G.Mason；陈漫译	西洋歌剧谈略	晨报副刊	第1979—1984号
	凤歌	妇女与电影职业	妇女杂志	第13卷第6号
	邓以蛰	民众的艺术	现代评论	第6卷第131期
	竞生、华林	介绍"浪漫派"	新文化	第1卷第6期
	华林	法国浪漫主义与德英之影响		
	徐蔚南	批评的态度	艺术界	第19期
	穆罗茶	国民文学		
	应鹏	不彻底的新文化运动		
	熊佛西	国剧与旧剧	现代评论	第5卷第130期
	太微	八股及自由诗		第5卷第132期
7	姜书丹、徐尚木	中国妇女文学与女性美	妇女杂志	第13卷第7号
	李振东	章实斋的文论	现代评论	第6卷第134期

月	作者·译者	篇 名	发表刊物	卷·期·号
7	胡云翼	论文学史上的正统派	北新周刊	第39、40期合刊
	黎锦明	两种道德在文艺上的辨别		
	M.J.Rudwin；毕树棠译述	俄国文学之黑暗与光明	晨报副刊	第2013—2015号
	[日]鹤见祐辅；鲁迅译	读的文章和听的文字	莽原半月刊	第2卷第13期
	[苏]特洛茨基；韦漱园、李霁野译	"文学与革命"引言		
	W.Dilthey；李霁野译	经验与创造		第2卷第14期
	陈炜谟	论坡（Edgar Allan Poe）的小说	沉钟	特刊
	冯至	谈 E.T.A.Hoffmann		
	徐中舒	王静庵先生传		第24卷第13号
	臧玉淦	侯尔特的意识学说		第24卷第14号
7、8	朱孟实	欧洲近代三大批评学者	东方杂志	第24卷第13—15号
8	林履彬	发声电影及电传形象发明的经过		第24卷第15号
	W.T.	卓别灵之艺术的成就		
	沈馀	柴玛萨斯评传	小说月报	第18卷第8号
	徐霞村	一个神秘的诗人的百年祭		
	霞村	英国人与犯罪文学		
	梁实秋	诗人勃雷克	时事新报·文艺副刊	12日
	潘梓年	艺术论	北新周刊	第40、41期合刊
	胡云翼	论苦吟		
	[苏]特洛茨基；韦漱园、李霁野译	乌西和洛得·伊凡诺夫	莽原半月刊	第2卷第15期
	梁实秋	霍斯曼的情诗	现代评论	第6卷第141期
	丽丝	罗曼罗兰的新英雄主义	艺术界	第20、21期合刊
	华侃	革命的民众与文学		第22期
	陈大悲	要不要中国影片		第4卷第31期
	蓬心	古装及历史电影的讨论		
	逊之	电影与化装术	国闻周报	第4卷第32期
	蓬心	电影艺术的创作与鉴赏		第4卷第33期
8、9	厚照	嘉尔·马克思传略		第4卷第32—35期
9	芳孤	革命的人生观与文艺	泰东月刊	第1卷第1期
	徐中舒	六朝恋歌	一般	第3卷第1号

月	作者·译者	篇 名	发表刊物	卷·期·号
9	心如	从"打倒知识阶级"口号中所认识的	一般	第3卷第1号
	范锜	革命与进化之关系	中央半月刊	第7期
	乐匡	亚伦坡	清华周刊	第28卷第1期
	陈大悲	谈谈影戏的化装	国闻周报	第4卷第35期
	蓬心	中国电影的厄运		
	陈大悲	中国影片与外国心理		第4卷第37期
	吴宓	浪漫的与古典的（书评）		
	郑心南	芥川龙之介	小说月报	第18卷第9号
	胡云翼	论无名作家	北新周刊	第47、48期合刊
	成仿吾	文学家与个人主义	洪水半月刊	第3卷第34期
	王少船	文学革命的商榷		
	徐庆誉	中国民族与世界文化	知难周刊	第28—31期
	[日]上田敏；丰子恺译	现代的精神	民铎杂志	第9卷第1号
	刘梦苇	论诗底音韵	古城周刊	第1卷第2、3期
	濮舜卿女士	易卜生与史德林堡之妇女观	妇女杂志	第13卷第9号
	遂初	意大利文坛近状	东方杂志	第24卷第17号
	吕伯攸	中外思想之接近		第16卷第10期
9—12	胡怀琛	中国小说研究	小说世界	第16卷第13—15、17、21—25期
10	朱芳圃	述先师王静安先生治学之方法及国学上之贡献	东方杂志	第24卷第19号
	贺麟	西洋机械之人生观最近之论战		
	建民	论怀疑	学生杂志	第14卷第10号
	汤荷骧	科学与进化		
	J.E.Creighton；冯友兰译	欧洲十八及十九世纪思想之比较	哲学评论	第1卷第4期
	[日]楢崎浅太郎；冯意空译	现代心理学之方法论的基调		
	陈钟凡	南朝文学批评之派别	文哲季刊	第1集
		论汉魏六代赋		
	吴瞿安	元剧小史		
	陈钟凡讲演	中国文学变迁之趋势		
	耘增	王静安先生整理国学之成绩述要	国学月报	第2卷第8号
	蓬心	中国人对于电影艺术的观念的错误	国闻周报	第4卷第39期

月	作者·译者	篇　名	发表刊物	卷·期·号
10	华绥	电影与艺术	国闻周报	第4卷第41期
	J.Lemaitre；霁野译	批评中的人格	莽原半月刊	第2卷第18、19期合刊
		传统与爱好		第2卷第20期
	大园	陆机之文学观	东方文化	第3期
	姜华	现代文学与现代中国	新国家	第1卷第10期
	杨丙辰	论文艺的性质	古城周刊	第1卷第4期
	熊佛西	论哑剧		
		戏剧究竟是什么		
	Milsky；焦菊隐译	近代俄国文学之渊源		第1卷第6期
	郭麟阁	法国文学中灵与肉之冲突	中法教育界	第8期
	熊佛西	艺术究竟是什么	燕大月刊	第1卷第1期
	王明道	梦与文学		
	朱孟实	谈情与理	一般	第3卷第2号
	[英]夏芝；魏肇基译	何谓"庶民的诗歌"		
	[日]龙村斐男；丰子恺译	美的世界——龙村斐男通俗美学讲话序章		
11	李石岑	缺陷论		第3卷第3号
	方欣庵	词的起源和发展		
	杜亚泉	关于情与理的辩论		
	[日]木村毅；端先译	诗与散文的境界		
	A.C.Bradley；李健吾、朱佩弦译	为诗而诗		
	甘人	中国新文艺的将来与其自己的认识	北新半月刊	第2卷第1号
	潘菽	心理学的过去与将来		
	悚凝	论翻译		
	舒新城	教育家与文学		第2卷第2号
	鲁迅	魏晋风度及文章与药及酒之关系		
	赵景深译	英国大诗人勃莱克百年纪念		
	梓年	文艺新论		
	芳孤	文艺批评与批评家	泰东月刊	第1卷第3期
	方璧	鲁迅论	小说月报	第18卷第11号
	黄仲苏	小说之艺术	东方杂志	第24卷第22号

月	作者·译者	篇　名	发表刊物	卷·期·号
11	邵子风	文章底风格	学生杂志	第14卷第11号
	卢凤藻	我的简文主义		
	祸夫	读文学书时应撇去的几个问题		
	陈大悲	电影之过去与现在	国闻周报	第4卷第46期
	张寿林	论中国文学上的夸饰	晨报副刊	第2108—2110号
	壬秋	文艺的梦		第2111—2116号
	焦菊隐	职业化的剧团		第2121、2122号
		莫尔斯基论杜格涅夫		第2129、2132号
	R.Gourmont；霁野译	文学的影响	莽原半月刊	第2卷第21、22期合刊
	华林	法国浪漫主义与德英之影响	新文化	第1卷第6期
	静闻	民间文学	民间文艺	第3期
	[日]铃木虎雄；储皖峰译	文镜秘府论校勘记	国学月报	第2卷第11号
	陆侃如、冯沅君	中国文学史序目		第2卷第12号
	李振东	章实斋的文论	燕大月刊	第1卷第2期
11、12	张大东	顾亭林的诗	国闻周报	第4卷第46、47期
12	萨孟武	文化进化论	东方杂志	第24卷第23号
	梁实秋	近年来中国之文艺批评		
	常乃惪	中国民族与中国新文化之创造		第24卷第24号
	R.D.Jameson；佩弦译	纯粹的诗	小说月报	第18卷第12号
	J.S.Kennard；赵景深译	戴丽黛		
	愈之	世界语文学		
	文铮	波德莱之悲剧	现代评论	第7卷第159期
	袁昌英	黑特林的静默论		第7卷第160期
	孙春霆	法国文学上的世界主义	中法教育界	第11期
	胡怀琛	古今诗歌变迁小史	小说世界	第16卷第25期
	香谷	关于革命文学的几句话	泰东月刊	第1卷第4期
	丁丁	文艺与社会改造		
	丰子恺	艺术教育的哲学的论究	教育杂志	第19卷第12号
	孔祥鹅	翻译新名辞的原理	学艺	第8卷第10号
	张鸣琦	新浪漫派的戏剧	晨报副刊	第2147、2149号
	R.Gourmont；霁野译	视觉与情绪	莽原半月刊	第2卷第23、24期合刊
	[法]罗曼罗兰；画室译	"民众戏曲"底序论：平民与剧		

月	作者·译者	篇　名	发表刊物	卷·期·号
12	胡云翼	中国文学里的模拟影响与创造	北新半月刊	第 2 卷第 3 号
	潘菽	美学概论的批评		第 2 卷第 4 号
	丘景尼	知识的确实性	一般	第 3 卷第 4 号
		悲观道德的价值		
	瞿菊农	从科学到哲学	哲学评论	第 1 卷第 5 期
	伍剑禅	中国文学通论	归纳学报	第 1 卷第 1 期
	顾敦鍒	明清戏曲的特色	燕京学报	第 2 期
	翟孟生；许地山译	文艺的趋势	清华学报	第 4 卷第 2 期
	丙寅	美的演讲	国闻周报	第 4 卷第 50 期
	梁实秋	汉烈的"回音集"	秋野	第 1 卷第 1 期
	张天方	能唱的诗：音乐化的诗句	复旦旬刊	第 4 期
	马彦祥	章实斋之文学观		
	[日]小泉八云；震孙译	"文学的解释"的结论	南开大学周刊	第 47 期
	艸艸	辩笔记小说非 Short—Story	燕大月刊	第 1 卷第 3 期
12、次 1	俞平伯	谈中国小说		第 1 卷第 3、4 期
12—次 9	葛达德、吉朋斯；张荫麟译	斯宾格勒之文化论	国闻周报	第 4 卷第 48、49 期；第 5 卷第 10—34 期

1928 年

月	作者·译者	篇　名	发表刊物	卷·期·号
1	张东荪	新创化论	东方杂志	第 25 卷第 1 号
	郭绍虞	文学观念与其含义之变迁		
	哲生	文学与年龄		
	[法]法朗士；华林一译	印象主义的文学批评论		第 25 卷第 2 号
	哲生	苏俄戏剧与苏俄剧场		
	郭绍虞	中国文学批评史上之"神""气"说	小说月报	第 19 卷第 1 号
	方璧	王鲁彦论		
	钱杏邨	俄罗斯文学漫评		
	鲁迅	文艺和革命	语丝	第 4 卷第 7 期
	周作人	文学的贵族性		1、2 日
	壬秋	短篇小说的艺术	晨报副刊	第 2170、2171 号
	蹇先艾	黑奴吁天录的作者——斯土活夫人评传		第 2173—2181 号

月	作者·译者	篇　名	发表刊物	卷·期·号
1	徐霞村	最近的法国小说界	晨报副刊	第2182—2188号
	施天侔	我们为什么要作文章		第2183、2184号
	[日]斋藤勇；张资平译	以思潮为中心之英文学史	学艺	第9卷第1号
	雁冰	中国文学不能健全发展之原因	文学周报	第4卷第251—275号
	仲云	新文艺的建设		
	傅彦长	中国文学在世界上的地位		
	均正	童话与想像		
	均正	童话的起源		
	[英]麦苟劳克；赵景深译	民间故事的探讨		
	[英]高尔斯华绥；傅东华译	戏剧庸言		
	[英]W.L.George；傅东华译	"诚"与文学		
	[英]萧伯纳；傅东华译	文学的新精神		
	傅东华译	理想主义之根源		
	[法]古尔芒；傅东华译	形式与实质		
	[法]法郎士；傅东华译	保护的秘密		
	[美]门肯；傅东华译	批评家的职务		
	调孚	文学大纲		
	傅东华	"文学之近代研究"原序		
	夏文运	艺术童话的研究	中华教育界	第17卷第1期
	朱维之	戏剧之起源与宗教	青年进步	第110册
	詹文浒	生命与机械：生命的艺术思想之趋势		
	萍青	中国妇女与文学	现代妇女	第1卷第1期
	淑芸	近代法国抒情诗的起源		
	郭君杰	美学杂谈	文科学刊	第1期
	龙侃	文艺复兴与思想进化	复社丛刊	创刊号
	梁实秋讲演	文学批评的方法		
	张公表	中国今日所需要的文学		
	冯乃超	艺术与社会生活	文化批判(月刊)	创刊号
	朱磐	理论与实践		

月	作者·译者	篇 名	发表刊物	卷·期·号
1	蒋光慈	现代中国文学与社会生活	太阳月刊	第1期
	香谷	革命的文学家到民间去	泰东月刊	第1卷第5期
	曾虚白	翻译的困难	真美善	第1卷第6号
	霁野	"烈夫"及其诗人	未名	第1卷第1期
	李霁野	"文学与革命"后记		第1卷第2期
	余上沅	中国戏剧之现在及将来	秋野	第1卷第2期
	[日]菊池宽；周伯棣译	文艺与人生	贡献	第1卷第5号
	君亮	我所觉到过去的新文艺		第1卷第6期
	魏肇基	威廉·勃莱克百年忌	一般	第4卷第1号
	赵景深	中国新文艺与变态性欲		
	郁达夫	卢骚传	北新半月刊	第2卷第6号
1、11	[美]葛达德、吉朋斯；张荫麟译	斯宾格勒之文化论	学衡	第61、66期
2	亚伦·坡；石樵译	作文底哲学	一般	第4卷第2号
	刘叔琴	谈谈现代的进化论		
	[美]U.Sinclair；冯乃超译	拜金艺术（艺术之经济学的研究）	文化批判（月刊）	第2号
	李初梨	怎样地建设革命文学		
	蒋光慈	关于革命文学	太阳月刊	第2期
	倪文宙	伊本纳兹的文学见解和政论	东方杂志	第25卷第3号
	杨人楩	艺术化的教育论	教育杂志	第20卷第2号
	俞平伯	谈中国小说	小说月报	第19卷第2期
	[日]平林初之辅；陈望道译	文学及艺术之技术的革命		
	梓艺	文学的永远性	泰东月刊	第1卷第6期
	[法]A.France；霁野译	吹笛者底争辩	未名	第1卷第3期
	H.L.Mencken；霁野译	清教徒与美国文学		第1卷第4期
	鲁迅讲演	文学与政治的歧途	秋野	第1卷第3期
	梁实秋	佛洛斯特的牧诗		
	符紫青	今后新文学底使命		
	汪道章	白莱克的"天真集"及其她		
	[日]北村透谷；侍桁译	万物之声与诗人	语丝	第4卷第8期

月	作者·译者	篇　名	发表刊物	卷·期·号
2	[日]小泉八云；垂云译	浪漫的与古典的文学	晨报副刊	第2194—2198号
	鹤逸	变态性欲与文艺		第2101—2103号
	许跻青	五十年来法国的诗坛		第2104—2113号
	郁达夫	卢骚的思想和他的创作	北新半月刊	第2卷第7号
	陈望道	美学概论的批评底批评		
	王任叔	中国文艺上的食与性		第2卷第8号
	潘菽	批评陈望道君给我的答覆		
	赵景深	小说家哈代的八大著作		第2卷第9号
	语堂	安特卢亮评论哈代		
	成仿吾	从文学革命到革命文学	创造月刊	第1卷第9期
	郑伯奇	今后文学之方向转换		
	陈醉云	文艺的罪过问题	贡献	第1卷第9期
	贺昌群	王国维与中国戏曲	文学周报	第5卷第276—300号
	黎锦明	论体裁描写与新文艺		
	赵景深	短篇小说的结构		
	[法]法朗士；傅东华译	弄笛者之争讼		
	赵景深	中西童话的比较		
	谢六逸	关于文学大纲		
	朱湘	说译诗		
	汪静之	诗歌与想像		
	黎锦明	论文艺上的夸大性		
	言返	自己经验与自画像		
	胡愈之	文网与文学		
	诈僚	文艺与社会		
	均量	实验主义者的理想		
3	顾凤城	文学与时代	泰东月刊	第1卷第7期
	叶公超	写实小说的命运	新月	第1卷第1号
	梁实秋	文学的纪律		
	余上沅	最年轻的戏剧		
	徐志摩	汤麦士哈代		
		白郎宁夫人的情诗		
	袁昌英	妥玛斯·哈底	现代评论	第7卷第171期
		皮兰得罗		第7卷第173期

月	作者·译者	篇　名	发表刊物	卷·期·号
3	[日]上田敏；丰子恺译	现代诸问题	民铎杂志	第9卷第3号
	[日]西田几多郎；刘崇谨译	现代的哲学		
	[日]小泉八云；垂云译	最高的艺术底问题	晨报副刊	第2218号
	斐耶	英国新进的小说作家		第2236—2238号
	焦菊隐	论易卜生		第2237—2245号
	[日]金子筑水；YS译	民众主义与天才	语丝	第4卷第10期
	[英]O.Wilde；语堂译	论静思与空谈		第4卷第13期
	任维焜	杨柳与文学	学生杂志	第15卷第3号
	皆平	近世学术观		
	[日]三蒲藤作；赵青誉译	精神科学派哲学及教育学说	学艺	第9卷第2号
	胡怀琛	稗官辨	小说世界	第17卷第1期
	齐如山	戏剧之变迁	南金	第8期
	滕固	文艺批评的新方向	狮吼月刊	第2期
	沈馀	伊本纳兹	贡献	第2卷第1期
	陈醉云	文艺的主观与客观及其争端		第2卷第2期
	黄药眠	非个人主义的文学	流沙	第1期
	费锡胤	一个试验的歌剧	中华教育界	第17卷第3期
	成仿吾	全部的批判之必要	创造月刊	第1卷第10期
	陈翔冰	刘彦和论文	秋野	第1卷第4期
	周天沂	文学究竟是什么	燕大月刊	第2卷第1、2期合刊
	颜毓蘅	文艺的寻味	南开大学周刊	第54期
	麦克昂	留声机器的回音	文化批判（月刊）	第3号
	钱杏邨	死去了的阿Q时代	太阳月刊	第3期
		关于"现代中国文学"		
	陈正昌	柏格森哲学之研究	知难周刊	第49期
3—10	齐如山	戏剧之变迁	南金	第8—10期
3、4	A.C.Bradley；李健吾、朱自清译	为诗而诗	一般	第4卷第3、4号
4	虞尔昌	中国历史上智识阶级之一般情形	知难周刊	第57、58期
	华汉	文艺思潮的社会背景	流沙	第2期

月	作者・译者	篇　名	发表刊物	卷・期・号
4	一泯	社会科学与社会科学名词	流沙	第 2 期
	霁楼	革命文学论文集序	生路	第 1 卷第 4 期
	赵冷	革命文学的我见		
	张鸣琦	近代艺术底趋势	晨报副刊	第 2250、2251 号
	焦菊隐	论莫里哀——"伪君子"序		第 2264—2271 号
	孙春霆	阿根廷近代文学概论		第 2272—2278 号
	丁丁	威廉勃莱克	京报副刊・文艺思潮	第 1 号
	[美]白璧德；华林一译	判断主义的文学批评论	东方杂志	第 25 卷第 7 号
	[日]高濑武次郎；蒋径三编译	王阳明与斐希脱		第 25 卷第 8 号
	济之	高尔基		
	布轮退耳；陈鸿译	批评家泰纳	小说月报	第 19 卷第 4 号
	陈鸿	泰纳重要著作梗概		
	顾仲彝	今后的历史剧	新月	第 1 卷第 2 号
	梁实秋	文人有行		
	[日]上田敏；丰子恺译	现代生活的基调	民铎杂志	第 9 卷第 4 号
	健民	批评		
	[日]平林初之辅；宏君译	物质观的变迁	学生杂志	第 15 卷第 4 号
	周泽生	论研究文学的三种方法	学生文艺丛刊	第 4 卷第 9 集
	思练	科学文学之分野	金陵周刊	第 11 期
	萍人	暗面描写的狭隘	泰东月刊	第 1 卷第 8 期
	曾虚白	模仿与文学	真美善	第 1 卷第 11 号
	林文铮	何谓艺术	贡献	第 2 卷第 5 期
	王任叔	作家与人生		
	觉非	法国浪漫文学运动中的女英雄		第 2 卷第 6 期
	[苏]Voznesensky	俄国现今文学研究的方法问题	当代	第 3 编
	高德曼女士；李苕甘译	斯特林堡底三本妇女问题剧	新女性	第 3 卷第 4 号
	辉群	文学里面的妇女问题	现代妇女	第 1 卷第 4 期
	丰子恺	艺术的科学主义化：印象主义的创生	一般	第 4 卷第 4 号
	端先	说翻译之难		
	方欣庵	中国戏剧之起源		

月	作者·译者	篇　名	发表刊物	卷·期·号
4	岂凡	读革命文学论诸作	一般	第4卷第4号
	刘大杰	德国国民性与戏曲	长夜	第1期
	[日]厨川白村；绿蕉译	文艺与性欲		
	刘奇峰	艺术在历史上之价值	国立中山大学语言历史学研究所周刊	第24期
	朱镜我	关于精神的生产底一考察	文化批判（月刊）	第4号
	李初梨	请看我们中国的 Don Quixote 的乱舞		
	华希理	论新旧作家与革命文学	太阳月刊	第4期
	[日]高山樗牛；侍桁译	文学与人生	语丝	第4卷第16期
	冬芬、鲁迅	文艺与革命		
	[英]O.Wilde；语堂译	论创作与批评		第4卷第18期
	[日]平林初之辅；希圣译	现代文化论	北新半月刊	第2卷第11期
4—次8	[美]辛克莱；郁达夫译	拜金艺术		第2卷第10期—第3卷第14期
4—7	蒋光赤	十月革命与俄罗斯文学	创造月刊	第1卷第2—4、7、8期
5	[美]斯宾葛恩；李濂、李振东译	散文与韵文	北新半月刊	第2卷第12号
	郁达夫	关于卢骚		
	潘菽	论"本能论"		
	李冰禅	革命文学问题		
	[日]厨川白村；刘大杰译	东西的自然诗观	长夜	第3期
	刘大杰	呐喊与彷徨与野草		第4期
	壬秋	小说的人物	晨报副刊	第2279—2282号
	张寿林	论"神韵"		第2299—2304号
	朱纪荣	文坛上的怪杰——唐南遮		第2306—2309号
	彭康	五四运动与今后的文化运动	流沙	第4期
	K.Marx；李一氓译	唯物史观原文		
	忻启介	无产阶级艺术论		
	毛一波	论无产阶级艺术	文化战线	第1卷第3期

月	作者·译者	篇 名	发表刊物	卷·期·号
5	钱杏邨	批评的建设	太阳月刊	第5期
	申东造	苏联的戏剧		
	冬心	谭易卜生	现代中国杂志	第1卷第2期
	浩然译	实证美学小论		
	夏丏尊	知识阶级的运命	一般	第5卷第1号
	孙春霆	伊本纳兹	小说月报	第19卷第5号
	麦克昂	桌子的跳舞	创造月刊	第1卷第11期
	段明	美学上一问题——关心与无关心	清华周刊	第29卷第13期
	陈西滢	西京通信	新月	第1卷第2—4号
	余上沅	伊卜生的艺术		第1卷第3号
	张嘉铸	伊卜生的思想		
	侍桁	评"从文学革命到革命文学"	语丝	第4卷第19、20期
		个人主义的文学及其他		第4卷第22期
	吴宓译	韦拉里说诗中韵律之功用	学衡	第63期
	吴宓译	穆尔论现今美国之新文学		
	景昌极	文学与玄学		
	曾在干	影片的教育利用	教育杂志	第20卷第5号
	王光祈	声音心理学	中华教育界	第17卷第5期
	何基	中西文艺复兴之异同	南开大学周刊	第61期
	伦达瑜	中国语系·文字·诗辞的特色	民大学报	第1卷第1期
	蒋径三	艺术的领域	学艺	第9卷第3号
	石厚生	革命文学的展望	我们	第1期
	曾虚白	给全国新文艺作者一封公开的信	真美善	第2卷第1号
	程右平	言语的历史	知难周刊	第60期
	华林	拜伦的浪漫主义	贡献	第2卷第8期
	夏剑子	佛尔论电影		
	曾仲鸣	百年前的法国浪漫主义		第2卷第9期
	陈醉云	创作与人生		
	刘大杰	德国表现主义文学的主潮	新国家	第2卷第5期
	[日]山川菊荣；陈雪舫译	女性主义的检讨：所谓"女性文化"的意义	当代	第4编
	[日]青野季吉	艺术新论		
5、6	邵子风	什么叫做科学的思想方法	学生杂志	第15卷第5、6号
	[美]辛克莱尔；丘韵铎译	美国新诗人底介绍	畸形	第1、2号
6	何大白	革命文学的战野	畸形	第2号

月	作者·译者	篇 名	发表刊物	卷·期·号
6	谷斯	艺术家当前的任务	畸形	第 2 号
	李初梨	普罗列塔利亚文艺批评底标准	我们	第 2 期
	[法]C. Drevet；吴毅译	北京剧场的一夕话	贡献	第 3 卷第 1 期
	J. Ruskin；丰子恺译	艺术鉴赏论		第 3 卷第 1、2 期
	[日]昇曙梦；画室译	最近的戈理基		第 3 卷第 2 期
	华林	夏多布里昂的浪漫主义		
	王任叔	作品与时代		第 3 卷第 3 期
	邵元冲	近代文明之解剖与新文明的创造	建国	第 8、10 期号
	李振东	刘知几的文论	燕大月刊	第 2 卷第 3、4 期合刊
	孟世杰	中国现代思想的背景		
	陆侃如	"乐府"引论	国立暨南大学中国语文学系期刊	创刊号
		"楚辞"引论		
	汪静之	诗歌杂论	秋野	第 2 卷第 1 期
	温光熹	文艺暨道德	民力副刊	第 174—177 期
	韵铎	短篇小说论		第 175—179 期
	徐蔚南	欧洲近代文学思潮的源流	复旦实中季刊	第 2 号
	觉敷	谈谈弗洛伊特	一般	第 5 卷第 2 号
	魏肇基	自我底发展		
	熊佛西	戏剧与社会	社会学界	第 2 卷
	沈馀	帕拉玛兹评传	小说月报	第 19 卷第 6 号
	吕伯攸	民间文学琐谈	小说世界	第 17 卷第 2 期
	闻一多	先拉飞主义	新月	第 1 卷第 4 期
	西滢	曼殊斐儿		
	梁实秋	文学与革命		
	芳孤	革命文学与自然主义	泰东月刊	第 1 卷第 10 期
	钱杏邨	艺术与经济	太阳月刊	第 6 期
	尹若	现代中国文学的新方向	文化战线	第 1 卷第 4 期
	宰木	文学批评的意义和价值	洪荒	第 1 卷第 3 期
	袁昌英	法国近十年来的戏剧新运动	现代评论	三周年纪念增刊
	郁达夫译	拜金艺术（第五章）	北新半月刊	第 2 卷第 14 号
	老霄	旧有剧本之分类	大公报	13 日
	[日]小泉八云；梁指南译	英文圣经之文学的价值	北新半月刊	第 2 卷第 14 号
	契可亲	耶的卜司错综与文艺		

月	作者・译者	篇 名	发表刊物	卷・期・号
6	侍桁	又是一个Don Quixote的乱舞	北新半月刊	第2卷第15号
	[俄]I.Turgenjew；郁达夫译	Hamlet和Don Quichotte	奔流	第1卷第1号
6—10	[日]外村史郎、藏原椎人；鲁迅重译	苏俄的文艺政策		第1卷第1—5号
6、7	王一飞	文艺鉴赏及其批判	京报副刊・文艺思潮	第9—12号
7	楚菊	革命文学论	民力副刊	第188、201期
	柳絮	无产阶级艺术新论		第210、211期
	董家溁	莫利耶的研究	东方杂志	第25卷第13号
	[法]戈恬；虚白译	浪漫派的红半臂	小说月报	第19卷第7号
	汪静之	诗歌与情感	文学周报	第6卷第301—325号
		诗歌与真理		
	赵景深	文学作品与人生观察		
		关于中国文学小史		
		罗亭型与俄国思想家		
	博董	勃莱克是象征主义者么		
		三论勃莱克		
	朱湘	中国神话的美丽想像		
	顾均正	童话与短篇小说		
	徐霞村	最近的法国小说界		
	暗天	小说与艺术		
	玄珠	人类学派神话的解释		
		神话的意义和类别		
	叶德均	民间文艺的分类		
	莫索	文学与宣传		
	雨苍	美化的情绪	一般	第5卷第3号
	章克标	崇拜知识的迷信和知识阶级		
	沈兹九	新俄美术	知难周刊	第68、70期
	[日]小泉八云；侍桁译	最高的艺术之问题	北新半月刊	第2卷第16号
	岂凡	论翻译	开明	第1卷第1期
	[日]藏原惟人；林伯修译	到新写实主义之路	太阳月刊	第7期
	俞剑华	艺术生活	京报副刊・文艺思潮	第13—15号
	鲁毓泰	美术的起源与真谛		第16号

月	作者·译者	篇 名	发表刊物	卷·期·号
7	[日]林癸未夫; 侍桁译	文学上之个人性与阶级性	语丝	第4卷第29期
	[日]小泉八云; 侍桁译	生活和性格之与文学的关系	奔流	第1卷第2号
	[俄]N.Evreinov; 葛何德译	生活的演剧化		
	武懿	日本思想界的变迁	新生命	第1卷第7号
	俞剑华	单纯化的艺术	贡献	第3卷第4期
	陈醉云	时代与超时代		第3卷第5期
7、8	[日]上田敏; 婴行译	现代的文学		第3卷第4、5、7期
8	[丹麦]G.Brandes; 语堂译	Henrik Ibsen	奔流	第1卷第3号
	[英]R.E.Roberts; 梅川译	Henrik Ibsen		
	[英]蔼理斯; 达夫译	伊孛生论		
	林幽	论革命与新旧道德	北新半月刊	第2卷第18号
	[日]高山樗牛; 侍桁译	诗人与评论家		第2卷第19号
	孙席珍	乔琪桑之生平		
	诗灵	文艺宣战书	京报副刊·文艺思潮	第17号
	卢园丁	新兴文艺之前驱		第19号
	尹若	无产阶级文艺运动的谬误	现代文化	第1卷第1期
	谦弟	无产阶级文学论的批判		
		革命文学论的批判		
	毛一波	关于现代的中国文学		
	莫孟明	革命文学评价		
	柳絮	民众艺术与作家		
	剑波	无产阶级艺术的产生与其蜕变		
	[日]田口宪; 林伯修译	日本艺术运动的指导理论底发展	我们	第3期
	顾均正	关于民间故事的分类	民俗周刊	第19、20期合刊
	陈翔冰	爱尔兰戏剧家辛格	秋野	第2卷第3期
	洵美	纯粹的诗	狮吼月刊	第4期
	冯乃超	冷静的头脑	创造月刊	第2卷第1期
	沈启予	演剧运动之意义		

月	作者·译者	篇 名	发表刊物	卷·期·号
8	杜荃	文艺战线上的封建余孽	创造月刊	第2卷第1期
	倭罗夫斯奇；嘉生译	高尔基论		第2卷第1、2期
8、9	娄曼德；张若谷译	法国的女诗人与散文家	真美善	第2卷第4、5号
	费鉴照	现代诗人	新月	第1卷第6、7号
	孟实	诗的实质与形式	现代评论	第8卷第194、195期
8—10	[日]青野季吉；陈雪舫译	艺术与社会	现代中国杂志	第2卷第2、4期
9	刘若诗	辩证法是什么		第2卷第3期
	渺生	怎样建设革命的文化		
	[英]E.Gosse；韦丛芜译	珂克莱派与航特	未名	第1卷第6期
	[美]J.E.Spingarn；语堂译	新的批评	奔流	第1卷第4号
	彭基相	法国十八世纪的哲学	新月	第1卷第7号
	徐景贤	"明季之欧化美术及罗马字注音"考释		
	刘永济	中国文学史纲要	学衡	第65期
	吴瞿安	清代辞章家略说	青年进步	第115册
	金松岑	清代学术之变迁及其结果		
	[日]片上伸；侍桁译	都会生活与现代文学	北新半月刊	第2卷第20号
	米尔斯基；赵景深译	契诃夫小说的新认识		
	侍珩译	生之要求与艺术		第2卷第21号
	冯乃超	中国戏剧运动的苦闷	创造月刊	第2卷第2期
	毛文麟	演剧改革的基本问题		
	郁达夫	大众文艺释名	大众文艺	第1期
	李初梨	自然生长性与目的意识性	思想	第2期
	徐庆誉	心的进化	知难周刊	第75期
	芝葳	关于托尔斯泰	一般	第6卷第1号
	黄绍年	民间文艺的分类		
	雨苍	英文学史上应有的一章：英国人		
	曾仲鸣	法国大革命期间的文学	贡献	第4卷第2期
	查士骥	近代瑞典文学及其作家		第4卷第3期

月	作者·译者	篇　名	发表刊物	卷·期·号
9	雄健	论文学上的作风	天籁季刊	第17卷第15期
	曾虚白	英国文学的鸟瞰	真美善	第2卷第5号
	[法]葛尔孟；虚白译	"色"的原叙		
	病夫	阿弗洛狄德（媱娱丝）的考索		
	[苏]尼古拉涅宁；胡剑译	托尔斯泰论	文学周报	第333、334期合刊
	[法]L.Galantiére；徐霞村译	哇莱荔的诗	无轨列车	第1、2期
	画室	革命与智识阶级		第2期
	[日]武者小路实笃；云止译	阶级与文学	山雨	第1卷第3期
	邵元冲	读书运动与文化建设	建国	第18号
	何子恒	叔本华哲学		
10	春华	法国文学家瓦雷李之东西文化观	东方杂志	第25卷第18号
	[俄]脱洛斯基；巴金译	脱洛斯基的托尔斯泰论		第25卷第19号
	伏洛夫司基；雪峰译	巴札洛夫与沙宁——关于二种虚无主义	小说月报	第19卷第10号
	[日]有岛武郎；金溟若译	草之叶（关于惠德曼的考察）	奔流	第1卷第5号
	侍桁	告白与批评与创造	北新半月刊	第2卷第22号
	秋原	文艺起源论		
	金天翮	文章之时代背影	青年进步	第116册
	病夫	谈谈法国骑士文学	真美善	第2卷第6号
	曾虚白	中国翻译欧美作品的成绩		
	赵景深	俄国文学汉译编目		
	袁振英	易卜生百年祭	泰东月刊	第2卷第2期
	B.Crémieux；呐鸥译	保尔·穆杭论	无轨列车	第4期
	冯三昧	论诗	山雨	第1卷第5、6期
	陈望道	关于片上伸	大江月刊	创刊号
	[苏]毕力涅克；汪馥泉译	现代俄国文学与社会性		
	冯三昧	小品文与现代生活		
	[日]川口浩；XY生译	高尔基底普罗作家论		

月	作者・译者	篇 名	发表刊物	卷・期・号
10	[英]E.Gosse； 韦丛芜译	十八世纪末叶英国文学略论	未名	第1卷第7期
	岂明	荣光之手		
	孙福熙	艺术的态度	开明	第1卷第4期
	静枝	艺术的社会化与社会的艺术化		
	子恺	艺术的亲和力		
	刘既漂	美术鉴赏		
	[苏]A.Lunacharsky； 鲁迅重译	艺术与阶级	语丝	第4卷40期
	沈启予	艺术运动底根本观念	创造月刊	第2卷第3期
	冯乃超	革命戏剧家梅叶荷特的足迹		
	[苏]伊理支； 嘉生译	托尔斯泰——俄罗斯革命的明镜		
	展模	文学理论家的左拉	贡献	第4卷第4期
	[日]山川均； 施存统译	辩证法的唯物论	现代中国杂志	第2卷第4期
	方欣庵	白话小说起原考	国立中山大学语言历史学研究所周刊	第52期
	李洪德	什么是文学	兴华季刊	复刊夏秋合刊
	梁实秋	论散文	新月	第1卷第8号
	彭基相	法国十八世纪的道德观念		
	汪道章译	波斯诗人莎地	秋野	第2卷第5期
	汪静之	东方文明是什么		
	妤雯	建设海外中国文学的反应		
	H.Muensterberg； 丰子恺译	艺术教育之美学的论究	教育杂志	第20卷第10号
	庄泽宣	解决中国言文问题的几条途径	教育研究	第6期
	陈德明	颓废艺术论	文艺周刊	国庆双十增刊
	林文铮	从亚波罗的神话谈到艺术的意义	亚波罗	第1期
	林风眠	原始人类的艺术		第2期
	刘南峰	民族主义之史的考察	建国	第21、22期合刊
	刘奇峰	浪漫派文学与革命		第24期
10、11	高良佐	辛亥革命后中国社会思想之演化及发展		第23—27期
	李朴园	罗斐尔前派	亚波罗	第1—3期
	[日]佐治秀寿； 谢声译	英国小说史	乐群半月刊	第2—4期

月	作者·译者	篇　名	发表刊物	卷·期·号
11	杜桁	周易的时代背景与精神生产	东方杂志	第25卷第21、22号
	哲生	欧洲剧场中的现代主义		第25卷第22号
	理查·格林·摩尔顿；傅东华译	"文学之近代研究"原序	文学周报	第4卷合订本
	[法]古尔芒；傅东华译	形式与实质		
	袁振英	易卜生底女性主义	泰东月刊	第2卷第3期
	[英]E.Gosse；韦丛芜译	渥兹渥斯与珂莱锐吉	未名	第1卷第8,9期合刊
	勺水	有律现代诗	乐群半月刊	第4期
	陈淑	亚里士多德的"诗学"	新月	第1卷第9号
	C.E.Norton；陈翔冰译	但丁的新生	秋野	第2卷第6期
	冬芬	关于革命文学	语丝	第4卷第43期
	[俄]N.Evreinov；葛何德译	关于剧本的考察	奔流	第1卷第6号
	[日]片上伸；鲁迅译	北欧文学的原理	大江月刊	11月号
	林幽	方法学绪论	北新	第2卷第23号
	彭康	革命文艺与大众文艺	创造月刊	第2卷第4期
	杨振声讲演	新文学的将来	清华周刊	第30卷第4期
	詹文浒	文化新论	青年进步	第117册
	朱维之	最近中国文学之变迁		
	杨次道	读胡适之"白话文学史"	一般	第6卷第3号
	惠馀	颓废派文学的研究	南风	第3卷第1号
	冯乃超	他们怎样地把文艺底一般问题处理过来？	思想	第4期
	彭康	新文化底根本立场		
	杜顽庶	中国社会的历史的发展阶段		
	狄博推	著作家的亨利柏格森	贡献	第4卷第9期
	查士骥	最近日本的无产文坛		
	彭学海	托尔斯泰论	知难周刊	第82期
	[日]黑田辰男；画室译	库慈尼错结社与其诗	无轨列车	第5期

月	作者·译者	篇　名	发表刊物	卷·期·号
11、12	沈绮雨	日本的普罗列塔利亚艺术怎样经过它的运动	日出（旬刊）	第3—5期
12	[苏]Y.Bogdanov；杜衡译	无产阶级艺术底批评	镕炉	创刊号
	克兴	小资产阶级文艺理论之谬误	创造月刊	第2卷第5期
	沈一沉	演剧运动的检讨		第2卷第6期
	沈起予	H.Barbusse之思想及其文艺		
	A.Lunatcharsky；朱镜我译	关于马克思主义文艺批评底任务之大纲		
	[日]小泉八云；侍桁译	Erasmus Darwin——英文学中的畸人之三	语丝	第4卷第50期
	[日]小泉八云；石民译	小说中神异事物之价值		第4卷第51期
	林文铮	何谓艺术	国立大学联合会月刊	第1卷第12期
	[日]阿部重孝；丰子恺译	艺术教育与美育		
	黄菩生译	现代法国哲学的特色	建国	第30期
	黄参岛	"微雨"及其作者	美育杂志	第2期
	赵演	现代变态心理学之四大派	教育杂志	第20卷第12号
	温德邦德；杨丙辰译	论判断与评判	哲学评论	第2卷第3期
	张东荪	快乐论：其历史及其分析		
	G. A. Johnson；张企泰译述	感觉官觉材料物体和真实		
	郭绍虞	儒道二家论"神"与文学批评之关系	燕京学报	第4期
	武西山	诗与诗人	金陵月刊	第1卷第1期
	弱夷	戏剧琐屑		
	郭绍虞	所谓传统的文学观	东方杂志	第25卷第24号
	劳伯慈；赵景深译	托尔斯泰论	小说月报	第19卷第12期
	[日]昇曙梦；罗翟译	托尔斯泰在俄国文学上的地位	一般	第6卷第4号
	詹文浒	驳实验主义的真理观	知难周刊	第87期
	鲁镇东	大战后法兰西的战争文学		第88期
	高滔	出了象牙之塔以后	河北民国日报副刊·鹗	第1期
	于赓虞	诗人的路		

月	作者·译者	篇　名	发表刊物	卷·期·号
12	高滔	艺术与社会	河北民国日报副刊·鹗	第 2 期
	于赓虞	诗之艺术（一）		第 3 期
	桑戴克；赵荫棠译	文艺与时变	河北民国日报副刊	第 21、22 号
	曾仲鸣	法国文学上之浪漫主义运动	世界日报·副刊	28 日
	雪林女士	文以载道的问题	现代评论	第 8 卷第 206—208 期合刊
	虚白	文艺的新路	真美善	第 3 卷第 2 期
	侍桁	文艺作品中的事实与真理	春潮	第 1 卷第 2 期
	[法]法朗士；采石译	三诗人	朝花	第 1、2 期
	常季青	贵族文学与平民文学	五三半月刊	第 23 期
	V.F.Calverton；李霁野译	英国小说中的性表现	未名	第 1 卷第 10、11 期合刊
	[英]E.Gosse；韦丛芜译	诗人榜思传		第 1 卷第 12 期
		大众文艺与革命文艺	长虹周刊	第 8 期
	邓绍先	革命的文艺和文艺的革命	致力	第 1 卷第 4 期
	杨容韦	美学在哲学上的地位	丽泽	第 1 卷第 1 期
	清水	民间文艺掇拾	民俗	第 40 期
	老彭	什么是文学	红玫瑰	第 5 卷第 36 期
	L. Rogachevski；鲁迅译	Leov Tolstoi	奔流	第 1 卷第 7 期
	Maiski；鲁迅译	Leov Tolstoi		
	鲁迅译	苏俄的文艺政策		
	侍桁译	小泉八云论托尔斯泰		
12、次 1	[苏]A.V. Lunacharski；鲁迅重译	Tolstoi 与 Marx		第 1 卷第 7、8 期
12—次 12	施畸	文章组织论	学艺	第 9 卷第 4、5 号合刊，第 9、10 号
1929 年				
1	杨人楩	现象学概说	民铎杂志	第 10 卷第 1 期
	W.Pater；朱维基译	文体论	金屋月刊	创刊号
	方幸	近代文艺批评漫谈	荒岛	第 2 卷第 1 期

月	作者·译者	篇　名	发表刊物	卷·期·号
1	石延汉	文学的统一性	荒原周刊	元旦特刊
	周宗棠	含蓄论		第1卷第1期
	石延汉	文学与"真"		第1卷第2期
	元灿	文艺创作底过程		第1卷第3期
	张若谷	雅典与浪漫	雅典	第1期
	赵荫棠	新的批评	河北民国日报副刊	13、14日
	高蹈	论革命文学		16日
		关于中国今日的文艺界		30日
	[苏]高根；林伯修译	理论与批评	海风周报	第1—5期
	魏克特	革命后的俄罗斯文学名著		第1期
	[苏]高根；林伯修译	俄罗斯文学		第5期
	汪震	中国现代的哲学	认识周报	第1期
	丰子恺	近代艺术教育运动	教育杂志	第21卷第1号
	M.Belgion	班达论智识阶级之罪恶	东方杂志	第26卷第1号
	王佑相	近代文学派别的社会背景	我们的园地	创刊号
	郑振铎	敦煌俗文学的价值及其影响		
	梁实秋	怎样研究西洋文学批评		
	王仲桓	命运多舛的人本主义		
	顾苍生	谈讽刺文		
	德佑	O'neill的戏剧		
	[法]法郎士；崔真吾译	神秘主义与科学		
	赵景深	最近俄国的小说界	文学周报	第7卷第326—350号
		托尔斯泰小说论		
	朱自清	论现代中国的散文		
	顾颉刚	论地方传说		
	顾均正	托尔斯泰童话论		
	钟敬文	试谈小品文		
	黎锦明	两种作家		
	李作宾	革命文学运动的观察		
	谢位鼎	对于文学的三种态度		
	[苏]尼古拉涅灵；故剑译	托尔斯泰论		
	姚方仁	文艺与时代		
	博董	顾实文学史的估价		

月	作者·译者	篇 名	发表刊物	卷·期·号
1	赵景深	现代英美小说的趋势		第8卷第1—4号
	钱杏邨	现在日本文艺印象记	泰东月刊	第2卷第5号
	庐隐	文学家的使命	华严	第1卷第1期
	于赓虞	诗之艺术		第1卷第1、2期
	焦菊隐译	论希腊悲剧		
	潘菽	心理学的主体	北新半月刊	第3卷第1号
	利奥那·武尔夫;梁遇春译	论新诗		
	林玉堂;光落译	鲁迅		
	[英]A.Symons;石民译	事实之于文学		
	赵景深	高尔基评传		
	梁遇春译	罗素的自叙		
	[日]小泉八云;石民译	英国的"谣曲"		第3卷第2号
	[英]E.Gosse;韦丛芜译	英国十九世纪初叶的小说家	未名	第2卷第1期
	[俄]卢那卡尔斯基;韦素园译	托尔斯泰底死与少年欧罗巴		第2卷第2期
	[日]狩野直喜;汪馥泉译	中国俗文学史研究底材料	语丝	第4卷第52期
	梁实秋译	莎士比阿传略	新月	第1卷第11号
	胡适之	论翻译		
	贺玉波	文学作品与意匠	开明	第1卷第7期
	[苏]高尔基;陈勺水译	论无产作家	乐群月刊	第1卷第1期
	何大白	日本无产文学运动概观	世界杂志	第1卷第1期
	[苏]卢那卡尔斯基;鲁迅译	托尔斯泰之死与少年欧罗巴	春潮	第1卷第3期
	[法]朗松;夏康农译	法国革命对于文学的影响		
	侍桁	现代日本文学杂感		
	张友松译	小泉八云论肯斯黎的希腊神话故事		
	梁宗岱	保罗哇莱荔评传	小说月报	第20卷第1号
	郭绍虞	文气的辨析		

月	作者·译者	篇 名	发表刊物	卷·期·号
1	仲云	通过了十字街头	小说月报	第20卷第1号
	A.Bakshy；刘穆译	苏俄革命在戏剧上的反应		
1—4	郭绍虞	诗话丛话		第20卷第1—4号
	[日]小泉八云；侍桁译	十九前半世纪英国的小说	奔流	第1卷第8—10号
1—7	[日]佐治秀寿；谢声译	英国小说史	乐群月刊	第1卷第1、5—7期
2	雪林	梅脱灵克的青鸟	真美善	女作家号
	[日]与谢野晶子；张娴译	创作与批评		
	张若谷	中国现代的女作家		
	之学译	萧伯纳论西方文化的将来	东方杂志	第26卷第3号
	哲生	痛感的意义		
	[法]朗松；邓季宣译	科学精神与文学史的方法		第26卷第4号
	之学	梦之解释		
	景深	介绍东西小说发达史	文学周报	第8卷第5—9号
	[苏]卢那查尔斯基；林伯修译	关于文艺批评的任务之论纲	海风周报	第6、7期合刊
	起应	辛克莱的杰作"林莽"	北新半月刊	第3卷第3号
	汪馥泉	中国俗文学三种的研究		第3卷第4号
	皕海	基督教与中国文学	青年进步	第120册
	柯仲平	革命与艺术	河北民国日报副刊	第51—54期
	赵荫棠	再谈文艺	河北民国日报副刊·鹗	第10期
	李健吾	中国近十年文艺界的翻译	认识周报	第5期
	岳真	钱杏邨批评之批评	红黑	第2期
	海巨	诗的欣赏之态度	荒原周刊	第1卷第4期
	[日]上野壮夫；勺水译	论无产诗	乐群月刊	第1卷第2期
	方岳	关于士大夫身份的几个问题	新生命	第2卷第2号
	[英]E.Gosse；韦丛芜译	英国十九世纪四十年代的诗人	未名	第2卷第3期
2、3	V.F.Calverton；李霁野译	罗曼主义与革命		第2卷第4、5期
2—4	陶希圣	社会进化说与文化传播说	新生命	第2卷第2—4号

月	作者·译者	篇 名	发表刊物	卷·期·号
2、4	S.Gunn；汪倜然译	希腊文学概要	雅典	第2、4期
3	杨忧天	一九二八年的日本文艺界	北新半月刊	第3卷第5号
	郑振铎	研究民歌的两条大路	文学周报	第8卷第9—13号
	段庵旋	关于中国韵文通论		
	刘剑横	意识的营垒与革命的智识分子	泰东月刊	第2卷第7期
	[日]有岛武郎；金溟若译	密莱礼赞	奔流	第1卷第9期
	祭心	革命文学的内包	开明	第1卷第9期
	叶元灿	什么叫做"民间文艺"	荒原周刊	第1卷第6、7期
	洪深讲演	什么是戏剧		第1卷第8期
	周宗棠	编剧和演剧		
	勺水	论新写实主义	乐群月刊	第1卷第3期
	钱杏邨	关于文艺批评	海风周报	第9期
	[日]藏原惟人；林伯修译	普罗列塔利亚艺术底内容与形式		第10、11期
	[日]秋田雨雀；陈直夫译	苏联之艺术概观		第11期
	林伯修	几个关于文艺的问题		第12期
	[美]辛克莱；疑今译	关于高尔基		第13期
	何思敬	艺术与社会学	社会科学论丛	第1卷第5号
	刘永济	中国文学史纲要（卷一）	学衡	第68期
	雷雅雨	艺术与宗教	雅典	第3期
	王可伦	革命的文学论	三民半月刊	第2卷第2期
	于赓虞	诗之艺术	河北民国日报副刊·鸮	第13—15期
	[美]斯宾格恩；李濂、李振东译	文艺新论	华北日报副刊	第46—49期
	东译	俄国文学的新时代	新晨报·副刊	25—30日
	刘麟生	时间空间与文学家	金陵女子大学校刊	第11期
	郑振铎	敦煌的俗文学	小说月报	第20卷第3号
3—9	[日]冈泽秀虎；陈雪帆译	苏俄十年间的文学论研究		第20卷第3、5、6、8、9号期
3、4	V.F.Calverton；李霁野译	英国复政时代文学中的性表现	未名	第2卷第6、7期
3—5	冯承钧编纂	中国古代神话之研究	国闻周报	第6卷第7—9期
	觉之	现代法国的各派文艺批评论	春潮	第1卷第4—6期

月	作者·译者	篇名	发表刊物	卷·期·号
4	郑振铎	词的启源	小说月报	第20卷第4号
	[俄]波格达诺夫；刘穆译	诗的唯物解释		
	叶秋原	现代艺术主潮	雅典	第4期
	俞寄凡	民众艺术论		
	崔万秋	日本近代两大女作家	真美善	第4卷第1号
	病夫译	介绍新俄无产阶级的两个伟大作家		
	虚白	美与丑		
	姚警尘	近代文学变迁概观	新西北	第1期
	[日]春山行夫；勺水译	近代象征诗的源流	乐群月刊	第1卷第4期
	[日]宫岛资三郎；勺水译	英国新兴文学概观		
	左寿昌	艺术论	泰东月刊	第2卷第8期
	哲生	讲坛上的柏格森	东方杂志	第26卷第7号
	隽之	现代希腊文学一瞥		第26卷第8号
	[法]法该；董希白译	法国近代文学概论	中法教育界	第25期
	[美]J.Kunitz；刘穆译	新俄文坛最近的趋势	文学周报	第8卷第14—18号
	谢六逸	苏俄的教育人民委员长阿拉德里·鲁纳却尔斯基		
	鲁迅讲演	现今新文学的概观	未名	第2卷第8期
	V.F.Calverton；李霁野译	清教徒美学中的性		第2卷第8—12期
	鲁迅译	关于文艺领域上的党的政策	奔流	第1卷第10期
	钦珮	书信文学的价值	开明	第1卷第10期
	墨希	乌托邦——Utopian		
	[苏]卢那查尔斯基；林伯修重译	艺术之社会基础	海风周报	第14、15号合刊，第17号
	姚宏文	心理学主体之我见	北新半月刊	第3卷第7号
	[日]小泉八云；张文亮译	文学与民意		
	邓季宣	岱纳的艺术哲学	春潮	第1卷第5期
	夏索以	由看戏谈到译戏		

月	作者·译者	篇　名	发表刊物	卷·期·号
4	Drink Water；赵荫棠译	诗人与通晓	华严	第1卷第4期
	波西译	诗之历史		
	[英]C.T.Winchester；海臣译	文学批评的原理	群众月刊	第1卷第2期
	钟应梅	文章分类述评	厦大周刊	第202期
	陈天险	论词的起源	中国学术研究季刊	第1期
	陈先东	历代文体之变迁		
5	蒋径三	新康德派的美学说	学艺	第9卷第7号
	缪钺	诠诗	学衡	第69期
	李振东	王充文论	认识周报	第16期
		剧评与剧场		
	[日]长谷川万次郎；陈愈译	社会意识之艺术的表现	河北民国日报副刊·鸮	第21、22期
	I.A.Richards；伊人译	科学与诗	河北民国日报副刊	第114—120号
	一真	现代文学之背景		第118—120号
	祁龄	关于批评	新晨报·副刊	4日
	朱圣果	晚清两大派的文学观——桐城派与阳湖派	国立暨南大学中国语文学系期刊	第2期
	陈钟凡	读诗导言		
	治心	中国文化复兴论	协大新潮	第5期
	朱维之	文学内容之形式		
	吴殷慧	中国民族思想发达史		
	陈勺水	论诗素	乐群月刊	第1卷第5期
	牟娄尧；勺水译	捷克国的新兴文学		
	陶晶孙	演剧杂记		
	莫洛怀；郭有守译	从罗斯金到王尔德	金屋月刊	第1卷第5期
	T.Dreiser；汉奇译	布尔塞维克的绘画与文学		
	余上沅	中国戏剧的途径	戏剧与文艺	第1卷第1期
	洪深	从中国的"新戏"说到"话剧"	现代戏剧	第1卷第1期
	马彦祥译述	希腊戏剧观		
	阎折梧	小剧场运动发端		
	欧阳予倩	戏剧改革之理论与实际	戏剧	第1卷第1期

月	作者・译者	篇　名	发表刊物	卷・期・号
5	谢扶雅	戏剧底哲学	戏剧	第1卷第1期
	B.R.Lewis；如琳译	独幕剧研究		
	黎际涛	中国社会构造的史的观察	新生命	第2卷第5号
	[日]片上伸；鲁迅译	新时代的豫感	春潮	第1卷第6期
	夏康农	茶花女的前前后后		
	梅子	论文化科学	一般	第8卷第1号
	禹亭	科学与文艺	明天	第2卷第2期
		论革命与文艺		第2卷第3期
	路卡斯；柯西译	亚里思多德与悲剧的定义	华严	第1卷第5期
	贺玉波	文艺杂谈	开明	第1卷第11期
	[日]金田常三郎；不文译	苏联文坛近事——马克思派与非马克思派的文学斗争	语丝	第5卷第11期
	赵简子	原始民俗艺术与戏剧	民俗	第57—59期合刊
	芮生	中国新文化运动底意义及其特征	引擎	创刊号
	[德]梅林格；画室译	现代艺术论		
	巴克	近代资本主义构造的特质		
	邬孟晖	社会的阶级观		
	劳朋译	社会科学的实际意义		
	玛差；葛莫美译	欧洲新文学底路		
	P.M.Buck；赵简子译	德国的智识革命——莱新	国立中山大学语言历史学研究所周刊	第79期
	查士骥译	剧作家友琴・沃尼尔	北新半月刊	第3卷第8号
	刘大杰	英国花鸟作家 W.H.Hudson		第3卷第9号
	刘绥之	文学概论	辽宁教育月刊	第1卷第5号
	王镜铭	五四运动与新文化运动	冀南新声	第1卷3号
	王怀璟	什么是革命文学		
	[苏]Lunacharski；鲁迅译	文艺政策附录（一）——苏维埃国家与艺术	奔流	第2卷第1期
5、6	[英]E.Dowden；语堂译	法国文评		第2卷第1、2期
5—次6	T.H.Dickinson；春冰译	现代戏剧大纲	戏剧	第1卷第1、4—6期；第2卷第1期，第3、4期合刊，第6期

月	作者·译者	篇 名	发表刊物	卷·期·号
6	[日]丰岛与志雄；张我军译	创作家的态度	北新半月刊	第3卷第10号
	陶希圣	文化传播说的概要	新生命	第2卷第6号
	[日]藤枝丈夫；振清节译	中国的反动文化和革命文化	泰东月刊	第2卷第10期
	再生	主观与客观	金屋月刊	第1卷第6期
	T.Dreiser；汉奇译	布尔塞维克的艺术文学与音乐		
	西滢	论翻译	新月	第2卷第4号
	左宁；陈勺水重译	俄国最近文学的批判	乐群月刊	第1卷第6期
	[德]Franz Mehring；画室译	自然主义与新浪漫主义	朝花旬刊	创刊号
	真吾	捷克的近代文学		第1卷第2期
	[日]山岸光宣；鲁迅译	表现主义的诸相		第1卷第3期
	[英]雪莱；甘师禹译	诗之辩护	华严	第1卷第6期
	[美]辛柯莱；赵荫棠译	反抗的不朽作家		
	何思敬	美学与社会学	社会科学论丛	第1卷第8号
	张大东	评胡适之白话文学史	国闻周报	第6卷第22期
	禹亭	论革命文学	明天	第2卷第4期
	武者译	Bukharin论艺术		第2卷第5期
	郭绍虞	先秦儒家之文学观	睿湖	第1期
	[美]蒲瑞士考特；李濂译	诗与预言		
	[美]斯宾格恩；李振东译	释天才与鉴赏		
	陈治策	怎样研究一个剧本		
	[日]野口米次郎；鲁迅译	爱尔兰文学之回顾	奔流	第2卷第2期
	[日]藏原惟人；不文译	新兴艺术论的文献	语丝	第5卷第15期
	程克猷	什么是文学	中央大学区立上海中学校半月刊	第15期
	王道	我之文学观		

月	作者·译者	篇 名	发表刊物	卷·期·号
6	澹如	中国修辞学史概略	中央大学区立上海中学校半月刊	第15期
	庄晴光	时代所要求的文学		
	李笠	文学与女子	厦大周刊	第209期
	朝华	现代中国文坛上的两大趋势	复旦	第3期
	查士骥译	最近的英国文坛	北新半月刊	第3卷第11号
6、8	Robert Lynd；梁遇春译	论雪莱		第3卷第11、14号
6—9	梁园东	中国社会的基础	新生命	第2卷第6、8、9号
7	J.E.Spingarn；林语堂译	七种艺术与七种谬见	北新半月刊	第3卷第12号
	赵景深译	最近德国的剧坛		第3卷第13号
	梁实秋	论批评的态度	新月	第2卷第5号
	[德]Thomas mann；闵予译	托尔斯太	朝花旬刊	第1卷第4、5期
	[日]新居格等；陈勺水译	论现代美俄二国文化和日本新文学	乐群月刊	第1卷第7期"夏期特大号"
	[日]吉田甲子太郎等；陈勺水译	现代美国文学概观		
	周孤臣	中国智识分子之史的观察	新生命	第2卷第7号
	[英]H.Williams；侍桁译	现代英文学的新影响与倾向	奔流	第2卷第3期
	赵简子译	保罗哇莱荻论诗	民国日报·晨钟	第275—277期
	[日]青野季吉；张我军译	日本无产阶级文学理论的开展	河北民国日报副刊	第162、163号
	[日]千叶龟雄；张我军译	大众文学的理想与现实		第170—172号
	李一之	今天的文学		第179、180号
	穆尔	美国现代文学中之新潮流	国闻周报	第6卷第26期
	[俄]莱斯涅夫；蒙生译	新俄的文学	小说月报	第20卷第7号"现代世界文学号"
	[英]开尔浮登；刘穆译	现代欧洲文学的革命与反动		
	熊佛西	三一律	戏剧与文艺	第1卷第3期
	张鸣琦	光与影		
	Miss L.Taylor；杨子戒译	文体的ABC		

月	作者・译者	篇　名	发表刊物	卷・期・号
7	H.Dickinson；春冰译	思想剧	戏剧	第1卷第2期
	予倩	动的艺术		
	C.Hamilton；如琳译	戏剧是甚么		
	予倩	戏剧与宣传		
		今日之写实主义		
		欧洲之国际戏剧运动		
	祥林	印度剧起源之传说		
	李辰冬	现代中国文学批评	华严	第1卷第7期
	杨次道	赋比兴的研究	学艺	第9卷第8号
	吴宓译	佛斯特小说杂论八章	学衡	第70期
7—9	袁牧之	演员的艺术	戏剧的园地	第1卷第1—4期
7、8	Walter Starkie；退尔译	西班牙的戏剧		第1卷第1、2期
	[德]F.P.Sturm；血干译	查理斯・鲍得来尔	华严	第1卷第7、8期
7—10	黄忏华	希腊哲学梗概	建国月刊	第1卷第3—6期
8	[苏]破浪斯基；勺水译	论文学批评的新观点	乐群月刊	第2卷第8期
	G.Z.Patrick；杨震译	俄国现代诗坛		
	[日]山岸光宣；勺水译	德国新兴文学		
	[俄]蒲力汗诺夫；画室译	论法兰西底悲剧与演剧	朝花旬刊	第1卷第7、8期
	朱光潜	两种美	一般	第8卷第4号
	[日]昇曙梦；罗翟译	屠介涅夫的地位、特质及其影响		
	林梦幻	现代诗的我见	真美善	第4卷第4号
	仲文	中国阶级论	新生命	第2卷第8号
	斯徒	关于"论革命文学"	新晨报・副刊	5—7日
	史梯尔	谈谈革命文学		20日
	微知	太戈尔的"有闲哲学"	东方杂志	第26卷第15号
	[英]戈斯；冬芬译	大战在文学上的结果	语丝	第5卷第24期
	王森然	文学与时代社会之关系	国闻周报	第6卷第33期

月	作者·译者	篇　名	发表刊物	卷·期·号
8	马修司；陈治策译	三一律	戏剧与文艺	第1卷第4期
	J.B.Hubbell；亦华觉人译	论独幕剧		
	李振东	新文学运动之缘起		
	[美]Henneguin；青子译	西剧之种类及其内容	文华月刊	第1期
	[日]小山内薰；田汉译	日本新剧运动的经路	南国周刊	第1卷第1、2期
	刘石肱	进化现象与革命理论	三民半月刊	第2卷第12期
8、12	[匈]I.Matsa；雪峰译	现代欧洲艺术及文学底诸流派	奔流	第2卷第4、5期
9	C.Hamilton；如琳译	近代的社会剧	北新半月刊	第3卷第16号
	[日]藏原惟人；方炎武译	俄罗斯文学之最顶点的要素		第3卷第17号
	[日]青野季吉；勺水译	论日本无产文学理论的展开	乐群月刊	第2卷第9期
	[日]本间久雄等；勺水译	由日本文坛看来的欧美文坛的优点		
	[匈]I.玛察；雪峰译	现代法兰西文学上的叛逆与革命	朝花旬刊	第1卷第11期
	刘永济	中国文学史纲要（卷二）	学衡	第71期
	王志之	文艺思想漫谈	新晨报·副刊	5—9日
	胡文传	笑的作用和起源	一般	第9卷第1号
	[日]昇曙梦；罗翟译	陀思退夫斯基的地位特质及影响		
	怡墅	悲剧泛论	国闻周报	第6卷第35期
	王森然	文学上的五种力		第6卷第38期
	欧阳予倩	民众剧的研究	戏剧	第1卷第3期
	H.Dickinson；春冰译	现代戏剧的先驱者		
	[日]小山内薰；欧阳予倩译	日本戏剧运动的经过		
	王易	文学与朴学	艺林	第1期
	高明	诗六义说略		
	何爵三	中国修辞学上的几个根本问题	努力学报	创刊号

月	作者·译者	篇　名	发表刊物	卷·期·号
9	胡适	新文化运动与国民党	新月	第2卷第6、7号合刊
	梁实秋	文学是有阶级性的吗？		
	费鉴照	现代诗人		
	梁实秋	论鲁迅先生的硬译		
	[俄]哥尔基；王坟译	忆安特列夫	真美善	第4卷第5号
	病夫	法国文豪乔治顾岱林诔颂		
	Rogachevski；鲁迅译	人性的天才——迦尔洵	春潮	第1卷第9期
	友松	论直接翻译与转译		
	罗曼兰	文艺的风格	草野	创刊号
	胡飘莲	悲哀的描写		
	[希腊]迦桑察孚斯；吴克修译	现代希腊文学	新文艺	创刊号
	戴望舒	"耶麦诗抄"译后记		
	[法]A.Guerinot；王桀译	莫泊桑与龚古尔兄弟	华北日报副刊	第156—160期
	曾静媛	谈鲍特莱尔		第156—163期
	仲文	文化问题	新生命	第2卷第9号
9、10	张钦益	布尔什维克主义与西方文化		第2卷第9、10号
10	吴宓译	穆尔论自然主义与人文主义之文学	学衡	第72期
		白璧德论今后诗之趋势		
	[日]铃木虎雄；郑师许译	八股文的沿革和它的形式	国立中山大学语言历史研究所周刊	第102期
	方天白译	现代美国的文学	北新半月刊	第3卷第18号
	[英]王尔德；林语堂译	印象主义的批评		
	[美]辛克莱；王煦译	艺术与商人		
	[日]本间久雄；方炎武译	英国文坛之渐进主义		第3卷第19期
	赵景深译	安达西		
	波里耶斯基；朱镜我译	文学批评底观点	现代小说	第3卷第1期
	汉年	文艺通信：关于普罗文学题材的问题		
	智庵	关于波格达诺夫底著作	清华周刊	第32卷第2期

月	作者·译者	篇 名	发表刊物	卷·期·号
10	[美]甲斯丁斯密士；张荫麟译	论作史之艺术	国闻周报	第6卷第42期
	徐诚萤	文学与时代	学生文艺丛刊	第5卷第10集
	蒙圣球	艺术与道德	北辰杂志月刊	第4号
	[日]米川正夫；索原译	最近的苏联文学	语丝	第5卷第33期
	茅善昌	诗之原	青年进步	第126册
	[英]W.H.Hudson；赵景深译	诗之意义	开明	第2卷第4期
	傅东华	诗的唯物与唯心		
	岂凡	谈诗		
	园丁	我之新诗观		
	[日]厨川白村；芝君译	东西洋的自然诗观		
	李金发	科学与美	美育	第3期
		艺术之本原与其命运		
	[法]Zuyau；金发译	艺术与诗的将来		
	黄素	论巫舞	南国周刊	第1卷第8期
	秀侠	平民文学与大众文学	幽默	第5期
	尹学海	现代文学之研究	歌笛湖	第1期
	蜚竹	目前中国的文艺界	绮红	第3期
	王志之	革命文学论		
	白鹤	文学上的感情概论	华北文艺新刊	创刊号
	王佛影	文艺论		
	孙春霆	阿根廷近代文学	新文艺	第1卷第2期
	[俄]蒲汉龄；晓村译	社会的上层建筑与艺术		
	[日]小泉八云；杜衡译	文学和政见		
	保尔	一条出路		
	金绶申	谈谈艺术化的文学	雪彩	第1卷第1期
	实秋	歌德与中国小说	新月	第2卷第8号
		文学与道德		
10—12	邢鹏举	勃莱克		第2卷第8—10号
	[俄]列宁；陈涛译	列宁致高尔基书	南国周刊	第1卷第7—13期

月	作者·译者	篇 名	发表刊物	卷·期·号
10、11	[法]Marc Ickowicz；勺水译	艺术科学论	乐群月刊	第2卷第10、11期
	葆苏	世界文学概论	雪彩	第1卷第1、2期
11	李晋华	葡萄牙现代文学	新文艺	第1卷第3期
	岷	波格达诺夫的社会意识学和社会主义社会学		
	罗曼思	都市文学	益世报副刊	第4期
	许仕廉	文化演进的性质及方法讨论		第11期
	熊佛西	社会改造家的易卜生与戏剧家的易卜生		第12期
	R. M. Stanffer；鸣琦译	戏剧展进之概略		第14期
	庄山	论诗		第16期
	天凤	诗与散文之基本区别	青年进步	第127册
	仲奇	法国文学史上的浪漫主义运动	世界日报周刊	11月12—21日
	王西徵	苏俄艺术运动片谈	小说月报	第20卷第11号
	蒋径三	心理主义的美学说	民铎杂志	第10卷第5号
	石樵	象征的解释	一般	第9卷第3号
	[苏]卢那察尔斯基；代青译	唯物论者的文化观	北新半月刊	第3卷第22号
	[英]王尔德；语堂译	批评家的要德		
	幼椿译	法国支那学小史	新月	第2卷第9号
	刘大白	从旧诗到新诗	当代诗文	创刊号
	斯徒	关于"再谈革命文学"	新晨报·副刊	12日
	冯亭	三谈革命文学		23—27日
	胡秋原	日本无产阶级文学过去与现在	语丝	第5卷第34期
	[意]Be.Croce；林语堂译	美学：表现的科学		第5卷第36、37期
	Louis Fischer；沈浩译	苏联文坛近状	现代小说	第3卷第2期
	[美]辛克莱；佐木华译	二重观点		
	欧阳予倩	戏剧运动之今后	戏剧	第1卷第4期
	G.J.Nathan；春冰译	美国戏剧家概论		

月	作者·译者	篇 名	发表刊物	卷·期·号
11	A.Lejuneff	辩证法的写实主义	南国周刊	第1卷第10期
	熊佛西	艺术与宣传	戏剧与文艺	第1卷第7期
	陈涛	穆里思和他的艺术论	南国周刊	第1卷第10期
	曾觉之	哲学的文艺批评	国立中央大学半月刊	第1卷第2期
	车华庆	民众文学与新兴文学之关系		
	施章	政治与文学		第1卷第3期
	黄德原	六朝以前中国文学变迁之大势	厦大周刊	第216期
	杨蕴端	诗之片面谈	燕大月刊	第5卷第1、2期合刊
	勉进	"文学的革命"与"革命的文学"	齐大半月刊	第5、6期
11—次1	邵士荫	荷马之研究	开明	第2卷第5、6、8期
	[美]L.Lewisohn;施蛰存译	近代法兰西诗人	新文艺	第1卷第3—5期
12	徐志摩	波特莱的散文诗	新月	第2卷第10号
	[日]小泉八云;陈甲孚译	恶魔派诗人摆伦评传	国闻周报	第6卷第47期
	[英]王尔德;语堂译	批评之功用	北新半月刊	第3卷第23号
	赵景深	文学与国民性		第3卷第24号
	柳梅影	启蒙文学论	一般	第9卷第4号
	[法]伊可微支;戴望舒译	小说与唯物史观	小说月报	第20卷第12号
	赵景深	托马斯·曼		
	[俄]乾尔孟;洛生译	柴霍甫的革命性		
	赵景深	德国小说家托马斯·曼	文学周报	第9卷第2号
		浪漫主义与基督教		第9卷第5号
	熊佛西	论创作	益世报副刊	第19期
	许仕廉	文化原因讨论		第21期
		文化演进在演进中的地位		第31期
		文化的分析		第34期
	许地山	近三百年来印度文学概观		第25—32期
	张鸣琦	为时代精神之表现底演剧		第29期
	木化	文学底帽子问题		第32期
	[英]葛斯;韦丛芜译	从恐怖派到写实派的英国小说（其一）		第38期

月	作者·译者	篇　名	发表刊物	卷·期·号
12	[日]藏原惟人；葛莫美译	新艺术形式的探求——关于普鲁艺术当面的问题	新文艺	第1卷第4期
	[日]藏原惟人；陈勺水译	向新的艺术形式探求去	乐群月刊	第2卷第12期
	[苏]P.S.Kogan；洛扬译	玛克辛·戈里基论	奔流	第2卷第5期
	[丹麦]J.Clausen；友松译	丹麦的思想潮流		
	[日]北春喜人；士骥译	英美的左倾文学	语丝	第5卷第39期
	汪馥泉	中国学术研究的成绩		第5卷第41期
	钱杏邨	霍甫特曼的戏剧	现代小说	第3卷第3期
	祝秀侠	论剧	新流月报	第4期
	傅润华	诗律的新路	真美善	第5卷第2号
	[日]小泉八云；卢季韶译	读书与文学之关系	朝华月刊	第1卷第1期
	怡墅	元曲泛论		
	若君	文艺批评的职能		
	雪林	文学的创作和时间	白华旬刊	第1卷第3号
	郑伯奇	艺术与人生		第1卷第5号
	[英]N.R.Hamilton；春冰译	苏维埃政府下之戏剧	戏剧	第1卷第5期
	程衡	论理主义之思惟概念	岭南学报	第1卷第1期
	陈受颐	十八世纪欧洲文学里的赵氏孤儿		
	谢扶雅	来布尼兹与东西文化		
	斯徒	"三谈革命文学"的答覆	新晨报·副刊	16—20日
	张有龄	革命文学与非革命——文学与革命	清华周刊	第32卷第10期
	饶余威	革命文学与非革命文学		第32卷第11、12期合刊
	郭绍虞	文章流别论与翰林论	燕大月刊	第5卷第3期
	曾觉之	语文中的不完词与文学	国立中央大学半月刊	第1卷第4期
	刘冕群讲演	文学概论的意义及其研究法	知用校报	第50号
	晋文修	文学之定义	采社杂志	第4期
	陈柱尊	文章释	大夏周报	第71期
	何炳松讲演	中国学术演化的我见		

月	作者·译者	篇 名	发表刊物	卷·期·号
1930 年				
1	[日]藏原惟人;雪峰译	艺术学者莆理契之死	萌芽月刊	第1卷第1期
	[日]田畑三四郎;洛扬译	艺术形成之社会的前提条件		
	露莎·罗森堡;沈端先译	俄罗斯文学观	拓荒者	第1卷第1期
	[日]藏原惟人;之本译	再论新写实主义		
	冯乃超	文艺和经济的基础		
	钱杏邨	中国新兴文学中的几个具体问题		
	保尔	十八世纪的法国文学	新文艺	第1卷第5期
	戴望舒	"保尔福尔诗抄"译者附记		
	郑振铎	杂剧的转变	小说月报	第21卷第1号
	[日]平林初之辅;胡秋原译	政治底价值与艺术底价值		
	陈治策	戏剧的种类	戏剧与文艺	第1卷第8、9期合刊
	张蓝璞	表演的技术		
	熊佛西	论创作		
	费鉴照	现代英国桂冠诗人——白理基士	新月	第2卷第11号
	于赓虞	诗人所表现的情思	益世报副刊	第41期
	许仕廉	文化的分析		第42、44、48期
		文化阻滞观念		第49期
	张鸣琦	戏曲底创造		第43—45期
	[日]立野信之;鲁至道译	农民小说论	乐群月刊	第3卷第13期
	[日]冈泽秀虎;杨浩译	苏俄普罗文学发达史	语丝	第5卷第44期
	[法]勒穆彦;病夫译	民众派小说	真美善	第5卷第3号
	[日]米川正夫;查士骥译	最近的苏俄普鲁文学		
	傅润华	新兴文艺学		
	钱杏邨	关于日本新兴文学	现代小说	第3卷第4期
	[日]小泉八云;北秋译	托尔斯太论艺术	朝华月刊	第1卷第2期

月	作者·译者	篇 名	发表刊物	卷·期·号
1	怡墅	喜剧泛论	朝华月刊	第1卷第2期
	[美]斯宾格恩；李辰冬译	七艺与七弊	燕大月刊	第5卷第4期
	薛冰	雅歌之文学的研究	青年进步	第129册
	胡小石	中国文学史上的几个重要问题	国立中央大学半月刊	第1卷第7期
	陈梦家	诗的装饰和灵魂		
		文艺与演艺		
	孙侯禄	文艺与文人		
	郁永言	论普罗列塔利亚诗		
	希伦；汪馥泉译	历史的艺术	北新半月刊	第4卷第1、2号合刊
	W.H.Chamberlin；陈清晨译	俄罗斯知识阶级的悲哀		
	[日]茂森唯士；秋原译	革命后十二年来之苏俄文学		
	[日]厨川白村；刘大杰译	杰克·伦敦的小说		
	郁达夫译	超人的一面		
	卢冀野	诗与诗趣	中学生	第1号
	子恺	美与同情		
	涵虚	对于文学应有的理解	曙钟	元旦号
	荪甫	从社会进化的立场对于中国现代文学背景之一个观察	健行	第2卷第1号
1、2	[苏]V.弗理契；雪峰译	艺术社会学之任务及诸问题	萌芽月刊	第1卷第1、2期
	[苏]凡伊斯白罗特；洛生译	苏俄文艺概论	小说月报	第21卷第1、2号
1—3	易可维茨；沈起予译	唯物史观光下文学	现代小说	第3卷第4期，第5、6期合刊
1、2	[日]小泉八云；石民译	论创作	北新半月刊	第4卷第1、2号合刊，第3号
2	[日]岛宫新三郎；钱歌川译	文艺批评的新基准		第4卷第3号
	[俄]蒲力汗诺夫；雪峰译	文学及艺术底意义	小说月报	第21卷第2号
	薛冰	希伯来文学的特质	青年进步	第130册
	[法]H.A.Taine；傅东华译	英国文学史绪论	文艺研究	第1卷第1期
	[日]平林初之辅；陈望道译	自然主义文学底理论的体系		

月	作者·译者	篇 名	发表刊物	卷·期·号
2	[俄]G.V. Plekhanov；鲁迅译	车勒芮绥夫斯基的文学观	文艺研究	第1卷第1期
	[匈]玛察；雪峰译	现代欧洲无产阶级文学底路		
	[日]冈泽秀虎；洛扬译	关于在文学史上的社会学的方法		
	[日]唐木顺三；侍桁译	芥川龙之介在思想史上的位置		
	[德]F.Mehring；雪峰译	资本主义与艺术		
	V.Illich；成文英译	论新兴文学	拓荒者	第1卷第2期
	列裘耐夫；沈端先译	伊里几的艺术观		
	冯乃超	阶级社会的艺术		
	钱杏邨	鲁迅		
	郭沫若	我们的文化		
	[日]川口浩；冯宪章译	德国的新兴文学——从革命的浪漫主义到新写实主义		
	潘汉年	普罗文学运动与自我批判		
	乃超	人类的与阶级的	萌芽月刊	第1卷第2期
	M.Ickowich；萩原译	戏剧之唯物史观的解释	语丝	第5卷第47期
	[日]黑田辰男；杨骚译	革命十年间苏俄的诗的轮廓		第5卷第48期
	[丹麦]伯兰德斯；侯朴译	维特		第5卷第50期
	[法]M.伊可维支；戴望舒译	唯物史观的诗歌	新文艺	第1卷第6期
	林语堂	机器与精神	中学生	第2号
	培德	美的意义	荒原	第1卷第3号
	黄素	中国戏剧脚色之唯物史观的研究	南国月刊	第1卷第5、6期合刊
	陈柱	诗之流别	学艺	第10卷第1号
2、4	Gertrude Buck；张梦麟译	社会的文艺批评		第10卷第1、3号

月	作者·译者	篇　名	发表刊物	卷·期·号
2、3	黄人岚	革命艺术家杜弥爱的生涯及其艺术	北新半月刊	第4卷第4、5号
	黄忏华	英国近代文艺概论	建国月刊	第2卷第4、5期
3	[日]宕崎昶；鲁迅译	现代电影与有产阶级	萌芽月刊	第1卷第3期
	[苏]弗理契；雪峰译	巴黎公社的艺术政策		
	鲁迅	"硬译"与"文学的阶级性"		
	化鲁	浪漫主义百年纪念	东方杂志	第27卷第6号
	[美]开尔浮登；刘穆译	现代文学中的性的解放	小说月报	第21卷第3号
	汪蔚云	革命文学与平民文学	学生文艺丛刊	第6卷第1集
	郭子美	文学变迁论		
	林语堂	论现代批评的职务	中学生	第3号
	虚白	中国旧时代文学观念之剖析	真美善	第5卷第5期
	毛一波	日本的农民文学论		
	田汉	我们的自己批判	南国月刊	第2卷第1期
	夏斧心	悲剧何以是愉快的	戏剧与文艺	第1卷第10、11期合刊
	张鸣琦	英国现代之诗歌		
	[日]石滨知行；胡行之译	日本无产阶级作家论	北新半月刊	第4卷第6号
	杨晋豪	生活与文艺	开明	第2卷第9期
	郑伯奇	中国戏剧运动的进路	艺术月刊	第1卷第1期
	冯乃超	俄国革命前的文学运动		
	叶沉	戏剧与时代		
	麦克昂	普罗文艺的大众化		
	岂理	论文学	流萤	创刊号
	金羊	文学的表现与形式	草野	第2卷第2号
	[苏]弗理契；洛生译	艺术之社会意义	新文艺	第2卷第1期
	[俄]蒲力汗诺夫；郭建英译	无产阶级运动与资产阶级艺术		
	[法]M.伊可维支；戴望舒译	唯物史观与戏剧		
	江思	英国无产阶级文学运动		
	[日]藏原惟人；许幸之译	艺术理论的三四个问题	大众文艺	第2卷第3期

月	作者·译者	篇 名	发表刊物	卷·期·号
3	祝秀侠	新兴文学批评观的一斑	大众文艺	第2卷第3期
	叶沉	关于新戏剧运动的几个重要问题		
	沈端先等	文艺大众化的诸问题		
	[日]茂森唯士；沈端先译	革命二十年间的苏俄文学		
	[日]中野重治；陶晶孙译	德国新兴文学		
	余慕陶	美国新兴文学作家介绍		
	何大白	中国新兴文学的意义		
	汪蔚云	革命文学与平民文学	学生文艺丛刊	第6卷第1期
	[日]三木清；冯宪章译	艺术价值与政治价值之哲学的考察	拓荒者	第1卷第3期
	沈端先	文艺运动的几个重要问题		
	钱杏邨	大众文艺与文艺大众化		
	潘汉年	左翼作家联盟的意义及其任务		
	萧秉乾	骚的艺术	燕大月刊	第6卷第1期
	Boudin氏；刘长宁译评	唯物史观及其批评		
	张燕华	怎样从"文学革命"而建设"革命文学"	天籁季刊	第19卷第4期
	蒋径三	历史之知识论的研究	国立中山大学语言历史研究所周刊	第122期
	[英]罗素；王师韫译	何为西方文明		第123、124期合刊
	熊廷柱	艺术家的庄子	国立中央大学半月刊	第1卷第10期
	施章	由"新兴"文学之立场批判庄子文学之价值		
3、4	赵景深讲演	现代的丹麦文学	复旦五日刊	第40、42期
	[日]小泉八云；顾羡季、卢季韶译	英文诗中之恋爱观	朝华月刊	第1卷第3、4期
4	微知	现代文学的十大特色	东方杂志	第27卷第7号
	陈登元	西学来华时国人之武断态度		第27卷第8号
	郑振铎	传奇的繁兴	小说月报	第21卷第4号
	仲云	唯物史观与文艺		
	潘光旦	人文选择与中华民族	新月	第3卷第2期
	再生	浪漫主义与现实主义	金屋月刊	第1卷第8期
	春英红雨	文丐阶级论	万人杂志	第1卷第1期

月	作者·译者	篇　名	发表刊物	卷·期·号
4	彦祥	中国剧运之一般问题	万人杂志	第1卷第1期
	[日]小泉八云；彦祥译	莎士比亚		
	[美]P.Carr；春冰译	现代法国戏剧概观	戏剧	第1卷第6期
	R.Balmforth；赵如琳译	戏剧艺术与伦理		
	[日]冈泽秀虎；雪峰译	以理论为中心的俄国无产阶级文学发达史	文艺讲座	第1册
	[苏]傅利采；许幸之译	艺术上的阶级斗争与阶级同化		
	[苏]傅利采；蒋光慈译	社会主义的建设与现代俄国文学		
	[苏]傅利采；冯乃超译	艺术家托尔斯泰		
	冯宪章辑译	蒲列汉诺夫论		
	沈端先译	"艺术论""艺术与社会生活"——蒲列哈诺夫与艺术		
	[日]河上肇；粟剑超译	唯物史观的要领	北新半月刊	第4卷第7号
	[日]矢野峰人；赵世铭译	近代英文学的主潮及其背景		
	[日]山岸光宣；史俊宣译	哥德的浮士德		第4卷第8号
	赵漫	关于"论文学"的通信	流萤	第2期
	谢宏徒	唯物文学的二形态与其母胎	草野	第2卷第5号
	冰庐	中国普罗文艺运动概观		
	[苏]弗理契；洛生译	艺术风格之社会学的实际	新文艺	第2卷第2号
	[苏]克尔仁赤夫；洛生译	论马雅珂夫斯基		
	[苏]马雅珂夫斯基；洛生译	诗人与阶级		
	瞿然	马雅珂夫斯基自传		
	[俄]卢那卡尔斯基；江思译	普希金论		
	[日]片冈铁兵；朱云影译	普罗列塔利亚小说作法		

月	作者·译者	篇名	发表刊物	卷·期·号
4	鲁迅	对于左翼作家联盟的意见	萌芽月刊	第1卷第4期
	雅各武莱夫；冯宪章译	文艺作品上的形式与内容		
	黄忏华	现代哲学思潮一瞥	建国月刊	第2卷第6期
	张崧年	什么是观念论、唯心论、理想主义？	哲学月刊	第2卷第6期
	骏连译述	黎普斯的感情移入说		
	庄晴光	诗歌的起源及其在文学上的地位	新声月刊	第2卷第1号
	张耿西	中国文学的趋势与新写实主义	国立中央大学半月刊	第1卷第12期
	陈西滢	易卜生的戏剧艺术	国立武汉大学文哲季刊	第1卷第1号
	郭绍虞	中国文学批评史上文与道的问题		
	三莹	文学批评的一个新基础		
5	薛文蔚	现代文化的发展	北新半月刊	
	卢那卡尔斯基；钱歌川译	艺术是怎样产生的		第4卷第9号
	[日]藏原惟人；钱歌川译	观念形态论		第4卷第10号
	沈来秋	托马斯·曼的生平与作品	真美善	第6卷第1号
	温源宁	现代诗人对于现代生活之态度	大公报·文学副刊	第122期
	[英]罗素；周建人译	什么是西方文明	东方杂志	第27卷第9号
	哲生	俞尔凡纳的二十五年忌		第27卷第10号
	李青崖	现代法国文学鸟瞰	小说月报	第21卷第5号
	朱复	现代美国诗概论		
	洪深	世界戏剧史	南国月刊	第2卷第2期
	[日]藏原惟人；之本译	关于艺术作品的评价	拓荒者	第1卷第4、5期合刊
	沈端先	到集团艺术的路		
	曼曼	关于新写实主义		
	华汉	普罗文艺大众化的问题		
	郑伯奇	戏剧运动的狂风暴雨时代		
	钱杏邨	安特列夫与阿志巴绥夫倾向的克服		
	杨晋豪	木乃伊的乔装打扮		
	陈鹤	从艺术底戏剧运动谈到剧本	开明	第2卷第11期
	张若谷	艺术文化论	草野	第2卷第6号
	周毓英	中国普罗文学运动的危机	洛浦	第1卷第1期

月	作者·译者	篇　名	发表刊物	卷·期·号
5	岂明	论八股文	骆驼草	第2期
	祖正	对话与独语		第3期
		文学上的主张与理论		
	祝秀侠	辛克莱和这个时代	大众文艺	第2卷第4期
	沈起予	法国的新兴文坛		
	白川次郎；郑伯奇译	日本左翼文坛之一瞥		
	德昌	由托拉斯基的文学与革命引起的苏俄文艺论战	清华周刊	第33卷第9期
	谢扶雅	新康德哲学三派之比较	岭南学报	第1卷第2期
	周信铭	新实在主义的认识论		
	[德]W.霍善斯坦因；侍桁译	关于艺术的意义	萌芽月刊	第1卷第5期
	成文英	讽刺文学与社会改革		
5、6	[苏]卢波勒；倩霞译	文化问题		第1卷第5、6期
6	顾仲彝	什么是真正的民众戏剧	戏剧	第2卷第1期
	[日]昇曙梦；欧阳予倩译	就剧场方面看起来的莫斯科艺术剧院		
	王博之	崇拜科学文明之一瞥	岭南学报	第1卷第3期
	周信铭	怀特黑的哲学		
	陈受颐	鲁滨孙的中国文化观		
	施孝铭	农民文学的商榷	国立中央大学半月刊	第1卷第15期
	陈汝衡	小说通义		
	庄心在	文艺与现实		
	郑景光	文学革命的作家	沪大周刊	第4卷第9、10期合刊
	鲁迅	"艺术论"译本序	新地月刊	创刊号
	乃超	中国无产阶级文艺运动与左联成立的意义		
	再生	抽象观念与具象观念	金屋月刊	第1卷第9、10期合刊
		二种的艺术		
	若渠	文学之社会学的评判		
	[日]夏目漱石；K.C.译	两种的小说		
	[日]兼常清佐；穆天树译	论音乐艺术的阶级性	北新半月刊	第4卷第12号

月	作者·译者	篇　名	发表刊物	卷·期·号
6	傅润华	中国文艺学的创建	真美善	第6卷第2号
	其无	谈谈小品文	朝华季刊	第1卷第6期
	黄素	中国戏剧史	南国月刊	第2卷第3期
	愚工纤	生产关系中的艺术之一考察	大众文艺	第2卷第5、6期合刊
	Calverton；李兰译	文学之社会学的批判		
	[法]马古烈	亚洲文化的变迁和他的特点	东方杂志	第27卷第11号
	梁抚	影片中的民族精神		
	微知	滑稽与爱滑稽的心理		
	[日]高桥祯二；张我军译	文学研究法	小说月报	第21卷第6号
	叶沉	戏剧运动的目前谬误及今后的进路	沙仑	第1卷第1期
	[苏]卢那卡尔斯基；乃超译	俄国电影Production的路		
	沈起予	演剧的技术论		
	泽明	中国文艺的没落	前锋周报	第1期
	雷盛	民族主义的文艺		
7	祖正	文学运动与政治的相关性	骆驼草	第4期
		文艺论战		第10期
	李石岑	费尔巴哈的思想系统	东方杂志	第27卷第13号
	梁抚	麦士斐——英国的新桂冠诗人		
	L.Marshall；寝弼译	欧美文化的渊源		第27卷第14号
	胡秋原	蒲力汗诺夫论艺术之本质	现代文学	第1卷第1期
	[日]冈泽秀虎；汪馥泉译	关于文学史中的社会学的方法		
	梁遇春	谈英国诗歌		
	朱大心	民族主义文艺运动的使命	前锋周报	第5、6期
	Calverton；刘穆译	艺术的起源	北新半月刊	第4卷第14号
	A.B.Magil；光人译	马耶柯夫斯基		
	许自诚	艺术与革命	新声月刊	第2卷第4号
	毛一波	新艺术运动的必要	万人杂志	第1卷第4期
	张旭光	中国近代思潮	新民月刊	第2期
	佘坤珊讲演	荷马	文理	第1期

月	作者·译者	篇 名	发表刊物	卷·期·号
7	Calverton；傅东华译	古代艺术之社会的意义	小说月报	第21卷第7号
	章克标	关于夏目漱石		
7、8	[日]冈泽秀虎；陈雪帆译	苏俄十年间的文学论研究		第21卷第7、8号
	[英]R.G. Collingwood；春冰译	艺术哲学大纲	万人杂志	第1卷第4、5期
8	Leeou Beriers；冷意译	文学与时代		第1卷第5期
	熊佛西	论悲剧	东方杂志	第27卷第15号
		论喜剧		第27卷第16号
	[俄]杜布柔留薄夫；程鹤西译	什么是亚浦洛摩夫式的生活	小说月报	第21卷第8号
	再生	表现与观照	金屋月刊	第1卷第11期
	[日]平林初之辅；张资平译	法国浪漫派的评论	学艺	第10卷第7期
	徐庆誉	西方文化之起源及其发达之原因	长风	第1期
	赵景深	短篇小说中的人物	中学生	第7号
	姜敬兴	到民众戏剧之路	文艺月刊	第1卷第1期
	[英]赛孟兹；萧石君译	魏尔伦		
	叶秋原	民族主义文艺之理论的基础	前锋周报	第8—10期
	[德]G.Fuchs；林知稷译	中国艺术之衰颓的原因	骆驼草	第16期
	[日]平林初之辅；钱歌川译	商品化的近代小说	北新半月刊	第4卷第16号
	徐霞村	马里耐蒂和未来主义	现代文学	第1卷第2期
	一士	民族与文学	开展月刊	第1期
8、9	[德]李卜克纳希；雪峰译	艺术底研究	北新半月刊	第4卷第17、18号
	虚白	欧洲各国文学的观念	真美善	第6卷第4、5号
	洪为法	文艺新论	文艺月刊	第1卷第1、2期
	襄华	民族主义的文艺批评论	前锋周报	第11—13期
8—11	[日]片冈铁兵；谢六逸译	新兴小说的创作理论	现代文学	第1卷第2—5期
9	萧石君	世纪末英法文坛的关系	文艺月刊	第1卷第2期
	周亚夫	现代独幕剧与小剧场运动		

月	作者·译者	篇名	发表刊物	卷·期·号
9	[法]雪格佛里; 谢康译	欧洲文化与美洲文化	东方杂志	第27卷第17号
	K.Timiryazeff; 武者译	达尔文与马克斯		
	梁抚	与众不同的苏联电影艺术		第27卷第18号
	杜衡	罗兰斯	小说月报	第21卷第9号
	熊佛西	戏剧应以趣味为中心	戏剧与文艺	第1卷第12期
	廖翰庠	普罗列塔利亚剧戏论		
	叶秋原	电影上的民族主义	电影	第3期
	戚维翰	论新诗的将来	学生文艺丛刊	第6卷第6集
	林语堂	推翻旧文法和建造新文法	中学生	第8号
	韦丛芜	关于斯伟夫脱与格里佛	北新半月刊	第4卷第18号
	Calverton; 周绍仪译	美国新兴文学之起源		第4卷第19号
	[日]石滨知行; 汪馥泉译	机械与艺术	现代文学	第1卷第3期
	再生	感情与知性	金屋月刊	第1卷第12期
		诗的本质		
	安父	清穆性		
	朱维基	唯美的批评		
	易康	俄国的农民文学	前锋周报	第14期
	炎君	民族戏剧漫谈	开展月刊	第2期
	徐庆誉	中西文化评论之评论	长风	第2期
	邹枋	民族的文学技巧	草野	第3卷第9号
	张我军	从革命文学论到无产阶级文学	新野	创刊号
	谷荫	中国目前思想界底解剖		
	冯乃超	左联成立的意义和它的任务	世界文化	创刊号
	Andor Gabor; 鲁迅译	无产阶级革命文学论		
	Mareckij; 冯乃超译	Komintern纲领上的文化革命问题		
	钱南扬	南曲谱研究	岭南学报	第1卷第4期
	谢扶雅	道与逻各斯		
	陈受颐	好逑传之最早的欧译		
	缪钺	达辞篇	河南大学文学院季刊	第2期
	牛建功	对于诗的管见		
	张源	裴默研究		

月	作者·译者	篇名	发表刊物	卷·期·号
9	[俄]乌里雅诺夫；何畏译	托尔斯泰——俄罗斯革命的一面镜子	动员	第2期
10	[德]格劳赛；武思茂译	艺术底起源	小说月报	第21卷第10号
	舒舍予	论创作	齐大月刊	第1卷第1期
	一士	现代中国文学杂论	开展月刊	第3期
	张一帆	苏俄无产阶级文学运动中之诸流派技巧理论	万人杂志	第1卷第6期
	谦弟	大众艺术论的发凡		
	戈登格雷；如琳译	近代剧场的几个恶劣趋势		
	S.Mihajlovski；惟生译	生活与文学	文艺月刊	第1卷第3期
	克川	十年来中国的文体		
	V.F.Calverton；严兆晋译	布尔扎维克之社会学的美学	群言	第7卷第3、4期合刊
	祖正	一个作家的基本理论	骆驼草	第22期
		理性化与文学运动		第23—25期
	叶秋原	世界民族艺术之发展	前锋月刊	第1卷第1期
		民族主义文艺运动宣言		
	顾仲彝	巴尔德夫斯基的"游戏剧"说	戏剧	第2卷第2期
	戈登克雷；赵如琳译	戈登克雷的舞台艺术论		
	秋原	电影之民族性	电影	第4期
	卢梦珠	民族主义与中国电影		
	梅吉尔；杜衡译	玛耶阔夫司基	现代文学	第1卷第4期
	[日]萩原朔太郎；孙俍工译	主观与客观		
	刘大杰	现代英国文艺思潮概观	现代学生	第1卷第1期
	[日]左藤春夫；谢六逸译	论描写	中学生	第9号
	李辰冬	克罗契的艺术论	睿湖	第2期
	郭绍虞	文笔与诗笔		
	王坟	民族主义文艺的创作理论	草野	第3卷第11号
	杨晋豪	艺术的真实性	国立中央大学半月刊	第2卷第2期
	费鉴照	"古典的"与"浪漫的"	国立武汉大学文哲季刊	第1卷第3号
		维多利亚时代的浪漫主义者		

月	作者·译者	篇 名	发表刊物	卷·期·号
10	忆德	辩证法唯物论的认识论	清华	第1卷第1期
	张季平	民族主义文艺的题材问题	前锋周报	第16期
10、11	汤若冰	民族主义的诗歌论		第17—20期
	刘毓如	新兴文学观	北师旬刊	第2—4期
11	A.M.Lewis；金衡译	盲目思想家之一：康德	清华	第1卷第2期
	[美]J.Erskine；韦丛芜译	近三十年的英国文学（1892—1922）	现代文学	第1卷第5期
	姜亮夫	"词"的原始与形成		
	刘大杰	现代美国文学概论	现代学生	第1卷第2期
	傅立策；杨东莼译	评托尔斯泰主义	北新半月刊	第4卷第21、22号合刊
	虚白	民族主义文艺运动的检讨	真美善	第7卷第1号
	[美]J.Erskine；傅东华译	富有近代精神的诗人魏琪尔	小说月报	第21卷第11号
	[美]加德耳；叶启芳译	魏琪尔与伊泥易德		
	施蛰存	魏琪尔之牧歌		
		魏琪尔之田功诗		
	邱韵铎	怎样研究西洋文学	读书月刊	第1卷第1期
	匡亚明	翻译与创作		
	汪倜然	梅士斐尔特		
	杨昌溪	哥尔德与新时代		
	[日]小泉八云；倪受民译	英国诗歌中的"爱"	国立中央大学半月刊	第2卷第3期
	程启槃	叔本华的悲观论与近代文艺思潮		第2卷第4期
	[法]法盖；罗塌译	夏多布里安评传	中法教育界	第37期
	卢秀祖	劳动文艺简论	国立劳动大学月刊	第1卷第8期
	孙俍工	劳动阶级底诗歌		
	张汉	劳动文艺与劳动运动		
	陈士彦	形式问题之探究		
	陈耀先	无产阶级艺术论		
	朱源澄	歌谣底劳动文艺		
	管彦文	三民主义底普罗文学		
		日本底普罗文学		

月	作者·译者	篇 名	发表刊物	卷·期·号
11	开尔浮登；钟宪民译	现代美国文学之趋势	文艺月刊	第1卷第4期
	傅彦长	以民族意识为中心的文艺运动	前锋月刊	第1卷第2期
	易康	新兴民族的民族运动与文学		
	化人	文艺的社会性和艺术性	绮虹	第6期
	刘微辉	文学批评与文学批评家	流萤	第4期
11、12	陈三寿	中国民歌的价值	开明	第2卷第16、17期
	V.F.Calverton；李霁野译	社会变迁与感伤的喜剧	朝华月刊	第2卷第1、2期合刊，第3期
	襄华	民族主义的戏剧论	前锋周报	第21—25期
12	凌岱	艺术社会学之是非	前锋月刊	第1卷第3期
	[日]藤森成吉；谷非译	吟诵诗人外奈耳特	北新半月刊	第4卷第23、24号合刊
	虚白	再论民族文学	真美善	第7卷第2号
	[英]罗素；虚白译	机器与情感		
	哲生	梅德林克的蚁之生活	东方杂志	第27卷第23号
	W.A.Drake；赵景深译	玛耶阔夫司基评传	小说月报	第21卷第12号
	戴望舒	诗人玛耶阔夫司基的死		
	[美]A.B.Magil；余能译	玛耶阔夫司基		
	铁青	动的文学	燕大月刊	第7卷第1、2期合刊
	陈昌蔚	诗人与自然	天籁季刊	第20卷第1、2期合刊
	朱言钧	超越的唯心论	哲学评论	第3卷第4期
	[英]罗素；张申府译	言语与意味		
	唐毅伯	柏格孙与倭铿哲学之比较	国立中央大学半月刊	第2卷第5期
	蔡明堂	今日文学家之责任观		
	林我铃	欧洲文艺复兴与中国新文化运动	协大季刊	12月号
	剑民	唯物史观的文学论	读书月刊	第1卷第2期
	[日]中村喜久夫；殷师竹译	英国小说的国民性	前锋周报	第25期
	E.Faure；苏民生译	现代的创造	华北日报副刊	12—14日

月	作者·译者	篇　名	发表刊物	卷·期·号
12	王森然	纯粹都会诗人	北平晨报·学园	第8—10号
	程景颐	民族主义文艺与国家主义文艺	开展月刊	第5期
	[俄]托尔斯泰；东声译	论莫泊桑	文艺月刊	第1卷第5期
	沈从文	现代中国文学的小感想		
	愚川	时代的文学	认识	第3期
	蔡元培	以美育代宗教	现代学生	第1卷第3期
	[日]昇曙梦；刘大杰译	现代俄国文艺思潮论		
	张资平讲演	文学与革命	现代思潮	第1期

1931年

月	作者·译者	篇　名	发表刊物	卷·期·号
1	傅东华	风格论	小说月报	第22卷第1期
	梁实秋	新诗的格调及其他	诗刊	第1期
	陈穆如	中国今日之新兴文学	当代文艺	第1卷第1期
	扶桑	中国文学的社会基础	絮茜半月刊	第1卷第1期
	仲侃	平民文艺的原则提纲		第1卷第2期
	[法]摩路阿司；徐霞村译	屠格涅夫	绮虹	第7期
	黎锦明	说"Essay"		
	陈永森	自然诗人华士华斯评传		
	刘大杰	中国文艺思想的生路	现代学生	第1卷第4期
	赵景深	文学的定义		
	[日]新居格；陈望道译	断截美学底一提言	新学生	第1卷第1期
	郑振铎	中国文艺批评的发端		
	谢六逸	欧洲文艺思潮研究的切要		
	赵景深	以文艺思潮为中心的文学概论		
	臣亚明	建设中国文学史的诸前提		
	陈之佛	旧艺术与新艺术		
	顾仞千	研究学问的方法	读书月刊	第1卷第3、4期合刊
	郁达夫	学文学的人		
	赵景深	研究文学的方法		
	康文焕	艺术研究法		
	史晚青	短篇小说的制作法		
	杨镇华	性与小说		
	周达摩	中国新文学演进之鸟瞰	国闻周报	第8卷第5期

月	作者·译者	篇 名	发表刊物	卷·期·号
1	J.Lavrin；储安平译	俄国革命后的初期文坛	真美善	第7卷第3号
	谷剑尘	怎样去干民族主义的民众剧运动	前锋月刊	第1卷第4期
	汪倜然	辛克雷·路威士	世界杂志	第1卷第1期
	[法]居友；金发译	自然美与美术美		
	杨哲明	都市美论		
	[日]川路柳红；赵世铭译	近代演剧的革命	万人杂志	第2卷第1期
	冰坞	所谓"大众艺术论发凡"的评价		
	谦弟	艺术的科学方法论	万人月报	创刊号
	杨昌溪	黑人的文学与艺术		
	毛一波	文艺杂论		
	[美]J.Zeitlin & H.Woodbridge；吴宓译	薛尔曼评传	学衡	第73期
	汪东	六朝文学概论序	国立中央大学半月刊	第2卷第8期
	费鉴照	文学概论（书评）	国立武汉大学文哲季刊	第1卷第4号
	W.H.Hudson；国樑译	诗之研究	北师旬刊	第9期
	傅东华	现代西洋文艺批评的趋势	暨大文学院集刊	第1集
	吴康	匈牙利文学		
	J.Isaaco；顾仲彝译	英国现代的文学		
	陈钟凡	日本近代文艺思潮		
		清代三百年思想的趋势		
	华林	浮士德与近代艺术		
		艺术与人生		
	许文玉	汉诗综论		
	庄进	论音韵为文学之要素	崇实季刊	第11期
	贺昌群	语言的缺陷	民铎杂志	第11卷第1号
	[日]小泉八云；李竹年译	托尔斯泰论艺术		
	培民	关于文艺鉴赏	南开大学周刊	第101期
	谢宏徒	罗马文学的发生	当代文艺	第1卷第1期
	孙俍工	诗的本质		
1—3	[日]北村喜八；张资平译	表现主义的艺术	当代文艺	第1卷第1—3期

月	作者・译者	篇　名	发表刊物	卷・期・号
1—3	冯三昧	小品文讲话	新学生	第1卷第1—3期
1、2	寒江	门外汉的剧艺谈	国闻周报	第8卷第3—6期
2	孟云峤	人生理想之模式	东方杂志	第28卷第4号
2	毛秋白	亚理斯多德的诗学	当代文艺	第1卷第2期
2	孙俍工	在艺术的诗底概观	当代文艺	第1卷第2期
2	朋淇	一九三〇年中国普罗诗歌概评	当代文艺	第1卷第2期
2	[日]板垣鹰穗；陈望道译	机械美底诞生	新学生	第1卷第2期
2	陈之佛	东洋艺术之三大起源	新学生	第1卷第2期
2	陈三寿	诗与诗人	现代学生	第1卷第5期
2	宋桂煌	戏剧艺术与伦理	青年进步	第140册
2	H.Carter；如琳译	梅叶荷特的剧场（即革命的剧场）	戏剧	第2卷第3、4期合刊
2	R.Mitchell；春冰译	新社戏论	戏剧	第2卷第3、4期合刊
2	G.Hirschfeld；汪倜然译	法兰西文学底经济背景	世界杂志	第1卷第2期
2	H.Astruplarsen；杨镇华译	瑞典小说概观	世界杂志	第1卷第2期
2	杨昌溪	苏俄新兴文艺新论	万人月报	2月号
2	阿茅辑译	关于美学	万人月报	2月号
2	林子丛	艺术——其本质、其发生、其发展及其功用之理论的说明	二十世纪	第1卷第1期
2	施章	世运与文学	新声月刊	第3卷第1号
2	舍予	论文学的形式	齐大月刊	第1卷第4期
2	费鉴照	"噶瑟"复兴与英国浪漫运动	文艺月刊	第2卷第2期
2、3	东声译	托尔斯泰论莎士比亚	文艺月刊	第2卷第2、3期
2、3	[日]平林初之辅；谢六逸译	Journalism 与文学	新学生	第1卷第2、3期
3	杨丙辰	葛得和德国的文学	清华周刊	第35卷第4期
3	向培良	戏剧之基本原理	小说月报	第22卷第3期
3	宋桂煌	戏剧与社会及经济	青年进步	第141册
3	嘉文登；王守伟译	美国新兴文学的挑战	青年进步	第141册
3	[日]板垣鹰穗；陈望道译	机械美	当代文艺	第1卷第3期

月	作者·译者	篇 名	发表刊物	卷·期·号
3	毛文龄	艺术至上主义的文艺批评	当代文艺	第1卷第3期
	孙俍工	感情底意义与智性底意义		
	王先献	批评与人格	开明	第2卷第19期
	[日]本间久雄；章锡琛译	文学的定义		
	金嵘轩	现代意识的一考察	世界杂志	第1卷第3期
	G.Hirschfeld；汪倜然译	德国文学底经济背景		
	[挪威]包以尔生；华侃译	诗歌底目的		
	林子丛	艺术与科学	二十世纪	第1卷第2期
	钟流	由平民文艺说到Nationalism	絮茜半月刊	第1卷第3期
	[日]大宅壮一；陈望道译	近代社会中艺术样式底变迁	新学生	第1卷第3期
	何志成	"象牙之塔"底本质		
	赵景深	论翻译	读书月刊	第1卷第6期
	贺玉波	小说新技巧概论		
	芮麟	新诗之变迁及其趋势		
	[日]萩原朔太郎；孙俍工译	诗人与艺术家	青年界	第1卷第1期
	吴宓译	拉塞尔论柏格森之哲学	学衡	第74期
		路易斯论西人与时间之观念		
	胡稷咸	批评态度的精神改造运动		第75期
	景昌极	知识哲学		
	傅东华	风格与人格	微音	第1卷第1期
	[英]C.Hamilton；马彦祥译	何谓戏剧		
	[日]竹友藻风；徐翔译	修辞论		
	[日]川路柳虹；陈抱一译	现代文化思潮与艺术——文艺上的德意志和法兰西	前锋月刊	第1卷第6期
	曼如	最近的苏格兰文学		
3、4	[英]葛斯；韦丛芜译	前期维多利亚时代的英国文学	文艺月刊	第2卷第3、4期
4	梁宗岱	论诗	诗刊	第2期
	[俄]罗迦乞夫斯基；建南译	杜思退益夫斯基论	小说月报	第22卷第4期

月	作者·译者	篇 名	发表刊物	卷·期·号
	乐嗣炳	怎样研究中国歌谣	当代文艺	第1卷第4期
	毛秋白	人生主义的文艺批评		
	[美]约翰·勃洛斯；汪倜然译	批评断片	世界杂志	第1卷第4期
	胡怀琛	中国古代小说的国际关系		
	孙俍工译述	诗与小说	现代文学评论	创刊号
	谢六逸	新感觉派		
	赵景深	现代荷兰文学		
	林疑今	现代美国文学评论		
	叶灵凤	现代丹麦文学思潮		
	杨昌溪	匈牙利文学之今昔		
		雷马克与战争文学		
	范争波	民国十九年中国文坛之回顾		
	张季平	中国普罗文学的总结		
	丁丁	中国新诗之过去及今后		
4	W.B.Cairns；白华译	美国文学之新趋势	国闻周报	第8卷第16期
	李建新	英国诗人济慈	青年进步	第142册
	许宝骙	柏格森与詹姆士	清华周刊	第35卷第6期
	如琳、蒲哲合译	卢那卡尔斯基的剧场	戏剧	第2卷第5期
	郑千里	舞台装置的主潮		
	朱子佣	戏剧与民众	中法教育界	第42期
	傅东华	创作与模仿	新学生	第1卷第4期
	盖尔多拉；陆逸园译	文学史之对象、任务及方法		
	高明	小说的话		
	李石岑	现代之伟大性	中学生	第14号
	史晚青	文学作品的研读法	读书月刊	第2卷第1期
	陈彝荪	作家与社会		
	胡秋原	文艺史之方法论	读书杂志	第1卷第1期
	[日]菊池宽；朱云影译	文学上的诸主义		
	彭信威	电影的产生及其价值		
	[奥]弗洛特；张竞生译	心理分析纲要与梦的分析		
	孔鲁芹	时代文学论	开展月刊	第8期

月	作者·译者	篇 名	发表刊物	卷·期·号
4	[日]萩原朔太郎；孙俍工译	情感与权力情绪	前锋月刊	第1卷第7期
	杨昌溪	现代西班牙的文学与革命		
	三昧	戏剧讲话	微音	第1卷第2期
	佛郎	有声电影论		
	周子亚	中国新文艺的缺陷及今后的展望	南风	第1卷第1期
	石逸	文艺与读者		
4、5	宋桂煌	戏剧与两性及婚姻问题	青年进步	第142、143册
4—6	沈从文	论中国创作小说	文艺月刊	第2卷第4期，第5—6期合刊
5	[日]竹友藻风；张资平译	文学的意义之新解释	当代文艺	第1卷第5期
	余楠秋	短篇小说的构造法		
	[日]高须芳次郎；谢六逸译	日本文学的特质	现代文学评论	第1卷第2期
	J.Corruthers；赵景深译	英美小说之过去与现在		
	叶灵凤	现代挪威小说		
	杨昌溪	土耳其新文学概论		
	Harold Laski；钱歌川译	英国文坛四画像		
	易康	西线归来之创造		
	[日]萩原朔太郎；孙俍工译	音乐与美术		
	向培良	戏剧艺术之意义		
	胡秋原	欧洲文化艺术之源流	读书杂志	第1卷第2期
	[奥]佛鲁特；张静生译	心理分析纲要		
	冯三昧	圣书之文艺的考察	微音	第1卷第3期
	非玄	新感觉派	新雨	第11、12期合刊
	杨启高	中国文学论之变迁大势	新声月刊	第3卷第4期
	连上福	诗歌的社会性	采社杂志	第8期
	毛一波	日本小说的变迁	絜茜半月刊	第1卷第4期
	钱释云	现代文艺的沉闷和今后的倾向	学友	第1卷第1期
	龚梓才	新旧文学的价值和欣赏采用上底商酌		
	蒋径三	现象学派与新康德派	学艺	第11卷第1期
	林子丛	作家与时代	二十世纪	第1卷第3期

月	作者・译者	篇 名	发表刊物	卷・期・号
5	杨启高	文学范围谭	新中华杂志	第1卷第1期
	佩弦	论诗学门径	中学生	第15号
	柯桑	文艺创作及主义	南开大学周刊	第111期
	易烈刚	文学与环境	师大国学丛刊	第1卷第2期
	徐定邦	西人研习汉文的历程	读书月刊	第2卷第2期
	汪倜然	论中国文学的新研究		
5、6	陈彝荪	文艺创作论		第2卷第2、3期
5、次2	许炳离	我们怎样研究中国文学史	齐大月刊	第1卷第7期；第2卷第5期
5—9	毛文麟	言语学的体系	学艺	第11卷第1、3、5期
6	盛成	近代文学之趋势	清华中国文学会月刊	第1卷第3期
	高文	论柳宗元文	金陵大学文学院季刊	第1卷第1期
	Huntly Carter；赵如琳译	史丹尼司拉夫斯基的剧场	戏剧	第2卷第6期
	陈彝荪	现代文艺与现代生活	新学生	第1卷第6期
	孙福熙	艺术的意味	中学生	第16号
	钱歌川	文学答问	青年界	第1卷第4期
	黄克仁	我的文学观	中法教育界	第44期
	谢六逸	希腊文学概观	文学杂志	第1卷第1号
	赵景深	文学与想像		
	茨林蒙夫；郑罕云译	十月革命后的苏俄文学		
	华理什斯基；赵景深译	柴霍甫小说论		
	傅东华	研究文学的两个首要原则		
	王启莹	评托尔斯泰底莎氏比亚论		
	王锡礼	活文学史之死	读书杂志	第1卷第3期
	汪辟疆	唐人小说在文学上之地位		
	甘礼俊	文学批评家之任务及其修养	明强	第2卷第2期
	远寄	文学与个性	微音	第1卷第4期
	佛郎	泰纳的文艺批评之批评		
	詹文浒	现代美国的文学	青年进步	第144册
	杨昌溪	现代挪威文学	橄榄月刊	第14期
	毛一波	现代日本文学一瞥		
	[德]尼采；金发译	与华格纳之绝交	世界杂志	第2卷第1期

月	作者·译者	篇　名	发表刊物	卷·期·号
6	刘大白	绰号文学底研究	世界杂志	第2卷第1期
	毛秋白	自然主义的文艺批评	当代文艺	第1卷第6期
	C.Hamilton；曼译	现代社会剧之演进及其批评法	朝华月刊	第2卷第5、6期合刊
	绿蒂	中国新兴文学评论	南风	第1卷第3期
	周子亚	近代文艺思潮的趋势		
	马书年	诗歌和韵律	津逮	第1卷第1期
	泽陵	评顾实中国文学史大纲		
	吴畏	什么是民族主义的文学	蕙兰	春季刊
	马彦祥译	小泉八云论莎士比亚	文艺月刊	第2卷第5、6期合刊
	费鉴照	彭纳德		
6、7	[英]葛斯；韦丛芜译	谭尼孙时代的英国文学		第2卷第5、6期合刊，第7期
	J.Lavrin；张梦麟译	易卜生与萧伯纳	现代学生	第1卷第8、9期
7	陶昌达	如何研究现代文艺思潮		第1卷第9期
	国熙	论翻译	北平晨报·学园	第124号
	长之	翻译谈		第133号
	黎烈文	倍尔纳与沉默派戏剧		
	[英]何尔特；赵景深译	刘易士的小说	小说月报	第22卷第7期
	[日]萩原朔太郎；孙俍工译	叙事诗与抒情诗	现代文学评论	第1卷第3期
	赵景深	英美小说之现在与将来		
	李则纲	新世纪欧洲文坛之转动		
	陈穆如	中国长篇小说的特色	当代文艺	第2卷第1期
	罗念生	十四行体	文艺杂志（上海）	第1卷第2期
	杨寿昌	孟子文学的艺术之管见	岭南学报	第2卷第1期
	贻焜	文学概论	湖大期刊	第5期
	赵景深	文学的特质	学友	第1卷第2期
	[日]横山有策；高明译	现代美国文艺思潮		
	狄金生；马彦祥译	二十世纪初期的戏剧		
	[日]萩原朔太郎；程鼎鑫译	描写与情象	青年界	第1卷第5期

月	作者·译者	篇 名	发表刊物	卷·期·号
7	[日]工藤信；毛一波译述	文学上的个人性与集团性	橄榄月刊	第15期
	袁殊	报告文学论	文艺新闻	第18号
7、8	鲁迅	上海文艺之一瞥		第20、21号
7、9	[英]J.Lavrin；张梦麟译	柴霍甫与莫泊三	学艺	第11卷第3、5期
8	佩弦	论中国诗的出路	清华中国文学会月刊	第1卷第4期
	赵奇	现代中国的几个女作者		
	汪倜然	谈创作	世界杂志	第2卷第2期
	葛理格司；林汉达译	神话与民间故事的伦理价值		
	傅溥	有声电影浅说		
	华侃	十年来的中国文学		增刊
	姚莘农	十年来的中国戏剧		
	汪倜然	十年来的世界文坛		
	乐嗣炳	十年来的国语运动		
	K.Bücher；武思茂译	诗歌及音乐底起源	小说月报	第22卷第8期
	查理斯	大众小说论	当代文艺	第2卷第2期
	张伯燕	论翻译	北平晨报·学园	第150号
	君亮	意译与直译		第158号
	何逊黄	明日的文学	橄榄月刊	第16期
	曹聚仁	语体文内部问题	涛声周刊	第2期
	海维西；赵景深译	匈牙利大诗人裴都菲	现代文学评论	第2卷第1、2期合刊
	[德]威尔赫谟·孔辙；段可情译	赫尔曼·黑赛评传		
	[英]戈斯；韦丛芜译	文学史作法论		
	[日]萩原朔太郎；孙俍工译	象征		
	[日]小野玄川；郑震译	中国历代佛教文学概观		
	杨昌溪	阿根廷的近代文学		
	周起应	巴西文学概观		
	张一凡	未来派文学之鸟瞰		
	奚行	几本文学史的介绍		

月	作者·译者	篇 名	发表刊物	卷·期·号
8	适夷译述	论艺术	读书月刊	第2卷第4、5期合刊
	陈彝荪	作家与社会论		
	史晚青	文学之社会的意义		
	贺玉波	小说的图解		
	[日]昇曙梦；凌坚译	高尔基论		
	余慕陶	辛克莱论		
	汤英	戏剧的悲喜论	现代学生	第1卷第10期
	丙申	"五四"运动的检讨	文学导报	第1卷第2期
	Carter；张海曙译	未来派底戏剧	现代学术	第1卷第1期
	[日]藏原惟人；毛一波译	浪漫主义以后的俄国文学	新时代月刊	第1卷第1期
8、9	塞里兹尔；丽尼译	安得列夫论		第1卷第1、2期
	[日]杉·捷夫；东声译	关于斯台尔夫人的"文学论"	文艺月刊	第2卷第8、9期
8—10	[日]横川有策；高明译	现代英国文艺思潮	现代文学评论	第2卷第1、2期合刊，第3期
9	贺昌群	敦煌佛教艺术的系统	东方杂志	第28卷第17号
	查士元	谈日本的浮世绘		
	适夷	波里史·柴采夫评传	小说月报	第22卷第9期
	浩文	文学批评在中国		
	[法]伊可维支；毛一波译	小说论	新时代月刊	第1卷第2期
	毛一波	农民文学论	橄榄月刊	第17期
	[日]石滨知行；森堡译	机械和艺术	当代文艺	第2卷第3期
	秉民	革命文艺的必然性	新垒	第1期
	思明	德国无产阶级革命文学运动的概观	文学导报	第1卷第4期
	朱璟	关于"创作"	北斗	创刊号
	[德]叔本华；陈介白译	风格论	醒钟	第1卷第2、3期合刊
	予希	我们的文艺路线	中国杂志	创刊号
	汪倜然	文艺的苦工	世界杂志	第2卷第3期
9、10	温锡田	中国国语文学中的社会反映	国语周刊	第4、5期
	E. Nitehie；李子骏译	文学批评原理与批评者	章丘县教育月刊	第3、4期

月	作者·译者	篇 名	发表刊物	卷·期·号
10	[法]巴比塞;穆木天译	左拉的作品及遗范	北斗	第1卷第2期
	马彦祥	现代中国戏剧	现代文学评论	第2卷第3期
	赵景深	现代中国诗歌		
	贺玉波	中国女作家		
	知著	巴金的著译考察		
	杨昌溪	西人眼中的茅盾		
	郑震	宗教思想在中国文学上的影响		
	郁达夫	歌德以后的德国文学举目		
	[美]科恩;芳草译	大战以后的美国文学		
	[日]石川三四郎;毛一波译	土民艺术论	新时代月刊	第1卷第3期
	[日]宫岛新三郎;森堡译	美国文学概观	当代文艺	第2卷第4期
	适夷	施蛰存的新感觉主义	文艺新闻	第33号
	汪倜然	论创作与技术底修炼	世界杂志	第2卷第4期
	胡怀琛	中国古代小说的国际关系		
	任白戈	艺术与生活	二十世纪	第1卷第4期
	心冷	中国电影事业鸟瞰	国闻周报	第8卷第41、42期
	舍予	小说里的景物	齐大月刊	第2卷第1期
	式微	比利时一百年来的法语文学	小说月报	第22卷第10期
	孙维乐	自然美与艺术美	大夏周报	第8卷第3、4期
	茹燾之	艺术与生活	醒钟	第1卷第4期
	金乃武	过去世界文艺思潮之唯物史观的总检讨	春晖学生	第4号
	侯起志	"小品文"研究		
	江云	谈谈"新诗"		
	杨超侯	歌谣的特质与其分类		
	[苏]鲁纳卡尔斯基;贝克文译	艺术就是社会现象	摩尔宁	第1卷第1期
10—12	陈九皋	论艺术的戏剧	开明	第2卷第24—26期
11	许德佑	新西班牙的新兴作家	小说月报	第22卷第11期
	[日]大宅壮一;凌坚译	现代美的动向	文艺新闻	第36、37号

月	作者·译者	篇 名	发表刊物	卷·期·号
11	[苏]法捷耶夫；何丹仁译	创作方法论	北斗	第1卷第3期
	戴行轺	过去中国文学的典型	当代文艺	第2卷第5期
	胡怀琛	中国古代对于诗歌的了解	世界杂志	第2卷第5期
		中国无产阶级革命文学的新任务	文学导报	第1卷第8期
	黄达	最近的苏联文学		
	施华洛	中国苏维埃革命与普罗文学之建设		
	孙燮堂	论文艺	开展月刊	第12期
	傅东华	论抒情	学友	第1卷第3期
	顾凤城	描写文作法		
	陈望道	修辞与修辞学	微音	第1卷第6期
	卢健波	德国战争文学	橄榄月刊	第19期
	许钦文	白描与暗示		
	湘皋	文学概论	宣传周报	第50—52期
	许德佑	今日的法兰西戏剧运动	小说月报	第22卷第12期
	沈起序	抗日声中的文学	北斗	第1卷第4期
	沈绮雨	所谓"新感觉派"者		
	[德]Barin；丰瑜译	梅令格的"关于文学史"		
	[日]冈泽秀虎；东声译	郭哥尔的艺术	文艺月刊	第2卷第11、12期合刊
	[英]A.Symons；石民译	论散文与诗		
	钟道维	平民文学、通俗文学、民众文学	民众教育研究	第1卷第2期
	梁竹三	批评的态度	开明	第2卷第26期
	J·K	论翻译	十字街头	第1、2期
	[法]Paul Valéry；张达伦译	论诗	清华周刊	第36卷第4、5期合刊
	范存忠	约翰生、高尔斯密与中国文化	金陵学报	第1卷第2期
	张沅长	近代英美戏剧上之道德革命	国立武汉大学文哲季刊	第2卷第1号
	方重	十八世纪的英国文学与中国		第2卷第1、2号
11—次1	谦弟	艺术的科学批评论	新时代月刊	第1卷第4—6期
11—次2	伍启元	自五四运动后吾国学术思想之蜕变	青年进步	第147—150册
12	曾觉之	论翻译	中法大学月刊	第1卷第2期

月	作者·译者	篇　名	发表刊物	卷·期·号
12	朱荣泉	二十年来中国文学观念之变迁	天籁季刊	第21卷第1、2期合刊
	伍启元	二十年来中国学术思想之蜕变		
	傅仲涛	日本民族文学之概况及其民族性	燕京月刊	第8卷第3期
	赵景深	文学的起源	读书杂志	第1卷第6期
	王礼锡	解诗举例		
	弗鲁特；张竞生译	梦的分析		
	胡秋原	黑格尔之艺术哲学		
	[日]本间久雄；朱云影译	文学研究法		第1卷第9期
	彭信威	艺术概论		
	韵心	戏剧艺术的现在及将来	戏剧与音乐	创刊号
	F. Brunetiere；辛予译	戏剧的定律		
	葛罗斯；夏蔓蒂译	音乐的起源		
	董篁	德国的有声电影与舞台剧		
	Capell；郑导乐译	近代歌剧		
	白雁	戏剧与民众	涛声周刊	第18期
	曹聚仁	新诗家向哪里走		第20期
	徐祖正	关于批评与翻译	大公报·文学副刊	第203—205期
12—次3	R.W.Church；舍予译	但丁	齐大月刊	第2卷第3—6期
12、次1	劳列侯译	写实主义艺术的形态	京报（南京）	12月30日—次年1月6日

1932年

月	作者·译者	篇　名	发表刊物	卷·期·号
1	壮一	红绿灯——一九三二年的作家	文艺新闻	第43号
	菲莪	杰克伦敦与高尔基		第45、46号
	钱杏邨	一九三一年文坛之回顾	北斗	第2卷第1期
	千里	中国戏剧运动发展的鸟瞰		
	华蒂	一九三一年的日本文坛		
	魏金枝	过去对于"创作"的一般谬见		
	丹仁	关于新的小说的诞生		
	[日]川口浩；沈端先译	报告文学论		

月	作者·译者	篇　名	发表刊物	卷·期·号
1	[日]藏原惟人；晓风译	帝国主义和艺术	微音	第1卷第9、10期合刊
	[日]村山知义；吴承均译	新兴艺术解说		
	罗念生	无韵体	文艺杂志（上海）	第1卷第3期
	侍桁	杂论中国文学	文艺月刊	第3卷第1期
	曾仲鸣	文艺与时代	南华文艺	第1卷第1期
	舜民	文学与革命青年		
	[法]P.Jamot；颉颃译	艺术家与社会的关系		
	甘师禹	论现代诗与韵律问题		
	朱执信	诗的音节		
	陆永恒	近年来中国民间文艺复兴运动的经过		第1卷第2期
	甘旅；经用白译	美国文学的新趋势		
	李宝泉	未来派与中国		
	曾仲鸣	文艺与革命		
	倪贻德	超写实主义概观	武汉文艺	第1卷第1期
	[美]克尔恩斯；傅锦衣译	战后美国文学之趋势		
	[英]吴尔芙夫人；叶公超译	"墙上一点痕迹"译者识	现代	第4卷第1期
	愈之	现代的危机	东方杂志	第29卷第1号
	宜闲	大地译序		
	凌坚	德意志的电影艺术		第29卷第2号
	芒	超现实主义		
	陈高佣	文化运动的回顾与展望	世界与中国	第2卷第3号
	胡秋原	钱杏邨理论之清算与民族文学理论之批评	读书杂志	第2卷第1期
	李石曾	戏曲之我观	剧学月刊	第1卷第1期
	刘守鹤	论作剧		
	[日]大江清一；朱谦之译	黑格儿的精神现象学	现代学术	第1卷第5期
	D.Saruat；罗大刚译	战后法国文艺思潮	中法大学月刊	第1卷第3期
	[日]片冈良一；张资平译	日本之个人主义文学及其渊源	絮茜月刊	创刊号

月	作者·译者	篇 名	发表刊物	卷·期·号
1	仲侃	平民文艺的原则提纲	絮茜月刊	创刊号
	钟流	由平民文艺说到 Nationalism		
2	非	未来的新诗	石室学报	第7、8期合刊
		今后中国文学的方向	絮茜月刊	第1卷第2期
		呐喊诗和叙述小说		
	洛如	文学与个性有关系吗？	突进	第5期
	曾觉之	浪漫主义文学的面面	南华文艺	第1卷第3期
	[法]朱黑斯；曾仲鸣译	艺术与社会主义		
	李宝泉	艺术家的热情与同情		
	方光焘	新西班牙的新文学	东方杂志	第29卷第3号
	黎君亮	卢那卡尔斯基的盖棺试论	现代	第4卷第4期
	蔚竹君	文学之本质及其使命与作家	大戈壁	第1卷第2期
3	张露薇译	白璧德论浪漫主义与东方	清华周刊	第37卷第2期
	[英]塞米耳·亚历山大；言手彳译	哲学与艺术		第37卷第5期
	[日]萩原朔太郎；孙俍工译	近代诗的派别	青年界	第2卷第1期
	Edmund Gosse；梁遇春译	小泉八云		
	黄英	奥尼尔的戏剧		
	野马	文学在当前的时代使命	突进	第7期
	曾仲鸣	战争的文学	南华文艺	第1卷第5、6期合刊
	方玮德	诗人歌德全人生的意义	国闻周报	第9卷第9期
	O.Burdett；铭之译	哈代传记		第3卷第3期
3、4	[日]冈泽秀虎；侍桁译	郭果尔的生活与思想	文艺月刊	第3卷第3、4期
	王泊生	戏剧艺术	剧学月刊	第1卷第3、4期
4	西谛	我们所需要的文学	清华周刊	第37卷第6期
	张露薇	现代匈牙利文学		第37卷第7期
	陈以德	文学与革命	学生文艺丛刊	第6卷第10集
	许士龙	戏剧与民众		
	任锡朋	文学的研究方法	艺文学生	第1期
	洛如	文学是天才的表现吗？	突进	第8期
	屏群	从庞杂的模棱到尖锐化的明显		

月	作者·译者	篇 名	发表刊物	卷·期·号
4	G.Valentine；斐思春译	艺术与社会	突进	第8、9期
	胡秋原	马克斯主义所见的歌德	读书杂志	第2卷第4期
	Wittfogel；彭芳草译	歌德论		
	[德]路德维喜；澄宇译	歌德和希勒		
	厚生	苏俄之新艺术运动	北平晨报·学园	第286号
	[德]格洛绥；汪馥泉译	诗歌底始原	文艺月刊	第3卷第4期
	[日]藤森成吉；叶沉译	创作方法的唯物辩证论	文艺新地	创刊号
	史铁儿	普洛大众文艺的现实问题	文学（上海）	第1卷第1期
	洛扬	论文学的大众化		
	万曼	文学创作的新动向	南开大学周刊	第129、130期合刊
	胡立家	俄国第一次革命后的文学		
	张相曾	论新诗		
	念初	文艺复兴的解剖	心音	第2期
4、5	张资平	文艺论	青年世界	第1卷第2—7期
	[日]麻生义；默墨译	日本最近文学流派的批判		第1卷第2—5期
5	挹珊	战后美国小说概况	国闻周报	第9卷第18期
	俾尔德；张景琨译	西方文化之将来		第9卷第19—21期
	李建芳	诗经时代的女性生活研究	新创造	第1卷第2期
	骆叔和	五四运动的回顾及其转形的新时代		
	[德]格洛绥；汪馥泉译	艺术学之目的与方法	创化月刊	第1卷第1期
	戈乐天	国民诗人席列尔 schiller	鞭策周刊	第1卷第10期
	傅仲涛	日本文学之形态的特质		第1卷第11期
	Guyau；民生译	批评中的共感与社会性		第1卷第11、12期
	克利斯惕安穆夫；杨丙辰译	索弗克雷底悲剧艺术		第1卷第13、17期
	安簃	译夏芝诗赘语	现代	创刊号
	玄明	两种新主义		

月	作者·译者	篇　名	发表刊物	卷·期·号
5	丹仁	民族革命战争的五月	北斗	第2卷第2期
	茅盾	我们所必须创作的文艺作品		
	易嘉	五四和新的文化革命		
	阿英	上海事变与鸳鸯蝴蝶派文艺		
	茅盾	"五四"与民族革命文学	文艺新闻	第53号
	吴瑞燕	国剧之将来	剧学月刊	第1卷第5期
	刘守鹤	确定演剧的人生观		
	陈彝荪	文艺研究入门	读书月刊	第3卷第1、2期合刊
	柳丝	小说研究入门		
	殷作桢	戏剧研究入门		
	张泽厚	诗歌研究入门		
	娄子匡	壁上文学论	南华文艺	第1卷第9、10期合刊
	匡亚明	文学概论	文艺创作讲座	第2卷
	高明译	文艺与人生		
	朱介民	一般艺术学		
	朱湘	诗的产生		
	孙席珍	叙事诗		
	穆木天	十九世纪法国抒情诗讲话		
	毛秋白	分幕与导演的研究		
	马彦祥	戏剧作法		
		戏剧艺术论		
	傅东华	文艺批评		
	洪秋雨	鉴赏批评论		
	李白英	民歌鉴赏论		
	赵景深	童话学		
	高明	小说作法		
	马仲殊	短篇小说论		
	张资平	文艺思潮		
	John Coumos;张露薇译	苏俄文学的新观念	北平晨报·学园	23、24日
5—9	周情丝	现代国文讲话	青年世界	第1卷第4—9期
6	傅恒书	国语罗马字与普洛文学	国语周刊	第37期
	蒋善国	文学和时代	朝华季刊	第3卷第1期
	胡国钰	评S—R		
	品如	评赵景深中国文学小史	津逮	第1卷第2期
	程耀峰	文学的起源		

月	作者・译者	篇 名	发表刊物	卷・期・号
6	黄穆如	乐府源流	津逮	第1卷第2期
	马穉青	竹枝词研究		
	倪瑞江	竹枝词之研究		
	刘骏泉	文艺的功能		
	苏德林	一个文学的公式		
	泽陵	评文艺批评ABC		
	[日]竹友藻风;徐翔译	诗与散文	微音	第2卷第2期
	傅仲涛	明治文坛中之女作家：樋口一叶	鞭策周刊	第1卷第16期
	曾觉之	论文学运动的发生及中国的新文学运动	南华文艺	第1卷第11、12期合刊
	泊生	从译剧的演法说到日本的剧艺	剧学月刊	第1卷第6期
	陈铁光	历史小说新论	海滨文艺	创刊号
	马古烈	文学的研究方法		
	东声译	勃兰兑斯论法朗士	文艺月刊	第3卷第5、6期合刊
	镜园	拜轮的生活思想与性格	读书杂志	第2卷第6期
	[苏]佛理采;胡秋原译	精神分析学与艺术：佛罗以德主义方法论与艺术		
	宋阳	大众文艺的问题	文学月报	第1卷第1期
	鲁迅	论翻译		
	[俄]弗理契;周起应译	弗洛伊特主义与艺术		
	Janko Lavrin;郭安仁译	杜思托也夫斯基与现代艺术	新时代月刊	第2卷第2、3期合刊
	朱复钧	论意译与直译		
	凌梦痕	达尔文学说对于社会科学的影响	新创造	第1卷第5期
	[日]山岸光宣;谢六逸译	论歌德	创化月刊	第1卷第2期
	徐哲夫	现代中国文学概观	磐石杂志	第1卷第1期
	潘朝英	小说的理论		
	心月	从几首古诗里面看到的中国女性		
	John Cournos;大心译	苏维埃在文艺上的观念	平明杂志	第1卷第3期
	郁达夫	现代小说所经过的路程	现代	第1卷第2期
	陈御月	"比也尔·核佛尔第"译者记		
		丑的文化		

月	作者・译者	篇 名	发表刊物	卷・期・号
6	陈高佣	文化革命与革命文化	世界与中国	第2卷第6号
	黎锦明	文学上理智的修养	国闻周报	第9卷第22、23期
6、7	隋树森	金圣叹及其文学批评		第9卷第24—26期
	[日]宫岛新三郎；白河译	英美的新文学理论	微音	第2卷第2、3期
7	陈望道	说跳脱与节缩		第2卷第3期
	江思译	马里奈蒂访问记	现代	第1卷第3期
	[苏]高尔基；向茹译	冷淡	北斗	第2卷第3、4期合刊
	起应	关于文学大众化		
	何大白	文学的大众化与大众文学		
	寒生	文艺大众化与大众文艺		
	田汉	戏剧大众化与大众化戏剧		
	梅子	革命文艺・民主文艺・文艺政策	南华文艺	第1卷第14期
	[俄]Maxim Gorki；岑斯	现时代所需要的文艺理论	南国	第1卷第3期
	[美]G.Z.Patrick；大心译	现代俄国诗坛	平明杂志	第1卷第6期
	秦鍊	现在中国需要的革命文学	国风月刊	第1卷第3期
	赵景深	现代学生与文学思想	现代学生	第2卷第1期
	余慕陶	现代学生与现代小说		
	须尊	文学史之新途径	鞭策周刊	第1卷第21—23期
	毛一波	意德法文学的历史观	新时代月刊	第2卷第4、5期合刊
	萧天石	诗歌的过去、现在与将来	橄榄月刊	第22期
	陈墨香	汉魏乐府综论	剧学月刊	第1卷第7期
	郑振铎	新文坛的昨日、今日与明日	百科杂志	第1卷第1期
	凌梦痕	六十年来之西洋哲学	申报月刊	第1卷第1期
	林语堂	中国文化之精神	文学月报	第1卷第2期
	止敬	问题中的大众文艺		
	J.K.	再论翻译答鲁迅		
	方光焘	艺术与大众		
	沈心芜	文学起源与宗教的关系	文学年报	第1期
	沈启无	近代散文钞后记		

月	作者·译者	篇 名	发表刊物	卷·期·号
7—次2	徐碧波	中国有声电影的展望	珊瑚	第1卷第1号—第2卷第4号
7、8	谷剑尘	民众戏剧之理论与其实际	新时代月刊	第2卷第4、5期合刊，第6期
	[日]石滨知行；高明译	经济与文艺	微音	第2卷第3、4期
	[美]莱斯；艳珊译	近代戏剧的性问题	国闻周报	第9卷第29—30期
	陈瘦竹	Words worth 的诗论		第9卷第32、33期
8	非白	国际新兴文学运动的展望	世界日报	8月1日
	汪静之	文学的领地	大陆	第1卷第2期
	须尊	文章新论	鞭策周刊	第1卷第24—26期
	徐仲年	情与美	文艺茶话	第1卷第1期
	叶侬	民族文学的研究	文艺战线	第1卷第21期
	张友松	反普罗文学		第1卷第22期
	孔均	短篇小说的探讨		第1卷第23期
	[日]山田房古；钱芝君译	日本无产文学之史的概况	日本评论	第1卷第2期
	焦风	大众文艺之先决条件	武汉文艺	第2卷第1期
	胡行之	文学的起源		
	景隽	俄罗斯的戏剧概要	剧学月刊	第1卷第8期
	马彦祥	戏剧与人生		
	[意]M.Praz；赵景深译	最近的意大利文学	现代	第1卷第4期
	[法]倍尔拿·法意；戴望舒译	世界大战以后的法国文学		
8—10	[英]笛肯生；张志澄译	现代英国戏剧	南华文艺	第1卷第15—19期
8、9	[日]本间久雄；许达年译	生活的艺术化		第1卷第16、18期
8—12	刘守鹤	戏剧	剧学月刊	第1卷第8—12期
9	[苏]佛理采；胡秋原译	朴列汗诺夫与艺术之辩证法底发展问题	读书杂志	第2卷第9期
	[日]平林初之辅；张我军译	法国自然派的文学评论		
	胡雪	战后欧洲新国文学概观		

月	作者·译者	篇　名	发表刊物	卷·期·号
9	余慕陶	中国社会与中国文学讲话	读书杂志	第2卷第9期
	戴望舒	"西莱纳集"译者记	现代	第1卷第5期
	[英]赫克思莱；施蛰存译	新的浪漫主义		
	毛一波	都会文艺的末路	新时代月刊	第3卷第1期
	刘麟生	复兴时代的文学	复兴月刊	第1卷第1期
	老谈	文学与文字	国语周刊	第53期
	范存忠	孔子与西洋文化	国风半月刊	第3号
	唐君毅	孔子与歌德		
	华西里	文学与革命	文艺战线	第1卷第26期
	罗念生	双行体	文艺杂志（上海）	第1卷第4期
	柳无忌	为新诗辩护		
	叶飞	文学上的主义与流派	南华文艺	第1卷第17期
	陈守梅	关于诗		第1卷第18期
	汪亚尘	艺术漫谈	文艺茶话	第1卷第2期
	李宝泉	社会与艺术的创造	大陆	第1卷第3期
	Carl Van Doren；夏雨时译	文学的将来	现代学生	第2卷第3期
	舒赐兴	美的虚无论	学生文艺丛刊	第7卷第1期
	温肇桐	艺术琐谈		
	施蛰存	如何作文	青年界	第2卷第2期
	毛秋白	电影的本质的美		
	温源宁	现代英美四大诗人		
	曹聚仁	现代中国散文		
9、10	胡云翼	谈谈中国诗	申江日报·海潮	第1期
		论中国诗之弊		第2、3期
9—12	徐凌霄	戏剧词典释例	剧学月刊	第1卷第9—12期
10	村彬	唯美怪杰王尔德	北平晨报·剧刊	2日
	凌云	论小说	北辰杂志月刊	第4卷第8期
	宋阳	再论大众文艺答止敬	文学月报	第1卷第3期
		论弗理契		
	沈端先	九一八战争后的日本文坛		
	[英]M.Arnold；杨晦译	弥尔敦	沉钟	第13期
	刘大杰	高士华绥小论	现代学生	第2卷第4期
	L.P.Smith；刘复译	英语的起源		

月	作者·译者	篇 名	发表刊物	卷·期·号
10	[俄]高尔基；哲生节译	现代智识阶级的危机	东方杂志	第29卷第4号
	蒋径三	现象学者谢勒尔的教育观		
	络纬	女人与著作家		
	[苏]科干；胡秋原、贺费陀译	希腊文学概论	读书杂志	第2卷第10期,第11、12期合刊
	V. F. Calverton；天白译	文艺批评的新基准		第2卷第10期
	[日]冈泽秀虎、冈邦雄；徐翔译	最近苏联之文学、哲学与科学		
	佩弦	论白话	清华周刊	第38卷第4期
	邵洵美	旧剧革命	论语半月刊	第2期
	晓初	易卜生戏剧综论	剧学月刊	第1卷第10期
	杜璟	新国剧问题		
	[日]桥本英吉；森堡译	高尔基评传	微音	第2卷第5期
	[日]川口浩；鸣心译	到科学的美学之路		
	英坚	文艺思潮的转变	晨光周刊	第1卷第12期
	[日]藏原惟人；王集丛译	关于艺术作品底评价问题	北国月刊	第1卷第2期
	易嘉	文学的自由与文学家的不自由	现代	第1卷第6期
	秋心	历史剧的语言	新月	第4卷第3期
	棠臣	小品文研究		
	汪亚尘	艺术家的修养	文艺茶话	第1卷第3期
	[日]鹤见祐辅；白桦译	政治与小说	黄钟	第1卷第4期
	冷西	关于"美"的创造		第1卷第5期
	郁达夫	文学漫谈	青年界	第2卷第3期
	[日]崛口大学；凌坚译	战时战后的比利时文学		
	张露薇	施各德百年祭	申报月刊	第1卷第4期
	向培良	剧本与戏剧	橄榄月刊	第25期
	金素分	色与文学		
	袁昌英	文学的使命	新时代半月刊	第3卷第4期
	林达祖	欧洲文艺思潮底变迁及其派别	斗报	第2卷第27号

月	作者·译者	篇 名	发表刊物	卷·期·号
10	翟新亚	关于文艺上底各派别之探讨	自新月刊	第37、38期合刊
	胡云翼	词的意义及其特质	申江日报·海潮	第6期
	陈伯吹	故事的价值研究	大夏周报	第9卷第4期
	明宇	平民文学的研究	文艺战线	第1卷第28—30期
	白杰	时代文学论		第1卷第29期
		文学创作的修养		第1卷第30期
10、11	散飞	平民文学的探讨		第1卷第32、33期
	颜争锐	文艺复兴后欧洲文学的派别		第1卷第32—34期
	泊生	戏剧意识	剧学月刊	第1卷第10、11期
11	丕夫	俄国革命后文体的鸟瞰	文艺战线	第1卷第34期
	费鉴照	纪念司高脱	新月	第4卷第4期
	哈罗德·尼柯孙；卞之琳译	魏尔伦与象征主义（并译者识）		
	中书君	评周作人"中国新文学的源流"		
	李辰冬译	我们为何和如何写小说		第4卷第5期
	梁实秋	论翻译的一封信		
	杨人楩	论士大夫阶级的低级趣味	青年界	第2卷第4期
	[日]岛村抱月；汪馥泉译	修辞学底变迁		
	石民	略谈中国诗的英译		
	[日]新关良三；适夷译	现代瑞士文学		
	黄英	屠格涅甫的散文诗		
	[日]矢野峰人；赵世铭译	世纪末英国文学与大陆文艺之关系	大陆	第1卷第5期
	子聪	欧美各国戏剧的新趋势	剧学月刊	第1卷第11期
	饶孟侃	梅士斐儿的戏剧	申江日报·海潮	第8、9期
	张梦麟	戏曲家高士华绥		第10、11期
	鲁迅	论"第三种"	现代	第2卷第1期
	戴望舒	望舒诗论		
	陈雪帆	关于理论家的任务速写		
	苏汶	论文学上的干涉主义		
	华林一	狄更生之中西文化比较论	国风半月刊	第7号

月	作者·译者	篇　名	发表刊物	卷·期·号
11	汪辟疆	编述中国诗歌史的重要问题	国风半月刊	第7号
	朱之平	西方文化与中国近代文学之影响	学生文艺丛刊	第7卷第2期
	[法]罗曼罗兰；寒琪译	论高尔基	文学月报	第1卷第4期
	亚尔夫列德·克列拉；嵩甫译	五年计划中的社会主义的文化革命	文化月报	创刊号
	[日]上田进；洛文译	苏联文学理论及文学批评的现状		
	微西	文学与道德	心远周刊	第3期
	钱歌川	奥尼尔的生平及其艺术	学艺	第11卷第9期
	李万居	写实派健将巴尔扎克略传	现代学生	第2卷第5期
	G.Pléchanov；沈起予译	艺术与存在的关系：十八世纪的法国戏剧	微音	第2卷第6期
	民生	美学管见	鞭策周刊	第2卷第12期
	须尊	陈旧的文艺论与误谬的文艺论		第2卷第13期
	力昂	苏俄武器文学之没落	橄榄月刊	第26期
	章伯彝	文学的美		
	爱尔	文艺的使命	前线文艺半月刊	第1卷第3期
11、12	梁实秋	文学论	益世报·文学周刊	第1—8期
12	苏汶	约翰·高尔斯华绥论	现代	第2卷第2期
	汪亚尘	现代艺术的要素	文艺茶话	第1卷第5期
	王平陵	中国文艺思潮的没落与复兴	矛盾月刊	第1卷第3、4期合刊
	H.M.Walbrook；由之译	亨利詹姆士底小说		
	[俄]Lunacharsky；毛腾译	革命与艺术之曲线的联系		
	周辅成	康德的审美哲学	大陆	第1卷第6期
	侍桁	关于文坛的倾向的考察		
	[日]长谷川诚也；张资平译	精神分析与近代文艺	申江日报·海潮	第11—13期
	[美]辛克莱；张梦麟译	拜金艺术		第12、13、15期
	汪静之	作家出生的阶级问题		第14期
	俞平伯	小说随笔	东方杂志	第29卷第7号
	王启怀	何谓文学	学生文艺丛刊	第7卷第3期
	[日]宫岛新三郎；越中译	文艺批评之意义	斗报	第2卷第33号

月	作者·译者	篇　名	发表刊物	卷·期·号
12	毛秋白	论方言	青年界	第2卷第5期
	[法]E.Faguet；沈炼之译	文学批评家和文学史家		
	[日]堀口九万一；适夷译	现代拉丁美洲的文学		
	徐嘉瑞	莫泊桑的小说		
	郁达夫	文艺论的种种	读书月刊	第3卷第5期
	张泽厚	普罗文学与革命文学		
	胡秋原	关于文艺之阶级性		
	文炳	文学的阶级性		
	陶晶孙	大众文艺的"史的考察"		
	张竞生	写在"精神分析学与艺术"之尾巴	读书杂志	第2卷第11、12期合刊
	Matsa；费陀译、秋原校	卢那卡尔斯基艺术理论批判		
	朱云影	日本的社会与文艺		
	乃力	近代剧的种别	文艺战线	第1卷第38期
	夏子聪	将来的戏剧	剧学月刊	第1卷第12期
	杜璟	中国戏剧之价值		
	绮影	自由人文学理论检讨	文学月报	第1卷第5、6期合刊
	I.B；黄芝葳译	普列汗诺夫批判		
	[苏]卢那察尔斯基；沈起予译	高尔基与托尔斯泰		
	李长夏	关于大众文艺问题		
	杨晦译述	殷·琼生谈"文"	沉钟	第17期
	赵景深	文学与个性	橄榄月刊	第27期
	慈炳如	论审美范畴的起源	齐大季刊	第1期
	舍予	文学与作家		
	徐梗生	说冲淡	微音	第2卷第7、8期合刊
	余慕陶	近代美国文学讲话		
12—次4	沈起予	现代文艺的诸流派	微音	第2卷第7、8期合刊；第3卷第2期
12、次1	鲍尔敦金；刘皖生译	马志尼与文艺批评	申江日报·海潮	第15、17、19期
1933年				
1	丹仁	关于"第三种文学"的倾向与理论	现代	第2卷第3期

月	作者·译者	篇　名	发表刊物	卷·期·号
1	苏汶	一九三二年的文艺论辩之清算	现代	第2卷第3期
	赵景深	文学与语言	新时代月刊	第3卷第5、6期合刊
	王坟	文学的史的意义		
	Larrabee；天愚译	哲学与艺术	艺风	第1卷第1期
	宗白华	哲学与艺术	新中华	第1卷第1期
	丰子恺	最近世界艺术的新趋势		
	钱歌川	大战以来的世界文学		
	孙福熙	文艺道上		
	荣桢	文学派别之产生及其对垒	新垒	第1卷第1期
	李焰生	政治之路与文艺之路		
	小鹄	自由诗与十四行诗		
	汪亚尘	艺术与赏鉴	文艺茶话	第1卷第6期
	梁实秋	论"第三种人"	文艺月刊	第3卷第7期
	王平陵	"自由人"的讨论		
	费鉴照	爱尔兰作家乔欧斯		
	波连斯基；徐翔穆、胡雪译	文学作品上意识形态之分析	文化季刊	第2册
	[日]上田进；徐翔穆译	苏联文学理论及文学批评之现状		
	费陀	形象概论		
	朱谦之	文化哲学	现代史学	第1卷第1期
	侍桁	关于大众文艺	大陆	第1卷第7期
	白宁	巴尔扎克传		
	[日]昇曙梦；杨骚译	托尔斯泰传	生路月刊	第1卷第1期
	杨晦译	朗该诺斯"庄严论"	沉钟	第19、20期
	穆木天	怎样去研究诗歌	微音	第2卷第9期
	沈起予	从打打派到超现实派		
	余慕陶	论旧诗与词		
	赵景深	文学的特质	彗星	第1卷第1期
	李石岑	世界文化的前途	前途	第1卷第1期
	傅东华	世界文艺的前途		
	孙俍工	中国文艺底前途		
	E.T.Mitchell；丘瑾璋译	悲观论的论据及其批评	东方杂志	第30卷第1号

月	作者·译者	篇 名	发表刊物	卷·期·号
1	朱光潜	替诗的音律辩护	东方杂志	第30卷第1号
	俞平伯	诗的歌与诵		
	李石岑	未来的哲学		
	伯珩	电影与儿童		
	秀侠	苏联电影的趋势		
	M.Charny；胡仲持译	苏联的文化革命		第30卷第2号
	[美]辛克莱；余慕陶译	集团艺术	东方文艺	第1卷第1期
	[日]上田进；聂绀弩译	苏联文坛最近的理论斗争	京报	11—15日
	梁实秋	文学集合的研究	益世报·文学周刊	第10期
	[美]辛克莱；张梦麟译	艺术与人格	申江日报·海潮	第17期
	[日]太田善男；张资平译	英国的现实主义文艺		第18、19期
	郁达夫	说翻译和创作之类	论语半月刊	第8期
	谷非	现阶段上的文艺批评之几个紧要问题	现代文化	第1卷第1期
	宫廷璋	刘知几史通之文学概论	师大月刊	第2期
	曾广源	近代语探原叙例	女师学院期刊	第1卷第1期
	华钟彦	谈谈古代韵文和现在新诗		
	张尧年	莎氏比亚及其四大悲剧		
	W.H.Davies；李霁野译	现代英国诗人		
	汤增敔	研究文艺思潮的切要	橄榄月刊	第28期
	[日]片冈良一；张资平译	个人主义文学之轮廓		
	程小青	从"视而不见"说到侦探小说	珊瑚	第2卷第1号
	沅芷	文学底定义及其起源	斗报	第3卷第1号
	[日]楠山正雄；乃力译	近代戏剧的开展与分化	文艺战线	第1卷第43、44期
	徐国栋	中国现代的文学观	商邱留下学会会刊	创刊号
	前人	论胡适中国文学改良刍议之我见		
1、2	傅雷	文学对于外界现实底追求	艺术	1、2月号
	[美]W.Libby；陈廷璠译	现代文化概观	现代史学	第1卷第1、2期

月	作者·译者	篇 名	发表刊物	卷·期·号
1、2	曾觉之	浪漫主义试论	中法大学月刊	第2卷第3—5期
1—6	胡寄尘	中国小说的起源及其演变	珊瑚	第2卷第1—12号
2	王子久	战争文学小论	新中华	第1卷第3期
	张梦麟	萧伯纳的剧及思想		第1卷第4期
	徐凌霄	从萧伯讷说到中国的幽默	剧学月刊	第2卷第2期
	王泊生	戏剧艺术		
	郑桂泉编译	二十世纪的美国小说	文艺战线	第1卷第47期
	宝镖	论翻译		
	华西里	纯文学无阶级性		第1卷第48期
		纯文学的生命		第1卷第49期
	焰生	左联命运的估算	新垒	第1卷第2期
	大年	梁实秋的文学阶级论		
	天狼	"自由人"论战的总结		
	杜衡	关于穆时英的创作	现代出版界	第9期
	吴定	文学研究的新方法	益世报·文学周刊	第19期
	黎烈文	十八世纪法国文学的古典精神	学艺	第12卷第1期
	王集丛	艺术与思想	读书杂志	第3卷第2期
	李华卿	为朴列寒诺夫而辩护		
	[苏] J.Cournos；何学尼译	苏俄文学的新趋势		
	[日]神部孝；张我军译	法国现实自然派小说		
	[日]金子马治；芷仁译	康德美学之精神		
	[日]阿部知二；高明译	英美新兴诗派	现代	第2卷第4期
	茅盾	徐志摩论		
	杨邨人	揭起小资产阶级革命文学之旗		
	贺义昭	十九世纪法国的浪漫主义运动	文艺茶话	第1卷第7期
	郎鲁逊	艺术谈片		
	汪静之	作家与经验	申江日报·海潮	第20期
	张资平	萧伯纳论		第21期
	张梦麟	萧伯纳的思想		
	茅盾	封建的小市民文艺	东方杂志	第30卷第3号
		现代的——		
	汪静之	文学定义的综合研究	东方文艺	第1卷第2期
	赵景深	文学所反映的国民性		

月	作者·译者	篇　名	发表刊物	卷·期·号
2	黎锦熙	中国通俗小说书目序	国语周刊	第71期
	朱谦之	文化类型学	现代史学	第1卷第2期
	陈啸江	什么是文化		
	朱谦之	宋代的歌词		
	岑家梧	元代的杂剧		
	O.Biho；韩起译	德国新文学论	现代文化	第1卷第2期
	Leon Dennen；韩起译	蒲力汗诺夫与艺术之马克思主义的探求		
	A.Elistratova；华恺译	蒲力汗诺夫文艺理论的错误		
	潘恩霖	文艺是什么	艺风	第1卷第2期
	陈适	文艺思潮转变的程序	橄榄月刊	第29期
	张资平编译	短篇小说的历史		
	汤增敫	文学与艺术		
	既澄	与胡适之先生论文体之起源	鞭策周刊	第2卷第18期
	岛西	文学与大众	无名文艺	第2期
	赵景深	近代文学批评泛论	彗星	第1卷第2期
	森堡	关于诗的朗读问题	新诗歌	第1卷第2期
	何德明	论新诗	大夏周报	第9卷第15期
	汤增敫	文艺思潮的研究途径	广州公教青年月刊	第12期
2、3	[日]冈泽秀虎；侍桁译	俄罗斯文学上的郭果尔时代	文艺月刊	第3卷第8、9期
2—6	L.Lewisohn；马彦祥译	法国近代剧概观		第3卷第8、10—12期
2、3	黄作霖	萧伯纳一生的成就	国闻周报	第10卷第7—9期
	张资平	文学本质新论	申江日报·海潮	第23、24期
	[日]金子马治；胡雪译	理想主义与艺术	新垒	第1卷第2、3期
3	侍桁	论"第三种人"	创化季刊	创刊号
	胡秋原	艺术理论家梅林		
	[日]冈泽秀虎；东声译	最近苏俄的文艺批评界		
	鲍文蔚	夏多白里安		
	Friche；胡秋原译	艺术作风与社会生活之关系	学艺	第12卷第2期
	凌璧如	苏俄文坛的新艺术运动	新中华	第1卷第5期
	毛秋白	现代德国的劳动文学与普罗文学		第1卷第6期
	黄英	跂佐夫的小说	青年界	第3卷第1期

月	作者·译者	篇　名	发表刊物	卷·期·号
3	E.Wagenknecht；赵景深译	萧伯纳传	青年界	第3卷第1期
	林德；梁遇春译	王尔德		
	[日]山田义雄；汪馥泉译	法国罗曼派小说史略	大陆	第1卷第9期
	J.Cournos；大心译	文艺中的反抗精神	平明杂志	第2卷第6期
	华西里	中国文艺界上两大魔鬼	文艺战线	第2卷第1期
	谢六逸	北欧神话研究	文艺月刊	第3卷第9期
	谢寿康	中国底戏剧运动	矛盾月刊	第1卷第5、6期合刊
	向培良	戏剧之现代的形式		
	洪深	话剧浅说		
	马彦祥	文明戏之史的研究		
	熊佛西	我的诚条与信念		
	袁殊	戏曲论与演技学		
	欧阳予倩	从汉调说到花鼓戏		
	谷剑尘	中国戏曲源流考		
	[美]H.Irving；胡春冰译	表演艺术之实习		
	袁牧之	舞台化装与银幕化装		
	阎哲吾	戏剧发音的训练及其保养法		
	顾仲彝	小剧场运动的起源		
	杨昌溪	苏俄戏剧之演化及其历程		
	许德佑	法兰西的异国剧场		
	潘子农	戏剧批判底诸原理		
	傅雷	萧伯纳评传		
	C.Hamilton；辛予译	愉快的戏剧与不愉快的戏剧		
	[法]马西斯；岑时甫译	小说与自传	中法大学月刊	第3卷第1期
	周学普	德国的新现实主义	文理	第4期
	饶孟侃	梅士斐儿的戏剧		
	刘守鹤	中国电影的前路	剧学月刊	第2卷第3期
	王泊生	写实化妆艺术		
	[德]艾克曼；杨丙辰译	葛德晚年之谈话	鞭策周刊	第2卷第21、22、24期
	天狼	论萧伯纳底戏剧	新垒	第1卷第3期
	春蚕	诗之艺术		

月	作者・译者	篇　名	发表刊物	卷・期・号
3	赵家璧	萧伯纳	现代	第2卷第5期
	苏汶	批评之理论与实践		
	[美]勃克；小延译	东方、西方与小说		
	叶公超	论翻译与文字的改造	新月	第4卷第6期
	大炎	马克思主义在日本的发展	国闻周报	第10卷第10期
	孙楷第	中国通俗小说书目分类说明	国语周刊	第75期
	徐英	论近代国学	青鹤	第1卷第8期
	忆初	民族主义的文艺方法论	黄钟	第1卷第22期
	程善吾	古典文学的意义	益世报・文学周刊	第20期
	朱谦之	论乐府	国立中山大学文史学研究所月刊	第1卷第3期
	王廷熙	新诗音韵之商榷	大夏周报	第9卷第19期
	许杰	文学与科学	安徽大学月刊	第1卷第2期
	贺麟	鲁一士"黑格尔学述"译序	国风	第2卷第5、6号
	[日]森山启；杨骚译	诗的特殊性	新诗歌	第1卷第3期
	李梦琴	近世欧洲文学思想变迁的概观	中庸半月刊	第1卷第2号
	祝秀侠	大战后表现主义述评	微音	第3卷第1期
3、4	[日]岩崎昶；曼青译	电影艺术学之史的展望		第3卷第1、2期
4	钱歌川	纯粹的宣传与不纯的艺术	新中华	第1卷第7期
	章璠	中国诗歌在历史上之变迁	国风	第2卷第7号
	曾觉之	艺术家	艺风	第1卷第4期
	龙沐勋	词体之演进	词学季刊	创刊号
	况周颐遗著	词学讲义		
	胡云翼	词的起源	现代学生	第2卷第7期
	叶松年	国难的文学与个人的烦恼		
	陈安仁	中国文化演进史观序言	国立中山大学文史学研究所月刊	第1卷第4期
	[英]J.G.Robertson；罗大刚译	晚近斯堪地纳维亚文学概观	清华周刊	第39卷第5、6期合刊
	杨同芳	小品散文漫谈	大夏周报	第9卷第21期
	宗志黄	中国戏曲的过去和将来	安徽大学月刊	第1卷第3期
	赵景深	评薛祥绥的修辞学	文学旬刊（复旦）	第2、3期合刊
	陈俟基	文学与环境	学生文艺丛刊	第7卷第4期
	许顶	中国文艺思潮观	海滨半月刊	第6期
	冰鱼	论文化之输入与沟通	太阳在东方	第1卷第1期

月	作者·译者	篇 名	发表刊物	卷·期·号
4	陈伦	诗的技巧	太阳在东方	第1卷第1期
	R. G. Collingwood；卢剑波译	艺术之一般性		
	Henri Bidou；傅雷译	梅特林克的神秘剧	文艺月刊	第3卷第10期
	[日]山田九朗；汪馥泉译	法国小说发达史		
	张资平	写实主义的确立时代	橄榄月刊	第31期
	鹤逸	日本文学上的"寂"	鞭策周刊	第2卷第25期
	森堡	诗是什么东西	新诗歌	第1卷第4期
	赵景深	超写实派的现势	彗星	第1卷第3、4期合刊
	汤增敫	两本"文学概论"		
	[日]川口浩；森堡译	新兴文学底历史的地位	微音	第3卷第2期
	茅盾	机械的颂赞	申报月刊	第2卷第4期
	毛一波	小说发达史略	青年世界	第1卷第11期
	须予	表现主义文学的摄影	新垒	第1卷第4期
	[苏]黎林；凡式译	国际普罗文学当前要题	电影与文艺	第5期
	黎林	左翼文学的社会基础		
	王泊生	音韵之起源与戏剧之关系	剧学月刊	第2卷第4期
	静华	马克斯、恩格斯和文学上的现实主义	现代	第2卷第6期
	周作人讲演	关于通俗文学		
	傅平	现代爱沙尼亚文艺鸟瞰		
	所北	关于散文、小品	文艺茶话	第1卷第9期
	[日]加藤武雄；岂文节译	混乱时代与幽默文学	星期三	第1卷第14期
	谷万川	论文学上的腐败的自由主义	文学杂志	第1期
	林语堂	论文（上）	论语半月刊	第15期
	[美]辛克莱；张梦麟译	拜金艺术	京报·复活	3—18日
4—6	[日]高桥健二；刘石克译	德国现代小说的诸倾向	新垒	第1卷第4—6期
4—7	朱湘	文学闲谈	青年界	第3卷第2—5期
5	周起应	文学的真实性	现代	第3卷第1期
	茅盾	关于"文学研究会"		
	赵家璧节译	沙皇网下之高尔基		

月	作者·译者	篇 名	发表刊物	卷·期·号
5	[俄]伊里支；陈淑君译	托尔斯泰论	文学杂志	第2期
	黄豪	由五四到一二八之民族文化运动	前途	第1卷第5期
	孙怒潮	五四与文学		
	[意]克罗采；赵演译	论自由		
	张资平	写实主义所受西欧文学的影响	橄榄月刊	第32期
	冯超	再与钱子泉论文书	国风	第2卷第10号
	余慕陶	文学是不是科学	中庸半月刊	第1卷第6号
	郎鲁逊	美的发见	文艺茶话	第1卷第10期
	汪亚尘	艺术与社会	朔望半月刊	第1号
	徐仲年	自由、文学与规律		
	余慕陶	研究世界文学底提纲		第1、2号
	徐心芹	文化史的范围和研究方法		第2号
	夏炎德	龙沙与七星诗社	学术月刊	第1卷第1期
	吴康	匈牙利文学	国立中山大学文史学研究所月刊	第1卷第5期
	杜璟	新国剧的音韵	剧学月刊	第2卷第5期
	王泊生	国难的戏剧		
	万籁天	影剧在社会教育上之功能		
	林松年	戏剧艺术之征象		
	周镜之	独幕剧研究	现代学生	第2卷第8期
	朱松生	谈谈戏剧的内容	艺风	第1卷第5期
	王玉章	杂剧要件	中国语文学丛刊	创刊号
	H.Sweet；张世禄译	语音变迁之通则		
	J.R.Frth；蓝文海译	关于语言的起原问题		
	J.Haantjes；蓝文海译	欧战对于荷兰文学之影响		
	A. Gurstein；卓润梅译	艺术家和阶级	学术	第1卷第1期
	持夫	文艺与党派	新垒	第1卷第5期
	须予	没落时代之触角		
	天狼	论新感觉派		
	梁父	谈谈文艺政治化		
	木天	诗歌研究入门	微音	第3卷第3期

月	作者·译者	篇 名	发表刊物	卷·期·号
5	杨柳岸	农民文学概述	微音	第3卷第3期
	张绪鸿	苏俄诗文坛	国闻周报	第10卷第19期
	周子亚	论民族主义文艺	黄钟	第1卷第25期
	[日]鹤见祐辅；白桦译	传记文学论		第1卷第26期
	吴定译述	文学与社会科学	益世报·文学周刊	第26、27期
	慎言	近代文坛的巨子	北辰杂志半月刊	5卷10期
	茅盾	"作家和批评家"	申报月刊	第2卷第5期
	茅盾	都市文学		
	彭信威	艺术的起源和发达	读书中学	第1卷第1期
	V.Lidin；蘅静译	苏联的文学	读书杂志	第3卷第5期
	George Gross；彭信威译	现代艺术的危机		
	侍桁译	勃兰兑斯论巴尔扎克		
	[苏]A.V.Lunacharsky；天觉译	马克思主义与艺术		
	郁达夫	略举关于文艺批评的中国书籍	青年界	第3卷第3期
5、6	V.F.Calveton；杨瑞鹿译	美国文学的普罗运动	北平晨报·学园	5月30日,6月1、2、5日
5、9	[日]昇曙梦；张资平译	俄国的写实主义及自然主义文艺	青年世界	第2卷第1、3期
6	尹澄之	普罗文学的国际组织	文艺月报	创刊号
	[日]川口浩；张英白译	文学的党派性		
	[日]川口浩；穆木天译	关于文学史的方法诸问题	现代	第3卷第2期
	张资平	曙新期的创造社		
	白桦	法西斯蒂政治建立前后的意大利文学	黄钟	第1卷第27期
	许尚由	民族主义的文学		第1卷第28期
	焰生	关于文艺的几个问题之讨论	新垒	第1卷第6期
	徐心芹	文化史的由来和地位	朔望半月刊	第3号
	刘九	"摩登文化"研究		第4号
	陈钟凡	中国音乐与文学	文史丛刊	第1期
	朱光潜	诗人的孤寂	申报月刊	第2卷第6期

月	作者·译者	篇 名	发表刊物	卷·期·号
6	秾陵生	剧情的演进	剧学月刊	第2卷第6期
	徐凌霄	西剧中演之各问题		
	王泊生	中国戏剧		
	胡秋原	社会学观中国文学史专号发刊言	读书杂志	第3卷第6期
	李华卿	中国文学史轮廓引论		
	丁迪豪	中国古代文学史论		
	胡秋原	秦汉六朝思想文艺发展草书		
	张玉林	魏晋南北朝的文学		
	[苏]吉波亭；徐翔穆译	苏联文学之现阶段与创作方法之问题		
	陆侃如译	恩格斯未发表的两封信		
	韩侍桁	揭起小资产阶级革命文学之旗		
		革命的罗曼蒂克		
	胡朝冕	柏拉图的意象论	哲学与教育	第2卷第1期
	王正国	情感与自我		
	A.Huxley；可宋译	悲剧与全部的真实	清华周刊	第39卷第11、12期合刊
	朱谦之	论诗乐	国立中山大学文学院专刊	第1期
	郁达夫	文学上的智的价值	现代学生	第2卷第9期
	舍予	文艺中理智的价值	齐大季刊	第2期
	姚毅成	文学与作者	大夏周报	第9卷第29期
	守初	文学创作方法论		
	赵景深	自然主义的三相	文学旬刊（复旦）	第5期
		评张弓的"中国修辞学"		
		"文学概论"漫评		
	郁达夫	批评的态度	青年界	第3卷第4期
		英文文艺批评书目举要		
	建中	"世界语文艺论"大纲	青年世界	第2卷第2期
	[日]川口浩；陈望道译	关于文学史方法的诸问题	现象月刊	第1卷第4期
	[日]川口浩；一之译	文艺上的现实主义空想主义	微音	第3卷第4期
	钱歌川	文学科学论	新中华	第1卷第11期
	曾觉之	文艺影响论		第1卷第12期
	T.Burnhan；郑桂泉译述	马克斯主义与美学	国际译报	第3卷合订本

月	作者·译者	篇　名	发表刊物	卷·期·号
6	V.F.Calverton；易凌译	美学价值之变动性	国际译报	第4卷第5期
	木天	关于歌谣之制作	新诗歌	第2卷第1期
	叶流	略谈歌谣小调		
	海兰	中国妇女与文学	旁观	第21期
6、7	莲子	论文学上的新写实主义	中兴周刊	第1—3期
7	陈大悲	新感觉的表现法	黄钟	第1卷第29期
	苏雪林	论李金发的诗	现代	第3卷第3期
	昌楣	艺术上的新主题	新垒	第2卷第1期
	天狼	小品文之研究		
	郁达夫	文艺与道德	青年界	第3卷第5期
	毛一波	文艺杂论	新时代月刊	第5卷第1期
	刘恨非	文学的个性		
	李词佣	论"词的解放运动"		
	杨维铨	美国文学的现代性	新中华	第1卷第14期
	夏炎德	法国现实派戏曲	学术月刊	第1卷第2、3期合刊
	易峻	评文学革命与文学专制	学衡	第79期
	散飞	超阶级的文学	文艺战线	第2卷第15期
		人生为文学的基础		第2卷第16、17期
	颜争锐	艺术与革命		第2卷第18期
	止戈	谈谈文学		第2卷第19期
	范存忠	卡莱尔论英雄	文艺月刊	第4卷第1期
	侍桁	文艺简论		
	[法]F.Gregh；徐仲年译	浪漫派诗人的爱情色彩		
	[日]山岸又一；尹澄之译	大众艺术的认识	文艺月报	第2期
	[日]山口浩；里正译	文学批评上的几个问题		
	张英白	日本布尔乔亚文学最新倾向		
	[日]上田进；王笛译	苏联文学的展望	文学杂志	第3、4期合刊
	贺凯	汉赋的新解		
	张松甫	新诗歌的内容与形式		
	李则刚	文学的发展是不是辩证法的	文艺座谈	第1卷第1期

月	作者・译者	篇 名	发表刊物	卷・期・号
7	拾名	尼采的超人的哲学	文艺座谈	第1卷第2期
	朱光潜	黑格尔哲学的基本原理	哲学评论	第5卷第1期
	Royce；贺麟译	黑格尔的精神现象		
	刘心	论侯汝华的诗	橄榄月刊	第34期
	华钟彦	词学引论	女师学院期刊	第1卷第2期
	张民言	中国历代韵文的流变	女师学院季刊	第1卷第3、4期合刊
	张梦达	时代与文学底论证		
	[日]宫本显治；林琪译	文学批评之基准	正路月刊	第1卷第2期
	春荣	谈谈中国的文学	北辰杂志半月刊	5卷13期
	夏炎德	法国现实派戏曲	学术	第1卷第2、3期合刊
	沈达材	乐府古诗关系论	海滨学术	第1期
	陈铁光	中国二十一年来新文学运动几个阶段		
	俞念远	新时代美国的诗歌		
	郁达夫等	五四文学运动之历史的意义	文学	第1卷第1号
	陈望道	关于文学之诸问题		
	[法]蒙田；梁宗岱译	论哲学即是学死		
	蒲风	新诗歌与旧调借用问题	狂流	第1卷第1期
	盛马良	关于Homeric epic中所表现的意识形态		
	张资平	英国文学的乔治主义与现代主义	朔望半月刊	第5号
7、8	汤增敫	大众小说论		第5、7号
8	李长之	我对于文艺批评的要求和主张	现代	第3卷第4期
	杨邨人	太阳社与蒋光慈		
	杜衡	"望舒草"序		
	郑师许	艺术与哲学	新时代月刊	第5卷第2期
	味橄	亚伦坡的生平及其艺术	新中华	第1卷第16期
	华西里	文学的真实性与普遍性	文艺战线	第2卷第20、21期合刊
	止戈	文艺上的主义		第2卷第22期
	剑啸	中国的话剧	剧学月刊	第2卷第7、8期合刊
	徐霞村	法国现代话剧概况		
	高滔	唯物史观的戏剧论		
	徐凌霄	管蠡之见		

月	作者·译者	篇　名	发表刊物	卷·期·号
8	H.Alexander；苏芹荪译	戏剧家高尔斯华绥	文艺月刊	第4卷第2期
	汪辟疆	论诗短札		
	郭绍虞	诗话丛话	文学	第1卷第2号
	Janko Lavrin；赵景深译	屠格涅甫	青年界	第4卷第1期
	郁达夫	想象的功用		
	傅东华	刺激和反应		
	朱湘	贵族和平民		
	赵景深	小说原理漫谈		
	钟敬文	中国神话之文化史的价值		
	陆觉先	黑格尔辩证法发凡	科哲学报	第1号
	张耀翔	原情与杂情		
	顾仲彝	现代英国文学		
	贺玉波	艺术教育概论	橄榄月刊	第35期
	诗葩	马拉尔美的诗		
	刘宏谟	尼采的战争哲学	东方杂志	第30卷第16号
	天狼	再论新感觉派	新垒	第2卷第2期
		不必要的论争		
	须予	艺术上的新人生主义		
	瘦堪	论文管见	青鹤	第1卷第18、19期
	龙沐勋	选词标准论	词学季刊	第1卷第2号
	卢前	词曲文辨		
9	向培良	卢纳卡尔斯基论	矛盾月刊	第2卷第1期
	张资平	文学科学		
	汤增敫	文学的产生与社会意义		
	庄心在	布克夫人及其作品		
	谢六逸	坪内逍遥博士	文学	第1卷第3号
	起应	十五年来的苏联文学		
	黄源	美国新近作家汉敏威		
	周作人	笑话论	青年界	第4卷第2期
	郁达夫	略谈幽默		
	傅东华	所谓文思是什么		
	朱湘	地方文学		
	陶秋英	小品文三谈		
	顾仲彝	戏剧运动新途径	戏	创刊号

月	作者·译者	篇　名	发表刊物	卷·期·号
9	冷波	民众戏剧	戏	创刊号
	穆时英	剧本与小说		
	洪深	表演电影与表演话剧		
	陶晶孙	木人戏的贵族性		
	王遐文	戏的种类考		
	牛文	关于演剧批评		
	[日]土田杏村；俞溥译	戏剧简论	剧学月刊	第2卷第9期
	[德]R.Lewinsohn；侍桁译	苏俄的艺术的转换	现代	第3卷第5期
	赵家璧	勃克夫人与黄龙		
	A.S.；玄明译	小托尔斯泰及其文学生活		
	[朝]郑学哲；俞遥译	朝鲜新文艺运动小史		
	[日]竹友藻风；张资平译	诗与散文	朔望半月刊	第9号
	止戈	诗的界说	文艺战线	第2卷第25期
	石原	作家和批评家		第2卷第27期
	徐霞村	近代西班牙戏剧概况	文艺月刊	第4卷第3期
	焰夫	新人生主义文学的创作路线	新垒	第2卷第3期
	须予	所谓"文艺批评的要求和主张"		
	陈大悲	关于文明戏	新垒半月刊	第1卷第2期
	庄晴光	文学上的创造与模仿	橄榄月刊	第36期
	周谷城	论幽默	论语半月刊	第25期
	高震百	后期印象派的画与象征派的诗	益世报·文学周刊	第39期
	麦克兰；M译	新未来派的长篇小说	世界日报	10日
	式钧	美国普罗文学近状略谈	京报·复活	1、2日
	洁荪	艺术上的象征主义		20、21日
	叶公超	文学的雅俗观	大公报·文艺副刊	第2期
	灵影	中国电影教育的危机	东方杂志	第30卷第18号
	郎鲁逊	论丑	文艺茶话	第2卷第2期
	章衣萍	修辞学的意义	文艺春秋	第1卷第3期
	陈灉一	论桐城派	青鹤	第1卷第20期
	周子亚	文艺之民族性	晨光周刊	第3卷第17期
	雅清	诗的向导	女子月刊	第1卷第7期
	华蒂	国际文学运动的新方向	读书月刊	第1卷第1期
	高素	悲剧及其他	平明杂志	第2卷第18期

月	作者·译者	篇　名	发表刊物	卷·期·号
9	[日]川口浩；徐翔穆译	艺术理论与辩证法的唯物论	读书杂志	第3卷第7期
	陈子展	由诗到词发展的径路		
	侍桁译	勃兰兑斯论巴尔札克		
	王锟	艺术的阶级性与"生物学主义"问题		
9、10	王光祈	近五十年来德国之汉学	新中华	第1卷第17期
	钱歌川	美国戏剧的演进		第1卷第17—19期
	余慕陶	七十年来的中国社会与中国文学	橄榄月刊	第36、37期
10	J.W.Cunliffe；侯朴译	乔治吉星论	文艺月刊	第4卷第4期
	[苏]卢那卡尔斯基；寿熹译	苏联艺术的发展	文艺（上海）	第1卷第1期
	[苏]里托夫基；伍昉斯译	在建设中的社会主义文学		
	非谷	关于现实与现象的问题及其它		
	杜衡	戏剧中的娱乐的成分	戏	第2期
	许幸之	构成派的舞台装置		
	崔万秋	小说与戏曲		
	[苏]华希里可夫斯基；森堡译	社会主义的现实主义论	现代	第3卷第6期
	陈翔鹤	关于"沉钟社"的过去现在及将来		
	[苏]M.列维它夫；萧参译	伯讷·萧的戏剧		
	沈端先	屠格涅夫		
	傅东华	文学的情绪	青年界	第4卷第3期
	朱湘	文化大观		
	张资平	文艺本质新论	现代学生	第3卷第1期
	郁达夫	清新的小品文字		
	L.Age；伊金译述	文学的预兆	大陆	第2卷第4期
	金劳	中国的新诗与新诗人	新时代月刊	第5卷第4期
	林梦幻	有律现代诗		
	拾名	拾名论诗		
	陈高佣	中国现代文化问题	新中华	第1卷第20期
	味橄	赫克胥黎的作风		

月	作者·译者	篇 名	发表刊物	卷·期·号
10	斐丹	苏联文艺运动的新方向	申报月刊	第2卷第10期
	钱锺书	中国文学小史序论	国风	第3卷第8号
	林损	文学要略发例	归纳	第1期
	王礼培	历代文学统系	船山学报	癸西第2册
	颜昌峣	桐城派古文之建立及其流别		
	彭子蕴	艺术家与其对人生的"真"	文艺茶话	第2卷第3期
	徐仲年	论小品文		
	刘如水	论作诗	新垒	第2卷第4期
	[日]金子马治；张资平译	艺术学与美学的区分	朔望半月刊	第11号
	徐訏	论文言文的好处	论语半月刊	第26期
	绀弩译	恩格斯论巴尔扎克	京报·复活	3日
	马彦祥	艺术与社会	矛盾月刊	第2卷第2期
	John Sparrow；文心译	隐晦与传达	清华周刊	第40卷第1期
	[德]E.R.Curtius；罗莫辰译	文学与思想生活之在法兰西	中法大学月刊	第3卷第4、5期合刊
	萧石君	梅特林的代表作评述		
	守初	文艺杂论	大夏周报	第10卷第2期
	杨同芳	环境与诗人		第10卷第3期
	朱同鈢	文学与社会生活的关系		第10卷第6期
10、11	新玖	唯心派的文学起源论	文艺战线	第2卷第32、35期
	冯驰	文艺批评论	进展月刊	第2卷第10、11期；第3卷第2、3期合刊
11	李曜林	民众文学概观	民众教育学报	创刊号
	奚培本	文学与社会	大夏周报	第10卷第8期
	袁愈荌	词与诗余		第10卷第10期
	苏菲亚	苏联文艺底新动向	清华周刊	第40卷第3、4期合刊
	[英]L.S.Harris；默棠节译	关于"谈诗"		第40卷第6期
	宗临	查理波得莱尔	中法大学月刊	第4卷第2期
	章炳麟	古文六例	国立中央大学文艺丛刊	第1卷第1期
	胡光炜	古文变迁论		
	方东美	生命情调与美感		
	张月超	爱默生与歌德		

月	作者·译者	篇 名	发表刊物	卷·期·号
11	[日]川口浩；里正译	资本主义下的大众文学	文艺月报	第1卷第3期
	[苏]Kirpotin；彭雄译	文学上的杜鲁斯奇		
	[日]鹿地亘；林琪译	创作方法之现实的基础	文艺（上海）	第1卷第2期
	赵家璧	帕索斯	现代	第4卷第1期
	郑伯奇	幽默小论		
	施蛰存	又关于本刊中的诗		
	周起应	关于社会主义现实主义与革命的浪漫主义		
	姜亮夫	中国古代小说之史与神话之邂逅	青年界	第4卷第4期
	[日]本田成之；汪馥泉译	六朝文艺批评家论		
	姜亮夫	唐代传奇小说		
	陈子展	古文运动之复兴		
	胡云翼	中国文学与政治		
	傅东华	文学的意识		
	陈友琴	读诗杂记		
	刘穗九	中国文化之国际关系	新时代月刊	第5卷第5期
	曹雪松	中国电影的概况		
	D.O'Brien；钟维相译	现代小说家应有之态度	新垒	第2卷第5期
	布兰兑斯；易曲译	陀司妥以夫斯基论		
	侍桁译	勃兰兑斯论乔治·桑	大陆	第2卷第5期
	柳丝	关于民族主义的文学	黄钟	第1卷第38期
	梅	文学与情绪	文艺战线	第2卷第34期
	白杰	中国非战文学的研究		第2卷第36期
	范义田	词与诗的关系及其形成发展	东方杂志	第30卷第22号
	J.Drinkwater；章人农译	论诗	文艺春秋	第1卷第5期
	陈君宪	"中国古代文学史论"的商榷	矛盾月刊	第2卷第3期
	亚尘	表现主义的艺术	京报·复活	19、20日
	林语堂	论文（下）	论语半月刊	第28期
	曹聚仁	谈幽默	涛声周刊	第81期
	钱歌川	日本新兴文学概观	现代学生	第3卷第2期
	费鉴照	世纪末的英国艺术运动	文艺月刊	第4卷第5期

月	作者・译者	篇 名	发表刊物	卷・期・号
11—次1	Leigh Hunt；朱维基译	论诗	诗篇	第1—3期
11、12	Maur Joumotte；鲁彦译	比利士的文学	文艺月刊	第4卷第5、6期
	[日]小泉八云；高云雁译	浪漫派文学与古典派文学在风格上的关系	新时代月刊	第5卷第5、6期
	冯荫祺	中国学术思想之分界及其影响	沪大周刊	第21卷第3—7期
12	郑学恒	文学与女性		第21卷第7期
	曹葆华译	象征主义	北平晨报・学园	第609—611期
	侍桁	文艺简论	文艺月刊	第4卷第6期
	[日]厨川白村；东声译	英国的厌世诗派		
	[日]千叶龟雄；武陵译	现代希腊文学概观		
	[俄]乌里亚诺夫；何思敬译	L.N.托尔斯泰与他的时代	文艺（上海）	第1卷第3期
	高明	关于批评	现代	第4卷第2期
	穆木天	关于中国小说之研究的管见		
	A.Belge；傅雷译	现代的幽默	文艺春秋	第1卷第6期
	[英]A.Symons；朱颜译	查理・波特莱尔	孔德文艺	第6期
	George Eliot；任於锡译	莎士比亚与弥尔敦	励学	第1期
	E.Wagenknecht；纪泽长译	萧伯纳评传		
	[苏]卢那卡尔斯基；吴春迟译	社会主义的写实主义的风格问题	文学	第1卷第6号
	黄英	艺术家的受难	青年界	第4卷第5期
	傅东华	文学的个性		
	毛含戈	现代英国小说		
	黄英	杜思退益夫斯基的日记		
	张君俊	中国民族之病根与出路	现代学生	第3卷第3期
	龙纤红	美洲黑人的诗歌		
	叶鋆生	孔子学说与现代思潮		
	郑宏述	文艺之民族复兴的使命	行健月刊	第3卷第6期
	心芹	文艺创作"结构和作风"的变迁	朔望半月刊	第16号

月	作者·译者	篇 名	发表刊物	卷·期·号
12	方之中	电影艺术的新动向	朔望半月刊	第16号
	刘穗九	怎样复兴中国文化	新时代月刊	第5卷第6期
	孙洪伊	中西文化之比较		
	毛一波	关于林房雄的"科学与艺术"		
	何穆森	短篇小说的特质	新中华	第1卷第23期
	杨观澜	新诗歌运动底目标	新诗歌	第2卷第4期
	宫廷璋	新文学之出路	文化与教育	第4期
	莫干	文学的积极性与真实性	新垒	第2卷第6期
	杜洛	小说的新倾向："小篇"小说之产生	新垒半月刊	第1卷第9期
	侍桁译	勃兰兑斯论戈蒂叶	矛盾月刊	第2卷第4期
	[美]亨利·欧文；胡春冰译述	表演艺术ABC		
	唐槐秋	戏剧底二元性		
	汪锡鹏	关于农村戏剧		
	[日]外山卯三郎；夏莱译	舞台化妆概论		
	陈君宪	文选问题小论		
	H.H.Joseph；佟静因译	东方的傀儡剧	剧学月刊	第2卷第12期
	郑桂泉译述	法西斯主义与意大利文学	清华周刊	第40卷第9期
	槑	文学与想像	文艺战线	第2卷第39期
	魏龙	中国普罗利塔利亚文学的公式主义		第2卷第40期
	[日]林房雄；王季陆译	普罗列塔利亚文学的再出发	幽燕	第2卷第2、3期
	李安宅	甚么是"意义学"	燕大月刊	第10卷第1期
	郭斌佳	现代中国文学史（书评）	国立武汉大学文哲季刊	第3卷第1号
	华钟彦	中国文学概论弁言	女师学院期刊	第2卷第1期
	刘大洲	中国歌谣的问题	磐石杂志	第1卷第4期
	龙沐勋	词律质疑	词学季刊	第1卷第3号
	唐圭璋	蒋鹿潭评传		
	查猛济	刘子庚先生的"词学"		

1934 年

1	杨振声	今日中国文学的责任	国闻周报	第11卷第1期

月	作者·译者	篇　名	发表刊物	卷·期·号
1	李长之	中国近三百年哲学史（书评）	国闻周报	第11卷第1期
	余又荪	日文之康德哲学译著		
	戴望舒	西班牙近代小说概观	矛盾月刊	第2卷第5期
	孙伏园	农民文学的用字研究		
	汪倜然	批评家的李笠翁		
	汪锡鹏	颓废派的两面观		
	黎君亮	谈小品文		
	马彦祥	高尔基与杰克伦敦之比较研究		
	罗根泽	中国发现"人"的历史	清华学报	第9卷第1期
	Brown；漪明译	自由诗与意象派诗	清华副刊	第40卷第11期
	苏雪林	论闻一多的诗	现代	第4卷第3期
	徐荫祥	"幽默"的危险		
	方非	散文随笔之产生	文学	第2卷第1号
	丰子恺	绘画与文学		
	朱湘	谈诗		
	[美]哈乐夫人讲演；福谢生译	中美文化的关系	新时代月刊	第6卷第1期
	朱光潜	中西诗在情趣上的比较	申报月刊	第3卷第1期
	陈高佣	中国文化的过去与今后	新中华	第2卷第1期
	张梦麟	现代欧洲文学的趋势		
	晓风	破罗文学及破罗文学家之厄运	文艺战线	第2卷第41期
	新玖	文学与道德的区别		第2卷第44期
	邱楠	中国普罗文学的检讨	华北月刊	第1卷第1期
	王楚文	从文学的真实性、时代性谈到文学的国民性		
	李石岑	三十年来世界哲学的进展	东方杂志	第31卷第1号
	觉之	自然与艺术	艺风	第2卷第1期
	天狼	几个文艺问题中的问题之检讨	新垒	第3卷第1期
	[日]小泉八云；若斯译	论小品文		
	周谷城	文章天成论	论语半月刊	第32期
	[西]R.G.Serna；汪倜然译	论幽默		第32、33期
	郑振铎	大众文学与为大众的文学	文学季刊	第1期
	黎锦熙	近代国语文学之训诂研究示例		
	问滔	戏剧的重要性与其动向		
	李长之	王国维文艺批评著作批判		

月	作者·译者	篇　名	发表刊物	卷·期·号
1	吴文祺	再谈王静安先生的文学见解	文学季刊	第1期
	吴世昌	诗与语音		
	黄源	幽默文学与讽刺文学		
	夏斧心	所谓心理的描写		
	费鉴照	今代英国文学鸟瞰	文艺月刊	第5卷第1期
	Arnold Bennet；陈瘦竹译	文艺鉴赏论		
	阎折梧	乡间戏的研究		
	王集丛	简论巴尔扎克	文艺春秋	第1卷第7期
	杨晋豪	巴尔扎克小传		
	章泯	论演员	文艺电影	第1期
	张庚	旧戏中为什么产生"象征主义"		
	黄念中	德国战时的文学和演剧		
	黎穆祥	波圈似的文学界定	文学期刊	创刊号
	温泉	中国文学与出世思想	师大晋声	创刊号
	玲心	现代文学上的几个普遍问题	西大学生	创刊号
	胡先骕	评钱基博"现代中国文学史"	青鹤	第2卷第4期
	杨卓新	国学与西学	船山学报	第4期
	尤其彬	莫泊桑短篇小说人物描写的研究	摇篮	第2卷第2期
1、2	林语堂	论幽默	论语半月刊	第33、35期
1—5	侍桁	文艺丛谈	文艺月刊	第5卷第1—5期
1、4	郭昌鹤	才子佳人小说研究	文学季刊	第1、2期
1—12	毕树棠	最近英美杂志里的文学论文		第1—4期
2	穆木天	我的诗歌创作之回顾	现代	第4卷第4期
	侍桁	批评与作家		
	[日]长谷川如是闲；武达译	文艺家的生活态度	文学	第2卷第2号
	朱湘	诗的用字	青年界	第5卷第2期
	钱畊莘	诗中的用词	艺风	第2卷第2期
	问津	中国民间的幽默文学	平明杂志	第3卷第4期
	语堂	说通感	人言周刊	第1卷第1期
	朱光潜	长篇诗在中国何以不发达	申报月刊	第3卷第2期
	江亢虎	中国文化在美国	新时代月刊	第6卷第2期
	毛一波	中国文学批评的片段		
	[日]坪内逍遥；宣闲译	论逐句硬译及其他		

月	作者・译者	篇 名	发表刊物	卷・期・号
2	马肇延	在欧化的狂热中—谈我国旧剧之价值	剧学月刊	第3卷第2期
	佟静因	戏剧和小说的异同		
	杜颖陶	顾曲新话		
	向培良	新的舞台艺术	矛盾月刊	第2卷第6期
	沛清	论汉代的辞赋	国闻周报	第11卷第8期
	张季信	怎样提倡民族文学	大学（上海）	第2卷第1期
	蓝文海	欧洲中古的民族文学		
	W.L.Phelps；陈瘦石译	小说中之写实与现实	文艺月刊	第5卷第2期
	赵景深	汉魏六朝小说	中国文学	第1卷第1期
	宗白华	悲剧幽默与人生		
	[英]瓦尔潘；毛如升译	英国现代小说之趋势		
2、3	师禹	短篇小说的创作技术谈	平明杂志	第3卷第2—6期
2—4	戴微兹；崔垂言译	佛教本生经与西洋古文学	北强	第1卷第1、2期
	修曼	什么是文学	黄花	第1、3期
2—9	张世禄	论中国民族与文学	大学（上海）	第2卷第1、2期
2—10		中国文学史概要		第2卷第1—3期
2—8	彭双龄	现代中国文学的演进与将来的趋势	新文化	第1卷第2—8期
2—次3	[日]桑木严翼；丘景尼译	康德与现代哲学	哲学评论	第5卷第3期—第6卷第1期
3	铕冰	挪拉走后究竟怎样	国闻周报	第11卷第11期
	高芒	由语言文字证中国文学声韵之重要	清华周刊	第41卷第1期
	孙楷第	小说专名考释	师大月刊	第10期
	陈钟凡	中国音乐文学史叙言	国立中山大学文史学研究所月刊	第3卷第1期
	唐槐秋	戏剧运动的基本策略	中国文学	第1卷第2期
	秋宇	意大利文学的趋势		
	[德]哀革曼；张月超译	歌德的谈话		
	陈廷宪	诗经以前的中国诗歌	矛盾月刊	第3卷第1期
	章克标	论随笔小品文之类		

月	作者·译者	篇　名	发表刊物	卷·期·号
3	[美]卡文·陶马；张露薇译	文艺批评家的歌德	矛盾月刊	第3卷第1期
	皮·渥尔；刘勋卓译	歌德戏剧中文艺复兴与 Baroque 文风之影响		
	庄心在	派及其史的发展		
	焰生	马克司主义文学与无产阶级文学	新垒	第3卷第2、3期合刊
	杨柳	与郑振铎论大众文学		
	刘如水	文学的功用		
	红僧	文艺与经济		
	周予同	中国现代教育之史的检讨	东方杂志	第31卷第6号
	海戈	论俗字	论语半月刊	第36、37期
	金公亮	近代意大利美学	亚波罗	第13期
	古久列；向均译	向着革命的艺术迈进	朔望半月刊	第21号
	曼曼	艺术的三种作用	化石	第1卷第5、6期
	白桦	派德留斯基及其艺术论	民族文艺	第1卷第1期
	郑伯奇	伟大的作品底要求	春光	第1卷第1期
	[俄]莆理契；苏伍译	三个美国人		
	赵景深	什么是文学	中学生文艺月刊	第1卷第1期
	苏雪林	文学的创作和时间		
	姜亮夫	戏曲浅释	青年界	第5卷第3期
	赵景深	雅谑		
	喃喃	谈谈传记文学	文艺战线	第2卷第52期
	葛跃然	文艺思潮的突进		
	喃喃	今后新文学之趋向		第3卷第1期
	魏龙	最近文坛"海派"与"京派"		
3、4	方世琨	小说在唐时代的倾向		第3卷第1期，第4、5期合刊
	莲子	怎样去研究"中国社会与中国文学"	中兴周刊	第2卷第12—17期
3—8	佟静因	西洋歌剧的变迁	剧学月刊	第3卷第3—5、8期
4	海	近代法国文学思潮的趋势	北辰杂志半月刊	6卷6期
	穆木天	心境主义的文学	现代	第4卷第6期
	郑重	幽默与时髦		
	李长之	论目前中国批评界之浅妄		
	[日]长谷川久一；张崇文译	波特莱尔的病理学		

月	作者·译者	篇　名	发表刊物	卷·期·号
4	徐迟	意象派的七个诗人	现代	第4卷第6期
	[日]上田进；钱芝君译	屠格涅夫新论——沉溺于哲学的罗亭	文艺春秋	第1卷第8期
	章伯雨译	萨克莱论幽默作家		
	曦微	论诗	文艺战线	第3卷第2、3期
	华西里	文学与民族的关系		第3卷第3期
	然然	普罗文学的没落时代		第3卷第4、5期合刊
	张少峰	无产阶级文学不适合于中国		第3卷第6期
	周曙山	文学者与政治家	艺风	第2卷第4期
	钱畊莘	小品文作法		
	马肇延	戏剧大众化的问题	剧学月刊	第3卷第4期
	于寒心	评象征派的诗	华北月刊	第1卷第4期
	王楚文	谈谈文艺的进路		
	周谷城	论雅与俗	论语半月刊	第38期
	徐訏	谈中西艺术		
	朱光潜	诗的隐与显	人间世	第1期
	柳诒徵	对于中国文化之管见	国风	第4卷第7号
	刘大白	与胡寄尘先生论文学书	文艺茶话	第2卷第9期
	龙沐勋	研究词学之商榷	词学季刊	第1卷第4号
	赵尊岳	蕙风词史		
	王平陵	荒芜时期的中国诗坛	读书顾问	第1期
	高昌南	英国文学思潮		
	费鉴照	评四种流行的"文学概论"		
	亦安	创作家与批评家	新中华	第2卷第7期
	钱歌川	大众文学		
	张梦麟	大众文学与纯文学		
	钱歌川	随笔文学		
	克己	卢那查尔斯基论		
	张梦麟	翻译论		
	[美]T.S.Eliot；何穆森译	批评的职能	文学季刊	第1卷第2期
	朱光潜	笑与喜剧		
	[德]玛而霍兹；李长之译	科学的文学史之建立		
	梁宗岱	象征主义		

月	作者·译者	篇 名	发表刊物	卷·期·号
4	[日]小坂狷二；吴朗西译	世界语的文学	文学季刊	第1卷第2期
	刘半农	读吴世昌君的"诗与语音"篇		
	[日]茅野萧萧；张资平译	世界文学论	中国文学	第1卷第3、4期合刊
	[日]竹友藻风；孙俍工译	诗底领域		
	皇滋华斯；胡国治译	现代德国文学的趋势		
	庄心在	爱尔兰的民族诗人		
	井伊亚夫；方之中、齐平译	电影Montage的三次元论	矛盾月刊	第3卷第2期
	谷剑尘	电影浅说		
	潘子农	文艺政策		
	夏炎德	现代法兰西戏曲文学		
	希伦；汪馥泉译	艺术与知识底传达		
	焰生	为什么不能产生伟大的作品	新垒	第3卷第4期
	张协	文学与思想		
	沛清	编著中国文学史的改进问题	国闻周报	第11卷第14期
	任牧	美学上几个根本问题的检讨	清华周刊	第41卷第5期
	王宗俊	传记文学杂论	中学生文艺月刊	第1卷第2期
	黎锦明	文学的两派与文学批评家	青年界	第5卷第4期
	汉英	情歌在文学上的价值	海滨月刊	第3期
	牧刚	中国文学里的离情别绪	细流	第1期
	晓萍	电影与儿童	文艺月刊	第5卷第4期
	李文瀛	修辞中数字的用法	北强	第1卷第2期
	姜琦	站在文学院的立场上对于文学的概念之新检讨	安徽大学月刊	第1卷第6期
	[苏]卢那卡尔斯基；任白戈译	绥拉菲莫维支论	春光	第1卷第2期
	[苏]卢那卡尔斯基；云林译	妥斯退夫斯基论		
	白戈	"文学的遗产"底接受问题		
	[日]青野季吉；张我军译	政治与文艺	文史	第1卷第1号
4、6	[法]兰松；范希衡译	文学史方法论		第1卷第1、2号

月	作者·译者	篇　名	发表刊物	卷·期·号
4、5	A.Smith；林疑今译	小品文作法论	人间世	第2、4期
	叶青	佛洛伊德梦论批判	新中华	第2卷第8、9期
	姜炳兴	心的解释之历史发展及其批评	新文化	第1卷第3、4期合刊，第5期
5	魏猛克	关于小品文	春光	第1卷第3期
	杜微	论巴尔扎克		
	[法]E.Berl；陈君冶译	左拉与写实主义		
	居雪	诗人斯蒂芬·乔治	现代	第5卷第1期
	穆木天	王独清及其诗歌		
	[法]C.Mauron；徐霞村译	艺术中的一致与分歧		
	Milton Waldman；赵家璧译	近代美国小说之趋势		
	杨邨人	小品文与大品文		
	焰生	五四运动的检讨	新垒	第3卷第5期
	履冰	幽默与小品		
	卡斯	白话文的改革问题		
	赵钦武	关于心理分析及佛洛依特之批评	中法大学月刊	第5卷第2期
	[德]叔本华；吴寿彭译	风格论	中国文学	第1卷第5期
	Emest Boyd；蒋东岑译述	茄伊丝与新兴爱尔兰作家		
	李健吾	萨郎宝(Salammbo)与种族	学文月刊	第1卷第1期
	[英]T.S.Eliot；卞之琳译	传统与个人的才能		
	洪深	文学中的所谓个人成分	申报月刊	第3卷第5期
	周石泉	新文化的理论	新文化	第1卷第5期
	石原	新闻与文学的关系	文艺战线	第3卷第7期
		新生活运动与民族文学		第3卷第10期
	马肇延	旧剧之产生及其反封建的色彩	剧学月刊	第3卷第5期
	石泉	为反帝反封建文化而斗争	文化批判	第1卷第1期
	元璞	现阶段文化运动的理论和实践		
	行之	现代文艺批评之二个基本倾向		
	王森然	刘师培评传	国风	第4卷第9号
	郭斌和	柏拉图五大对话集导言		
	缪凤林讲演	文化的训练		

月	作者·译者	篇 名	发表刊物	卷·期·号
5	温锡田	中国之罗马字拼音流变述略	国语周刊	第 136 期
	风子	关于小品文	人间世	第 3 期
	江寄萍	论诗		
	陈序经	南北文化观	岭南学报	第 3 卷第 3 期
	于寒心	评象征派的诗	华北月刊	第 1 卷第 4 期
	[英]J.M.Marvy；熙丞译	共产主义与艺术	北平晨报·学园	11 日
	袅玫	诗	学生文艺丛刊	第 7 卷第 10 集
	刘伯静	情感与思想为文学两大要素论		
	潘启芳	小说的分类	中学生文艺月刊	第 1 卷第 3 期
	黎锦明	奥国三大剧作家	青年界	第 5 卷第 5 期
	杨云	谈谈大众文艺	细流	第 2 期
	寿萧郎	民族主义文艺论	黄钟	第 4 卷第 6 期
	方缉熙	谈民族文艺		
	罗曼	从中国文学的梗概说到目前所需的文学	辘轳季刊	创刊号
	陈光子	谭小说的研究与创作		
	梁实秋译	阿迪生论幽默	刁斗	第 1 卷第 2 期
	李世昌	渥兹渥斯		
	朱谦之	中国文学与音乐之关系	文明之路	第 1 期
	黄学勤	戏剧的效用和趋势		
5—9	茗生	曲调源流考	剧学月刊	第 3 卷第 5、6、8、9 期
6	李长之	中国语与中国文（书评）	国闻周报	第 11 卷第 23 期
	杜子劲	中国文字问题的迫来	国语周刊	第 142 期
	宗亮东	论文言白话与教材	文化与教育	第 22 期
	[德]歌德；吴寿彭译	简单的自然之仿效、形相、风格	中国文学	第 1 卷第 6 期
	陈予展	诗歌的起源		
	穆木天	诗歌与现实	现代	第 5 卷第 2 期
	[德]J.Wassermann；赵家璧译	近代德国小说之趋势		
	林尼；张露薇译	苏联的幽默文学		
	[美]陶逸志；施蛰存译	诗歌往那里去？		
	[日]长谷川如是闲；徐懋庸译	"笑"之社会的性质与幽默艺术	论语半月刊	第 42 期

月	作者・译者	篇 名	发表刊物	卷・期・号
6	语堂	论小品文笔调	人间世	第6期
	石原	检讨鲁迅	文艺战线	第3卷第11期
		怀疑普罗文学在中国建立可能性		第3卷第14期
	左辛人	文艺理论上的二三问题	理论与创作	创刊号
	隋洛文；马达译	中国的新文学运动		
	魏建功	中国纯文学的姿态与中国语言文字	文学	第2卷第6号
	吴文祺	论文学的繁简		
	朱自清	论"逼真"与"如画"		
	吴晗	历史中的小说		
	高滔	五四运动与中国文学		
	叶公超	从印象到批评	学文月刊	第1卷第2期
	穆木天	小说之随笔化	小说半月刊	第2期
	尚由	民族与文学	黄钟	第4卷第8期
	杨柳	又论民族文艺	新垒	第3卷第6期
	张协	文学的天才论		
	焰生	再论为什么不能产生伟大的作品		
	阳冬	大众文学非艺术说		
	卡斯	再谈形像与思索问题		
	佟静因	"独角剧"的初步研究	剧学月刊	第3卷第6期
	夏炎德	中国从五四到五卅时期之文学运动	一周间	第1卷第6期
	孙席珍	怎样研究文学	青年界	第6卷第1期
	天白	世界语文学概观		
	沙白	现代英美的幽默作家		
	赵家璧	写实主义者的裴屈罗・斯坦因	文艺风景	第1卷第1期
	李瑚	亨利克・易卜生	励学	第2期
	J. W. Cuncliffe；纪泽长译	高尔斯华绥论		
	[日]篠田太郎；未见译	文学史研究的方法	进展月刊	第3卷第5、6期合刊
	舍予	文艺中道德的价值	齐大季刊	第4期
	段凌辰	西汉文论概述	河南大学学报	第1卷第2期
	张露薇	美国诗坛的复兴	文艺月刊	第5卷第6期
	苏由慈	农民文学简论	文化批判	第1卷第2期
6—9	何行之	艺术科学方法论		第1卷第2、3期，第4、5期合刊

月	作者·译者	篇　名	发表刊物	卷·期·号
6、7	[日]土居光知；穆陵述意	社会生活与文学形态之关系	文艺（成都）	第1卷第1、2期
	E.Nitchie；李伏伽译	文学批评上的道德价值		
7	清风	晚清的诗界革命	文艺半月刊	第1卷第1期
	徐公美	农民文艺问题		
	[德]E.托莱尔；施蛰存译	现代作家与将来之欧洲	文艺风景	第1卷第2期
	高明	未来派的诗	现代	第5卷第3期
	[法]高列里；戴望舒译	叶赛宁与俄国意象诗派		
	[英]V.S.Pritchett；赵家璧译	近代西班牙小说之趋势		
	穆木天	谈"文艺样式"		
	李长之	论研究中国文学者之路		
	侍桁	为什么不能产生伟大的作品		
	桀犬	怎样认识性爱的题材		
	洪瑞	八股文研究	文学	第3卷第1号
	臧克家	论新诗		
	云峰	中国文坛的新道路	文艺战线	第3卷第18期
	徐訏	幽默论	论语半月刊	第44期
	林语堂	说个人笔调	新语林	第1期
	任白戈	大众语的建设问题		
	陶希圣	文言、白话与大众语	文化与教育	第24期
	宫廷璋	新文学与旧文学绝缘么？		
	[日]高本弘原；野鹏译	言语底本质及其起源		
	张德培译	意识的研究		第25、26期
	朱光潜	刚性美与柔性美	文学季刊	第1卷第3期
	洪深	希腊的悲剧		
	傅仲涛	日本明治文学中之自然主义		
	A.C.Bradley；李康田译	崇高论		
	[日]外山卯三郎；孙俍工译	诗歌的样式	中国文学	第2卷第1期
	[日]山田珠树；汪馥泉译	写实主义之历史的研究		

月	作者·译者	篇 名	发表刊物	卷·期·号
7	毛秋白	现代文艺	中国文学	第2卷第1期
	姚宝贤	佛教文学之审美观及光明思想		
	白桦	行为主义的文学观		
	[美]柏德兰；董秋斯译	大战后的欧洲文学精神	当代文学	第1卷第1期
	谢六逸	英吉利的实现主义文学	文学期刊	创刊号
	[法]A. Gide；方光焘译	"伪币造制者"中的爱德华的小说论		
	张世禄	言语变化的原则		
	郁樱	文学与时代	民族文艺	第1卷第5期
	絮因	国民性与文学		
	张君劢	人生观论战之回顾	东方杂志	第31卷第13号
	罗慕华	谈中国"象征派"诗	北平晨报·学园	第705期
	俞平伯	诗的歌与诵	清华学报	第9卷第3期
	林众可	民族复兴与现代作家	教授与作家	第1卷第1期
	上游	民族的文学与民族主义的文学	黄钟	第4卷第10期
	玉衡	大众语与文化的运动	蚂蚁	第19期
	天狼	两种相反的精神	新垒	第4卷第1期
	荣桢	大众文学与大众语文学		
	静珍	文言白话及其繁简		
	杨柳	国民文学的防御战		
	焰生	国民语文文学		
	李麟	论大众文学		
	谢善继	文学之起源	前途	第2卷第7期
	佟赋敏	戏剧的生活化和生活的戏剧化	剧学月刊	第3卷第7期
	马肇延	舞台化装论		
	洪深	中国戏剧的改良	申报月刊	第3卷第7期
	黎锦明	小品文的发展		
	黄馥	现代世界文学的动向		
	中书君	论"不隔"	学文月刊	第1卷第3期
	E.Wilson；曹葆华译	诗的法典		
	余楠秋	短篇小说的构造法	摇篮	第3卷第1期
	梦煆译	解释诗的一个型式		
	[法]苏拉；星君译	当代法兰西文学运动		
	黎锦明	文学与"诚"	社会月报	第1卷第2期
	曹聚仁	幽默的表出		

月	作者·译者	篇 名	发表刊物	卷·期·号
7	郎鲁逊	中国文艺复兴与我们的使命	社会月报	第1卷第2期
	希隽	文艺漫谈		
	马鹿	幽默文学的演变	读书顾问	第2期
	赵景深	答评文学概论		
	鲁克	"文学的遗产"问题	创作与批评	第1卷第1期
	恬夫	论"伟大的作品产生"		
	郑道明	庐隐论		
7—9	孙俍工	近代及现代底文艺批评	文艺月刊	第1卷第1—3期
	侍桁译	波兰兑斯论梅礼美		第6卷第1—3期
7、8	钱仁康	论幽默的效果	论语半月刊	第45、46期
	郑振铎	清初到中叶的长篇小说的发展	申报月刊	第3卷第7、8期
8	孟如	中国的娜拉	东方杂志	第31卷第15号
	吴文祺	考证与文艺	文史	第1卷第3号
	味茗	莎士比亚与现实主义		
	陈望道	大众语论	文学	第3卷第2号
	高觉敷	大众语与大众文化		
	许杰	大众语问题		
	梦飞	记钱玄同先生关于语文问题谈话	文化与教育	第27期
	黎锦熙	一部新诗韵的说明		第28期
	周怀求	欧洲文学的新趋势		第28、29期
	黎锦熙	大众语果有"阶级性"吗		第29期
	徐碧晖	鲁迅的小说与幽默艺术	论语半月刊	第46期
	孟如	关于时事文的体裁	新语林	第3期
	任白戈	世界观与创作方法		第4期
	许幸之	大众语的建设之路		
	罗慕华	关于诗歌前途的几个问题	当代文学	第1卷第2期
	陈疆	文学批评建立之诸问题		
	席列尔；孟式钧译	文学上的浪漫主义：马克思、恩格斯的见解		
	熊佛西	再论戏剧批评		
	谢善继	论诗歌的起源	中国文学	第2卷第2期
	宗孟	现代的中国文化运动	行健月刊	第5卷第2期
	任牧	美学上对比法则之活用		
	赵心止	隐逸文学	现代	第5卷第4期
	苏汶	民众艺术的内容		
	[意]L.Pirandello；赵家璧译	近代意大利小说之趋势		

月	作者・译者	篇　名	发表刊物	卷・期・号
8	文逸	写实主义的发展	现代	第5卷第4期
	穆木天	以演剧为中心的卢梭和百科全书派之对立		
	另境	大众语文统一运动的讨论		
	鲁克	研究中国文学者之路	创作与批评	第1卷第2期
	恬夫	纯正的批评		
	宗白华	略谈艺术的价值结构		
	王平陵	论徐志摩的诗		
	李健吾	布法与白居谢	学文月刊	第1卷第4期
	A.E.Housema；萝蕤译	诗的名称与性质		
	郇英	诗的研究	幽燕	第3卷第6期
	魏晋、博文合译	妥斯退益夫斯基的方法	东流	第1卷第1期
	[日]冈泽秀虎；林焕平译	郭哥里的写实主义		
	[日]除村吉太郎；曼之译	从歌郭里到妥斯退益夫斯基		
	汪德裕	五四新文化运动的缺点及其补救方法	新文化	第1卷第7、8期合刊
	焰生	国民语文与文学	新垒	第4卷第2期
	杨柳	大众语几个小问题的检讨		
	天狼	杂论问题中的大众语文学		
	高塔	民族文学者的途径	民族文艺	第1卷第6期
	董文渊	民族主义文艺论		
	宫廷璋	修辞学之矛盾问题	师大月刊	第13期
	林庚	民间作品与小放牛	国闻周报	第11卷第31期
	徐钟英	近代文章流别论	文艺捃华	第1卷第4册
	姚廷杰	衡文		
	[美]白璧德；陈瘦石译	浪漫派的忧郁病	文艺月刊	第6卷第2期
	杨善进	谈"大众语"	文艺之友	第2卷第2期
	曹聚仁	文白论战史话	社会月报	第1卷第3期
	陈子展	大众语与诗歌		
	垫容	建设"大众语"文学的现阶段		
	严梦	白话文大众语文言文		
	黎锦晖	拥护大众语文学		
	傅红蓼	大众和大众语		

月	作者·译者	篇 名	发表刊物	卷·期·号
8	彭子蕴	大众语与大众文化的水准问题	社会月报	第1卷第3期
	焰生	由大众语文文学到国民语文文学		
	汪倜然	中国文坛的症候		
	侍桁	通俗文学解剖	中山文化教育馆季刊	第1卷第1期
	萧作霖	文化统制与文艺自由	前途	第2卷第8期
	殷作桢	文艺统制之理论与实际		
	贺玉波	中国新文艺运动及其统制政策		
	李长之	文坛上的党派	文学评论	第1卷第1期
	[德]Goethe；张大麟译	论自然		
8、10	杨丙辰	文艺、文学、文艺科学		第1卷第1、2期
8、9	徐凌霄	皮黄文学研究	剧学月刊	第3卷第8、9期
	牟宗三	从诗词方面研究中国的人生典型	行健月刊	第5卷第2、3期
9	周作人；梁诞武译	闲话日本文学	国闻周报	第11卷第38期
	老谈	国语漫谈：语言和意识	国语周刊	第153期
	黎锦熙	"大众语"和"标准国语"		第154期
		"大众语"真诠		
		大众语文的工具：汉字问题		第155期
	老谈	国语漫谈：大众语和白话		
	黎锦熙	大众语文学短论	文化与教育	第30、32期
	孔另境	大众语文建设之理论与实际	新中华	第2卷第18期
	徐懋庸	大众语简论		
	姜琦	我对于所谓"大众语"的几个意见	社会月报	第1卷第4期
	黎锦熙	大众语果有"阶级性"吗		
		大众语和方言是否矛盾		
		大众语要不要标准语		
	金满成	人工的语言		
	周木斋	划分新阶段		
	唐纳	中国语写法拉丁化		
	高植	关于大众语的过时话		
	魏猛克	大众语文学的实际问题		
	任白戈	"文体和卫道有关"		
	胡萍	电影的本质与效用		
	刘江	戏剧的定义	戏剧与电影	第1卷第2期
	祝松伯	论平话小说	学生文艺丛刊	第8卷第1集
	施蛰存	我与文言文	现代	第5卷第5期

月	作者·译者	篇 名	发表刊物	卷·期·号
9	黎君亮	文学与政局有关?	现代	第5卷第5期
	林希隽	杂文与杂文家		
	[英]H.Walpole；赵家璧译	近代英国小说之趋势		
	[英]W.B.Johnso；金克木译	世界语文学概观		
	[法]A.Mazon；燕士译	屠格涅夫的新散文诗	中法大学月刊	第5卷第4期
	S.Dilvqmov；杨刚译	现代资本主义与文学	文学新地	创刊号
	[苏]卢那卡尔斯基；余文生译	苏联的演剧问题		
	[俄]乌里亚诺夫；商廷发译	列甫·托尔斯泰像一面俄国革命的镜子		
	[苏]E.Troschenko；杨潮译	马克斯论文学		
	高庆丰	话剧运动	文艺战线	第3卷第26期
	Sergei Dinamov；韩起译	约翰里德底创作方法	当代文学	第1卷第3期
	[俄]斯特罗夫；贝木译	莱奥尼得·莱奥诺夫及其斯库达来夫斯基		
	张鸣琦	戏曲底本质论		
	张友松	文艺的翻译	青年界	第6卷第2期
	傅东华	大众语文学解	文学	第3卷第3号
	静夫	吉诃德式的"人与文学的关系"	创作与批评	第1卷第3期
	陈之佛	悲壮与悲剧		
	汪铭竹	刘半农论		
	[苏]托里方诺夫；孟式钧译	伊里奇的高尔基评	今日文学	第1卷第3期
	吴尔芙演讲；范存忠记	班乃脱先生与白朗夫人	文艺月刊	第6卷第3期
	汪锡鹏	小说的图解		
	于赓虞	诗辩	文艺月报	第1卷第1期
	[日]宫岛新三郎；于佑虞译	现代英国的小说		
	王青圃	民族文学与中国		
	张长弓	中国文学史上之诸问题		
	丁山	"中国文学概论"（书评）		

月	作者·译者	篇　名	发表刊物	卷·期·号
9	林国材	浪漫主义文学论	华北月刊	第2卷第2期
	周作人	论日本文学		
	杨深夔	文学上底感情与理智	文艺（成都）	第1卷第4期
	里奇；李伏伽译	文学批评与批评家		
	静子	谈技巧 Technique	文艺之友	第2卷第4期
	李西溟	中国艺文学常识引言	学风	第4卷第7期
	黄凌霜	文化学体系	海滨学术	第2期
	谢海若	后期印象派及其作家		
	黎锦熙	关于大众语问题之检讨	文化批判	第1卷第4、5期合刊
	周谷城	谈创作	论语半月刊	第49期
	劳心	关于幽默	人言周刊	第1卷第31期
	李冰清	幽默考略		
	柳湜	论科学小品文	太白	第1卷第1期
	洪深	大众语与戏剧对话		
9、10	郎鲁逊	十七世纪的法国妇女的文学生活	社会月报	第1卷第4、5期
9—11	阿英	现代小品作家论		第1卷第4—6期
10	杜衡	帕索斯的思想与作风	现代	第5卷第6期"现代美国文学专号"
	赵家璧	怀远念旧的维拉凯漱		
	毕树棠	德来塞的生平、思想及其作品		
	顾仲彝	戏剧家奥尼尔		
	伍蠡甫	刘易士评传		
	苏汶	安得生发展之三阶段		
	沈圣时	杰克·伦敦的生平		
	徐迟	哀慈拉·邦德及其同人		
	邵洵美	现代美国诗坛概观		
	凌昌言	福尔克奈——一个新作风的尝试者		
	顾仲彝	现代美国的戏剧		
	李长之	现代美国的文艺批评		
	梁实秋	白璧德及其人文主义		
	赵景深	文评家的琉维松		
	张梦麟	卡尔浮登的文艺批评论		
	钱歌川	近代文学的特征	新中华	第2卷第19期
	高庆丰	古典主义文学概论之一	文艺战线	第3卷第27期
	殷作桢	我们的战争文学	前途	第2卷第10期

月	作者·译者	篇　名	发表刊物	卷·期·号
10	[日]西胁顺三郎；林国材译	文学风习论	华北月刊	第2卷第3期
	余精一	佛家哲学之新体系	东方杂志	第31卷第19号
	傅统先	知识论上之观念论	哲学评论	第5卷第4期
	刘任萍	文学研究上诸问题之认识的观察	当代文学	第1卷第4期
	王悔深	关于"大众语"		
	宫廷璋	大众语与文学	文化与教育	第33期
	黎锦熙	大众语文学短论		第33—35期
	焰生	国民文学的精神	新垒	第4卷第3、4期合刊
	杨柳	论鲁迅式的欧化语法		
	阳冬	国民文学与国民语		
	杨柳	再论国民文学		
	焰生	由所谓大众语到所谓大众意识		
	段光军	国民语文与语文统一问题		
	季羡林	德国近代伟大抒情诗人薛德林早期诗研究	文学评论	第1卷第2期
	李长之	张希之"文学概论"		
	汪馥泉	约翰沁孤的生涯及其作品	青年界	第6卷第3期
	周作人	谈谈日本文学		
	[波兰]玛妥司宙斯基；唐旭之译	吉诃德式的精神		
	低吟	"学与术"	文艺之友	第2卷第5期
	张资平	文学之基本的素养及研究法	国民文学	第1卷第1期
	李冰若	我国国民文学的回顾与展望		
	李向荣	论内容、技术、形式兼及旧诗		
	黄素封	斯宾挪莎评传		
	[法]A.纪德；黎烈文译	论古典主义	译文	第1卷第2期
	[苏]M.Gorky；蒯斯曛译	文学的世界性	世界文学	第1卷第1期
	叶青	徐志摩论		
	汪馥泉	刘半农与五四文学革命		
	叶青	世界文学的展望		
	B.Bjornson；斯曛	诗之目的		
	龙沐勋	两宋词风转变论	词学季刊	第2卷第1号
	卢前	令词引论		

月	作者·译者	篇　名	发表刊物	卷·期·号
10	[日]小泉八云；陆印泉译	英国短诗论	诗歌月报	第2卷第1号
	侯封祥	中国古代文学中散文韵文的演变	北强	第1卷第5期
	张显丰	现代文化的转机及其将来		
	杨友文	谈文章的要素和种类	磐石杂志	第2卷第10期
	上游	民俗文学与民族主义的文学	黄钟	第5卷第5期
	佟晶心	中国傀儡剧考	剧学月刊	第3卷第10期
	何东辉	文艺科学的建立	清华周刊	第42卷第1期
	晏未庄	文学上的性格		
	郑林宽	伊凡·蒲宁论		
	徐安诘	尼克拉布索夫之生涯与艺术		第42卷第2期
	L. Hearn；默以译	詹姆士·汤姆生		
	郑伯奇	大众语和普通话	新语林	第5期
	胡依凡	翻译谈		
	Jean Colin；陈颉译	社会变革与语言		
	梅迅雨	论拉化运动和罗化运动的本质不同		第6期
	柳辰夫	关于科学文体裁		
	吴德芳	桐城文派略	学生文艺丛刊	第8卷第2集
	徐敬文	阶级与文学		
	陈北鸥	哥格里同写实主义	师大月刊	第14期
	黎锦熙	建设的"大众语"文学		
	张西堂	诗三百篇之诗的意义及其与乐之关系		
	章太炎	读史与文化复兴之关系	国立中央大学文艺丛刊	第1卷第2期
	徐仲年	拉芳丹纳的寓言诗		
	伍实	人文主义是什么	文学（上海）	第3卷第4期
	高庆丰	古典主义文学概论之一	文艺战线	第3卷第27期
	德明	苏联民族文学鸟瞰	文化批判	第1卷第6期
	黎锦熙	大众语文工具论		
	[日]长谷川如是闲；张万可译	柴霍夫艺术上的幽默与悲哀	文化评论	第1期
	费鉴照	济慈与莎士比亚	文艺月刊	第6卷第4期
	郭柏霖	新电影美学的方法论	时代电影	第5期
	高昌南	怎样研究西洋文学	读书顾问	第3期

月	作者·译者	篇 名	发表刊物	卷·期·号
10	黎锦熙	中国三千年大众语文小史	社会月报	第1卷第5期
		大众语文的工具——汉字问题		
	周木斋	关于文言文、通俗白话文、大众语的质和量		
	任白戈	大众语与白话		
	陈子展	与徐懋庸先生论骈文书		
	唐锦柏	中国的语言文字	文化建设	第1卷第1期
	徐慕云	中国的戏剧		
	李奎德	现代中国文体鸟瞰	细流	第3期
	周木斋	论"文以载道"	太白	第1卷第2期
	耳耶	谈杂文		
	任白戈	批评与批评家		
	华圉	门外文谈		
	叶籁士	大众语运动与拉丁化		第1卷第3期
	陈望道	文学和大众语		
10、11	[日]山田珠树；汪馥泉译	左拉研究	国民文学	第1卷第1、2期
10—次9	[德]Eckermann；黄源译	歌德谈话录	世界文学	第1卷第1—3、5、6期
11	废名	新诗问答	人间世	第15期
	黎锦熙	建设的大众文学——新诗例		
	朱光潜	诗的主观与客观		
	徐訏	谈诗		
	焰生	作家的意识问题	新垒	第4卷第5期
	天狼	再论大众语文学并答傅东华		
	陈志良	对于新语文运动的意见		
	黎锦熙	改进现在大众文学的三派	社会月报	第1卷第6期
		建设的大众语文学——新诗例		
	派拉威尔哲夫；方之中译	妥斯退夫斯基的艺术样式与方法		
	周木斋	文学上的"言志"与"载道"		
	黄实	周作人谈现代中国文学		
	张香山	关于现实主义	申报·自由谈	14日
	企	现实的与浪漫的		27日
	佩弦	白话文言杂论	清华周刊	第42卷第3、4期合刊
	曼青	文艺批判论		
	M.Simkhovich；子芳译	文学的一种新形式		

月	作者·译者	篇　名	发表刊物	卷·期·号
11	林风	新文化运动与尊孔复古	清华周刊	第42卷第3、4期合刊
	郑孟晋	新兴的美学理论		第42卷第5期
	Karl Radek；叶田田译	法西主义与文学		
	R.D.Charques；默棠译	论现代诗		第42卷第6期
	周缵武	文艺作品的重心		
	李后生	写小说的面面论	学生文艺丛刊	第8卷第3集
	姜亮夫	中国学术之范型的勘察	青年界	第6卷第4期
	迪民	文白之争	文艺之友	第2卷第8期
	[日]小泉八云；杨善进译	文学中的情感		
	养晦	诗的艺术与魏仑论：诗与声谐	中法大学月刊	第6卷第1期
	林庚	诗与自由诗	现代	第6卷第1期
	郁达夫	谈诗		
	桀犬	批评八股		
	陈奕	遗产与名作		
	林希隽	关于杂文与杂文家		
	杜衡	又是莎士比亚与群众		
	李长之	杨丙辰先生论		
	张露薇	论文艺与群众		
	谢云翼	大众语论		
	苏汶	大众语运动批判		
	汪吟龙	论文学批评史	青鹤	第2卷第24期
	章克标	言志与载道	人言周刊	第1卷第38期
	王平陵	谈文学批评		
	邵洵美	文学与电影		
	尚由	三民文学	黄钟	第5卷第7期
	汪锡鹏	民众文学与民族性		
	方治	民族文化与民族思想	文化建设	第1卷第2期
	石人	民族文艺论	前锋	第17期
	贾毅	新文学的批判与新文学的建立		
	[苏]倍列维尔则夫；孟式钧译	郭哥里的艺术与社会环境	当代文学	第1卷第5期
	石原	中国文艺界的危机	文艺战线	第3卷第30期
	倩兮	创作能力与创作欲		第3卷第31期
	宫廷璋	壮美文学的作法	文化与教育	第38期

月	作者・译者	篇　名	发表刊物	卷・期・号
11	周平之	柏拉图与亚里斯多德	现代学生	第3卷第5期
	衣梦	文学与时代及其任务	文化批判	第2卷第1期
	黎锦熙	再论大众语文工具		
	[苏]鲍亮斯基；郭德明译	论契可夫		
	杨深夔	天才与作家	文艺（成都）	第1卷第6期
	谭仲超	大众语文学论		
	徐凌霄	京剧里的史料	剧学月刊	第3卷第11期
	佟晶心	中国影戏考		
	晶心	罗马拼音对于剧本的影响		
	宗白华	"浮士德"与欧洲近代人文主义思想	诗歌月报	第2卷第2号
	[日]长谷川诚也；于佑虞译	精神分析与英国文学	文艺月报	第1卷第2期
	南星	A.E.HOUSMAN及其诗		
	金素兮	诗人夏芝		
	张长弓	艺术家		
	汪馥泉	汉文欧化单语底分析	国民文学	第1卷第2期
	张资平	小说之研究法		
	[日]儿岛献吉郎；柳道元译	中国文章之字句法		
	苏汶	建设的文艺批评刍议	中山文化教育馆季刊	第1卷第2期
	苏雪林	阿Q正传及鲁迅创作的艺术	国闻周报	第11卷第44期
	[德]Dr.W.Donat；傅仲涛译	日本文学之比较的考察		第11卷第45期
11、12	李辰冬	红楼梦在艺术上的价值		第11卷第47、48期
11—次1	梁宗岱	谈诗	人间世	第15、17、19期
12	赵家璧	福尔格奈研究	世界文学	第1卷第2期
	傅景芳	谈自传文学		
	叶青	语文论战总清算		
	伍蠡甫	凡尔哈仑的诗		
		合型的艺术		
		作为经验的艺术		
	[苏]I.爱伦堡；黎烈文译	论超现实主义派	译文	第1卷第4期

月	作者·译者	篇 名	发表刊物	卷·期·号
12	[德]F.恩格尔斯；胡风译	与敏娜·考茨基论倾向文学	译文	第1卷第4期
	残月	关于现实主义	申报·自由谈	6日
	王集丛	易卜生的创作方法		8日
	刘任萍	境界论与其称谓的来源	人间世	第17期
	徐英	十五年来所谓白话文运动之总检讨	国风	第5卷第10、11号合刊
	披朦	文学与科学分合的过程	文史	第1卷第4号
	辛人	写实主义与"莎士比亚的泼剌"		
	仰山译述	日本文学史略		
	北鸥	诗的写实主义		
	杨文化	"大众语"论争底态度问题		
	傅东华	论诗的题材	文学	第3卷第6号
	焦风	语文问题杂记	太白	第1卷第6期
	张文正	略论"字"和"词"		
	先六	"新文言"的工具——"拉丁化"	国语周刊	第168期
	李宝泉	中国艺术向哪里去	国民文学	第1卷第3期
	张资平	南北欧文艺复兴作品的比较		
	[美]辛克莱；若柱译	白发诗人惠曼（Walt Whitman）		
	梁国荸	皮兰德罗氏及其作品		
	吴烈	诗经在中国文学上的地位		
	[日]儿岛献吉郎；柳道元译	国文之主词及目的词研究		
	李健吾	论福楼拜	文学季刊	第1卷第4期
	莫孚	论杜斯退益夫斯基		
	筱延	苏俄的小说		
	李辰冬	泰尼论巴尔扎克		
	李家瑞	傀儡戏小史		
	黎去	什么是文学的要素	读书生活	第1卷第3期
	张东荪	从西洋哲学观点看老庄	燕京学报	第16期
	东辉	哲学与文学的交流	清华周刊	第42卷第8期
	拉狄克；杨哲译	论世界文学		
	孙晋三	劳伦斯		第42卷第9、10期合刊
	胡绳	文学创作上的用语		
	白苹	建设大众语文学的途径		
	婉龙	新现实主义文学概观		

月	作者·译者	篇　名	发表刊物	卷·期·号
12	何东辉	伟大作品之产生	清华周刊	第 42 卷第 9、10 期合刊
		现代欧美文学概观		
	盛澄华	纪德		
	郑林宽	兰斯顿休士		
	桂泉	高尔德		
	苏菲亚	奥格涅夫		
	D.唐铁；憨原译	保罗·梵乐希		
	艾钿	尼库林		
	安树杉	中国的小说	学生文艺丛刊	第 8 卷第 4 集
	邵洵美	谈翻译	人言周刊	第 1 卷第 43 期
	林灿英	严复及其翻译	海滨月刊	第 5 期
	斯石鹿	文化移动论	艺风	第 2 卷第 12 期
	李健吾	法国十九世纪的现实主义的文学运动	申报月刊	第 3 卷第 12 期
	焰生	论现实主义	新垒	第 4 卷第 6 期
	杨柳	谈"赤也派"		
	冥路	大众语文学的建设问题	东流	第 1 卷第 2 期
	焕平译	惠特曼诗的现实主义		
	W.Harbin；郭良才译	论"短篇小说"故事的进展	刁斗	第 1 卷第 4 期
	罗念生	近代希腊文学	青年界	第 6 卷第 5 期
	汪膺闻	现代中国文学运动的趋势	正中	第 1 卷第 1 期
	柳丝	小说在民族主义文学的地位	黄钟	第 5 卷第 9 期
	尚由	莫泊三与民族主义文学		第 5 卷第 10 期
	吴康	释艺术	晨光周刊	第 3 卷第 26 期
	普特符金；司徒慧敏译	剧本与导演论	现代演剧	第 1 卷第 1 期
	徐凌霄	雅俗之辨	剧学月刊	第 3 卷第 12 期
	汪锡鹏	歌谣形式的研究	文艺月刊	第 6 卷第 5、6 期合刊
	严大椿译	现代法国文学与大战		
	杨善进	谈文艺批评	文艺之友	第 2 卷第 10 期
	杜定	关于文艺或文学的轮廓的文艺		
	[英]P.Gibbs；傅俊译	文学与新闻学		
	[日]萩原朔太郎；魏晋译	西洋诗与东洋诗	诗歌季刊	第 1 卷第 1 期
	蒲风	五四到现在的诗坛鸟瞰		

月	作者·译者	篇名	发表刊物	卷·期·号
12	[日]石田干之助；朱滋萃译	欧人之汉学研究	北平中法大学文学院丛刊	第1号
	朱东润	诗教	珞珈月刊	第2卷第4期
	龚化龙	中国诗歌源流考略		
	袁昌英	论戏剧创作	国立武汉大学文哲季刊	第3卷第2号
	陈铨	中国纯文学对德国文学的影响		第3卷第2、3号；第4卷1、3号
12、次3	罗伦	大众语与大众诗歌	诗歌季刊	第1卷第1、2期

1935年

月	作者·译者	篇名	发表刊物	卷·期·号
1	陈鍊青	论个人笔调的小品文	人间世	第20期
	龙程芙	电影的社会化	东方杂志	第32卷第1号
	殷福生	意志自由问题的检讨		
	蒋径三	自由意志问题		
	郭后觉	国际语文和"世界语"		
	张佛泉	论自由	国闻周报	第12卷第3期
	沈从文	论读经		第12卷第4期
	洪深	几种"逃避现实"的写剧方法		第12卷第5期
	卫聚贤	民族与文学	建国月刊	第12卷第1期
	郎鲁逊	法国民族文艺概论		
	横海	平文言与白话之争		
	冯杞靖	拟古诗的源流及其艺术	申报月刊	第4卷第1期
	[俄]E.Drezen；梁叔仁译	语言之作用及进化	文明之路	第4期
	岑家梧	中国戏剧史的轮廓	现代史学	第2卷第3期
	周石泉	中国的本位文化建设	新文化	第2卷第1期
	沈志远	从康德到黑格尔	新中华	第3卷第2期
	焰生	论批评家	新垒	第5卷第1期
	陈志良	拉丁化问题的检讨		
	李建芳	大众语运动批判	文化建设	第1卷第4期
	蒋作宾；吴奔星译	中国之文章及其音调	文化与教育	第44期
	黎锦熙	现在大众语文学的调查与评判	文化批判	第2卷第2、3期合刊
	衣梦	文学与生活及其形式		
	周扬	高尔基的浪漫主义	文学	第4卷第1号
	[法]居友；诸侯译	诗和艺术的将来	译文	第1卷第5期
	吴承达	中国电影事业之新动向	大众知识（上海）	第1卷第1期

月	作者·译者	篇 名	发表刊物	卷·期·号
1	马肇延	戏剧批评讲话	剧学月刊	第4卷第1期
	梁实秋	文学与社会科学	文艺月刊	第7卷第1期
	洪素野	文学上之淫虐狂与受虐狂		
	顾仲彝	剧本的本质		
	洪深	环境怎样造成人物		
	S.J.Brown；张沛霖译	什么是诗	文艺月报	第1卷第4期
	张长弓	读中国文学批评史		
	皇甫颜	魏晋六朝文学批评		
	程千帆	再评望舒草因论新诗的音律问题		
	华声	略谈国民文学		
	[俄]蒲力汗诺夫；高翔摘译	论文集"二十年间"第三版序言	文艺（成都）	第2卷第1期
	谭仲超	欧洲文艺之花		
	张季纯	新旧剧问题	文艺电影	第2期
	寒流	历史剧的题材与主题	现代演剧	第1卷第2期
	罗根泽	文笔式甄微	国立中山大学文史学研究所月刊	第3卷第3期
	章克标	论标点	人言周刊	第1卷第47期
	胡适讲演	中国文艺复兴		第1卷第49期
	郑典谟	论战中的"大众语"文学问题	协大艺文	第1期
	李兆民	论群经诸子与文学之关系		
	刘文钦	幽默文章与社会背景		
	黄秀玑	谈谈中国妇女文学		
	梁孝瀚	论唐代散文		
	张增龄	鸟瞰的清代文学及其结晶		
	周永耀	中西文化接触之因果		
	杨树芳	老庄思想与六朝唐宋文学之影响		
	灵芬女士	文学究竟是怎样起源的	新北辰	第1卷第1期
	唐在山	现代文学思潮和青年教育		
	克中	写小说的方法	读书顾问	第4期
	A.Symons；梁之盘译	论文学批评与"文学者传"	红豆	第2卷第4期
	唐人	民族主义文学革新论	黄钟	第6卷第1期
	上游	从古典文学到民族主义文学		
	许钦文	民族主义文学与教育		
	汪锡鹏	民众文学的总绪		

月	作者·译者	篇 名	发表刊物	卷·期·号
1	洪荒	民族革命文学概论	军光月刊	第1卷第1期
	曹觉民	美学与游侠	行健月刊	第6卷第1期
	伯常译述	艺术作品的特质	沙龙	第1卷第1期
	毛一波	罗曼主义		
	瞎巴	两种对于诗的解释		第1卷第2期
	卞正之	"言志"与"载道"	太白	第1卷第9期
	柴扉	"小品的小品"	艺风	第3卷第1期
	黄觉寺	低徊趣味		
	赵玉生	魏晋六朝文学论表解	汇文半月刊	第4、5期合刊
	Bowell；维民译	文艺复兴时代之英国散文及散文文学		
	侍桁	泰纳的艺术哲学	中山文化教育馆季刊	第2卷第1期
	黎锦明	文学上的思想处理		
	李时	骈文研究法	女师学院期刊	第3卷第1期
	张克庄	文学表现论		
	[日]大宰施门；梁国尊译	所谓"古典的"——走向文学阶梯之重要意义	国民文学	第1卷第4期
1、2	[日]儿岛献吉郎；柳道元译	国文诸品词之性质及用法		第1卷第4、5期
	陈思烈	佛洛德的梦的心理	文化与教育	第44、45期
	[日]中村古峡；汪馥泉译	精神分析与现代文学	文艺月刊	第7卷第1、2期
1—3	杨启高	唐诗影响现代诗之个人诗派与民族诗派	新文化	第2卷第1期，第2、3期合刊
2	傅仲涛	一九三四年日本文坛之概观	国闻周报	第12卷第6期
	微波	谈封建文学	太白	第1卷第10期
	一知	小品文的三个特征		
	朱维基	谈散文诗	人言周刊	第2卷第2期
	杜衡	卡莱尔论诗的真实	文饭小品	第1期
	[法]A.纪得；陈占元译	哥德论	译文	第1卷第6期
	[苏]D.勃拉果夷；谢芬译	莱蒙托夫		
	[日]米川正夫；魏晋译	妥斯退益夫斯基在俄国文学上的地位	东流	第1卷第3、4期
	[日]谷耕平；林焕平译	普希金的方法		

月	作者·译者	篇　名	发表刊物	卷·期·号
2	毛秋白	二十世纪的艺术	新中华	第3卷第4期
	南生	再论民族文艺	华北月刊	第3卷第1期
	王楚文	中国民间文学论		
	[日]长谷川如是闲；裕孙译	艺术的创作上之"意识"问题	国民文学	第1卷第5期
	[日]金子马治；张资平译	艺术之科学的研究		
	吴烈	言语的演变		
	谢六逸	报章文学	世界文学	第1卷第3期
	伍蠹甫	中国本位的文化建设		
	叶青	郁达夫论		
	[法]J.R.Bloch；允怀节译	为谁写作		
	D.S.Mirsky；季明译	论市民诗歌	文学	第4卷第2号
	[日]西三郎；高纷译	俄国文学的现实主义底发达		
	谢六逸、魏晋	现代德意志戏曲之倾向	文学期刊	第2期
	叶青	文学与哲学		
	[日]工藤好美；方光焘译	叙事文学的发生		
	陈荫藩	文学起源论		
	[苏]阿里希莫甫；臧其人译	朴列汗诺甫批判	文学新辑	第1期
	辛人	两种不同的浪漫主义	申报·自由谈	12日
	王新命等	中国本位的文化建设宣言	东方杂志	第32卷第4号
	碧晖	讽刺小说和儒林外史	论语半月刊	第58期
	[日]藤井真澄；胡天译	何谓演剧	文艺月刊	第7卷第2期
	徐凌霄	"旧剧"与"摩登"之综核观	剧学月刊	第4卷第2期
	杜颖陶	舞台装饰概论		
	石原	文艺的意义和效用	文艺战线	第3卷第39期
		谈谈中国文坛上的派别		第3卷第40期
	杜灵格、李金发	诗问答	文艺画报	第1卷第3期
	京方	威廉·渥兹渥斯	北强	第2卷第1期
	唐人	历史小说和历史剧在民族主义文学的地位	黄钟	第6卷第2期

月	作者·译者	篇 名	发表刊物	卷·期·号
2	汪锡鹏	民众文学中的神话	黄钟	第6卷第2期
	C.E.M.Joad;蔡正华译	论现代英国小说	约翰声	第44卷
	[日]池田孝;王晓舟译	中国现代文学的动向	文化与教育	第45期
2、3	[日]渡边吉治;吴蒲若译	艺术的起源	艺风	第3卷第2、3期
	[日]冈泽秀虎;李华卿译	郭哥里的写实主义	绸缪	第1卷第6、7期
	吴秋山	中国诗体的递嬗		
3	李辰冬	论文学与批评	国闻周报	第12卷第8期
	张季同	关于中国本位的文化建设		第12卷第10期
	[苏]I.爱伦堡;黎烈文译	论莫洛亚及其他	译文	第2卷第1期
	徐霞村	皮蓝德娄	文学季刊	第2卷第1期
	李健吾	福楼拜的内容形体一致观		
	[法]亨利·布拉伊;马宗融译	乔治桑巴尔札克与左拉		
	[英]安诺德;曹葆华译	诗底研究		
	陈子展	谈古文与八股之关系	人间世	第23期
	量才	论载道与言志		第24期
	语堂	还是讲小品文之遗绪		
	[俄]E.Drezen;梁叔仁译	语言进化之人工规范	文明之路	第5期
	张仲实	马尔关于语言起源于发展的学说	太白	第1卷第12期
		马尔关于民族语言形成的学说		第2卷第1期
	臧克家	新诗答问		
	金克木	论诗的灭亡及其他	文饭小品	第2期
	张梦麟	主观与客观		
	钱歌川	描写上的真实性	新中华	第3卷第6期
	V.Kaueri;向日葵译	文学与科学	芒种	第1卷第1期
	徐懋庸	谈"科学小品"		
	[日]长谷川如是闲;林焕平译	艺术创作上的"意识"问题		第1卷第2期
	毅然	现代艺术形式的单纯与压缩	艺风	第3卷第3期

月	作者・译者	篇　名	发表刊物	卷・期・号
3	洪深	闹剧・趣剧・善构剧	未央	第1期
	涅伽	印度戏剧的理论		
	洪深	谈戏剧之理论与实践	申报月刊	第4卷第3期
	李冰若	中世纪我国的新文学	国民文学	第1卷第6期
	[日]寿岳文章；梁国鄠译	论艺术家的姿势和态度		
	吴烈	汉赋在中国文学上的地位		
	[日]佐藤清；张资平译	文学与社会及时代精神——国民文学之一注释		
	焰生	文学与道德	新垒	第5卷第2、3期合刊
		中国本位的文化建设之商讨		
	治公	国民文学论		
	邹向明	文艺的现实性与政治性		
	陈志良	研究中西古文化之新途径		
	张协	自我的文艺论		
	高伯夷	怎样批评文艺	文艺战线	第3卷第44期
	曹联亚	文学之形式的研究	国立北平大学学报	第1卷第4期
	马彦祥	戏剧的情境	文艺月刊	第7卷第3期
	[日]长谷川如是闲；梦鸥译	文艺家的生活态度		
	伍蠡甫	诗之理解	现代	第6卷第2期
	少问	文艺作品底价值问题		
	赵景深	诗话的诗话		
	胡风	蔼理斯的时代及其他	文学	第4卷第3号
	陈思烈	佛洛德的生平及其心理学说之背景	文化与教育	第49期
	徐凌霄	"权威者"与"国剧前途"	剧学月刊	第4卷第3期
	杜颖陶	导演与剧本		
	薛超	戏剧的起源		
	顾仲超	英国浪漫主义作家批判	文艺（成都）	第2卷第3期
	[美]F.W.羌德莱；白李译	新爱尔兰的戏剧		
	郑兆元	关于民族文艺的探讨	文艺（武昌）	第1卷第1期
	唐人	民族主义文学的外延和内包	黄钟	第6卷第3期
	陈高佣	文化运动与"文化学"的建立	文化建设	第1卷第6期
	毓瑞	论艺术的纯粹性	津汇月刊	第4期
	王泊生	中国戏剧之演变与新歌剧之创造	舞台艺术	创刊号

月	作者・译者	篇 名	发表刊物	卷・期・号
3	李朴园	戏剧革新论	舞台艺术	创刊号
	[日]饭塚有一郎；张鸣琦译	演剧底社会的效用		
	G.Craig；此君译	莎士比亚底戏剧		
	张鸣琦译述	犹理斯柏甫"演剧社会学"底解说		
	[苏]高尔基；哲夫译	论剧本与剧作家	文艺电影	第4期
	赵景深	西洋文学史概论	绸缪	第1卷第7期
3、4	[俄]E.Drezen；梁叔仁译	十八世纪以前初期普遍语方案	文明之路	第6、8、9期
3—10	阎宗临	文艺杂感	新北辰	第1卷第3、4、6、7、10期
4	赵景深	文学思潮	绸缪	第1卷第8期
	胡适	试评所谓"中国本位的文化建设"	国闻周报	第12卷第13期
	张季同	论现在中国所需要的哲学		
	林庚	中国文学史上一个谜		第12卷第15期
	洪深	小说中的人物描写	新中华	第3卷第7期
	[日]屋芳雄；裕孙译	民族及其表现	国民文学	第2卷第1期
	振芳	法国的写实主义和自然主义概说		
	唐人	民族主义文学的要素和应有的条件	黄钟	第6卷第5期
	汪锡鹏	民众文学的分类		
	叶青	大众语文学问题	研究与批判	第1卷第1期
	徐凌霄	说"音节"	剧学月刊	第4卷第4期
	[苏]诺维兹基；高里译	剧场艺术的特殊性	现代文学	第1期
	[日]长谷川如是闲；克巴译	柴霍夫艺术上的幽默与悲哀		
	王集丛	艺术才能与生活经验	现代	第6卷第3期
	何贻焜	顾亭林先生的文学观	师大月刊	第18期
	任维焜	论文学中思想与形式之关系		
	徐英	明清文学辨源	安徽大学月刊	第2卷第6期
	水天同	文章的需要与需要的文章	人生与文学	第1卷第1期
	汾澜	勃克夫人小说里的中国女人		
	心音	电影与英国的戏剧		

月	作者·译者	篇　名	发表刊物	卷·期·号
4	陈汉钦	中国本位的文化建设评议	海滨月刊	第6期
	毛如升	勃克夫人的创作生活		
	谢海若	艺术上的功利主义与至上主义		
	废名	关于派别	人间世	第26期
	孙洵侯	译名论		
	语堂	谈中西文化		
	林疑今	"英国文学史大纲"序		
	沈起予	"艺术哲学"	太白	第2卷第2期
	一知	论"雅俗共赏"		第2卷第3期
	张仲实	马尔关于口头语各种范畴的学说		
	林庚	诗的韵律	文饭小品	第3期
	毕树棠	小说琐志		
	严以霖	论速写	文章	创刊号
	君喆	略谈字画之关系与在文学上影响		
	辛人	论浪漫主义	芒种	第1卷第3期
	夷白	诗境		第1卷第4期
	徐懋庸	心理描写		
	刘念渠	论中国戏剧的前路	舞台艺术	第2期
	[法]沙塞；颜申村译	戏剧的美学		
	王泊生、吴瑞燕	论音韵		
	[苏]P.A.Markov；王木之译	梅耶荷德		
	[俄]V.白林斯基；周扬译	论自然派	译文	第2卷第2期
	[匈]G.卢卡且；孟十还译	左拉和写实主义		
	[苏]S.昂德列益维奇；沈起予译	杜斯退益夫斯基的特质		
	[法]A.纪德；徐懋庸译	王尔德		
	叶青	再论文学与哲学	世界文学	第1卷第4期
		文学与政治——文学底作用		
	瓦砾译	Moulton 论翻译		
	乐游	通俗和媚俗	新小说月刊	第1卷第3期
	Edwin Muir；陈翰生译	当代英国小说	红豆	第2卷第6期

月	作者·译者	篇　名	发表刊物	卷·期·号
4	张琢如	浪漫派戏剧谈略	京报	20日
	太戈	波多来耳	北强	第2卷第2期
	所北	小品与大品	艺风	第3卷第4期
	吴作人	艺术与中国社会		
	李实谔	培根与其散文	励学	第3期
	Lytton Strachey；周正文译	中世纪的法国文学		
	Silvio D'amico；纪泽长译	比兰台罗作品的实质		
	邵欣	作家、批评家与题材	东流	第1卷第5期
	斐琴	长篇小说问题		
	[法]B.Cremieux；魏晋译	纪德与小说技巧		
	[美]福司透；唐旭之译	现代美国的文学批评	青年界	第7卷第4期
	[日]矢岛祐利；任白涛译	科学的文学	文艺月刊	第7卷第4期
	曾献中	龙沙与法国七星诗人		
	费鉴照	济慈的一生		
	M.Nordau；由稚吾译	诺道论托尔斯泰主义		
	陈嗣音	诗之题材论	文艺（武昌）	第1卷第2期
	樵陈父	中国文学的前途	江汉思潮	第2卷第4期
	胡梦华	文学问题	前锋	第22期
	宫廷璋	怎样研究文学	文化与教育	第52期
	朱滋萃	八股文研究	中法大学月刊	第7卷第1期
	刘壅	关于文章形式的检讨		
	S生	美国的新剧运动	文艺（成都）	第2卷第4期
	谭仲超	浪漫主义在英国文学史上的地位		
	汪静之	文学作家的条件	新文学	第1卷第1期
	李长之	批评的任务		
	傅佛崖	中国文学论略	正中	第1卷第9、10期
4—8	秋君	文艺思潮的社会性	翊教	第3卷第7期—第4卷第4期
5	[西]乌南缪傩；董秋芳译	怎样写小说	新文学	第1卷第2期

月	作者·译者	篇名	发表刊物	卷·期·号
5	[日]萩原朔太郎；孙俍工译	从浪漫派说到高蹈派	新文学	第1卷第2期
	[日]桑原武夫；任白涛译	斯丹大尔伦		
	张华芳	"为艺术而艺术"	文化批判	第2卷第6期
	米勒；包乾元译	论近代法国幽默文学		
	马宗融	唯美派的文学	文学	第4卷第5号
	沛清	论建安期的诗	国闻周报	第12卷第18期
	章太炎	白话与文言之关系	国风	第6卷第9、10号合刊
	吴烈	乐府在中国文学上的地位	国民文学	第2卷第2期
	罗杰	桐城古文宗派论	船山学报	第8期
	如松	古典文艺略论	研究与批判	第1卷第2期
	庄启东	关于小品文	现代	第6卷第4期
	立波	詹姆斯乔易斯	申报·自由谈	6日
	孟加	德意志的浪漫主义		13日
	周木斋	杂文的文艺价值	太白	第2卷第4期
	[苏]巴柴里斯；凤子译	梅兰芳的戏剧		第2卷第5期
	梁宗岱	论崇高	文饭小品	第4期
	知堂	科学小品		
	秦甫	论文学批评之基准	芒种	第1卷第5期
	前辙	关于文和道		
	[日]新居格；戴咏修译	诗的转向期	沙龙	第1卷第8期
	孙作云	论"现代派"的诗	清华周刊	第43卷第1期
	李长之	论文艺批评家所需要之学识		
	M.Bleiman；楚泽译	尤利·罗曼与约翰·多斯·帕索斯		第43卷第2期
	[日]昇曙梦；唐突译	不安的时代与不安的文学		第43卷第3期
	李子温	论翻译	文化与教育	第55期
	王新命	怎样研究文学	文化建设	第1卷第8期
	叶青	五四文化运动的检讨		
	李麦麦	论"五四"整理国故运动之意义		
	焰生	文化运动的路向	新垒	第5卷第4、5期合刊
	汉黎	小说与故事		
	邹向明	论轻松的小品文		

月	作者·译者	篇　名	发表刊物	卷·期·号
5	李麟	国民文学与国民文化	新垒	第5卷第4、5期合刊
	陈月枫	大众艺术的建议		
	马儿	大众文学与国民文学		
	林史光	文化建设的基础		
	华尚文	通俗小说形式问题	新小说月刊	第1卷第4期
	佟晶心	通俗的戏曲	剧学月刊	第4卷第5期
	张镜潭	英国诗人与国家思想	人生与文学	第1卷第2期
	巩思文	独幕剧与中国新剧运动的出路		
	F.梅格凌；胡风译	狄更斯论	译文	第2卷第3期
	姜亮夫	中国文字的声音与义的关系	青年界	第7卷第5期
	刘宇	语言的浪费		
	江菊林	文学与国民性	晨光周刊	第3卷第47期
	厉道诚	从一元论讲到艺术欣赏与艺术创造	艺风	第3卷第5期
	费鉴照	济慈美的观念	文艺月刊	第7卷第5期
	毛如升	小泉八云论衣裳哲学		
	欧阳予倩	为什么要写实？		
	常书鸿	近代绘画上的"变形"与"无能"		
	徐仲年	雨果论		
	郎鲁逊	雨果的研究		
	丁滔	新文艺动向与青年作家	文艺（武昌）	第1卷第3期
	熊寿农译	在日本的中国文人		
	谭仲超	文学与祸害	文艺（成都）	第2卷第5期
	[日]丰田实；李伏伽译	英国小说的起源与进展		
	沈其繁	文学遗产问题	杂文	第1号
	孟式钧	论文学遗产		
	辛人	为"文学遗产"答胡风先生		
	[捷]普实克；扬壬人、糜春辉译	现代捷克斯拉夫文学		
	王守伟	刘彦和对于文学的情感与技术底观念	苎萝	第17、18期合刊
	杨邨人	白话文的厄运	星火	第1卷第1期
	苏汶	作家的主观与社会的客观		
5、6	林语堂	今文八弊	人间世	第27—29期

月	作者・译者	篇　名	发表刊物	卷・期・号
5、6	威尔逊；曹葆华译	象征派作家	北平晨报・诗与批评	5月23日、6月13日
6	[俄]皮思拉杜甫；易华译	高尔基早年作品风格研究	文学季刊	第2卷第2期
	[英]塞门斯；曹葆华译	两位法国象征诗人		
	[意]克罗齐；孟实译	艺术是什么		
	王了一、余一	关于翻译		
	李长之	鲁迅创作中表现之人生观	国闻周报	第12卷第24期
	胡洛	托尔斯泰论	客观	第1卷第1期
	侍桁	关于勃兰兑斯	星火	第1卷第2期
	张资平	文艺复兴期之意大利文学思想	国民文学	第2卷第3期
		日本自然主义文学之社会的背景		
		日本新感觉派的文学		
	吴烈	建安文学在中国文学上的地位		
	[法]H.Massis；时甫译	小说与自传	世界文学	第1卷第5期
	[美]R.Blathwart；周新译	马克吐温论幽默	论语半月刊	第66期
	[美]S.K.Winther；俞荻译	写实的战争小说论	现代文学	第2期
	郑伯奇	小说的将来	新小说月刊	第1卷第5期
	[日]本间久雄；徐碧晖译	英吉利底现代剧	文艺月刊	第7卷第6期
	J.W.Cuncliffe；纪乘之译	高尔斯华绥论		
	程千帆	西昆诗派述评		
	顾仲彝	文艺中心漫话		
	胡绍轩	戏剧之题材与作法略论	文艺（武昌）	第1卷第4期
	[日]山口笃；马鸣尘译	纪德论		
	耶非	文学的真实性	中学生文艺季刊	第1卷第2期
		"现实"和"典型"		
	叶卓如	文学中的夸张法		
	朱自清	语文杂谈	人生与文学	第1卷第3期
	巩思文	所谓新歌剧		

月	作者·译者	篇　名	发表刊物	卷·期·号
6	张彭春	苏俄戏剧的趋势	人生与文学	第1卷第3期
	李麟	创造与模仿	新垒	第5卷第6期
	绍光	谈诗人与诗	新星	创刊号
	菲洛	诗与散文	青年界	第8卷第1期
	练白	论模仿		
	维和	何谓接触作用及其关系诸问题		
	赵景深	修辞格述要	绸缪	第1卷第10期
	何炳松	中国文化西传考	中国新论	第1卷第3期
	释太虚	怎样建设现代中国的文化	文化建设	第1卷第9期
	章炳麟	白话与文言之关系		
	朱肇洛	关于"职业的剧团"	细流	第5、6期合刊
	董维藩	李白对于文学的概念		
	永高	艺术起源论	华风	第1卷第1期
	章炳麟	文学说例	华西学报	第3期
	王学易	小说作法论	励学	第4期
	C.Hamilton；仰山译	作剧的新艺术	清华周刊	第43卷第4期
	李秉忱	迦尔洵论		
	马缨	俄国文学之昨夕		第43卷第5期
	林曦	"拉丁化"释义		
	书安	中文拉丁化运动		第43卷第6期
	楚泽	詹姆士·乔也斯的思想与作风		
	顾仲彝	西洋戏剧的种类	复旦学报	创刊号
	赵景深	女词人李清照		
	谢六逸	日本明治维新之研究		
	赖玉润	典尼（Hippolyte Taine）的历史哲学	国立中山大学文学院专刊	第2期
	马采	赫格尔美学的辩证法		
	祝百英	论康德		
	朱杰勤	莎士比亚研究		
	吴怀孟	我国诗歌与音乐之因缘	金陵大学文学院季刊	第2卷第1期
	[日]小泉八云；王永芬译	圣经文学论		
	程会昌	汉书艺文志诗赋略首三种分类遗意考		
	汪辟疆	近代诗派与地域	国立中央大学文艺丛刊	第2卷第1期
	商承祖	葛德与释勒的咏事诗		

月	作者·译者	篇名	发表刊物	卷·期·号
6	小溪	"理想小说"	中法大学月刊	第7卷第3期
	Hoffding；彭基相译	斯宾挪莎		
	任访秋	王国维人间词话与胡适词选		
	吴康	比较文学绪论	文史汇刊	第1卷第2期
	陈遐弗	机械与文学的交流	文学期刊	第3期
	全汉升	清末的"西学源出中国"说	岭南学报	第4卷第2期
	W.Long；谭文山译	十八世纪的英国文学	安徽大学月刊	第2卷第8期
	陈文渊	人文与人生	协大艺文	第2期
	朱维之	戏剧底始祖——谣舞		
	张增龄	晚清的文艺思潮		
	郑典谟	小品文蓬勃的现阶段		
	点默	美国小说家马克吐温		
6、12	杨树芳	中国新剧运动史		第2、3期
	承恩	挪威瑞典丹麦瑞士诸国作家略传	北强	第2卷第3、6期
6、9	黄嘉德	中国文学上的女性描写	约翰声	第45、46卷
6—次2	Edward Lewis；陈瘦竹译	导演与演员	文艺月刊	第7卷第6期；第8卷第1、2期
7	陶孟和	论科学研究	东方杂志	第32卷第13号
	梁宗岱	哥德与梵乐希		
	孟式钧	现实主义的基础	杂文	第2号
	辛人	从创作方法讲起		
	北鸥	文学遗产的再认识		
	凡海	忠实现实和"心境小说"		
	陈君涵	现代新戏曲底姿态		
	林焕平	行为主义的文学理论		
	秋田雨雀	接受文学遗产的两个方向		
	语堂	中国的国民性	人间世	第32期
	陈高佣	中国思想史上的方法论争	文化建设	第1卷第10期
	周木斋	评章炳麟"白话与文言之关系"	太白	第2卷第8期
	林语堂	说本色之美	文饭小品	第6期
	[日]西胁顺三郎；高明译	二十世纪小说家之态度		
	晶心	提倡话剧与今日社会问题	剧学月刊	第4卷第7期
	黄芝冈	新旧剧论争的总批判	芒种	第1卷第8期
	任白涛	文艺创作是人生的实验		
	孙席珍	大大主义论	国闻周报	第12卷第27期

月	作者·译者	篇 名	发表刊物	卷·期·号
7	高茫	现代英美小说中之 Philistinom	清华周刊	第43卷第7、8期合刊
	C.Hamilton；仰山译	近代舞台的图画性		
	去病	论公式化的文艺		第43卷第9期
	章克桫	T.S.厄了忒的诗论		
	郭沛元	苏俄的诗和小说	人生与文学	第1卷第4期
	胡洛	文艺创作方法论	客观	第1卷第2期
	黎锦明	批评家的着眼处	星火	第1卷第3期
		没有什么天才		
	林希隽	杂文问题		
	孤鹤、苏汶	文艺创作问题讨论		
	[日]片冈铁兵；任钧译	通俗小说私见	新小说月刊	第2卷第1期
	[日]武田麟太郎；任钧译	通俗小说问题		
	[日]森山启；任钧译	关于通俗小说		
	许钦文	小品文与闲谈	通俗文化	第2卷第1期
	凌鹤	谈电影民众化		第2卷第2期
	金光灿	大众艺术	艺风	第3卷第7期
	[法]A.纪德；陈占元译	论文学上的影响	译文	第2卷第5期
	张资平	由自然主义至新浪漫主义之德国文学	国民文学	第2卷第4期
	[日]山岸光宣；张资平译	德国文学概观		
	张资平	文艺的胚胎和感性化		
	君匋	读书撷拾		
	吴烈	唐代诗歌的嬗变		
	[德]歌德；宗白华译	单纯的自然描摹·式样·风格	文学	第5卷第1号
	孟十还	果戈理论		
	阿英	中国新文学的起来和他的时代背景		
	谭仲超	文学史与文学批评	文艺（成都）	第3卷第1期
	丁韬	三民主义与文学问题	江汉思潮	第3卷第1期
	纪廷藻	戏剧对于社会教育的功用		

月	作者·译者	篇　名	发表刊物	卷·期·号
7	钱歌川	美国短篇小说的特殊性	中国新论	第1卷第4期
	V.F.Calverton；李育中译	美国文学之新天地	红豆	第3卷第2期
	唐人	民族主义文学题材的剪取	黄钟	第7卷第1期
	高滔	希腊文学之源流	中山文化教育馆季刊	第2卷第3期
	左恭	艺术与生活		
	高璘度	电影艺术的基本问题		
7—9	盛马良	日本文学发展论	绸缪	第1卷第11、12期；第2卷第1期
8	孙席珍	未来主义论	国闻周报	第12卷第30期
	张梦麟	近代日本文学和伟大作品	中国新论	第1卷第5期
	P.Nizan；云梦译	今日之法国文学	清华周刊	第43卷第10期
	天明	文字革命与拉丁化		第43卷第11期
	林白	战后英国文学		
	李培恩	论翻译	之江学报	第4期
	王独清	古典主义的起来和它的时代背景	文学	第5卷第2号
	[法]A.法朗士；黄仲苏译	致百吕悌也尔先生之答辩		
	[美]U.辛克莱；天虹译	奥亨利论	译文	第2卷第6期
	向培良	人类艺术学	艺风	第3卷第8期
	圆瑛	佛学与文艺		
	学文	文学的题材	新中华	第3卷第15期
	新民	电影的文艺性		
	废舵	未来的戏剧	人言周刊	第2卷第25期
	阿英	清末文艺杂志	太白	第2卷第10期
	高平	原形		第2卷第11期
	康白情	白话文作法上几个重要问题	绸缪	第1卷第12期
	唐人	小品文在民族主义文学中的地位	黄钟	第7卷第3期
	宋琴心	诗歌的尝试期	诗之叶	第1卷第2期
	纪廷藻	中国文学的起源	江汉思潮	第3卷第2期
	[法]居友；于焌瑠译	艺术之道德的及社会的任务	星火	第1卷第4期
8、9	叶青	精神分析派心理学批判	新中华	第3卷第15、16期
9	萧乾	奥尼尔及其"白朗大神"	大公报·文艺	2日
	刘任萍	"文科"上几个问题	北平晨报·学园	第850、851号

月	作者·译者	篇　名	发表刊物	卷·期·号
9	胡丰	张天翼论	文学季刊	第2卷第3期
	赵家璧	海敏威研究		
	[英]塞门斯；曹葆华译	法国文学上的两个怪杰		
	[英]瑞恰慈；施宏告译	批评理论底分歧		
	[俄]F.杜思退益夫斯基；丽尼译	普式庚论	译文	终刊号
	[日]冈泽秀虎；陈望道译	果戈理和杜思退益夫斯基		
	[法]A.纪德；陈占元译	艺术的界限		
	北鸥	创作技术和现实主义	杂文	第3号
	华英	科学与文学	研究与批判	第1卷第4期
	鲁迅	关于新文字	客观	第1卷第3期
	S.Dinamov；迅译	卢那卡尔斯基批判	第一线	第1卷第1号
	寒光	艺术底本质和它底社会的机能		
	敏	口头的创作之建立	创作	第1卷第3期
	任	文学上的还原论		
	贡	创造形象		
	丁	小说中的故事		
	胡风	自然·天才·艺术		
	王任叔	中国现代小说发展的动向底蠡测		
	艾思奇	通俗文的真义	通俗文化	第2卷第5期
	屈轶	什么是讽刺文学		第2卷第6期
	谭正璧	中国女性文学之研究	女子月刊	第3卷第9期
	孙席珍	论俄国的未来主义	国闻周报	第12卷第34期
	[美]安德森；允怀译	关于现实主义	世界文学	第1卷第6期
	[英]T.L.Peacock；伍蠡甫、曹允怀译	诗之四阶段		
	君桐	自传体小说	新中华	第3卷第17期
	小仓	欧美电影的异同		
	曹聚仁	清末报章文学的起来和它的时代背景	文学	第5卷第3号
	耶非	阅读写作和批评	中学生文艺季刊	第1卷第3期
		文艺的内容和形式		

月	作者·译者	篇　名	发表刊物	卷·期·号
9	夏明	漫说新诗	中学生文艺季刊	第1卷第3期
	叶卓如	谈诗随笔		
	黄树藩	布兰兑斯论屠介涅夫	复旦学报	第2期
	夏仁麟	散文的艺术		
	[苏]求考夫斯基；俞鸿模译	尼古拉梭夫传		
	[苏]高尔基；魏晋译	论诗的主题		
	曹尚明	论高尔基	文艺之家	创刊号
	陈北鸥	日本诗运动之史的开展		
	[苏]Gorky；林疏译	关于文学及其它		
	尤其彬	小说中对话的写法	青年界	第8卷第2期
	傅抱石	中国国民性与艺术思潮	文化建设	第1卷第12期
	[英]洛克；张世文译	单纯的意象	哲学评论	第6卷第2、3期合刊
	周子亚	谈传记文学	晨光周刊	第4卷第13期
	李景白	泛论文学	培德月刊	第1卷第8期
	P.B.Wadsworth；胡国治译	当代德国文学概观	中国新论	第1卷第6期
	克罗特·阿席；巴宜译	十九世纪的法国文坛	沙龙	第2卷第1期
	瞎巴	关于现实主义		
	马肇延	中国戏剧对于戏剧艺术之启示及其美的观念之完成论	剧学月刊	第4卷第9期
9、11	佟晶心	当今话剧之出路		第4卷第9、11期
10	萧乾	书评与创作	国闻周报	第12卷第41期
	郭沫若讲演	中日文化之交流	国闻周报	第12卷第42期
	余又荪	日译学术名词沿革	文化与教育	第69、70期
	福莱纳兹；金风译	真实存在的小说中人物	北强	第2卷第5期
	相代	法国象征派诗人蓝保		
	魏紫铭	明清小品诗文研究		
	吴烈	中国自然诗的产生及其流派	中国新论	第1卷第7期
	高滔	美学史（名著介绍）	中山文化教育馆季刊	第2卷第4期
		十九世纪末欧洲文艺主潮		

月	作者・译者	篇 名	发表刊物	卷・期・号
10	[法]普利东;赵兽译	超现实主义宣言	艺风	第3卷第10期
	梁锡鸿	超现实主义论		
	李东平	什么叫做超现实主义		
	曾鸣	超现实主义的批判		
		超现实主义的诗与绘画		
	吕金录	儒家思想与现代中国	东方杂志	第32卷第19号
	[法]梵乐希;梁宗岱译	哥德论		
	林语堂	最早提倡幽默的两篇文章	论语半月刊	第73期
	江寄萍	谈本色的美	人间世	第37期
	兆翔	再谈"幽默"	芒种	第2卷第1期
	周木斋	新文体		
	[俄]高尔基;林林译	论诗的主题	杂文	第3号
	鲁迅	什么是"讽刺"		
	任白戈	说到作品底题材和主题		
	孟式钧	再莎士比亚底地写		
	北鸥	创作技术和现实主义		
	茅盾	对于接受文学遗产的意见		
	毕树棠	口头语	人生与文学	第1卷第5期
	巩思文	奥尼尔及其戏剧		
	范宜芳	作为文学家的巴比塞	文化建设	第2卷第1期
	佟晶心	剧曲评价论	剧学月刊	第4卷第10期
	岑家梧	中国戏剧史方法短论	现代史学	第2卷第4期
	章原朴	文学之社会学的研究	文化生活	第1卷第1期
		创作论		第1卷第2期
	郑振铎	中国文学史的新页		
	逸穆	宣传文学与文学宣传		第1卷第3、4期合刊
	娜娜	日本文学的水准		
	枕石	文学概言	通俗文化	第2卷第7、8期
	徐懋庸	大众文学跟纯文学的区别		第2卷第8期
	方之中	文学上的偶然性	文艺大路	第1卷第6期
	赵景深	小说作法	绸缪	第2卷第2期
	[日]谷耕平;孟式钧译	普希金的写实主义	盍旦	第1卷第1期
	申去疾	论作品的"题材"和"主题"	星火	第2卷第1期
	桐君	内容与形式	新中华	第3卷第20期

月	作者·译者	篇　名	发表刊物	卷·期·号
10	[日]千叶龟雄；熊寿农译	恋爱与文学	正中	第2卷第8、9期合刊
	张延明	新艺术形式检讨	津汇月刊	第7期
	易士	儿童与文学	培德月刊	第1卷第9期
		旧诗和新诗		
	[日]昇曙梦；陈桥译	杜斯退夫斯基与杜格涅夫	文艺舞台	第1卷第2期
	[英]爱略特；周煦良译	"诗的用处与批评的用处"序说	现代诗风	第1册
	叶青	文化底创造运动	研究与批判	第1卷第5期
	卢哲夫	艺术底起源		
	罗根泽	中国文学起源新探	文哲月刊	第1卷第1期
	包桑葵；高滔述评	美学史	中山文化教育馆季刊	第2卷第4期
	赵景深	论诗的形式	文艺（武昌）	第2卷第1期
10—12	G.M.Allen；王云开译	电影剧本作法概论		第2卷第1—3期
10、次4	李子温	英国诗律概述	师大月刊	第22、26期
11	[俄]乌梁诺夫；友生译	托尔斯泰论	时事新报·每周文学	19日
	胡风	什么是批判的现实主义	文艺大路	第2卷第1期
	周人扬	怎样叫做"社会转形期的文学"		
	李金发	是个人灵感的记录表		
	张沅长	今后中国新文学的方向	文学时代	第1卷第1期
	老舍	一个近代最伟大的境界与人格的创造者		
	[苏]J.M.Maisky；高昌南译	论苏俄新旧文学的精神及其演变		
	桐君	现实的悲剧	新中华	第3卷第21期
	幼常	电影批评的基础		
	桐君	一个有灵魂的人		第3卷第22期
	白水	电影剧材的来源		
	力生	文学作品中的语言问题	通俗文化	第2卷第9期
	凌鹤	中国电影创作诸问题		
	Glenn Hughes；马肇延译	古代的演剧	剧学月刊	第4卷第11期

月	作者・译者	篇　名	发表刊物	卷・期・号
11	李朴园	中国戏剧底出路	亚波罗	第14期
	赵景深	民间故事之民俗学的解释	青年界	第8卷第4期
	余又荪	新康德派的哲学	文化与教育	第72—75期
	一针	所谓幽默文学		第72、73期合刊
	[苏]泰伊洛夫；绿野译	论综合剧场	文化生活	第1卷第5期
	梦蝶	谈周作人的文学观		第1卷第7期
	许嘉超	戏剧之二三问题		
	文远	形象	客观	第1卷第7期
	欧阳凡海	辩主题与题材	盍旦	第1卷第2期
	曹靖华	纳巴斯图派的文艺观		
	[日]甘粕石介；辛人译	弗理契主义批判——艺术史的问题		
	天行	写什么		
	[日]冈泽秀虎；云涛译	俄罗斯浪漫主义概观	星火	第2卷第2期
	语堂	提倡方言文学	宇宙风	第4期
	E.奴希诺夫；欧阳凡海译	现代的现实主义与心理主义的表现	东流	第2卷第1期
	梅林格；斐琴译	托尔斯泰与现实主义		
	[英]Richards；谭仲超译	托尔斯泰的感染说	文艺（成都）	第3卷第2期
	爱森坦因；施林译	中国戏剧的象征主义	文艺舞台	第1卷第4期
	何炳松	艺术的使命	艺风	第3卷第11期
	苏雪林	论胡适的尝试集	新北辰	第1卷第11期
	沈达材	古文通论	海滨月刊	第8期
	芳卫廉	美国文学中之地方色彩	金陵学报	第5卷第2期
	孙道升	现代中国哲学界之解剖	国闻周报	第12卷第45期
11、12	孙席珍	表现主义论		第12卷第47、48期
	余又荪	新康德派的哲学	文化与教育	第72—75期
	罗根泽	晚唐五代的文学论	文哲月刊	第1卷第2、3期
12	常风	悼"译文"	国闻周报	第12卷第49期
	黎锦熙	修辞学比兴篇序	国语周刊	第220期
	赵景深	晚清的戏剧	青年界	第8卷第5期
	尤其彬	诗与散文在本质上的区别		

月	作者・译者	篇 名	发表刊物	卷・期・号
12	桐君	性格的发展	新中华	第3卷第24期
	文远	典型	客观	第1卷第8期
	刘馨	周作人之文学无用论中的有用		
	何石	通俗化		
	文远	形式与内容		第1卷第9期
	胡洛	从文艺创作方法说起		
	[美]罗维斯;曹葆华译	关于诗中的革命	文学季刊	第2卷第4期
	澄清	大战后的日本文学		
	顾绶昌译述	廿五年以来之英国文学		
	哈德生;吴奔星译	莎翁时代之英国诗坛	文化与教育	第76期
	项美丽	美国小说的几种新倾向	文学时代	第1卷第2期
	桀犬	极微论者及其他	文艺月报	第1卷第1期
	黎锦明	从学院看到文学		
	许钦文	新文学的创造		
	林庚	什么是艺术		
	西蒙	关于文艺电影		
	蔗园	现代美与古典美	艺风	第3卷第12期
	王鹏皋	谈幽默	论语半月刊	第77期
	王闿运	论文	人间世	第42期
		论诗		
		论诗作法		
		论词宗派		
	邵洵美	新诗与"肌理"	人言周刊	第2卷第41期
	知堂	谈"桐城派"和"随园"	宇宙风	第6期
	丁迪豪	中国诗歌舞蹈之起源	文化批判	第3卷第1期
	王宜昌	中国的骑士文学		
	徐霞村	现代西班牙剧坛	齐大季刊	第7期
	觉之	维多・雨果	中法大学月刊	第8卷第2期
	罗莫辰译	波特来尔论雨果		
	张宗孟	雨果与法国戏剧		
	朱维之	中国散文引论	协大艺文	第3期
	张增龄	现代文学之基础形式及其理论		
	泳萍	认识之限度	新北辰	第1卷第12期
	张香山	岛木健作的文学私见	东流	第2卷第2期

月	作者·译者	篇名	发表刊物	卷·期·号
12	[苏]芦那查尔斯基；孟式钧译	批评论	东流	第2卷第2期
	辛人	艺术自由论	质文（东京）	第4号
	任白戈	农民文学底再提起		
	孟式钧	论再莎士比亚底地写		
	邢桐华译	高尔基论文化		
	凌鹤	关于新心理写实主义小说		
	[日]米川夫；方乙译	屠格涅夫论	学术界（东京）	复刊第1卷第1、2期合刊
	丁滔	中国新诗坛的检讨	文艺（武昌）	第2卷第3期
	谭仲超	史诗的产生	文艺（成都）	第3卷第5、6期合刊
	耶非	文艺内容之三要素的关联	中学生文艺季刊	第1卷第4期
	淡文	谈模仿		
	陈欣楚	戏剧运动蓬勃中的剧本改编问题	文化生活	第1卷第11期
	熊佛西	中国戏剧运动的新途径	自由评论	第4期
12、次1	梁实秋	关于莎士比亚		第4、7—9期
	王森然	现代文学起源及其趋势	文艺战线	第4卷第4、5期

1936年

月	作者·译者	篇名	发表刊物	卷·期·号
1	周扬	现实主义试论	文学	第6卷第1号
	朱光潜	文艺与道德问题的略史	东方杂志	第33卷第1号
	梁实秋	批评家之皮考克		
	沈从文	习作选集代序	国闻周报	第13卷第1期
	邓恭三	略论"世界文库"的宗旨选例及其它		
	绀弩	一九三五年的中国语文运动	改造	创刊号
	胡风	文学上的民族战争		
	臧云远	新诗和新美学	青年界	新2卷第4号
	文远	风格	客观	第1卷第10期
		艺术作品的价值		第1卷第11期
	常燕生	对于现代中国个人主义文学潮流的抗议	国论	第1卷第7期
	陈叔华	幽默辨	论语半月刊	第79期
	灵雨	普罗文学哪里去了	自由评论	第7期
	[法]泰纳；瓦砾译	论风格	时事类编	第4卷第2期
	曹聚仁	晚清启蒙文学一瞥	绸缪	第2卷第5期

月	作者·译者	篇　名	发表刊物	卷·期·号
1	[苏]高尔基；乌生译	批判的现实主义	盍旦	第1卷第4期
	[日]大西礼二；凡海译	斯太哈诺夫运动		
	[苏]高尔基；林林译	关于创作技术		
	[日]高冲阳造；铭玉译	尼采及伯格森的思想与近代思潮		
	侍桁	文艺的政治性	星火	第2卷第4期
	朱诞英	谈韵律诗		
	黄竹生	诗与散文	华风	第1卷第14期
	[日]鬼泽福次郎；熊寿农译	日本文学之史的鸟瞰	正中	第3卷第1期
	W.H.Hudson；吴奔星译	莎翁时代之英国剧坛	文化与教育	第78—80期
	钟敬文	民间文艺学底建设	艺风	第4卷第1期
	史紫枕	文艺的现实性	文艺（武昌）	第2卷第4期
	田汉讲演	戏剧的理论与实践	江汉思潮	第4卷第1期
	宗白华	常人欣赏文艺的型式	文学时代	第1卷第3期
	孙竹青	白璧德印象记	励学	第5期
	Oscar Wilde；马贯亭译	什么造成艺术家与艺术家造成什么		
	Sir Philip Gibbs；孙德芳译	文学与新闻学		
	朱绍安	文赋论文		
	[英]L.A.Richards；丹西译	生命之运用	红豆	第4卷第1期
	侍桁	居友的艺术观	中山文化教育馆季刊	第3卷第1期
	魏一参	勃瓦楼的诗学（名著介绍）		
	王平陵	中国新文学的诞生	文艺月刊	第8卷第1期
	朱梅	阿比西尼亚的文学		
1、2	V.Putovkin；王梦鸥译	有声电影演员论		第8卷第1、2期
	邵洵美	小说与故事	人言周刊	第2卷第46、47期
	[德]爱德华·施乐德；杨丙辰译	五十年来之德国语文学	文哲月刊	第1卷第4、5期

月	作者·译者	篇　名	发表刊物	卷·期·号
2	[德]L.Marcuse；宗白华译	悲剧世界底变迁	文艺月刊	第8卷第2期
	[法]法朗士；赵少侯译	法国古代的民歌		
	胡风	现实主义底一"修正"	文学	第6卷第2号
	[法]居友；周麟译	艺术中个人生活及社会生活的表现	中法大学月刊	第8卷第4期
	日恰兹；涂序瑄译	论诗的经验	文艺（成都）	第4卷第2期
	陈铨	批评与创作	文学时代	第1卷第4期
	[德]玛尔霍兹；李长之译	舍洛学派在文艺史学上之贡献		
	知堂	宋人的文章思想	宇宙风	第10期
	赵少侯	文学与救国	自由评论	第10期
	胡适	谈谈"胡适之体"的诗		第12期
	梁实秋	我也谈谈"胡适之体"的诗		
	邵洵美	文体与题材	人言周刊	第2卷第50期
		文学的过渡时代		第3卷第1期
	鲁迅	妥斯退夫斯基	东流	第2卷第3期
	[德]海涅；辛人译	艺术与文学		
	辛人	关于现实主义问题的一点感想	时事新报·每周文学	11日
	黄源译述	罗斯金艺术论	文明之路	第27期
	黄源	艺术与科学		第28期
	萧乾	想象与联想	国闻周报	第13卷第5期
	姚渔湘	评"中国艺术史概论"		第13卷第6期
	孙席珍	立体主义论		第13卷第7期
	宋春舫	话剧的前途	青岛画报	第21期
	徐慕云	改良戏曲刍议	文化建设	第2卷第5期
	佟晶心	中国电影的展开	剧学月刊	第5卷第2期
	徐凌霄	关于大明的戏剧		
	胡洛	国防文学的建立	客观	第1卷第12期
	董秋芳	从自然科学的精神说到巴尔扎克	黄钟	第8卷第1期
	杜蘅之	论歌剧		
	[苏]卢那卡尔斯基；傅天真节译	论戏院与戏剧的关系	第一线	第1卷第5、6期合刊
	都创	艺术之发生发展及其动向	文艺舞台	第2卷第2期

月	作者·译者	篇 名	发表刊物	卷·期·号
2	杨晋豪	艺术和真实	青年界	第9卷第2期
	韦瑜	属于传志类的文章		
	向培良	评萧里契"艺术社会学"	六艺	第1卷第1期
	[日]长谷川如是闲；高明译	原形艺术与复制艺术		
2—4	[苏]波莱司拉夫斯基；黄天始译	演技新论		第1卷第1—3期
3	埃笛斯·西脱威尔；徐迟译	论现代诗人		第1卷第2期
	廖辅叔	歌剧的一般形态		
	[日]高冲阳造；辛人译	现实主义与艺术形式的问题	夜莺	第1卷第1期
	[苏]玛拉霍夫；谭琳通译	屠格涅夫底现实主义		
	林蒂	诗人应该反映和表现些什么	诗歌生活	第1期
	林林	提倡讽刺诗		
	邵洵美	诗与诗论	人言周刊	第3卷第2号
	路易士	诗论小辑	红豆	第4卷第2期
	西望	"弗理契批判"的批判	时事新报·每周文学	第25期
	宋春舫	论戏剧的对白	宇宙风	第13期
	黎锦明	民族文学的商榷	黄钟	第8卷第4期
	灵雨	诗的意境与文字	自由评论	第16期
	魏咏声	莎士比亚与劳动阶级		
	知堂	文学的未来		第17期
	叶维之	意义与诗		
	倍列维尔则夫；辛人译	杜斯退夫斯基评价的再检讨	东方文艺	第1卷第1期
	[俄]高尔基；代石译	艺术本质的地是战斗——拥护或反对		
	范存忠	一年来英美的传记文学	文艺月刊	第8卷第3期
	张沅长	"向哪方面努力？"	文学时代	第1卷第5期
	赵家璧	桑顿·维尔特研究		
	林庚	关于四行诗		
	赓革思	"社会主义的现实主义与革命的浪漫主义"之"正确性"与"国际性"	新潮	第1卷第1期
	张露薇	现代中国文学的总清算	文学导报	第1卷第1期

月	作者·译者	篇　名	发表刊物	卷·期·号
3	[苏]斯洛宁；张露薇译	苏联文学发展史	文学导报	第1卷第1期
	[苏]奴西诺夫；张露薇译	论高尔基		
	[苏]卢那察尔斯基；黎烈文译	佛郎士论	译文	新1卷第1期
	杨非	批评与创作	青年界	第9卷第3期
	赵景深	读"宋元戏曲史"		
	徐远芳	文艺的欣赏与批评	中学生文艺季刊	第2卷第1期
	马宗融	浪漫主义的起来和它的时代背景	文学	第6卷第3号
	[日]萩原朔太郎；魏晋译	小说与诗的精神问题	留东学报	第1卷第6期
	张梦麟	中国现代文学的动向		第2期
3、4	[德]D.E.Trunz；杨丙辰译	劳动阶级与文艺	天地人半月刊	第1—4期
4	李长之	论文艺作品之技巧原理		第4期
	周扬	典型与个性	文学	第6卷第4号
	[法]R.罗兰；陈占元译	论个人主义与人道主义	译文	新1卷第2期
	[苏]恰唐诺夫；克夫译	批评家杜勃洛柳蒲夫		
	孙席珍	意象主义论	国闻周报	第13卷第14、15期
	徐叔阳	苏俄的戏剧		第13卷第15期
	水天同	胡梁论诗	新中华	第4卷第7期
	张梦麟	吉伯龄的思想		
	C.Day Lewis；张易译	明日的文学		
	罕因	英国文学讲话	清华周刊	第44卷第1期
	晓波	论"我"		第44卷第2期
	基尔波丁；罗苹译	论社会主义的写实主义		第44卷第3期
	秀立	理论大众化问题		
	陈铨	从叔本华到尼采	清华学报	第11卷第2期
	卡卫林；曹尚明译	论文学与科学	文学导报	第1卷第2期
	卡尔佛登；张露薇译	现代文学中的病态		

月	作者·译者	篇 名	发表刊物	卷·期·号
4	[法]A.Maurois；陈云若译	文学与政治的动乱	文化建设	第2卷第7期
	卢心远	精神分析学之批判的研究	研究与批判	第2卷第1期
	冯怀紫	论民族自卫文学		
	邢鹏举	论翻译	文学时代	第1卷第6期
	余上沅	史坦尼士拉夫斯基		
	莫洛怀；高昌南译	文学与政治的变化		
	方子川	性灵词人龚自珍	复旦学报	第3期
	方珍	袁子才的文学观		
	黄树藩	荷马论		
	徐英	文体流变表说	安大季刊	第1卷第2期
		诗话学发凡		
	彭子蕴	文学与文艺	艺风	第4卷第4期
	[苏]高尔基；艾思奇译	论现实	文学丛报	诞生号
	F.班菲洛夫；徐行译	关于语言		
	[俄]L.Tolstoy；田人译	论艺术中的真理	绿洲	第1卷第1期
	应谊	谭氏文学史观及其修正		
	朱光潜	论灵感		
	[德]H.Heine；于贝木译	法国浪漫派		
	R.M.Rilke；冯至译	给青年诗人卡卜斯的信		
	胡风	典型论底混乱	作家	第1卷第1号
	以人译	恩格斯论莎士比亚	东流	第2卷第4期
		法捷耶夫论现实主义		
	向培良	论美	六艺	第1卷第3期
	叶灵凤	谈现代的短篇小说		
	梁实秋	莎士比亚研究之现阶段	东方杂志	第33卷第7号
	朱光潜	诗的起源		
	马彦祥	清末之上海戏剧		
	咏琴	佛罗依德的精神分析学与性的问题		
	[英]A.C.Sewter；吴文晖译	艺术社会学之可能性		第33卷第8号

月	作者·译者	篇　名	发表刊物	卷·期·号
4	[德]玛尔霍兹; 李长之译	德国新浪漫主义的文学史	文艺月刊	第8卷第4期
	[英]T.S.Eliot; 京夏译	批评的机构	文艺（成都）	第4卷第4期
	[俄]爱伦堡; 以群译	新内容与新形式	夜莺	第1卷第2期
	[日]山村房次; 格收译	苏联的文学与斯泰哈诺夫运动		
	杨骚	略谈作家的敏感性		
	方之中	论新闻小说		
	[日]森山启; 辛人译	作为意识形态的艺术——艺术与生活		
	方极盦	文艺作品之社会价值与艺术价值	四川文学	第1卷第1号
	陈子展	漫论诗的形式	诗之叶	第2卷第2、3期合刊
	梅雨	关于诗的通俗化	前奏	创刊号
	忍冬	新诗歌的一些问题		
	徐懋庸	关于新诗歌的杂记随想录		
	王独清	"另起炉灶"		
	吴定之	亚里士多德的"诗学"	自由评论	第18期
	[美]W.C.Gordon; 吴定之译	文学与社会科学		第19、20期
	杨非	非常时期中的中国文学	青年界	第9卷第4期
	刘雯卿	儿童文学论	正中	第3卷第4期
	张标	新旧文学的批评和出路	江汉思潮	第4卷第4期
	迟受义	武侠小说的流毒与防止	文化与教育	第86期
	黄若山	戏剧与教育		第88期
	吴奔星	诗的"新路"与"胡适之体"		
	胡怀琛	中国古代小说之外国资料	逸经	第4期
	吴世昌	吕恰慈的批评学说	中山文化教育馆季刊	第3卷第2期
	朱光潜	文艺和道德有何关系		
4、5	景昌极	新理智运动刍议	国风	第8卷第4、5号
5	陈延杰、尤敦谊	学诗之法		第8卷第5号
	蔡元培	美育与美学	黄钟	第8卷第7期
	杜蘅之	苏俄电影和美国电影的比较观		第8卷第8期
	李长之	歌谣是什么	歌谣周刊	第2卷第6期

月	作者·译者	篇 名	发表刊物	卷·期·号
5	梁实秋	歌谣与新诗	歌谣周刊	第2卷第9期
	曹传福	中国新文学应走那条路	市师	第1期
	梁圣洁	文学的领域	青年界	第9卷第5期
	尉素秋	文学与环境	研究与批判	第2卷第2期
	[俄]L.Tolstoy；田人译	一个批评艺术的规律	绿洲	第1卷第2期
	[法]E.左拉；毕修匀译	告文学青年	进化	第1卷第1期
	江海澜	新文化运动之史的评介	晨光周刊	第5卷第18期
	Sinclair Lewis；高克毅译	漫谈文学职业化	新中华	第4卷第9期
	张天翼	什么是幽默	夜莺	第1卷第3期
	南宫离	谈集体创作		
	[苏]高尔基；屈轶译	论剧		
	以群译	新现实与新文学		
	魔子	文艺上的论争	四川文学	第1卷第2号
	Anna Nusbaum；孔予常译	罗曼·罗兰论		
	胡风	文学修业底一个基本形态	作家	第1卷第2号
	郑伯奇	作家和语言		
	E.E.吉须；胡风译	危险的文学样式	文学丛报	第2期
	I.库希诺夫；徐懋庸译	论心理描写		
	I.奴西诺夫；梅雨译	高尔基与苏联文学		
	沈心芜	文以载"道"辨	文学年报	第2期
	李素英	论歌谣		
	[英]G.B.肖；姚克译	论魔鬼主义的伦理	译文	新1卷第3期
	[苏]吉尔波丁；明森译	杜勃洛柳蒲夫论		
	[美]U.辛克莱；许天虹译	关于杰克·伦敦		
	[苏]卢那察尔斯基；黎烈文译	一位停滞时期的天才——梅里美		
	郑伯奇	论新的通俗文学	东方文艺	第1卷第2期

月	作者·译者	篇 名	发表刊物	卷·期·号
5	吉尔波丁；梅雨译	苏维埃文学底新现实主义	东方文艺	第1卷第2期
	G.勃兰兑斯；代石译	普式庚论		
	[日]川口浩；韦芜译	拥护新写实主义	小译丛	第1卷第1期
	阎折吾	走向民众读物戏曲化之路	文艺月刊	第8卷第5期
	王独清	谈新诗	多样文艺	第1卷第1期
	庄平青	关于霍普特曼的自然主义作品		
	朝宗	载道和言志	清华周刊	第44卷第4期
	麦斯琪；来晨试译	论旧文学与新文学		第44卷第6期
	亚历山特罗夫；冯夷译	玛耶阔夫斯基		
	李朴园	艺术之批评	亚波罗	第16期
	定之	文艺批评家之罗斯金		第23期
5—8	[苏]V.Poionsky；谐庭译	列宁的艺术观	自由评论	第25、26期合刊，第38期
5—10	张香山	苏联农民文学的一个考察	东方文艺	第1卷第2、3期；第2卷第1期
5—7	极盦	文学之史的进路及其发展	四川文学	第1卷第2号，第3、4号合刊
5、6	A.Bennett；影波译	文学趣味的修养	绿洲	第1卷第2、3期
6	孟实	戏剧的两种演法		第1卷第3期
	于贝木译	海涅论		
	吴士星	论戏剧底（Suspense）		
	黎舒里	美的理想性	清华周刊	第44卷第7期
	贞一译述	莎士比亚与变态心理学		第44卷第8期
	宣庆译	论蒲鲁斯特		第44卷第9期
	黎舒里	再论美的理想性		
	D.S.米斯基；契嘉译	屠格涅夫论		
	余又荪	哥亨略传	文化与教育	第94期
	陈文渊	文学与心理	协大艺文	第4期
	梁孝瀚	宋代诗话家之文艺理论		
	汪馥泉	语文变迁之大势	天籁季刊	第25卷第1期
	朱荣泉	中国散文之演化		
	顾宗沂	中国女性与文学		

月	作者·译者	篇名	发表刊物	卷·期·号
6	许天虹	高尔基的一生	国闻周报	第13卷第25期
	傅仲涛	日本文学的新课题		
	一士	谈章太炎		
	黎锦熙	简体字论	国语周刊	第246期
	洪泰	言语底本质、起源和发展	研究与批判	第2卷第3期
	宗笑我	中国舞台上的表现主义		
	宋春舫	从莎士比亚说到梅兰芳	逸经	第8期
	奚如	文学底新要求	夜莺	第1卷第4期
	鲁迅	几个重要问题		
	姜亮夫	唐代以前的散文	青年界	第10卷第1期
	胡风	人民大众向文学要求什么	文学丛报	第3期
	雪韦	"现实主义试论"底质疑		
	周扬	关于国防文学	文学界	第1卷第1号
	P.Merin；徐懋庸译	报告文学论		
	A.Marlaux；沈起予译	报告文学的必要		
	夏衍	历史与讽喻		
	周振甫	文心的映发与暗视	中学生文艺季刊	第2卷第2期
	张武亮	漫谈诗情		
	耶非	文学上的偶然性		
	丁东	阶级意识能克服民族意识吗？	文艺（武昌）	第3卷第2期
	雄风	"非常时期"与"文学"		
	一怒	民族主义的文学略论		
	少孙	诗歌中所表现的民族思想		
	朱光潜	诗歌与纯粹的文字游戏	天地人半月刊	第8期
	文治平	戏剧艺术的"三一律"	江汉思潮	第4卷第5、6期合刊
	[法]E.左拉；毕修勺译	自然主义	进化	第1卷第2期
	许钦文	王充的文学革命谈	黄钟	第8卷第10期
	张宝树	新与旧：英国小说中之新旧写实主义谭	红豆	第4卷第4期
	[苏]A.柴米尔诺夫；克夫译	论莎士比亚及其遗产	译文	新1卷第4期
	[俄]L.托尔斯泰；胡风译	关于文学和艺术		
	Fdmun Wilson；朱仲龙译	论象征主义	文化批评	第3卷第3期

月	作者·译者	篇名	发表刊物	卷·期·号
6	谭吉华	黑格儿美学研究	文化批评	第3卷第3期
	Höffdiny；彭基相译	文艺复兴与中古时代	中法大学月刊	第9卷第2、3期合刊
	宋雯芳	现代日本文坛上的女作家	东方杂志	第33卷第11号
	赵家璧	特莱塞	文季月刊	创刊号
	[法]A.纪德；卞之琳译	纳蕤思解说		
	林林	诗的独白	质文（东京）	第5、6号合刊
	[苏]高尔基；林林译	论儿童文学的主题		
	[日]永田广志；晓雨译	文学与哲学		
	王洪佳	清代词学	女师学院期刊	第4卷第1、2期合刊
	[法]佴葆德；李辰冬译	雨果的地位		
	高阆仙讲演	国文研究法		
	胡应锒	什么是儿童文学	安徽教育辅导旬刊	23卷第3期
	焕昭	文体之研究	民立旬刊学声专号	第1期
	增甫	文艺概论		
	润成	中国小说之渊源及其在文坛上之地位		
	徐懋庸	"人民大众向文学要求什么"	光明	第1卷第1期
	立波	中国新文学的一个发展		
	洪深	民族主义者章太炎		第1卷第2期
	周扬	现阶段的文学		
6—次2	[苏]伊佐托夫；李兰译	文学修养的基础		第1卷第2—12期；第2卷第1—6期
7	邓恭三	评韩侍桁译"十九世纪文学之主潮"	国闻周报	第13卷第26期
	周作人	谈日本文化书	自由评论	第32期
	余又荪	日本思想界的西化问题		
	白弗	萧伯讷	清华周刊	第44卷第10期
	冯夷	论玛耶阔夫斯基		第44卷第11、12期合刊
	段洛夫译	拉狄克论世界文学	小译丛	第1卷第3期
	拉狄克；张露薇译	论现代世界的文学	文学导报	第1卷第3期

月	作者·译者	篇　名	发表刊物	卷·期·号
7	董秋芳	超现实主义文学论	文学导报	第1卷第3期
	曹尚明译述	苏联文学概观		
	邬宗镛	文学与青年教育	安大季刊	第1卷第4期
	[西]P.巴罗哈; 庄重译	文艺上的小定理	译文	新1卷第5期
	尹明	小说作法	读书青年	第1卷第2期
	[法]E.左拉; 毕修勺译	风化在小说中	进化	第1卷第3期
	姜亮夫	唐宋以后的散文	青年界	第10卷第2期
	秀芳	现代文学与短篇小说		
	王劲秋	文学与天才		
	张香山	目前的日本历史小说	作家	第1卷第4号
	艾思奇	新的形势和文学的任务	文学界	第1卷第2号
	鲁迅	论我们现在的文学运动		
	茅盾	关于"论我们现在的文学运动"		
	Gorky;慕文译	论形式主义	文学丛报	第4期
	郭沫若	在国防的旗帜下		
	司帕考诺; 赫戏译	关于世界观和创作方法		
	鲁迅	答托洛斯基派的信		
	杨骚	批评家的手	光明	第1卷第3期
	张若英	中日战争在文学上的反映		第1卷第4期
	灵芬	中国文学史导论	新北辰	第2卷第7期
	周沫华	中国绘画与诗歌之关系		
	郑伯奇	布洛克的十九世纪文学观	东方文艺	第1卷第4期
	郑振铎	清末翻译小说对新文学的影响	今代文艺	第1卷第1期
	侍桁	公式主义的清算		
	[日]山岸光宣; 周学普译	德国的文学研究的沿革	励学	第6期
	S. W. Powell; 孙竹青译	近代的新体诗		
	王传训译述	希腊的戏剧		
	W.A. Neilson; 滁尘译	文学作品的四种		
	[苏]G.Lukach; 辛丹译	作为文学理论家和文学批评家的 Fridrix Engels	北调	第4卷第1期
	张香山	讽刺文学论	东流	第3卷第1期

月	作者·译者	篇　名	发表刊物	卷·期·号
7	北鸥	关于讽刺文学	东流	第3卷第1期
	陈达人译	托尔斯泰论文学		
	[法]恩得烈·马路洛；圣浃译	关于现实主义		
	史紫枕	文艺底路线	文艺（武昌）	第3卷第3期
	胡绍轩	与张道藩、袁昌英论戏剧的"独白"		
	寒花	剑侠小说的影响		
	杨树华	亨利·海涅及其"歌集"	海滨文艺	第2期
	李东平	超现实主义之前前后后		
	沈达材	论诗		
	路丁	现实形势与民族革命战争的大众文学	现实文学	第1期
	侍桁	文艺批评之诸问题	中山文化教育馆季刊	第3卷第3期
	由稚吾	现代中国小说中之几种倾向		
7—12	陈序经	东西文化观	岭南学报	第5卷第1—4期
8	孙雪韦	典型论及其他	现实文学	第2期
	辛人	论当前文学运动底诸问题		
	聂绀弩	文章·语言·文学		
	[德]F.恩格斯；何凝译	巴尔札克论		
	费怒春	艺术的评价	文艺（武昌）	第3卷第4期
	胡绍轩	中国话剧运动应趋之途径		
	凡海	国防文学与现实主义	文学界	第1卷第3号
	茅盾	给青年作家的公开信	光明	第1卷第5期
	黎君亮	文艺杂论	黄钟	第9卷第2期
	杨镇华	民族文学		
	胡行之	论旧式的白话诗		第9卷第3期
	余又荪	谈日译学术名词	文哲月刊	第1卷第7期
	[苏]岳干·阿尔提满；孟殊译	新艺术与大众化	今代文艺	第1卷第2期
	拉金；凌之译	社会主义现实主义创作者高尔基		
	知堂	中国的滑稽文学	宇宙风	第23期
	茅以思	国防文学发展的路线	国论	第2卷第1期
	鲁思	几种典型的蒙太奇手法	绸缪	第2卷第12期

月	作者・译者	篇　名	发表刊物	卷・期・号
8	鲁迅	答徐懋庸并关于统一战线问题	作家	第1卷第5号
	[苏]高尔基；赵家璧译	论文学及其他	文季月刊	第1卷第3期
	[俄]D.S.Mirsky；罗莫辰译	T.S.艾略忒与布尔乔亚诗歌之终局		
	[苏]高尔基；沈起予译	论创作技术	文学丛报	第5期
	[苏]卢那却尔斯基；陈素译	论文艺批评之史的发展		
	雪苇	关于写作过程上的二三问题		
	陈叔俊	文学的特性	文化与教育	第98期
	丁易	文艺中"感情移入"的描写		第99期
	[苏]蒂莫费也夫；耿济之译	怎样创造文学上的形象	文学	第7卷第2号
	[苏]F.希累尔；牛健译	社会主义写实主义底前提	新地	第3期
	[苏]吉尔波丁；昭琛译	单纯，艺术与民众		
8、9	毛如升	英国小品文的发展	文艺月刊	第9卷第2、3期
9	约翰・亚里特曼；沈起予译	文学上的真实——关于高尔基的"文学论"	文学	第7卷第3号
	颖灿	文学的反抗性	中学生文艺季刊	第2卷第3期
		作品的主题与题材		
	须养才	谈文体美		
	[法]A.纪德；陈占元译	戏剧的进化	译文	新2卷第1期
	吕克玉	对于文学运动几个问题的意见	作家	第1卷第6号
	周木斋	"丑学"		
	胡风	自然主义倾向底一理解	中流	第1卷第2期
	[法]E.Jaloux；陈聘之译	悲观主义与近代小说	文哲月刊	第1卷第8期
	黄叶	克鲁泡特金眼中的高尔基	进化	第1卷第5期
	[法]E.左拉；毕修匀译	文学的憎恨		
	C. Zelinsky；吴火任译	苏联文学的路	光明	第1卷第8期
	张慧白	文学之意识及技术	嘤鸣杂志	第1卷第1期

月	作者·译者	篇　名	发表刊物	卷·期·号
9	赵季芳	巴尔札克论	嘤鸣杂志	第1卷第1期
	[德]恩格斯; 林白雪译	论文学		
	詹安泰	论寄托	词学季刊	第3卷第3号
	孙雪韦	文艺联合运动的原则诸问题	人民文学	第6期
	[苏]高尔基; 沈起予译	论散文		
	[苏]N.Bukharin; 伍蠡甫译	诗、诗学和苏俄诗的问题		
	荃麟	关于统一战线问题		
	丁非	关于国防文学的论争	文学界	第1卷第4号
	黎锦明	民族性的特征与异同	黄钟	第9卷第4期
	陈福熙	戊戌政变和新文学的酝酿		第9卷第5期
	史痕	中国现阶段的文艺运动	文艺月刊	第9卷第3期
	严大椿	司达哀尔夫人论		
	勒麦特尔; 李万居译	莫泊桑论		
	[日]冈泽秀虎; 须白石译	郭果里的写实主义		
9、11	Alfred Döblin; 杨丙辰译	叙事文艺作品底结构		第9卷第3、5期
10	张东荪	多元认识论重述	东方杂志	第33卷第19号
	碧云	三种主义下的妇女地位之比较		
	任衍生	斯宾格勒底文化史论及其批判	新中华	第4卷第19期
	望幽译述	Chateaubriand 在法国十九世纪文坛上的供献	中法大学月刊	第9卷第5期
	尹明	文艺作品的内容和形式	读书青年	第1卷第8期
	陶希圣	由五四运动谈到通俗文化	大众知识（北京）	第1卷第1期
	王萍草	电影戏剧的大众化	绸缪	第3卷第2期
	[美]B.D.吴尔服; 玉鸣女士译	以群众作主角的戏剧	嘤鸣杂志	第1卷第2期
	王一鹏	"语言文字的阶级性"的我见		
	玉宇	怎样研究中国文学史	黄流	第3卷第1期
	俞爽迷	中国文学起源之研究	艺文	第1卷第4期
	李春潮	怎样接受高尔基的诗歌遗产	诗歌生活	第2期
	哥德里雷夫斯基; 北鸥译	普式庚的社会政治抒情诗		

月	作者·译者	篇 名	发表刊物	卷·期·号
10	林林	拜伦主义与普式庚	诗歌生活	第2期
	斯鲁珂夫；李华飞译	诗歌中的社会主义的写实主义	诗歌杂志	第1期
	沈西苓	戏剧及其特殊性	电影戏剧	第1卷第1期
	雪林格尔；章泯译	论戏剧的本质		
	[日]上野一郎；许幸之译	历史电影论		
	赵家璧	从横断小说谈到杜司·柏索斯	作家	第2卷第1号
	莫文华	我观这次文艺论战的意义		
	北鸥	国防文学的典型性格	光明	第1卷第9期
	吴野正	创作方法的商讨		
	秋水等	中国新文学运动的经过及其成绩	春草	第1卷第10期
	囚犯	谈谈文学的取材问题	多样文艺	第1卷第5期
	丁谛	文艺欣赏与生活体验		
	杨晋豪	现阶段的中国文艺运动纲领	青年界	第10卷第3期
	姜亮夫	歌诗时代的诗		
	周洁人	怎样研究文学	晨光周刊	第5卷第37、38期合刊
	郭沫若	从典型说起	杂文	第2卷第1期
	[苏]高尔基；邢桐华译	论形式主义		
	陈子展	关于中国文学起源诸说	逸经	第16期
	[日]昇曙梦；雨田译	普式庚与拜伦主义	译文	新2卷第2期
	辛人	但丁的言语观	文学	第7卷第4号
	尚由	表现的民族主义文学	黄钟	第9卷第6期
	罗根泽	韩愈及其门弟子文学论	文艺月刊	第9卷第4期
	刘盦	法国象征派小说家纪德		
	徐中玉	旧体闺情诗的研究		
	周骏章	评吴可读著"西洋小说发达史略"	国闻周报	第13卷第41期
	吴奔星	袁中郎之文章及文学批评	师大月刊	第30期
	黎锦熙	鲁迅与注音符号		
	李子温	现代英国文学		
	[英]T.S.Eliot；赵增厚译	诗的功用与批评的功用——现代人的观念		
	欧阳凡海	简论甘粕石介氏的艺术哲学	东方文艺	第2卷第1期
	蒲风	诗歌大众化的再认识		

月	作者·译者	篇 名	发表刊物	卷·期·号
10	谷平	国防文学的中心问题	东方文艺	第2卷第1期
	[英]T.S.爱略特；周煦良译	诗与宣传	新诗	第1卷第1期
	[法]马赛尔·雷蒙；戴望舒译	许拜维艾尔论		
	戴望舒	记诗人许拜维艾尔		
	卡塔鲁尼亚·卡萨司；于道源译	歌谣论	歌谣周刊	第2卷第21、22期
	汪馥泉	"词儿"构成的分析	中山文化教育馆季刊	第3卷第4期
	李长之	德意志艺术科学创建者温克耳曼之生平及其著作		
10—12	[匈]卢卡其；胡风译	小说底本质	小说家	第1、2期
11	朱光潜	性欲"母题"在原始诗歌中的位置	歌谣周刊	第2卷第26期
		论中国诗的韵	新诗	第1卷第2期
	戴望舒	谈林庚的诗见和"四行诗"		
	曹镇华	诗歌的音乐性	诗歌小品	第2期
	艾纕	谈小品文		
	[美]W.L.Thomils；吴泽霖译	文化的比较研究	东方杂志	第33卷第22号
	幼侠	谈谈报告文学	读书青年	第1卷第9期
	姜亮夫	歌诵分立时代的诗	青年界	第10卷第4期
	田有	现代艺术理论	艺风	第4卷第7—9期合刊
	华亚民	艺术之意义与演进	晨光周刊	第5卷第42、43期合刊
	李伯文	国防文学与大众文学		
	北鸥	国防文学的理论建设	新认识	第1卷第6期
	[爱尔兰]Sean O'Faolain；陈聘之译	英国小说的颓衰	文哲月刊	第1卷第9期
	孙子高	南北音在中国文学史上之地位		
	[美]恩格尔等；北鸥译	现代英美诗论	杂文	第2卷第2期
	羊山译	关于诗的决议		
	林林	诗的国防论		
	任白戈	关于国防文学的几个问题		

月	作者·译者	篇 名	发表刊物	卷·期·号
11	丰子恺	艺律上的矛盾律	宇宙风	第29期
	朱光潜	谈书评	好文章	第2期
	曹聚仁	现代中国思想		
	[苏]高尔基;曹洵译	论文学	清华周刊	第45卷第2期
	雨秀	中国语文的新生		第45卷第4期
	狄恩	报告文学的成长		
	[法]A.Malraux;李甘译	文化遗产的问题		第45卷第5期
	张宝树（J.D.Bnsh）	至大之声生于国民之灵府——文学与国民生活杂论	国立中山大学文学院专刊	第3期
	宋尚正	近代中国诗坛的分野	天籁季刊	第25卷第2期
	王儒雅	略谈民间文学		
	朱维之	佛教思潮勃兴期之中国文艺		
	刘大杰	中国新文化运动与浪漫主义	前进	第1期
	梁宗岱	释"象征主义"	人生与文学	第2卷第3期
	孔均	国防文学与民族意识	文艺战线	第5卷第1期
	尚由	民族主义的革命文学	黄钟	第9卷第9期
	张若英	作为小说学者的鲁迅	光明	第1卷第12期
	苦水	鲁迅小说中之诗的描写	中法大学月刊	第10卷第1期
	贺知远	萧洛霍夫及其作品	多样文艺	第1卷第6期
	静闻	关于民众美学	民众教育	第5卷第2期
	张歆海讲;景澄译	谈中国的抒情诗	国闻周报	第13卷第43期
	萧乾	论奥尼尔		第13卷第47期
	罗光	电影讲话	新北辰	第2卷第11期
	[日]山因清三郎;菡亭译	关于报告文学	东流	第3卷第2期
	[日]小林多喜二;叶文律译	墙头小说与"短"的短篇小说		
	房坚	大众·批评家·作家	文学大众	第1卷第2期
11—次1	高滔	中国文学运动十年间	时代文化	第1卷第1—5期
11、次1	[德]宏尔特;李长之译	论释勒及其精神进展之过程	文哲月刊	第1卷第9、10期
12	王礼锡	在苏俄的中国文献	东方杂志	第33卷第23号
	贺麟	文化的类型	哲学评论	第7卷第2期
	朱光潜	克罗齐美学的批评		

月	作者·译者	篇 名	发表刊物	卷·期·号
	胡稼胎	克洛采及其哲学	哲学与教育	第5卷第1期
	张友建	文艺与摹仿	文化与教育	第110期
	[俄]克鲁泡特金；方纪生译	俄国之民俗文学	歌谣周刊	第2卷第30期
	Stefan Priacel；余列译	论新兴艺术——整个文化中底两个成分——民众艺术与古典宝藏	清华周刊	第45卷第7期
	齐肃	论作品中的真实		第45卷第9期
	全汉升	清末反对西化的言论	岭南学报	第5卷第3、4期
	何鹏	王国维之文学批评	学风	第6卷第9、10期合刊
	L.L.Bernard；张鸣春译	文化与环境		
	[日]冈崎义惠；罗英烈译	文艺学与文艺鉴赏	海滨月刊	第11期
	[日]村山知义；谢海若译	新兴艺术概说		
	刘大杰	鲁迅与现实主义	宇宙风	第30期
12	阮烽	现阶段的语文革命运动	时代文化	第1卷第2期
	[日]高木弘；林一修译	言语学研究的新方向		
	徐蔚南	南社在中国文学上的地位	好文章	第3期
	孔均	民族危机与国防文学	文艺战线	第5卷第2期
	周钢鸣	展开集体创作运动	光明	第2卷第1期
	[英]T.S.爱略特；周煦良译	勃莱克论	新诗	第1卷第3期
	朱光潜	论中国诗的顿		
	邵冠祥	诗歌的技巧与内容	诗歌小品	第3期
	[苏]高尔基；沈起予译	戏曲论	文学	第7卷第6号
	[苏]配勒卫哲夫；魏猛克译	杜思退益夫斯基的样式与方法	译文	新2卷第4期
	齐思和	民族与民族主义	大众知识（北京）	第1卷第5期
	杨晋豪	怎样展开报告文学	青年界	第10卷第5期
	姜亮夫	诵诗的沿袭与歌诗的新生		
	因时	略谈戏剧	初阳文艺月刊	第1卷第2期
	陈良堡	集体创作的认识	中学生文艺季刊	第2卷第4期
	蔡金声	漫谈选择题材		

月	作者・译者	篇　名	发表刊物	卷・期・号
12	陈荣光	写作与时代性	中学生文艺季刊	第2卷第4期
	史紫枕	鲁迅论	文艺（武昌）	第3卷第6期

1937 年

月	作者・译者	篇　名	发表刊物	卷・期・号
1	朱光潜	诗与画——评莱森的"拉阿孔"	国闻周报	第14卷第1期
	曹泰来	奥尼尔的戏剧		第14卷第3期
	炯之	艺术教育		第14卷第5期
	周煦良	读文学"新诗专号"的论文		
	章克标	新文学的起源	论语半月刊	第103期
	刘大杰	中国新文学运动与浪漫主义	宇宙风	第32、33期
	张梦麟	文学与国防	新中华	第5卷第1期
	吴奔星	诗的创作与欣赏	文化与教育	第115期
	童振华	关于语文与民众教育	语文	第1卷第1期
	柳湜	我对于"语文"的要求		
	绀弩	又是关于语言		
	艾思奇	谈翻译		
	胡绳	谈写作通俗文的几个具体原则		
	以群	文章通俗化		
	亦文	略论通俗化		
	佩弦	新诗杂话	文学	第8卷第1号
	屈轶	新诗的踪迹与其出路		
	朱光潜	中国诗中四声的分析		
	茅盾	论初期白话诗		
	[英]L.Mac Neice；胡仲持译	英美现代的诗歌		
	周煦良	时间的节奏与呼吸的节奏	新诗	第1卷第4期
	柯可	中国新诗的新途径		
	罗念生	与朱光潜先生论节奏		
		韵文学术语		
	林庚	质与文：答戴望舒先生		
	[苏]普良斯基；周国城译	普列汉诺夫论	文艺月报	创刊号
	王平陵	清算中国的文坛	文艺月刊	第10卷第1期
	韦明	文艺的时代的使命		
	徐北辰	新文学建设诸问题		
	[美]Moodg and Louett；柳无忌、曹鸿昭译	十九世纪的英国浪漫派诗歌		

月	作者·译者	篇　名	发表刊物	卷·期·号
1	振甫	严复的中西文化观	东方杂志	第34卷第1号
	梁实秋	文学的美		
	朱光潜	哥德与白蒂娜		
	[法]柏格森; 王燊译	可能与现实	中法大学月刊	第10卷第3期
	S. Reinach; 刘金荣译	艺术之起原		
	罗光	文艺与道德	新北辰	第3卷第1期
	朱光潜	眼泪文学	大众知识（北京）	第1卷第7期
	汪馥泉	文章底定义	青年界	第11卷第1期
	F.V.Kelvin; 何家槐译	西班牙文学上的英雄主义	光明	第2卷第3期
	际卢	拉丁化的需要	初阳文艺月刊	第1卷第3期
	一木	谈集体创作		
	[日]岛村抱月; 林庄彪译	欧洲文艺思潮史讲话	时论	第43号
	宇心	今日中国的文学与科学	津汇月刊	第15期
	孔一尘	诗之语言的研究	学术世界	第2卷第3期
	李冠芳	中国文化与文学	协大艺文	第5期
	郭毓麟	中国文学与科学		
	陈文幹	新闻与文学	留东学报	第3卷第1期
	蒲风	中国韵文方面的流变简史	福建学院月刊	第3卷第2期
1、2	[日]菊池宽;古巴译	主题小说论	新时代月刊	第7卷第1、2期
	王淑明	韩侍桁"文学评论集"的评论	文艺工作者	第1、2期
1—4	徐懋庸	修辞法新论	语文	第1卷第1—4期
	徐沫	语言科学讲话		
2	茅盾	"通俗化"及其他		第1卷第2期
	张庚	戏剧的对话		
	劳荣	戏剧用语杂话		
	绀弩	语言和文字底分家		
	[德]勃拉可伊; 百鲁译	普希金传	世界文化	第1卷第7辑
	W.Hausenstein; 沈起予译	原始艺术的社会美学	文学	第8卷第2号
	茅盾	关于"报告文学"	中流	第1卷第11期

月	作者・译者	篇 名	发表刊物	卷・期・号
2	俊	美国戏剧家奥尼尔	新中华	第5卷第4期
	曾今可	文化与政治	新时代月刊	第7卷第2期
	杜遗民	论新诗		
	欧阳文辅	论文学艺术的特质及其制约之诸问题	文学导报	第1卷第6期
	梅雨	关于诗的音乐性		
	Ernst Toller；李甘译	现代作家的任务		
	李长之	略谈德国民歌	歌谣周刊	第2卷第36期
	[日]森山启；骆驼生译	诗的内容与形式	诗歌杂志	第2期
	朱光潜	答罗念生先生论节奏	新诗	第1卷第5期
	式采尔巴可夫	普式金评传		
	Léon Bisier 黎正甫译	现代法国文学	新北辰	第3卷第2期
	华生	关于中国话拉丁化	文化建设	第3卷第5期
	张滁非	中国统一与中国话拉丁化		
	邹同礽	研究中国文学史的三个阶段	学风	第7卷第2期
	胡绍轩	民族文学底题材论	文艺（武昌）	第4卷第2期
	唐人	中国本位的民族主义文学	黄钟	第10卷第1期
	尚由	民族主义文学的力的问题		
	董秋芳	多样的统一		
	钱万镒	民族文艺论		
	戚墨缘	文学与时代		
	姚锡玄	两种现实主义	新学识	第1卷第1期
		观念和形象		第1卷第2期
	钱辅干	文学上之"缺陷美"	初阳文艺月刊	第1卷第4期
2—5	仲清	中国诗论史	培德月刊	第2卷第9—11期
3	马希贤	关于新诗	初阳文艺月刊	第1卷第5期
	顾良	莎士比亚研究	大众知识（北京）	第1卷第9期
	黄志明	智识的大众化		第1卷第10期
	陆丹林	略谈西方诗	逸经	第25期
	灵凤	作家传记	好文章	第6期
	高明	清谈主义		
	王任叔	身边杂事的描写		
	高滔	"世纪末"文学的三大流派	中山文化教育馆季刊	第4卷第1期
	张骏祥	论"戏剧的"		

月	作者·译者	篇名	发表刊物	卷·期·号
3	张全恭	明代的南杂剧	岭南学报	第6卷第1期
	许世瑛	文选学考	国闻周报	第14卷第10期
	张香山	现代日本作家的全貌		第14卷第12期
	汪辟疆	近代诗派与地域	国民周报	第1卷第5期
	周扬	艺术与人生	希望	第1卷第1期
	苏雪林	现代中国戏剧概观	青年界	第11卷第3期
	云盈波	中国新文学运动的透视	中国公论半月刊	第1卷第5、6期
	郑伯奇	论新通俗文学	光明	第2卷第8期
	H.W.加洛德；周煦良译	诗与教育	新诗	第1卷第6期
	莹光	谈想像	中学生文艺季刊	第3卷第1期
	须养才	小品文与个性		
		论诗		
	吴立华	诗论匡谬	文化与教育	第120期
	唐弢	关于欧化	中流	第1卷第12期
	孙俍工	民族文艺论	前途	第5卷第3期
	曾今可	民族文学论	新时代月刊	第7卷第3期
	毛一波	民众作家论		
	白蕉	词与新诗		
	姚锡玄	内容和形式	新学识	第1卷第3期
		艺术和科学		第1卷第4期
	[法]A.莫洛亚；天虹译	迭更司与小说的艺术	译文	新3卷第1期
	史痕	中国艺人的使命	文艺月刊	第10卷第3期
	[日]横光利一；张梦尼译	时代与精神		
	胡绍轩	民族文学的定义	文艺（武昌）	第4卷第3期
	马希贤	关于新诗	初阳文艺月刊	第1卷第5期
	夒威	说书与话本		
	西王	漫谈新诗价值	东风	第3期
	王统照	谈诗	海风（天津）	第5、6期合刊
	雷石榆	诗歌的语言及表现法		
	王亚平	新诗的语汇		
	杜纳；董秋芳译	有色彩的诗		
	蒲风	普式庚在中国		
	祝秀侠	修辞学之社会学的试探	语文	第1卷第3期
	王玉川	拉丁化新文字的缺点		

月	作者·译者	篇　名	发表刊物	卷·期·号
3	梅雨	略谈诗的语言	语文	第1卷第3期
3、4	胡愈之	有毒文谈		第1卷第3、4期
	童振华	弹词所用的语言		第1卷第4期
	崔英	论汉语的语音		
	万湘澂	语词和文学		
	罗戎	关于通俗文的语汇		
	旅冈	比兰台罗与戏剧	新中华	第5卷第7期
	水天同	文艺批评		
	傅东华	翻译文学		
	施蛰存	杂文学		
	顾仲彝	纯文学		
	戴望舒	谈国防诗歌		
	予且	剧文学		
	沈起予	报告文学简论		
	郑伯奇	什么是新的通俗文学		
	盛成	讽刺文学与幽默文学		
	拾名	诗中的三个境界	新时代月刊	第7卷第4期
	华宗	中西小说中的"Love"	培德月刊	第2卷第10期
4		提倡文艺理论重工业化	文艺科学（东京）	创刊号
	许修林	苏联文学运动方向转换的考察		
	[苏]吉尔波丁等；田方绥译	论社会主义的现实主义		
	[苏]罗森塔尔；卓戈白译	社会主义的现实主义基本的诸源泉		
	[苏]西尔列尔；李微译	社会主义的现实主义的前提		
	[苏]吉尔波丁；赫戏译	新现实主义与革命的浪漫主义		
	[苏]奴西维夫；维邮译	文学的诸问题		
	李曼罗	苏联作家的行动		
	John Straohey；曹日昌译	文学与辩证唯物论	月报	第1卷第4期
	胡风	略论文学无门	中流	第2卷第3期
	朱锡晋	伟大作品的写出	初阳文艺月刊	第1卷第6期
	人一	创作的要素		
	曼痕	文学与思想		

月	作者·译者	篇　名	发表刊物	卷·期·号
	江菊林	文学批评家泰纳	晨光周刊	第6卷第13、14期合刊
	施蛰存	小说中的对话	宇宙风	第39期
	朱光潜	心理上个别的差异与诗的欣赏	好文章	第7期
	[苏]谢莱；由稚吾译	恩格斯论文学	时事类编	第5卷第8号
	友培	中国文学当前的危机	国民周报	第2卷第1期
	迦郎	艺术的社会性	社会科学月报	第1卷第2期
	陈铨	席勒麦森纳歌舞队与欧洲戏剧	清华学报	第12卷第2期
	[美]白兰见斯柏；黄学勤译	自然主义	广大学报	第1卷第1期
	陈竞	骈散之争述评		
	冯愿	诗学说略		
4	周作人	歌谣与名物	歌谣周刊	第3卷第1期
	朱自清	歌谣与诗		
	葛孚英	谈童话		
	陈学熙	什么是文学的题材和要素	中国学生	第4卷第5期
	孙俍工	民族文艺底题材	前途	第5卷第4期
	胡绍轩	演的戏剧与读的戏剧	文艺（武昌）	第4卷第4期
	史紫枕	小说作法十讲		
	曼痕	文学与思想	初阳文艺月刊	第1卷第6期
	柴邵武	文艺的统一运动	黄钟	第10卷第5期
	黄建中	论直觉	中山文化教育馆季刊	第4卷第2期
	H.W.加洛德；周煦良译	诗歌与真理	新诗	第2卷第1期
	林庚	什么是自然诗		
4、5	[法]保尔·梵乐希；戴望舒译	文学		第2卷第1、2期
5	水天同	适当的文艺翻译	国闻周报	第14卷第17期
	张骏祥	论戏剧舞台的专门技术		第14卷第21期
	张君劢	西方学术思想在吾国之演变及其出路	新中华	第5卷第10期
	灵雨	中国的新闻文学	国民周刊	第1卷第1期
	储小石	谈艺术教育	教育改造	第1卷第3期
	谷尼	文艺与社会	涛声	第1卷第5期
	丰子恺	论新艺术		

月	作者·译者	篇　名	发表刊物	卷·期·号
5	沈达材	论诗的讽刺	海滨月刊	第12期
	许升乔	戏剧与小说		
	唐弢	性爱和文学	中流	第2卷第4期
	周楞伽	平凡主义		第2卷第5期
	老舍	"幽默"的危险	宇宙风	第41期
	王任叔	关于形式主义	好文章	第8期
	黎锦明	历史小说论	青年界	第11卷第5期
	张懋森	诗词的修辞		
	胡绳	五四运动论	新学识	第1卷第7期
	姚锡玄	谈风格		
		谈遗产		第1卷第8期
	祁述祖	中国民族文学介绍	认识	第1卷第1期
	佩华	实生活的文学论		
	欧阳文辅	略评刘西渭先生的"咀华集"	光明	第2卷第11期
	郑伯奇	关于戏剧的通俗化		第2卷第12期
	孟英、袁勃	诗歌的启蒙运动	诗歌杂志	第3期
	江篱	诗的语言		
	朱光潜	谈晦涩	新诗	第2卷第2期
	H.W.加洛德；周煦良译	诗与愉快		
	罗念生	再与朱光潜先生论节奏		
	吴兴华	谈田园诗		
	朱光潜	我对于本刊的希望	文学杂志	第1卷第1期
	叶公超	论新诗		
	孟实	望舒诗稿		
	知堂	谈笔记		
	孔均	由民族主义谈到国防文学	文艺战线	第5卷第11期
	郎鲁逊	欧洲戏剧的三大体系	社会科学月报	第1卷第3期
	秦公武	中国戏剧源起	北平剧世界	第2期
	鲍志一	莎士比亚的悲剧原理	清华月刊	第1卷第1期
	杨醒民	五四运动与中国文学	大夏周报	第13卷第24期
	郭绍虞	文笔再辨	文学年报	第3期
	沈心芜	古文解		
	傅东华	批评的宽大与狭隘	中国文艺	第1卷第1期
	邵洵美	文如其人辩		
	林庚	谈旧诗		
	丁滔	中国新文学之出路	文艺（武昌）	第4卷第5期

月	作者·译者	篇 名	发表刊物	卷·期·号
5	易士	略谈描写	培德月刊	第2卷第11期
	余上沅	中国戏剧运动	文艺月刊	第10卷第4、5期合刊
	向培良	略论最近剧运趋势		
	张道藩	戏剧与社会教育		
	梁实秋	戏剧与戏剧文学		
	苏芹荪	外国人眼中的中国戏		
	陈洪	中国新歌剧的创造		
	袁昌英	剧作者的修养		
	顾仲彝	关于翻译欧美戏剧		
	陈治策	导演术中的集体效果之获得		
	朱人鹤	舞台剧的构图法		
	S.K.Winther；王思曾译	奥尼尔的创作技巧		
	刘巍	奥斯托洛夫斯基的作品观		
	赵越	剧院的新形式		
	张世禄	高本汉与中国语文	语文	第1卷第5期
	万湘澂	思想·言语·汉字		
	[日]甘粕石介；周学普译	作为写实主义者的歌德	文学	第8卷第5号
	泊船	报告文学论	文风	第1卷第1期
	黄既	论集体创作		
	柳林	"五四"与"新启蒙运动"的杂感		
	Léon Bisier 黎正甫译	现代诗学的大宗师：保禄·克罗德尔	新北辰	第3卷第5期
	宋士钱	欧洲文艺思潮略说	哲声	第7卷第5期
	孟宪承讲演	欧洲之汉学	国学界	创刊号
	Manly and Rickert；赵景深译	萧伯纳的戏剧	艺文线	第1期
5、6	丁丁	非常文学的建设论		第1、2期
	L.P.de Julleville；徐仲年译	"西特"论	文艺月刊	第10卷第4、5期合刊，第6期
	祝秀侠	各个社会中的修辞现象		第1卷第5、6期
6	文炅	民间口头语初掘	语文	第1卷第6期
	顾民元	朗诵诗是需要的		
	姚谕	说评书		

月	作者·译者	篇　名	发表刊物	卷·期·号
6	Havelock Ellis；欧阳采薇译	马塞尔普洛斯特评传	国闻周报	第14卷第23期
	王任叔	现实主义者的路	中流	第2卷第6期
	吴丁谛	民族文学的理论和实际	天风	第1集
	葛贤宁	民族主义文学理论之基础		
	蒋星德	民族文艺与时代性		
	邓建初	民族文艺的理论与实践		
	君左	新捷克文学的高潮		
	因时	新启蒙运动	初阳文艺月刊	第2卷第2期
	丁东	"世纪末"的文艺及其流派	黄钟	第10卷第9、10期
	[苏]罗曼·基玛；陆守怀译	日本纯文学论		第10卷第10期
	陆特英	"报告文学"	中学生文艺季刊	第3卷第2期
	莹光	谈谈大众文艺		
	尤崧	灵感与创作		
	丁易	心理学上的"联想"与文艺的欣赏	文化与教育	第130期
	王亦飞	论文艺作家的使命	涛声	第1卷第6期
	陈独秀	老子考略	东方杂志	第34卷第11号
	胡传楷	论八股文	学风	第7卷第5期
	曾名棠	桐城文作家之概略	中国语文学会期刊	创刊号
	蒋仁	论文艺写作		
	傅东华讲演	文学与面包		
	萍踪	关于戏剧		
	顾仲彝讲演	戏剧的基本问题		
	[日]白鸟省吾；周丰一译	新民谣与古民谣	歌谣周刊	第3卷第10期
	陶元珍	歌谣和民意		第3卷第13期
	徐芳	表达民意的歌谣		
	知堂	谈俳文	文学杂志	第1卷第2期
	梁实秋	莎士比亚是诗人还是戏剧家		
	王了一	语言的化装		
	郑伯奇	剧文学的通俗化问题	戏剧时代	第1卷第2期
	杨村彬	新兴戏剧运动的前途		
	[苏]太伊洛夫；吴天译	演剧论		

月	作者·译者	篇　名	发表刊物	卷·期·号
6	B.理伊邱；谷殷译	黑色精神透视下的莎士比亚	新演剧	第1卷第1期
	白音	戏剧的本质		
	陈白尘	漫谈历史剧		
	波埃德；章泯译	戏剧导演基础		第1卷第1、2期
	章泯	论演员		第1卷第2期
	史托奇；穆维芳译	舞台与银幕的表演艺术		
	陈钟凡	亚培克龙俾著文学批评原理序	学术世界	第2卷第5期
	陈高佣	历史本质论	复旦学报	第5期
	[法]布吕穆·非里德；沈起予译	自然主义论	中国文艺	第1卷第2期
	蒋山青	新诗散议	文艺（武昌）	第4卷第6期
	周全	论研究历史的方法	今日评论	第1卷第9期
	范任	中国文学的出路	社会科学月报	第1卷第4期
	陈钟凡	文学上韵律的讨论	学艺	第16卷第2期
	林枕敔	文化的领域		
	艾思奇	论思想文化问题	认识月刊	第1卷第1期
	陈伯达	思想的自由与自由的思想		
		论五四新文化运动		
	张申府	五四纪念与新启蒙运动		
	何干之	中国新文化运动的社会基础		
	张庚	旧剧艺术的研究		
	金丁	文艺批评及创作问题的讨论		
	周扬	我们需要新的美学		
	艾思奇	什么是新启蒙运动	国民周刊	第1卷第8期
6、7	孙俍工	中国民族文艺史观	前途	第5卷第6、7期
7	何干之	新启蒙运动与哲学家	国民周刊	第1卷第13期
	罗敦伟	新启蒙运动总批判	文化建设	第3卷第10期
	张周勋	略论儿童文学	文化与教育	第132期
	高毓溥	国语罗马字与拉丁化之合流	语文	第2卷第1期
	姚居华	通俗化与新文字		
	孙朗	词与句的写法问题		
	周扬	现实主义与民主主义	中华公论	创刊号
	王任叔	德国法西斯主义的文艺学	文学	第9卷第1号
	许晴	戏剧大众化	光明	第3卷第3期
	欧阳予倩	戏剧运动与批评	中国文艺	第1卷第3期
	李长之	论大自然和艺术之连系		
	知堂	论诗	宇宙风	第45期

月	作者·译者	篇 名	发表刊物	卷·期·号
7	陈子展	鲁迅与章太炎	好文章	第10期
	柯可	杂论新诗	新诗	第2卷第3、4期合刊
	H.W.加洛德；周煦良译	诗与文艺批评		
	艾青	诗的散文美	顶点	第1卷第1期
	徐迟	抒情的放逐		
	陆志韦	论节奏	文学杂志	第1卷第3期
	知堂	再谈俳文		
	朱自清	赋比兴说	清华学报	第12卷第3期
	[苏]吉尔波丁；余倾译	论现实主义文学	春云月刊	第2卷第1期
	姚锡玄	艺术的永久性和时代性	新学识	第1卷第11期
		艺术究竟是什么		第1卷第12期
	慕青	论目前的演剧运动	新演剧	第1卷第3期
	陆擎	演剧批评的建立		
	裴克；白音译	作剧之选材		
	布鲁莱笛耶；章泯译	戏剧的法则		第1卷第4期
	葛一虹	舞台上的真实		
	韵心	论舞台道具		
	陈琳	日本文学史上的女作家	文艺月刊	第11卷第1期
7、8	[德]康德；李长之译	关于优美感与壮美感的考察		第11卷第1、2期
	[苏]E.Spiridovic；叶籁士译	柴门霍夫的语言理论	语文	第2卷第1、2期
	[日]高木弘；聂风译	现阶段的苏联言语学		第2卷第2期
	陈白尘等	历史剧的语言问题		
	田军	小说用语		
8	吕莹	突破"自然主义"	大公报	17日
	张若名	法国象征派三大诗人鲍德莱尔、魏尔莱诺与蓝苞	中法大学月刊	第11卷第4、5期合刊
	石灵	约翰辛格戏剧的题材	文艺月刊	第11卷第2期
	刘念渠	现阶段的中国戏剧运动	文艺（武昌）	第5卷第1、2期合刊
	梅君达	悲剧的起源及其三大作者		
	文治平	喜剧的成长与莫利哀		
	刘巍	导演论		

月	作者·译者	篇 名	发表刊物	卷·期·号
8	天宪	演员论	文艺（武昌）	第5卷第1、2期合刊
	陈梦荻	论舞台设计		
	B.H.Clork；田禽译	布景与服装		
	施蛰存	"文"而不"学"	宇宙风	第46期
	乔治·罗加溪；立波译	论小说	认识月刊	第1卷第2期
	三木	谈谈现实主义		
	沈西苓	戏剧及其特殊性	好文章	第11期
	钱锺书	中国固有的文学批评的一个特点	文学杂志	第1卷第4期
	魆庐	中国小说源出佛家考	逸经	第35期
	宗白华	莎士比亚的艺术	戏剧时代	第1卷第3期
	梁实秋	莎士比亚的戏剧艺术		
	史达克杨；章泯译	导演艺术论		
	常任侠	中国原始的音乐与舞蹈		
	光未然	论战时文艺总动员	光明	第3卷第5期
9	茅盾	还是现实主义	救亡日报·战时联合旬刊	9月21日
	方极盦	文学上的新启蒙运动	金箭	第1卷第2期
10	陈独秀	孔子与中国	东方杂志	第34卷第18、19号
	光未然	论街头剧	新学识	第2卷第2期
11	又一山房	文章之研究	文友	第1卷第4—6期
11、12	[日]鹤见祐辅；岂哉译	传记的意义	宇宙风	第51—54期
12	尹子契	形象化与典型创造	新学识	第2卷第5期
	端木蕻良	文学的宽度、深度和强度	七月	第1集第5期
12、次1	胡风	论战争期的一个战斗的文艺形式		第1集第5、6期
	周辅成	克罗齐的美学	重光	第1、2期

1938年

	雷石榆	创作方法上的两个问题	救亡日报	1月14日
	李华飞	论朗诵诗	诗报	第1号
	马彦祥	关于抗战剧作	抗战戏剧	第1卷第5期
1	蒋弼	战时文艺政策与现实主义	文艺新地	创刊号
	黄子通	孟子论性与命	东方杂志	第35卷第2号
	辛人	谈公式化	七月	第1集第6期
	尹子契	世界观与创作方法	新学识	第2卷第7期

月	作者·译者	篇　名	发表刊物	卷·期·号
2	欧阳凡海	关于小说朗读	七月	第2集第3期
3	大漠	毛泽东论鲁迅	七月	第2集第4期
3	胡风	关于创作的二三理解	七月	第2集第4期
3	[美]W.Phillips；何封译	最近的革命文学问题	七月	第2集第4期
3	张庚	戏剧的旧概念和新概念	抗战戏剧	第1卷第8期
3	邵洵美	通俗小说和严重小说	纯文艺	第1卷第2期
3	柯可	谈英美近代诗	纯文艺	第1卷第2期
3	[法]纪德；戴望舒译	奥斯特洛夫斯基	纯文艺	第1卷第2期
3	孙犁	现实主义文学论	红星	创刊号
3	艾思奇	文艺创作的三要素	战地	第1卷第1期
3	吕骥	从朗诵说起	战地	第1卷第1期
3	锡金	朗诵的诗和诗的朗诵	战地	第1卷第1期
3	冯乃超	文艺统一战线的基础	战地	第1卷第1期
4	胡考	建立抗战漫画的理论	战地	第1卷第2期
4	舒非	关于抗战演剧	战地	第1卷第3期
4	穆木天	关于通俗文艺	战地	第1卷第3期
4	郭沫若	要建设自由的中国	自由中国（汉口）	第1卷第1号
4	茅盾等	中华全国文艺界抗敌协会发起趣旨	自由中国（汉口）	第1卷第1号
4	田汉	关于现实主义	自由中国（汉口）	第1卷第1号
4	周扬	抗战时期的文学	自由中国（汉口）	第1卷第1号
4	郭绍虞	朱子的文学批评	文学年报	第4期
4	周行	我们需要展开一个抗战文艺运动	文艺阵地	创刊号
4	李南桌	广现实主义	文艺阵地	创刊号
4	[苏]P.巴武列林柯；张郁廉译	国防文学	文艺阵地	创刊号
5	适夷	纪念"五四"	抗战文艺（三日刊）	第1卷第1期
5	穆木天	五四文艺的战斗性	抗战文艺（三日刊）	第1卷第1期
5	姚雪垠	论现阶段的文学主题	抗战文艺（三日刊）	第1卷第2期
5	平陵	在抗战中建立文艺的基础	抗战文艺（三日刊）	第1卷第3期
5	向林冰	通俗读物编刊社的自我批判	抗战文艺（三日刊）	第1卷第3期
5	老舍	通俗文艺散谈	抗战文艺（三日刊）	第1卷第3期
5	以群	扩大文艺的影响	抗战文艺（三日刊）	第1卷第4期
5	郁达夫	日本的娼妇与文士	抗战文艺（三日刊）	第1卷第4期

月	作者·译者	篇 名	发表刊物	卷·期·号
5		怎样编制士兵通俗读物	抗战文艺（周刊）	第1卷第5期
	[苏]罗果夫；戈宝权译	中国文学在苏联		
	姚雪垠	通俗文艺短论		
	[日]鹿地亘；适夷译	关于"艺术和宣传"的问题		第1卷第6期
	穆木天	抗战文艺运动的据点		
	蓬子	敌人屠刀下的思想与学术		
	常任侠	演员与观众的关系	抗战戏剧	第2卷第1期
	凌鹤	抗战演剧之大众化的实践问题		
	未明	国防戏剧的新任务		
	赵越	化装ABC		
	徐梦麟	最高民众文学概论	晨曒	创刊号
	[日]鹿地亘	日本军事法西斯主义与文学	文艺阵地	第1卷第2期
	以群	关于抗战文艺活动		
	杜埃	旧形式运用问题		
	茅盾	"五四"的精神		
	玄珠	浪漫的与写实的		
	微明	所谓时代的反映		
	戈宝权	苏联剧坛近讯		第1卷第3期
	南桌	关于"文艺大众化"		
	杜山	论战时工农演剧	新演剧	新1卷第2期
	吉尔波丁	戏剧的功利性		
	章泯	新悲剧论		
	斯达克杨；龚参译	表演艺术的生命		
	何连	论戏剧人物的表现		
	郭沫若等	抗战以来文艺的展望	自由中国（汉口）	第1卷第2号
	郁达夫	战时的文艺作家		
	潘梓年	继承"五四"的光荣传统		
	陈伯达	论抗日文化统一阵线		
	北鸥	保卫祖国的文化		
	老舍	谈通俗文艺		
	张申府	新启蒙运动的一个应用		
	艾思奇	批评不是诡辩		
	周扬	略谈爱国主义		
	克夫译	国际文学中反托派、反法西斯蒂的斗争		

月	作者·译者	篇 名	发表刊物	卷·期·号
5	胡风等	宣传·文学·旧形式的利用	七月	第3集第1期
	辛人	关于公式化的二三问题		
	穆木天	关于报告文学	文艺月刊	第1卷第11期
	王平陵	论战时的通俗文学	文艺（武昌）	第5卷第4期
	穆木天	抗战文艺的明朗性		
	刘念渠	演剧宣传与演剧艺术		
	丰子恺	谈抗战歌曲	战地	第1卷第4期
	菲丁	关于战时文艺	五月	第1卷第2期
5、6	孙毓棠	新诗的形式		第1卷第2、3期
	[日]鹿地亘；魏猛克译	文学的感想	战地	第1卷第5、6期
6	周行	我们需要展开一个新的文艺运动	文艺（上海）	第1卷第1期
	蒲风	目前的诗歌大众化诸问题		
	王平陵	文学的提高与普及	文艺月刊	第1卷第12期
	适夷	战地的文艺服务		
	锡金	诗歌和朗诵		
	祝秀侠	现实主义的抗战文学论	文艺阵地	第1卷第4期
	茅盾	大众化与利用旧形式		
	玄珠	质的提高与通俗		
	仲方	利用旧形式的两个意义		
	若南	文化工作的危机		
	周行	再论抗战文艺创作活动		第1卷第5期
	葛一虹	现阶段演剧活动之两重意义	新演剧	新1卷第3期
	[苏]卢那卡尔斯基；葛丽沙译	论现实主义的剧本创作		
	龚参	典型的性格与个体的性格		
	郭沫若	抗战与文化	自由中国（汉口）	第1卷第3号
	郁达夫	战时的小说		
	潘梓年	目前文化运动的基本概念		
	北鸥	创作技术和通俗化		
	李南桌	"意识"与"象形"		
	端木蕻良	行动的艺术		
	冯乃超	抓住战斗的中国民族这个崭新的形象	抗战文艺（周刊）	第1卷第7期
	适夷	答鹿地亘		
	蓬子	文艺的"功利性"与抗战文艺的大众化		第1卷第8期

月	作者·译者	篇 名	发表刊物	卷·期·号
6	沙雁	抗战文艺的题材	抗战文艺（周刊）	第1卷第8期
	刘白羽	对于文艺工作的一个建议		第1卷第10期
	适夷	批评的贫乏		
	陆志韦	汉语和中国思想正在怎样的改变	社会学界	第10卷
	张东荪	思想、言语与文化		
	[苏]马凌诺夫斯基；费孝通等译	文化论		
	张寿林	巫觋与戏剧	东方文化月刊	第1卷第5期
7	林焕平	康德美学的本质	民风	第1卷第6、7期合刊
	宗白华	近代技术底精神价值	新民族	第1卷第20期
	商承祖	德国中世纪英雄诗尼伯龙根		
	李南桌	论"差不多"和"差得多"	文艺阵地	第1卷第6期
	周文	唱本·地方文学的革新		
	A.加博尔；周行译	"报告文学"的本质与发展		
	SY	德国文艺近况鸟瞰		
	鹿地亘	文学杂论	七月	第3集第5期
	艾青	诗论掇拾		
	[苏]G.季米特洛夫；张原松译	反法西斯主义斗争中的革命文学		第3集第6期
	王家齐	戏剧教育与戏剧运动	文艺（武昌）	第5卷第5期
	刘念渠	通俗文艺形式的研究		
	洛蚀文	关于文学大众化问题	文艺（上海）	第1卷第3期
	以群	现阶段的文艺活动		
	[苏]奴西诺夫；何芜译	形象和观念		
	周煦良	诗的朗诵问题	工作	第8期
	树嘉	旧形式中艺术的创造	文艺后防	第3期
	李春舫	战时戏剧形式的发展	抗战戏剧	第2卷第4、5期合刊
	茅盾	论加强批评工作	抗战文艺（周刊）	第2卷第1期
	D.特里瓦尔；高寒译	西班牙战争中的诗人们		
	常任侠	绘画·音乐·戏剧		
	穆木天	担负起我们的开拓者的任务来		第2卷第2期
	徐中玉	悲剧的胜利		第2卷第3期
8	胡风	民族战争中的国际主义		第2卷第4期

月	作者·译者	篇　名	发表刊物	卷·期·号
8	李南桌	抗战与戏剧	文艺阵地	第1卷第8期
	茅盾	大众化与利用旧形式	文艺（上海）	第1卷第4期
	钟宪民	抗战文艺的形式问题	文艺月刊	第2卷第1期
	北鸥	现阶段的题材与主题		
	D. W. Prall；黄光普	PRALL的美学分析	民风	第1卷第8、9期合刊
	萧军	略论"形式"加"主义"	文艺后防	第4期
9	端木蕻良	诗的战斗历程	文艺阵地	第1卷第10期
	李南桌	再广现实主义		
	王平陵	后防的文艺运动	文艺月刊	第2卷第2期
	金满成	关于抗战小说		
	刘念渠	抗战与旧型戏剧		
	何容	九一八与通俗文艺运动		第2卷第3期
	苏子涵	新型通俗文艺的创造	抗到底	第15期
	穆木天	关于通俗文艺	文艺（上海）	第1卷第5期
	[苏]卢那卡尔斯基；代林译	关于文艺批评		
	谢康讲演	社会学的文学观	文会丛刊	第1辑
	谢若田	论词境的虚实		
10	李南桌	论典型	文艺阵地	第1卷第12期
	蓬子	一个最实际的问题	抗战文艺（周刊）	第2卷第5期
	魏猛克	抗战以来的中国文艺界		第2卷第6期
	老舍	制作通俗文艺的苦痛		
	顾颉刚	我们怎样写作通俗文艺		第2卷第8期
	燕生	什么是"现代化"	中国文化（上海）	创刊号
	龙隐	中国民族性的检讨		
	黄少遊	略谈文艺的内容		
	胡秋原	从个人文学到民族文学	文艺月刊	第2卷第4期
	倪平	向着伟大作品的进行	涛声	第1卷第4期
	陶铸	文学大众化的理想形式	未名（上海）	第2期
	洛蚀文	论抗战文艺的新启蒙意义	文艺（上海）	第2卷第1期
	[苏]帕列维尔扎夫；吴英译	朵思退耶夫斯基的样式与方法		
	苗埒	论文艺大众化问题	文艺新潮	第1卷第1期
	吉力	我对于"文艺大众化"的意见		
	陈浮	文艺大众化杂谈		
	[苏]阿谢叶夫；金人译	正在开始的马亚珂夫斯基时代		

月	作者·译者	篇　名	发表刊物	卷·期·号
10	胡适	中国和日本的欧化	自由谭	第1卷第2期
10、12	张若谷	清代学术研究史的整理		第1卷第2、4期
11	[苏]萨汉诺甫斯基；金人译	关于史丹尼斯拉甫斯基	文艺新潮	第1卷第2期
	赵景深	大鼓与鼓词		
	浣生	面对文化界的困难	抗战文艺（周刊）	第2卷第10期
	黄芝冈	我对于"旧形式"的几点意见		
		建立沦陷区域的文艺工作		第2卷第11、12期合刊
	徐中玉	论我们时代的诗歌		
	虚生	通俗文艺的三个必要条件	抗到底	第17期
	周扬	十月革命与中国智识界	文艺突击	第1卷第2期
	臧云远	诗与音乐的离合		第1卷第3期
	狂波	中国文学的起源	东方文化月刊	第1卷第7期
	[苏]P.安独珂里斯基；何见鹤译	列芒托夫论	文艺（上海）	第2卷第3期
	陶铸	漫谈文学革命	未名（上海）	第3期
	齐同	文艺大众化提纲	文艺阵地	第2卷第3期
	[匈]K.Bayta；马耳译	匈牙利的近代作家们		
	向林冰	关于"旧形式运用"的一封信		
12	丁玲	略谈改良平剧	文艺阵地	第2卷第4期
	[苏]勃罗夫曼；林白译	苏联文学中的青年	文艺新潮	第1卷第3期
	苗埒	章回小说研究		
	宋之的	谈"抗战八股"	抗战文艺（周刊）	第3卷第2期
	姚蓬子	什么是"抗战八股"		
	魏猛克	什么是"与抗战无关"		
	姚蓬子	一切都"与抗战有关"		
	胡绍轩	戏剧艺术与宣传		
	须旅	通俗文艺的二三问题		
	程朱溪	我们需要新的歌		
		我们对于抗战诗歌的意见		第3卷第3期
	葛一虹	演剧艺术与政治宣传	文艺月刊	第2卷第8期
	萧岱	诗歌大众化与旧形式的利用	文艺（上海）	第2卷第4期
	枧敢	未来主义在苏联		第2卷第5期

月	作者·译者	篇　名	发表刊物	卷·期·号
12、次1	罗家伦	民族与语言文字及文学	新民族	第3卷第3—7期

1939年

月	作者·译者	篇　名	发表刊物	卷·期·号
1	潘广镕	汉字拼音化运动之批判与建设	东方杂志	第36卷第1号
	荪	强调现实主义	抗战文艺（周刊）	第3卷第5、6期合刊
	寒	关于讽刺		
	猛	杂文型的报告文学		
	效厂	关于小调		
	蓬	关于民众的文艺读物		第3卷第7期
	荪	创造语言		
	殷	杂谈诗歌		
	[苏]高尔基；吴瑛译	论现实	文艺（上海）	第2卷第6期
	徐訏	论文化的大众化	自由谭	第1卷第5期
	乐游	电影的艺术价值和社会意义	文心	第1卷第3期
	叶公超	文艺与经验	今日评论	第1卷第1期
	朱自清	新语言		
	沈从文	一般或特殊		第1卷第4期
	林焕平	日本文学的末运	文艺阵地	第2卷第6期
	茅盾	公式主义的克服		第2卷第7期
	雪木	论剧本	晨报副刊·剧学	第11期
	海岑	历史·电影·戏剧		第2期
1、2	宗珏	文学的战术论	鲁迅风（周刊）	第3、4期
2—4	源新	民族文话		第4—12期
1、2	俞荻	历史上的文艺思潮	自学旬刊	第2卷第3、4期
	郑振铎	现代文学	文哲半月刊	第1卷第2、3期
2	荪	汉字之障	抗战文艺（周刊）	第3卷第8期
	蓬	新的趣味		
	周文	改编民歌的一点意见		
	冯雪峰	关于"艺术大众化"		第3卷第9、10期合刊
	卢鸿基	谈"战时艺术"		
	张振亚	从严肃到文艺	文艺突击	第1卷第4期
	周文	开展方言文学运动	笔阵	第1期
	萧军	全应该有一个界说		
	张月超	对于新小说的批评	新民族	第3卷第12期
	田波	创作与生活	文心	第1卷第4期

月	作者·译者	篇 名	发表刊物	卷·期·号
2	冯至	谈读尼采	今日评论	第1卷第7期
	李嘉言	新文法		第1卷第8期
	梁宗岱	谈抗战诗歌	文艺月刊	第2卷第11、12期合刊
	胡绍轩	街头剧论		
	穆木天	文艺大众化与通俗文艺	文艺阵地	第2卷第8期
	王礼锡	英国作家对中国抗战的表示		第2卷第9期
	[苏]勃拉哥伊；愈狄译	伟大的文艺批评家——伯林斯基	文艺新潮	第1卷第4、5期
	周扬	我们的态度	文艺战线	第1卷第1号
	艾思奇	抗战文艺的动向		
	成仿吾	一个紧要的任务——国际宣传		
	周而复译	一个美国记者论中国未来的战争小说		
3	周扬	从民族解放运动中来看新文学的发展		第1卷第2号
	常任侠	论诗的朗诵与朗诵的诗	抗战文艺（周刊）	第3卷第12期
	一波	艺术与生活	笔阵	第2期
	王平陵	战时作品的现实性	文艺月刊	第3卷第1、2期合刊
	杨村彬	戏剧怎样才能抗战		
	陈纪滢	漫谈文艺作品		
	王了一	论汉译人名地名的标准	今日评论	第1卷第11期
	吕叔湘	中国话里的主词及其他		第1卷第12期
	亢德	关于"无关抗战的文学"	鲁迅风（周刊）	第7期
	应服群	"作家"与"人"		第8期
	肖庑	艺术的"资本"		
	宗珏	抗战中的新文学主潮		第9期
	舒又谦辑	现代戏剧理论选辑	晨报副刊·剧学	第16—18期
	张芝联	编著中国文学史的新途径	文哲半月刊	第1卷第4期
	陈诒光	诗中之双声迭韵		
	李仿溪	莫里哀传	新教育旬刊	第1卷第12期
	莱蒂	论风格	文心	第1卷第5期
4	息梦译	美育之理想	鲁迅风（周刊）	第12期
	苗埒	从"无关抗战的文学"说起		
	海岑	论"意大利复兴之道"		
	叶鼎彝	谣、诗、朗诵诗	笔阵	第3期
	欧阳冠玉	现实与真实		
	荒草	略谈艺术与行动		第4期

月	作者·译者	篇　名	发表刊物	卷·期·号
4	[美]E.Rinehardt；野吟译	欣赏的阅读	文心	第1卷第6期
	欧阳山	文协要促进政府和作家的关系	抗战文艺（半月刊）	第4卷第1期
	胡秋原	论新形式与旧形式		
	沙雁	确立抗战文艺政策		
	戈宝权	抗战前后中国文学在苏联		第4卷第2期
	方白	通俗文艺技巧谈		
	李长之	产生批评文学的条件	新民族	第4卷第1期
	柳无忌	明日的文学	今日评论	第1卷第14期
	同济	尼采萨拉图斯达的两种译本		第1卷第16期
	张东荪	康特哲学之专门名词	研究与进步	第1卷第1期
	罗念生	谈新诗	半月文艺	第1期
	郑伯奇	文艺界的精神动员	文艺月刊	第3卷第3、4期合刊
	罗荪	加强文艺的反攻力量		
	艾思奇	旧形式运用的基本原则	文艺战线	第1卷第3号
	陈伯达	关于文艺的民族形式问题杂记		
	林焕平	论一九三八年的日本文学界	文艺阵地	第2卷第12期
	巴人	展开文艺领域中反个人主义斗争		第3卷第1期
	[俄]卢那卡尔斯基；齐明、虞人译	生活和理想		
	熊佛西	政治·教育·戏剧，三位一体	戏剧岗位	第1卷第1期
	陈治策	话剧的演谱		
	E.G.Hatch；徐昌霖译	印度的一种民众剧		
	范大块	论儿童剧	新教育旬刊	第1卷第14期
	秋赤	谈谈文艺大众化问题	文艺新潮	第1卷第7期
	[苏]波伐；俞狄译	阿斯托洛夫斯基怎样写作的		
	郑伯奇	典型的贫乏	理论与现实	第1卷第1期
	齐同	大众文谈		
	周扬	一个伟大的民主主义现实主义者的路	时论丛刊	第1辑
	邓拓	三民主义的现实主义与文艺创作诸问题	边区文化	创刊号
	邵子南	从现实主义学些什么		
	烂矛	谈现实主义		
	陈永雄	新诗底音节的形式	文会丛刊	第2辑

月	作者·译者	篇　名	发表刊物	卷·期·号
4	文友	各论文艺的主观问题	文会丛刊	第2辑
	黄家敏	袁枚性灵说的研究		
	吴永康	韵律与文学		
	沈婴	文艺创作的两个基本条件	壹零集	第1期
	钦陶	关于历史片		
	赖少其	艺术大众化的真义		
	傅东华	国文法改制刍议	文哲半月刊	第1卷第5期
4、5	百丰	读桐城文派评述	文哲半月刊	第1卷第5、6期
	耶鲁	新写实主义文学的来源	文艺长城	第1、2期
5	新路	我对于三民主义现实主义创作问题的认识	边区文化	第2期
	杜埃	建立分区制文艺中心	文艺阵地	第3卷第2期
	黄绳	关于作品的批评		
	赖少其	木刻运动的发展		
	苗埒	再论文艺大众化问题	文艺新潮	第1卷第8期
	周文	再谈方言文学	笔阵	第5期
	萧军	奴隶文学与奴才文学		
	陈梦家	白话文与新文学	今日评论	第1卷第20期
	勘	中国文学源流	北斗	第1期
	王岑	中国文学概论讲话评介	中国公论	第1卷第2期
	[日]长谷川如是闲；张宽译	电影的社会性与机械性		
	陈毅	再论民众文学		
	李健吾	文学批评的标准	文哲半月刊	第1卷第6期
	邢光祖	论味（上）		
	庞朴	文艺工作者的本位努力	壹零集	第2期
	龚炯	中国新诗的一条路		
	蒋天佐	什么是抗战文艺	新中国文艺丛刊	第1期
	袁国平	抗战中的艺术观		
	韦佩	谈诗琐语		
	郭绍虞	新文艺运动应走的新途径	文学年报	第5期
5、6	[英]C. Hamilton；马彦祥译	何谓戏剧	戏剧杂志	第2卷第5、6期
6	潘梓年	文艺作家的努力	文艺阵地	第3卷第3期
	黄绳	戏剧——人物创造		
	艾思奇	旧形式新问题	文艺突击	新1卷第2期
	萧三	论诗歌的民族形式		

月	作者·译者	篇　名	发表刊物	卷·期·号
6	杨松	论新文化运动中的两条路线	文艺突击	新1卷第2期
	锡金	文艺通讯是什么	文艺新潮	第1卷第9期
	荒草	诗歌与民众	笔阵	第6期
	叶鼎彝	通俗和利用		
	王西彦	小说朗读	壹零集	第3期
	穆木天	欧化与中国化		
	陆丹林	八股的我见		
	艾青	诗的散步		
	枳敢	现实主义的发展	文艺（上海）	第3卷第3、4期合刊
	[日]辛岛骁；孟昭虞译	日本文学与现代中国的文学	新民周刊	第27期
	诚斌	COLERIDGE 和文艺批评	文哲半月刊	第1卷第7期
	张月超	安诺德的文艺批评	新民族	第4卷第4期
	东方曦	谈"孤岛文艺"的发展	鲁迅风（半月刊）	第15期
	萧军	鲁迅杂文中底"典型人物"		
	列车	报告文学与文艺通讯		
	魏京伯	海派与京派产生的背景		第16期
	锡金	诗琐论		
6—8	谔	艺术之起源	新民报半月刊	新1卷第2、4、5期
7	巴人	鲁迅与高尔基	鲁迅风（半月刊）	第17期
	黄绳	抗战文艺的典型创造问题	文艺阵地	第3卷第6期
	杨村彬	抗战剧本写作问题		第3卷第7期
	饶余威	略谈新诗的朗诵	笔阵	第7期
	菲洛	朗诵与吟哦之别		
	胡风	民族革命战争与文艺	七月	第4集第1期
	朱凡	报告文学发凡	文化月刊	第1期
	王冰洋	反映生产建设的作品	文艺月刊	第3卷第7期
	锡金	连环图画制作的诸问题		第1卷10期
7、8	郭绍虞	新文艺运动应走的新途径	文艺新潮	第1卷10、11期
8	曜宾	论文艺通讯		第1卷11期
	杨彦歧	论讽刺	人世间半月刊	第1卷第1期
	毕树棠	科南道尔与哈葛德		
	李健吾	话翻译		
	赵景深	译文与风格		
	赵家璧	关于翻译		

月	作者·译者	篇　名	发表刊物	卷·期·号
8	汪倜然	翻译小见	人世间半月刊	第1卷第1期
	何浑介	谈翻译		
	巨水	创造即艺术	笔阵	第8期
	厉歌天	略谈旧小说		
	萧军	三原则		
	洁孺	论民族革命的现实主义	文艺阵地	第3卷第8期
	黄绳	当前文艺运动的一个考察		第3卷第9期
	李何林	五四以来中国文艺思想的发展	理论与现实	第1卷第2期
	艾青	诗论掇拾	七月	第4集第2期
	老舍	通俗文艺的技巧	抗到底	第25期
	胡采	论抗战建国的现实主义	西线文艺	第1卷第1期
	钟宪民	关于文章出国	文艺月刊	第3卷第8、9期
	[日]小泉八云；白水译	浪漫派文学与古典派文学在风格上的关系	中国公论	第1卷第5期
	同甫	中国旧日的批评家		
	更生	现实主义之路	文化月刊	第2期
	潘菽	学术中国化问题的发端		
8、10	许晴	抗战农村剧的形式		第2、3期
9	洛蚀文	艺术·宣传·宣传戏剧	文艺新潮	第1卷12期
	邹啸	连环图画的演变		
	[日]新庄嘉章；云译	纪德的小说论	鲁迅风（半月刊）	第19期
	威尔生；作林节译	论欧奈斯特·海敏威	人世间半月刊	第1卷第4期
	艾青	诗与时代	国民公论	第2卷5期
	伯韩	谈谈中国化与大众化		
	G.勃洛甫曼；克夫译	苏联文学当前的几个问题	文艺战线	第1卷第4号
	巴人	中国气派与中国作风	文艺阵地	第3卷第10期
	锡金	诗歌的技术偏至论者的困惑		
	[苏]Y.奥丽沙；葛一虹译	关于剧作底题材		
	[苏]法捷耶夫；适夷译	创造新的纪念碑的形式		第3卷第11期
	胡采	论艺术的加工与政治的强化	西线文艺	第1卷第2期
	萧蔓若	误解之外——关于朗诵诗	笔阵	第10期
	张鸣琦	戏曲底本质论	中国文艺	第1卷第1期

月	作者·译者	篇 名	发表刊物	卷·期·号
9	刘敏光	现代日本文学的思潮	中国文艺	第1卷第1期
	锷译	伟大艺术批评家——罗斯金传		
10	适夷	说"通俗小说"	文艺阵地	第3卷第12期
		李南桌和他的文艺理论上的劳作		
	冯至	萨拉图斯特拉的文体	今日评论	第1卷第24期
	李建芳	论古文在中国文化史上的作用	时代精神	第1卷第3期
	洛蚀文	鲁迅与尼采	新中国文艺丛刊	第3期
	巴人	鲁迅的创作方法		
	务诚	旧剧的艺术观	中国文艺	第1卷第2期
	钱叔平	中国文学研究之方法	现代青年	第1辑
	向林冰	现阶段通俗文艺的缺陷及其克服	抗战文艺（半月刊）	第4卷第5、6期合刊
	杨骚	关于诗歌的斯达汉诺夫运动		
	张振亚	关于诗的小杂论		
	李雷	论诗歌朗诵的技巧		
	伯远	文艺的特性与价值	西线文艺	第1卷第2期
	魏伯	论民族形式与大众化		第1卷第3期
	[苏]达斯尼斯拉夫斯基；川麟译	论戏剧与观众及其他	七月	第4集第3期
	刘念渠	关于剧本创作		
10、12	T.巴克；张元松译	基希及其报告文学		第4集第3、4期
10—次1	章申	基督教与中国文学	真理与生命	第12卷第5、6期合刊，第7、8期合刊
11	钟鼎文	抗战文化的宽度与深度	抗战时代	第1卷第3期
	何容	论旧形式	抗到底	第26期
	适夷	世界的与民族的	文艺阵地	第4卷第1期
	巴人	民主与现实		第4卷第2期
	陈残云	抒情的时代性		
	宋悌芬	读诗因缘	文哲半月刊	第1卷第8期
	张庚	话剧民族化与旧剧现代化	理论与现实	第1卷第3期
	照堂	关于文学界说	中国公论	第2卷第2期
	藻萍	略谈"复古运动"	笔阵	第14期
	胡野吟	中国旧小说的新评价	文心	第2卷第1期
	[苏]迪那莫夫；温剑风译	莎士比亚的人物与动作	西线文艺	第1卷第4期
	肖三	论诗歌的民族形式	文艺战线	第1卷第5号
	柯仲平	论文艺上的中国民族形式		

月	作者·译者	篇 名	发表刊物	卷·期·号
11	何其芳	论文学上的民族形式	文艺战线	第1卷第5号
	沙汀	民族形式问题		
	陈夷夫	谈阿Q型人物	中国文艺	第1卷第3期
	蒋祖诒	中国俗文学的改进与文艺大众化	学生杂志	第19卷第11号
	陈礼江	戏剧教育与戏剧制度	戏剧岗位	第1卷第2、3期
	卡尔美；章泯译	论儿童演剧		
	锡金	语文的学习	文艺新潮	第2卷1期"鲁迅先生逝世三周年语文特辑特大号"
	叶素	笑的文学		
	[苏]E.Knipovicb；王楚良译	论高尔基底社会主义的人道主义		
	陈望道	明末以来中国语文的新潮		
	柳存仁	论古代语文分歧的真因		
11—次5	[英]C.Day Lewis；朱维基译	一个对于诗的希望		第2卷1—3、5—7期
12	李廷撰	谈诗底演变与朗诵诗	今日评论	第2卷第24期
	胡山源	论创作	文心	第2卷第2期
	查绣	漫谈戏剧	文艺	第2期
	张芝联	什么是古典主义	文哲半月刊	第1卷第9期
	宋春舫	光与舞台		
	刘岱业	乔治桑他耶那的哲学		第1卷第9期
	[日]原田季清；林火译	中国"骈文"与"小说"之关系	中国公论	第2卷第3期
	张汉黎	散曲文艺之欣赏	中国文艺	第1卷第4期
	E.R.Hodsall；更生译	近代德国文学概观		
	[法]高蒂叶	波特莱尔论	新文苑	第1卷第2期
	麦参史	弗劳特之泛性论与精神性	教育杂志	第29卷第12号
	立斋	近代思潮讲话	南风	第2卷第2期
	离中	诗之格调		
	穆木天	关于抗战诗歌运动	文艺阵地	第4卷第3期
	黄绳	诗歌的语言		
		关于作家论		
	周钢鸣	文艺批评的新任务		第4卷第4期
	巴人	关于学习		
	适夷	思想的深度		
	史笃	关于现实主义	文艺新潮	第2卷2期"诗歌特辑"
	锡金	诗歌的口语化		

月	作者·译者	篇　名	发表刊物	卷·期·号
12	叶素	面向着祖国	文艺新潮	第2卷2期"诗歌特辑"
	[苏]吉尔波丁；吴天译	捏克拉索夫		
	何鹏	地方文学与通俗文学		
	中玉	论我们时代的文学批评	文艺月刊	第3卷第12期
12、次1	胡采	论文艺评论家李南桌	西线文艺	第1卷第5、6期

1940年

月	作者·译者	篇　名	发表刊物	卷·期·号
1	服群	现实与理想	文艺新潮	第2卷第3期"小说特辑·新年特大号"
	毁堂	关于现实主义补释		
	方皇	机械的庸俗的形象化		
	黄峰	意大利的黑衫文学		
	[匈]G.庐卡契；王春江译	论新现实主义	文学月报	第1卷第1期
	[苏]卢波尔；李葳译	苏联的文化领导者A.托尔斯泰		
	柳无忌	戏剧与批评	今日评论	第3卷第1期
	梦九	戏剧浅说	中国公论	第2卷第4期
	永明	论文字与文艺	中国文艺	第1卷第5期
	张鸣琦	文学在演剧中底位置		
	孟玖	独幕剧浅说		
	林英	文艺杂谈		
	李克讲演	文艺的中国化	中国语文	第1卷第2期
	刘念渠	计划的编剧	文艺月刊	第4卷第1期
	杜埃	文学与社会生活底将来	文艺阵地	第4卷第5期
		文学领域的宪政运动		
		确立文艺政策		
	巴人	民族形式与大众文学		第4卷第6期
	适夷	抗日·团结·进步		
	杜埃	文艺的批判任务		
	黄绳	生活的实在		
	Vladimir Grib；史笃译	马·恩论艺术	七月	第5集第1期
	胡风	今天，我们底中心任务是什么		
	A.拉佛勒斯基；周行译	高尔基论社会主义的现实主义		

月	作者·译者	篇　名	发表刊物	卷·期·号
1	李源澄	中国文学批评史上明道与言志的问题	新西北月刊	第2卷第3、4期合刊
	寿昌	中华民族的宇宙观与人生观对于文艺的影响		
	唐君毅	略论中国哲学与中国文学之关系		
	徐公美	电影的艺术价值	国艺	第1卷第1期
	蒋达	关于戏剧		
	衡	论新诗		
	逵	心理学在文艺上的应用		
	才	文学的特性		
	钱萼生	近代诗评		
1、3	凤介译述	外人眼中之中国小说		第1卷第1、3期
1—5	晚青	文学定义	文教月刊	第1卷第1、3、5期
2	夏照演	文艺作品与生产建设	抗战文艺（半月刊）	第5卷第6期
	杨骚	关于文艺批评落后的二三见解		
	潘梓年等	学术中国化讨论集	理论与现实	第1卷第4期
	渥丹	论中国民族语	中国语文	第1卷第3期
	何其芳	给艾青先生的一封信	文艺阵地	第4卷第7期
	巴人	两个口号		
	适夷	单纯和精炼		第4卷第8期
	锡金	形式的产生		
	张佛千	我对于民族战争文学的一点意见	黄河	第1期
	离中	诗意论	南风（上海）	第2卷第4期
	蔡尚思	论道家的社会性	学术	第1辑
	徐凌霄	历史的文坛两大派——桐城与仪征	国艺	第1卷第2期
	有心	维多利亚时代的英国浪漫文学鸟瞰	国风（半月刊）	第2卷第1期
	[苏]A.托尔斯泰；适夷译	戏剧文学的前途	枫叶	第2期
	张鸣琦	戏曲发达简史	中国公论	第2卷第5期
	赵大同	建设文学导论	新东方	第1卷第1期
	南	文学与文选	新中国	第3卷第2期
	周楞伽	狄更斯论	小说月刊	第4期
	周扬	对旧形式利用在文学上的一个看法	文艺战线	第1卷第6号

月	作者·译者	篇 名	发表刊物	卷·期·号
2	靳极苍	想像与创造	中国文艺	第1卷第6期
	翟君圣	法国的写实主义与自然主义		
	陈异	论"幽默"		
	殿铮	诗学文艺之欣赏		
	毛泽东	新民主主义的政治与新民主主义的文化	中国文化	创刊号
	周扬	对旧形式利用在文学上的一个看法		
	吴玉章	文学革命与文字革命		
	冼星海	民歌与新兴音乐		
	胡蛮	鲁迅对于民族的文化和艺术问题底意见		
	马采	新中国美学建设的基础	青年月刊·革命真理	第1期
	叶素	关于通俗	文艺新潮	第2卷第3期
	吴角	谈谈对批评的态度		
	[苏]罗西珂夫;易林译	关于作家的阶级性		
	潘梓年	论文艺的民族形式	文学月报	第1卷第2期
	葛一虹	关于民族形式		
	姚蓬子	组织文化游击队		
	罗荪	略论文艺批评		
2、4	萧三	高尔基底社会主义的美学观	中国文化	第1、2期
	欧阳凡海	鲁迅底初步思想·文学观·社会意识的检讨	文艺阵地	第4卷第8、11、12期
2—9	淳	文学与宗教	国艺	第1卷第2、3期,第5、6期合刊;第2卷第1—3期
2—5	伯精	中国艺术思想的演变		第1卷第1—4期
2、3	履中	先秦文学思想中之伦理观——文以载道思想之根源	新东方	第1卷第1、2期
3	黄绳	新的人物与新的生活	文学月报	第1卷第3期
	力扬	关于诗的民族形式		
	罗荪	关于现实主义		
	葛一虹	民族遗产与人类遗产		
	戈茅	广泛开展文艺工作		
	靳极苍	自然与雕琢	中国文艺	第2卷第1期
	殿铮	再谈诗学文艺之欣赏		

月	作者·译者	篇　名	发表刊物	卷·期·号
3	专诸	谈文章的分野与派别	国艺	第1卷第3期
	柳存仁	中国文学史序例	文哲半月刊	第2卷第1期
	许晴	抗战剧作之几个具体问题	文化月刊	第6期
	李飞	谈谈"特写"		
	汪馥泉	语汇试论	学术	第2辑
	张世禄	因文法问题谈到文言白话的分界		
	陈望道	文法革新的一般问题		
	傅东华	一个国文法新体系的提议		
	赵大同	建设文学和文艺复兴	新东方	第1卷第2期
	疑堂	由"文艺复兴"评复古运动	中国公论	第2卷第6期
	梦九	观众		
	闻歌	现实主义的"发凡"	文艺新潮	第2卷第5期
	方典	现实主义论	戏剧与文学	第1卷第2期
	E.席勒尔；羽卒译	"十九世纪的现实主义"序		
	[苏]普陀甫金；侯风译	自然主义，现实主义，史达尼斯拉夫斯基体系		
	锡金	诗歌，语言的创造	文艺阵地	第4卷第9期
		和假诗坏诗斗争		
	西滇	关于讽刺诗		
	周钢鸣	论诗和诗人		
	孟辛	论两个诗人及诗的精神和形式		第4卷第10期
	巴人	现象与本质		
	林焕平	第二次大战与世界作家		
	J.卡梭；张元松译	法国文学的革命传统	七月	第5集第2期
	杨云璜、胡风	关于诗与田间的诗		
	许杰	学术中国化问题	文理月刊	第1期
	黄芝冈	论民族形式	抗战文艺（月刊）	第6卷第1期
	马宗融	阿剌伯文学对于欧洲文学的影响		
	陈鲤庭	戏剧漫谈	黄河	第2期
	冰莹	建立生产文学		
	铁夫	谈谈诗歌的民族形式		
	王亚平	新阶段的新诗	东线文艺	第1期
	蒲风	关于文艺批评		
	王云波	论儿童诗的制作		
	胡考	讲演文学与旧形式	文艺月刊	第4卷第2期
3、4	[美]赛珍珠；赵景深译	论中国小说	宇宙风乙刊	第22、23期

月	作者·译者	篇 名	发表刊物	卷·期·号
4	文龙	文艺大众化的核心问题	现代文艺	第1卷第1期
	杨洪	批评家的新任务		
	维山	论典型的创造		
	[德]褚威格；许天虹译	托尔斯泰的思想		
	贺麟	文化的体与用	今日评论	第3卷第16期
	斯特拉奇；董秋斯译	精神分析学与马克思主义	哲学杂志	第1期
	陈铨	浮士德的精神	战国策	第1期
	沈从文	白话文问题		第2期
	拜仑	女性与艺术	新东方	第1卷第3期
	梁瑞甫	五十年来中国之文化界		
	丁舞	中日戏曲比较史谈话	中国公论	第3卷第1期
	孟辛	形式问题杂记	文艺阵地	第4卷第11期
	辛石	加紧文艺的反攻		
	老迟生	论公式主义及抗战文艺运动之回顾		第4卷第12期
	史笃	再关于现实主义		
	渺沙	什么是新民主主义的文化	大众文艺	第1卷第1期
	石三	论文学与政治	黄河	第3期
	陈鲤庭	演剧·形象·思想		
	胜寒	生产文学及其实践		
	锡金	诗歌与戏剧	文艺新潮	第2卷第6期
	何鹏	论语言问题	文学月报	第1卷第4期
	[苏]阿舍也夫；彭慧译	怎样读玛雅可夫斯基的诗		
	戈宝权	关于玛雅可夫斯基		
	何容	通俗文艺的用语问题	文艺月刊	第4卷第3、4期合刊
	巡礼人	"近二十年中国文艺思潮论"	战时南路	第12期
	洛甫	抗战以来中华民族的新文化运动与今后任务	中国文化	第1卷第2期
	艾思奇	抗战中的陕甘宁边区文化运动		
4—6	吴玉章	新文字与新文化运动		第1卷第2—4期
4—10	以群	报告文学讲话	学习生活	第1卷第1—6期
4、8	章泯	戏剧讲话		第1卷第1、4期
5	光未然	文艺的民族形式问题	文学月报	第1卷第5期

月	作者·译者	篇名	发表刊物	卷·期·号
5	罗荪等	民族形式问题座谈	文学月报	第1卷第5期
	蓬子	历史的残酷	抗战文艺（月刊）	第6卷第2期
	以群	新文学之路		
	黄芝冈	再论民族形式		
	顾一樵	戏剧中的意识问题	戏剧岗位	第1卷第5、6期合刊
	丁易	"民族形式"作品的语汇	笔阵	新1卷第2期
	文龙	五月与中国新文艺运动	现代文艺	第1卷第2期
	杨洪	关于形式主义者		
	石滨	创作实践与生活实践		
	N.罗斯托夫；周学普译	弥开尔·勒尔蒙托夫——诞生一百二十五年纪念		
	M.支维勒夫；周学普译	勒尔蒙托夫和拜伦		
	赵化成	十九世纪俄国两大文豪	新东方	第1卷第4期
	永明	谈文学与科学	学文	第3、4、5期合刊
	赵文波	文艺漫谈		
	有心	近代的英国文学	国风（半月刊）	第2卷第6期
	博雅	中国文学论略		
	陈铨	叔本华的贡献	战国策	第3期
		论英雄崇拜		第4期
	史笃	略论新民主主义的文学	文艺新潮	第2卷第7期
	朱英	艺术性和社会性		
	巴人	抗战八股·深入和提高		
	艾思奇	五四文化运动的特点	中国文化	第1卷第3期
	周扬	关于"五四"文学革命的二三零感		
	V.万迪克；默涵译	黑格尔和康德		
	刘念渠	创造中国民族的新戏剧	理论与现实	第2卷第1期
	钱健夫	时代精神的民族文学建设论	时代精神	第2卷第4期
	艾思奇	五四运动在文学上的主要贡献	大众文艺	第1卷第2期
	丁玲	作家与大众		
	默涵	文学和科学		
	以群	新文艺的成果	中苏文化半月刊	第6卷第3期
	胡风	文学史上的五四		
	姚蓬子	"五四精神"		
	王平陵	"五四"与文艺运动		

月	作者·译者	篇 名	发表刊物	卷·期·号
5	杨骚	五四精神和旧瓶主义	中苏文化半月刊	第6卷第3期
	常任侠	五四运动与中国新诗的发展		
	向林冰	大众化内容与通俗化形式		
	郑伯奇	五四运动与文学革命		
	[苏]E.特罗许钦可；葛一虹译	马克斯论文学		
	知堂	汉文学传统	中国文艺	第2卷第3期
5、6	靳极苍	创造与选材		第2卷第3、4期
6	王佐良	论书评	今日评论	第3卷第22期
	伍启元	什么是中国文化底出路		第3卷第25期
	许寿裳	谈传记文学	读书通讯	第4期
	梁瑞甫	弗洛易及其心理学	新东方	第1卷第5期
	[日]辛岛骁；盛志译	日本文学与现代中国文学		
	赵大同	现代中国文学运动的回顾与前瞻		
	赵归璧	文艺复兴与文学遗产之继承问题	中国公论	第3卷第3期
	杜白雨	日本文学的语言性格	艺文志	第3辑
	李台雨；共鸣译	现代朝鲜文学论		
	刘岱业	乔治桑他耶那的哲学	文哲半月刊	第2卷第2期
	[苏]高尔基；白澄译	论文学及其他	文学月报	第1卷第6期
	[日]熊泽复六；林焕平译	高尔基的人道主义		
	[苏]卢波尔；铁弦译	文学史家的高尔基		
	[苏]高尔基；铁弦译	"俄国文学史"短序		
	[苏]高尔基；王语今译	歌谣是怎样编成的		
	陈原	高尔基论文学的语言		
	张天翼	论"无关"抗战的题材		
	[苏]斯达察可夫；周行译	伯林斯基胜利了		
	霍亭	关于新民主主义的文艺	文艺新潮	第2卷第8期
	朱奂	谈新形式的创造		
	[英]C.Day Lewis；朱维基译	近代诗的词藻问题		

月	作者·译者	篇　名	发表刊物	卷·期·号
6	[苏]E.耶鲁斯拉夫斯基；克夫译	关于艺术的起源问题	中国文化	第1卷第4期
	张庚	戏剧与观众		
	茅盾	关于"新水浒"		
	何干之	团圆主义文学		
	柯仲平	论中国民歌		
	默涵	关于文学的才能	大众文艺	第1卷第4期
	伍月	关于人物性格的创造		
	维山	文艺与政论	现代文艺	第1卷第3期
	罗荪	谈近代文艺思潮	读书月报	第2卷第4期
	刘大杰	魏晋文学与浪漫主义	宇宙风	第100期纪念号
	徐三思	论中国电影艺术之迷途		
	瞿白音	人物的性格描写	新演剧	复刊号
	[苏]史坦尼斯拉夫斯基；杜山译	演员的信念与真实感		
	[苏]史坦尼斯拉夫斯基；陆擎译	演员的创作基础		
	[苏]丹青科；赵铭彝译	艺术剧院与现实主义		
	[日]小林秀雄；古丁译	关于现代诗	诗季	第1卷·春季卷
	滨米尔顿；赵如琳译	戏剧原理	翻译月刊	第7号
	梁孝瀚	中国幽默文底史的发展和目前应有的趋势	协大艺文	第11期
	杨树芳	文学与音乐		
	王岑	论衡中的文学观	中国文艺	第2卷第4期
	陈一平	中国文艺与民族性		
6、7	孟玖	戏剧的起源		第2卷第4、5期
7	彭友来	建树独立本质的文艺	现代半月刊	第1期
	文龙	创作者的理论修养问题	现代文艺	第1卷第4期
	石滨	民族传统与世界传统		
	茅盾	论如何学习文学的民族形式	中国文化	第1卷第5期
	尹达	中华民族及其文化之起源		
	杨松	关于马克思主义中国化的问题		
	朱光潜	流行文学三弊	战国策	第7期
	陈铨	尼采的思想		

月	作者・译者	篇　名	发表刊物	卷・期・号
7	陈铨	叔本华与红楼梦	今日评论	第4卷第2期
	唐鱼	生活的文学		第4卷第3期
	珂蓝	谈文字改革问题		第4卷第4期
	陈迩冬	关于"民族形式"云云	抗战时代	第2卷第1期
	王久如	名词诠释的纠纷	东方杂志	第37卷第14号
	杨晋豪	漫论文艺的发展	文艺世界	第1期
	霖长	文艺的形式		
	[法]莫泊桑;谨铭译	论小说	中国文艺	第2卷第5期
	陈萍译	关于"报告文学"		
	鹤舫	儿童文学的研究	新东方	第1卷第6期
	梁瑞甫	梦的心理		
	源新	保卫民族文化运动	文艺阵地	第5卷第1期 "文阵丛刊一：水火之间"
	维山	关于形象		
	周钢鸣	论现阶段的演剧艺术		
	L.齐奥弗耶夫斯基;朱萌译	高尔基与马雅可夫斯基		
8	冯雪峰	鲁迅与中国民族及文学上的鲁迅主义	文艺阵地	第5卷第2期 "文阵丛刊二：论鲁迅"
	唐弢	鲁迅思想与鲁迅精神		
	肖三	鲁迅与中国青年		
	端木蕻良	论鲁迅		
	欧阳凡海	驱除寂寞		
	周木斋	鲁迅与中国文学		
	巴人	关于鲁迅杂想		
	艾思奇	当前文化运动的任务	中国文化	第1卷第6期
	[苏]加里宁;萧三译	论艺术工作者应学取马克思列宁主义		
	梁久弦	主义论		
	朱谦之	法国百科全书派与中国思想之关系	中国与世界	第2期
	彭友来	文艺写作和文艺批判	现代半月刊	第2期
	季信	莎士比亚与易卜生		
	沈从文	新的文学运动与新的文学观	战国策	第9期
		小说作者和读者		第10期
	张鸣琦	论旧剧的美	中国文艺	第2卷第6期
	红蓼	戏剧的使命	国艺	第2卷第2期

月	作者·译者	篇 名	发表刊物	卷·期·号
8	朱光潜	美感教育	读书通讯	第7期
	王大曼	章学诚先生评传	新东方	第1卷第7期
	石笋	唐代妇女文学之发展		
	[美]H.D.梭罗;山石译	论艺术与美	现代文艺	第1卷第5期
8、9	孙毓棠	旧诗与新诗的节奏问题	今日评论	第4卷第7、9期
	[日]千叶龟雄;笃人译	日本明治大正时代新文艺鸟瞰	新东方杂志	第1卷第6期;第2卷第1期
8—11	赵景深	小说琐话	宇宙风乙刊	第27、28、33期
9	欧阳凡海	最近文学创作的一般倾向	现代文艺	第1卷第6期
	启鹤	从恋爱说到浪漫派小说	现代半月刊	第4期
	孟超	谈自画像之类	野草	第1卷第2期
	尼库林;孟昌译	今日的左拉		
	秋帆	纪德所成就的		
	孟玖	毛里哀的喜剧	中国文艺	第3卷第1期
	胡适	评判的态度		
	徐志摩	诗的表现和灵感		
	知堂	研究旧文学的态度		
	俞平伯	白话诗的三大条件		
	郑振铎	文学的自由性		
	希哲	诗人与艺术家	国艺	第2卷第3期
	贺麟	论翻译	今日评论	第4卷第9期
	陈铨	论新文学		第4卷第12期
	维山	论典型的创造	文艺新潮	第2卷第9期
	[英]C.Day Lewis;朱维基译	近代抒情诗产生的困难		
	林焕平	抗日的现实主义与革命的浪漫主义	文学月报	第2卷第1、2期合刊
	茅盾	关于民族形式的通信		
	高梦旦等	关于文艺的"民族形式"问题的论争	学习生活	第1卷第5期
	宋春舫	戏剧理论史略	剧场艺术	第2卷第8、9期合刊
	赵景深	宋春舫论		
	顾仲彝	舞台动作		
	何一鸿	诗的形式问题	新东方	第1卷第8期
	余云	最近中国戏剧发展史		
	一鸿	新诗刍议		

月	作者·译者	篇 名	发表刊物	卷·期·号
9	沈再	骑士文学的没落	新东方杂志	第2卷第1期
	王石城	艺术与政治	抗战时代	第2卷第3期
	丰子恺	文艺的不朽性	文艺月刊	第5卷第1期
	[苏]质维雷夫；熊复译	列宁论文化	群众	第5卷第4、5期合刊
	陈铨	尼采的道德观念	战国策	第12期
	樊星南节译	康德论美	新认识	第2卷第1期
	G.Murray；陈楚祥译	学术之渊薮——希腊	西洋文学	第1期
	J.A.Symonds；徐诚斌译	拜伦论		
	茅盾	旧形式、民间形式与民族形式	中国文化	第2卷第1期
	郭沫若	"民族形式"商兑		
9—11	潘家洵	近代西洋问题剧本	西洋文学	第1—3期
10	绀弩	略谈鲁迅先生的"野草"	野草	第1卷第3期
	周钢鸣	文学的创造与"人"		
		文化的地方性与地方化	抗战时代	第2卷第4期
	刘念渠	论创造与模仿	狼烟文艺丛刊	第一阵烽火·古羊堡
	夏照滨	建立文艺批评	黄河	第7期
	南芷	作家与生活		
	颜虚心	法国近百年东方学研究的历程	东方杂志	第37卷第19号
	胡风	论民族形式问题底提出和争点	中苏文化半月刊	第7卷第5期
	光未然	鲁迅与中国文学遗产	文学月报	第2卷第3期
	E.史坦别格；铁弦、小畏译	中国人民的伟大作家——鲁迅		
	以群	扩大和深化鲁迅研究的工作		
	葛一虹	保卫鲁迅先生		
	罗荪	学习和研究		
	[苏]日丹诺夫；铁弦译	莱蒙托夫		
	周瘦鹃	关于侦探小说	小说月报	第1期
	坚白	精神体系的文学方法论	文艺世界	第4期
	杨非	论"幽默"		
	陈铨	狂飙时代的德国文学	战国策	第13期
	林语堂	谈西洋杂志	西洋文学	第2期

月	作者·译者	篇　名	发表刊物	卷·期·号
10	[英]M.Arnold；张芝联译	论翻译荷马	西洋文学	第2期
	A.Maurire；徐诚斌译	曼殊菲尔论		
	翟君圣	文学批评的将来	中国公论	第4卷第1期
	杨骚	关于文艺批评的二三见解	新文艺月刊	第1卷第1期
	丁谛	重振散文		
	陈伯达	关于文艺民族形式的论争	中国文化	第2卷第2期
	默涵	"习见常闻"与"喜闻乐见"		
	林慧文	文学的形式与历史遗产	中国文艺	第3卷第2期
	彭和章	论文艺的政治性	文理月刊	第4、5期合刊
	朱谦之	叔本华之中国文化观	青年月刊	第10卷第4期
	樊星南译	美学在康德哲学中之地位		
	翟君圣	文学与社会	国艺	第2卷第4期
10—次3	李英超	中国文学史之研究	知识文摘	第1卷第1—6期
10—次2	罗根泽	学艺史的叙解方法	读书通讯	第12、36期
10、11	倪青原	释语言	斯文	第1卷第2、3期
	张天翼	关于文艺的民族形式	现代文艺	第2卷第1、2期
11	寒莪	诗·歌·散文		第2卷第2期
	杨洪	旧形式与新形式		
	傅东华	书同文考	学林	第1辑
	张耀翔	中国心理学的发展史略		
	林同济	第三期的中国学术思潮	战国策	第14期
	陈铨	狂飙时代的席勒		
	吴康	自我释义	哲学评论	第7卷第4期
	C.Bailey；张芝联译	罗马文学的特质	西洋文学	第3期
	M.Arnold；林率译	华滋华斯论		
	E.Ludwig；今纯译	写传记的经验		
	G.Brandes；侍桁译	十九世纪文学之主潮		
	[德]柯本海；曹京实译	德国小说之艺术	中德学志	第2卷第4期

月	作者・译者	篇　名	发表刊物	卷・期・号
11	R.Addington；石灵译	形象派诗集	世界文化	第1卷第5辑
	天婴	新诗话	宇宙风乙刊	第32期
	刘佩韦	诗境与禅机		第33期
	中水庐村	论中国文学之风趣神味	新东方	第1卷第10期
	欧阳山	关于"新"现实主义	文学月报	第2卷第4期
	毕端	"现实的正确描写"		
	罗荪	再谈关于现实主义		
	受箴	世界语的世界文学		
	孟超	论发扬固有文化	抗战时代	第2卷第5期
	韩北屏	试论诗朗诵与朗诵诗		
	郑伯奇	关于民族形式的意见	抗战文艺（月刊）	第6卷第3期
	铎	民族形式试论	笔阵	新2卷第2期
	南芷	再论作家与生活	黄河	第8期
	张子毅	中国民族性的形成及其转变	今日评论	第4卷第18期
	欧阳采薇	论所谓新文学与新理想		第4卷第19期
	[苏]诺维兹基；舒非译	戏剧的教义	戏剧春秋	第1卷第1期
	寿清	关于历史剧	文艺世界	第5期
	何容	通俗文艺的用语问题	大众文艺	第1卷第2期
	胡蛮	中国美术上的新机运	中国文化	第2卷第3期
	[美]W.J.Long；成伯华译	关于文学	中国文艺	第3卷第3期
	知堂	文学与宣传		
	黄肖萍	漫话新诗		
	[法]梵列利；沈宝基译	鲍特莱的位置	法文研究	第2卷第1期
	刘乃敬	文与意思	斯文	第1卷第4期
11、12	倪青原	释意义——意义之意义		第1卷第4、5期
	周文	文化大众化实践当中的意见	中国文化	第2卷第3、4期
11—次1	吴文祺	近百年来的中国文艺思潮	学林	第1—3辑
11—次2	郑逸梅	谈谈民初之长篇小说	小说月报	第2、5期
12	铁弦编译	最近苏联的文艺论战	文学月报	第2卷第5期"苏联文学专号"
	吕荧译	列宁论作家		
	冯乃超等	我们对于苏联文学的感想		

月	作者·译者	篇 名	发表刊物	卷·期·号
12	河鱼	文艺的需要：关于所谓色情文学	小说月报	第3期
	茅盾	旧形式、民间形式与民族形式	戏剧春秋	第1卷第2期
	易庸	戏剧的民族形式问题		
	夏衍	谈真		
	华嘉	创造新的表演艺术		
	黄芝冈	中国戏是不是历史剧		
	林慧文	现代散文的道路	中国文艺	第3卷第4期
	陈异	现代中国小说的动向		
	雨樱子	魏晋时代的文学	国艺	第2卷第5、6期
	程默君	文学之创造与摹仿	文讯月刊	第1卷第3期
	静修	日本文学及其国民性	新东方杂志	第2卷第4期
	湘云	日本明治文学中的自然主义	中国公论	第4卷第3期
	苏醒之	什么是报导学	东方杂志	第37卷第23号
	L.D.Abbott；杨曼译	艺术与社会改造	中国与世界	第5期
	C.S.	德意志流亡作家文学	文哲半月刊	第2卷第3期
	F.K.H.	地方小说家哈代		
	[俄] L.Tolstoy；孟克之译	论莫泊桑	西洋文学	第4期
	兴华	现代诗与传统（书评）		
	艾青	诗论	抗战文艺（月刊）	第6卷第4期
	细言	新的主题和新的题材	现代文艺	第2卷第3期
	李泰	关于"向远大发展"及题材问题		
	许钦文	阿Q哲学浅释	宇宙风乙刊	第35期
	陈毅	修意学概念		
	林山	不算诗论	野草	第1卷第4期
	艾芜	民间文艺及其启示		
	[匈]G.卢卡契；吕荧译	叙述与描写	七月	第6集第1、2期合刊
	[苏]V.卡坦阳；张原松译	论马耶可夫斯基		
	张庚	什么是戏剧	大众文艺	第2卷第3期
	王了一	从语言的习惯论通俗化	今日评论	第4卷第25期
	马采	艺术理念的进展性	时代精神	第3卷第3期
	汪亚尘	现代中国艺术教育概观	学林	第2辑
	吕思勉	中国民族精神发展之我见		
	周木斋	文学的主观和客观	新文艺月刊	第1卷第2期

月	作者·译者	篇 名	发表刊物	卷·期·号
12	叶金	文艺与大众	抗战时代	第2卷第6期
	王啸苏	中国文学史序	文哲丛刊	第1卷
	[法]若望旭伦彼尔瑞；觉之译	郭乃依	法文研究	第2卷第2期
	徐翊	近世中西文艺思潮的划分和比较	自修	第144—147期
	罗膺中	学诗论	读书通讯	第13期
	王平陵	主题人物的表现和创造		第16期
12—次4	徐仲年	如何写小说		第15、22、24期
12—次2	[苏]I.拉波泊；天蓝译	演员论	戏剧春秋	第1卷第2、3期
12—次1	[苏]N.鲍皋斯洛夫斯基；吴伯箫译	俄国伟大的学者和批评家——俄国大批评家车尔尼雪夫斯基研究	中国文化	第2卷第4、5期

1941年

月	作者·译者	篇 名	发表刊物	卷·期·号
1	侯外庐	抗战文艺的现实主义性	中苏文化半月刊	文艺特刊
	M.铎尼克；焦敏之译	社会主义的美学观		
	R.Fox；射翟译	辩证唯物论与文学的关系	哲学	第1卷第3期
	曾昭抡	中国学术的进展	东方杂志	第38卷第1号
	许星甫	法国写实主义派大师福罗贝尔	新东方杂志	第3卷第1期
	G.Santayana；傅统先译	论诗与哲学	西洋文学	第5期
	H.O.Taylor；郑霁云译	中世纪精神之创始		
	A.Maurois；张芝联译	现代传记		
	戈宝权辑译	列宁论文学、艺术与作家	文艺阵地	第6卷第1期
	溅波	诗歌的民族形式	战歌	第2卷第2期
	克锋	杂谈诗歌批评		
	胡风	论民族形式问题的实践意义	理论与现实	第2卷第3期
	田禽	民间戏剧概论	狼烟文艺丛刊	第二阵烽火·星之歌
	沙小弓	文艺杂谈		
	龚炯	论诗歌大众化		
	沈仁	作诗的方法		
	刘念渠	动与静		

月	作者·译者	篇　名	发表刊物	卷·期·号
1	夏云	性格与情节——编剧论	狼烟文艺丛刊	第二阵烽火·星之歌
	冰炉	论形象		
	列车	诗谈	奔流文艺丛刊	第1辑·决
	蒋天佐	论民族形式和阶级形式		
	达琳编译	文学是什么（文学的定义）	新女性	新年特大号
	周振甫	严复思想转变之剖析	学林	第3辑
	朱锦江	略谈美学与生活	学生之友	第2卷第1期
	萨兰	论戏剧的民族形式	剧教	第1期
	向培良	编剧概论	戏剧岗位	第2卷第2、3期合刊
	汪漫铎	戏剧结构新论		
	陈伯尘	民族形式问题在剧作上		
	静沅	关于剧本的公式化		
	丁易	中国诗歌、音乐及戏剧之关系		
	李翰章	诗人徐志摩评传	国民杂志	第1期
	胡蛮	新文字运动与新字母问题	中国文化	第2卷第5期
	许颖	诗词辨异		
	漫羡	文之证喻		
	戴肃	批评者与被批评者	现代文艺	第2卷第4期
	俞磐	关于新式风花雪月		
	周津	论内容与形式		
	A.Thibaudet；沈宝基编译	弗洛孟登	法文研究	第2卷第3期
1、4	[日]岛木正三；杨叔美译	战后之法兰西文学界	国艺	第3卷第1、2期
2	莫荣	描写农民	现代文艺	第2卷第5期
	[德]S.褚威格；许天虹译	杜思退益夫斯基的生平		
	B.Rascoe；刘岱业译	但丁与中古思想	西洋文学	第6期
	E.Wharton；廖思齐译	近代小说趋势		
	A.Maurois；张芝联译	赫克斯雷论		
	黄特	柏格森的生命哲学与直觉主义	哲学	第1卷第4期
	蔡枢衡	新中国的文明与文化	今日评论	第5卷第5、6期
	孙毓棠	传记的真实性与方法		第5卷第6期
	周予同	五十年来中国之新史学	学林	第4辑

月	作者·译者	篇　名	发表刊物	卷·期·号
2	陈麟瑞	卞强生的癖性喜剧的理论与应用	学林	第 4 辑
	吕思勉	论上古秦汉文学的变迁	宇宙风乙刊	第 39 期
	D.萨斯莱夫斯基；秦似译	论爱密尔·左拉	野草	第 1 卷第 6 期"左拉纪念特辑"
	[法]A.法朗士；秦似译	左拉殡仪演词		
	茅盾	现实主义的道路	新蜀报；立报·言林	1 日
	端木蕻良	中国三十年来之文学流变	东方杂志	第 38 卷第 4 号
	杜宣	论公式化	戏剧春秋	第 1 卷第 3 期
	B.Pesis；瞿白音译	拉辛论		
	密莱特；章泯译	论戏剧对话	文艺阵地	第 6 卷第 2 期
	叶鼎洛	戏剧与宣传	黄河	第 2 卷第 1 期
	澄之	英国伊丽莎白时代的戏剧文艺		
	冷波	戏剧的 Tempo 和 Rhythm		
	麦里	关于歌剧		
	万殊	批评的基准在哪里	奔流文艺丛刊	第 2 辑·阔
	孔另境	论方言剧与戏剧大众化及国语统一运动	中国语文	第 2 卷第 3、4 期合刊
	陈企丹	国语与方言		
	迭肯	中国语文的整理和发展		
	庄栋	语文运动在延安		
	易贝	谈方言剧的语文建设性		
	致中	谈翻译与今日的文体	中国公论	第 4 卷第 5 期
	吴兵	五四运动与中国创作小说	中国文艺	第 3 卷第 6 期
	周作人讲演	怎样研究中国文学		
	伯达	关于文艺民族形式的论争	文学月报	第 2 卷第 6 期
	黄绳	通俗作品的批评问题	西南文艺	第 1 卷第 1 期
	方作斌	民族革命现实主义创作观		
	曾觉之	拉比莱	法文研究	第 2 卷第 4 期
	伊零一	读拉比莱		
	王君时	谈白话诗	国民杂志	第 2 期
	李超明	生活艺术观		
	黄道明	中国近代文艺思潮的回顾与展望		
2、3	陈冰若	谢冰心女士评传		第 2、3 期
2、10	B.E.查哈瓦；曹葆华译	导演论	戏剧春秋	第 1 卷第 3、5 期

月	作者·译者	篇　名	发表刊物	卷·期·号
2、6	许寿裳	谈日记	读书通讯	第19、20、27期
3	茅盾	戏剧的民族形式问题	抗战文艺（月刊）	第7卷第2、3期合刊
	巴金等	关于小说中人物描写的意见		
	史笃	论批评的相对性与绝对性	奔流文艺丛刊	第3辑·渊
	山民	关于批评问题		
	白蕻	艺术形象的锻炼	现代文艺	第2卷第6期
	L.铁摩菲叶夫；庄寿慈译	普式庚的抒情诗		
	E.Wilson；张芝联译	乔易士论	西洋文学	第7期
	吴保安	第三期的浪漫时代	今日评论	第5卷第12期
	赵越	中国戏剧走向那里	今日戏剧	创刊号
	汪漫铎	戏剧哲学简论		
	刘念渠	论人物观察		
	王余	论综合艺术里的舞台装饰家		
	林刚白	莎士比亚舞台的历史		
	朝宓	戏剧艺术家的人生哲学		
	伍乔	剧作家与生活感		
	L.马尔科夫；徐昌霖译	新剧场先驱的柯密斯莎郝夫卡亚		
	唐隽	歌剧之伟大的格调		
	曹日昌	谈学术中国化	学习生活	第2卷第3、4期合刊
	以群	什么叫做文学		
	田仲济	小说中凸显的人物		
	蒋维乔	东方哲学之体系	学林	第5辑
	郭绍虞	竟陵诗论		
	陈骥彤	郭沫若与其人生哲学	国民杂志	第3期
	柏诚之	话剧的欣赏		
	善文	文章与人的个性		
	一勺	诗的特性	艺风	第10期
	百均	文艺的研究与欣赏	小说月报	第6期
	端门	论戏剧艺术	新东方杂志	第3卷第3期
	劳用	不需要病态文学	正言文艺月刊	第1卷第1期
	丁三	现代生活与现代艺术		
	谢狱	题材与主题	新青年	第5卷第3、4期合刊
	胡绍轩	文艺形象论	文艺青年	第1卷第1期

月	作者·译者	篇 名	发表刊物	卷·期·号
3	赵友培	背景论	文艺青年	第1卷第1期
	沈宝基	拉马丁	法文研究	第2卷第5期
	[日]近藤春雄；黄荣生译	在日本现代中国的文学	中国文艺	第4卷第1期
	[日]久保田安太郎；胡硕美译	电影对于教育的影响	文讯月刊	第1卷第6期
	郑用之讲演	民族本位电影论	中国电影	第1卷第3期
	徐迟	电影中的语言问题		
	刘念渠	电影中的语言艺术		
	杨申生	清末洋戏之传入	宇宙风乙刊	第41期
3—10	赵景深	小说琐话	宇宙风乙刊	第41、43、52、53期
3、4	鲁觉吾	大时代文艺论	文艺青年	第1卷第1、2期
3—11	林彦如	中国文学之体类	中日文化	第1卷第2—6期
4	伍僑子	文艺原质论	新东方杂志	第3卷第4期
	许星甫	十九世纪英国历史小说家司各德		
	长弦	略论文学遗产	中央日报	4月18日
	胡朴安	从诗经上考见中国之家庭	学林	第6辑
	陶哲堂	林琴南评传	国民杂志	第4期
	史荪	由"青鸟"谈到文学电影		
	周楞伽	诗与散文	小说月报	第7期
	堃垕	文艺的心理研究	作家	第1卷第1期
	江上风	关于历史小品		
	[法]A.莫洛亚；许天虹译	迭更司的哲学	现代文艺	第3卷第1期
	[法]罗曼罗兰；陈占元译	褚威格及其作品		
	G.Santayana；傅统先译	哲学的诗人	西洋文学	第8期
	R.M.Lovett；何文介译	性与小说		
	[苏]V.叶尔米洛夫；什之译	陀思妥益夫斯基的题材	译文丛刊	第1辑
	[苏]D.查斯拉夫斯基；朱荑译	论爱弥尔·左拉		
	[苏]I.马察；适夷译	民族艺术的问题		

月	作者・译者	篇　名	发表刊物	卷・期・号
4	汪辟疆	文艺建设与文学理论的检讨	文艺月刊	第11年4月号
	李宝泉	艺术上的鉴赏与批评		
	王思曾	抗战剧的写作问题		
	邵向阳	论文艺思潮的流变	现代青年	第3卷第6期
	王平陵	中国文艺界的新任务	文艺青年	第1卷第2期
	丁三	论文艺的对象	正言文艺月刊	第1卷第2期
	[英]J.佛里曼;宗玮译	柯勒律治与华资华斯	七月	第6集第3期
	S.M	真——关于战争文学		
	田禽	民间戏剧概论	狼烟文艺丛刊	第三阵烽火・敌情
	江流	略论戏剧的新形式		
	侯元庆	戏剧的偶然性		
	柳木森	典型性与特殊性		
	田榕、于文	略论"戏剧大众化"及其他		
	姜慕曾	拉布律叶尔	法文研究	第2卷第6期
4、5	[德]玛尔霍兹;李长之译	文学纯文艺及其史	文艺青年	第1卷第2、3期
	J.A.Symonds;文美译	文艺复兴的精神	西洋文学	第8、9期
	余贤勋	中国民族文学论	斯文	第1卷第13、15期
4—8	朱声	中国抗战文学论	斯文	第1卷第14期,第17、18期合刊,第21期
4—7	柳下惠	文艺杂谈	正言文艺月刊	第1卷第2—5期
4、6	陈觉玄	文学上之韵律	文史教学	第1、2期
5	V.希克劳夫斯基;庄寿慈译	普式庚的散文	现代文艺	第3卷第2期
	唐弢	再真实些		
	周煦良译	叶芝论现代英国诗	西洋文学	第9期
	E.Wiison;张芝联译	叶芝论		
	司徒翚	夏多布利安传（书评）		
	唯明	略谈现实主义	文艺月刊	第11年5月号
	宗白华	论文艺的空虚与真实		
	王平陵	文艺与生产建国运动		
	商章孙	释勒的叙事诗		

月	作者·译者	篇　名	发表刊物	卷·期·号
5	[苏]莱兹涅夫；庄寿慈译	普式庚	野草	第2卷第3期
	达桐	文学与道德	新东方	第2卷第3期
	安英	民初小说发展的过程		
	P.Gurry	诗的经验	新东方杂志	第3卷第5期
	文权	文艺界展开新五四运动	正言文艺月刊	第1卷第3期
	丁谛	题材的表现和掘发		
	朱东润	文章的标准	国文月刊	第1卷第7期
	孙毓棠	历史与文学		
	刘咸	赫胥黎与文学	学林	第7辑
	王平陵	论报告文学		第25期
	陈钟凡	诗的形式	读书通讯	第26期
	曾昭抡	谈游记文学		第27期
	萧爱梅	论玛耶可夫斯基	中苏文化月刊	第8卷第5期
	O.柏斯克；赵华译	玛耶可夫斯基审美观点的批判		
	张西曼译	高尔基论未来主义		
	萧三译	列宁论文化与艺术	中国文化	第2卷第6期
	王实味	文艺民族形式问题上的旧错误与新偏向		
	何干之	鲁迅的方向	五十年代	第1卷第1期
	M.魏丹松；沙可夫译	列宁与文学遗产问题		
	何洛	易卜生在中国		
	韩塞	心理描写杂谈		
	一田	现实·反映现实		
	钱用和	"五四"运动回忆录	中央日报	4日
	吴铁城	五四的精神		
	易赓甫	记五四运动		
	张默	"五四运动"与"文学革命"	抗战时代	第3卷第5期
	翼云	论中国启蒙运动	哲学	第2卷第1期
	佐思	民族的健康与文学的病态	奔流文艺丛刊	第5辑·沸
	黄药眠	形象与诗歌	西南文艺	第1卷第3期
	张芝联	传记文学	燕京文学	第2卷第4期
	吴兴华	谈诗的本质——想象力		
	聂非	批评和批评家	中国文艺	第4卷第3期
	周钢鸣	艺术的概括	文艺生活（梅县）	第1卷第4期
	孟超	文艺的内容与形式		

月	作者·译者	篇　名	发表刊物	卷·期·号
5	张骏祥	导演与演员	戏剧岗位	第2卷第4—6期合刊
	赵友培	人物论	文艺青年	第1卷第3期
	郭麟阁	巴莱斯	法文研究	第2卷第7期
	欧阳山	马列主义和文学创作	解放日报	19日
	易君左	大民族诗之再建	中央日报	30日
	谭廷淮	中国文艺思潮的落后与复兴	中国公论	第5卷第2期
	伯平	尼采的人生观	国民杂志	第5期
	李蕙风	怎样写小说		
5、6	史铎民	中国女性作家在文学上的表现		第5、6期
6	蒋弼	高尔基的浪漫主义	新华日报（华北版）	15日
	黄文俞	鲁迅先生的初期思想	文艺阵地	第6卷第3期
	米莱特；章泯译	剧本的情节研究		
	[苏]M.高尔基；吕荧译	普式庚论草稿	七月	第6集第4期
	茅盾、胡风等	作家的主观与艺术的客观性	文学月报	第3卷第1期
	铁弦	关于约翰·斯丹贝克		
	G.Herrichsen；张芝联译	德国流亡文学	西洋文学	第10期
	Irwin Edman；傅统先译	精神之领域		
	[英]伊文斯；秋斯译	现代英国的戏剧	译文丛刊	第3辑
	[苏]A.托尔斯泰；徐行译	戏剧创作论		
	[苏]加里宁；沈静文译	艺术工作者的理论修养问题		
	周煦良	论读诗	文哲半月刊	第2卷第4期
	张芝联	传记文学		
	程公硕	英国歌谣		
	戴镏龄	谈信牍文学	文艺月刊	第11年6月号
	[苏]高尔基；孟昌译	论语言	野草	第2卷第4期
	云彬	从章太炎说到刘申叔		
	何文介	翻译丛谈	宇宙风乙刊	第46期
	向长清	论中国诗中的象征		
	F.Sohneide	高尔基——伟大的人道主义者	中国文化	第3卷第1期

月	作者·译者	篇　名	发表刊物	卷·期·号
6	萧三	关于高尔基的二三事	中国文化	第3卷第1期
	筱亭	文学与想象	中国文艺	第4卷第4期
	[英]T.S.Eliot；塔杨译	批评之尝试		
	丁里	秧歌舞简论	五十年代	第1卷第2期
	周巍峙	关于文艺批评		
	魏东明	论作家的气质	文艺月报	第6期
	李啸仓	中国戏曲的启源及史的进展	国民杂志	第6期
	李芬	研究文艺的价值		
	徐碧波	诗的源流	小说月报	第9期
	赵友培	结构论	文艺青年	第1卷第4期
	曾今可	抗战文艺杂谈		
	丁三	写作的苦工	正言文艺月刊	第1卷第4期
	郭绍虞	袁简斋与章实斋之思想与其文论	学林	第8辑
	朱东润	中国传叙文学的过去与将来		
	黎锦熙	集体创作三部曲	读书通讯	第28期
	苏渊雷	新诗管见		
	梅光迪	卡莱尔与中国	国立浙江大学文学院集刊	第1集
	谢幼伟	休谟与本质问题		
	李长之	文学研究中之科学精神	三民主义周刊	第1卷第23期
	华石峰	论中国文学运动的新现实和新任务	时代文学	第1卷第1期
	[日]本间唯一；林焕平译	论文学的形象		
	江澄	中国文学之特点	新东方	第2卷第4期
	乃欲	形象与诗歌	新东方杂志	第3卷第6期
	翟君圣	文学批评的将来		
	陈云	心理学与文艺作品	大风	第1期
	沈宝基	龙沙	法文研究	第2卷第8期
7	黄征夫	尼采哲学与民族复兴	新东方杂志	第4卷第1期
	王镜	法兰西文学与日本文学		
	张人路	歌谣的价值	中国文艺	第4卷第5期
	陈平	民族性与文学	大风	第2期
	郭绍虞	中国文字型与语言型的文学之演变	学林	第9辑
	B.Hogarth；周骏章译	传记的作法	读书通讯	第29期

月	作者·译者	篇 名	发表刊物	卷·期·号
7	王凤喈	文学与人生	读书通讯	第30期
	周麟	纪念柏格森	宇宙风乙刊	第48期
	向长清	论中国诗中的特殊字句		
	予宰译	歌谣侦探小说		
	吴兴华	谈诗的本质——想象力		
	吴乃礼	林语堂评传	国民杂志	第7期
	蓼莪	鉴赏种种	现代文艺	第3卷第4期
	之平	小品文与散文	中国公论	第5卷第4期
	叶麟	文学中传达问题	半月文艺	第8期
	艾芜	新文艺史实来看文艺中国化	自由中国（桂林）	新1卷第2期
	金檠	从现实生活论文艺作品中国化		
	唯明	抗战四年来的文艺理论	文艺月刊	第11年7月号
	甄庚如	略谈我国戏剧的演进	大众文艺	第2卷第1期
	周钢鸣	论艺术的概括	时代文学	第1卷第2期
	杜宣	演员与观众	戏剧春秋	第1卷第4期
	张庚	演剧与观众		
	冯至	新诗蠡测	当代评论	第1卷第2期
	陈铨	盛世文学与末世文学		第1卷第3期
	王了一	中国语法学的新途径		
	李树青	论自我主义		第1卷第4期
	张默	关于历史剧	抗战时代	第4卷第1期
	长虹	论文艺反攻	黄河	第2卷第5、6期合刊
	叶鼎洛	今后中国文艺形态上应走的途径		
	徐懋庸	论文艺与政治的关系	华北文艺	第3期
	罗烽	高尔基论艺术与思想	文艺月报	第7期
	Myoun Ovtoh	人民文学史		
	吴吕才	作家的主观与艺术的客观性	文艺青年	第1卷第5期
	赵友培	主题论		
	贺麟	英雄崇拜与人格教育	战国策	第17期
	冯至	一个对于时代的批评		
	陈铨	文学批评的新动向		
	林同济	廿年来中国思想的转变		
	邵荃麟	建立新的美学观点	建设研究	第5卷第5期
	林行陀	当代人文学刍议之刍议	协大艺文	第12、13期合刊
	赵雪岑	论文学为苦闷之象征		
7、9	刘申叔遗说；罗常培笔述	左盦文论·文心雕龙颂赞篇	国文月刊	第1卷第9、10期

月	作者·译者	篇　名	发表刊物	卷·期·号
8	罗梦册	论中国史之整理与重建	东方杂志	第38卷第16号
	朱谦之	什么是现代	现代史学	第4卷第3期
	李肇新	精神分析学的历史观		
	徐家骥	现代的特征		
	静闻	文艺断想	现代文艺	第3卷第5期
	李健吾	法兰西的演义诗	学林	第10辑
	老舍	怎样写小说	文史杂志	第1卷第8期
	唐圭璋	评人间词话	斯文	第1卷第21期
	吴征铸	评人间词话		第1卷第22期
	欧阳山	抗战以来的中国小说	中国文化	第3卷第2、3期合刊
	李伯钊	敌后文艺运动概况		
	胡蛮	抗战以来的美术运动		
	张庚	剧运的一些成绩和几个问题		
	黄默君	论文学的阶级性	中国文艺	第4卷第6期
	哲西译	写小说的基本三原则		
	顾视	历史性的文学童话论		
	张停	商榷于周扬同志谈"美"	文艺月报	第8期
	吴达元	拉伯雷	当代评论	第1卷第5期
	杨源	戏剧与社会运动	青年戏剧通讯	第14、15期合刊
	刘念渠	剧本与演出		
	李朴园	怎样写剧本		
	梁梁	论戏剧批评		
	严蓉荪	论翻译	兴业邮乘	第114号
	赵友培	三民主义文艺的理论体系	文艺青年	第2卷第1期
	[美]房龙；白梅译	战争与艺术	时代文学	第1卷第3期
8—12	鲁夫	日本文学史讲话	大风	第3、5—7期
9	蓼莪	再论鉴赏	现代文艺	第3卷第6期
	[俄]伯林斯基等；徐激译	论"唐·吉诃德"		
	A.葛尔斯坦；邹绿芷译	欧根·奥尼金		
	[德]杜贝尔；关琪桐译	一个新的世界影像之创建者——歌德	中德学志	第3卷第3期
	苗埒	论典型与个性	新流文丛·信号塔	第1辑
	柳台	形象和感情	正言文艺月刊	第2卷第1期
	琦珮	反对旧小说		
	李长之	易传与诗序在文学批评上之贡献	时代精神	第4卷第6期

月	作者・译者	篇 名	发表刊物	卷・期・号
9	陈治策	演员的情感表现	时代精神	第4卷第6期
	谷兰译	列宁论艺术及其对于西欧艺术家的影响	时代文学	第1卷第4期
	A.柯恩；章泯译	苏联的历史小说		
	以群	关于浪漫主义的文学		
	[俄]卢那察尔斯基；阿南译	论堂・吉诃德	野草	第3卷第1期
	费鉴照	栗洽慈心理的文学价值论	当代评论	第1卷第11期
	哲西	写小说的基本三原则	中国文艺	第4卷第6期
	黄默君	论文学的阶级性		
	王梦鸥	乐教思想与文艺运动	文艺月刊	第11年9月号
	派乌莱印歌洛克巧；北芒译	古乔治亚文学史的发展		
	陶光	文心雕龙论	国文月刊	第1卷第10期
	傅庚生	诗无达诂议		
	民	中国文学发展概观	新东方	第2卷第5期
	李仲肃	苏格拉底学说与佛法		
	知非	爱尔兰文学之检讨		
	张默	对于当前文艺运动的要求	抗战时代	第4卷第3期
	陈鲤庭	演剧・形象・思想	戏剧岗位	第3卷第1、2期合刊
	刘念渠	论舞台上的动与静		
	王进珊	元代文人演戏与戏子编剧		
	田禽	论情境		
	李嘉	舞蹈艺术之史的考察		
	艾青	诗的形式	诗创作	第3、4期合刊
	钟敬文	诗的话（诗论）		
	吕荧	鲁迅的艺术方法	七月	第7集第1、2期合刊
	思明	作家论	江苏作家	第1卷第1期
	王今	谈文学与文选		
	任静	文学论者的文艺批评观点	浙东文化	第1期
	沈宝基	阿波里奈	法文研究	第2卷第9期
10	焦菊隐	俄国作家论莎士比亚	文艺生活	第1卷第2期
	静闻	文艺琐语		
	何其芳	怎样研究文学	学习生活	第2卷第5、6期合刊
	伍辛	文学修养底基础		
	云远	关于诗的结构及技巧		

月	作者·译者	篇　名	发表刊物	卷·期·号
10	田燕	诗歌笔谈	现代文艺	第4卷第1期
	马彦祥	舞台上的真实感	文艺月刊	第11年10月号
	潘子农、李丽水译	苏俄作家论莎士比亚		
	老舍	明日的文艺	当代评论	第1卷第14期
	王了一	语言学在现代中国的重要性		第1卷第16期
	魏如晦	清末四大小说家	小说月报	第13期
	赵景深	目连故事的演变		
	狄纳莫夫；宗玮译	莎士比亚新论	戏剧春秋	第1卷第5期
	洪深	导演的任务		
	石羽	希腊艺术对于中国艺术的影响	国民杂志	第10期
	罗凤	造型美术的起源		
	晋士译	关于歌剧		
	[英]翟孟生；萧京子译	欧洲文学史大纲导言		
	许地山	国粹与国学	世界文化	第3卷第3辑
	张芝联	历史与文学	燕京文学	第3卷第1期
	王集丛	三民主义文学的本质	时代思潮	第31、32期合刊
	戴镏龄	论史绝杰对于现代英国传记文学的贡献	国立武汉大学文哲季刊	第7卷第1期
	思明	艺术科学之建立	江苏作家	第1卷第2期
	范如一	文艺运动的再出发		
	杨剑花	从戏剧的产生说起		
	[日]岩上顺一；王涤尘译	文学与生活		
	郎威帝；金沙译	莎士比亚论		
	章树卿	文化建设与东亚复兴		
	曾觉之	鲍舒埃	法文研究	第2卷第10期
	[法]梵列利；张奠亚译	说鲍舒埃		
10—次1	萍子	梦与文学	新东方杂志	第4卷第4—6期；第5卷第1期
10、11	文宙	欧洲近百年史上之文学与文学家	小说月报	第13、14期
10—12	罗根泽	宋初的文学革命论	时代精神	第5卷第1—3期
11	周作人	中国的国民思想	国民杂志	第11期
	吴之荣	文学的我见		
	以群	关于现实主义的文学	时代文学	第1卷第5、6期合刊

月	作者·译者	篇　名	发表刊物	卷·期·号
11	周钢鸣	夏衍剧作论	文艺生活	第1卷第3期
	[日]片上伸；陈秋帆译	论"堂·吉诃德"		
	冯牧	欢乐的诗和斗争的诗	文艺月报	第11期
	费鉴照	现代英国文学批评的动向	当代评论	第1卷第19期
	陈铨	尼采与红楼梦		第1卷第20期
	张天翼	谈人物的描写	抗战文艺（月刊）	第7卷第4、5期合刊
	任钧	略谈中日战争爆发以来的日本文坛		
	黄芝冈	诗论		
	何干之	鲁迅的文艺论	五十年代	第1卷第3期
	姚雪垠	怎样写人物个性	黄河	第2卷第9期
	[苏]V.Kirshon；李嘉译	苏联戏剧中的新思想	戏剧岗位	第3卷第3、4期合刊
	木犀	鲁迅氏的旧诗	诗创作	第5期
	A.塞列万诺夫斯基；何家槐译	苏联诗歌的发展		
	徐伟	论文艺欣赏	新流文丛·好男儿	第2辑
	洪毅然	略谈艺术的"欣赏"与"教化"	笔阵	新1期
	蓝生	如何鉴赏文艺	中国文艺	第5卷第3期
	余皖人	关于"新诗"中的"长诗"		
	陈曦	闲话散文		
	[日]伊藤熹溯；方原译	舞台构思的基础条件		
	祖诒	中国诗歌文学与音乐的关系	世界文化	第3卷第4辑
	柳无忌	西洋戏剧发展的阶程	文艺月刊	第11年11月号
	[西]伊·泼拉斯；纪乘之译	西万提斯的文艺背景与堂·吉诃德的创作历程		
	张若谷	漫谈孤岛文坛		
	任钧	论散淡		
	赵大同	论德国观念论的美学	新东方	第2卷第7期
	钦江	现在的新诗	燕京文学	第3卷第2期
	石奔	谈抒情小品		
	司空冉	漫谈看戏		
	[俄]车尔尼雪夫斯基；周扬译	艺术与现实之美学的关系	谷雨	第1卷第1期

月	作者·译者	篇 名	发表刊物	卷·期·号
11	曾觉之	普鲁斯特	法文研究	第3卷第1期
	詹安泰	中国文学上之倚声问题	中山学报	第1卷第1期
	徐中玉	诗话之起源及其发达		
	顾也鲁	舞台剧与电影的表演术	万象	第1年第5期
11—次9	郑逸梅	小说丛话	万象	第1年第5—12期；第2年2—4期
12	欧阳凡海	论文学的敏感	文艺生活	第1卷第4期
	姚雪垠	文艺反映论	文学月报	第3卷第2、3期合刊
	李嘉译	俄国作家论莎士比亚及西万提斯		
	吴樱子	诗歌的嬗变形态	中国文艺	第5卷第4期
	冯中一	诗的本质与评价	大风	第7期
	雪明	诗与现实	江苏作家	第1卷第3、4期合刊
	魂	文学上的"高级趣味"和"低级趣味"		
	M.维丁；秦似译	托尔斯泰的历史意义	野草	第3卷第3、4期合刊
	崔克译	反映在苏联文学中的爱国精神		
	徐文滢	民国以来的章回小说	万象	第1年第6期
	酒泉	诗的动人性	笔谈	第7期
	吴和士	中国文学变迁史略	经纬月刊	第1卷第6期
	陈梦家	释"国""文"	国文月刊	第11期
	徐中玉	文学与民族性	民族文化	第8、9期合刊
	陈梦家	论散文先于韵文	当代评论	第1卷第23期
	赵友培	三民主义文艺创作的形式	文艺青年	第2卷第4、5期合刊
	王集丛	三民主义文学批评论	时代思潮	第33、34期合刊
	郭麟阁	莫利哀	法文研究	第3卷第2期
	王锦第	胡塞尔及他的现象学	中德学志	第3卷第4期
	[德]克鲁克魂；崔亮译	一九三三年至一九四零年的德国文艺批评学		
	田禽	民间戏剧概论	狼烟文艺丛刊	第四阵烽火·夜之呗
	吴宓	改造民族精神之管见	大公报副刊·战国	第2期
	锡金	谈诗二则	诗创作	第6期
	佐思	礼拜六派新旧小说家的比较	奔流新集·横眉	第2集

月	作者・译者	篇　名	发表刊物	卷・期・号
1942 年				
1	陈铨	欧洲文学的四个阶段	大公报副刊・战国	第 6 期
	望沧	阿物、超我与中国文化		第 9 期
	吴伯箫译	普式庚与西欧文学	文艺月报	第 13 期
	又然	语文礼赞		
	D.柴・斯拉夫斯基；荃麟译	左拉论	自由中国（桂林）	新 1 卷第 5、6 期
	张天翼	谈"哈姆来特"	文艺杂志（桂林）	第 1 卷第 1 期
	[法]A.法朗士；静闻译	诗底语言与民众	诗创作	第 7 期
	[法]波洼罗；秋子译	"诗学"抄		
	[英]C.D.莱威士；朱维基译	近代诗中的辞藻问题		
	M.威丁；徐激译	托尔斯泰的历史意义	现代文艺	第 4 卷第 4 期
	杨夷	康德的形式美学批判	民大导报	第 10 期
	矛盾	中国文学上的时间描写	读书生活	第 1 卷第 1 期
	老舍	谈诗	读书通讯	第 33 期
	夏丏尊	谈小品文		
	陈伯吹	论儿童文学的型式	小说月报	第 16 期
	李长之	司马迁在文学批评上的贡献	文史杂志	第 2 卷第 1 期
	朱东润	传叙文学与人格		
	佘贤勋	诗之情景说	斯文	第 2 卷第 5、6 期合刊
		新诗与旧诗		
	梁宗岱	非古复古与科学精神	学术季刊（文哲号）	第 1 卷第 1 期
	程衡	现代哲学的新趋势		
	林国光	论传记		
	张骏祥	喜剧的导演		
	姚雪垠	论形象	黄河	第 2 卷第 10 期
	艾青	语言的贫乏和混乱	谷雨	第 1 卷第 2、3 期合刊
	大弦	"新文学运动"		
	曹葆华译	列宁与艺术创作的根本问题		
	张光中	中国固有戏剧的整建问题研究	青年戏剧通讯	第 16、17 期合刊
	方今	话剧在中国四十年来发展概述		
	[苏]A.托尔斯泰；徐行译	戏剧创作论		

月	作者·译者	篇 名	发表刊物	卷·期·号
1	王平陵	建立严正的文艺批评	文艺青年	第3卷第1期
	胡绍轩	人物的话语论		
1—4	E.Drew；周骏章译	论传记文学		第3卷第1期,第3、4期合刊
2	邢光祖	论肌理	读书生活	第1卷第2期
	v.努斯塔德；李葳译	普式庚对西欧文学的影响	文艺杂志（桂林）	第1卷第2期
	N.A.莱别兑夫；陈原译	文学的语言	文艺生活	第1卷第6期
	欧阳山	公式主义是怎样产生的	文艺月报	第14期
	王亚平	诗的语言和典型人物的创造	诗创作	第8期
	钟敬文	诗的话		
	[奥]S.支维格；陈占元译	赫尔德林的诗		
	陈源译	民众的号手		
	饶孟侃	诗歌的基本概念	半月文艺	第9期
	[日]土井虎贺寿；晋士译	艺术的真实性与虚构性	新东方杂志	第5卷第2期
	鲍文蔚	卢梭	法文研究	第3卷第4期
	曾觉之	论卢梭著作的中译		
	张鸣琦	三十年来底新戏剧失败原因底检讨	国民杂志	第2卷第2期
	余皖人	再论新诗	中国文艺	第5卷第6期
	威立	文艺与批评		
	胡山源	论小说的情节	小说月报	第17期
	赵景深	小说琐话		
	陈竹友	典型漫谈	研究与批评	第3期
	田劲	旧诗新论	学术研究	第1卷第2期
	陈中凡	与人论文书	斯文	第2卷第7期
	余上沅	怎样研究戏剧	读书通讯	第35期
	徐文滢	"水浒传"中的政治哲学	万象	第1年第8期
	张道藩	三民主义与戏剧	文艺青年	第3卷第2期
	田禽	主题与故事		
3	申非	文艺上的各种主义	中国文艺	第6卷第1期
	林慧文	关于色情文艺		
	冯中一	诗与时代	大风	第10期
	[波]密凯维支；孟昌译	论浪漫主义的诗歌及其他	文化杂志（桂林）	第2卷第1号

月	作者·译者	篇　名	发表刊物	卷·期·号
3	罗莘田	中国人与中国文	国文月刊	第12期
	张世禄	论语言之演变与训诂	文讯	第2卷第3期
	I.卢波夫；吕荧译	普式庚——俄国文学的创立者	诗创作	第9期
	吕亮耕	诗论八题		
	张煌	读诗杂记		
	臧云远	诗·剧·诗剧	诗丛	第1卷第1期
	柳南	诗的道路	诗垦地	第2期
	胡彦球	三民主义文学理论发凡	资声	第2卷第3期
	沈宝基	查理贝琦	法文研究	第3卷第5期
	杨即墨	中国文艺批评的第一期	真知学报	第1卷第1期
	[德]雷兴；常荪波译	论古代人"死"之表现法	中德学志	第4卷第1期
	[德]杜科翰；关琪桐译	学术与国家		
3、6	毕树棠	苏德曼论		第4卷第1、2期
4	艾青	论抗战以来的中国新诗	文艺阵地	第6卷第4期
	王实味	文艺民族形式问题的旧错误与新偏向		
	崔嵬	演员与典型	五十年代	第2卷第1期
	何干之	鲁迅与古文学		
	雷石榆	论美学及其他	创作月刊	第1卷第2期
	熊佛西	建立戏剧批评	戏剧春秋	第1卷第6期
	林焕平	论诗的自然及其他	诗创作	第10期
	王亚平	诗的情感		
	臧云远	新诗和新美学		
	雷石榆	艺术的表现手法	诗星	第2集第4、5期合刊
	[苏]日丹诺夫；李葳译	托尔斯泰的文学遗产	文艺生活	第2卷第2期
	夏衍等	新形势与新艺术		
	罗荪	漫谈抗战文学	学习生活	第3卷第1期
	黄道庸	清代学术思想之史的发展过程		
	王亚平	中国民间歌谣与新诗	战时文艺	第1卷第5期
	[美]赛珍珠；彭震译	中国小说论	新潮	第4期
	贺昌群	学问与学术	读书通讯	第40期
	曾觉之	巴斯加尔	法文研究	第3卷第6期

月	作者·译者	篇　名	发表刊物	卷·期·号
4、5	戴尼克；季安译	美学基本问题	新建设	第3卷第4、5期
5	田仲济	高尔基的社会论文	文艺生活	第2卷第3期
	欧阳凡海	论创作上的生活与取材	文艺阵地	第6卷第5期
	罗永培	略论苏联电影	笔阵	新2期
	琴南	五四运动的文艺成果		
	朱自清	关于诗的比喻和组织		
	梅林	略谈讽刺性的报告文学	文风	第1期
	绿叶	人与典型	时代中国	第5卷第4、5期合刊
	徐中玉	中国近代学术研究之回顾与展望		
	刘延甫	中国新文学的来路与去向	新东方杂志	第5卷第5期
	宁海生	论译诗		
	[苏]G.维诺库尔；庄寿慈译	作为剧作家的普式庚	戏剧春秋	第2卷第1期
	[法]A.法朗士；焦菊隐译	哈孟雷特在法兰西剧院		
	G.E.Bentley；章泯译	论闹剧与趣剧		
	郑君里等	如何建立现实主义的演剧体系	戏剧岗位	第3卷第5、6期合刊
	李朴园	三民主义文艺论略	黄河	第2卷第11、12期合刊
	王亚平	新诗的检讨与展望		
	姚珞	论艺术作品的和谐性与统一性		
	王亚平	诗歌的创作技艺	诗丛	第1卷第2期
	列宁；PK译	党的组织和党的文学	解放日报	14日
		马克思主义与文艺·恩格斯论现实主义		15日
		列宁论文学		20日
	陈铨	民族文学运动	大公报副刊·战国	第24期
		民族文学运动的意义		第25期
	梁宗岱	文艺底欣赏和批评		
	沈宝基	弗朗西斯若姆	法文研究	第3卷第7期
	郭麟阁	柏格森及其著作中文译本		
6	张天翼	谈人物的描写	抗战文艺（月刊）	第7卷第6期
	郭沫若	今天创作底道路	笔阵	新3期
	孟引	人的历史		

月	作者·译者	篇 名	发表刊物	卷·期·号
6	王亚平	论诗的想象	笔阵	新3期
	郑思	论诗的节奏	新建设	第3卷第6期
	周扬	关于艺术的内容与形式	谷雨	第1卷第5期
	[苏]高尔基;曹葆华译	果戈理论		
	萧军	文学常识三讲	文艺月报	第15期
	大谷	清代文学思想之趋势	浙东文化	第10期
	[日]矢野峰人;伟东译	英国文学的特性	作家	第2卷第5期
	扬之华	新文艺思潮的起源及其流变	东方文化	第1卷第1期
	[日]吉田弦二郎;共鸣译	超人论	国民杂志	第2卷第6期
	吴兴华译	雷兴自论	中德学志	第4卷第2期
	恩格斯	歌德论	文艺月报	第15期
	叶帆	观察和典型创造	文艺新哨	第1卷第5期
		"蒙太奇"原理在报告文学写作中的运用		
	方豪	拉丁文传入中国考	国立浙江大学文学院集刊	第2集
	林行陀	谈文	协大艺文	第14、15期合刊
	张俊仁	中西之修辞原则		
	曾觉之	笛卡儿	法文研究	第3卷第8期
		论笛卡儿著作的中译		
	老舍	形式·内容·文字	文学修养	第1卷第1期
	常任侠	新诗的创作		
	唯明	谈小说的题材		
6、7	钱穆	中国民族之文字与文学	思想与时代	第11、12期
6、9	[德]常安尔;崔亮节译	德国诗中所表现的中国	中德学志	第4卷第2、3期
7	白中一	电影艺术论	东方文化	第1卷第2期
	[苏]Y.鲁庚;禾康译	肖洛霍夫论	文学报	第3号
	冯中一	诗与音乐	大风	第14期
	王亚平	创造诗歌的民族形式	学习生活	第3卷第2期
	大谷	魏晋赋及骈文略论	浙东文化	第11期
	刘永济	文学通变论	中国青年	第7卷第1期
	李长之	正确的文学观念之树立		

月	作者·译者	篇　名	发表刊物	卷·期·号
7	吴达元	中世纪法国喜剧	中国青年	第7卷第1期
	[日]外山卯三郎；舒非译	论傀儡戏	戏剧春秋	第2卷第2期
	史莱格尔；章泯译	论戏剧艺术		
	伍辛	诗和生活	诗创作	第12期
	费鉴照	安诺德的古典主义	当代评论	第2卷第7期
	周策纵	知、情、意论	新认识	第5卷第5期
	绿叶	典型与创造	时代中国	第6卷第1期
	伍辛	为民主战士的易卜生	文艺阵地	第6卷第6号
	[苏]列季诺夫；亚克译	苏联卡尔美克的文学与艺术		
	廖薰	论易卜生主义	文艺新哨	第1卷第6期
	郑伯奇	文学的新任务		
	东山	中国初期的翻译文献	文讯	第3卷第1期
	文宗山	喜剧与悲剧	万象	第2年第1期
	郑逸梅	林译小说		
	王平陵	关于写小说	文学修养	第1卷第2期
8	茅盾	我对于"文阵"的意见	文艺阵地	第7卷第1期
	艾青	对于目前文艺上的几个问题的意见		
	贯洋	艺术略论	新东方杂志	第6卷第2期
	杨即墨	诗话之研究	东方文化	第1卷第3期
	毛育之	漫谈戏剧	浙东文化	第12期
	费鉴照	罗斯金论道德宗教和艺术的关系	当代评论	第2卷第9期
	廖薰	论易卜生主义	文艺前哨	第1卷第6期
	茅尔顿；章君川译	戏剧艺术家莎士比亚	文讯	第3卷第2期
	墨武	论浪漫主义	大学月刊	第1卷第8期
	明明	创作上的典型问题	文艺生活	第2卷第5期
	欧阳凡海	五年来的文艺理论	学习生活	第3卷第3期
	方然	论贫乏与模仿	诗创作	第13期
	徐中玉	南朝何以为中国文艺批评史上之发展时期	艺文集刊	第1辑
	[英]赫里逊；宗玮译	莎士比亚风格底发展		
	陈钟凡	诗的音节	读书通讯	第47期
	老舍	略论文学的语言	文坛	第7期
9	老舍	如何接受文学遗产	文学创作	第1卷第1期

月	作者·译者	篇 名	发表刊物	卷·期·号
	钱歌川	翻译与正名	文学创作	第1卷第1期
	[苏]耶罗斯拉夫斯基；李育中译	批评家车尼雪夫斯基	文学批评	第1期
	葛琴	略谈散文		
	冷火	论贾克·伦敦		
	秦牧	论小说创作		
	胡明树	论诗与自然		
	[日]昇曙梦；陈秋子译	杜斯妥夫斯基论		
	M.阿虚默；李慧、李路译	短篇小说论		
	张道藩	我们所需要的文艺政策	文化先锋	第1卷第1期
	郭银田	战争与文学		第1卷第3期
	沈从文	谈短篇小说		第1卷第5期
	王统照	谈散文	时代中国	第6卷第3期
	陈中凡	文学批评原理叙	斯文	第2卷第19、20期合刊
	陈伯庄	文艺杂感	思想与时代	第14期
9	郭沫若	论古代文学	学习生活	第3卷第4期
	田仲济	什么是形象化？怎样创造形象？		
	柳存仁	谈自传	古今	第10期
	胡兰成	五四以来中国文艺思潮	上海艺术月刊	第9期
	陈竺同	傀儡剧的演变	戏剧春秋	第2卷第3期
	胡风	四年读诗小记	诗创作	第14期
	伍辛	诗底感情		
	菲北译	华尔特论惠特曼		
	徐迟	论剧诗与机关布景	文艺阵地	第7卷第2期
	[苏]B.高列依诺夫；沙蒙译	演员研究		
	葛一虹	关于戏剧技术二三问题	文学修养	第1卷第3期
	杨之华	艺术宣传论	东方文化	第1卷第4期
	雪帆	明清两代散文之演进		
	虞愚	科学、艺术与人生	时代精神	第6卷第6期
	周扬	艺术教育的改造问题	解放日报	9日
	曹京实	老年歌德的思想	中德学志	第4卷第3期
	沈宝基	摩利思赛孚	法文研究	第3卷第9期
10	胡风	抗日民族战争与新文艺传统	人世间	第1卷第1期

月	作者·译者	篇　名	发表刊物	卷·期·号
10	[苏]史坦尼斯拉夫斯基；杜山译	演员的情绪记忆	人世间	第1卷第1期
	陈蝶衣	通俗文学运动	万象	第2年第4期
	丁谛	通俗文学的定义		
	危月燕	从大众语说到通俗文学		
	枳敌	谈谈文学的精神	小说月报	第25期
	玉亭	再谈文学家都德		
	许大远	论鲁迅的小说	文艺阵地	第7卷第3期
	[苏]雪尔特科夫；曹葆华译	托尔斯泰底艺术观		
	臧克家	谈灵感	文艺杂志（桂林）	第1卷第6期
	戈茅	雨天诗简（诗论）	笔阵	新5期
	茅盾	谈人物描写	青年文艺	第1期
	V.契特柯夫；汝龙译	托尔斯泰对于文学的意见	现代文艺	第6卷第1期
	黄旬记录	历史剧问题座谈	戏剧春秋	第2卷第4期
	亚子	杂谈历史剧		
	荃麟	两点意见		
	周钢鸣	关于历史剧的创作问题		
	安娥	历史剧杂谈		
	[苏]司坦尼斯拉夫斯基；章泯译	交流		
	胡风	涉及诗学的若干问题	诗创作	第15期
	茅盾	"诗论"管窥		
	黄药眠	论诗底美、诗底形象		
	伍禾	论诗的形象		
		形式的囚笼		
	静闻	诗论杂抄		
	詹姆孙；宗玮译	二十世纪英美诗人论		
	[英]C.D.Lewis；朱维基译	论讽刺诗		
	杨之华	中国近代新诗的起源及其派系与流变	东方文化	第1卷第5期
	上官筝等	小说的内容形式问题	国民杂志	第2卷第10期
	岑麒祥	中国语在世界语言中的地位和价值	时代中国	第6卷第4期
	洪坚	鲁迅与中国的启蒙运动		

月	作者·译者	篇名	发表刊物	卷·期·号
10	谈林	文学定义新论	时代中国	第6卷第4期
	沈从文	小说与社会	世界学生	第1卷第10期
		为什么写？有什么意义？	文学创作	第1卷第2期
	胡危舟	诗论随录		
	鲍文蔚	皮丰（Buffon）	法文研究	第3卷第10期
	梁实秋	关于"文艺政策"	文化先锋	第1卷第8期
	张道藩	关于文艺政策的答辩		
	陈铨	民族文学运动试论		第1卷第9期
	卢于道	现实性的科学研究		
	王平陵	救治革命文学的贫血症	文艺先锋	第1卷第1期
	沈从文	文学运动的重造		第1卷第2期
	刘念渠	选择与提炼		
10、11	张骏祥	美国当代剧作家克利福·奥代茨		第1卷第2、3期
	郭绍虞	新文艺运动应走的新途径	国文月刊	第16、17期
10、次2	余行达	论中国语文之价值	杂说	第5、6号
11		军中文化的文艺运动	文学创作	第1卷第3期
	长虹	如何用方言写诗	抗战文艺（月刊）	第8卷第1、2期合刊
	施蛰存	文学之贫困	文艺先锋	第1卷第3期
	林杰	文艺的病态	国民杂志	第2卷第11期
	上官筝	论文艺大众化之内容与形式	中国文艺	第7卷第3期
	均安	东方本位文化与新文学的建设	东方文化	第1卷第6期
	姚雪垠	屈原的文学遗产	文艺生活	第3卷第2期
	归墨	"封建"论	学习生活	第3卷第6期
	舒天	什么是史达尼斯拉夫斯基体系		
	贺麟	现代思潮批判	文化先锋	第1卷第11期
	陈节坚	纪念亨利柏格森		第1卷第12期
	魏建功	关于"中华新韵"		第1卷第13期
	王佐良	论翻译	生活导报	周年纪念文集
	胡山源	通俗文学的教育性	万象	第2年第5期
	予且	通俗文学的写作		
	文宗山	通俗文艺与通俗戏剧		
	周钢鸣	把握情势解决问题	人世间	第1卷第2期
	戈宝权	二十五年来的苏联文学	文艺阵地	第7卷第4期
	[苏]斯坦尼斯拉夫斯基；郑君里译	论演技艺术的最高目的		

月	作者·译者	篇 名	发表刊物	卷·期·号
11	郑璧	导演艺术在中国	小说月报	第 26 期
	杨克敬	论诗体之民族形式	文讯	第 3 卷第 5 期
	朱自清	诗的语言	国文月刊	第 17 期
	佩弦	新诗杂话	世界学生	第 1 卷第 11 期
	张道藩	我们所需要的文艺政策	中央日报	14、15、17 日
	杨克敬	论诗体之民族形式		17、18 日
	陆侃如	乐府的起源和分类	文艺先锋	第 1 卷第 4 期
	丁伯骝	写剧之基本认识		
	蒋冰之	关于题材	青年文艺	第 2 期
	叶圣陶	文艺杂谈		
	冯中一	论社会诗	大风	第 18 期
12	费鉴照	辜立治论想像和莎士比亚	当代评论	第 3 卷第 4 期
	常荪波	论雷兴的拉奥孔	中德学志	第 4 卷第 4 期
	胡风	关于创作发展的二三感想	创作月刊	第 2 卷第 1 期
	[俄]车尔尼雪夫斯基;周渊译	艺术与现实之美学的关系		
	王平陵	通俗文艺再商兑	文化先锋	第 1 卷第 14 期
	罗正纬	我之文艺谈		
	老舍	多习多写		
	老向	通俗文艺的力量		
	李辰冬	通俗文艺管窥		
		文艺科学论		第 1 卷第 15 期
	陈铨	戏剧的结构		第 1 卷第 16 期
	张道藩	太戈尔先生与东方精神	文艺先锋	第 1 卷第 5 期
	公益	旧戏与新歌剧之间		
	徐中玉	论文学上的民族主义与国际主义		第 1 卷第 6 期
	白尘	文学的衰亡		
	林若	论托尔斯泰的人道主义	时代中国	第 6 卷第 5、6 期合刊
	之流	文艺写作的言语运用问题		
	黎地	论抗战与抗战文艺的发展	世界学生	第 1 卷第 12 期
	诸澄	元曲中的用语	中央日报	14—16 日
	田仲济	小说中的人物		16 日
	张福文	文学之殊相		27 日
	程会昌	略论文学之时义	斯文	第 2 卷第 23、24 期合刊
	郑璧	戏剧批评与剧评人	小说月报	第 27 期

月	作者・译者	篇 名	发表刊物	卷・期・号
12	方然	论风格与叙事诗	诗创作	第17期
	罗庸	诗人	国文月刊	第18期
	沈从文	短篇文学		
	范鸥夷	论武侠小说	大众	第2号
	李长之	中国文化运动的现阶段	新认识	第6卷第3、4期合刊
	赵友培	一百年来中国文艺思潮概观		
	徐中玉	英雄的塑造	新建设	第3卷第11、12期合刊
	Monroe；吴风译	现代英美新诗的倾向		
	王弢	文学起源论	中日文化	第2卷第10期
	李曼茵	周作人先生的中国文学观	中国文艺	第7卷第4号
	温泉	论中国的恋爱小说	华侨文阵	第1卷第1期
	黎小苏	印度文化与中国文学	西北文化月刊	第2卷第8期

1943年

月	作者・译者	篇 名	发表刊物	卷・期・号
1	杨真如	文学上的技巧与派别	万象	第2年第7期
	方君逸	编剧琐谈		
	吴实甫	"文艺"戏剧	戏剧月报	第1卷第1期
	黄绳	"诗歌与小说"试论	人世间	第1卷第3期
	[俄]希克洛夫斯基；周行译	普式庚底散文		
	R.G.Mouiton；林峨译	性格的兴趣		
	胡风	创作现势一席谈	文学创作	第1卷第4期
	何家槐译	高尔基的远见		
	朱自清	论做作		
	钱穆	关于中西文学对比	文化先锋	第1卷第19、20期
	陈铨	柏拉图的文艺政策		第1卷第20期
	沈从文	"文艺政策"探讨	文艺先锋	第2卷第1期
	陆印泉	粉碎公式主义		
	郭沫若	关于"接受文学遗产"	抗战文艺（月刊）	第8卷第3期
	何容	古今中外		
	茅盾	"诗论"管窥	笔阵	新7期
	[苏]爱然巴岛门；蒋路译	托尔斯泰的创作途径	青年文艺	第3期
	臧克家	诗的情与景		

月	作者·译者	篇 名	发表刊物	卷·期·号
1	朱肇洛	论"史剧"	中国文艺	第7卷第5期
	李长之	释文艺批评	读书通讯	第57期
	朱羲胄	散文与古文		第58期
	潘家洵	十六世纪英国戏剧与中国旧戏	新中华	复刊第1卷第1期
	李长之	新世界、新文化、新中国		
	汤用彤	文化思想之冲突与调和	学术季刊（文哲号）	第1卷第2期
	郑昕	康德对玄学之批评		
	陶简	语言真理与逻辑（书评）		
	岑麒祥	语言之混合及死亡	时代中国	第7卷第1期
	柳无忌	希腊悲剧中的人生观	文史哲季刊	第1卷第1期
	张君川	艺术论	文讯	第4卷第1期
	[德]蔡金特；戈宝权译	列宁论艺术及其他	群众	第8卷第1、2期合刊
	荫深	中国现代文艺思潮	中艺	创刊号
	[苏]尼古拉·古特齐；萧瑟译	俄罗斯文学的世界意义	苏联文艺	第2期
	曾觉之	雨果	法文研究	第4卷第1期
1、2	[日]伊集院齐；冯中一译	大众小说论	大风	第20、21期
1、6	范存忠	十七八世纪英国流行的中国思想	文史哲季刊	第1卷第1、2期
2	黄绳	论题材、生活、认识	文艺生活	第3卷第4期
	李朴园	论史剧	黄河	第4卷第2期
	胡风	关于抽骨留皮的文学论	文艺杂志（桂林）	第2卷第2期
	朱光潜	从我怎样学国文说起	文学创作	第1卷第5期
	蟫史	二十年来的中国新文学	东方文化	第2卷第2期
	达人	中国哲学思想之文化学的研究		
	[日]鹤见祐辅；之良译	论传记文学		
	亚夫	日本文学在中国	申报月刊	复刊第1卷第1期
	顾视	文学童话之检讨	中国文艺	第7卷第6期
	孙福熙	生活艺术化	新中华	复刊第1卷第2期
	齐贤	文艺欣赏与文艺研究	中国青年	第1卷第5期
	罗莘田	中国文学的新陈代谢	国文月刊	第19期
	杨振声	文言文与语体文		
	朱自清	文学与新闻		
	陈望道	文法的研究	读书通讯	第59期
	[英]E.M.Forster；丁伯骝译	社会对于艺术家的责任	文化先锋	第1卷第21期

月	作者·译者	篇 名	发表刊物	卷·期·号
2	[英]P.Gibbs；赵炳林译	新闻与文学	文化先锋	第1卷第23期
	马彦祥	论地方剧	文艺先锋	第2卷第2期
	茅盾	文艺杂谈		
	何容	"存文"与"善语"		
	伍蠡甫；邹扶民译	中国艺术的想像	风云	第1卷第1期
	戈茅	科学的规律性与文学的特殊性	学习生活	第4卷第2期
	[苏]高尔基；戈宝权译	论文学的三大要素：语言、题材和主题		
	史东山	史坦尼司拉夫斯基和瓦赫坦哥夫演剧方法论的比较研究	戏剧月报	第1卷第2期
2、3	H.Irving；王家齐译	论表演艺术		第1卷第2、3期
	[苏]谢尔宾娜；戈宝权译	列宁论文学及其他	群众	第8卷第3—5期
3	爱金生；张炎德译	一个外国人论中国戏剧	风云	第1卷第2期
	王平陵	文艺工作者的新任务	东方杂志	第39卷第1号
	陈望道	论文法现象和社会的关系		
	陈北鸥	演剧的展望		
	朱杰勤	诗学考源		第39卷第2号
	胡筠	中国文化之特征	新中华	复刊第1卷第3期
	杨荫深	新文学运动的起来及其两大倾向	小说月报	第30期
	鲁思	论银幕化装与舞台化装	大众	3月号
	黄舞莺	史坦尼斯拉夫斯基论外形动作	天下文章	第1卷第1期
	哲非	新文艺内容问题	杂志	第10卷第6期
	藕生	言语的统一性与多样性		
	金丁	文艺批评与文艺创作	中国青年	第1卷第6期
	上官蓉	文艺复兴的再出发	中国文艺	第8卷第1期
	谭凯	报告文学和乡土文学		
	柳南	两歧之间	诗垦地	第4期
	孙家琇	谈历史剧	当代评论	第3卷第13期
	朱自清	文学与语言	文学批评	第2期
	戈茅	论文学批评		
	伍禾	论诗的节奏		
	林觉夫	易卜生研究		
	静闻编译	弗罗贝尔的文艺思想		
	高宇	莎士比亚研究	时代中国	第7卷第3期

月	作者·译者	篇 名	发表刊物	卷·期·号
3	朱自清	了解与欣赏	国文月刊	第20期
	宗白华	中国艺术意境之诞生	时与潮文艺	第1卷第1期
	刘念慈	观众·现实·舞台		
	李长之	文艺批评与文艺教育		
	朱光潜	谈文学的趣味	中央周刊	第5卷第31期
	老舍	读与写	文艺先锋	第2卷第3期
	徐中玉	民族文学的基本认识		
	陈铨	席勒对德国民族文学的贡献		
	以群	略论文学遗产问题		
	铁马	典型人物的奥秘	学习生活	第4卷第3期
	简壤	现实主义试论	新华日报	27日
	吴伯箫	论忘我的境界	青年文艺	第4期
	[苏]托尔斯泰；钟馗译	二十五年来的苏维埃文学	苏联文艺	第6、7期
	沈宝基	嵇罗陀	法文研究	第4卷第2期
4	[苏]卢那卡尔斯基；杜宣译	批评论——批评的一般概念	人世间	第1卷第4期
	[美]萨洛扬；胡仲持译	美国的未来诗人之一		
	沈启无	关于新诗	风雨谈	第1期
	朱肇洛	戏剧与民众		
	林榕	叛徒与隐士——现代散文谈		
	叶德均	卫道者的小说观	万象	第2年第10期
	黄芝冈	乱世文人论	文坛	第2卷第1期
	郭沫若	略论文学的语言		
	老舍	文学遗产应怎样接受		
	谈林	文学的语言	时代中国	第7卷第4期
	杨振声	诗歌与图画	世界学生	第2卷第4期
	王逊	美与丑		
	太虚	对于文艺政策之管见	文艺先锋	第2卷第4期
	易君左	我们所需要的文艺原则纲要		
	翁大草	论情感与理智		
	胡一贯	漫谈文哲		
	吴泽炎	现代民族主义引论	东方杂志	第39卷第3号
	陈北鸥	文艺的批评精神		
	许君远	论传记文学		

月	作者·译者	篇　名	发表刊物	卷·期·号
4	隋树森	读曲杂志	东方杂志	第39卷第4号
	沈子成	中国新文艺中之性欲描写	小说月报	第31期
	林宗达	艺术教育与革命	新中华	复刊第1卷第4期
	戈茅	论形式主义	笔阵	新8期
	念兹	文艺与现实	黄河	第4卷第4期
	江未川	左拉的艺术和思想		
	秋实	关于"创作典型"	文学	第1卷第1期
	江南秀	新歌剧运动		
	陈学稼	文艺的实际化与科学化	新流	创刊号
	易庵	新文艺的形式与内容	杂志	第11卷第1期
	予且	文与质		
	王虹	宋元小说的结构	中国文艺	第8卷第2期
	潘子农	历史与历史剧	戏剧月报	第1卷第4期
	郭沫若	历史·史剧·现实		
	刘念渠	论历史剧		
	SY	古装影片和历史剧	天下文章	第1卷第2期
	唐君毅	略论中国哲学与中国文学之关系	思想与时代	第21期
	闻家驷	巴拿斯派的诗与象征派的诗	西南联大学术季刊	第1卷第3期
	游国恩	论讽刺	国文月刊	第21期
	傅肖岩	中国文学欣赏举隅序词		
	诸澄	论悲喜剧	长风文艺	第1卷第2期
	费鉴照	莱姆的批评方法和主张	当代评论	第3卷第17期
	陈铨	狂飙运动与五四运动		第3卷第18期
4—6	戈宝权译	列宁论托尔斯泰	群众（周刊）	第8卷第6—10期
5	陈友松	新时代的人文科学	东方杂志	第39卷第5号
	程石泉	中国"人本主义"之宗教及其典礼		第39卷第6号
	杨振声	诗与近代生活		
	丁谛	文艺创化的动静	小说月报	第32期
	[美]威尔逊；李育中一	诗的范围	诗创作	第18期
	徐仲年	四十年的法国文学	时与潮文艺	第1卷第2期
	谈林	谈文学的功能	时代中国	第7卷第5期
	王剑辉	英文圣经与英国文学		
	钱之流	"五四"以来的文艺思潮	青年时代	第1卷第4期
	夏锦衣	"五四"时代的文学革命与革命文学	中国青年	第2卷第2期

月	作者·译者	篇　名	发表刊物	卷·期·号
5	[苏]A.卢那察尔斯基；周行译	霍普特曼论	青年文艺	第5期
	郭沫若	文艺的本质	艺丛	第1卷第1期
	[美]F.H.Pritchard；胡仲持译	统一与陪衬		
	泰奈；贺孟斧译	狂飙运动		
	许幸之	论风格与气氛		
	砲尔森；杨丙辰节译	康特哲学中数种重要名词之解释	中德学志	第5卷第1、2期合刊
	毕树棠	十九世纪之德国女作家		
	常苏波	尼采的悲剧学说		
	吴兴华	黎尔克的诗		
	王锦第	宇宙观学和精神史		
	曾觉之	窦炳业	法文研究	第4卷第3期
	灵珠	诗魔拜伦	人世间	第1卷第5期
	孙望	创作欣赏与批评	斯文	第3卷第9期
	丁三	文艺的表现技术	杂志	第11卷第2期
	冯三昧	新文艺的内容与形式		
		我们需要文艺批评	文学创作	第2卷第1期
	周钢鸣	搏斗与追求		
	黄桦霈	史坦倍克的英雄		
	李白凤	诗与散文		
	长虹	论民间文艺	抗战文艺（月刊）	第8卷第4期
	[苏]卢那察尔斯基；周行译	霍普特曼论——从日出到日落	青年文艺	第1卷第5期
	罗铁鹰	略论讽刺诗	诗月报	创刊号
	戈茅	谈人物描写与历史的关系	文学	第1卷第2期
	[俄]冈察洛夫；齐蜀父译	奥勃洛摩夫	文学报	新第1卷第1期
	潘子农	剧作题材之再商榷	戏剧月报	第1卷第5期
6	景三	失望与寻求	中国青年（济南）	第1卷第2期
	野芒	论诗的思想情感想像与音律	时代中国	第7卷第6期
	朱自清	诗的趋势	文学创作	第2卷第2期
	王西彦	天才的度衡及其他		
	沈启无	关于新诗	北大文学	第1辑
	郑骞	论读诗		

月	作者·译者	篇　名	发表刊物	卷·期·号
6	朱肇洛	论默剧	北大文学	第1辑
	林榕	简朴与绮丽		
	[日]增田涉；张铭三译	民国三十年来的文学思潮		
	陈洵	谈谈现实主义	中国青年	第2卷第3期
	上官筝	乡土文学的问题	中国文艺	第8卷第4期
	Robert Lynad；若云译	谈写作		
	Mark Van Doren；维本译	什么是诗人		
	Stephen Leacock；野苹译	谁决定古典作品		
	程会昌	论文学之模拟与创造	斯文	第3卷第10、11期合刊
	蔡仪	艺术的主观性与客观性	中原	第1卷第1期
	于潮	论生活态度与现实主义		
	项黎	感性生活与理性生活		
	徐迟	美国诗歌的传统		
	[英]陶登；若斯译	法国中世纪的戏剧		
	佩弦	诗与感觉	文艺先锋	第2卷第5、6期合刊
	徐中玉	论文学上的爱国主义		
	黄芝冈	求同论		
	燕义权	文艺与学问的修养		
	聂考尔；陈瘦竹译	戏剧批评史纲		
	陈治策	我所了解的司坦尼斯拉夫斯基的表演体系		
	张庚	对平剧工作的一点感想	天下文章	第1卷第3期
	陈旭	平剧改造中几个问题		
	铁天	丑角漫谈		
	霍如	谈"味儿"		
	姚雪垠	中国作风与叙事诗	文学	第1卷第3期
	[美]哈瓦斯·法斯特；林以梅节译	现实主义与苏联小说	新华日报	6日
	许君远	论意境	东方杂志	第39卷第7号
	田禽	论中国戏剧批评		
	许君远	论小说中的人物		第39卷第8号

月	作者·译者	篇　名	发表刊物	卷·期·号
6	Stanley Rice；姚枬译	泰戈尔评传	东方杂志	第39卷第8号
	佩弦	新诗杂话·诗的形式	世界学生	第2卷第5期
	李广田	谈创作		
	田仲济	怎样鉴赏文艺作品	读书通讯	第68期
	罗根泽	中国文学批评史自序		
	朱自清	诗教说	人文科学学报	第2卷第1期
	周作人	人的文学之根源	真知学报	第3卷第2期
6、9	周谷城	论中国之现代化	新中华	复刊第1卷第6、9期
7	严敦杰	论红楼梦及其他小说中之科学史料	东方杂志	第39卷第9号
	王平陵	夸张与真实		第39卷第10号
	朱自清	诗与幽默	时与潮文艺	第1卷第3期
	罗庸	诗的境界	国文月刊	第22期
	林庚	新诗形式的研究	厦大学报	第2集
	陈铨	东方文化对于西方文化的影响	文化先锋	第2卷第13期
	郭银田	中西文化精神的新估价		
	味橄	文人的词藻	文艺先锋	第3卷第1期
	张骏祥	试谈演技的深度		
	洪深	"对话节奏"试论	文学创作	第2卷第3期
	黄国芳	英国文学之新趋势		
	龚持平	中国文学的新生之路	新东方杂志	第8卷第1期
	沈宝基	歇尼埃	法文研究	第4卷第4期
	贺麟	德国文学与哲学的交互影响	思想与时代	第24期
	张世禄	文学与语言	文讯	第4卷第6、7期合刊
	田汉	新歌剧问题	艺丛	第1卷第2期
	张羽	剧本中的人性问题		
	周钢鸣	论新演剧艺术的几个问题		
	[美]F.H.Pritchard；胡仲持译	律动		
	知堂	中国文学上的两种思想	艺文杂志	第1卷第1期
	常风	关于评价		
	平白	关于写作		
	朱肇洛	"戏剧论"小引		
	太索	文艺批评与社会批评	万象	第3年第1期

月	作者·译者	篇　名	发表刊物	卷·期·号
7	[苏]史旦尼斯拉夫斯基；郑君里译	论想象	天下文章	第1卷第4期
	编者	民族文学运动	民族文学	第1卷第1期
	唐密	中国文学的世界性		
	费鉴照	贝探审美的文艺论		
7—9	朱光潜	文学与语文		第1卷第1—3期
7—11	H.Lichtenberger；李辰冬译	浮士德研究	文艺先锋	第3卷第1—5期
8	[日]麻生种卫；若草译	文学的诚实问题	新东方杂志	第8卷第2期
	林梡敢	近代文学的两个流派	春秋	第1年第1期
	朱肇洛	谈小品文	艺文杂志	第1卷第2期
	高宇	论戏剧批评	时代中国	第8卷第1、2期合刊
	孙知	关于儿童文学	中国文艺	第8卷第6期
	陆嘉	谈情感		
	赵骧	经验与想像	申报月刊	复刊第1卷第8期
	曹聚仁	章太炎学述	读书通讯	第71期
	李长之	文学史与文学批评		第72期
	梁乙真	民族文学之特质及中国民族文学之史的拓展	文艺先锋	第3卷第2期
	陆侃如	评钱基博的"中国现代文学史"		
	姚珞	论民族文艺运动与文艺政策	黄河	第5卷第2期
	高语罕	红楼梦底文学观	东方杂志	第39卷第11号
	姜蕴刚	文化的吟味		第39卷第12号
	许君远	论报纸文学		
	谞生	佛洛伊特与文艺	学术界	第1卷第1期
	郑天挺	中国的传记文	国文月刊	第23期
	游国恩	论写作旧诗		
	朱子范	民族文学讲义引言	中山学报	第2卷第1期
	茅盾	论大众语	新中华	复刊第1卷第8期
	[法]莫洛亚；赵玄武译	新传记文学论	华北作家月报	第8期
	Pred B. Milliett；柳无忌译	现代英国文学的背境	民族文学	第1卷第2期
8—12	梁宗岱	莎士比亚的商籁		第1卷第2—4期
	易君左	一个革命的绝叫	文艺先锋	第3卷第2—6期

月	作者·译者	篇 名	发表刊物	卷·期·号
8、9	叶云君	关于笔记	古今	第29、30期
9	孙甄陶	历史的真实性与时间性	东方杂志	第39卷第13号
	许杰	论语文现象与社会关系		第39卷第14号
	许君远	论触景生情		
	丁蕴琴	黄仲则评传		
	郑昕	康德论知识	学术季刊（文哲号）	第1卷第3期
	张嘉谋	存在与超形		
	胡世华	论人造的语言		
	冯至	浮士德里的魔		
	闻家驷	巴拿斯派的诗与象征派的诗		
	[德]葛仑兹；曹京实译	莎士比亚剧中表现的国家	中德学志	第5卷第3期
	[德]施雷格；常荪波译	德国的戏剧文学		
	[德]福兰阁；吴兴华译	歌德与中国		
	沈有鼎	语言、思想与意义	哲学评论	第8卷第3期
	徐孝通	知觉分析		
	茜莱	托玛斯·哈代研究	时代中国	第8卷第3期
	紫幽	批评与创作		
	缪钺	王静安与叔本华	思想与时代	第26期
		五四运动与狂飙运动	民族文学	第1卷第3期
	商章孙	烈兴的爱美丽雅贾乐德悲剧		
	[英]陶德斯；孙晋三译	泛论当代英国诗	世界文学	第1卷第1期
	葛尼尔；张镜潭译	安德来·纪德		
	李长之	语言之直观性与文艺创作	时与潮文艺	第2卷第1期
	徐仲年	纳粹铁蹄下的法国文学		
	曾觉之	夏都伯利安	法文研究	第4卷第5期
	[英] Eric Gillet；宜闲译	当代英国小说的趋向	翻译杂志	第1卷第1期
	[印]太戈尔；徐迟译	艺术之意义	中原	第1卷第2期
	茅盾	论所谓"生活的三度"		
	蔡仪	艺术的内容与形式		

月	作者·译者	篇　名	发表刊物	卷·期·号
	冯沅君	汉赋与古优	中原	第1卷第2期
	陈望道	序"中国文法革新论丛"		
	冶秋	故事·史实·诗篇		
	[英]V.伍尔芙；冯亦代译	论现代英国小说——"材料主义"的倾向及其前途		
	郑伯奇辑译	哈姆雷特源流考		
	林榕	简朴与绮丽：现代散文谈之二	风雨谈	第5期
	钱公侠	漫谈爱略特		
	药堂	汉文学的前途	艺文杂志	第1卷第3期
	M.Farmelec；彭恺之译	论东西文化	世界学生	第2卷第7期
	钟诗	论内容重于形式	申报月刊	复刊第1卷第9期
	东方	谈文艺批评		
	朱肇洛	由"新歌剧"之创造说到中国戏剧的出路	中国文艺	第9卷第1期
	[日]林房雄；岳蓬译	新中国的文学运动		
9	朱肇洛	新文化运动与新文学的发生	中国公论	第9卷第6期
	罗希贤	语言的透视	文讯	第4卷第8、9期合刊
	世骧	小说钩沉	天下文章	第1卷第5期
	王亚平	新诗的抗辩	文学	第1卷第4、5期合刊
	废名	新诗应该是自由诗	文学集刊	第1辑
	林榕	晚清的翻译		
	朱肇洛	关于舞台装饰		
	[英]渥得霍斯；林栖译	与初学者谈小品文		
	陈觉玄	艺术科学底起源、发展及其派别	大学	第2卷第9期
	岑家梧	论艺术社会学		
	郭乾德	中国艺术底演变及其前途		
	墨武	论科学的美学观		
	何高亿	情感享受的方向	文化先锋	第2卷第17期
	陈东原	论教育电影		
	马彦祥	地方剧考原	文艺先锋	第3卷第3期
9、10	书麟	章实斋之文章论	学术界	第1卷第2、3期
9、11	罗明	导演的基本原理	大众	9、11月号

月	作者·译者	篇　名	发表刊物	卷·期·号
10	陈安仁	希腊文化盛时与中国同期文化之比较	文科研究所集刊	第1期
	马采	美的价值论		
	曾一君	章太炎先生论文辑述	文学集刊（川大）	第1集
	[日]麻生义辉；项村译	人生中的美学问题	新东方杂志	第8卷第4期
	许如弟	关于乡土文学问题·何为熟悉	文艺（南京）	第1卷第1期
	五知	谈八股文	艺文杂志	第1卷第4期
	姚姒	谈当前的文学批评	时代中国	第8卷第4期
	田仲济	写小说的一个要点	读书通讯	第75期
	张鸣琦	谈悲剧与喜剧底区别	国民杂志	第3卷第10期
	朱东润	中国文学批评史大纲自序	国文月刊	第24期
	沈子成	中国新文艺中之地方色彩描述	小说月报	第37期
	黄桦濡	托尔斯泰的新美学的探索	文艺先锋	第3卷第4期
	周梵	形式问题	文艺丛刊	最初的蜜
	师穆	灵感片论		
	王云五	新名词溯源	东方杂志	第39卷第15号
	岑祺祥	语言与文学		
	王平陵	今年雾季的戏剧运动		
	毛筠如、李元福	西南边疆的民间文学		
	陈北鸥	高尔基的写作技巧		第39卷第16号
	林疑今	美国当代问题小说	时与潮文艺	第2卷第2期
	佐临	话剧导演的功能	万象	第3年第4期
	万岳	舞台对话的交响化		
	乐山	话剧应该商业化		
	石挥	"舞台语"问题		
	胡导译	演技上的情感真实性		
	章杰	漫谈中古时期的欧洲戏剧		
	孙僭	人物与情节	长风文艺	第1卷第4、5期合刊
	叶秋原	谈文学修养	文学修养	第2卷第1期
	蔡仪	关于艺术的表现和技巧		
	黄芝冈	谈观点与故事处理		
	任钧	谈谈诗歌写作		
	常铭	艺术的起源和社会性		
	张刚编	小说的发达要素及其功用		
	吴鼎第	文艺影响与"世界文学"观	学术界	第1卷第3期

月	作者·译者	篇　名	发表刊物	卷·期·号
10	傅彦长	论情致	文友	第1卷第11期
10、11	武宗保	全体主义与东方文化		第 1 卷第 11、12 期
11	范任	论"文"与"质"	东方杂志	第39卷第17号
	戴锡樟	儒家民族思想及其影响		
	隋树森	读曲续志		
	朱东润	论自传及法显行传		
	范任	古希腊罗马之"文"与"质"		第39卷第18号
	田禽	中国剧作家概论		
	钟子芒	关于张天翼	小说月报	第38期
	夏衍	论正规化	戏剧时代	第1卷第1期
	潘子农	"现实"的限度		
	[美]A.Richman；洪深译	编剧二论		
	陈炜谟	英国散文的源流与特质	世界文学	第1卷第2期
	葛覃	语言势力与民族特征	学术界	第1卷第4期
	曾觉之	近代法国文学中之中国	法文研究	第4卷第6期
	杨周翰	现代的"玄学诗人"燕卜荪	明日文艺	第2期
	朱星元	女性文学与环境	工商生活	第17期
	梁洛	中国文字拼音化的商榷	国民杂志	第3卷第11期
	林榕	晚清的翻译	风雨谈	第7期
	[日]内山完造、陶晶孙；元普译	文学对谈会	文友	第1卷第11期
	丁元普	论中国新旧文学之蜕变		第2卷第1期
	天穆	文学与文化	艺文志	第1卷第1期
	艾凯德	现代德国文学		
	黎生	现代的传记文学	杂志	第12卷第2期
	张伐	谈性格的创造		
	[日]林房雄；张铭三译	中国新文化运动偶感	中国文艺	第9卷第3期
	朱锦江	民族文学发凡	文艺先锋	第3卷第5期
11—次1	苏光	文学新论		第3卷第5、6期；第4卷1期
12	叶梦雨	戏曲中小说特质的点滴	风雨谈	第8期
	朱肇洛	新文化运动与新文学的发生		
	何穆尔	日本文学的流派		
	申悦庐	中华民族特性论	东方杂志	第39卷第19号

月	作者·译者	篇 名	发表刊物	卷·期·号
12	范任	意大利民族之"文"与"质"	东方杂志	第39卷第20号
		中国文化的三条路线	民族文学	第1卷第4期
	陈铨	戏剧深刻化		
	唐密	第三阶段的易卜生		
	杨善荃辑译	歌德论罕姆勒特	中德学志	第5卷第4期
	高宇	论现阶段的历史剧	时代中国	第8卷第5、6期合刊
	闻一多	文学的历史动向	当代评论	第4卷第1期
	朱自清	朗读与诗		第4卷第3期
	[美]F.H.Pritchard；胡仲持译	论文采	文艺杂志（桂林）	第3卷第1期
	思训	现代艺术欣赏论	杂志	第12卷第3期
		关于新诗	文学创作	第2卷第5期
	[美]F.H.Pritchard；胡仲持译	西洋诗的鉴赏		
	端木蕻良	论艾青		
	云彬	从历史小说说到"历史小品选"		
	朱肇洛	有声电影与话剧前途	国民杂志	第3卷第12期
	纱雨	文学的任务	文学评论	第1卷第1期
	荒弩	略论文学语言		
	谢凡生	文章与性别		
	李岳南	"传奇"和"弹词"		
	王佐良	论短篇小说		
	李广田	论新诗的内容和形式		
	罗铁鹰	诗的音乐性		
	鲁尔译	托尔斯泰论艺术	文学修养	第2卷第2期
	蔡仪	关于美的一个基本问题		
	田仲济	典型的事件		
	张刚编	小说和其他文艺的关系		
	沙鸥	论小诗	长风文艺	第1卷第6期
	李长之	功利主义的墨家之文学观	文风杂志	第1期
	黄芝冈	焦循论"述"		
	夏衍	中国戏剧中的小丑		
12、次4	惠	文学十讲	小说月报	第39、40期

月	作者·译者	篇　名	发表刊物	卷·期·号
1944年				
1	胡风	现实主义在今天	时事新报·元旦增刊	1日
	[苏]铁木菲尔；乔木译	马克思论文学	新华日报	27、28日
	陈烟桥	美术盛衰论	文艺杂志（桂林）	第3卷第2期
	刘丰	报告文学与报告文学者	文艺生活（上海）	创刊号
	丰子恺	我所见的艺术与艺术家	当代文艺	第1卷第1期
	费鉴照	华兹瓦斯与辜立治的诗论	当代评论	第4卷第5期
	袁昌英	现代法国文学派别	民族文学	第1卷第5期
	朱光潜	作者与读者		
	朱文振	译诗及新诗的格律		
	张君川	论客观文学中人物的创造	时与潮文艺	第2卷第5期
	嵇文甫	中国文化与世界文化	时代中国	第9卷第1期
	赵越	美与艺术心理的研究		
	宗白华	中国艺术意境之诞生	哲学评论	第8卷第5期
	唐君毅	意味之世界导言		
	姚雪垠	小说结构原理	文艺先锋	第4卷第1期
	徐文珊	读"魏晋六朝文学批评史"		
	朱自清	真诗	新文学月刊	第1卷第2期
	[英]G.K.查士瑞登；柳无忌译	蒲伯与讽刺的艺术		
	[德]霍夫曼斯塔尔；冯至译	德国的小说		
	废名	以往的诗文学与新诗	文学集刊	第2辑
	[德]释勒；杨丙辰节译	两派文艺之性质		
	赫漫·舍佛；胡咏荷译	现代德国文学	风雨谈	第9期
	曹聚仁	文艺的题材		
	[日]山本健吉	谈"超克于近代"		
	夏白	谈新歌剧的创造与旧剧改革问题	天下文章	第2卷第1期
	郑君里	一个演员如何准备他的角色		
	鲁觉吾	中国话剧运动的检讨		
	章泯	演员——创造的艺术家		
	V.普特符金；陈鲤庭编译	有声电影艺术原理论粹		

月	作者·译者	篇　名	发表刊物	卷·期·号
1	张我军	日本文学介绍与翻译	中国文学	第1卷第1期
	吕奇	今日的中国文艺与华北文艺运动		
	周作人	新中国文学复兴之途径		
	茅灵珊	论诗歌中孤独之境界	东方杂志	第40卷第2号
	[苏]Gorchakov；袁竹夫译	导演与演员	戏剧时代	第1卷第2期
	王亚平	诗的宣言	诗丛	第1卷第3、4期合刊
	S·O	谈诗的"标准"		
	钱穆	个性伸展与文艺高潮	思想与时代	第30期
2	高觉敷	真我与社会我	东方杂志	第40卷第3号
	姜蕴刚	文学的时代		第40卷第4号
	王平陵	艺术有用论		
	田禽	中国战时戏剧创作之演变		
	朱光潜	散文的声音节奏	新东方杂志	第9卷第2期
	林语堂	东西文化与心理建设	国民杂志	第4卷第2期
	杨丙辰	理念之解释		
	朱肇洛	话剧·旧戏·新歌剧		
	张鸣琦	电影与演剧		
	[日]茅野萧萧；韩相励译	现代文艺思潮		
	[英]汤白荪；孙家新译	雪莱论	时与潮文艺	第2卷第6期
	刘念渠	戏剧运动三十年	文艺先锋	第4卷第2期
	[苏]丹钦科；焦菊隐译	论L.托尔斯泰		
	斯特罗维；沈蔚德译	论苏联的戏剧		
	田汉	展开有理论的戏剧运动	新文学月刊	第1卷第3期
	浦江清	论小说	当代评论	第4卷第8、9期
	徐悲鸿	中国艺术的贡献及其趋势	当代文艺	第1卷第2期
	朱自清	爱国诗		
	陈鲁风	战争与文学	中国文学	第1卷第2期
	袁犀	"文学运动"		
	山丁	文学杂感		
	知堂	论小说教育	天地	第5期
	龙沐勋	女性与诗歌		
	严束	电影与文化传统		

月	作者·译者	篇　名	发表刊物	卷·期·号
2	姚雪垠	写长篇和写短篇	文学修养	第2卷第3期
	金满成	烟士披里纯		
	张刚编	题材与主题		
	Louis Calvert；王家齐译	表演是创造的艺术	戏剧时代	第1卷第3期
	B.osanquet；沈一正译	美学三讲	文史杂志	第3卷第3、4期合刊
	鼎第	论文艺思潮中的循环性	学术界	第2卷第1期
	何爵三	中国的民族精神与民族文学	民族月刊	第1卷第3期
	Victor Cousin；黄轶球译	论美		
	鲁山	文学与人	新军文艺双月刊	第1号
3		为西洋读者翻译中国新文艺	当代文艺	第1卷第3期
	朱自清	译诗		
	王了一	文学和艺术的武断性		
	[匈]G.卢卡契；周行译	论文学上人物底智慧风貌	文艺杂志（桂林）	第3卷第3期
	哲非	民族主义文学及其他	杂志	第12卷第6期
	山丁	创作"永远的东西"	中国文学	第1卷第3期
	石木	典型创造论	文潮	第3期
	刘溶池译	渥资华斯论	诗丛	第1卷第5期
	彭拜译	近代英诗小论		
	舒芜	论存在	文风杂志	第3期
	任钧	新诗话		
	李何林	再来一次白话文运动	国文月刊	第26期
	赵萝蕤	我们的文学时代	当代评论	第4卷第10期
	朱肇洛	论儿童戏剧	国民杂志	第4卷第3期
	黄桦需	论攸里辟得斯	文艺先锋	第4卷第3期
	幽素	电影的原始	万象	第3年第9期
	郑君里	角色的诞生	天下文章	第2卷第2期
	朱杰	论游记文学	东方杂志	第40卷第5号
	田禽	论中国戏剧理论建设		
	陈瘦竹	农民悲剧"烟草路"		第40卷第6号
	Edwin Muir；罗书肆译	论戏剧性的小说	新中华	复刊第2卷第3期
	关琪桐	文化的定义	中国学报	第1卷第1期
	于潮	方生未死之间	中原	第1卷第3期

月	作者·译者	篇　名	发表刊物	卷·期·号
3	项黎	论艺术态度与生活态度	中原	第1卷第3期
	李念群	人的道路——抒情诗与叙事诗		
	舒芜	论因果		
	孔司旦丁·弗丁；郑容译	史丹芬·初伐格的戏剧		
	[英]雷蒙·莫蒂美；冯亦代译	伍尔芙论		
3、4	罗根泽	中国文学起源的新探索	真理杂志	第1卷第2期
3、5	[苏]A.托尔斯泰；蒋路译	苏联文学传统及其发展	翻译杂志	第1卷第6期；第2卷第1期
4	胡风	文艺工作底发展及其努力方向	大公报	17日
	周剑尘	六年来剧作动向剖论	东方杂志	第40卷第8号
	穆家麒	艺术心理学的分析	国民杂志	第4卷第4期
	郭树权	中国文学史略	时代精神	第10卷第1期
	卢前	中国文学史上一个转变的时代	新中华	复刊第2卷第4期
	林焕平	艺术上的刚美与柔美之研究	时代中国	第9卷第4期
	岑麒祥	风格论发凡		
	张奋己	论新文化运动	大风	第24、25期合刊
	傅韵涵	文学的修饰性		
	谭维翰	新诗的厄运	杂志	第13卷第1期
	张爱玲	论写作		
	张健	十八世纪英国诗人的词藻	文史哲季刊	第2卷第1期
	冯和侃	真妮·奥丝汀的艺术		
	王骏声	柏格森之时间与绵延	文化先锋	第3卷第15期
	何如	动的哲学——柏格森的学说		
	戈茅	诗论丛谈	新军文艺双月刊	第2号
	田仲济	文学和社会		
	田汉等	战后中国文艺展望	当代文艺	第1卷第4期
	周钢鸣	现实主义的求真精神		
	姚珞	现实的主题论	黄河	第5卷第3、4期合刊
	安编译	契可夫论文学		
	范泉	论出版文化及其他	万象	第3年第10期
	[日]竹内好；何家燕译	鲁迅底矛盾	风雨谈	第11期
	儒丐	汉小说的传统	艺文志	第1卷第6期
	柳龙光	国民文学	中国文学	第1卷第4期
	高穆	徐志摩论	小说月报	第40期

月	作者·译者	篇　名	发表刊物	卷·期·号
4	丁谛	小说表达底形式	小说月报	第40期
4、5	沈延义	近代戏剧之父易卜生		第40、41期
	易君左	中国青年与世界文学	中国青年	第10卷第4、5期
5	姚雪垠	现代田园诗	当代文艺	第1卷第5、6期合刊
	许杰	论文艺批评的积极性与建设性		
	[日]赤木健介；吕奇译	谈自叙传	中国文学	第1卷第5期
	苏鲁支	谈灵感	文友	第2卷第12期
	傅彦长	自经与自传		第3卷第1期
	余寂斋	新文学运动的再出发	新地丛刊	第1册
	高茵	幼稚·衰老·文艺内容	文汇半月刊	第4期
	林檎	演剧者·观众·批评		
	施明	论"写作的精神病"		第5期
	陈植	论学术自主	东方杂志	第40卷第10号
	张遵俭	中西目录学要论		
	何炳棣	杜思退益夫斯基与俄国民族性	新中华	复刊第2卷第5期
	蒋星煜	当代文艺作家笔名论略		
	彭行才	观众心理	人世间	第2卷第1期
	[日]金田一京助；林焕平译	语言及语言学	时代中国	第9卷第5期
	[英]柯勒律己；连珍译	论无言的诗或艺术		
	王了一	观念与语言	文学创作	第3卷第1期
	周辨明	语言学基础的原理	时代精神	第10卷第2期
	王宪钧	语意的必然	哲学评论	第9卷第1期
	[法]亚苔儿傅先；鲍文蔚译	法国浪漫戏剧运动史最重要的一页	中国学报	第1卷第3期
	阎焕文	文化学小史		
	高穆	王独清论	小说月报	第41期
	杨绚霄	文学与天才		
	徐文珊	历史与戏剧	文化先锋	第3卷第18期
	王平陵	新时代的儿童文学	文艺先锋	第4卷第5期
	余牧	文艺的定义	青声	第1期
	南容	文学与民间文学	杂志	第13卷第2期
	麦萍	论风格	理想与文化	第6期
6	金琼英	谈灵感	东方杂志	第40卷第11号

月	作者·译者	篇 名	发表刊物	卷·期·号
6	茅灵珊	论英国女诗人葵丝琴娜·罗色蒂的情诗	东方杂志	第40卷第11号
	林慧文	法朗士诞生百年记	国民杂志	第4卷第6期
	诸葛瑾	十八世纪前之法国戏剧	学术界	第2卷第5期
	[英]培尔斯;张月超译	俄国的思想和文艺	新中华	复刊第2卷第6期
	介白	文艺的境界	艺文杂志	第2卷第6期
	戈茅	诗的"境界"	天下文章	第2卷第3期
	陶隐	口语的成长与新文学的发展	申报月刊	复刊第2卷第6期
	Elliot Panl;秦淮译	侦探小说的研究	春秋	第1年第8期
	[德]常安尔;吴兴华译	德语翻译的中国诗——翻译艺术上的问题	中德学志	第6卷第1、2期合刊
	朱宝昌	论体		
	[德]洪博尔德;杨丙辰译	释勒的精神特质	文艺者	第1期
	易君左	新民族诗的音节和符号	文艺先锋	第4卷第6期
	桦霈	论埃斯库罗斯		
	K.纳斯达特;葛一虹译	M.莱蒙托夫的世界意义		
	刘念渠	论演技	戏剧时代	第1卷第4、5期合刊
	赵越	舞台装饰·舞台装置·舞台设计		
	吕耕亮	诗论四题	诗丛	第1卷第6期
	刘溶池	考莱基论		
	叶圣陶	关于谈文学修养	文学修养	第2卷第4期
	蔡仪	自然美、社会美与艺术美		
	戈宝权译	列宁论高尔基	群众周刊	第9卷第12期
6—12	吴忠匡	文体小识	国文月刊	第27—32期
7	戈宝权译	列宁论党的文学的问题	群众周刊	第9卷第13期
	王璜	论红楼梦里的文学用语	东方杂志	第40卷第13号
	云君	清代小说中的俗曲	小说月报	第43期
	高穆	于赓虞论		
	朱光潜	文学上的低级趣味	时与潮文艺	第3卷第5期
	李耀先	中国文艺批评的趋势		
	鲁觉吾	抗战七年来之戏剧	文化先锋	第3卷第23期
	何梅岑	史教与诗教	古今	第50期
	絮非	关于感情移入	申报月刊	复刊第2卷第7期

月	作者·译者	篇名	发表刊物	卷·期·号
7	柳龙光	"国民文学"与"永远的东西"	中国文学	第1卷第7期
	邱一凡	国民文学与传统文学		
	剑尘	四十年来中国话剧的演变	新中华	复刊第2卷第7期
8	陈伯吹	梦与儿童文学		复刊第2卷第8期
	施之勉	诗为夏声说	东方杂志	第40卷第15号
	朱锦江	论中国诗书画的交融		第40卷第16号
	董每戡	说"丑"		
	郭麟阁	文艺批评的科学性与艺术性	艺文杂志	第2卷第7、8期合刊
	鲍文蔚	论法朗士		
	H.Sehater；何为译	现代德国文学	中国公论	第11卷第5期
	西格菲列·塞松；荀潮译	论文学中之不朽性	杂志	第13卷第5期
	郑朝宗	论雪莱"诗辩"	文艺先锋	第5卷第1、2期合刊
	赵如琳	近代欧洲剧场的两大改革家		
	以群	思想·感觉·艺术创造	微波	第1卷第1期
	邱一凡	文学的民族与乡土	中国文学	第1卷第8期
8—11	李衍	战前欧美文学的动向及其代表作家		第1卷第8—11期
8、9	司马斌	论林语堂	天地	第11、12期
9	陈烟帆	蕴藉与暴露		第12期
	李树青	论知识分子	东方杂志	第40卷第17号
	岑仲勉	唐代戏乐之波斯语		
	郭沫若	由周代农事诗论到周代社会	中原	第1卷第4期
	[英]约翰·罗斯金；徐迟译	论作品即作者		
	翦伯赞	元曲新论		
	[美]佛兰克；丁瓒译	佛洛伊特对于西方思想与文化的影响		
	柳无忌	印度的禽喻文学		
	陈绵	民众文艺讲话	中国文学	第1卷第9期
	周越然	言语与静默	文友	第3卷第8期
	瞿兑之	论掌故学	古今	第55期
	文楠	旧小说的歧途	艺文杂志	第2卷第9期
	哲非	小说的贫困及其出路	杂志	第13卷第6期
	罗荪	欣赏与低级趣味	浪花文艺季刊	第3期
	闻一多	诗与批评	火之源	第2、3期合刊

月	作者·译者	篇　名	发表刊物	卷·期·号
9	晏明	诗的情感	火之源	第2、3期合刊
	朱肇洛	论默剧	文艺世纪	第1卷第1期
	波里查德；林栖译	论散文要素		
	徐文珊	历史与小说及其他文艺	文化先锋	第4卷第3期
	冯友兰	论风流	哲学评论	第9卷第3期
	石峻	略论中国人性学说之演变		
	陈瘦竹	新浪漫剧作家罗斯当	文艺先锋	第5卷第3期
	李长之	司马迁之体验与写作		
	流沙	诗与诗人		
	李辰冬	提供一种新的文学研究方法	文化先锋	第4卷第5期
	高穆	冯乃超论	小说月报	第44期
10	苏萧	谈儿童文学	读书青年	第1卷第2期
	黄药眠	怎样研习文艺作品	文潮副刊	第1期
	黄典诚译	赛珍珠论中国小说	时代精神	第10卷第6期
	刘任萍	文化、学术、文明三大要素之分界	东方杂志	第40卷第19号
	徐仲年	法国文学主要思潮	时与潮文艺	第4卷第2期
	陈瘦竹	象征派剧作家梅特林		
	鲁思	戏剧批评ABC	文艺春秋丛刊	两年（第1期）
	张骏祥	悲剧的导演	文艺先锋	第5卷第4期
	马宗融译	居友社会学观点的艺术论导言		
	蒋天枢	周代散文发展之趋势	复旦学报·文史哲号	第1期
	梁宗岱	试论直觉与表现		
	郑君里	近代欧洲舞台艺术底源流	戏剧时代	第1卷第6期
11	白文	谈艺术家的艺术与生活	小说月报	第45期
	张嘉谋	中国新文化建设问题	新中华	复刊第2卷第11期
	郑伯奇	今后文艺工作的方向	高原	创刊号
	梅村	中国旧式小说里的对话	读书青年	第1卷第4期
	[日]小竹文夫；东光译	现代的中国文学	文友	第4卷第1期
	林语堂	论东西文化与心理建设	天下文章	第2卷第4期
	茅盾	谈描写技术		
	田仲济	报告文学的产生及成长		
	闻一多	新诗的前途		
	许世英	谈骈文	艺文杂志	第2卷第11期
	陈旭轮	关于黄摩西	文史半月刊	第1期

月	作者·译者	篇 名	发表刊物	卷·期·号
11	祝文白	乐府之由来及其衍变	思想与时代	第37期
	杨振声	新文学在大学里	国文月刊	第28—30期合刊
	陶光	义理、词章、考据		
	傅庚生	中国文学史上之文质观		
	陈伯吹	论寓言与儿童文学	东方杂志	第40卷第21号
	冯来仪	中国艺术对于近代欧洲的影响	新艺	第1期
	王希瑾	艺术的表现与现实		
	洪毅然	人生艺术		
	岑家梧	中国艺术科学化的两点见		
11、12	郭乾德	如何认识艺术		第1、2期
12	陈国桦	荷马史诗	东方杂志	第40卷第24号
	林辰	鲁迅与章太炎及其同门诸子	抗战文艺（月刊）	第9卷第5、6期合刊
	叶圣陶	知识分子		
	黄芝冈	论诗的神境		
	朱自清	"新诗杂话"序		
	李戏鱼	中国诗论述略	读书青年	第1卷第5期
	叶企云	什么是俗文学	锻炼	第12期
	田仲济	色情文化	浪花文艺季刊	第4期
	[英]本纳特；陈介白译	文艺鉴赏的两大问题	艺文杂志	第2卷第12期
	村上知行	日本平民文学与中国		
	森	中国戏曲观念之改变与戏曲学之进步	文史杂志	第4卷第11、12期合刊
	钱南扬	戏剧概论		
	梁实秋	莎士比亚		
	阎金锷	初期话剧运动史话		
	鲁思	电影脚本ABC	文艺春秋丛刊	星花（第2期）
	俞大纲	文学里的女性自我表现	时与潮文艺	第4卷第4期
	孙道升	灵心电视论与文艺思想之关系	文艺先锋	第5卷第6期
	青苗	论创作	高原	第2期
	田禽	卅年来戏剧翻译之比较		
	吴伯箫	漫谈史剧	万象	第4年第6期
	王治心	历代文体的沿革	大众	12月号
	王希瑾	艺术与时代	新艺	第2期
	洪毅然	中国艺术出路		
	A.C.Haddon；罗致平译	研究原始艺术的观点		

1945 年

月	作者·译者	篇 名	发表刊物	卷·期·号
1	胡风	置身在为民主的斗争里面	希望	第1集第1期
	阿垅	箭头指向		
	舒芜	论主观		
	方豪	十七八世纪中国学术西被之第二时期	东方杂志	第41卷第1号
	邵祖平	杜诗精义		
	严敦杰	红楼梦新考别编		
	陈伯吹译	高尔基论普式庚		
	曹日昌	现代心理学的发展及其影响		第41卷第2号
	詹瑛	李诗辨伪		
	十堂	文学史的教训	艺文杂志	第3卷第1、2期合刊
	徐时中	近代泰西文学派别概说	真知学报	第4卷第1、2期合刊
	张惠良	戏剧在宣传上之地位	文化先锋	第4卷第16期
	静思	论尼采的思想	现代周报	第2卷第12号
	徐仲年	巴黎解放前后的法国文学	时与潮文艺	第4卷第5期
1、2	盛澄华	试论纪德		第4卷第5、6期
	杨世骥	小说理论与批评的萌芽	新中华	复刊第3卷第1、2期
	潘伯鹰	文学的与哲学的		
2	柴斯特登；林栖译	谈散文	读书青年	第2卷第4期
	柳雨生	民族与文学	东方学报	第1卷第3期
	[日]河上彻太郎；章克标译	现代日本文学	申报月刊	复刊第3卷第2期
	杨晋雄	曹氏兄弟之文艺观		
	H. Ellis；王人秋译	审美与性爱	太平洋杂志	第1期
	王锐	元剧演出研究	东方杂志	第41卷第3号
	高觉敷	关于人格之特殊习惯说与共同元素说		第41卷第4号
	饶宗颐	燕城赋发微		
	老向	通俗文艺的进城与下乡	新中华	复刊第3卷第2期
	高兰	诗的朗诵与朗诵的诗	时与潮文艺	第4卷第6期
	宗白华	略论文艺与象征	中国文学（重庆）	第1卷第5期
	张资平	文艺创作的心理过程	文艺世纪	第1卷第2期

月	作者・译者	篇　名	发表刊物	卷・期・号
2	许衡	谈表现手法	文艺世纪	第1卷第2期
	沈宝基	谈诗		
	文载道	新文艺书话		
	[日]丰岛与志雄；真原译	"新思潮"时代		
	孙道升	嵇中散的美学思想	文化先锋	第4卷第18、19期
	N.鲍格斯洛夫斯基；葛一虹译	论伟大的批评家柏林斯基	文学新报	第1卷第5期
	姚雪垠	生活、思想、语言	诗文学丛刊	第1辑"诗人与诗"
	王亚平	论诗人思想情感的改造		
	D.Capetanakis；袁水拍译	论当代英国诗人		
3	李长之	司马迁之性格与交游	东方杂志	第41卷第6号
	傅庚生	赋比与间诂		
	王西彦	论屠格涅夫的罗亭	时与潮文艺	第5卷第1期
	朱自清	美国的朗诵诗		
	潘伯鹰	文学的与社会的	新中华	复刊第3卷第3期
	杨晋雄	古代中国文艺批评方法论	申报月刊	复刊第3卷第3期
	P.苏德；金满成译	罗曼罗兰	艺文志	第2期
	果戈理；吕荧译	普式庚散论		
	朴洛特金；唐旭之译	契珂夫论		
	长谷川宏	近代小说	艺文杂志	第3卷第3期
	[日]川端康成；容祺译	论日本老作家	六艺	第1卷第2期
	[美]赫尔曼；旦华译	战争与文学		
	[苏]巴夫连柯；北帆译	战时的苏联文学		
	方诗铭	中西市民社会的文学共同点	中原	第2卷第1期
	李何林	论宋代说话人的家数		
	胡风	A.P.契珂夫断片		
	阳翰笙	关于契珂夫的戏剧创作		
	老舍	关于文艺诸问题	突兀文艺	新3期
	平方	日本的大众小说	文友	第4卷第8期
	方然	论新现实主义	新艺	第3、4期合刊

月	作者・译者	篇 名	发表刊物	卷・期・号
3	洪钟	评弗洛德派艺术观	新艺	第3、4期合刊
	亨利・洛维奇;子涛译	关于A.托尔斯泰的论文	抗战文艺（月刊）	第10卷第1期
3—6	吉尔波丁;蒋路译	古典传统与苏联长篇小说		第10卷第1期,第2、3期合刊
4	施子愉	斯宾格勒与陶因比	东方杂志	第41卷第8号
	傅庚生	谈新诗		
	章商孙	启蒙运动之德国文学	文史哲季刊	第2卷第2期
	李长之	章学诚的文学批评		
	洪钟	略论"桐城派"	新地	第1卷第1期
	萧寒	诗的自由		
	[日]菊池宽;蓉祺译	现代戏剧论	申报月刊	复刊第3卷第4期
	邢光祖	论味	文艺先锋	第6卷第6期
5	汪家正译	柴霍甫底儿童爱	东方杂志	第41卷第9号
	傅庚生	文论主气说发凡		
	刘申叔遗说;罗常培笔述	左庵文论四则	国文月刊	第35期
	杨晋雄	曲话之研究	申报月刊	复刊第3卷第5期
	徐筱汀	通俗化戏剧术语的来历	新中华	复刊第3卷第5期
	[苏]V.吉尔波丁;雨林译	真实——苏联艺术的基础	希望	第1集第2期
	A.顾尔希坦;戈宝权译	论苏联文学中的民族形式问题		
	阿垅	论诗四题		
	舒芜	论中庸		
	冰菱	谈"色情文学"		
	黎央	论叶赛宁及其诗	诗文学丛刊	第2辑"为了面包与自由"
	彭燕郊	论感动		
	S. Spender;袁水拍译	现代诗歌中的感性		
	郭沫若	向人民大众学习	文哨	第1卷第1期
	夏衍	笔的方向		
	茅盾	近年来介绍的外国文学		
	黄芝冈	论花鼓戏的演变		
	以群	改造旧传统、确立新作风		
	药眠	略谈五四与新文艺运动	天风周刊	第9期

月	作者・译者	篇　名	发表刊物	卷・期・号
5	王亚平	歌谣与人民	诗丛	第2卷第1期
	徐迟	史诗之基础——谣歌		
	任钧	研究并学习民歌		
	李岳南	论歌谣		
	吕荧	莎士比亚理解	文艺杂志（桂林）	新第1卷第1期
	[俄]倍林斯基；向葵译	艺术的观念		
	[苏]波戈思洛夫斯基；唐旭之译	倍林斯基论		
6	[苏]普罗集金；曹葆华译	车尔尼雪夫斯基底艺术观及文学创作		新第1卷第2期
	焦菊隐	从人道主义到反法西斯	抗战文艺（月刊）	第10卷第2、3期
	黄芝冈	秧歌论：从音乐观点出发		
	何古莱	论平庸		
	曼谷	文艺与民主		
	卢鸿基	病榻谈艺		
	徐中玉	中国文艺批评所受佛教传播的影响	中山文化季刊	第2卷第1期
	蔡仪	美学方法论		
	[美]格莱顿；吴茗译	美国挽近文艺思潮泛论	时与潮文艺	第5卷第2期
	陈瘦竹	法国浪漫运动与雨果"欧那尼"		
	雪峰	什么是艺术力及其他	文艺杂志（重庆）	第1卷第2期
	姚雪垠讲演	文艺的欣赏和批评	文学青年	第1卷第1期
	董每戡	脚本的朗诵		
	徐中玉	果戈理论文学的语言	文学新报	第1卷第6期
	杨晋雄	唐人小说管窥	申报月刊	复刊第3卷第5期
	吴笑生	报告文学的原理	中央日报	22日
7	[日]小泉八云；詹锳译	论"裸体诗"	东方杂志	第41卷第13号
	郭沫若	凫进文艺的新潮	文哨	第1卷第2期
	焦菊隐	战时法国文艺动态		
	[苏]A.耶果林；铁弦译	爱国战争时期的苏联文艺		
	Erie Rogers；冯汉骥译	什么是艺术	新艺	第1卷第5期
	阎丽川	审美观念		

月	作者·译者	篇 名	发表刊物	卷·期·号
7	朱光潜	论直觉与表现	文艺先锋	第7卷第1期
	戴镏龄	从西洋诗看中国诗的特点		
	立斋	小说小道	文友	第5卷第5期
8	卞之琳	新文学与西洋文学	世界文艺季刊	第1卷第1期
	君培	论新诗的内容和形式		
	杨周翰	路易·麦克尼斯的诗		
	林文铮	漫谈法国诗风	中法文化	第1卷第1期
	张其春	译文之作风	文艺先锋	第7卷第2期
	舒芜	思想建设与实现斗争的途径	希望	第1集第3期
	黄药眠	新民主主义与文艺	天风周刊	第14期
	丁易	文穷后工		
9	[英]C.Connolly；苏芹荪译	三十年代的英国文学	东方副刊	第7号
	鲁思	电影蒙太奇论	文艺春秋丛刊	黎明（第5期）
	钱穆	中西文化接触之回顾与前瞻	中国文化	第1卷第1期
	牟宗三	论构造		
	[英]Spurgeon；华德民译	英国文学中之密思		
	蔡仪	关于美感诸旧说的考察	中山文化季刊	第2卷第2期
	朱光潜	研究诗歌的方法	国文杂志	第3卷第4期
	朱东润	和湛若讨论文学底定义		
	李广田	从创造的过程论言志与载道		
		文学的内容和形式	国文月刊	第38期
	傅庚生	中国文学批评通论自序		
	O.E.Bontley；章泯译	论闹剧与趣剧	大同周报	第1期
	龚啸岚	旧剧改良问题	文艺先锋	第7卷第3期
	丁伯骝	战后的戏剧运动		
	尚钺	新文学的发生、发展及今日	民主周刊	第2卷第10期
	童宜堂	"五卅"前后的中国新文艺	天风周刊	第16、17期
	杨周翰	古尔蒙与艾略特	中法文化	第1卷第2期
	湘渔	新史学与传记文学	中国建设	创刊号
10	常君实	谈风格	古今谈	第1卷第1期
	以群	人民的愿望	文哨	第1卷第3期
		新的时代，新的起点		
	黄芝冈	漫谈花鼓剧		

月	作者·译者	篇　名	发表刊物	卷·期·号
10	[法]杜安；叶明译	法国现代诗歌的动向	文哨	第1卷第3期
	闻一多	屈原问题	中原	第2卷第2期
	蔡仪	论艺术的本质		
	效厂	平剧的产生		
	周而复	秧歌剧发展的道路		
	[俄]L.托尔斯泰；冯亦代译	论莫泊桑		
	黄药眠	抗战期中的中国新文艺	天风周刊	第19期
	孙玉铮	新文艺试论	文艺大众	第2期
	许杰	现阶段文化运动的特质	新文化	第1卷第1期
	陈志谦	民族主义的理论及其趋势	新中华	复刊第3卷第10期
	本纳特；介白译	文艺箴言	新野	创刊号
	萧人	文学枝谈		
	陈介白	论研究文学的方法	和平钟	第1卷第2期
	林文铮	诗圣梵乐希论	中法文化	第1卷第3期
11	李广田	谈报告文学	世界文艺季刊	第1卷第2期
	刘梦秋	方望溪文论	东方杂志	第41卷第21号
	俞大纲	曼殊斐儿论	时与潮文艺	第5卷第3期
	王玉章	宋元戏曲史商榷	文史哲季刊	第3卷第1期
	张贵永	从英国先期浪漫主义到赫尔德的历史思想		
	[英]叶慈；汪家正译	不列颠底中国文化研究	东方杂志	第41卷第22号
	邵祖平	乐府诗研究谈		
	苏芹荪	莎士比亚与电影：银幕上的亨利五世	东方副刊	第8号
	严倚云	法国自然主义派的两大小说家	中法文化	第1卷第4期
	谷剑尘	悲剧与教育问题	文艺先锋	第7卷第5期
	黎克简	论新文艺的性质	文艺大众	第3期
	周建人	论感情	新文化	第1卷第2期
11—次1	[苏]罗森塔尔；岳光译	思想方法论		第1卷第2—6期
11、12	钱锺书	小说识小	新语半月刊	第4、5期
12	傅庚生	汉赋与俳优	东方杂志	第41卷第23号
	张少微	韦柯及其社会哲学		第41卷第24号
	阿垅	我们今天需要政治内容，不是技巧	希望	第1集第4期

月	作者·译者	篇 名	发表刊物	卷·期·号
12	方然	释"战斗要求"	希望	第1集第4期
	闻一多	新诗的前途	火之源	第1卷第5、6期合刊
	吕荧	谈永恒的主题		
	冠琴	新诗短论		
	郭沫若	关于"接受文学遗产"	艺文杂志	第1集第1期
	以群	思想感觉和艺术创造		
	[苏]罗森塔尔;周迪译	论艺术的意识性与倾向性	苏联文艺	第17期
	F.盎浦利叶;章明译	瓦莱里的生平与作品	法国文学	第1卷第1期
	吴达元	法国寓言诗诗人拉封登	中法文化	第1卷第5期
	[法]P.Orsini;刘保寰译	狄德罗与百科全书		
	李祁	英国诗人华茨华斯	江苏学报	第1卷第1期
	陈瘦竹	诗与戏剧	客观	第4期
	戴镏龄	自然环境对于英国文艺的影响		第6期
	傅雷	艺术与自然的关系	新语半月刊	第5期
	沈敦行	中国戏剧中的歌舞及演技		
	郭绍虞	明代文学批评的特征		
	荃麟	略论文艺的政治倾向	新华日报	19日
	以多	现阶段的新民主主义文学论	南方文艺	创刊号
	洛丽扬	新女性典型的创造	妇女	第2期
	吕敬平	论反映	文艺大众	第4期

1946年

月	作者·译者	篇 名	发表刊物	卷·期·号
1	王戎	"主观精神"和"政治倾向"	新华日报	9日
	浮华士德、休谟;赵如琳译	莱因哈特与样式化的写实主义	戏剧与文学	创刊号
	陈卓猷	导演论		
	张煜	编剧术		
	荒山	戏剧概论		
	傅庚生	文论神气说与灵感	东方杂志	第42卷第1号
	陈瘦竹	戏剧批评家莱森		
	郭绍虞	从文人的性情思想论到狷性的文人	文艺复兴	第1卷第1期
	林庚	谈诗	国文月刊	第40期

月	作者·译者	篇 名	发表刊物	卷·期·号
1	陈仓亚	拉封登的寓言诗	中法文化	第1卷第6期
	王佐良	波特莱的诗		
	孙福熙	中国艺术的新路		
	吴大琨	文学与经济学	青年界	新第1卷第1号
	吴景崧	吉诃德精神		
	戴镏龄	英国文艺史上翻译时代的翻译风气	客观	第11期
	朱东润	传叙文学底尝试	中央周刊	第8卷第2、3期合刊
	陈东林	研究文学的方法	平论	第9期
	孙玉铮	象牙塔外的文艺	人言周刊（北平）	第1期
	锡金	摩罗诗说	文艺春秋	第2卷第2期
	赵景深	汤显祖与莎士比亚		
	叶鼎彝	广境界论	国立西北师范学院学术季刊	第2期
	茅盾	八年来文艺工作的成果及倾向	文联	第1卷第1期
	肖协	抗战戏剧的路子		
	荃南	受难期的上海戏剧活动		
	茅盾	谈歌颂光明		第1卷第2期
	爱特蒙·威尔逊；冯亦代译	美国化的林语堂		
	黄新	文化运动在香港		
	以群、陈翔	讨论通信：从何写起		
	周贻白	中国戏曲中之蒙古语	文章	第1卷第1期
	张路	文艺复兴期的演剧		
	蒋天佐	思想的散步：漫谈理论	文坛月报	第1卷第1期
	徐中玉	论方言文学的倡导	文坛月刊	新第1期
	朱渺	文学之社会基础		
	[苏]罗森塔尔；岳光译	形而上学与辩证法	新文化	第1卷第7期
	以群	改造旧传统确立新作风		
	蓬子	关于批评与论争	新文学	第1号
	以群	文艺工作的新起点		
	范泉	论台湾文学		
	蒋天佐	论诗		第2号
	[苏]瓦格拉夫斯基；钱新哲译	屠格涅夫论	高原	新1卷第1期

月	作者·译者	篇 名	发表刊物	卷·期·号
1	乐星	"雷雨"与希腊悲剧精神	高原	新1卷第1期
	拾遗	民间语言的仓库		
	茅盾	论大众语	文选	第1辑
	郭沫若等	中国作家致美国作家书	中原·文艺杂志·希望·文哨联合特刊	第1卷第1期
	荃麟	关于批评		
1、2	冯雪峰	论民主革命的文艺运动		第1卷第1—3期
	陈瘦竹	三一律研究	文讯	第6卷第1、2期
1、3	朱光潜	美感经验的分析	世界与中国	第1卷第1、2期
2	田禽	中国女剧作家论	高原	新1卷第2期
	翟尔梅	诗的情绪与格律	文艺大众	第6期
	朱绛	诗歌的朗诵	世界文化	第4卷第2期
	浮华士德、休谟；赵如琳译	近代舞台装置的进展	戏剧与文学	第1卷第2期
	陈卓猷	史坦尼斯拉夫斯基演剧方法的真义		
	约翰·柏尔梅尔；萧邦译	英国喜剧的精神		
	陈冠芳	演技试论		
	程云清	文学散论	中央日报	9日
	何其芳	关于现实主义	新华日报	13日
	默涵	再谈写什么		20日
	陈汝懋	论心理事件的原因	东方杂志	第42卷第3号
	隋树森	关汉卿及其杂剧		
	李絜非	论历史的概念及其趋势		第42卷第4号
	凯士特勒；焦菊隐译	小说作家的三个危机	文艺复兴	第1卷第2期
	宗白华	悲剧的与幽默的人生态度	客观	第14期
	萧凡	诗人的道德观		
	依凡	诗中有剧		
	G.Sprau；赵景深译	文学批评的三个倾向	文艺春秋	第2卷第3期
	陈烟桥	艺术的使命与艺术家的任务		
	[苏]罗森塔尔；岳光译	普遍联系与相互依存	新文化	第1卷第8期
		普遍联系法则的革命性		第1卷第9期
	柴扉	民族戏剧论	文艺先锋	第8卷第2期
	陈治策	综合艺术的解释		

月	作者·译者	篇 名	发表刊物	卷·期·号
2	W. H. Hudson；蒋炳贤译	英国散文作家黑特逊论	黎明青年文艺	第2期
	以群	新民主运动中的文艺工作	文联	第1卷第3期
	徐迟	关于美国文学		
	光未然	人性的艺术和奴性的艺术	人民文艺	第2期
2、3	吴达元	服尔德	中法文化	第1卷第7、8期
3	王瑶	与儒林外史有连续性的三部小说	东方杂志	第42卷第5号
	吴奔星	民主诗人白居易		
	王瑶	论儒林外史的结构		第42卷第6号
	[苏]罗森塔尔；岳光译	什么是运动·变化·新生·发展	新文化	第1卷第10期
		发生与发展者的不可克服性		第1卷第11期
	蔡仪	论社会美		
	代湮	文艺写作的大众化与艺术价值	人言周刊（北平）	第8期
	黄药眠	论约瑟夫的外套	文艺生活	光复版第3期
	雪峰	大众化的创作实践	文联	第1卷第5期
	夏衍	历史剧所感	文章	第1卷第2期
	赵如琳	戏剧的衣饰与面具	文坛月刊	新第2期
	愚翁	中国戏剧是世界登峰造极的意识艺术	中国戏剧	第1卷第3期
		中外戏剧观		
		剧场与戏剧		
	艾青	文艺和政治	人民文艺	第3期
	谭丕谟	研究文学史方法论的商榷		
	画室	艺术性与政治性	鲁迅文艺月刊	第1卷第2期
	罗根泽	王安石的政教文学论	文艺先锋	第8卷第3期
	高名凯	中国语的特性	国文月刊	第41期
	李广田	论描写		
	郭绍虞	中诗外形律详说序		
4	魏金枝	所谓中心思想		第42期
	周振甫	林畏庐的文章论		
	胡曲园	启蒙运动与民主	青年界	新第1卷第4号
	陈翔鹤	文艺工作者与政治		
	李长之	刘熙载的生平及其思想		
	田景风	歌德精神	青年世界	第1卷第3期
	布莱克	论荷马诗	文艺复兴	第1卷第3期
	[苏]罗森塔尔；岳光译	质量互变法则	新文化	第1卷第12期
		渐变与突变·进化与革命		第2卷第1期

月	作者·译者	篇 名	发表刊物	卷·期·号
4	欧阳凡海	谈谈中国新文艺的性质	北方文化	第1卷第3期
	陈烟桥	近代艺术衰退论	新文学	第3号
	郭银田	论田园山水诗之分野	文艺先锋	第8卷第4期
	郭沫若	论古代文学	现代文献	第1卷第1期
	张骏祥	戏剧的语言问题	文选	第2辑
	张世禄	汉字的特性与简化问题	客观	第18期
	陈陇	诗话	白山	第2期
	石光	新典型的创造		
	朱渺	关于民族文学之展开	文坛月刊	新第3期
	冯明之	新感伤主义的倾向		
	胡风	答文艺问题上的若干质疑	文坛月报	第1卷第2期
	袁水拍	为人民的与为人民所爱的诗		
	W.B.Kaufman；王楚良译	英国文学中的战时倾向		
	李源澄	儒学对中国学术政治社会之影响	东方杂志	第42卷第7号
	黎正甫	罗马大哲人西塞罗		第42卷第8号
	张长弓	诗题四解		
	P.台加佛；孙源译	论战后法国文学	法国文学	第1卷第4期
	[美]辛克莱；罗希哲译	左拉论		
	杨周翰	论近代美国诗歌	世界文艺季刊	第1卷第3期
	王逊	表现与表达		
	李广田	认识与表现		
	黄药眠	论美之诞生	文艺生活	光复版第4期
	林仲铉	文艺鉴赏论	生活与学习	第1卷第1期
	方豪	中法文化关系史略	中央日报	4月26日
	郭沫若	人民的世纪	文艺世纪	第1卷第1期
	司马文森	谈普及和提高		
4、5	雪峰	论民主革命的文艺运动		第1卷第1、2期
4—7	Nerval；卢剑岑译	德国诗坛史略	生活与学习	第1卷第1期，第3、4期合刊
5	黄药眠	艺术之政治性、艺术性及其他	文艺世纪	第1卷第2期
	[苏]V.谢尔宾拉；戈宝权译	列宁的文艺理论	理论与现实	第3卷第1期
	[苏]罗森塔尔；岳光译	论辩证法的核心：对立的统一与斗争法则	新文化	第2卷第2、3期合刊

月	作者·译者	篇　名	发表刊物	卷·期·号
5	艾青	我对于目前文艺上几个问题的意见	新文学	第4、5号合刊
	范泉	印度剧的起源及其发达		
	[英]J.Dryden；夏婴译	论戏剧原理	新中华	复刊第4卷第9期
	张骏祥	闹剧与伤感剧的导演	文章	第1卷第3期
	闻一多	诗与批评	诗与批评	第1期
	徐迟	入情入理与实情实理	诗垦地	第5期
	蒙寒	诗散论		
	冀仿	今天的长诗		
	舒芜	个人、历史与人民	希望	第2集第1期
	阿垅	人生与诗		
	艾芜	文艺上的一个基本问题	文艺生活	光复版第5期
	田汉	给中国的戏剧工作者		
	陈翔鹤	文艺工作者与"政治"		
	周扬	"五四"文学革命杂记	人民文艺	第5期
	郭沫若	文艺与科学	中原·文艺杂志·希望·文哨联合特刊	第1卷第5期
	赵清阁	今日文艺新思潮	文潮月刊	第1卷第1期
	李长之	文艺批评在今天		
	陈瘦竹	悲剧与喜剧		
	任钧	诗放谈		
	蒋天佐	论艺术的价值与价格	文坛月报	第1卷第3期
	戈宝权	罗曼罗兰的生活与思想之路		
	朱渺	关于民主文学	文坛月刊	新第4期
	[俄]倍林斯基；向葵译	艺术的观念	文艺杂志	新1卷第1期
	[苏]波戈思洛夫斯基；唐旭之译	倍林斯基论		
	蒋路译	A.托尔斯泰的文学遗产		
	戴镏龄	当代英国文艺批评的动向	时与潮文艺	第5卷第5期
	吴达元	"法国文学史"序		
	胡秋原	略论五四之意义	中央日报	5月4日
	冯大麟	论文化生活	文讯	第6卷第5期
	陈烟桥	关于艺术的兴衰底问题	文艺春秋	第2卷第5期
	方仁	谈民主和艺术的大众化	民主与统一	第3期
	福楼拜	艺术；自我；莠草；观察	文艺复兴	第1卷第4期
	泰特勒	翻译的原则		

月	作者·译者	篇 名	发表刊物	卷·期·号
5	拉·布芮耶尔	语言；表现；了解；文人相轻；赞美	文艺复兴	第1卷第4期
	陈烟桥	论艺术的兴盛与政治的自由		
	林文铮	文艺与政治	中法文化	第1卷第10期
5—7	吴达元	卢梭	中法文化	第1卷第10期，第11、12期合刊
6	林焕平	高尔基的道路	文艺复兴	第1卷第5期合刊
	梅林	关于"抗战八年文艺检讨"		
	郑伯奇	民俗研究与大众文化	文潮月刊	第1卷第2期
	袁水拍	通俗诗歌的创作	文联	第1卷第7期
		今日文艺工作的方向		
	茅盾	新民主运动与新文化		
	V.Cousin；黄轶球译	论艺术的分类	文坛月刊	新第5期
	陈恩成	文艺天才与学者		
	茅盾	人民的文艺	鲁迅文艺月刊	第1卷第3期
	郭沫若	创造新的民族形式与参加民主斗争	中原·文艺杂志·希望·文哨联合特刊	第1卷第6期
	茅盾	和平、民主、建设阶段的文艺工作		
	朱光潜	论灵感	文艺时代	第1卷第1期
	陈烟桥	论艺术与物质基础	文艺春秋	第2卷第6期
	祝文白	中国小说源流述	读书通讯	第110期
	茅盾讲演	人民的文艺	新文艺	创刊号
	蔡仪	观念论的美论批判		
	[英]A.C.Brock；朱维基译	纯粹文学		
	荃麟	诗与政治	大刚报	5日
	何梅	诗和言	中央日报	15日
	杨白华	浪漫主义与现实主义之交流		17日
	曾虚白	托尔斯泰思想与老庄学说的比较		18日
	胡风	在疯狂的时代里面	希望	第2集第2期
	舒芜	关于思想与思想的人		
	李广田	文学与文化	国文月刊	第43、44期合刊
	郭绍虞	肌理说		
6—8	吕叔湘	语文杂记		第43、44期合刊，第45、46期

月	作者·译者	篇 名	发表刊物	卷·期·号
7	[苏]高尔基；戈宝权译	论文学创作的技术	时代	第6年第29期
	舒芜	论"实事求是"	希望	第2集第3期
	方然	释"过程"		
	史东山	戏剧导演简论	文章	第1卷第4期
	古愚	秧歌论		
	欧阳山尊	秧歌论		
	树卿	主观派美学的批评	青年与时代	第1卷第1期
	黄药眠	论思想和创作	文艺生活	光复版第6期
	徐中玉	论语言的创造		
	李航	战争六年的英国文学		
	雪峰	什么是艺术力及其他	文艺杂志	新1卷第2期
	[苏]普罗特金；曹葆华译	车尔尼雪夫斯基底艺术观和文学创作		
	林焕平	现实的真和艺术的美	理论与现实	第3卷第2期
	朱自清	诗文评的发展	文艺复兴	第1卷第6期
		诗文评的发展	读书通讯	第113期
	郭沫若	文艺的新旧内容和形式	文艺春秋	第3卷第1期
	湘渔	论资本主义烂熟期的文化艺术		
	林焕平	文体风格和作家的环境思想性格及方法		
	朱肇洛	论"撒丝盘丝"	文艺时代	第1卷第2期
	陈介白	中国文艺理论的演变及其精神	文艺与生活	第2卷第1期
	洪钟	论农民形象	生活与学习	第1卷第3、4期合刊
	林仲铉	文学散论		
	李广田	艺术创造与主观意识	文化新潮	第1卷第2期
	吕荧	艺术与政治	萌芽	第1卷第1期
	冯至	杜甫和我们的时代		
	艾芜	高尔基的小说		
	N.博哥斯洛夫斯基；李兰译	屠格涅夫及其作品		
	艾青	释新民主主义的文学	长城	创刊号
	黄公伟	中国文学"史"话	中央日报	23日
	古正华	试论文艺建设上的几个小问题	南华学报	第1卷第1期
	吴流	论所谓"意境"	文史杂志	第6卷第1期
	曹聚仁	论小说中的人物与故事	上海文化	第6期
	茅盾	论大众语	现代文献	第1卷第3期

月	作者·译者	篇 名	发表刊物	卷·期·号
8	沈锜	泰戈尔与中国	中央日报	7日
	卢前	维族在中国文学上的贡献		17日
	成惕轩	论史诗		17、19日
	傅庚生	诗论蒙拾	东方杂志	第42卷第16号
	郭沫若	走向人民文艺	文艺生活	光复版第7期
	何其芳	略论大后方文艺与人民结合问题		
	艾青	论秧歌剧的创作和演出	长城	第1卷第2期
	[苏]罗森塔尔；岳光译	论矛盾的斗争法则	新文化	第2卷第4期
	许杰	文艺批评的本质	文艺春秋	第3卷第2期
	臧天远	谈诗歌与人民结合	诗激流	第2期
	[苏]高尔基；戈宝权译	论文学的世界性	时代	第6年第34期
	任钧	诗歌的大众化和通俗化	文艺青年	第9期
	李冈	论诗艺术上的主观和客观	诗生活	第1期
	饶沙鸥	文艺创作底主题、技巧和效果	文坛月刊	新第7期
	朱维之讲演	诗的新路线	天籁	复刊第1卷第1期
	陆士雄	古代妇女文学的概观		
	王大化	戏剧艺术观	戏剧与音乐	创刊号
	戈宝权编译	关于斯坦尼司拉夫斯基		
	欧阳于飞	诗底贫困	蛾	创刊号
	齐如山	中国剧本涵义之分析	新思潮月刊	第1卷第1期
	温公颐	欧洲现象学思潮		
	罗根泽	朱熹对于文学的批评	中国学术	创刊号
	缪灵珠	文学上独裁和民主之斗争		
	蔡仪	论艺术美		
8—11	[法]罗曼罗兰；沈起予译	民众戏剧论	萌芽	第1卷第2—4期
9	李兰	诗人密克维支		第1卷第3期
	鸶黑	什么是诗的语言及其他（书信）		
	叔孙如莹	关于舞蹈艺术	申报·春秋	6日
	阿龙	论模仿		
	刘贤亚	托尔斯泰的艺术论：论艺术中的颓废派		
	子蓉	文艺术语：传奇小说、桂冠诗人		7日
	锡寿	显尼志劳		9日

月	作者·译者	篇 名	发表刊物	卷·期·号
	殷怀远译	阿伦坡小传	申报·春秋	11日
	华林	尼采和居友		13日
	子蓉	文艺术语：空想、十五世纪派		
		文艺术语：幕间剧、问题小说、问题剧		15日
	陈默	论文学与现实		19日
	许桐华	匈牙利剧作家摩尔奈		26日
	啸风	文艺的永久性		
	沈立人	苏格兰诗人彭思二百五十周年祭		27日
	马超英	文艺术语：民众艺术、拜金艺术		
		文艺术语：原始艺术、造型美术		28日
	陈瘦竹	论排场戏	观察	第1卷第2期
	李广田	文学的价值		第1卷第3期
	伍启元	新时代与新时代的人文科学		第1卷第4期
	陈瘦竹	静的戏剧与动的戏剧		
	林焕平	现实主义和作家的二重性	文艺春秋	第3卷第3期
	罗玉君	环境对于文学的影响	青年界	新第2卷第1号
	常燕生	新浪漫主义与中国文学	青年世界	第1卷第12期
9	石怀池遗作	论托尔斯泰底时代思想及其与人民的结合（上）	文艺杂志	新1卷第3期
	黄药眠	作家与作品	文艺丛刊（香港）	第1辑
	茅盾	民间艺术形式和民主的诗人	天风周刊	第38期
	[苏]罗森塔尔；岳光译	发展过程上的矛盾与敌对	新文化	第2卷第5期
		唯物辩证法的范畴是什么		第2卷第6期
	林焕平	略论文艺批评	人民文艺	第6期
	范启新	近代戏剧运动与剧场的革新		
	[苏]K.布罗可普夫；黄药眠译	恩格斯与唯物主义的美学	理论与现实	第3卷第3期
	[法]艾司堂；李青崖译	恰如本身所示之彼德莱尔	文讯	第6卷第6期
	李絜非	历史艺术论	东方杂志	第42卷第18号
	陈烟桥	文学上的色彩与形象	一周间	第9期
	郑学稼	尼采简传	中国国民	第1卷第7期
	冯友兰	论风流	新思潮月刊	第1卷第2期
	张若名	小说家的创作心理		
	朱肇洛	林琴南与西洋文学介绍		

月	作者·译者	篇 名	发表刊物	卷·期·号
9	傅芸子	俗讲新考	新思潮月刊	第1卷第2期
	齐如山	中国旧戏中之要素		
	沈学文	一种新的文学观	文潮月刊	第1卷第5期
	赵清阁	纯文艺与民主文艺		
9、10	李长之	文学史上之司马迁		第1卷第5、6期
9—12	萧三	高尔基底社会主义的美学观	时代	第6卷第37、40、48期
9、11	朱光潜	文学上的低级趣味	文艺时代	第1卷第4、5期
10	鲁觉吾	从中国文化衡量世界文化	中国国民	第1卷第8期
	傅庚生	文学的风格与人格	东方杂志	第42卷第20号
	胡适	考据学的责任与方法	大公报·文史周刊	第1期
	杨宪益	词的起源	新中华	复刊第4卷第19期
	罗根泽	宋初古文新论	文化先锋	第6卷第3、4期合刊
	[美]杜德来；赵景深译	文艺的普遍性与永久性	青年界	新第2卷第2号
	朱光潜	谈诗的形式与内容	新中国月报	新第1卷第2期
	陈少卿	论儿童文学作品	申报·春秋	2日
	马超英	文艺术语：时间艺术、空间艺术、平面艺术、第八艺术		
	王平陵	性格的创造		3日
	王锐	莎德拉与卡缪士		4日
	靖文	美国文学的生长与其特性		6日
	华林	悲剧的乐观主义		9日
	许士骐	民族艺术与民族精神		12日
	华林	尼采是医生		
	马超英	文学界的拿破仑——巴尔扎克		15日
	王平陵	小说的戏剧性		16日
	张荫槐	萧伯纳		23日
	[英]孔利夫；周骏章译	论英国传记家斯揣齐	文讯	第6卷第7期
	宗白华	文艺的空灵和充实	观察	第1卷第6期
		悲剧世界之变迁		第1卷第8期
	梁恒心	乐音与文学	文坛月刊	新第9期
	张柳云	论批评	新国风	复刊第1期

月	作者·译者	篇　名	发表刊物	卷·期·号
10	仲铉	怎样选择文艺作品	生活与学习	第1卷第5、6期合刊
	汤钟琰	意象派诗家阿丁顿		
	[苏]罗森塔尔；岳光译	论本质与现象	新文化	第2卷第7期
	王小厂	民间文学的问题	斗下光	第1卷第2期
	仙	新诗简史	国真	第1期
	石烟	论革命智识分子的写诗	诗生活	第2期
	闻一多	诗与批评	诗文学	第1期
	黄药眠	论文艺创作上的主观与客观	文艺生活	光复版第9期
	许杰	文艺的战斗性	文艺青年	第11期
	王浩	语言和形上学	哲学评论	第10卷第1期
10、12	郑昕	知识的基本原则		第10卷第1、2期
11	范傅章	乔吉穆尔论朗戈斯	文艺时代	第1卷第5期
	Claude Roy；沈宝基译	保尔爱侣亚		
	陈瘦竹	戏剧与观众	观察	第1卷第10期
	高名凯	中国语言之结构及其表达思想之方式		第1卷第11期
	张道真	西洋诗之音乐性		
	李广田	文学运动与文学创作		第1卷第12期
	季镇淮	"文"义探源	文讯	第6卷第8期
	周绶章	论中国文艺运动思潮	读书通讯	第120期
	罗玉君	中国旧文学的主要题材	青年界	新第2卷第3号
	叶鼎彝	广境界论	国文月刊	第49期
	周振甫	章太炎的文章论		
	杨振声	传记文学的歧途	世界文艺季刊	第1卷第4期
	[英]L.Strachey；王庐译	论传记艺术		
	[俄]波果斯罗夫斯基；庄寿慈译	论屠格涅夫		
	[美]加莱特；庐集译	约翰·史丹倍克——工作中的小说家		
	吕荧、傅履冰	关于"客观主义"的讨论	萌芽	第1卷第4期
	罗克汀	哲学有什么用		
	何家宁	略评无名氏的小说		
	莫武	文学梦境的解剖		
	[英]M.Sumcy；李联译	王尔德的悲剧	文坛月刊	新第10期

月	作者·译者	篇 名	发表刊物	卷·期·号
11	马御风译	诗与日常生活	申报·春秋	1日
	臧克家	文艺作品中的比喻		6日
	阿龙	艺术与科学		
	陆士雄	非洲天才女诗人斐丽斯·魏兰传		11日
	沈先源	文艺创作的心理描写		13日
	蔡雪	美现代剧作家奥尼尔		18日
	王锐	王尔德与美国		19日
	老丹	从性心理谈蔼理斯		25日
	王平陵	文艺的使命		29日
	陈定闳	从文化的性质谈到文化史编纂问题	中央日报	12日
	罗根泽	宋初的推崇李杜		19日
	詹幼馨	文学中之无可奈何的情绪		20日
	荒芜译	沙特尔论美国小说的技巧	文汇报	26日
	杨丙辰	论文艺上的写实主义	文艺与生活	第3卷第1期
	李九魁	论诗		
	朱光潜	几个尝见的哲学译词的正误	新思潮月刊	第1卷第4期
	徐祖正	文艺复兴的精神		
	周绶章	论中国文艺运动思潮	读书通讯	第120期
	太虚	佛学摄判一切学说表解	文化先锋	第6卷第7期
	蒋星煜	泰戈尔与夏芝的距离		
	陈铨	东方文化对西方文化的影响		第6卷第9、10期合刊
	冯大麟	中国八十年来文化运动的总批判		
	[苏]罗森塔尔；岳光译	内容与形式	新文化	第2卷第8期
	尊闻	文学与政治		
	[苏]罗森塔尔；岳光译	必然性与偶然性		第2卷第9期
	C.桑德堡；方青译	诗底定义	呼吸	第1期
	徐中玉	作家与语言	民主世界	第3卷第8期
	朱维之	基督教与目前中国文学	天风周刊	第46期
11、次1	[英]傅斯特；苏芹荪译	现代英国散文	东方副刊	第18、20号
11—次2	荃麟	怎样创造形象	文艺大众	新3—5号
12	徐中玉	俄罗斯文学语言的创始者：普式庚	民主世界	第3卷第9期

月	作者·译者	篇 名	发表刊物	卷·期·号
12	杨振声	诗与近代生活	现代文录	第1集
	冯至	浮士德里的魔		
	宗白华译	席勒致歌德信	文化先锋	第6卷第12、13期合刊
		歌德覆席勒信		
	吕斯百	写实主义		
	[英]赫胥黎；王锐译	科学与近代流行思想的关系		第6卷第14期
	蒋星煜	峨默的生活型式与颓废思想		
	陈瘦竹	自然主义戏剧论	文艺先锋	第9卷第5、6期合刊
	孟克	诗的话		
	熊佛西	思想·情感·形式	涛声	复刊第1期
	朱光潜	作者与读者	文艺时代	第1卷第61期
	A. Maurois；常风译	小说与传记		
	高名凯	语言的宗教	观察	第1卷第16期
	华林	世界震荡中的文艺思潮	申报·春秋	2日
	王世康	论文辞与一代之盛衰	中央日报	5日
	阎哲吾	重整通俗文艺		
	叔孙如莹	就美学观点论"比喻"	申报·春秋	9日
	杨国芳	两种文艺批评		11日
	复君	短篇小说的特性		30日
	吕剑	人·诗人·诗和歌	文艺丛刊（香港）	第2辑
		关于文艺上的普及问题		
	楼栖	论杂文		
	钟敬文	风格论备忘	文艺春秋	第3卷第6期
	俞元桂	论诗歌风格的形成	协大艺文	第18、19期合刊
	陈文松	赋兼歌诵论		
	[苏]罗森塔尔；岳光译	必然与自由	新文化	第2卷第10期
		可能性与现实性		第2卷第11、12期合刊
	董秋斯	论翻译原则		
	心波	谈研究旧文学		
	丰子恺	文艺的不朽性	新中国月报	新第1卷第3期
	许杰	再谈文艺的战斗性	文艺青年	第12期
	巴山	关于诗的研究		
	吕漠野	文学作品的形式和内容		
	许钦文	新文学与旧文学	青年文艺（上海）	第1卷第3期

月	作者・译者	篇 名	发表刊物	卷・期・号
12	李金发	近代波斯文学	文坛月刊	新第 11、12 期合刊
	莫武	文学梦境的解剖		
	罗松天	论旧文学的含蓄性	世界新潮	第 1 卷第 4 期
	Lafcadis Hearn；陈古虞译	托尔斯太的艺术论	北国杂志	创刊号
	杨丙辰	论短篇小说与长篇小说的区别		
	李长之	切实与超越		
	吴晓玲	梵剧的起源		
	王青芳	艺术与品格		
	徐祖正	文艺复兴期思想之特征	文艺与生活	第 3 卷第 2 期
	李辰冬	小说家与其人物		
	刘学	苏俄作家与美国作家		
12、次 1	多布林；杨丙辰译	论叙事文艺作品底结构		第 3 卷第 2、3 期
	D.Morrow；梁实秋译	斗争中的莎士比亚	观察	第 1 卷第 15—19 期
12、次 5	[法]泰纳；李辰冬译	论艺术与人性	新思潮月刊	第 1 卷第 5、6 期

1947 年

月	作者・译者	篇 名	发表刊物	卷・期・号
1	老金	关于艺术样式问题	艺术论坛	创刊号"现代艺术论专号"
	[日]外山卯三郎；虹子译	艺术学的现状		
	刘狮	论新兴艺术		
	王进珊	知识・道德・艺术		
	黎淦林	论歌谣	文坛月刊	第 5 卷第 1 期
	渥兹渥司	诗是艺术；诗的使命	文艺复兴	第 2 卷第 6 期
	[法]儒卫勒；林如稷译	左拉传	文艺春秋	第 4 卷第 1 期
	李长之	统计中国新文艺批评发展的轨迹	文潮月刊	第 2 卷第 3 期
	张清津	中国新文化体系的创建	文化先锋	第 6 卷第 15 期
	陈瘦竹	略论文学戏剧之前途		
	[日]青木正儿；隋树森译	北曲之遗响		第 6 卷第 16 期
	张公辉	论国语的优点		
	阎哲吾	建设"中国人的戏剧"	文艺先锋	第 10 卷第 1 期
	阿垅	技巧否定论	呼吸	第 2 期
	朱霞	感觉与作家		

月	作者·译者	篇　名	发表刊物	卷·期·号
1	徐心芹	论文艺复兴	涛声	复刊第 2 期
	钟敬文	诗底逻辑	岭南学报	第 7 卷第 1 期
	吴世昌	论读词须有想像	中央日报	14 日
	王平陵	科学的文艺论	申报·春秋	6 日
	克罗特·霍煦演讲	最近法国文艺动态		8 日
	杨国芳	略谈形式与内容		16 日
	张道藩	文艺家的修养与造诣		20 日"中华全国文艺作家协会年会专辑"
	陈之佛	所谓"完人"		
	徐仲年	文艺与友谊		
	老向	谈文艺运动		
	高植	明日的文艺写作		
	戴镏龄	柏拉图放逐诗人辩	观察	第 1 卷第 20 期
	季羡林	谈翻译		第 1 卷第 21 期
	李慕白	莎翁戏剧的历史背景		第 1 卷第 22 期
	慧军	论柏拉图之轮回说	东方杂志	第 43 卷第 2 号
	陈瘦竹	戏剧定律		
	臧克家	诗的血脉	青年界	新第 2 卷第 4 号
	臧云远	新诗和新美学		
	姜亮夫	论诗		
1、2	洪深	哲学与文学		新第 2 卷第 4、5 号
	朱光潜	克罗齐与新唯心主义	思想与时代	第 41、42 期
2	列宁；北泉译	论托尔斯泰	苏联文艺（月刊）	第 26 期
	毛子水	通鉴论文	大公报·文史周刊	第 16 期
	周圭	美术的摇篮——唯美的古希腊社会	申报·春秋	2 日
	赵景深	哈代的新研究		7 日
		莎士比亚在苏联		13 日
	张道真	谈玄诗	观察	第 1 卷第 23 期
	[美]赛珍珠；天行译	人与文		第 1 卷第 24 期
	谭丕模	唐代新文化运动	读书与出版	复刊第 2 年第 2 期
	傅庚生	论文学的隐与秀	东方杂志	第 43 卷第 3 号
	李长之	史记书中的形式律则	国文月刊	第 52 期
	刘凤书	中国纯粹文学之研究及批评	太平洋	第 1 年第 2 期
	简赞雍	阿Q社会之分析	新中华	复刊第 5 卷第 3 期
	许杰	创作和欣赏	文艺春秋	第 4 卷第 2 期

月	作者·译者	篇　名	发表刊物	卷·期·号
2	苗力田	柏拉图底生平和著作	文化先锋	第6卷第17期
	王梦鸥	生之悲剧	文艺先锋	第10卷第2期
	陈瘦竹	论戏剧性		
	丁小曾	戏剧与文学		
	演弦	批评家贺拉斯及其诗的艺术		
	吴朗	新诗散论	诗音讯	第1卷第1期
	莫武	文学与政治	文坛月刊	第5卷第2期
	梁恒心	诗词中的风景画题		
	丰子恺	文艺的不朽性	文艺与生活	第4卷第1期
	罗洪	文艺写作的条件		
	罗玉君	文学与肺病		
	谢冰莹	文学与自然		
2—4	[日]小泉八云；刘兴华译	论写作		第4卷第1期，第2、3期合刊
2、3	青子	中国妇女与文学	妇声半月刊	第1卷第10—12期
3	陈敬容	谈灵感	人世间	复刊第1期
	晴原译	好莱坞的七根柱子——路德维奇论美国电影		
	J.Pijoan；田禽译	新古典派的再兴	文潮月刊	第2卷第5期
	朱渺	艺术与政治	文坛月刊	第5卷第3期
	方然	"主观"与真实	呼吸	第3期
	罗逸民	中国语文学对于世界语文学之贡献	读书通讯	第129期
	傅庚生	论文学的复古与革新	国文月刊	第53期
	张须	魏晋隋唐文论		
	向培良	空间与时间	青年界	新第3卷第1号
	永泉	小说琐谈		
	田禽	译"欧洲艺术史纲"序	申报·春秋	10日
	许士骐	艺术品的欣赏		16日
	乐梅岑	美国现代剧坛		18日
	杰人	谈诗		18、24日
	丁念庄	希腊神话的分析		21日
	阿龙	论处理题材		22日
	俞剑华	综合艺术		30日
	黎东方	美国最近文坛：中篇小说盛行		31日
	钱锺书	说"回家"	观察	第2卷第1期

月	作者·译者	篇　名	发表刊物	卷·期·号
3	蔡壬侯	英文的中国化	观察	第2卷第4期
	陈曙风	艺术形式的变革	时与文	第1卷第1期
	冯契	中西文化的冲突与汇合		
	臧克家	民歌的"刺"		
	杨夷	论风景描写	文风学报	第1期
	陈竞	修辞学之涵义及其源起		
	鲁荻	简论"新田园诗"	新文艺月刊	第1卷第1期
	沙鸥	关于方言诗	新诗歌	第2号
	陈薪	关于诗的"形象力"	国光新闻	创刊号
4	金克木	印度文学史略引言	大公报·文史周刊	第24期
	李长之	史记的建筑结构与韵律	国文月刊	第54期
	[德]Wackernagel；易默译	修辞学与风格论		
	朱自清	文学的标准与尺度		
	景昌极	中国语文法新探要略	东方与西方	第1卷第1期
	宗白华	看了罗丹雕刻以后		
	陈烟桥	论艺术与自然	学风	第1卷第2期
	[美]H.G.Wells；赵易林译	空间和时间	青年界	新第3卷第2号
	宙平	克罗齐美学批评的批评	春风	新3号
	刘亦宇	新文化运动的再估价	民主与统一	第33期
	沈鹰	古代美的特质	申报·春秋	6日
	吴鲁芹	文化交流的功用		14日
	曹未风	莎士比亚在英国		23日
	澧莉	莎士比亚的作品		
	家骅	莎士比亚		
	阎哲吾	犹疑的悲剧		
		思想家的莎士比亚		28日
	虞愚	哲学精神的价值	观察	第2卷第7期
	林焕平	文艺的功用	时与文	第1卷第4期
	林海	小说中的"光"与"热"		第1卷第5期
	周继善	何为美		第1卷第7期
	陈瘦竹	编剧原理	文潮月刊	第2卷第6期
	董每戡	关于近代剧	中国杂志	第1卷第2期
	徐光炎	论新文化运动	十月风	第1卷第1期
	程开元	中国文艺上所表现的女性		
	巴山	论文艺与人民以及民主文艺	文艺青年	第13期

月	作者·译者	篇　名	发表刊物	卷·期·号
4	雪明	在修辞上艺术的界限	现代学生（汉口）	创刊号
	叶德均	十年来中国戏曲小说的发现	东方杂志	第43卷第7号
	许君远	百老汇是艺术的宝库		
	骆宾基	文学与人生	文艺知识连丛	第1集之1·喇叭
	熊佛西	什么是综合的艺术		
4、5	[日]青木正儿；隋树森译	诗文书画论中的虚实之理	宇宙风	第149、150期
5	陈瘦竹	戏剧基于人生关键说	东方杂志	第43卷第10号
	朱光潜	克罗齐	大公报·文史周刊	第30期
	黎锦明	几个主要的观念	青年界	新第3卷第3号
	向培良	人我之间		
	中甫	从五四运动说到现代学术	民主与统一	第36期
	洪深	电影批评的真实性与人情味	时与文	第1卷第11期
	冯乃超	为"五四"的"专家学者"做注解	文艺生活	光复版第14期
	黄药眠	由"民主短简"谈到政治讽刺诗		
	许杰	中国新文学运动之精神	文艺青年	第14期
		中国新文学运动的传统精神	学风	第1卷第3期
	毕基初	中国诗的踪迹		第1卷第4、5期合刊
	易白	五四新文化运动与文艺大众化	作家杂志	第3期
	林燕	略论"诗坛的现阶段"		
	吕剑	论新主题	新诗歌	第4号
	洁泯	诗的战斗前程		
	盛澄华	"新法兰西杂志"与法国现代文学	文艺复兴	第3卷第3期
	季羡林	现代德国文学的动向		
	曹未风	十月小阳春		
	萧乾	英国文坛的三变		
	戈宝权	伟大卫国战争中的苏联文学		
	漆黑	论新现实主义文学	新社会月刊	第1期
	赵景深	自然主义的大师约柯伯生	文潮月刊	第3卷第1期
	朱维之	圣咏文学鉴赏		
	钟敬文	谈艺录	文艺春秋	第4卷第5期
	李桦	艺术的社会效用问题		
	陈烟桥	关于艺术家		
	萧树模	谈艺术的批评问题	文艺先锋	第10卷第5期

月	作者·译者	篇　名	发表刊物	卷·期·号
5	王了一	诗歌的起源及其流变	国文月刊	第55期
	祝秀侠	唐代传奇与唐代社会	文教	创刊号
	詹安泰	词境新诠		
	于赓虞	论作诗	诗文学	第3期
	陈文松	中国旧小说中故事演变示例	协大艺文	第20期
	游叔有	修辞学漫谈		
	陈农华	文艺上的哲学基础辩证述要		
	吴达元	卢梭	山大学报	创刊号
	常风	小说的故事		
	吴宓	一多总表	东方与西方	第1卷第2期
	冀	山西在中国戏曲史上的地位	中央日报	4日
	周策纵、冯大麟	论五四运动		6日
	阎哲吾	五四运动与话剧	申报·春秋	5日
	许士骐	文艺与人生		
	赵景深	左拉以后的法国史诗		13日
		史坦培克的新作		17日
	喻蘅	艺术的境界		24日
	赵景深	奥国文学的低潮		27日
	阎哲吾	近代剧之父——易卜生		28日
	朱自清	什么是文学	新教育杂志	第1卷第1期
	吴世昌	中国文化与现代化问题	学识	第1卷第1期
	陈之佛	谈美育		
	张世禄	中国语言与文学		第1卷第1、2期
	沈从文	性与政治	论语半月刊	第129期
	流金	门外谈诗	人世间	复刊第3期
	华林	谈文艺	自由谈	第1卷第1期
5、6	陆丹林	开国前革命党人的文学		第1卷第1、2期
6	袁可嘉	从分析到综合	东方与西方	第1卷第3期
	张基译述	梵乐希论西洋文化		
	贺玉波	文学与科学的交流	青年界	新第3卷第4号
	赵景深	泰纳的文艺批评		
	向培良	价值颠倒的世界		
	罗玉君	萧伯纳与幽默文学		
	陈伯吹	马克吐温和儿童文学	前锋	第1期
	陶秋英讲演	从中西民族性的不同讲到中西文学的差别	呢喃	第3卷第4期
	萧乾	詹姆士的四杰作	文学杂志	第2卷第1期

月	作者·译者	篇　名	发表刊物	卷·期·号
	朱自清	古文学的欣赏	文学杂志	第2卷第1期
	吴之椿	明日世界与中国文化		
	朱光潜	诗的难与易		
	郭绍虞	语文小记	国文月刊	第56期
	张须	近代文论		
	张一勇	中西论诗底比较研究	文艺春秋	第4卷第6期
	李何林	读"中国文学史纲"		
	钟敬文	诗和歌谣	文讯	第7卷第1期
	余秋子	诗与诗人	文坛月刊	第5卷第6期
	[英]罗素；吴康译	论柏拉图思想之本原	学术丛刊	第1卷第1期
	培克；张煜译	戏剧底元素——动作和情感		
	P.G.Konody；俞剑华译	艺术与自然	读书通讯	第134期
6	郭沫若	人民文艺	新文艺	第1号
	沙鸥	诗简答		
	仇晶	五四运动与文艺革命		
	Lyman Bryson；黄时枢译	文学与社会科学	东方杂志	第43卷第11号
	姜蕴刚	超人与至人		第43卷第12号
	傅庚生	诗歌的声韵美		第43卷第13号
	戈宝权	对苏联文艺界最近一次批评与清算的认识	大学（月刊）	第6卷第1期
	许梦因	论词之起源	中央日报	6月4日
	顾一樵讲演	文艺复兴与社会改造	申报·春秋	1日
	喻蘅	艺术的产生		2日
	赵景深	苏联文学在美国		
		最近英国的剧坛		6日
	杨实	马克吐温		
	赵景深	萨克莱的新研究		10日
	潘公展	艺术与社会人生		21日
6—10	许寿裳	亡友鲁迅印象记	人世间	复刊第4—7期
7	春舫	左拉的社会正义	申报·春秋	2日
	雁冰	谈艺术家		6日
	赵清阁	关于中国新文艺思潮		22日
	王平陵	文艺与政治		23日
	阎哲吾	论电影艺术		27日

月	作者·译者	篇　名	发表刊物	卷·期·号
7	陈瘦竹	论悲剧人生观	观察	第2卷第20期
	吕荧	诗与意	时与文	第1卷第19期
	俞剑华	艺术的本质	读书通讯	第137期
	卜束	散文与诗	青年界	新第3卷第5号
	向培良	艺术与实物		
	亚萍	新世纪的诗歌运动		
	沈从文	小说与社会	龙门杂志	第1卷第5期
	戴镏龄	谈西洋传记	人物	第2年第7期
	金克木	论"式"的运用	大公报·文史周刊	第34期
	方敬	新诗话	诗创造	第1期
	唐湜	梵乐希论诗		
	戴镏龄	近代英国传记的简洁	文学杂志	第2卷第2期
	S.Spender；俞铭传译	一首诗的形成		
	王佐良	一个中国新诗人		
	郭绍虞	中国语词的声音美	国文月刊	第57期
	陈寅恪；程会昌译	韩愈与唐代小说		
	陈汝惠	中国文学史的特征	前锋	第2期
	何治安	论节奏及其应用	文艺先锋	第11卷第1期
	赵友培	攻玉篇		
	默涵	关于文艺批评的断想	文艺生活（桂林）	光复版第15期
	[英]E.W.Martin；胡仲持译	文学批评的职能		
	林焕平	典型论	文艺春秋	第5卷第1期
	Blackiston；田禽译	怎样写短篇小说	文潮月刊	第3卷第3期
	张恨水	章回小说在中国	文艺（武昌）	第6卷第1期
	吕亮耕	诗与真		
	[日]青木正儿；隋树森译	诗赋绘画与自然美之鉴赏	文讯	第7卷第2期
	方诗铭	抗战时期中国小说史的研究		
	彭慧	托尔斯泰作品里的女性典型		
	李广田	鲁迅的杂文	学风	第2卷第1期
	陈烟桥	论艺术与政治自由		
	黎淦林	论艺术的效能	文坛（广州）	第6卷第1期
	雪伦	谈谈诗人		
	蒋希平	斯丹道尔的艺术精神		

月	作者·译者	篇 名	发表刊物	卷·期·号
7	胡曲园	今后新文化任务	十月风	第1卷第2期
	程晋之	文艺与民主科学		
	赵则平	文艺的普及与提高		
	蔡仪	论普及	文艺知识连丛	第1集之3"论普及"
	徐调孚	从文学是什么谈起		
	史伍	古典主义		第1集之4"艾青论"
		浪漫主义		
	徐调孚	谈表现		
	李桦	艺术的社会价值		
	林焕平	论当前中国文艺的主题	文艺生活	光复版第16期
	岂心	文学与社会	新文艺	第2号
	石之	论文艺作品的向上性		
	吕荧	"诗"与现实	新文艺月刊	第1卷第5期
		论创作的艺术	时与文	第1卷第22期
	许杰泯	勇于面对现实	诗创造	第2期
	常风	新文学与古文学	文学杂志	第2卷第3期
	傅庚生	论文学的本色		
8	朱自清	论朗诵诗	观察	第3卷第1期
	张世禄	评朱光潜"诗论"	国文月刊	第58期
	吴宓	一多总表	哲学评论	第10卷第6期
	冯至	从浮士德里的"人造人"略论歌德的自然哲学		
	罗兰子	英维多利亚朝桂冠诗人但尼生	申报·春秋	6日
	赵景深	托马斯曼论文集		24日
	王进珊	孔子的文艺观		27日
	赵景深	刘易士的新作		31日
	李健吾	胜利后法国现代戏剧	文艺春秋	第5卷第2期
	钟敬文	对于古典文学的兴味		
	郑临川	关于诗	文艺先锋	第11卷第2期
9	赵景深	的里雅斯德的喜剧	申报·春秋	2日
	荆有麟	由小说到传奇		5日
	赵景深	沙尔德的新剧本		9日
		布洛克演讲集		10日
	阎哲吾	但丁逝世纪念		15日
	赵景深	七十五年来世界文坛鸟瞰		20日
	[法]A.纪德;盛澄华译	文坛追忆与当前问题	文艺复兴	第4卷第1期

月	作者·译者	篇 名	发表刊物	卷·期·号
9	许杰	论文艺创作的深度	文艺春秋	第5卷第3期
	向培良	艺术与道德	青年界	新第4卷第1号
	[苏]M.莫佐夫；何家槐译	关于雪莱	新诗歌	第6号
	陈瘦竹	亚里士多德论悲剧	文潮月刊	第3卷第5期
	董每戡	英国的戏剧	文讯	第7卷第3期
	孙晋三	社会历史小说与"福萨德家传"		
	游牧	漫谈文学与人生	文坛月刊	第6卷第2、3期合刊
	吴泽	论平剧之产生与本质	东方杂志	第43卷第15号
	宗白华	略论文艺与象征	观察	第3卷第2期
	常风	人物的创造	文学杂志	第2卷第4期
	霍夫曼斯塔尔；冯至译	德国的小说		
	杰克·德·拉克累兑尔；陈占元译	自然、创作、灵感		
	夏康农	真理与现实的统一的美	文汇丛刊	第1辑"春天的信号"
	胡绳	关于文化上的群众路线		
	郑重之	发展五四文化运动的几个问题		
	郭沫若	人民至上主义的文艺		第4辑"人民至上主义的文艺"
	杨晦	京派与海派		
	郑振铎	从"艺术论"说起		
	冬苹	现阶段新现实主义文学的历史任务		
	欧阳文辅	论刘西渭的批评	文艺垦地	创刊号
	向阳	论朗读小说		
	张白山	谈传记文学		
	[法]左拉；周簏译	艺术作品的人的因素		
	锦钊	文学与时代	谷雨文艺月刊	9月号
	毕彦	艺术散论		
	老向	谈通俗文艺	南青	第1卷第4期
	金丁	中国旧文学的发展	现代周刊	第68、69期
	高名凯	中国现代语言变化的研究	天文台	第1卷第1期
	罗根泽	宋释智圆的古诗文新论	中央日报	15日
9、10	陈家庆	古代妇女文学略说		9月10、18日；10月2日
10	劳辛	诗底粗犷美短论	诗创造	第4期

月	作者·译者	篇　名	发表刊物	卷·期·号
10	王庆菽	小说至唐代始达成立时期之原因	中央日报	6日
	韦澄晓	中国哲学与文学的关系	新中华	复刊第5卷第19期
	罗根泽	何谓诗话	中央日报	20日
	赵景深	最近的葡萄牙剧坛	申报·春秋	4日
	培英	爱伦坡及其作品		7日
	徐仲年	法国的散文诗		15日
	赵景深	梅特林克的新作		25日
	陈瘦竹	论悲剧主角		27日
	潘公展	民族艺术之新生		31日
	何达	令人醉的诗和令人醒的诗	观察	第3卷第7期
	费孝通	论知识阶级		第3卷第8期
	金克木	创造的统一——试论泰戈尔		
	郭绍虞	譬喻与修辞	国文月刊	第60期
	赵景深	近代西洋文艺思潮	青年界	新第4卷第2号
	罗大冈	两次大战间的法国文学	文学杂志	第2卷第5期
	贾光涛	说艺		
	朱宝昌	论自然主义与超自然主义	文讯	第7卷第4期
	秋子	由"时代文艺"谈到"大众化"	文坛月刊	第6卷第4期
	朱维之	什么是文艺思潮	文化通讯	第1期
	默涵	生活美与艺术美	文艺生活	光复版第17期
	宋云彬	为什么要读文学史？怎样读文学史？		
	吕漠野	戏剧的"戏剧性"	文艺青年	第16期
	李中峰	新文学运动当时的中国戏剧创作		
	闻一多遗著	文学的历史动向	中国作家	第1卷第1期
	朱自清	论严肃		
	胡风	先从冲破气氛和惰性开始		
	阿垅	语言片论		
	茅盾	民间艺术形式和民主的诗人	文艺丛刊	第1集"脚印"
	李广田	鲁迅小说中的妇女问题		
	林焕平	论思想性、真实性、艺术性	文艺春秋	第5卷第4期
	[苏]V.柴达诺夫；何家槐译	论莱蒙托夫		
	赵景深	近代西洋文艺思潮	青年界	新第4卷第2号
	林焕平	中西诗论发微	世界新潮·文艺丛刊	第1卷第1辑
	朱自清	什么是中国文学的主潮	天文台	第1卷第2期

月	作者·译者	篇　名	发表刊物	卷·期·号
10	高名凯	中国语的语义变化	天文台	第1卷第2期
	毕彦	关于文学批评	谷雨文艺月刊	10月号
	程晋之	文化需要在转变中再生	十月风	第1卷第3、4期合刊
	何恕	文化的涵义分类及其他		
	宗白华	艺术与中国社会生活	学识	第1卷第12期
	郑英之	民主的国族文学	国民杂志（厦门）	第10、11期合刊
11	袁圣时	中西小说之比较	东方杂志	第43卷第17号
	吴越	论感情	诗创造	第5期
	朱自清	论雅俗共赏	观察	第3卷第11期
	叶华	古代语文体系之探讨	国文月刊	第61期
	许杰	局部与整体	文讯	第7卷第5期
	[苏]A.叶果林；吕荧译	论果戈里		
	朱光潜	苏格腊底在中国（对话）	文学杂志	第2卷第6期
	袁可嘉	诗与意义		
	陈瘦竹	论悲剧的功用	文潮月刊	第4卷第1期
	Blackiston；田禽译	短篇小说作法		
	姚浊波	生活、创作和批评	文坛月刊	第6卷第5期
	郑临川	士风与文艺	文艺先锋	第11卷第3、4期合刊
	梦鸥	中国山水文学漫谈		
	姚行义	柴霍夫艺术的特点		
	罗根泽	文学与文学史		第11卷第5期
	牟宗三	人性与文艺		
	黄芝冈	禅与诗		
	余上沅	综合艺术		
	红苹	简谈中国文艺再革命		
	李善昌	汉赋研究	文化先锋	第7卷第9、10期合刊
	继孟	谈"桐城派"	中央日报	12日
	刘铭恕	汉满五胡交流中之小说		24日
	赵景深	沙尔德讲存在主义	申报·春秋	5日
	风来	论文艺作品的感动性		19日
	刘狮	建立客观批评		23日
	味逸	小说技术谈		25日
		剧作家安特生		26日

月	作者·译者	篇　名	发表刊物	卷·期·号
11	[日]小泉苳三；关岚译	近代日本文学思潮	黄河	第3号
	黎烈文	梅里美评传	文艺春秋	第5卷第5期
	许杰	论文艺创作的实践	文艺丛刊	第2集"呼唤"
	李广田	谈诗歌朗诵		
	叶子	演员与观众	文艺青年	第17期
12	[苏]V.Zhdanov；何家槐译	论果戈里	文艺春秋	第5卷第6期
	成辉	和唐祈谈诗	诗创造	第6期
	王镇坤	评"人间词话"	中央日报	12、15日
	顾毓琇	中国的文艺复兴		15—28日
	进珊	谈文学欣赏	申报·文学周刊	第2期
	王梦鸥	词的感觉		第3期
	东方蒙雾	描写人物		
	赵景深	最近的世界文坛		第3、4期
	田禽	短篇小说的观点	青年界	新第4卷第4号
	蔡振华	谈谈西洋传记		
	寒曦	现代传记的特征	人物	第2年第12期
	徐中玉	论勇敢的表现	观察	第3卷第15期
	钱锺书	游历者的眼睛		第3卷第16期
	戴镏龄	谈诗歌的晦涩		第3卷第17期
	张须	散文之发展与变易	国文月刊	第62期
	许杰	批评与批评的混乱	文艺丛刊	第3集"边地"
	李广田	历史和人的悲剧		
	刘狮	理解和鉴赏	文潮月刊	第4卷第2期
	蔡田	论"戏剧的"		
	高植讲演	翻译与创作	文艺先锋	第11卷第6期
	Blackiston；田禽译	短篇小说的动作		
	[苏]毕略耶夫；蒋路译	苏联的文艺科学	苏联文艺	第31期
	罗根泽	宋文学家黄裳的性理文学说	中央日报	12月22、29日
	刘泮溪	论感动与感伤	人世间	复刊第8—9期合刊
	王枳	闲谈播音剧		
	郑君里	跋"角色底诞生"		
	舒善	论庸俗	黄河文艺丛刊	第1期
	陆翔	论题材		
	张君川	小说的内容	文讯	第7卷第6期

月	作者・译者	篇　名	发表刊物	卷・期・号
12	孙晋三	所谓存在主义——国外文化述评	文讯	第7卷第6期
	姚浊波	人的认识与人的文学	文坛月刊	第6卷第6期
	朱东润	传叙文学的真实性	学识	第2卷第2、3期合刊
	罗大刚	时势造成的杰作	文学杂志	第2卷第7期
	袁可嘉	当前批评底任务		
	陈占元	两部法国文学史		
12、次2	陆志韦	从翻译说到批评		第2卷第7、9期

1948年

月	作者・译者	篇　名	发表刊物	卷・期・号
1	盛澄华	纪德艺术与思想的演进	文学杂志	第2卷第8期
	朱光潜	现代中国文学		
	傅庚生	文学意境中的梦与影		
	田仲济	鲁迅的杂文观	文讯	第8卷第1期
	孙晋三	战后期欧美文学何处去		
	陈敏瑞	创作与批评	文坛月刊	第7卷第1期
	周寒	论民歌		
	莫高	高尔基论巴尔扎克		
	蒋天佐	谈文艺的意境和语言	中国作家	第1卷第2期
	盛澄华	安德烈・纪德		
	蒋牧良	怎样读小说	文艺生活	光复版第18期
	苏新	英美近代六大意象派诗人	诗创造	第7期
	蒋天佐	谈诗杂录		
	徐中玉	精工与草率	观察	第3卷第23期
	诺门・尼古尔逊；吴靖文译	本世纪的英国小说	申报・文学周刊	第6期
	赵景深	英国文学在苏联		第7期
		白朗特的新研究		
	晓逸	小说技术谈——心理的描写		第8期
	吴奔星	论中国文学史的写作		
	顾毓琇	中国的文艺复兴	新中华	复刊第6卷第1期
	芝迅	阮元之文论及其文学	中央日报	29日
	顾仲彝	中国电影事业的前途	电影杂志	第7期
	程晋之	论新文化建立问题	十月风	第1卷第5期
	何恕	双系文化论质疑		
	笔谷	文学・文艺・社会科学		

月	作者·译者	篇 名	发表刊物	卷·期·号
1	陈夜	亚里斯多德论悲剧	十月风	第1卷第5期
	蕙果	诗的标准		
	洪田	言情小说与文艺作品	南青	第2卷第1期
	味橄	谈小品文	论语半月刊	第144期
1、2	陈子展	谈到联语文学		第144—147期
	未之	论国产影片的文学路线	电影杂志	第7、9期
1—3	赵景深	最近的世界文坛	申报·文学周刊	第8、10—13期
2	王玉	女作家乌特莱		第12期
	罗根泽	宋浙东派楼钥的文学意见	中央日报	16日
	唐湜	诗的新生代	诗创造	第8期
	薛汕	人民歌谣初论	新诗歌	第7号
	刘绪贻	风雅里的悲剧	观察	第3卷第24期
	叶鼎洛	艺术的原理	青年界	新第5卷第1号
	罗念生	谈伟大作品		
	卜束	文学的演变		
	林庚	诗的活力与新原质	文学杂志	第2卷第9期
	陈瘦竹	戏剧普遍律	文潮月刊	第4卷第4期
	杨晦	中国新文艺发展的道路	文讯	第8卷第2期
	李广田	论情调		
	[苏]A.叶果林；吕荧译	论果戈里		
	卜阳	人民艺术的创建	清华旬刊	第2期
	王西彦	关于文学和生活	文艺丛刊	第4集"雪花"
	欧阳文辅	谈文学上的客观主义	作家杂志	第1卷新1期
	陈占元	关于蒙特尔朗	海滨杂志副刊	第1号
	胡风	普希金与中国		
	郭沫若	当前的文艺诸问题	文艺生活	海外版第1期
3	夏衍	"马华文艺"试论		海外版第2期
	静闻	方言文学试论		
	朱光潜	诗的意象与情趣	文学杂志	第2卷第10期
	郭绍虞	论诗诗之话	文讯	第8卷第3期
	蒋天佐	评叔本华的天才论		
	李长之	文学批评的课题		
	黎先耀	美国影片的定性分析		
	孔尘	论诗与诗人	文坛月刊	第7卷第2、3期合刊
	刘绪贻	文化的渐变与剧变	时与文	第2卷第24期

月	作者·译者	篇　名	发表刊物	卷·期·号
	唐湜	"手掌集"	诗创造	第9期
	叶鼎洛	艺术的法则	青年界	新第5卷第2号
	黎锦明	乡绅文学		
	张若名	漫谈小说的创作	文艺先锋	第12卷第2期
	徐朗秋	中国语言的美点	文化先锋	第8卷第5、6期合刊
	未名	新诗发展的几个阶段		
	李朴园	编剧浅论	黄河	复刊第1期
	张寿林	小说与道德		
	顾一樵	中国的文艺复兴	文艺（武昌）	第6卷第2期
	龚啸岚	旧剧改革问题与旧剧技巧		第6卷第3期
	赵景深	最近的世界文坛	申报·文学周刊	第15期
	赵清阁	戏剧与文学		第16期
	曹觉民	论神境	观察	第4卷第3期
	梁正	文学探源	人言月刊	第4期
	叶鼎洛	艺术的法则	青年界	第5卷第2期
	[美]N.Arvin；莫戈水译	论美国新兴文学	中国青年	复刊第2卷第3期
3	[美]胡贝尔；周骏章	论传记与自传	读书通讯	第152期
	张其春	中西意境之巧合		第153期
	蒋天佐	叔本华的文学观	读书与出版	第3年第3期
	[丹麦]托普苏詹生；赵景深译	易卜生论	文潮月刊	第4卷第5期
	熊佛西	论易卜生		
	[法]白利安；简正译	巴金（一个法国人的巴金论）	开明	新3号
	郭沫若	开拓新诗歌的路	人世间	复刊第10期
	茅盾	"星火"和苏尔科夫		
	盛澄华	纪德的文艺观		
	许寿裳遗作	摹拟与创作		
	林凡	情感小论		
	M.阿虚默；李慧、李路译	短篇小说论	南青	第2卷第2期
	戚叔含	英国小说	浙江学报	第2卷第1期
	谢幼伟	柏格森"创造的心灵"		
	胡伦清	我所见到的几种中国文学批评史		
	荃麟	对于当前文艺运动的意见	大众文艺丛刊	第1辑

月	作者·译者	篇 名	发表刊物	卷·期·号
3	郭沫若	斥反动文艺	大众文艺丛刊	第1辑
	冯乃超	战斗诗歌的方向		
	茅盾	再谈方言文学		
	[法]A.科尔瑠;秦似译	论西欧文学的没落倾向		
	[法]L.加萨诺瓦;秦似译	共产主义、思想和艺术		
	云水	杂谈小说之回目	中央日报	19日
3、4	刘溶池	元曲方言试解	中央日报	3月19日、4月19日
3—6	赵景深	最近的世界文坛	申报·文学周刊	第16—18、20—29期
3、5	阿垅	诗论	蚂蚁小集	第1、2辑
4	[英]S.史彭德;陈敬容译	近年英国诗一瞥	诗创造	第10期"翻译专号"
	袁可嘉	对于诗的迷信	文学杂志	第2卷第11期
	李广田	论伤感	文讯	第8卷第4期
	[英]A.德伊其;陈敬容译	安东·契诃夫论		
	徐中玉	丹钦柯的"文艺·戏剧·生活"		
	田禽	剧圣莎士比亚	文潮月刊	第4卷第6期
	范宁	陆机"文赋"与山水文学	国文月刊	第66期
	王忠	钟嵘评诗的标准尺度		
	朱文振	诗与歌之分野及其消长关系	西大学报	第1卷第1期
	严鸿瑶	论艺术创造的动机	文艺先锋	第12卷第3、4期合刊
	陈瘦竹	希腊戏剧艺术之渊源与竞赛		
	董每戡	近代美国诗歌简史		
	赵景深	新诗的形式	青年界	新第5卷第3号
	葛莼	论含蓄	春风	第29期
	梅林	人物		
	[苏]N.奇敦娜娃;文澜译	高尔基与新美学	同代人文艺丛刊	第1年第1集"由于爱"
	铁马	论诗底现实主义		
	洪钟	论灰色人物和丑恶人物		
	张寿林	小说题材之统一与结构	黄河	复刊第2期
	[苏]A.法捷耶夫;谱萱译	论文学批评	中苏文化月刊	第19卷第1期

月	作者·译者	篇 名	发表刊物	卷·期·号
4	徐訏	关于马歇尔·普鲁斯特	中流	第1卷第1期
	萧乾	吴尔芙夫人	大公报·星期文艺	18日
	詹幼馨	词中之朦胧境界	中央日报	19日
	刘溶池	元曲释词		
4、7	[苏]盖明诺夫；水夫译	现代资产阶级艺术的衰颓	苏联文艺	第32、33期
5	何莱	论通俗	中国作家	第1卷第3期
	冯至	批评与论战		
	袁可嘉	现代英诗的特质	文学杂志	第2卷第12期
	李广田	诗与朗诵诗	文讯	第8卷第5期
	潘凝	作家到农村去和作品的为听与为看		
	杨晦	再谈农民文艺		
	陈白尘	"五四"谈电影		
	夏新民	认识"人"与"人的文学"	文坛月刊	第7卷第5期
	张君川	谈诗	诗创造	第11期
	力扬	论叙事诗	新诗歌	第8号
	冰菱	对于大众化的理解	蚂蚁小集	第2辑
	谢冰莹	目前文艺的危机	黄河	复刊第3期
	[英]史彭道；赵景深译	现代诗人的危机		
	李长之	艺术论的文学原理		
	杨晦	农民文艺与五四传统	读书与出版	第3年第5期
	黄铁球译	库臧（Victor Cousin）论美	文风学报	第2、3期
	马采	论美	珠海学报	第1集
	李朴园	戏剧的材料综合	新艺术	创刊号
	麦野青	纪念五四论文言文学的问题	春风	第30期
	夏衍	"五四"二十九周年	大众文艺丛刊	第2辑
	乔木	文艺创作与主观		
	穆文	略论文艺大众化		
	[苏]E.阿尔玛佐夫；缨哲译	论文艺批评	同代人文艺丛刊	第1年第2集"追寻"
	茅盾	反帝、反封建、大众化	文艺生活	海外版第3、4期合刊
	冯乃超	文艺工作者的改造		
	王进珊讲演	论散文	文艺杂志（上海）	试刊号
	孙陵	论创作底动力	文艺工作	第1号
	张君川	论创作与模仿		

月	作者·译者	篇名	发表刊物	卷·期·号
5	孙福熙	今后文艺的动向	申报·文学周刊	第 21 期
	刘绪贻	人性的压抑与了解	观察	第 4 卷第 13 期
	钱歌川	大战中的美国文学		
	金轮海	文字改革的实验		第 4 卷第 14 期
	徐中玉	诗家妙处		
	詹幼馨	诗中之典雅风度	中央日报	5 月 19 日
	治萍	文学的观念与事实	学生杂志	第 2 卷第 4 期
6	沈济译	T.S.艾略忒论诗	诗创造	第 12 期"诗论专号"
	袁可嘉	新诗戏剧化		
	陈敬容	和方敬谈诗		
	默弓	真诚的声音		
	唐湜	严肃的星辰们		
	李旦	史彭德论奥登与"三十年代"诗人		
	戈宝权	关于伊萨柯夫斯基		
	蒋天佐	诗与现实	中国新诗	第 1 集"时间与旗"
	唐湜	论风格		
	朱光潜	谈书牍	文学杂志	第 3 卷第 1 期
	陈石湘	法国唯在主义运动的哲学背景		
	袁可嘉	诗的戏剧化		
	范宁	文笔与文气	国文月刊	第 68 期
	黄能昇	章学诚历史观的文学论	海天新潮	第 3 期
	方白	封建社会的民间文学	文讯	第 8 卷第 6 期
	王西彦	独立的知识者及其他	文艺丛刊	第 5 集"人间"
	Blackiston；田禽译	短篇小说的情节	青年界	新第 5 卷第 5 号
	叶鼎洛	关于电影		
	黄学勤	论文艺复兴期的反动倾向	谷雨文艺月刊	第 6 期
	陈政翔	今天文艺批评的路向		
	沈耀堂	中国文化之东渐	海滨	复刊第 1 期
	新茅	我们要向旧小说学习些什么		
	杨晦	农民文艺与知识分子的改造	读书与出版	第 3 年第 6 期
	向培良	初论我国戏剧	新艺术	第 2 期
	刘学濬	汉字的改革	观察	第 4 卷第 16 期
	李镜池	同情的批评	岭南学报	第 8 卷第 2 期
	汤匡瀛	文学的真实性	申报·文学周刊	第 27 期
	雨琴	新诗诠意		第 29 期

月	作者·译者	篇 名	发表刊物	卷·期·号
6	乃芗	文学小志	中央日报	6月30日
	N.契图诺娃	高尔基与社会主义美学	新闻类编	第1652、1653号
6、7	[苏]A.法捷耶夫；刘辽逸译	论文学批评的任务	友谊	第2卷第12期；第3卷第1、2期
7	阿垅	太戈尔片论	人世间	复刊第11、12期合刊
	肖恺	文艺统一战线的几个问题	大众文艺丛刊	第3辑
	吕荧	坚持"脚踏实地"的战斗		
	静闻	方言文学的创作		
	以群	关于当前文艺运动的一点意见		
	陈闲	论右倾及其他		
	灵珠	谈纪德		
	劳辛	诗的形象短论	诗创造	第2年第1辑
	刘西渭	从生命到字，从字到诗	中国新诗	第2集"黎明乐队"
	朱光潜	谈对话体	文学杂志	第3卷第2期
	徐家昌	诗歌的音调		
	陈东流	论写作	文坛月刊	第8卷第1期
	张须	论诗教	国文月刊	第69期
	郑业建	假拟与修辞		
	罗毅夫	怎样鉴赏电影	学习生活	第1卷第5期
	王西彦	跨过歧路的缪斯神	新中华	复刊第6卷第14期
	董秋斯	翻译者的修养	文讯	第9卷第1期
	李健吾	拉杂说翻译		
	黎烈文	漫谈翻译		
	戈宝权	谈译事难		
	陈剑恒	赫胥黎的科学人文主义	教育杂志	第33卷第7号
	王冰洋	论小说的倒叙	文艺工作半月刊	第1卷第2期
	朱自清	口语和文学		
	许杰	吟味与探索	文艺丛刊	第6集"残夜"
8	林庚	再论新诗的形式	文学杂志	第3卷第3期
	蔡仪	菲里契的"艺术社会学"方法略论	文讯	第9卷第2期
	陈东流	论描写	文坛月刊	第8卷第2期
	庄稼	人民喜见乐闻的诗	诗创造	第2年第2辑
	钟辛	论诗二题		
	方然	论唯心论底方向	蚂蚁小集	第3辑

月	作者·译者	篇 名	发表刊物	卷·期·号
8	张世禄	中国语言的研究与新文学理论的建设	学识	第3卷第2期
	汤钟琰	论传记文学	东方杂志	第44卷第8号
	[法]莫泊桑；杨润华译	关于小说	文艺春秋	第7卷第2期
	田禽	论契诃夫	文潮月刊	第5卷第4期
	常燕生	新浪漫主义与中国文学	时代文学	第1卷第4期
	陆贻白	唐文的复古运动	狂飙月刊	第2卷第3、4期合刊
	陈东流	漫谈幽默	真善美	第3期
	朱光潜	谈文艺欣赏	青年杂志	第1卷第1期
	董每戡	近代苏联诗歌	文艺先锋	第13卷第2期
	郭银田	艺术之有机性与启示性		
	宋徵殷	美话		
	赵清阁	中国新文艺思潮的趋势	黄河	复刊第6期
	张海平	新诗·旧诗		
	适夷	一个新的主题	小说	第1卷第2期
	宋之的	形式的构成主义小论	文学战线	第1卷第2期
	虞紫	关于艺术思想	同代人文艺丛刊	第1年第3集
	刘幸	关于人民文艺和农民文艺的随想	读书与出版	第3年第8期
	张友仁	词之解放发端	中央日报	5日
	阎金锷	元曲的文章		9日
	金启华	文学史方法论		12日
9	傅庚生	谈文学的趣味	东方杂志	第44卷第9号
	宗白华	敦煌艺术的意义与价值	观察	第5卷第4期
	郭绍虞	谈方言文学		第5卷第5期
	朱自清	"好"与"妙"	文艺复兴	中国文学研究号（上）
	杨振声	朱自清先生与现代散文	文讯	第9卷第3期
	圣佩甫；刘西渭译	什么是一位经典作家		
	陈东流	生活是文学的源泉	文坛月刊	第8卷第3期
	朱光潜	游仙诗	文学杂志	第3卷第4期
	闻一多遗著	匡斋谈艺		
	袁可嘉	我们底难题		
	常乃慰	译文的风格		
	徐中玉	论陈言	国文月刊	第71期

月	作者·译者	篇　名	发表刊物	卷·期·号
9	王西彦	论罗亭	文艺春秋	第7卷第3期
	罗玉君	喜剧诗人莫里哀	文潮月刊	第5卷第5期
	李鱼	谈文艺作品中的"我"	文艺先锋	第13卷第3期
	宋徽殷	论天才		
	胡绳	鲁迅思想发展的道路	大众文艺丛刊	第4辑
	荃麟	论马恩的文艺批评		
	同人	敬悼朱自清先生		
	胡仲持	论报告文学	文艺生活	海外版第6期
	林林	叙事诗的写作问题		
	郭沫若	我怎样开始了文艺生活		
	黄药眠	论主观在文艺创作中的作用		
	司马文森	谈取材		
	葛琴	我怎样写起小说来的		
	陈铨	莎士比亚的贡献	青年杂志	第1卷第2期
		建设戏剧批评	中流	第1卷第3、4期合刊
	竹马译	大胆公开地批评	群众文艺	第2期
	张季纯	剧团工作的两个问题		
	田益荣	关于皮影戏		
	蔡仪	谈文艺的群众性与大众化	读书与出版	第3年第9期
	方重禹	谈桐城派		
	[苏]塔拉仙柯夫；金人译	在社会主义现实主义路程上的苏联文学	文学战线	第1卷第3期
	许杰	论文艺的形象与形象的思维	文艺战地	创刊号
	徐中玉	批评家的战斗		
	铁马	"形象"断章		
	巴人	"诗意"的破坏作用		第1卷第3期
	适夷	虚无的幻象		
10	茅盾	论鲁迅的小说	小说	第1卷第4期
	[美]哈瓦斯·法斯特；以梅译	现实主义与小说		
	迪吉	中国旧小说的创作方法		
	冯至	关于诗的几条随感和偶译	中国新诗	第5集"最初的蜜"
	[苏]沙吉孃；蒋路译	文学与科学	苏联文艺	第34期
	[苏]A.卡拉干诺夫；文戎译	国家与文学	文学战线	第1卷第4期

月	作者·译者	篇 名	发表刊物	卷·期·号
10	鲁迅	对于左翼作家联盟的意见	群众文艺	第3期
	李敷仁	鲁迅的路		
	刘白羽	加强文学的时间性与战斗性		
	许幸之	文艺复兴期的美学思潮	文讯	第9卷第4期
	邢公畹	语言与文艺	国文月刊	第72期
	于在春	"转化"论		
	列宁；雷原译	党的组织与党的文学	友谊	第3卷第7期
	林湮	谈修辞	春风	第3卷第1期
	黄药眠	论主观在文艺创作中的作用	文艺生活	海外版第7期
	思	文学的倾向性	文艺新辑	第1辑
	史笃	略论小资产阶级文艺		
	许杰	论小资产阶级与文艺		
	董秋斯	美国文学界的反动倾向		
	蔡仪	论朱光潜		
	[俄]伯林斯基；吴伯箫译	文学，艺术与社会断想	文艺月报（吉林）	第1期
10、11	黄雪勤	浪漫运动在德国	客观	第1卷第6—8期
	蓝斯	从近代思潮看近代文艺		第1卷第6、8期
11	袁圣时	"红楼梦"研究	东方杂志	第44卷第11号
	胡仲持	论文学的灵感	文艺生活	海外版第8期
	周钢鸣	怎样分析人物		
	陈闲	略论人格与革命		
	[苏]F.李文；何家槐译	论勃洛克	文艺春秋	第7卷第5期
	林山	开展工厂文艺	群众文艺	第4期
	布亚里克；聂宏远译	从高尔基看创作的自由与党性		
	王了一	漫谈方言文学	观察	第5卷第11期
	萧望卿	艺术的透视	文学杂志	第3卷第6期
	[英]史班特；袁可嘉译	释现代诗中底现代性		
	王西彦	"感伤的旅程"	新中华	复刊第6卷第22期
	王利器	文笔新解	国文月刊	第73期
	[美]郎威廉；赵景深译	文学的意义	文潮月刊	第6卷第1期
	张斗衡	饰辞——旧诗话评	文坛月刊	第8卷第5期

月	作者·译者	篇　名	发表刊物	卷·期·号
11	何勇仁	论文艺的混合价值	文坛月刊	第8卷第5期
	莎汀	文艺与美育		
	鲁士	形式与内容		
	郑伯奇	什么是新文学	青年世界	第1卷第1期
	心波	怎样研究旧文学	学生杂志	第3卷第4期
	海戈	与友人再论写幽默	论语半月刊	第164期
	郭明	诗与诗人		
	怀潮	论艺术与政治	蚂蚁小集	第4辑
	茅盾	谈"文艺自由"在苏联	世界文化报导	第1集
	侯外庐	中国新文化的前途		
	[苏]莫诺索夫；章泯译	苏联的莎士比亚研究		
	灵珠	苏联语言学的新路		
	顾仲彝	世界电影艺术的趋势和中国电影艺术的展望		
	[苏]B.勃拉依尼娜；苏新译	关于契霍夫新的评价		
	李广田	朱自清先生的道路	小说	第1卷第5期
	孟超	朱光潜的"粗略"		
	黄药眠	从泥土里生长出来的		
	默涵	从阿Q到福贵		
	秦似等	美国战争小说		
12	徐中玉	高尔基论典型问题	春秋	第5年第6期
	孙福熙	艺术的薰陶		
	唐湜	论意象		
	丁素	新现实主义时代	小说	第1卷第6期
	顾仲彝	我怎样开始了戏剧生活	文艺生活	海外版第9期
	林林	论诗的感情		
	[苏]尼古拉耶夫；莽大令译	"纯"艺术和不纯的动机	文艺月报（吉林）	第2期
	李雷	为新民主主义文艺思想原则而斗争		
	念新	六朝时的白话文	论语半月刊	第167期
	赵树理	对改革农村戏剧几点建议	华北文艺	第1期
	严辰	谈民歌的"兴"		
	钱海洪	谈部队歌剧的演员		
	郭沫若	世界文化战的呼应	世界文化报导	第2集

月	作者·译者	篇　名	发表刊物	卷·期·号
12	灵珠	谈战后欧洲文化思潮	世界文化报导	第2集
	[苏]T.莫特里娃；秦似译	苏联文学对世界文化的贡献		
	[日]藏原惟人；刘思慕译	三年来的日本文化斗争		
	胡仲持	论鲁迅的翻译		
	[英]G.黎维；章泯译	苏联的民族文学		
	[苏]M.罗森塔尔；谱萱译	俄国古典美学与普列汉诺夫的美学	中苏文化月刊	第19卷第9、10期合刊
	马寒冰	关于部队戏剧方向的商榷	群众文艺	第5期
	斯坦	报告文学写作上的经验主义		
	李广田	一种剧	文讯	第9卷第5期
	[苏]A.K.华西利也夫；何家槐译	关于现实主义和自然主义		
	叶华	古代文学起源新探	国文月刊	第74期
	朱名区	近十年来中外文化之交流与合作	海滨	复刊第2期
	沈达材	中国何以无史诗		
	舒芜	论生活二元论	蚂蚁小集	第5辑
	[苏]A.法捷耶夫	展开对反动文化的斗争	大众文艺丛刊	第5辑
	荃麟	论主观问题		
	默涵	论文艺的人民性和大众化		
	[日]藏原惟人	现代主义及其克服		
	[俄]V.马耶阔夫斯基	怎样写诗		
	林焕平	中国文艺思想史述略	文艺复兴	中国文学研究号（中）
	季羡林	中国文学在德国		
	马叙伦	评"中国文字的演变"		
	董每戡	说傀儡		
	姚龙翔	中国新文艺思潮概论	沪江新闻	第14期
	陈东流	关于文艺的政治性	真善美	第12期

1949年

月	作者·译者	篇　名	发表刊物	卷·期·号
1	孟超	赞美新生	小说	第2卷第1期
	孔琳	表现城市与表现农村		
	王泗原	古文盖棺定论	新中华	第12卷第1期
	廖学章	解释文（Wyboyptuii）	狂飙月刊	第3卷第1期

月	作者·译者	篇　名	发表刊物	卷·期·号
1	李绍先	情感的含蓄美	狂飙月刊	第3卷第1期
	[苏]瓦希里耶夫；朱文澜译	社会主义现实主义的特质	苏联文艺	第35期
	王一达	培养新平剧底导演与演员	群众文艺	第6期
	胡采	读"苏联文艺问题"		
	屈强	论个人主义文艺思想的排斥与今后新文艺的去向	花果山	第2期
	黄化石	论中国新演剧运动	戏剧生活	第1期
	刘大杰讲演	文艺与现代生活	沪江文艺	第1期
	徐中玉	中国文艺批评研究的材料方法与趋势		
	丁宗叔	谈民歌的收集		
	周巍峙	多到工人中去，多多写工人	华北文艺	第2期
	陈东流	谈讽刺文学	真善美	第14期
	邓克翔	约翰·史坦贝克	长歌	第1卷第1期
1、2	洪毅然	朱光潜先生的"诗论"		第1卷第1、2期
	方达文	小说研究法	春风	第3卷第7、8期
2	郭沫若	斥反动文艺	群众文艺	第7期
	陈东流	文艺创作的实践课题	文艺创作	第1卷第2期
	适夷	一九四八年小说创作鸟瞰	小说	第2卷第2期
	[苏]安尼细莫夫	文学与美国生活		
	[苏]法捷耶夫等；李常立译	悼日丹诺夫		
	静闻	H.海涅和他的艺术	文艺生活	海外版第10、11期合刊
	化一	文艺的新方向	世界与中国	第4卷第2期
	张须	欧阳修与散文中兴	国文月刊	第76期
	胡时先	昌黎"古文"之真义		
2、3	王西彦	挽歌与赞歌：论社会转形期的文学	新中华	第12卷第4、5期
3	黄药眠	论风格的诸要素	文艺生活	海外版第12期
	魏良淦	无言之美	长歌	第1卷第3期
	胥树人	关于文艺上的经验主义	文学战线	第2卷第1期
	荃麟	新形势下文艺运动上的几个问题	大众文艺丛刊	第6辑
	史笃	文艺运动的现状及趋势		
	于伶	新中国电影运动的前途与方针		
	A.塔拉辛可夫	论社会主义的现实主义		

月	作者・译者	篇　名	发表刊物	卷・期・号
3	立波	萧军思想的分析	大众文艺丛刊	第6辑
	T.莫蒂列娃；谢庸译	一位德国作家底道路	小说	第2卷第3期
	蒲剑	日本战犯文学的复活		
	李麟	俄国的灰色文学与革命	新闻观察	革新2号
	陈东流	再论现实与典型	文艺创作	第1卷第3期
	姚浊波	与梁实秋教授谈"文学之历史背景"		
	冰菱	文化斗争与文艺实践	蚂蚁小集	第6辑
	怀潮	略论形式和内容		
	黄文山	文化学的方法	广大学报	复刊第1卷第1期
	张友仁	词与诗曲	国文月刊	第77期
3、4	朱东润	元杂剧及其时代		第77、78期
4、5	程会昌	诗辞代语缘起说		第78、79期
4	金丁	关于印尼的小说	小说	第2卷第4期
	谢庸	罗马尼亚文学的优秀传统		
	林林	诗歌与英雄主义	文艺生活	海外版第13期
	汶石	如何开展文艺批评	群众文艺	第9期
	洪毅然	新美学臆说述要	长歌	第1卷第4期
	张洛	略论"土语"的运用		
	许杰	论人民文学	春雷	创刊号
	黄药眠	论文艺批评上的功利主义	文艺创作	第1卷第4期
	[苏]列宁；戈宝权译	党的组织与党的文学	苏联文艺	第36期
	[苏]叶尔米诺夫；草婴译	论陀思妥耶夫斯基创作的反动思想		
	本社	论文艺批评	文学战线	第2卷第2期
	[英]倪可生；赵景深译	二十世纪的英国小说	文坛（广州）	第9卷第4期
	张斗衡	论王充的文学观		
	黄文山	文化学在创建中的理论之归趋及其发展	中央日报	1、8、15日
		中国文化的改进		23日
	俞建华	艺术的时代性与超时代性	新希望	第10期
	[苏]A.泰拉森科夫；朱文澜译	苏联文学中之社会主义现实主义	新中华	第12卷第7期

月	作者·译者	篇　名	发表刊物	卷·期·号
4、5	[美]S.C.Chew；高滔译	英国自然主义小说论	新中华	第12卷第8、9期
5	宗白华	中国诗画中所表现的空间意识		第12卷第10期
	萧贤	国语基督教与中国文学	天风	第7卷第19期
	周钢寰	罗曼罗兰笔下的三种英雄	文坛（广州）	第9卷第5期
	莫高	高尔基论托尔斯太		
	王静德	民间文学初论		
	鲁士	诗——新诗短论		
	林林	白话诗与方言诗	文艺生活	海外版第14期
	纪叟	赵树理怎样成功一个人民作家		
	白纹	方言文学创作上一个小问题		
	高寒	旧作家新考验	文艺劳动	第1卷第1期
	铭心	谈复古	论语半月刊	第177期
	张履谦	地理学与文学	长歌	第1卷第5期
	魏良淦	说诗品		
	胡采	文艺进城的思想准备	群众文艺	第10期
	吕骥	学习技术与学习西洋的几个问题		
	张季纯	艺术、魔术及其它		
	黎静	创造角色的点滴意见		
	[苏]塞茨；荒芜译	论文学的自由	华北文艺	第4期
	宋之的	论人民剧场的工作方向		
	马彦祥	谈旧剧改革		
	肖三	坚决执行文艺为工农兵的方针	生活杂志	第2卷第3期
6	周巍峙	工厂文艺工作的目的和做法	华北文艺	第5期
	[苏]阿玛卓夫；荒芜译	论文学的倾向性		
	肖殷	语言要有生命，就要向人民学习		
	肖也牧	采集农民语言琐记		
	曾昭耕	关于运用方言		
	胡风	在暴风雨后的阳光里		
	俞平伯	新文学写作的一些问题		
	周而复	论今后文艺工作		
	本刊集体讨论；林木执笔	批评与批评态度	文艺与生活（成都）	第1卷第3期
	闻理	略谈速写		
	吴虹	日本的劳动者文学	小说	第2卷第6期
	[英]聂考尔；陈瘦竹译	戏剧批评史纲	戏剧生活	第2期

月	作者·译者	篇　名	发表刊物	卷·期·号
6	葛一虹	十月革命与苏联演剧	戏剧生活	第2期
	[苏]A.梅耶斯涅可夫；荃麟节译	列宁与文艺问题	文艺生活	海外版第15期
	锡金	关于"记录文学"		
6、7	司马文森	论文艺通信员运动		海外版第15、17期
	[苏]罗森塔尔；刘仲平译	苏维埃美学底几个问题	文学战线	第2卷第4、5期
7	林林	谈诗歌的用词	文艺生活	海外版第16期
	洪伯	"民间文学"与人民文学	文艺创作	第2卷第1期
	吕荧	新的课题	文艺报	第11期
	周巍峙	加强职工团结发展新文艺	华北文艺	第6期
	戈宝权	谈高尔基作品的两种最早的中译		
	艾青	创作上的几个问题		
	钟纪明	关于战士诗		
	苗培时	工人喜欢什么		
	王炜	建立与展开革命的文艺批评		
	王朝闻	反自然主义三题	文艺劳动	第1卷第2期
	[苏]麦蒂娃；荒芜译	苏联文学的创造性		
	方纪	略论工人的诗		
	王韶生	唐宋诗体述略	文风学报	第4、5期合刊
	梁广照	骈文源流考例目		
	[苏]V.Nikolayev；胡春冰译	论文学写作诸问题		
	[苏]卢那恰尔斯基；梁香译	论普希金	苏联文艺	第37期
	[苏]法捷耶夫；草婴译	谈苏维埃文学		
	[苏]罗玛萧夫；曹怀译	论世界主义和唯美主义的根源		
8	[苏]伊凡诺夫；朱维基译	列宁与苏维埃文学底诞生	文艺劳动	第1卷第3期
	萧殷	论工人诗的写作及其他		
	王朝闻	艺术性与思想性		
	杜埃	人民文学主题的思想性	文艺生活	海外版第17期

月	作者·译者	篇名	发表刊物	卷·期·号
8	怀玖	论词的特性和诗词分界	文艺复兴	中国文学研究号（下）
	王瑶	魏晋文人的隐逸思想		
	唐弢	新文艺的脚印		
	李瑛	展开诗朗诵	文坛月刊	第10卷第2期
	傅庚生	"诗品"探索	国文月刊	第82期
	刑公畹	重提拉丁化运动		
9	李广田	认识与表现	文艺与生活（成都）	第1卷第6期
	魏良淦	文艺写作上的心理距离	长歌	第2卷第1期
	莫武	文学与伦理	文坛月刊	第10卷第3期
	吴重翰	鲁迅的生活与思想		
10	司马文森	论文艺通信员的修养	文艺生活	海外版第18、19期合刊
	方远	扫荡黄色文化		
	仪父	秦汉新儒家与文学	长歌	第2卷第2期
	魏良淦	释雄浑		
	茅盾	略谈工人文艺运动	小说	第3卷第1期
	雪峰	关于鲁迅和俄罗斯文学关系的研究		
	以群	写什么		
		抓住"时代的剪影"		
11	[苏]法捷耶夫；周巍峙整理	谈苏联文艺	小说	第3卷第2期
	唐弢	怎样写		
	以群	表现新事物		
	[苏]S.Petrov；李金波译	苏联底历史小说		
	梅子	新社会的新文艺运动	新社会半月刊	第2期

晚清文学基础理论
著译文献

月	著者·译者	书 名	出版机构	备注
1902 年				
	马建忠编	艺学统纂（88 卷）	上海：文林石印本	
1903 年				
6	[日]幸德传次郎；黄以仁译	东洋卢骚中江笃介传	东京：国学社	
7	[美]伯古路；林廷玉译	文明史论	上海：新民印书局	
8	[日]藤本充安；赵必振译	人圆主义	上海：开明书店	
9	[德]科培尔讲；[日]下田次郎述；蔡元培译	哲学要领	上海：商务印书馆	1924 年 11 月第 10 版
	[英]穆勒；严复译	群己权界论	上海：商务印书馆	1930 年 4 月商务印书馆新版
1905 年				
11	[日]服部宇之吉	心理学讲义	东京：东亚公司三省堂印刷部	次年 4 月再版
1906 年				
	来裕恂编	汉文典（上下卷）	上海：商务印书馆	1915 年 10 月再版，1932 年 9 月新版
1907 年				
4	章士钊编	中等国文典	上海：商务印书馆	1913 年 2 月第 5 版
6	[丹]海甫定；龙特氏英译、王国维重译	心理学概论		1914 年 5 月第 5 版
1908 年				
	[日]涩江保；何震彝译	罗马文学史	上海：开明书店	
1910 年				
6	林传甲	中国文学史	上海：科学书局	1904 年京师大学堂讲义，1914 年第 6 版

月	著者·译者	书　名	出版机构	备注
1911 年				
1	吴曾祺编	涵芬楼文谈	上海：商务印书馆	1925 年 2 月第 12 版，1933 年 1 月新版
3	［日］远藤隆吉；欧阳钧编译	社会学		
5	黄摩西编	普通百科新大辞典	上海：国学扶轮社	
	［英］汤姆生；莫安仁口译、许家惺述文	宇宙进化论	上海：广学会	1922 年 11 月上海协和书局再版

民国文学基础理论
著译文献

月	著者·译者	书　名	出版机构	备注
1912年				
11	彭世芳、戴克敦编	心理学教科书	上海：中华书局	次年3月再版，1920年3月第10版
12	章太炎	国故论衡	上海：大共和日报馆	本年12月再版，1924年上海第一书局及中西书局新版
	蒋维乔编	心理学讲义	上海：商务印书馆	1916年6月第6版
	戴克敦编	国文典		1922年12月第11版
1913年				
9	[日]井上圆了；蔡元培译	妖怪学讲义录总论	上海：商务印书馆	
	[英]斯宾塞；严复译	群学肄言		1930年12月新版
11	王梦曾编；刘法曾校订	中华中学文法要略（修辞编）	上海：中华书局	1920年6月第14版
	[美]李约各；林乐知译意、范祎述辞	人学	上海：广学会	
	[英]顾克；罗衡开译	寰球新史		
	王国维	宋元戏曲考	上海：商务印书馆	1915年9月更名《宋元戏曲史》
1914年				
4	冯叔鸾	啸虹轩剧谈	上海：中华图书馆	
5	谢蒙编	新制哲学大要	上海：中华书局	次年10月再版
	傅运森编	人文地理	上海：商务印书馆	
6	夏锡祺编	新哲学	上海：中国图书公司	
	侯书勋	哲学发凡	上海：商务印书馆	
8	王梦曾	中国文学史		次年9月有泰东书局版

月	著者·译者	书　名	出版机构	备注
8	朱双云	新剧史	上海：新剧小说社	
10	林纾	韩柳文研究法	上海：商务印书馆	
	[德]康德；尉礼贤、周暹译	康德人心能力论		

1915 年

月	著者·译者	书　名	出版机构	备注
1	蔡元培	哲学大纲	上海：商务印书馆	
	樊炳清	心理学要领		
8	张毓骢、沈澄清	心理学		
9	王国维	宋元戏曲史		即《宋元戏曲考》
	王梦生	梨园佳话		
	曾毅	中国文学史	上海：泰东图书局	1929 年 7 月修订
10	宗天风	若梦庐剧谈		
11	萨端译述	社会进化论		
12	张之纯	中国文学史（上下册）	上海：商务印书馆	
	朱元善编	教育学与各科学		
	张子和	广心理学（上册）		1922 年 9 月中册出版
	顾公毅编	新制心理学		
	[日]相马御风；杨启瑞译	近代欧洲文艺思潮	上海：中华书局	

1916 年

月	著者·译者	书　名	出版机构	备注
4	朱元善编	艺术教育之原理	上海：商务印书馆	
	许家庆编	西洋演剧史		
	钱静方编	小说丛考（上下卷）		
7	姚永朴	文学研究法		
9	梁启超	国学蠹酌		
		西哲学说一脔		
10	谢无量	中国妇女文学史	上海：中华书局	
12	吴梅	顾曲麈谈	上海：商务印书馆	
	孙毓修编	欧美小说丛谈		

1917 年

月	著者·译者	书　名	出版机构	备注
1	谢无量	实用文章义法（上下册）	上海：中华书局	
3	魏易译述	泰西名小说家略传	上海：通俗教育研究会	
	齐宗康	论编戏道德主义与美术主义并重		

月	著者·译者	书 名	出版机构	备注
3	齐宗康	编剧浅说	上海：通俗教育研究会	
4	谢无量编	实用美文指南	上海：中华书局	
6	钱智修	德国大哲学家郁根传	上海：商务印书馆	
9	姜丹书	美术史		
	余寄编	心理学要览		

1918年

月	著者·译者	书 名	出版机构	备注
2	[法]卢骚；马君武译	卢骚民约论（足本）	上海：中华书局	
3	姜丹书	美术史参考书	上海：商务印书馆	
	陈长蘅	进化之真象		
	杨嘉椿	心理学讲义		
9	刘哲庐编	文学常识	上海：中华编译社	1929年6月再版
10	谢无量	中国大文学史	上海：中华书局	
	周作人	欧洲文学史	上海：商务印书馆	
	孙毓修编	活动影戏		
	陈大齐	心理学大纲		
11	谢无量	诗学指南	上海：中华书局	
		词学指南		
		骈文指南		
	钱智修	达尔文	上海：商务印书馆	
		苏格拉底		

1919年

月	著者·译者	书 名	出版机构	备注
1	解弢	小说话	上海：中华书局	
	[日]桑木岩翼；冯智慧编译	哲学概论	广州：广东高等师范学校贸易部	
4	王蕴章等	文艺全书	上海：崇文书局	
5	刘式经	真美善论	不详	
	冥飞等	古今小说评林	上海：民权出版部	
6	陈铎等编	日用百科全书（上下册）	上海：商务印书馆	1925年5月王岫庐等补编
7	蔡晓舟、杨量工编	五四	北平：编者自刊	
9	蒋瑞藻编	小说考证（上中下册）	上海：商务印书馆	1922年12月出版拾遗，1924年6月出版续编

月	著者·译者	书名	出版机构	备注
9	察盦编	学界风潮纪	上海：中华书局	
10	陈大齐	哲学概论	北平：北京大学出版部	1920年8月第3版，1922年7月第4版
	[法]柏格森；张东荪重译	创化论（上下册）	上海：商务印书馆	据美国Mitche英译本重译
11	过耀根编译	近代思想		尚志学会丛书，1925年11月再版
12	刘复	中国文法通论	上海：群益书社	

1920 年

	著者·译者	书名	出版机构	备注
1	尚学会编辑部编	文化新介绍（文学）	济南：尚学会	
	朱谦之	现代思潮批判	北平：新中国杂志	
	[法]沙尔塞纽坡；王道译	欧洲现代文明史	内务部编译处	转译自日本文明协会日译本
	[美]古力基；王岫庐、郑次川译	科学泛论（上下册）	上海：群益书社	
2	[日]高山林次郎；刘仁航译	近世美学	上海：商务印书馆	1924年5月第4版
3	王世栋选辑	新文学评论	上海：新文化书社	
	刘以钟编	哲学概论	上海：商务印书馆	1923年6月及1927年6月再版
4	王星拱编	科学方法论	北平：北京大学出版部	
	戴渭清、吕云彪、陆友白编	白话文作法	上海：太平洋学社	
	袁振英编	易卜生传	广州：新学生社	
5	蔡达	文学通义	上海：商务印书馆	
	冯飞编	女性论	上海：中华书局	
	[日]远藤隆吉；覃寿公译	近世社会学	上海：泰东图书局	
6	张静庐	中国小说史大纲		
	王世栋辑	文化新介绍（哲学）	北平：北京大学出版部	
	[苏]萨可夫斯基编；高希圣等译	马克思学体系（上册）	上海：平凡书局	
8	[德]马克思、恩格斯；陈望道译	共产党宣言	上海：社会主义研究社	

月	著者·译者	书　名	出版机构	备注
8	[德]恩格尔；郑次川译	科学的社会主义	上海：群益书社	次年7月公民书局再版
	陈浚介编	白话文文法纲要	上海：商务印书馆	
9	戴渭清、吕云彪	新文学研究法	上海：新文学研究社	
	[法]黎朋；吴旭初、杜师业译	群众心理	上海：商务印书馆	1927年3月第5版
	易家钺编译	家庭问题		
10	方毅编	白话字诂		
	吕云彪、朱麟公编	白话文轨范	上海：大东书局	
	[英]C.Sarolea；张邦铭、郑阳和译	托尔斯泰传	上海：泰东图书局	
11	[英]莫越；方东美译	实验主义	上海：中华书局	1926年4月再版
	[日]稻毛诅风；华文祺编译	哲学入门	上海：商务印书馆	原名《教育者之哲学》，次年2月再版，1933年2月第5版
12	[日]樋口秀雄；商务印书馆编译所	近代思想解剖（上下卷）		1925年10月第4版

1921年

1	葛遵礼	中国文学史	上海：会文堂书局	
	胡怀琛	白话诗文谈	上海：广益书局	
2	梁启超	清代学术概论		
3	[俄]托尔斯泰；耿济之译	艺术论	上海：商务印书馆	
	胡怀琛	尝试集批评与讨论	上海：泰东图书局	
		新文学浅说		1924年9月第3版
	谢楚桢	白话诗研究集	北平：北京大学出版部	
4	清华小说研究社编	短篇小说作法	北平：清华小说研究社	
	蒋方震	欧洲文艺复兴史	上海：商务印书馆	
5	郭希汾编	中国小说史略	上海：中国书局	盐谷温《支那文学概论讲话》节译
	[英]罗素；孙伏庐记录	心之分析	北平：北京大学新知书社	

月	著者·译者	书 名	出版机构	备注
5	孙俍工编	中国语法讲义	上海：亚东图书馆	
6	吴斋仁编	章太炎的白话文	上海：泰东图书局	
7	陆翔	现代新思想集（上下）	北平：新文化编辑社	
	[印度]太谷儿；王靖、钱家骧译	人生之实现	上海：泰东图书局	1926年3月第4版
	[法]柏格森；杨正宇译	形而上学序论	上海：商务印书馆	
	李汉俊编译	妇女之过去与将来		
8	[德]赫克尔；马君武译	赫克尔一元哲学	上海：中华书局	至1929年多次再版
	[日]厨川白村；罗迪先译	近代文学十讲（上卷）	上海：学术研究总会	1922年10月下卷出版
	黄忏华	学术丛话	上海：泰东图书局	
	朱麟公编	国语问题讨论集	上海：中国书局	
	许地山编	语体文法大纲		
9	沈雁冰编	俄国文学研究	上海：商务印书馆	《小说月报》第十二卷号外
	[日]生田长江、本间久雄；林本等译	社会改造之八大思想家		次年8月再版，1933年1月第7版
	朱谦之	革命哲学	上海：泰东图书局	
	陈安仁编	人类进化观		
	李璜译述	法兰西学术史略（第一集）	上海：亚东图书馆	
10	吴虞	吴虞文录	上海：亚东图书馆	1933年6月成都美信所书局出版续录、别录
	伦达如编译	文学概论	广州：广东高等师范学校贸易部	据太田善男《文学概论》编译
	陈适生编译	罗素评传	上海：文明书局	
	吴康	心理学原理	上海：商务印书馆	
	刘伯明讲演；缪凤林述	近代西洋哲学史大纲	上海：中华书局	1932年10月第11版
12	张舍我编	戏剧构造法	上海：新文学研究会	
	闻野鹤编	短篇小说作法		
	刘贞晦、沈雁冰	中国文学变迁史	上海：新文化书社	
	胡适	胡适文存（1—4册）	上海：亚东图书馆	1924年11月出版二集，1930年9月出版三集

月	著者·译者	书 名	出版机构	备注
12	陆翔辑选	当代名人新文选	上海：广文书局	本版系重编再版

1922 年

月	著者·译者	书 名	出版机构	备注
1	[法]柏格森；张东荪译	物质与记忆	上海：商务印书馆	
	章士钊	甲寅杂志存稿（上下卷）		
	梁启超	中国历史研究法		1933 年 6 月出版补编
	易家钺	西洋家族制度研究		
	[日]桑木岩翼；南庶熙译	现代思潮		
	[日]武者小路实笃；毛咏棠、李宗武译	人的生活	上海：中华书局	
2	[德]卡尔·弗尔伦得；商承祖、罗璈阶译	康德传	上海：中华书局	
	[日]速水滉；陶孟和译	现代心理学	北平：北京大学出版部	
3	陈大悲编述	爱美的戏剧	北平：晨报社	
	[美]爱尔乌特；金本基、解寿缙译	社会心理学	上海：商务印书馆	
	陈望道	作文法讲义	上海：民智书局	
4	刘永济	文学论	长沙：湘鄂印刷公司	1926 年 7 月第 4 版
5	黄忏华编	哲学纲要		1925 年 1 月再版，1933 年 4 月第 3 版
6	[日]黑田鹏信；俞寄凡译	美学纲要	上海：商务印书馆	
		艺术学纲要		1931 年 5 月第 3 版
	[英]拉尔金；李凤亭译	马克斯派社会主义		
7	马国英编	国语文	上海：中华书局	
8	[美]顾西曼；瞿世英译	西洋哲学史（上下册）	上海：商务印书馆	
	钟寿昌	古今文法会通	上海：进化书局	

月	著者・译者	书　名	出版机构	备注
8	[德]余柏威；张秉洁、陶德怡译	西洋哲学史纲要	北平：永明印书局	
9	[英]马霞尔；萧石君译	美学原理	上海：泰东图书局	
	吕澂	西洋美术史	上海：商务印书馆	
	黄忏华编述	近代美术思潮		
	广文书局编辑所	新文学作法入门	上海：世界书局	本版系再版
10	陆翔辑选	当代名人新演讲集	上海：广文书局	本版系重编第3版
	叶伯和	中国音乐史（上卷）	著者自刊	
	[德]赫凯尔；刘文典译	生命之不可思议	上海：商务印书馆	1925年3月再版，1926年11月第3版
	李泰棻编译	新著西洋近百年史（上下）		
	朱谦之	无元哲学	上海：泰东图书局	1924年5月再版
11	闻一多、梁实秋	冬夜草儿评论	北平：清华文学社	
	章太炎著、曹聚仁编	国学概论	上海：泰东图书局	
	[法]J.Solomon；汤澈、叶芬可译	柏格森		
	[英]马克杜加尔；刘延陵译	社会心理学绪论（上下册）	上海：商务印书馆	
12	[英]桑戴克；舒新城译	个性论	上海：中华书局	

1923年

月	著者・译者	书　名	出版机构	备注
1	吕澂	美学浅说	上海：商务印书馆	1925年5月第3版
	杨袁昌英	法兰西文学		10月再版
	李守常	平民主义		1925年5月第3版
	[法]鲁滂；钟健宏译	群众	上海：泰东图书局	
	东方杂志社编	罗素论文集（上下册）	上海：商务印书馆	
	唐钺	修辞格		
2	凌独见编	新著国语文学史		
	范寿康	学校剧		

月	著者·译者	书　名	出版机构	备注
2	郭杰	语体文作法	上海：大东书局	
	南庶熙编译	心理与生命	北平：晨报社	
3	宋春舫	宋春舫论剧（第1集）	上海：中华书局	
4	蒋启藩编译	近代文学家	上海：泰东图书局	
	章太炎讲演；张冥飞笔述、严柏樑加注	章太炎国学讲演集	上海：中华国学研究会	
	乐嗣炳编	国语概论	上海：中华书局	
	[英]哈忒；李小峰、潘梓年译	疯狂心理	北平：北京大学出版部	
5	胡怀琛	新诗概说		
	谢六逸编	西洋小说发达史	上海：商务印书馆	参中村星湖讲义
	胡以鲁编	国语学草创		
	舒新城编	心理学初步	上海：中华书局	
	唐新雨	变态心理学讲义录	上海：中华变态心理学会	
	范寿康	教育哲学大纲	上海：中华学艺社	
6	[英]S.W.Bushell；戴岳译、蔡元培校	中国美术	上海：商务印书馆	次年4月再版，1928年8月第3版
	谢无量	平民文学之两大文豪		
	胡怀琛编	修辞学要略	上海：大东书局	
		中国诗学通评		
7	郝祥辉编	百科新辞典（文艺之部）	上海：世界书局	
	[日]厨川白村；任白涛译	恋爱论	上海：启智书局	
8	魏寿镛、周侯予编	儿童文学概论	上海：商务印书馆	
	东南大学南京高师国学研究会编	国学研究会演讲集（第1集）		
	[瑞典]爱伦凯；朱舜琴译	恋爱与结婚	上海：光明书局	
9	胡寄尘编	托尔斯泰与佛经	上海：世界佛教居士林	
10	胡怀琛编	中国文学通评	上海：大东书局	次年7月再版
	王承治编	骈体文作法		
	李璜编	法国文学史	上海：中华书局	
	唐敬杲编	新文化辞书	上海：商务印书馆	

月	著者・译者	书 名	出版机构	备注
11	[美]Bliss Perry；傅东华、金兆梓译	诗之研究	上海：商务印书馆	
	雁冰、愈之、泽民编	近代俄国文学家论		
	[日]幸德秋水；高劳译	社会主义神髓		
	黄忏华编	西洋哲学史		
	[英]卡尔；刘延陵译	柏格森变之哲学		次年2月有民智书局张闻天译本
	钱智修译述	柏格逊与欧根		1924年6月第3版
	[德]Wundt；吴颂皋译	心理学导言		
	俍工编	新文艺评论	上海：民智书局	1930年4月再版
12	[英]温却斯特；景昌极、钱堃新译	文学评论之原理	上海：商务印书馆	
	[法]柏格森；张闻天译	笑之研究		
	吕澂	美学概论		
	伧父等	东西文化批评（上下册）		1931年第4版
	东方杂志社编	中国社会文化		
	愈之、泽民等编	近代文学概观		
	愈之、幼雄、闻天编	但底与哥德		1925年7月第3版
	东方杂志社编	近代文学与社会改造		
		写实主义与浪漫主义		
		文学批评与批评家		次年4月再版，1925年7月第3版
		美与人生		
		艺术谈概		次年12月再版
	陈嘏、孔常、雁冰编	近代戏剧家论		
	俍工	小说作法讲义	上海：中华书局	1936年2月改名《小说作法》出版，1941年7月第4版
	亚东图书馆辑	科学与人生观（上下册）	上海：亚东图书馆	

月	著者·译者	书 名	出版机构	备注
12	郭梦良编	人生观之论战（上中下册）	上海：泰东图书局	
	鲁迅	中国小说史略（上册）	北平：北大第一院新潮社	1924年6月出版下册
	康符等著	近代哲学家	上海：商务印书馆	
	东方杂志社编	现代哲学一脔		
	潘公展述	哲学问题		据罗素著作译述
	[英]嘉本特；后安译	爱的成年	北平：晨报社	另有1927年2月开明书店樊仲云译本和1929年12月大江书铺郭昭熙译本

1924年

1	[英]罗素；朱枕薪译	罗素论思想自由	上海：民智书局	
	[日]朝永三十郎；蒋方震译	近世"我"之自觉史	上海：商务印书馆	又名《新理想哲学及其背景》，10月再版
	[美]乾姆斯；孟宪承译	实用主义		1907年有商务版，署名乾姆斯，另有1930年版
	顾复编	农村社会学		
2	袁家骅	唯情哲学	上海：泰东图书局	
	[美]瓦特；[日]堺利彦译述、李达译	女性中心说	上海：民智书局	1925年12月再版
	[英]H.Wildow Carl；张闻天译	柏格森之变易哲学		
	李振镛	中国文学沿革概论	上海：大东书局	
	华林	枯叶集	上海：泰东图书局	
	黎锦熙编	新著国语文法	上海：商务印书馆	
3	胡怀琛	中国文学史略	上海：梁溪图书馆	
		诗学讨论集	上海：晓星书局	
	赵景深编	童话评论	上海：新文化书社	
	胡适	五十年来中国之文学	上海：申报馆	
	顾康伯	中国文化史	上海：泰东图书公司	
	王希和	荷马	上海：商务印书馆	

月	著者・译者	书　名	出版机构	备注
3	喜渥恩编译	罗马社会史	上海：商务印书馆	
	郑振铎编	俄国文学史略		
	李石岑	李石岑演讲集（第1集）		
	陆志韦	社会心理学新论		
	刘延陵	社会论		
4	幼雄、愈之合编	克鲁泡特金	上海：商务印书馆	
	王平陵等	心理学论丛		
	东方杂志社编	笑与梦		
	沈雁冰、郑振铎编	法国文学研究		
	文棪、冠生编	莫泊三传		
	Ernest Rhys；杨甸葛、钟余荫译	太戈尔	上海：新文化书社	
	爱尔伯；谢晋青译	托尔斯泰学说		
	谢君青	日本民族性研究	上海：商务印书馆	
	胡适	五十年来之世界哲学	上海：世界图书馆	
	叶绍钧	作文论	上海：商务印书馆	
	徐嘉瑞	中古文学概论（上册）	上海：亚东图书馆	
	王平陵编译	西洋哲学概论	上海：泰东图书局	1928年3月再版，1929年4月第3版
5	王希和	西洋诗学浅说	上海：商务印书馆	
	潘大道	诗论	上海：中华学艺社	
	胡怀琛	文学短论	上海：梁溪图书馆	1926年2月再版；1934年3月第7版
	许廑父编	白话文作法		
	张舍我编纂	短篇小说作法		本版系再版，未见初版
	李守常	史学要论		
	[法]柏格森；胡国钰译	心力	上海：商务印书馆	
	[奥]马黑（Mach）；张庭英译	感觉之分析		
6	李石岑	李石岑论文集（第1辑）	上海：商务印书馆	
	胡怀琛	小诗研究		
	周服	诗人性格		
	朱谦之	一个唯情论者的宇宙观及人生观	上海：泰东书局	

月	著者·译者	书 名	出版机构	备注
6	宁达蕴编	泰谷尔与佛化新青年	北平：佛化新青年会	
	[日]金子筑水；林科棠译	欧洲思想大观	上海：商务印书馆	次年4月有泰东书局蒋燊汉译本
	张东荪	科学与哲学		
	杨晋豪编	中国文艺年鉴	上海：北新书局	
7	黄忏华	美学略史	上海：商务印书馆	
	吕澂	晚近美学思潮		据德国摩伊曼《现代的美学》译述
	[美]鲁滨生；何炳松译	新史学		
	范寿康编	哲学初步		1931年4月再版
	罗正纬	东方文化和现在中国及世界的关系	著者自刊	又名《文化概论》
	许啸天辑	名人演讲集	上海：时还书局	
8	文学研究会编	墨海（上册）	上海：商务印书馆	
	蔡元培编	简易哲学纲要		1931年订正本名《哲学纲要》
	顾实	汉书艺文志讲疏		1927年1月第3版
	刘毓盘	中国文学史	上海：古今图书店	
	黄正厂	国语文作法	上海：中华书局	
	[日]本间久雄；章锡琛译	妇女问题十讲	上海：开明书店	1934年有启智书局姚伯麟译本
	杜定友、王引民	心理学	上海：中华书局	
9	黄忏华编	近代文学思潮	上海：商务印书馆	
	胡毓寰编	中国文学源流		
	王治心编	中国学术源流	上海：义利印刷公司	
10	朱鼎元	儿童文学概论	上海：中华书局	
	[法]法格；顾钟序译	欧洲文学入门	上海：商务印书馆	
	王希和	意大利文学		
	孙倬章	社会主义史		
	张资平	人文地理学		
	王海初	进化浅说		
	[美]莫尔；舒新城编译	现代心理学之趋势	上海：中华书局	

月	著者·译者	书　名	出版机构	备注
10	瞿秋白	社会科学概论	上海：上海书店	
	伦达如编	国文修辞学	广州：编者自刊	
	沈介人编译	中国国民性之检讨	上海：大华书局	
11	陈景新编；江亢虎鉴定	小说学	上海：江南印刷局	
	[美]乌特窘；潘梓年译	动的心理学	上海：商务印书馆	
	[美]哈米顿；华林一译	小说法程		
	费鸿年	杜里舒及其学说		
	小说月报社编	近代德国文学主潮		
		日本的诗歌		
	太戈尔	诗人的宗教		
12	忆秋生编译	欧洲最近文艺思潮		
	[日]厨川白村；鲁迅译	苦闷的象征	北平：新潮社	
	[日]厨川白村；樊从予译	文艺思潮论	上海：商务印书馆	
	王希和编	诗学原理		
	庄泽宣编	心理学名词汉译	北平：中华教育改进社	
	晨报社编辑处编	晨报六周年纪念增刊	北平：晨报社出版部	

1925 年

月	著者·译者	书　名	出版机构	备注
1	[美]培里；汤澄波译	小说的研究	上海：商务印书馆	1931 年 9 月版署名忒立，1947 年 3 月版署名培里
	小说月报社编	创作讨论		
	小说月报社编	狂飙运动		
	耿济之	俄国四大文学家		
	张琪昀编	人生地理（上中下册）		
2	王光祈	西洋音乐与戏剧	上海：中华书局	
	朱毓魁编	现代论文丛刊（第 1—4 册）	上海：文明书局	
	黎锦熙编	国语文法纲要六讲	上海：中华书局	
	施畸	中国文词学研究	上海：出版合作社	
3	小说月报社编	北欧文学一脔	上海：商务印书馆	
		近代丹麦文学一脔		
		芬兰文学一脔		

月	著者·译者	书 名	出版机构	备注
3	小说月报社编	包以尔	上海：商务印书馆	
		圣书与中国文学		
	唐钺	唐钺文存		1929年3月出版二编
	陆志韦	心理学		
	[日]厨川白村；丰子恺译	苦闷的象征		
	孙俍工	戏剧作法讲义	上海：亚东图书馆	
	[清]章学诚；陶乐勤校点	文史通义	上海：梁溪图书馆	次年5月有章锡琛选注版
	岳立仞、王国华	心理学纲领	兖州：天主堂印书馆	
	中国青年社编	马克思主义浅说	上海：上海书店	
4	[美]吴伟士；谢循初译	吴伟士心理学（上册）	上海：中华书局	1928年1月下册出版
	徐敬修编	文学常识	上海：大东书局	
		诗学常识		
		词学常识		
		说部常识		
	小说月报社编	诗的原理	上海：商务印书馆	
		俄国诗坛的昨日今日和明日		
		波兰文学一脔（上下册）		
		新犹太文学一脔		
		法朗士传		
	郑振铎编	太戈尔传		
5	[日]本间久雄；汪馥泉译	新文学概论	上海：上海书店	
	张竞生	美的人生观	北平：北京大学出版部	次年10月北新书局第4版
	[法]加波林夫人；季志仁译	女性美	上海：北新书局	
6	蔡元培等	美育实施的办法	上海：商务印书馆	
	李石岑、吕澂等	美育之原理		
	沈苏约编	小说通论	上海：梁溪图书馆	
	马国英	国语文研究法	上海：中华书局	
7	周太玄、余尚同合述	教育之美学的基础	上海：商务印书馆	教育杂志16周年汇刊
	吕澂	晚近美学说和美的原理		

月	著者·译者	书　名	出版机构	备注
8	[日]本间久雄；章锡琛译	新文学概论	上海：开明书店	
	[日]小林澄见、大多和显；唐开斌译	艺术教育论	上海：商务印书馆	
	孙俍工编	新诗作法讲义		
	王华隆	人文地理学		
	[苏]褚沙克等；任国桢译	苏俄的文艺论战	北平：北新书局	
	朱谦之	音乐的文学小史	上海：泰东图书局	
	梁启超	中国古代学术思想变迁史	上海：群众图书公司	
	华林	新英雄主义	上海：光华书局	
9	闻野鹤编译	白话诗研究	上海：梁溪图书馆	后名《白话诗入门》
	谭正璧编	中国文学史大纲	上海：光明书局	1931年3月修订，1935年8月增补，1946年1月最新修订
	汤济沧编	治国学门径	上海：上海文科专修学校	
	胡怀琛编	中国民歌研究	上海：商务印书馆	
	[英]步兹；瞿世英译	倭伊铿哲学		
	华林	艺术思潮	上海：出版合作社	次年6月再版
	[法]Pauthier；王克维译	法国文学史	上海：泰东图书局	
	大公报馆编	大公报十周年纪念特刊	长沙：大公报馆	
10	马宗霍	文学概论	上海：商务印书馆	
	雷家骏编；吕澂、马客谈校订	艺术教育学		
	简贯三	文学要略	郑州：河南教育厅公报处	
	章太炎	文学论略	上海：群众图书公司	次年7月再版
	曹聚仁	国故学大纲（上卷）	上海：梁溪图书馆	
	[瑞典]爱伦凯；沈泽民译	恋爱与道德	上海：上海书店	
	范皕海	东西文化之一贯	上海：青年协会书局	
11	潘梓年	文学概论	上海：北新书局	

月	著者·译者	书 名	出版机构	备注
11	丰子恺	歌剧与乐剧	上海：商务印书馆	据前田三男《音乐常识》节译
	谷剑尘	剧本的登场	上海：东南剧学编译社	
	刘汉流编	戏剧论选	北平：中华印刷局	
	赵景深	近代文学丛谈	上海：新文化书社	
12	[日]厨川白村；鲁迅译	出了象牙之塔	北平：未名社	
	张资平	文艺史概要	武昌：时中合作书社	
	郭沫若	文艺论集	上海：光华书局	1929年7月增订，1930年6月修订
	陈独秀	字义类例	上海：亚东图书馆	
	李石岑、解中苏	心理学之哲学的研究	上海：商务印书馆	
	高卓	心理学之哲学的研究		
	倪文宙	变态心理学概论		
1926年				
1	[美]蒲克女士；傅东华译	社会的文学批评论	上海：商务印书馆	
	[希腊]亚里士多德；傅东华译	诗学		1933年3月重版，1935年5月再版
	[德]康德；瞿菊农编译	康德教育论		
	刘国定编	法兰西近代文学史略	湖南沅江：国定学校	
	张传普	德国文学史大纲	上海：中华书局	
	陈衡哲	文艺复兴小史	上海：商务印书馆	
	滕固	中国美术小史		
	江恒源	中国先哲人性论		
	张竞生	美的社会组织法	北平：北京大学出版部	
	郁达夫	小说论	上海：光华书局	
	[日]涩江保；傅运森译	泰西事物起原	上海：文明书局	
2	[英]罗素；赵文锐译	科学与未来之人生	上海：中华书局	1928年9月有北新书局李元版，名《科学的未来》，1931年有商务印书馆吴献书节译本

月	著者·译者	书名	出版机构	备注
2	王国维	人间词话	北平：朴社	1932年9月第4版
3	[日]盐谷温；陈彬龢译	中国文学概论		
	沈苏约	恋爱与文学	上海：梁溪图书馆	
	Freienfels；管容德译	艺术鉴赏的心理		转译自日本沥村斐男之《美学思潮》
	董鲁安编	修辞学	北平：文化学社	
	刘炳荣	西洋文化史纲	上海：太平洋书店	
4	郁达夫	文艺论集	上海：仙岛书店	
	徐宗泽编著	明末清初灌输西学之伟人	上海：徐汇圣教杂志社	
5	孙俍工编	世界文学家列传	上海：中华书局	
	樊炳清编	哲学辞典	上海：商务印书馆	1930年5月再版
	中华学艺社编	国故论丛		
	朱谦之	谦之文存	上海：泰东图书局	
	唐大圆编	东方文化（第1集）		9月第2集出版，次年10月第3集出版
	徐公美编	演剧术	上海：中华书局	
	[法]斯丹大尔；任白涛译	恋爱心理研究	上海：亚东图书馆	
6	张娴译	与谢野晶子论文集	上海：妇女问题研究会	
	[日]高桑驹吉；李继煌译	中国文化史	上海：商务印书馆	
	[美]亨德；陆志韦译	普通心理学		
	王易	修辞学		
	吕思勉	章句论		
	龚自知编	文章学初编		
	侯曜	影戏剧本作法	上海：泰东图书局	
	晨报社编辑处编	晨报七周年增刊	北京：晨报社发行部	
7	韩士元编译	心理学史	上海：民智书局	
	徐公美	戏剧短论	上海：光华书局	
	郁达夫	戏剧论	上海：商务印书馆	
	范寿康	康德		

月	著者·译者	书名	出版机构	备注
7	[法]柏格森；潘梓年译	时间与自由意志	上海：商务印书馆	
	郭沫若	西洋美术史提要		
	里斯加波拉、川添利基；郑心南译	电影艺术		
	彭基相、余文伟等	哲学论文集	上海：北新书局	
	梁启超	中国近三百年学术史	上海：民志书店	
	P·Y	二十世纪之母	上海：出版合作社	次年10月更名梁冰弦著《现代文化小史》再版
	傅岩	小说通论	武昌：时中合作书社	
	台静农编	关于鲁迅及其著作	北平：未名社	
8	沈天葆编	文学概论	上海：梁溪图书馆	
	夏丏尊、刘薰宇编	文章作法	上海：开明书店	
	曹聚仁	平民文学概论	上海：梁溪图书馆	1935年5月上海新文化书社再版
	鲁迅	小说旧闻钞	北平：北新书局	
	郑宾于	长短句	北平：海音书局	又名《中国文学流变史稿》
	洪篯编	联想论	上海：群众图书公司	
9	谢勖之编	近世文化史	上海：光华书局	
	宋麟等编	现代新主义	上海：世界书局	
	[日]波多野乾一；鹿原学人编译、洪珍白校	京剧二百年之历史	北平：顺天时报馆、东方日报馆	10月再版
	佟晶心	新旧戏曲之研究	上海：上海戏曲研究会	次年3月北京隆华书社再版，名《新旧戏与批评》
	舒新城编	心理学大意	上海：中华书局	
	唐钺	国故新探		
	[日]金子筑水；蒋径三译	现代理想主义		
	崔载阳编	近世六大家心理学	上海：商务印书馆	
	[奥地利]耶路撒冷；[美]散得斯英译；陈正谟汉译	西洋哲学概论		

月	著者·译者	书　名	出版机构	备注
10	高维昌编	西洋近代文化史大纲	上海：商务印书馆	
	吴梅	中国戏曲概论	上海：大东书局	
	周瘦鹃、骆无涯编	小说丛谭		
	徐谦	诗词学	上海：商务印书馆	
	上海爱美社编	裸体美之研究	上海：爱美社	
11	顾实编	中国文学史大纲	上海：商务印书馆	
12	高觉敷	心理学论文集		

1927 年

月	著者·译者	书　名	出版机构	备注
1	丁丁编	革命文学论	上海：泰东图书局	1935 年 4 月第 5 版
	倪贻德	艺术漫谈	上海：光华书局	1930 年 9 月第 3 版
	罗志希	科学与玄学	上海：商务印书馆	
	爱伦凯；黄石译	母性复兴论	上海：民智书局	本版系再版
	李笠	三订国学用书撰要	北平：朴社	
	孙本文	社会学上之文化论		
	许啸天编、孙雪飘校阅	国故学讨论集（全3册）	上海：群学社	
2	[日]昇曙梦；画室译	新俄文学的曙光期	上海：北新书局	
	胡适	国语文学史	北平：文化学社	
	陈钟凡	中国文学批评史	上海：中华书局	
		中国韵文通论		
	梁乙真编	清代妇女文学史		
	余心编	戏曲论	上海：光华书局	
3	陈去病	诗学纲要（上下册）	南京：东南大学	
	范寿康	美学概论	上海：商务印书馆	
	[日]昇曙梦；画室译	新俄的无产阶级文学	上海：北新书局	
	王朝佑	我之日本观	北平：著者自刊	
	刘经庵编	歌谣与妇女	上海：上海书店	
4	[英]约翰·罗斯金；刘思训译	罗斯金的艺术论	上海：光华书局	
	郑振铎编	文学大纲（1—4册）	上海：商务印书馆	
5	[日]昇曙梦；画室译	新俄的演剧运动与跳舞	北平：北新书局	

月	著者·译者	书名	出版机构	备注
5	王靖	英国文学史（上编）	上海：泰东图书局	
	中国学术讨论社编	中国学术讨论集（第1集）	上海：群众图书公司	次年11月第2集出版
	青年协会书报部编	中国文化与基督教	上海：青年协会书局	
6	[日]菊池宽；沈宰白译	戏剧研究	上海：良友图书印刷公司	
	[法]左拉；张资平译	实验小说论	上海：美的书店	1930年9月新文化书局再版
	徐蔚南	文学的科学化	上海：世界书局	
		生活艺术化之是非		
		民间文学		
	郑振铎编	中国文学研究	上海：商务印书馆	《小说月报》第17卷号外
	[英]柏雷；罗志希译	思想自由史		9月有民智书局宋桂煌译本
	[日]泽柳清子	新时代的教育	北平：北新书局	著者以中文撰述
7	傅东华	文学常识	上海：商务印书馆	
	滕固	唯美派的文学	上海：光华书局	1930年7月再版
	余上沅	戏剧论集	上海：北新书局	
	赵景深	童话概要		
	成仿吾	使命	上海：创造社出版部	
8	汪静之	诗歌原理	上海：商务印书馆	
	郑次川	欧美近代小说史		
	俞寄凡	西洋之神剧及歌剧		
	郁达夫	文学概说		
	周全平	文艺批评浅说		
	陈望道编	美学概论	上海：民智书局	
	梁实秋	浪漫的与古典的	上海：新月书店	次年3月再版，1936年2月第3版
	云南省教育会编	现代学术论著（1、2集）	昆明：云南省教育会	
9	[日]松村武雄；谢六逸译	文艺与性爱	上海：开明书店	1929年8月增订
	谢六逸编	日本文学（上卷）		
	赵景深	童话论集		
	潘光旦	冯小青	上海：新月书店	
	余上沅编	国剧运动		

月	著者·译者	书　名	出版机构	备注
9	胡怀琛	中国文学辨正	上海：商务印书馆	
10	范寿康	认识论		
11	田汉编	文学概论	上海：中华书局	
	吴梅编	词余讲义	广州：国立第一中山大学出版部	
	欧阳兰编译	英国文学史	北平：京师大学文科出版部	
	傅彦长、朱应鹏、张若谷	艺术三家言	上海：良友图书印刷公司	
	华林	艺术文集	上海：光华书局	1936年8月再版
	黄石	神话研究	上海：开明书店	
12	蒋光慈编	俄罗斯文学	上海：创造社出版部	
	陈安仁	文学原理	广州：著者自刊	江西泰和新潮出版社1944年4月复版
	卢梦殊	星火（影剧论集）	上海：电影书店	
	范烟桥	中国小说史	苏州：秋叶社	
	柳亚子、柳无忌编	苏曼殊年谱及其他	上海：北新书局	
	陈柱	研究国学之门径	上海：中国学术讨论社	
	郑吻仌	人体美	上海：光华书局	

1928年

月	著者·译者	书　名	出版机构	备注
1	赵祖抃	中国文学沿革一瞥	上海：光华书局	
	赵景深	中国文学小史		
	杨鸿烈	中国诗学大纲	上海：商务印书馆	
	靳德峻笺证	人间词话笺证	北平：文化学社	
	张竞生	美的社会组织法	北平：北新书局	
	李寓一	裸体艺术谈	上海：现代书局	
	卢梦殊编	电影与文艺	上海：良友图书印刷有限公司	
	徐庆誉	中国民族与世界文化	上海：世界学会	
	[俄]克鲁泡特金；凌霜等译	近世科学和安那其主义	上海：克氏全集刊行社	
2	[俄]特罗茨基；韦素园、李霁野译	文学与革命	北平：未名社	
	邓以蛰	艺术家的难关	北平：古城书社	
	长虹	时代的先驱	上海：光华书局	

月	著者·译者	书　名	出版机构	备注
2	陈柱编	国文比较研究法	上海：大夏大学	
	自由丛书社编	克鲁泡特金学说概要	上海：自由书店	
3	[美]琉威松等；傅东华译	近世文学批评	上海：商务印书馆	
	刘大杰编	托尔斯泰研究		
	[美]威廉；张志澄编译	短篇小说作法研究		1931年4月再版，1934年1月重版
	[日]平林初之辅；林骅译	文学之社会学的研究方法及其适用	上海：太平洋书店	
	[日]平林初之辅；阮有秋译	资本主义文化与社会主义文化		
	[日]金子筑水；蒋径三译	现实主义哲学的研究	上海：商务印书馆	
	[英]乔特；张嘉森译	心与物		
	胡梦华、吴淑贞	表现的鉴赏	上海：现代书局	
	任白涛辑译	给志在文艺者	上海：亚东图书馆	
	周群玉编	白话文学史大纲	上海：群学社	
	杨成志、钟敬文译	印欧民间故事型式表	广州：国立中山大学语言历史学研究所	参冈正雄日译本英国民俗学会出版的《民俗学概论》
	谭正璧	诗词中的性欲描写	嘉定黄渡：淞社	
	李时	国学丛谭	北平：君中书社	
4	范寿康编译	艺术之本质	上海：商务印书馆	
	刘大杰	易卜生研究		
	陈兼善	气候与文化		1930年10月再版
	杨鸿烈	中国文学杂论	上海：亚东图书馆	
	徐庆誉	美的哲学	上海：世界学会	
	曾仲鸣	法国的浪漫主义	上海：开明书店	
	丰子恺编	西洋美术史		
	郁达夫	敝帚集	上海：现代书局	
	成仿吾、郭沫若	从文学革命到革命文学	上海：创造社出版部	
	张天化	文学与革命	上海：民智书局	
	培良	中国戏剧概评	上海：泰东图书局	
	周剑云、陈醉云、汪煦昌	电影讲义	上海：大东书局	

月	著者·译者	书 名	出版机构	备注
4	谢颂羔编	文化的研究	上海：广学会	次年9月再版
	张竞生等编	恋情定则讨论集	上海：好青年图书馆	
	洪瑞钊	革命与恋爱	上海：民智书局	
	[日]米田庄太郎；王璧如译	现代文化概论	上海：北新书局	
5	[日]鹤见祐辅；鲁迅译	思想·山水·人物		
	李金发	意大利及其艺术概要	上海：商务印书馆	
	霁楼编	革命文学论文集	上海：生路社	
	[日]黑田鹏信；丰子恺译	艺术概论	上海：开明书店	9月再版，次年10月第3版
	梁实秋	文学的纪律	上海：新月书店	1936年3月再版，1938年3月第3版
	张若谷	文学生活	上海：金屋书店	
	刘大白	旧诗新话	上海：开明书店	
	张子三	明日的文学	上海：现代书局	
	[日]铃木虎雄；孙俍工译	中国古代文艺论史（上）	上海：北新书局	次年1月出版下册
6	胡适	白话文学史（上卷）	上海：新月书店	
	西滢	西滢闲话		
	萧石君编	西洋美术史纲要	上海：中华书局	
	胡寄尘编	文艺丛说（第1集）	上海：商务印书馆	1931年4月出版第2集
	钟敬文	民间文艺丛话	广州：国立中山大学语言历史研究所	
	刘大杰编	德国文学概论		
	[俄]科捷连斯基辑译；李伟森重译	朵思退夫斯基——朵思退夫斯基夫人之日记及回忆录	上海：北新书局	1930年1月有现代书局韦丛芜译本
	[德]尼采；郭沫若译	查拉图司屈拉钞	上海：创造社出版部	
7	吴云	近代文学ABC	上海：ABC丛书社	
	丰子恺	艺术教育ABC		
	黄维荣	变态心理学ABC		
	谢颂羔	西洋哲学ABC	上海：世界书局	次年3月再版
	黄哲人编译	东西小说发达史	厦门：国际学术书社	据木村毅《小说研究十六讲》改编

月	著者·译者	书　名	出版机构	备注
7	江恒源编	中国诗学大纲	上海：大东书局	
	[日]大村西崖；陈彬龢译	中国美术史	上海：商务印书馆	
	齐如山编	中国剧之组织	北平：北华印刷局	
	钱杏邨	现代中国文学作家（第1卷）	上海：亚东图书局	1930年3月第2卷
	查士元编译	世界哲学名著提要	上海：新文化学会	
8	[日]本间久雄；沈端先译	欧洲近代文艺思潮论	上海：开明书店	
	[日]内崎作三部；王璧如译	近代文艺的背景	上海：北新书局	
	[日]厨川白村；绿蕉、大杰译	走向十字街头	上海：启智书局	
	[日]厨川白村；绿蕉、大杰译	裸体美术的问题		
	刘师培	论文杂记	北平：朴社	
	李笠	中国文学述评	上海：雅成学社	
	金慧莲编	小说学大纲	上海：天一书院	
	张崇玖	诗学	上海：新民图书馆兄弟公司	
	玄珠	小说研究ABC	上海：ABC丛书社	
	汪倜然	希腊神话ABC		
	曾虚白	英国文学ABC		
	谢六逸	农民文学ABC		
	叶法无	文化评价ABC		
	郭任远	心理学ABC		
	张若谷编	艺术十二讲	上海：昆仑书局	
	[美]尼亚苓；周谷城译	文化之出路	上海：新宇宙书店	次年再版
	陈本文编	新主义评论（上下册）	上海：新主义研究社	
9	赵景深	文学讲话	上海：亚细亚书局	
	宋麟等编	现代新主义	上海：世界书局	
	[日]河田嗣郎；潘大道译	社会主义哲学史要	上海：商务印书馆	
	孙本文	文化与社会	上海：东南书店	
	苏州美术专门学校	沧浪美	苏州：沧浪美术社	

月	著者·译者	书名	出版机构	备注
9	马斯科尔文；徐霞村译	艺术的将来	上海：北新书局	
	[美]卡里利；水断冰译	人类的解放		
	[日]厨川白村；夏丏尊译	近代的恋爱观	上海：开明书店	
	顾均正	安徒生传		
	[俄]克鲁泡特金；L.L.anun 译	托尔斯泰论	上海：南华书店	
	傅东华	诗歌原理 ABC	上海：ABC 丛书社	
	傅东华	文艺批评 ABC		
	夏丏尊	文艺论 ABC		
	张若谷	歌剧 ABC		
	李金发	德国文学 ABC		
	蔡慕晖	独幕剧 ABC	上海：世界书局	
	张圣瑜编	儿童文学研究	上海：商务印书馆	
	[日]藤森成吉；张资平译	文艺新论	上海：联合书店	
	[日]藏原惟人、外村史郎辑；画室重译	新俄的文艺政策	上海：光华书局	1930 年 6 月有水沫书屋版鲁迅重译本，名《文艺政策》
	陈炳堃	中国近代文学之变迁	上海：南国艺术学院	1929 年 4 月上海中华书局再版
	钟敬文编	歌谣论集	上海：北新书局	
10	李维编	诗史	北平：石棱精舍	
	刘大杰	表现主义文学	上海：北新书局	1929 年 3 月再版
	刘大杰著译	寒鸦集	上海：启智书局	
	孙俍工编	文艺辞典	上海：民智书局	
	华林	文艺杂论	上海：南华书店	
	周越然	莎士比亚	上海：商务印书馆	
	鹿原学人	昆曲皮簧盛衰变迁史	上海：泰东图书局	
	蒋文鹤	社会进化原理	上海：卿云图书公司	
11	沈雁冰	欧洲大战与文学	上海：开明书店	
	[奥]刺外格；杨人楩译	萝蔓罗兰	上海：商务印书馆	
	鲁毓泰	茜萝之园	上海：华普书局	

月	著者·译者	书　名	出版机构	备注
11	熊佛西	佛西论剧	北平：朴社	1931年9月新月书店增订
	赵景深编	最近的世界文学	上海：远东图书公司	
	施存统、刘若诗编译	辩证法浅说	上海：现代中国社	
	常乃惪	中国文化小史	上海：中华书局	1931年2月第4版
12	[日]平林初之辅；方光焘译	文学之社会学的研究	上海：大江书铺	
	[日]平林初之辅；陈望道译	文学与艺术之技术的革命		
	[日]青野季吉；陈望道译	艺术简论		
	美子女士译述	世界文艺批评史	厦门：国际学术书社	据宫岛新三郎《文艺批评史》述译
	[美]华伦；赵演、汪德全译述	人类心理学要义	上海：商务印书馆	
	蔷薇社编	石评梅纪念刊	北平：世界日报社	
	白眉初编	中国人文地理	北平：建设图书馆	
	曾仲鸣	法国文学丛谈	上海：嘤嘤书屋	
1929年				
1	梅子	非革命文学	上海：光明书局	
	柯仲平	革命与艺术	上海：狂飙出版部	
	许仕廉	文化与政治	北平：朴社	
	朱公振	世界新主义评论	上海：世界书局	
	波哈德；金志骞译	恋爱哲学	上海：唯爱丛书社	
	[日]青山为吉；杨伯安译	美的常识与美术史	上海：乐群书店	
	张东荪	哲学ABC	上海：世界书局	
	倪贻德编	近代艺术	上海：金屋书店	
	[丹]G·Brandes；林语堂译	易卜生评传及其情书	上海：春潮书局	
	李宗武	人文地理ABC	上海：ABC丛书社	
	胡怀琛	诗歌学ABC		

月	著者·译者	书　名	出版机构	备注
1	汪倜然	俄国文学 ABC	上海：ABC 丛书社	
	玄珠	中国神话研究 ABC		
2	赵景深	童话学 ABC	上海：北新书局	
	赵景深	作品与作家		
	[日]小泉八云等；韩侍桁辑译	近代日本文艺论集		
	钟敬文	柳花集	上海：群众图书公司	
	胡适等	文学论集	上海：亚细亚书局	1942年6月上海一流书店更名《中国文学论集》重印
	[英]乌尔佛；李之鹏译	帝国主义与文化	上海：新生命书局	另有1929年开明书店宋桂煌和1930年民智书局邹维枚译本
	吴美继	中国人文地理	南京：中山书局	
3	顾荩丞	文体论 ABC	上海：ABC 丛书社	
	曾虚白	美国文学 ABC		
	[俄]克鲁泡特金；乐夫译	斯宾塞的哲学	上海：自由书店	
	[日]木村毅；朱应会译	世界文学大纲	上海：昆仑书店	
	梁得所编译	西洋美术大纲	上海：良友图书印刷公司	
4	[日]片上伸；鲁迅译	现代新兴文学的诸问题	上海：大江书铺	
	[日]本间久雄；张佩芬编译	现代思潮与妇女问题	上海：泰东图书局	
	鲁迅编译	壁下译丛	上海：北新书局	
	[日]渡边秀方；高明译	中国国民性论		
	[俄]蒲列哈诺夫；林柏重译	艺术论	上海：南强书局	
	赵景深编译	俄国三大文豪	上海：亚细亚书局	
	冯瘦菊编述	十九世纪俄罗斯文学家的传略和著作思想	上海：大东书局	
	[美]佛雷特立克；马仲殊译	短篇小说作法纲要	上海：真善美书店	

月	著者·译者	书　名	出版机构	备注
4	玄珠	骑士文学 ABC	上海：ABC 丛书社	
	查士骥	二十世纪的艺术家	上海：世界书局	
	[英]勒女士；赵演译	弗洛特心理分析	上海：商务印书馆	
	高希圣编译	科学的社会主义	上海：励群书店	10 月有平凡书局版
	瞿任侠	无政府主义研究	上海：中山书店	
5	[奥]弗洛伊特；夏斧心译	群众心理及自我的分析	上海：开明书店	
	[日]土居光知；冯次行译	詹姆士·朱士的《优力栖斯》	上海：联合书店	1939 年 5 月上海新安书局版名《现代文坛怪杰》
	[苏]卢那卡尔斯基；雪峰译	艺术之社会的基础	上海：水沫书店	
	[苏]波格达诺夫；苏汶译	新艺术论		
	田汉译述	穆理斯之艺术的社会主义	上海：东南书店	
	[苏]伏洛夫司基；画室译	作家论	上海：昆仑书店	1930 年光华书局更名《社会的作家论》
	[俄]波格达诺夫；陈望道、施存统译	社会意识学大纲	上海：大江书铺	1930—1947 年多次再版
	[日]上田敏；丰子恺译	现代艺术十二讲	上海：开明书店	1933 年 6 月第 3 版
	茅盾	现代文艺杂论	上海：世界书局	
	茅盾辑译	近代文学面面观		
	柳倩编	文艺论集	上海：创造社出版部	
	张东荪	精神分析学 ABC	上海：ABC 丛书社	
	刘麟生	中国文学 ABC		
	郭真	恋爱论 ABC	上海：世界书局	
	远生	艺术之夜		
	草川未雨	中国新诗坛的昨日今日和明日	北平：海音书局	
	岭南大学学术讨论会编	学术论文集	广州：思思学社	
6	杨剑秀编	社会科学概论	上海：现代书局	
	[日]青野季吉；若俊译	观念形态论	上海：南强书局	1930 年 4 月再版

月	著者·译者	书　名	出版机构	备注
6	华维素编	俄国文学概论	上海：泰东图书局	
	[苏]卢那卡尔斯基；鲁迅译	艺术论	上海：大江书铺	
	[日]金子筑水；蒋径三译	艺术论	上海：明日书店	
	麦克林等；艺园译	民众艺术夜话	厦门：世界文艺社	
	[日]有岛武郎；张我军译	生活与文学	上海：北新书局	
	[日]盐谷温；孙俍工译	中国文学概论讲话	上海：开明书店	
	赵荫棠辑译	风格与表现	北平：华严书店	
	[英]瑞恰慈；伊人译	科学与诗		
	冯瘦菊编	新诗和新诗人	上海：大东书局	
	茅盾	神话杂论	上海：世界书局	
7	[英]马尔文；伍光建译	泰西进步概论	上海：商务印书馆	
	[美]杜伦；詹文浒译	伊迈纽康德	上海：青年协会书局	亦名《哲学的故事》
		哲学的故事（上下册）		
	[德]狄慈根；杨东莼译	辩证法的唯物观	上海：昆仑书店	
	[美]刘威松；李霁野译	近代文艺批评断片	北平：未名社	
	马彦祥	戏剧概论	上海：光华书局	
	吴梅	元剧研究 ABC	上海：ABC 丛书社	
	阎折梧编	南国的戏剧	上海：萌芽书店	
	田汉	爱尔兰近代剧概论	上海：东南书店	
	段凌辰	中国文学概论（上卷）	河南汲县：瑞安集古斋书社	1933 年 5 月北平著者书店出版下卷
	刘大白	白屋说诗	上海：大江书铺	
	潘菽	心理学概论	上海：北新书局	
	陈东原	群众心理 ABC	上海：ABC 丛书社	
	郭真	结婚论 ABC	上海：世界书局	
8	[俄]蒲力汗诺夫；雪峰译	艺术与社会生活	上海：水沫书店	

月	著者·译者	书名	出版机构	备注
8	徐蔚南	艺术家及其他	上海：真善美书店	
	柳无忌编	少年哥德	上海：北新书局	
	郎擎霄	托尔斯泰生平及其学说	上海：大东书局	
	定生	诗的听入	北平：朴社	
9	[德]梅林格；雪峰译	文学评论	上海：水沫书店	
	[苏]马克希麻夫；金溟若译	俄国革命后的文学	上海：开明书店	
	谭正璧	中国文学进化史	上海：光明书局	
	徐蔚南	艺术哲学ABC	上海：ABC丛书社	
	郭步陶	文法解剖ABC	上海：世界书局	
	王耘庄	文学概论	杭州：非社出版部	
	虚白编、蒲梢修订	汉译东西洋文学作品编目	上海：真善美书店	
	韩侍桁辑译	西洋文艺论集	上海：北新书局	
	谢六逸	日本文学史（上下卷）		
	陈其一编	中国新文字问题讨论集（第1辑）	河南教育厅编辑处	
	H.C.Thomas、W.A.Hamm；彭芮生译	近代文化的基础	上海：启智书局	1934年4月再版
10	谢六逸	日本文学	上海：商务印书馆	
	胡怀琛	中国小说研究		
	[苏]卢那卡尔斯基；鲁迅译	文艺与批评	上海：水沫书店	
	徐延年	艺术漫谈	沈阳：美术研究社	
	徐昂	益修文谈	南通：翰墨林书局	
	张竞生	伟大怪恶的艺术	上海：世界书局	
	苏雪林	蠹鱼生活	上海：真善美书店	1938年7月长沙商务印书馆修订出版《蠹鱼集》
	李何琳编	中国文艺论战	上海：中国书店	
	左明编	北国的戏剧	上海：现代书局	
	Maurice Baring；蒋学楷译	法国文学	上海：南华图书局	
	[日]昇曙梦；陈俶达译	现代俄国文艺思潮	上海：华通书局	
	余祥森编	现代德国文学思潮		

月	著者·译者	书　名	出版机构	备注
10	[日]泽田谦；罗超彦译	自由主义	上海：华通书局	
	孙寒冰主编	社会科学大纲	上海：黎明书局	
	朱兆萃	现实主义与教育	上海：世界书局	
	高觉敷	心理学概论	上海：商务印书馆	
	张铭鼎	哲学与现代思潮		
	[希腊]柏拉图；吴献书译	理想国（1—5册）		
11	邱陵编	康德生活	上海：世界书局	
	朱约昭编	达尔文生活		
	孙席珍编	雪莱生活		
		莫泊桑生活		
	王古鲁编	王尔德生活		
	胡怀琛	诗人生活		
	汪倜然	托尔斯泰生活		
	黄源编	屠格涅夫生平及其创作	上海：华通书局	
	[英]勃洛特；刘朝阳译	知觉的分析	上海：明日书店	
	[日]宫岛新三郎；黄清峭译	文艺批评史	上海：现代书局	
	[苏]柯根；沈端先译	新兴文学论	上海：南强书局	1939年4月署名夏衍译，由上海杂志公司重版
	[苏]高根等；林伯修译	理论与批评	上海：前夜书店	
	邹弘道编译	高尔基评传	上海：联合书店	
	叶秋原	艺术之民族性与国际性		
	张资平	欧洲文艺史纲		即《文艺史概要》修订本
	[美]多玛士、哈模；余慕陶译	近代西洋文化革命史		
	陈醉云	文艺与恋爱	厦门：世界文艺书社	
	高希圣、郭真	社会科学大纲	上海：平凡书局	
	钱基博	文史通义解题及其读法	上海：中山书局	
		古文辞类纂解题及其读法		
	吴念慈、柯柏年、王慎名编	新术语辞典	上海：南强书局	1933年2月出版续编

月	著者·译者	书 名	出版机构	备注
11	[美]摩尔根;张栗原、杨东莼译	古代社会（上册）	上海：昆仑书店	次年3月出版下册；1935年12月新版
12	许杰	新兴文艺短论	上海：明日书店	
	钱杏邨	作品论	上海：沪滨书店	
	何福同	文学杂讲	桂林：行健学社	
	谢冰弦编	近代文学	上海：文学评论社	
	陈虞裳编	中国文学史概论（上）	成都：岷江大学	
	徐震堮、吴宓、胡先骕译	白璧德与人文主义	上海：新月书店	
	[美]亨丁顿;潘光旦译	自然淘汰与中华民族性		
	傅绍曾	中国国民性之研究	北平：北平文化学社	
	[英]剌普脱;陈训炤译	哲学初桄	上海：商务印书馆	
	[德]布浪得耳;杨霄青译	社会科学研究初步	上海：科学研究学社	1947年有集成书屋余在铭译本
	[英]罗斯庚;彭兆良译	近代画家论	上海：中华新教育社	
	[日]板垣鹰穗;鲁迅译	近代美术史潮论	上海：北新书局	

1930 年

月	著者·译者	书 名	出版机构	备注
1	林语堂辑译	新的文评	上海：北新书局	
	F.S.Delmer；林惠元译，林语堂校	英国文学史		
	姜亮夫讲述	文学概论讲述（第1卷）		
	[英]贺益兰;杨人楩译	世界文化史要略		
	洪北平编	国学研究法	上海：民智书局	
	胡云翼	词学ABC	上海：ABC丛书社	
	范祥善编	现代文艺评论集	上海：世界书局	9月再版
		现代艺术评论集		
	吴拯寰编	中国人文地理	上海：三民图书公司	
	郑寿麟	中西文化之关系	上海：中华书局	1932年9月再版
	杨荫深	中国民间文学概说	上海：华通书局	

月	著者·译者	书名	出版机构	备注
2	[法]伊科维兹；樊仲云译	唯物史观的文学论	上海：新生命书局	
	[苏]蒲列汉诺甫；王凡西译	从唯心论到唯物论	上海：沪滨书局	5月有亚东图书馆版
	[日]宫岛新三郎；高明译	文艺批评史	上海：开明书社	
	景昌极	哲学论文集	上海：中华书局	
	[美]布来脱曼；杨枝嵘、黄毅仁译	哲学导论	上海：商务印书馆	
	叶法无	文化与文明	上海：黎明书局	
	刘复、李家瑞编	宋元以来俗字谱	北平：国立中央研究院历史语言研究所	
	丘玉麟编	白话诗作法讲话	上海：开明出版部	
	赵景深	一九二九年的世界文学	上海：神州国光社	
	徐霞村编译	现代南欧文学概观		
	[德]哥德；张竞生译	哥德自传	上海：世界书局	
	赵景深编著	民间故事丛话	广州：国立中山大学语言历史研究所	
3	[日]本间久雄；章锡琛译	文学概论	上海：开明书店	
	卢冀野编	何谓文学	上海：大东书局	1932年5月第3版
	陈穆如编	文学理论	上海：启智书局	
	朱星元	中国近代诗学之过渡时代论略	无锡：锡成印刷公司	
	胡小石	中国文学史	上海：人文社股份有限公司	
	穆济波编	中国文学史（上册）	上海：乐群书店	
	钱谦吾	怎样研究新兴文学	上海：南强书局	
	[苏]德波林；林伯修译	辩证法的唯物论入门		1934年10月第4版
	[日]芦谷重常；黄源译	世界童话研究	上海：华通书局	
	汪倜然	现代女文学家	上海：新学会社	
	舒新城主编	中华百科辞典	上海：中华书局	
	[英]威尔斯；朱应会译	世界文化史纲	上海：昆仑书店	
	[俄]萨可夫斯基；严灵峰译	辩证的唯物论	上海：平凡书局	

月	著者·译者	书名	出版机构	备注
4	[日]久保良英;张显之译	近代心理学	上海：民智书局	
	[美]詹姆士;伍况甫译	心理学简编（1—6册）	上海：商务印书馆	
	李石岑	哲学浅说		
	贺昌群	元曲概论		
	余祥森	德意志文学		
	陈衡哲	欧洲文艺复兴小史		
	张世禄	中国文艺变迁论		
	许之衡	中国音乐小史		
	朱光潜	变态心理学派别	上海：开明书店	
	[俄]普赖汉诺夫;王若水译	近代唯物论史	上海：泰东图书局	
	[俄]普列汉诺夫;彭康译	马克思主义的根本问题	上海：江南书店	
	冯乃超等	文艺讲座（第1册）	上海：神州国光社	
	[日]木村毅;高明译	小说研究十六讲	上海：北新书局	
	[日]盐谷温等;汪馥泉选译	中国文学研究译丛		
	[日]厨川白村;绿蕉译	小泉八云及其他	上海：启智书局	1934年12月再版
	[英]E.葛斯;韦丛芜译	英国文学：拜伦时代	北平：未名社	
	[日]宫岛新三郎;瞿然译	欧洲最近文艺思潮	上海：现代书局	1931年版署名高明译
	[日]遍照金刚;储皖峰校	文二十八种病	上海：中国述学社出版部	
	李何林编	鲁迅论	上海：北新书局	
5	卢冀野讲、柳升祺等记	近代中国文学讲话	上海：会文堂新记书局	
	赵景深	现代文学杂论	上海：光明书局	
	李幼泉、洪北平编	文学概论	上海：启智书局	
	向培良	人类的艺术	南京：拔提书店	
	[英]韩德生;宋桂煌译	文学研究法	上海：光华书局	
	王森然编	文学新论		

月	著者·译者	书　名	出版机构	备注
5	[美]辛克莱；陈恩成译	拜金主义	上海：联合书店	又名《美国文艺界的怪状》
	[苏]卢那察尔斯基；成蒿译	西方底文化与苏联底文化	上海：江南书店	
	[苏]伏尔佛逊；林超真译	辩证法的唯物论	上海：沪滨书局	1947年4月有亚东图书馆版
	[俄]普勒哈诺夫；高晶斋译	由唯心论到唯物论	上海：新生命书局	1934年10月第3版
	[日]佐野学；巴克译	唯物论的哲学	上海：乐华图书公司	
	[日]关荣吉；张资平、杨逸棠译	文化社会学	上海：乐群书店	
	张安世	各国民族性	上海：华通书局	
	[日]藏原惟人；吴之本译	新写实主义论文集	上海：现代书局	1933年4月再版
	[日]尾濑敬止；雷通群译	苏俄新艺术概观	上海：新宇宙书店	
	[日]儿岛献吉郎；胡行之译	中国文学概论	上海：北新书局	1930年11月有上海商务印书馆张铭慧译本和1931年3月世界书局隋树森译本
	[日]铃木虎雄；汪馥泉译	中国文学论集	上海：神州国光社	
	钱杏邨	文艺批评集		
	王易	修辞学通诠		
	李初梨	怎样建设革命文学	上海：江南书店	
	潘菽	社会的心理基础	上海：世界书局	
6	[日]藏原惟人、外村史郎辑译；鲁迅重译	文艺政策	上海：水沫书店	
	杨肇嘉编	中国新文学概观	东京：新民会	署昭和五年六月
	[匈]玛察；雪峰译	现代欧洲的艺术	上海：大江书铺	
	[日]河上肇；周拱生译	唯物论纲要	上海：乐华图书公司	
	张竞生编	烂熳派概论	上海：世界书局	
	章克标、方光焘	文学入门	上海：开明书店	

月	著者・译者	书名	出版机构	备注
6	光华书局编辑部编	文艺创作讲座（1—4卷）	上海：光华书局	陆续出版至1933年11月
	赵景深	现代世界文坛鸟瞰	上海：现代书局	
	周毓英	新兴文艺论集	上海：胜利书局	又名《马克思主义文学论》
	孙席珍编译	辛克莱评传	上海：神州国光社	
	艺术剧社编	戏剧论文集		
	胡怀琛	中国文学评价	上海：华通书局	
	[日]青野季吉；王集丛译	新兴艺术概论	上海：辛垦书店	
	马青	社会主义作文法	上海：平凡书局	又名《新的作文法》
	伯尔拿·约瑟；刘君木译	民族论	上海：民智书局	
	曹聚仁编	中国史学ABC	上海：ABC丛书社	
7	[日]青野季吉；冯宪章译	新兴艺术概论	上海：现代书局	
	禹亭	小说十讲	北平：明天社	
	[俄]蒲力汗诺夫；鲁迅译	艺术论	上海：光华书局	
	李朴园	艺术论集		
	瓦浪司基等；屠夫二郎辑	时代文学新论集	上海：新兴文艺社	
	[日]宫岛新三郎；张我军译	现代日本文艺评论	上海：开明书店	
	范寿康	哲学及其根本问题		
	刘强编	哲学阶梯	上海：商务印书馆	
	张家泰编	卢骚生活	上海：世界书局	1933年3月再版
	曾仲鸣	艺术与科学	上海：嘤嘤书屋	
	施章	新兴文学论丛	南京：国立中央大学出版组	
	徐安之编	语文作法讲话	上海：开明出版部	
	徐霞村编	法国文学史	上海：北新书局	
	傅统先	意大利文学ABC	上海：ABC丛书社	
8	[日]伊达源一郎；张闻天、汪馥泉译	近代文学	上海：商务印书馆	
	欧阳溥存编	中国文学史纲		

月	著者·译者	书名	出版机构	备注
8	[苏]弗理契；雪峰译	艺术社会学底任务及问题	上海：大江书铺	据藏原惟人日译本
	[法]伊可维支；戴望舒译	唯物史观的文学论	上海：水沫书店	1948年6月作家书屋再版署名江思译
	谦弟	自然科学与社会科学	重庆：重庆书店	
	张东荪	西洋哲学史ABC（上）	上海：世界书局	9月再版；次年6月出版下册
	方璧	西洋文学通论		
	胡国钰编	心理学	天津：百城书局	
	顾凤城	新兴文学概论	上海：光华书局	
	陈安仁	中国文化复兴之基本问题	上海：国立暨南大学	
9	[俄]蒲列哈诺夫；成嵩译	马克斯主义的基本问题	上海：泰东图书局	
	[英]韩德生；宋桂煌译	小说的研究	上海：光华书局	
	[美]卡尔佛登；傅东华译	文学之社会学批评	上海：华通书局	又名《当代文艺的精神》
	[苏]柯根；沈端先译	伟大的十年间文学	上海：南强书局	系《新兴文学论》续编
	马哲民	精神科学概论	上海：新生命书局	
	方璧	希腊文学ABC	上海：ABC丛书社	
	[日]坂口昂；王璧如译	希腊文明之潮流	上海：神州国光社	
	巴宁	现代中国文艺界	上海：文艺批判社	
	黄天鹏	新闻文学概论	上海：光华书局	
	梁启超；费有容校订	（订正分类）饮冰室文集全编（1—4册）	上海：新民书局	
10	[奥]弗洛伊特；高觉敷译	精神分析引论	上海：商务印书馆	1936年8月出版新编
	[奥]茀罗乙德；章士钊译	茀罗乙德叙传		
	周全平	文学批评浅说		
	范况	中国诗学通论		
	范寿康	卢梭		
		亚理斯多德		
	杨润馀	莫里哀		
	黎青等	哥德		

月	著者·译者	书 名	出版机构	备注
10	马君武	达尔文	上海：商务印书馆	
	许地山	印度文学		
	[法]拉发格；刘初鸣译	思想起源论	上海：辛垦书店	1932年6月再版，1935年3月第3版
	徐宗泽编	心理学概论	上海：圣教杂志社	
	周作人	艺术与生活	上海：群益书社	
	马仲殊	文学概论	上海：现代书局	
	[法]罗丹讲，吉塞尔记；曾觉之译	美术论	上海：开明书店	
	陈子展	孔子与戏剧	上海：太平洋书店	
	[日]大宅壮一；毛含戈译	文学的战术论	上海：联合书店	
	[日]相马御风；汪馥泉译	欧洲近代文学思潮	上海：中华书局	1915年曾有杨启瑞译本
	方璧	北欧神话ABC（上下册）	上海：ABC丛书社	
	[苏]弗理契；天行译	艺术社会学	上海：水沫书店	1947年8月上海有作家书屋版
	[苏]卢波尔；李达译	理论与实践的社会科学根本问题	上海：心弦书社	
	[日]那须浩；刘钧译	农村问题与社会理想	上海：神州国光社	
	杨启高	中国文学体例谈	南京：南京书店	
	郑宾于	中国文学流变史（上中下）	上海：北新书局	陆续出版至1936年8月
	前锋社编辑	民族主义文艺论	上海：光明出版部	
	钱杏邨	文艺与社会倾向	上海：泰东图书馆	
	[美]桑戴克；陈廷璠译	世界文化史	重庆：重庆书店	1939年9月有中华书局修订版；另有1935年5月世界书局倪受民译本和1936年3月商务印书馆冯雄译本
	[德]师辟伯；章士钊译	情为语变之原论	上海：商务印书馆	又名《情文相生论》，1933年6月再版

月	著者·译者	书名	出版机构	备注
10	[法]施亨利；黎东方译述	历史之科学与哲学	上海：商务印书馆	
	薛文蔚	自然主义与教育		
		人文主义与教育		
	刘虎如	人生地理学概要		
11	[法]白菱汉；张其昀译	人生地理学史		
	邬翰芳编	最新中国人文地理	上海：北新书局	
	[美]海士；蒋廷黻译	族国主义论丛	上海：新月书店	
	[日]小泉八云；杨开渠译	文学入门	上海：现代书局	
	张崇玖	文学通论	上海：乐华图书公司	1932年9月有中南书店版
	[日]田中湖月；孙俍工译	文艺赏鉴论	上海：中华书局	次年9月再版
	[苏]耶考芜莱夫；何畏译	文学方法论者普列哈诺夫	上海：春秋书店	
	樊仲云编	新兴文艺论	上海：新生命书局	
	保尔	现代文艺杂论	上海：光华书局	
	罗西	杂碎集	南京：拔提书店	
	陈炳堃	最近三十年中国文学史	上海：太平洋书店	
	谭正璧	中国女性的文学生活	上海：光明书局	1935年7月更名并增订为《中国妇女文学史》(上下册)
	姜书阁	桐城文派评述	上海：商务印书馆	
	胡怀琛	中国寓言研究		
	[日]小泉八云；胡山源译	日本与日本人		
	杨开道	新村建设	上海：世界书局	
12	钱歌川	文艺概论	上海：中华书局	
	[日]千叶龟雄等；张我军译	现代世界文学大纲	上海：神州国光社	
	王羽编	中国文学提要	上海：世界书局	
	于化龙编	西洋文学提要		
	沈文华编	哲学提要		
	[美]爱儿乌德；钟兆麟译述	文化进化论		1932年11月第3版

月	著者·译者	书 名	出版机构	备注
12	[日]小泉八云；石民译注	文艺谭	上海：北新书局	
	[俄]克鲁泡特金；韩侍桁译	俄国文学史		1931年3月有重庆书店郭安仁译本
	[日]冈泽秀虎；陈雪帆译	苏俄文学理论	上海：大江书铺	1933年4月开明书店重版，1940年2月二版署陈望道译
	杭苏编	欧洲文化变迁小史	上海：中华书局	
	朱谦之	文化哲学	上海：商务印书馆	
	[美]杨琴巴尔；高觉敷译	社会心理学史		
	成仿吾	新兴文艺论集	上海：创造社出版部	
	朱荣泉编	现代中国论文选（上下册）	上海：沪江大学	
	楚丝	中国新文学运动一瞥	上海：爱光书店	
	张资平编	现代世界文学概况	上海：大夏大学部	

1931年

月	著者·译者	书 名	出版机构	备注
1	陈彬龢	中国文学论略	上海：商务印书馆	
	[英]若特、斯特拉琪；伍光建译	饭后哲学		
	王韶生	国学概要	上海：远东印务局	
	李菊休编	现代小说研究	上海：亚细亚书局	
	陈穆如编	小说原理	上海：中华书局	
	陆侃如、冯沅君	中国诗史（上中下卷）	上海：大江书铺	陆续出版至1933年9月
	罗根泽	乐府文学史	北平：文化学社	
	赵侣青、徐迥千	儿童文学研究	上海：中华书局	
	[日]厨川白村；夏绿蕉译	欧美文学评论	上海：大东书局	
	吴孝侯编译	日本之农村都市		
	黎光炎编	转变后的鲁迅	北平：东方书店	3月有钱谦吾编上海乐华图书同年公司版
2	[法]塞纽博斯；韩鸿庵译	西洋文明史（全3册）	北平：女子师范大学图书出版委员会	
	华胥社编	华胥社文艺论集	上海：中华书局	

月	著者·译者	书　名	出版机构	备注
2	陈怀	中国文学概论	上海：中华书局	1934年5月再版
	钱杏邨	安特列夫评传	上海：文艺书局	1933年7月再版
	韩起	沉痛的曝露（论文集）	南京：拔提书店	
	刘毓盘	词史	上海：群众图书公司	
	任中敏编	词曲通义	上海：商务印书馆	
	孙俍工编	文艺辞典续编	上海：民智书局	
3	林文铮	何谓艺术	上海：光华书局	
	田汉译	欧洲三个时代的戏剧		
	李石岑	现代哲学小引		
4	[法]洛里哀；傅东华译	比较文学史	上海：商务印书馆	
	[意]克罗斯；傅东华译	美学原论		
	[德]康德；胡仁源译	纯粹理性的批判		1929年分8册出版；1935年再版
	吕澂	现代美学思潮		
	沈熳若	十九世纪之欧洲与中国	北平：中华印书局	
	[日]小泉八云；惟夫编译	文学讲义	北平：联华书店	
	[日]木村毅；高明译	小说底创作和鉴赏	上海：神州国光社	另有罗曼译本，1941年12月上海言行社出版，名《怎样创作与欣赏》
	[美]摩台尔；钟子岩、王文川译	近代文学与性爱	上海：开明书店	
	[法]伊可维茨；沈起予译	艺术科学论	上海：现代书局	即《唯物史观的文学论》
	郭沫若	文学评论	上海：爱丽书店	
	谷凤田编	文章作法讲话	北平：开明出版部	
	顾凤城等编	新文艺辞典	上海：光华书局	
	[俄]克罗泡特金；郭安仁译	俄国文学史	重庆：重庆书店	
	薛凤昌	文体论	上海：商务印书馆	
	张世禄编	语言学原理		1933年再版
	吕天石	欧洲近代文艺思潮		
	张伯符	欧洲近代文艺思潮		

月	著者·译者	书 名	出版机构	备注
4	[英]贝灵；梁镇译	俄罗斯文学	上海：商务印书馆	
	万良濬、朱曼华	西班牙文学		
	黄英编	现代中国女作家	上海：北新书局	
5	李石岑	超人哲学浅说	上海：商务印书馆	
	[英]额略第；陈正谟、刘奇译	近代科学与柏格森之迷妄		
	[美]巴特里克；朱然藜译	心之新解释		
	[美]鲁滨孙；宋桂煌译	心理的改造		
	[美]奥尔波特；赵演译	社会心理学		
	曹百川	文学概论		
	钱穆	国学概论（上下册）		
	[苏]佛理采；胡秋原译	艺术社会学	上海：神州国光社	1938年11月有上海言行社版
	金石声编	欧洲文学史纲		
	陈洪	绕圈集	广州：万人社出版部	
	戴叔清编	写给青年创作家	上海：文艺书局	
	许啸天	中国文史哲学讲座（第1集）	上海：红叶书店	
	施章	国学论丛（第1集）	南京：艺林社	
	李中昊编	文字历史观与革命论	北平：文化学社	
	薛祥绥编	修辞学	上海：世界书局	
6	陈大悲	戏剧ABC	上海：ABC丛书社	次年12月再版
	阎折吾编	学校戏剧概论	江苏镇江：中央书店	
	[日]板垣鹰穗；萧石君译	美术的表现与背景	上海：开明书店	
	戴叔清编	文学原理简论	上海：文艺书局	
	胡怀琛编	修辞的方法	上海：世界书局	
	赵景深	一九三〇年的世界文学	上海：神州国光社	
	薛效文辑译	机械艺术论	北平：外国语研究会	
	丘景尼	心理学概论	上海：开明书店	
	[苏]德波林著；刘西屏译	辩证法的唯物哲学	上海：青阳书店	
	[日]松元悟郎；唐开干译	哲学问答	上海：商务印书馆	

月	著者·译者	书　名	出版机构	备注
6	叶遇春编	西洋歌剧考略	上海：商务印书馆	
7	余心	欧洲近代戏剧		1933年3月再版
	春雪	戏剧艺术	中文印书馆	
	亦石	哲学常识	上海：神州国光社	
	张申府	所思		
	杨昌溪	雷马克评传	上海：现代书局	
	[美]C.Hamilton；张伯符译	戏剧论	上海：世界书局	
	[美]铁钦乃；金公亮译	心理学		
	[日]昇曙梦；汪馥泉译	现代文学十二讲	上海：北新书局	
8	[日]厨川白村；鲁迅译	出了象牙之塔		1935年9月第4版
	杨东莼	本国文化史大纲		
	高觉敷	心理学概论	上海：商务印书馆	
	胡怀琛编	中国文学史概要（上下册）		
	[匈]马查；武思茂译	西方艺术史（上卷）	上海：开明书店	
	戴叔清编	文学术语辞典	上海：文艺书局	
	沪江大学中国语言文学系编选	文章轨范	上海：江大书店	
	陈介白编	修辞学		
9	[美]约翰·玛西；胡仲持译	世界文学史话	上海：开明书店	
	戴叔清编	文学方法总论（上下册）	上海：文艺书局	
	郭沫若	文艺论集续集	上海：光华书局	
	黄人影编	郭沫若论		
	钱畊莘	民间文艺漫话	杭州：浙江省立民众教育馆	
	王光祈	音学	上海：启智书局	
	[瑞典]高本汉；张世禄译	中国语与中国文		
	[美]匹尔斯柏立；陈德荣译	心理学史	上海：商务印书馆	1932年12月有文化学社王光祥译本
	[日]淀野耀淳；罗觐青译	认识论之根本问题		

月	著者·译者	书名	出版机构	备注
9	胡怀琛编	中国文的过去与未来	上海：世界书局	
	顾凤城	实用作文法	上海：乐华图书公司	
	张国仁	世界文化史大纲（上册）	上海：民智书局	1932年2月下册出版
	[美]顾素尔；黄石译	家族制度史	上海：开明书店	
	李振郑	人文地理概观	北平：北京大学出版部	
10	戴叔清编	文学家人名辞典	上海：文艺书局	
	陈彝荪	文艺方法论	上海：光华书局	
	周毓英	文学常识	上海：神州国光社	
	蔡尚思	中国学术大纲	上海：启智书局	
11	[日]夏目漱石；张我军译	文学论	上海：神州国光社	
	[美]霍金；瞿世英译	哲学大纲		
	王易	词曲史		
	文学研究社编	文学论	上海：文光书局	
	李石岑	体验哲学浅说		
	[美]俾耳德；于熙俭译述	人类的前程	上海：商务印书馆	又名《现代世界的文化》
	陈冠同编	中国文学史大纲	上海：民智书局	
	周锦涛	学校剧导演法	上海：儿童书局	
12	徐扬	中国文学史大纲（上下册）	上海：神州国光社	陆续出版至次年6月
	思明	文艺批评论		
	詹奇	小说作法纲要		
	[日]金子马治；彭信威译	哲学概论		1947年4月再版
	[日]小泉八云；杨开渠译	文学十讲	上海：现代书局	
	伏志英编	茅盾评传		
	素雅编	郁达夫评传		
	胡怀琛	抒情文作法	上海：世界书局	
	袁牧之编	戏剧化装术		
	周梦蝶编	中外文学名著辞典	上海：乐华图书公司	
	赵景深编译	现代欧美作家	上海：良友图书印刷公司	
	李朴园	中国艺术史概论		
	张若谷	从嚣俄到鲁迅	上海：新时代书局	

月	著者·译者	书　名	出版机构	备注
1932 年				
1	李素伯编	小品文研究	上海：新中国书局	
	王显恩编	中国民间文艺	上海：广益书局	
	银光社编	卓别麟——其生平及其艺术	上海：银光社	
	华林	求索	上海：华林书室	
	陈璧如等编	文学论文索引	北平：中华图书馆协会	
	文东	通俗哲学思潮	上海：神州国光社	
	予且	谈心病	上海：良友图书印刷公司	
2	赵景深编著	文学概论	上海：世界书局	
	高滔	近代欧洲文艺思潮史纲	北平：著者书店	
	唐性天	德国文学史略	汉口：江汉印书馆	
	周作人	儿童文学小论	上海：儿童书局	
	胡云翼、谢秋萍编	文章作法	上海：亚细亚书局	
4	王礼锡、陆晶清编	中国社会史的论战（第1—4辑）	上海：神州国光社	陆续出版至次年3月
	胡云翼	新著中国文学史	上海：北新书局	
	陈望道	修辞学发凡	上海：大江书铺	
	[俄]莆理契；沈起予译	欧洲文学发达史	上海：开明书店	
	邢鹏举	勃莱克	上海：中华书局	
	沈熳若拟稿	中国新文化协会宣言	北平：中国新文化协会	
	李霖编	郭沫若评传	上海：现代书局	
	史秉慧编	张资平评传		
5	[日]木村庄八；钱君匋译	西洋艺术史话	上海：开明书店	
	曾仲鸣	法国文学论集	上海：黎明书局	
	李何林编	小说概论	北平：文化学社	
	钱杏邨	创作与生活	上海：良友图书印刷公司	
	王泽浦	诗学研究	北平：震东印书馆	
	景幼南	哲学新论	上海：南京书店	
	[德]恩格斯；杨东莼、宁敦伍合译	机械论的唯物论批判	上海：昆仑书店	另署蒲列哈诺夫注释
6	介子岑编	中国新兴文学中的几个具体问题	河北保定：群玉山房	

月	著者·译者	书名	出版机构	备注
6	徐朗西	艺术与社会	上海：现代书局	
	程砚秋	和平主义的戏剧运动	北平：世界社	
	李则纲编述	欧洲近代文艺	上海：华通书局	
	[英]韦尔斯；蔡慕晖、蔡希陶译	世界文化史	上海：大江书铺	
	张掖编	法兰西文学史概观	广州：编者自刊	
	黄锦涛编	高尔基印象记	上海：南强书局	
	沈从文	记胡也频	上海：光华书局	
	胡行之	中国文学史讲话		
	刘麟生编	中国文学史	上海：世界书局	
	章克标等编译	开明文学辞典	上海：开明书店	次年3月再版
7	[日]本间久雄；李自珍译	文学研究法	北平：星云堂书店	
	[苏]史托里雅诺夫；任白戈译	机械论批判	上海：辛垦书店	1935年4月再版
	郭象升	文学研究法	太原：中山图书社	
	梁耀南编	新主义辞典	上海：阳春书局	
	陈介白编	文学概论	北平：协和印书局	
	许啸天	中国文学史解题	上海：群学社	
	郑振铎	海燕	上海：新中国书局	
	约翰编	蔡元培先生言行录	上海：广益书局	即《蔡子民先生言行录》，本版系第3版
	黄锦涛编	托尔斯泰印象记	上海：南强书局	
	[俄]米哈·柴霍甫；陆立之译	柴霍甫评传	上海：神州国光社	
	[美]辛克莱；钱歌川译	现代恋爱批判		
8	傅东华	诗歌与批评	上海：新中国书局	
	马彦祥译	学生与艺术	上海：光华书局	
	余慕陶	朝阳集		
	谭丕模编	新兴文学概论	北平：文化学社	
	黄秋萍编译	高尔基研究	上海：现代书局	
	[英]福林谑；徐锡蕃译述	丹第小传	上海：中华书局	
	施友忠编译	哲学问题浅说		据罗素《哲学问题》编译

月	著者・译者	书　名	出版机构	备注
8	张耀翔编	心理杂志选存（上下册）	上海：中华书局	
	赵景深	一九三一年的世界文学	上海：神州国光社	
	陆永恒	中国新文学概论	广州：克文印务局	
	柳诒徵	中国文化史（上下册）	南京：钟山书局	
	[美]沃尔登；夏斧心译	比较心理学大纲	北平：星云堂书店	
9	陈北鸥	新文学概论	北平：立达书局	
	周作人讲校、邓恭三记录	中国新文学的源流	北平：人文书店	1934年3、10月出版订正版
	草野	现代中国女作家		
	郭沫若	创造十年	上海：现代书局	1938年1月北新书局出版续编
	贺玉波	中国现代女作家		
	梁乙真	中国妇女文学史纲	上海：开明书局	
	丰子恺编译	艺术教育	上海：大东书局	
	沈端先	高尔基评传	上海：良友图书印刷公司	
	刘剑横	自然科学与社会科学的关系	上海：亚东图书馆	
	汪震	普通心理学	北平：文化学社	
	王逸民	欲的研究	南京：天一书局	
	黄凌霜	西洋知识发展史纲要	上海：华通书局	
	黄仲苏编	近代法兰西文学大纲	上海：中华书局	
10	[英]华斯福尔忒；石楞、危鼎铭译	文艺批评	长沙：青春文艺社	
	盖尔多耶拉；陆一远译	文学史方法论	上海：乐华图书公司	
	[美]库尼兹；周起应译	新俄文学中的男女	上海：现代书局	
	赵景深	现代世界文学		
	王钧初	辩证法的美学十讲	上海：长城书店	
	朱肇洛编	戏剧论集	北平：文化学社	
	邝震鸣	现代社会问题		
	石苇编	小品文讲话	上海：光明书局	
	陈伯吹编	儿童故事研究	上海：北新书局	
	张雪门编	儿童文学讲义	北平：香山慈幼院	
	陆侃如、冯沅君	中国文学史简编	上海：大江书铺	

月	著者·译者	书名	出版机构	备注
10	贺玉波	现代中国作家论（第1、2卷）	上海：光华书局	1936年7月大光书局再版
	孙席珍	近代文艺思潮	北平：人文书店	
11	朱光潜	谈美	上海：开明书店	
	魏肇基编	心理学概论	上海：世界书局	
	向培良编	戏剧导演术		
	汪佩之编	小说作法		
	马彦祥	戏剧讲座	上海：现代书局	
	[日]小泉八云；孙席珍译	英国文学研究		
	赵景深	小说原理	上海：商务印书馆	
	冯三昧	小品文作法	上海：大江书铺	
	张弓	中国文学鉴赏	北平：文化学社	
	余慕陶编	世界文学史（上册）	上海：乐华图书公司	
	顾凤城编	中外文学家辞典		
	杨昌溪编	卓别麟之一生	上海：良友图书印刷公司	
12	顾凤城编	新文学辞典	上海：开华书局	
	洪超主编	新名词辞典		
	[美]培利；穆女译	抒情诗之研究	北平：文化学社	即潘莱《诗之研究》第二部分
	俞寄凡编著	艺术概论	上海：世界书局	
	俞念远编	诗歌概论	上海：汉文正楷印书局	
	吴梅	词学通论	上海：商务印书馆	
	范寿康	学校剧		
	[英]嘉莱尔；曾虚白译	英雄与英雄崇拜		
	胡秋原编译	唯物史观艺术论	上海：神州国光社	
	谭丕谟	文艺思潮之演进	北平：文化学社	
	王独清	独清文艺论集	上海：光华书局	
	黄人影编	创造社论		
	谢冰莹等编	中学生文学辞典	上海：中学生书局	
	钱基博	现代中国文学史长编	无锡：国专学生会	次年8月世界书局版更名《现代中国文学史》，1936年9月增订
	郑振铎	插图本中国文学史（1—4册）	北平：朴社	

月	著者·译者	书 名	出版机构	备注
1933 年				
1	张希之	文学概论	北平：文化学社	
	朱光潜	变态心理学	上海：商务印书馆	
	李园	变态心理与改造中国	上海：新声书局	
	郑振铎	文探	上海：新中国书局	1947年12月更名《致文学青年》重印
	刘大白	中国文学史	上海：大江书铺	
	贺凯编	中国文学史纲要	北平：新兴文学研究会	
	黄人影编	当代中国女作家论	上海：光华书局	
	吴曙天编	翻译论		
	张月超	歌德评传	上海：神州国光社	
	周冰若、宗白华编	歌德之认识	南京：钟山书局	1936年8月中华书局版更名《歌德研究》
2	[日]萩原朔太郎；孙俍工译	诗底原理	上海：中华书局	
	王光祈编	中国诗词曲之轻重律		
	[俄]弗理契；楼建南译	二十世纪的欧洲文学	上海：新生命书局	
	费鉴照	现代英国诗人	上海：新月书店	
	[美]弗理曼等；克己译	苏俄艺术总论	上海：国际书局	
	李季	辩证法还是实验主义？	上海：神州国光社	
	欧阳予倩	自我演戏以来		
	梁启超	清代学者整理旧学之总成绩（上中下册）	上海：商务印书馆	《东方杂志》30周年纪念刊
	周乐山编	作文法精义	上海：广益书局	
	黄人影编	茅盾论	上海：光华书局	
	区梦觉编	王独清论		
3	赵骞源	著述论	山东黄县：友竹堂	
	郑师许	近三十年来中国治文字学者的派别及其方法	上海：中华学艺社	
	胡行之	文学概论	上海：乐华图书公司	
	赵景深编	文学概论讲话		
	[日]青木正儿；郑震编译	中国近代戏曲史	上海：北新书局	

月	著者·译者	书 名	出版机构	备注
3	陈子展	中国文学史讲话（上）	上海：北新书局	9月中册出版，1937年6月下册出版
	孙俍工编	文学概论	上海：广益书局	
	[日]岸田国士；陈瑜译	戏剧概论	上海：中华书局	
	谷剑尘	现代戏剧作法	上海：世界书局	
	冯三昧编	小品文研究		
	[日]西村真次；金溟若译	世界文化史		
	徐仲年	法国文学ABC（上下册）	上海：ABC丛书社	
	乐雯辑译	萧伯纳在上海	上海：野草书屋	
	苏汶编	文艺自由论辩集	上海：现代书局	12月再版
	[美]奥茨本；江振声译	自希腊人到达尔文		
	[法]赫尔维修；杨伯恺译	精神论	上海：辛垦书店	
	[美]达肯；胡苏民译	世界的大河与文化	上海：商务印书馆	
4	张梦麟	萧伯纳的研究	上海：中华学艺社	
	沈起予	巴比塞传	上海：良友图书印刷公司	
	赵铭彝	苏联的演剧		
	童行白编	中国文学史纲	上海：大东书局	
	陶秋英	中国妇女与文学	上海：北新书局	
	谭天	胡适与郭沫若	上海：书报合作社	
	平万编	俄罗斯的文学	上海：亚东图书馆	
	夏炎德	文艺通论	上海：开明书店	
	郭沫若	孤鸿	上海：光华书局	
	[日]芥川龙之介等；高明译	文艺一般论		
	[日]千叶龟雄；徐翔译	大战后之世界文学		
	何丹仁等译	创作指导集		
	郁达夫等	文学研究入门（上册）		6月下册出版
	朱绍曾	文章作法	上海：中央书店	
	贺玉波编	小品文作法	上海：广益书局	

月	著者·译者	书　名	出版机构	备注
4	赵景深	文艺论集	上海：广益书局	
	简贯三编	社会科学辞典	北平：著者书店	
5	[日]川口浩；森堡译	艺术方法论	上海：大江书铺	
	[日]有岛武郎；任白涛译	有岛武郎论文集	上海：神州国光社	
	[日]木村毅；高明译	小说的创作及鉴赏		
	[日]吉江乔松；高明译	西洋文学概论	上海：现代书局	
	任白涛编译	西洋文学史（近世篇）	上海：民智书局	
	申报月刊社编	苏联研究	上海：申报月刊社	
	德波林；彭苇森译	辩证的唯物论与乌里亚诺夫	北平：新光书店	1930年有秋阳书店韦慎译本
	[法]柯莱蔑；董家漯译	意大利现代文学	上海：商务印书馆	
	石苇编译	萧伯纳	上海：光明书局	
	储几学编	歌德	上海：大众书局	
	王茗青	法国女作家	上海：女子书店	
	华林	艺术与生活		
	康璧城	中国文学史大纲	上海：广益书局	
	段凌辰	中国文学概论	北平：著者书店	
	许钦文	创作三步法	上海：开明书店	
	林语堂译著	语言学论丛		
6	夏丏尊、叶圣陶	文心		
	鲁迅等	创作的经验	上海：天马书店	
	顾凤城编	现代新兴作家评传	上海：光华书局	
	孙志曾编	新主义辞典		
	[法]罗曼罗兰；徐懋庸译	托尔斯泰传	上海：华通书局	
	[苏]顾路兹台夫；林克多译	高尔基的生活	上海：现代书局	
	乐华编辑部编	当代中国作家论	上海：乐华图书公司	
	钱杏邨	现代中国文学论	上海：合众书店	
	胡云翼编	中国词史略	上海：大陆书局	
	[英]海德斐；杨懋春译	心理学与道德	上海：广学会	

月	著者·译者	书名	出版机构	备注
6	李鼎声编	现代语辞典	上海：光明书局	
7	[德]叔本华；陈介白、刘共之译	文学的艺术	北平：人文书店	
	[日]坂垣鹰穗；赵世铭译	近世美术史概论	上海：女子书店	
	李宝泉	致弥罗		
	华蒂编述	文艺创作概论	上海：天马书店	
	乐华编辑部编	当代中国文艺论集	上海：乐华图书公司	
	邹啸编	郁达夫论	上海：北新书局	
	张惟夫	关于丁玲女士	北平：立达书局	
	施畸编	中国文体论		
	韬奋编译	革命文豪高尔基	上海：生活书店	
	宫廷璋编	修辞学举例·风格篇	北平：中国学院国学系	
	刘华瑞	中国文化在国际上地位	上海：国际文化中国协会	
	石苇编	作文与修辞	上海：光明书局	
	俞寄凡	人体美之研究	上海：申报月刊社	
	心灵科学书局编	变态心理讲义	上海：心灵科学书局	
8	钱基博	现代中国文学史	上海：世界书局	1936年9月增订
	刘麟生编	中国诗词概论		
	张长弓	中国僧伽之诗生活	北平：著者书店	
	谭丕模编	中国文学史纲	上海：北新书局	
	杨荫深编	先秦文学大纲	上海：华通书局	
	许啸天	文学小史	上海：新华书局	
	徐仲年	哥德小传	上海：女子书店	
	陈淡如编	歌德论	上海：乐华图书公司	
	[日]昇曙梦；许亦非译	俄国现代思潮及文学	上海：现代书局	
	[德]李卜克内希；成文英译	艺术的研究	上海：光华书局	
	郁达夫等	创作经验谈		
	缪天瑞	中国音乐史话	上海：良友图书印刷公司	
	谷剑尘编	戏剧的化装术	上海：商务印书馆	
9	姜亮夫	文学概论讲述	上海：北新书局	
	胡云翼编	中国词史大纲		
	王敏时编	国学概论（上下册）	上海：新亚书店	

月	著者·译者	书 名	出版机构	备注
9	谭正璧编	国学概论讲话	上海：光明书局	
	沈庆佲	国学常识	上海：著者自刊	
	徐梗生编	修辞学教程	上海：广益书局	
	[美]弗里曼、库尼兹；钟敬之译	苏俄底文学	上海：新生命书局	
	[德]海尔博；李季译	达尔文传及其学说	上海：亚东图书馆	
	李石岑	哲学概论	上海：世界书局	
	范锜	哲学概论	上海：商务印书馆	
	沈志远编	新哲学辞典	上海：笔耕堂书店	
	王哲甫	中国新文学运动史	北平：著者自刊	
	郭坚白编	文艺创作辞典	上海：光华书局	
10	欧志强	文学导论	上海：勤业印务局	
	[德]格罗塞；陈易译	艺术之起源	上海：大东书局	
	[日]小栗庆太郎；胡行之译	进化思想十二讲	上海：开明书店	
	[法]布留诺；谌亚达译	人文地理学	上海：世界书局	1935年8月有南京钟山书局任美锷、李旭旦译本
	[法]居友；王任叔译	从社会学见地来看艺术	上海：大江书铺	
	[日]萩原朔太郎；程鼎声译述	诗的原理	上海：知行书店	
	汪剑馀编	本国文学史	上海：历史研究社	
	余祥森编	德意志文学史	上海：商务印书馆	
	周起应编	高尔基创作四十年纪念论文集	上海：良友图书印刷公司	
	陈光垚	民众文艺论集	上海：启明学社	
	郑业建	修辞学提要	北平：立达书局	
	汪震、王正己编	国学大纲	北平：人文书店	
	徐英、陈家庆编	徐澄宇论著第一集	上海：华通书局	1937年5月增订
	张泽厚	艺术学大纲	上海：光华书局	
	杨骚编译	现代电影论	上海：申报社	
11	汉章编译	现代意大利文学	上海：良友图书印刷公司	
	杨可经	文学别动论	北平：西北书局	

月	著者·译者	书名	出版机构	备注
11	熊佛西	写剧原理	上海：中华书局	1940年11月再版
	袁牧之	演剧漫谈	上海：现代书局	
	黎君亮	新文艺批评谈话	北平：人文书店	
	费鉴照	浪漫运动	上海：商务印书馆	
	[美]坎宁亨；庆泽彭译	哲学大纲	上海：世界书局	
	沈有乾、黄翼编	心理学	上海：新亚书店	
	马仲殊	中国文学体系	上海：乐华图书公司	
	王念中	古文词学史	武昌：益善书局	
	刘修业编	文学论文索引续编	北平：中华图书馆协会	
12	蒋鉴璋编	中国文学史纲	上海：亚细亚书局	
	叶时修编	中国文学常识	杭州：湖风社	
	沈启无编校	人间词及人间词话	北平：人文书店	
	国学会编审委员会 国学论衡编纂部编	国学论衡	苏州：国学会	
	卢前	明清戏曲史	南京：钟山书局	
	李菊休编	世界文学史纲	上海：亚细亚书局	
	王力	希腊文学	上海：商务印书馆	
		罗马文学		
	徐名骥	英吉利文学		
	张越瑞	美利坚文学		
	[英]倭拉士；梁启勋译	社会心理之分析（上下册）		
	杨昌溪	黑人文学	上海：良友图书印刷公司	
	倪贻德编	西洋美术史纲要	上海：汉文正楷印书局	
	[法]薛纽伯；王慧琴译	现代文明史（上下册）	上海：亚东图书馆	1935年3月有商务印书馆陈建民译本
	赵南柔、周伊武编	日本国民性	南京：日本评论社	
	[美]盖茨；伍况甫译	心理学大纲	上海：世界书局	
	汪震	心理学	北平：文化学社	
	[日]青木正儿；王俊瑜译	中国古代文艺思潮论	北平：人文书店	
	张君劢	学术界之方向与学者之责任	北平：再生杂志社	
	向达、婴行	东方艺术与西方艺术	上海：商务印书馆	

月	著者·译者	书 名	出版机构	备注
12	黎锦熙编	国语运动	上海：商务印书馆	
	金秬香	骈文概论		
	蒋梦麟	过渡时代之思想与教育		
	[法]笛卡儿；彭基相译	方法论		次年2月再版；另有1935年关琪桐译本
	[英]罗素；严既澄译	怀疑论集（上下）		
	徐庆誉	徐庆誉论文集（第1集）	上海：太平洋书店	
	谷剑尘编	民众戏剧概论	上海：民智书局	

1934 年

月	著者·译者	书 名	出版机构	备注
1	[日]加藤一夫等；胡行之辑译	社会文艺概论	上海：乐华图书公司	
	梁实秋编	约翰孙	南京：国立编译馆	
	[美]辛克莱；糜春烨译	亚美利加的前哨（辛克莱自叙传）	上海：绿野书屋	
	林惠祥	神话论	上海：商务印书馆	
	林惠祥编	文化人类学		
	张星烺	欧化东渐史		
	陈序经	中国文化的出路		
	章衣萍	修辞学讲话	上海：天马书店	
	洪深	洪深戏剧论文集		
	黎锦明编	文艺批评概说	上海：北新书局	
	公孙起孟	哲学讲话	上海：群众图书公司	
	[美]盖次；朱君毅、杜佐周译	普通心理学	上海：大东书局	
2	赵敻	达尔文	上海：商务印书馆	
	罗鸿诏编	哲学导论		据文德班《哲学导论》编写
	[法]雷维不鲁尔；彭基相译	法国哲学史		
	[苏]杰波林；林一新译	近代哲学史	上海：黎明书局	
	[俄]拍夫洛夫等；郭一岑译	苏俄新兴心理学	上海：中华书局	

月	著者·译者	书 名	出版机构	备注
2	[苏]乌里雅诺夫、[俄]普列哈诺夫；何畏、克己译	托尔斯泰论	上海：思潮出版社	
	罗芳洲编	词学研究	上海：亚细亚书局	
	[美]W.L.Cross；李未农等译	英国当代四小说家	南京：国立编译馆	
	叶鎣生	中国人文小史	上海：华通书局	
3	梁实秋	文艺批评论	上海：中华书局	
	刘大杰著译	东西文学评论		
	丘琼荪	诗赋词曲概论		
	[日]小泉八云讲演；侍桁译	文学的畸人	上海：商务印书馆	
	郑振铎	中国文学论集	上海：开明书店	
	伍启元	中国新文化运动概观	上海：现代书局	
	贺玉波	致文学青年	上海：乐华图书公司	
	葛存训	新儿童文学	上海：儿童书局	
	赵景深	修辞讲话	上海：北新书局	
	卢冀野	中国戏剧概论	上海：世界书局	
	张抱横编	哲学与近代科学		
4	李安宅编译	意义学	上海：商务印书馆	
	张越瑞编译	英美文学概观		
	中德文化协会编	魏兰之介绍		
	曹冕	修辞学		
	陈之佛编	西洋美术概论	上海：现代书局	
	韩侍桁	文学评论集		
	李安宅	美学	上海：世界书局	
	郑作民	中国文学史纲要	上海：合众书店	
	沈从文	沫沫集	上海：大东书局	
	石苇编	小说作法讲话	上海：光明书局	
	吕学海编	全盘西化言论集	广州：岭南大学青年会	《南大青年》特刊
	马瀛编	国学概论	上海：大华书局	
5	林风眠	艺术与新生活运动	南京：正中书局	
	王平陵	文艺家的新生活		
	洪深	电影界的新生活		
	丰子恺	绘画与文学	上海：开明书店	
	辉群编	女性与文学	上海：启智书局	

月	著者·译者	书 名	出版机构	备注
5	冯白桦编	世界的民族文学家	上海：现代书局	
	郭绍虞	中国文学批评史（上下册）	上海：商务印书馆	
	黄绍绪、江铁主编	重编日用百科全书（上中下册）		
	方孝岳	中国文学批评	上海：世界书局	
	胡云翼	中国文学概论	上海：启智书局	
	吴博民编	中国人文思想概观	上海：长城书局	
	周戒沉编	心理学概论	天津：百城书局	
	[英]洛克；邓均吾译	人类悟性论	上海：辛垦书店	
	[俄]B.波格达诺夫、W.米哈诺夫；柳若水译	近世哲学史中之因果性研究		
6	瞿世英	进化哲学	上海：世界书局	
	郭步陶编	实用修辞学		
	刘麟生编	中国文学概论		
	[美]武德渥斯；谢循初译	现代心理学派别	南京：国立编译馆	
	丘琼笙	国文常识	上海：新中国书局	
	王治心编	中国学术体系	福建：协和大学	
	黄庐隐	庐隐自传	上海：第一出版社	
	汪祖华	文学论	南京：拔提书局	
	[瑞典]高本汉；贺昌群译	中国语言学研究	上海：商务印书馆	
	邢墨卿编	新名词辞典	上海：新生命书局	
	吕伯攸编	儿童文学概论	上海：大华书局	
7	钱畊莘编	儿童文学	上海：世界书局	
	梁乙真	中国文学史话	上海：元新书局	
	薛凤昌	文体论	上海：商务印书馆	
	[美]W·Libby；李耀寰译	现代文化概论		
	俞平伯	诗的歌与诵	北平：国立清华大学出版事务所	《清华学报》第9卷第3期抽印本
	梁实秋	偏见集	南京：正中书局	
	陈衡哲	新生活与妇女解放		
	傅东华编	我与文学	上海：生活书店	
	沈从文	从文自传	上海：第一出版社	1943年12月有开明书店改订本

月	著者·译者	书　名	出版机构	备注
7	[苏]弗里采；毛秋萍译	柴霍甫评传	上海：开明书店	
	李季	中国社会史论战批判	上海：神州国光社	
	陈丹崖	日本美术演进小史	南京：日本评论社	
	钟敬之编	电影	上海：新生命书局	
8	[英]柯尔；郭祖劻译	政治与文学	北平：四十年代杂志社	
	[英]赫理斯；黄嘉德译	萧伯纳传	上海：商务印书馆	
	龙沐勋	中国韵文史		
	刘麟生编	骈文学		
	唐槐秋	戏剧家的新生活	南京：正中书局	
	胡怀琛	中国小说的起源及其演变		
	吴原编	民族文艺论文集		
	殷作桢	电影艺术	上海：中国文化书局	又名《电影概论》
	朱湘	文学闲谈	上海：北新书局	
	[日]成濑清；胡雪译	现代世界文学小史	上海：光华书局	
	陈丹崖	近卅年之日本文艺界	南京：日本评论社	
	[英]G·R·Mitchison；王刚森等译	世界学术初阶（第1—5册）	上海：南京书店	
	罗根泽	中国文学批评史（1）	北平：人文书店	重庆商务印书馆1943年8月至1945年7月分册出版
	田明凡	中国诗学研究	北平：大学出版社	
	[法]恭第纳克；杨伯恺译	认识起源论	上海：辛垦书店	
	[美]卫尔德；张绳祖、朱定钧译	心理学之科学观	上海：商务印书馆	
9	[德]夫吕革尔；陈德荣译	解心术学说		
	萧孝嵘	变态心理学	南京：正中书局	
	蒋梅笙	国学入门		
	谭正璧编	文学概论讲话	上海：光明书局	
	崔载之编	文学概论	北平：立达书局	
	郑振铎等	文艺鉴赏与批评	上海：光华书局	

月	著者·译者	书 名	出版机构	备注
9	常乃惪编	西洋文化简史	上海：中华书局	
		文艺复兴小史		
	肖石君编	世纪末英国新文艺运动		
	丰子恺编	近代艺术纲要		
	王光祈编	中国音乐史（上下册）		
	南庶熙	康德	上海：世界书局	
	布劳；张微夫译	科学与历史	上海：辛垦书店	
	林之棠	新著中国文学史（上中下册）	上海：华盛书局	
	任重编	文言白话大众语论战集	上海：民众读物出版社	
	宣浩平编	大众语文论战	上海：启智书局	11月及次年1月续编、续二出版
	沈从文	记丁玲	上海：良友图书印刷公司	1939年9月续集出版
	李华卿编	中国历代文学理论	上海：神州国光社	
	傅东华	欧洲文艺复兴	上海：开明书局	
10	余慕陶编	文学论	上海：光华书局	
	夏丏尊等	文艺讲座	上海：世界书局	
	潘念之、张泉苓编	思想家大辞典		
	钱基博	骈文通义	上海：大华书局	
	陈光虞	小品文作法（上下册）	上海：启智书局	
	张振镛	中国文学史分论（1—4册）	上海：商务印书馆	
	裴文中	旧石器时代之艺术		
	[法]塞诺博；陈建民译	古代文化史		
	黎锦熙	建设的"大众语"文学（国语运动史纲序）	北平：国语统一筹备委员会中国大辞典编纂处	另有1936年3月商务印书馆版
	文逸编	语文论战的现阶段	上海：天马书店	
	陈济成、陈伯吹编	儿童文学研究	上海：上海幼稚师范学校丛书社	
	贺炳铨编	新文学家传记	上海：旭光社	
	朱湘	中书集	上海：生活书店	
	张白云编	丁玲评传	上海：春光书店	
	[英]培根；沈因明译	新工具	上海：辛垦书店	1936年6月有商务印书馆关琪桐译本
11	隋育楠编	文学通论	上海：元新书局	
	贺玉波	文学常识	上海：乐华图书公司	

月	著者・译者	书 名	出版机构	备注
11	石人	中国民族文艺之史的研究	北平：星光出版社	
	丰子恺	艺术趣味	上海：开明书店	
	俞平伯	读词偶得		1947年8月修订
	胡怀琛	中国小说概论	上海：世界书局	
	施友忠	笛卡儿、斯宾挪莎、莱伯尼兹		
	刘大杰编	德国文学大纲	上海：中华书局	
	巴金	巴金自传	上海：第一出版社	
	[法]莫罗斯；吴且冈译	屠格涅夫	上海：商务印书馆	
	[德]叔本华；萧赣译	悲观论集		
	[英]C.E.M.Joad；萧赣译	近代思想导论		
	邱致中	都市社会史	上海：有志书屋	
12	薛祥绥	文学概论	上海：启智书局	
	郑振铎	佝偻集	上海：生活书店	
	陶明志编	周作人论	上海：北新书局	
	刘麟生等	中国文学讲座	上海：世界书局	
	瞿兑之编	中国骈文概论		
	卢冀野编	词曲研究	上海：中华书局	
	高觉敷编	群众心理学		
	梁乙真	元明散曲小史	上海：商务印书馆	
	黎锦熙	国语运动史纲		
	白冠庭编	国语文作法十八讲	上海：北方书店	
	日本评论社编	日本近世文化与中国	南京：正中书局	
	曹亮	晚近中国思想界的剖视	上海：青年协会书局	
	吴雷川	基督教与中国文化		

1935年

月	著者・译者	书 名	出版机构	备注
1	蔡尚思	文哲学之因果		《天籁》季刊第24卷第1期抽印本
	赵家璧辑译	今日欧美小说之动向	上海：良友图书印刷公司	
	刘经庵编	新编分类中国纯文学史纲	北平：著者书店	
	[美]约翰·麦茜；由稚吾译	世界文学史	上海：世界书局	

月	著者·译者	书名	出版机构	备注
1	陈光垚	中国民众文艺论	上海：商务印书馆	
2	邹谦	哲学概论	上海：中华书局	
	常乃悳	社会科学通论		
	钱歌川	现代文学评论		
	寒光	林琴南		
	[日]野口保市郎；盛叙功译	人文地理学概论	上海：开明书店	同月有商务印书馆陈湜译本
	胡怀琛	国学概论	上海：乐华图书公司	
	钱释云编、邹弢校	中国文学问答	上海：三民图书公司	
	洪深	电影戏剧表演术	上海：生活书店	
	梁宗岱	诗与真	上海：商务印书馆	次年10月二集出版
3	曾觉之等	文学论文集（1）	上海：中华书局	
	张梦麟等	文学论文集（2）		
	张东荪、姚璋合编	近世西洋哲学史纲要		1941年1月第3版
	光华大学语文学会编	中国语文学研究		
	丰子恺等	艺术论集		
	刘海粟	十九世纪法兰西的美术		
	方璧等	西洋文学讲座	上海：世界书局	
	[法]塞诺博；陈建民译	现代文化史（上中下册）	上海：商务印书馆	
		中古及近代文化史（上中下册）		12月合订版出版
	[法]罗曼罗兰；傅雷译	托尔斯泰传（上下册）		
	[英]穆勒；周兆骏译	穆勒自传		5月有世界书局郭大力译本
	[英]亚威灵；陈德荣译	心理学		
	侍桁	参差集	上海：良友图书印刷公司	
	阿英	夜航集		
	陈君冶	新文学概论讲话	上海：合众书店	
	华北文艺社编	怎样研究文学	北平：人文书店	
	洪深	电影术语词典	上海：天马书店	
	顾志坚主编	新知识辞典	上海：北新书局	
	陈望道编	小品文和漫画	上海：生活书店	《太白》一卷纪念特辑

月	著者·译者	书名	出版机构	备注
3	叶青	哲学论战	上海：辛垦书店	
4	邰爽秋等选编	心理学的派别	上海：教育编译馆	
	[德]尼采；梵澄译	尼采自传	上海：良友图书印刷公司	
	丰子恺	艺术丛话		
	章太炎讲演、王謇等记录	白话与文言之关系	苏州：章氏星期讲演会	
	[英]达尔文；周韵铎译	达尔文自传	上海：世界书局	1947年6月有新中国书局苏桥译本
5	穆木天编译	法国文学史		
	周忠信；萧文若译	希伯来文学史	成都：中华基督教会四川省协会文字部	
	李华卿	中国文学发展史大纲引论	上海：神州国光社	
	朱星元编	中国文学史外论	上海：东方学术社	
	朱子陵	中国历朝文学史纲要	北平：著者自刊	
	齐如山	（再版增订）京剧之变迁	北平：国剧学会	
	邵洵美	一个人的谈话	上海：第一出版社	
	冯恩荣编	全盘西化言论续集	广州：岭南大学学生自治会出版部	
	陈端志	五四运动之史的评价	上海：生活书店	
	[日]金子马治；胡雪译	欧洲思想史		
	高觉敷	现代心理学		
6	[英]林稷；彭基相译	康德哲学	上海：商务印书馆	
	孔包时	话剧演员的基本知识		
	张振镛编	国学常识答问		次年4月续编出版
	葛绥成编	世界人生地理（上下册）	上海：中华书局	
	宋文翰	国语文修辞法		
	[苏]马尔可夫；润苏、人鄙译	当代苏俄戏剧	天津：南洋书店	
	王伯祥、周振甫	中国学术思想演进史	上海：亚细亚书局	
	汪震编	国语修辞学	北平：文化学社	
	[日]儿岛献吉郎；孙俍工译	中国文学通论（上中下卷）	上海：商务印书馆	陆续出版至12月

月	著者·译者	书　名	出版机构	备注
7	奥本海；陈汉年译	巴尔扎克的挣扎与恋爱	上海：商务印书馆	
	国际联盟世界文化合作院；曾觉之译	高特谈话（高特忌辰百年纪念）	上海：世界文化合作中国协会筹备委员会	
	傅东华编	文学百题	上海：生活书店	
	郑昶编	中国美术史	上海：中华书局	
	尹庚	写些什么怎样的写	上海：天马书店	
	黄毅民	国学丛论（上册）	北平：燕友学社	次年4月下册出版
8	王缁尘编	国学讲话	上海：世界书局	
	陈登原	中国文化史（上下册）		1937年3月下册出版
	张希之	中国文学流变史论	北平：文化学社	
	谭正璧编	中国小说发达史	上海：光明书局	
	柳村任	中国文学史发凡	苏州：文怡书局	
	圣旦	诗学发凡	上海：天马书店	
	任二北	词学研究法	上海：商务印书馆	
	杨镇华	翻译研究		
	[法]克勒梭；叶日葵译	哲学系统		
	[美]杜绥；胡叔异、陆觉先译	人的性质		
	范寿康编	哲学通论	上海：中华书局	
	艾儒略	性学粗述	上海：土山湾印书馆	
	施伏量编	社会科学小辞典	上海：新生命书局	
9	[德]尼采；梵澄译	朝霞	上海：商务印书馆	
	[德]来布尼兹；陈德荣译	形而上学序论（上中下册）		
	[英]达尔文；全巨荪译	达尔文传		
	[美]清洁理；陈德明译	托尔斯泰小传	上海：广学会	
	容肇祖	中国文学史大纲	北平：朴社	
	张长弓	中国文学史新编	上海：开明书店	
	孟聿广编	中国文学史问题述要	保定：编者自刊	
	王丰园编	中国新文学运动述评	北平：新新学社	

月	著者·译者	书　名	出版机构	备注
9	廖仲贤编译	给青年作家——高尔基论文选集	上海：龙虎书店	
	YK 编	苏联作家的创作经验	上海：天马书店	
	鲁迅	门外文谈		
	石灵	新诗歌的创作方法		
	洪深	电影戏剧的编剧方法	南京：正中书局	
	齐如山	国剧浅释	北平：著者自刊	
10	赵家璧主编	中国新文学大系（1—10集）	上海：良友图书印刷公司	陆续出版至次年2月
	谢六逸编译	世界文学	上海：世界书局	
	朱谦之	中国音乐文学史	上海：商务印书馆	
	[美]里德；施蛰存译	今日之艺术		
	施蛰存	魏琪尔		
	鲍维湘编	福泽谕吉	上海：中华书局	
	蒋逸雪编著	国学概论	南京：道南学社	1946年8月有学生书局版
	征农	文学问答集	上海：生活书店	
	[日]松村武雄；钟子岩译	童话与儿童的研究	上海：开明书店	
	苏联文学顾问会；张仲实译	给初学写作者的一封信	上海：译者刊	
	尹哲生	今后中国文化之动向	南京：拔提书店	
11	殷作桢	战争文学	杭州：大风社	
	毕任庸	希腊文学	上海：作者书社	
	须白石	萧伯纳	上海：中学生书局	
		高尔基		
	徐懋庸	萧伯纳	上海：开明书店	
	贾祖璋	达尔文		
	新艺术社编	新艺术全集	上海：大光书局	
	吴梅	曲学通论	上海：商务印书馆	
	萧乾	书评研究		
	[法]笛卡尔；关琪桐译	沉思集		
	[英]摩尔；刘麟生译	乌托邦		
	[英]海脱斯赖；宋桂煌译	西洋文化史		

月	著者·译者	书　名	出版机构	备注
11	郭湛波	近三十年中国思想史	北平：大北书局	
	萧迪忱编	汉字改革论文选	济南：山东省立民众教育馆	
	新辞书编译社编	新知识辞典	上海：童年书店	
12	葛绥成编译	世界文化地理	上海：中华书局	
	胡怀琛编	修辞学发微	上海：大华书局	
	蔡振华编	中国文艺思潮	上海：世界书局	1944年4月新版
	方孝岳	中国散文概论		1944年4月新版
	[美]亨德；傅东华译	文学概论	上海：商务印书馆	
	[美]Edgar Dale；贝仲圭译	电影鉴赏法		
	李健吾	福楼拜评传		
	[日]桑木严翼；余又荪译	康德与现代哲学		
	吴文祺编选	散文选	北平：中国大学	中国大学讲义
	刘华瑞讲	文化政治	上海：国际文化中国协会	1939年2月有上海协和社版
	老赵	民众文学新论	上海：中国出版社	

1936年

月	著者·译者	书　名	出版机构	备注
1	[苏]罗森塔尔；张香山译	现实与典型	东京：质文社	
	赵景深	中国文学史新编	上海：北新书局	
	郑振铎	短剑集	上海：文化生活出版社	
	[英]赫理斯；凌志坚编译	萧伯纳传	南京：正中书局	
	凌志坚编译	高尔基传		
	李长之	鲁迅批判	上海：北新书局	
	朱右白	中国诗的新途径	上海：商务印书馆	
	陈安仁	中国近世文化史		
	顾康伯编	西洋文化史大纲	上海：中华书局	
	刘修业编	文学论文索引三编	北平：中华图书馆协会	
2	章太炎讲；王乘六、诸祖耿记	文学略说	苏州：章氏国学讲习会	
	[日]甘粕石介；谭吉华译	艺术学新论	上海：辛垦书店	

月	著者·译者	书　名	出版机构	备注
2	李朴园等	近代中国艺术发展史	上海：良友图书印刷公司	又名《中国现代艺术史》
	陈汝衡	说书小史	上海：中华书局	
	[日]青木正儿；王古鲁译	中国近世戏曲史	上海：商务印书馆	
	[日]西村真次；李宝瑄译述	文化移动论		
	[法]卢梭；徐百齐、丘瑾璋译	社约论		
3	[德]犹里涅兹、莱熙；卢心远译	精神分析学批判	上海：辛垦书店	
	[德]尼采；萧赣译	扎拉图士特拉如是说（1—4）	上海：商务印书馆	
	傅统先	现代哲学之科学基础		
	[英]木尔兹；伍光建译	十九世纪欧洲思想史（1—16）		
	[日]小牧实繁；郑震译	民族地理学		
	[丹]勃兰兑斯；侍桁译	十九世纪文学之主潮（第1册：移民文学）		至1939年5月第4册出版
	林风眠	艺术丛论	南京：正中书局	
	李朴园编	戏剧技法讲话		1947年1月沪版
	宋春舫著译	宋春舫论剧二集	上海：文学出版社	
	梁启超	中国之美文及其历史	上海：中华书局	
		国学指导二种		
	徐嘉瑞	近古文学概论	上海：北新书局	
	冯三昧	小品文三讲	上海：大光书局	本版系再版
	陈介白	新著修辞学		
	杨家骆编	中国文学百科全书（前部1—3册）	南京：辞典馆	1937年1月出版中部4—6册
4	许钦文	文学概论	上海：北新书局	
	王任叔	常识以下	上海：多样社出版部	1939年6月上海珠林书店版更名《文艺短论》
	朱光潜	孟实文钞	上海：良友图书印刷公司	
	陈铨	中德文学研究	上海：商务印书馆	

月	著者·译者	书　名	出版机构	备注
4	黄翼	神仙故事与儿童心理	上海：商务印书馆	
	[美]海士；黄嘉德译	现代民族主义演进史		
	[美]W·L·Cross；周其勋等译	英国小说发展史	南京：国立编译馆	
	茅盾等	作家论	上海：文学出版社	
	胡风	文艺笔谈		
	穆木天	平凡集	上海：新钟书局	
	吴文祺	新文学概要	上海：亚细亚书局	
	韦月侣编	国文通	上海：明华书局	
	胡行之编	外来语词典	上海：天马书店	
	张益弘	哲学概论	上海：辛垦书店	
	曹聚仁	国故零简	上海：龙虎书店	
5	[德]卡尔；郭沫若译述	艺术作品之真实性	东京：质文社	11月再版，1947年3月和1949年7月群益出版社版更名《艺术的真实》
	[俄]蒲列汉诺甫；王凡西译	从唯心论到唯物论	上海：亚东图书馆	
	君健	文学的理论与实际	杭州：拾得轩	
	徐懋庸	街头文谈	上海：光明书局	1937年3月再版
	胡山源编	幽默诗话	上海：世界书局	
	太虚大师	怎样建设现代中国的文化	重庆：汉藏教理院	
	福利德尔；王孝鱼译	现代文化史（上册）	上海：商务印书馆	1937年12月中下册出版
	穆超	中国国民性	汉口：正义文化社	
	盛叙功	中国人生地理	上海：中华书局	
	[日]甘粕石介；沈因明译	黑格尔哲学入门	上海：辛垦书店	
	瞿秋白；鲁迅编校	海上述林	上海：诸夏怀霜社	陆续出版至10月
6	洪球编	现代诗歌论文选（上下册）	上海：仿古书店	
	郑志	乐学大纲	上海：世界书局	
	刘麟生编	中国文学八论		
	[苏]吉尔波丁；辛人译述	现实主义论	东京：质文社	

月	著者·译者	书名	出版机构	备注
6	[苏]高尔基；林林译	文学论	东京：质文社	
	[苏]倍斯巴洛夫；辛人译	批评论		据日译本《苏联的批评状态和课题》转译，1935年3月全苏作协理事会第二次扩大会议报告
	[法]纪德等；邢桐华译	文化拥护		次年1月再版
	[俄]本约明·高力里；戴望舒译	苏联诗坛逸话	上海：上海杂志公司	《俄罗斯革命中的诗人们》之前半部
	张牧野	现代艺术论	北平：著者自刊	
	沈起予	怎样阅读文艺作品	上海：生活书店	
	茅盾	世界文学名著讲话	上海：开明书店	
	林枫敔	哲学的复活		
	李青崖辑译	一九三五年的世界文学	上海：商务印书馆	
	夏炎德	法兰西文学史		
	王隐编	世界文学家列传（上下册）	上海：中华书局	
	赵景深	中国文学史纲要		
	钟泰	国学概论		
	喻守真编	文章体制		
	沈西苓、凌鹤编	电影浅说		
	阿英	小说闲谈	上海：良友图书印刷公司	
7	[英]罗绥；金公亮编译	美学原论	南京：正中书局	
	叶楚伧主编	中国文学批评论文集		次年3月再版
	高名凯编	现代哲学		
	[日]森山启；廖苾光译	文学论	上海：读者书房	
	朱光潜	文艺心理学	上海：开明书店	1947年4月第8版
	黄仲苏	朗诵法		
	[苏]高尔基；逸夫译	我的文学修养	上海：天马书店	
	以群	创作漫话		

月	著者·译者	书 名	出版机构	备注
7	柳湜	柳湜论文选	香港：读书生活出版社	
	史岩	东洋美术史（上卷）	上海：商务印书馆	
	林风眠编	一九三五年的世界艺术		
	宗亮东编	教育电影概论		
	谷剑尘编	电影剧本作法		
	[英]福尔；张世禄、蓝文海译	语言学通论		1947年3月再版
	[英]吉尔斯；王师复译	罗马文化		
	[美]房龙；宋桂煌译	思想解放史话		
8	[奥]弗洛伊特；高觉敷译	精神分析引论新编		
	[荷]克拉勃；王检译	近代国家观念		
	张君劢	明日之中国文化		
	郭大力、李石岑译	郎格唯物论史（上下卷）	上海：中华书局	
	[俄]司特普尼亚克；巴金译	俄国虚无主义运动史话	上海：文化生活出版社	
	[美]恩德曼；征农译	哲学思想之史的考察	上海：读者书房	
	胡风	文学与生活	上海：生活书店	
	陈乾吉	文学基本问题	天津：著者自刊	
	[苏]柯根；杨心秋、雷鸣蛰译	世界文学史纲	上海：读书生活出版社	
	赵家璧	新传统	上海：良友图书印刷公司	
	[英]韦尔斯；方土人、林淡秋译	韦尔斯自传	上海：光明书局	
	霍衣仙	最近二十年中国文学史纲	广州：北新书局	
	谭正璧编	国学概论新编	上海：北新书局	
	霍衣仙、王颂三编	新编高中中国文学史	广州：文光印务馆	
	[日]内山完造；尤炳圻译	一个日本人的中国观	上海：开明书店	
	摩尔登；贾立言等译	圣经之文学研究	上海：广学会	
	郭湛波	近五十年中国思想史	北平：人文书店	系《近三十年中国思想史》增补版

月	著者·译者	书　名	出版机构	备注
8	艾思奇	民族解放与哲学	上海：大众文化社	
	杨剑秀	苏联的文化		
9	[德]尼采；梵澄译	苏鲁支语录	上海：生活书店	
	[美]康克林；吴绍熙、徐儒译	变态心理学原理	上海：商务印书馆	
	[美]鲁一士；贺麟译	黑格尔学述		1943年8月重庆复版
	[法]莫罗阿；傅雷译	服尔德传		1947年2月再版
	向培良	剧本论		
		导演论		
	章泯	悲剧论		
		喜剧论		
	陈大悲	表演术		
	张庚	戏剧概论		1940年2月再版
	徐公美编	演剧概论		
		农民剧		
	周贻白	中国戏剧史略		
		中国剧场史		
	陈明中	戏剧与教育		
	朱人鹤	舞台化装		
	章学诚；刘翰怡编	章氏遗书（1—8册）		
	阎哲吾	学校剧	长沙：商务印书馆	
	[苏]乌尔金；罗稷南译	高尔基论	上海：读书生活出版社	
	洪毅然	艺术家修养论	杭州：罗苑座谈会	
	王灵泉	作文与人生	上海：亚东图书馆	
	文化建设月刊社编	中国本位文化建设讨论集	上海：文化建设月刊社	
	李麦麦	中国文化问题导言	上海：辛垦书店	
	薛思明编	国学指导	上海：世界书局	
	聂绀弩	从白话文到新文字	上海：大众文化社	
	[苏]安特列也夫等；徐沫译	新兴言语理论	上海：新文字书店	
	俊生编	现代论文选	上海：仿古书店	
	世界文学编译社	世界作家的创作经验	香港：世界文学编译社	1940年8月有沪版

月	著者·译者	书　名	出版机构	备注
9	新辞书编译社编	新时代百科全书（上下集）	上海：童年书店	第15分集为"文学概论"
10	[日]儿岛献吉郎；胡行之	中国文学研究	上海：北新书局	
	[日]青木正儿；郭虚中译	中国文学发凡	上海：商务印书馆	
	[日]关卫；熊得山译	西方美术东渐史		
	[英]华勒士；胡贻毂译	思想的方法		
	林淙编	现阶段的文学论战	上海：文艺科学研究会	
	新潮出版社编	国防文学论战	上海：新潮出版社	
	黄峰编	道司基卡也夫	上海：世界文学连丛社	
	麦发颖编	全盘西化言论三集	广州：岭南大学学生自治会研究出版部	
	丰子恺	艺术漫谈	上海：人间书屋	
	征农	野火集	上海：读者书房	
	李公朴等	读书与写作	重庆：读书出版社	
	佛朗、黎夫	怎样自学文学	上海：读书生活出版社	
	伦夫主编	悼鲁迅	上海：中国出版社	
	贺玉波编	郁达夫论	上海：大光书局	
11	郁达夫等	我与创作	上海：一心书店	
	范诚编选	鲁迅的盖棺定论	上海：全球书店	
	茅盾	创作的准备	上海：生活书店	
	[俄]伯林斯基；王凡西译	伯林斯基文学批评集		
	阿英	海市集	上海：北新书局	
	赵景深	读曲随笔		
	胡云翼编	我们的文艺	南京：正中书局	
	徐迟编译	歌剧素描	上海：商务印书馆	
	李安宅编译	巫术与语言		
	登太编；鲁迅著	论现在我们的文学运动	上海：长江书店	次年上海春潮书店再版更名《鲁迅访问记》
	邵洵美选编	幽默解	上海：时代图书公司	
	[苏]高尔基；以群译	高尔基给文学青年的信	上海：读书生活出版社	

月	著者·译者	书　名	出版机构	备注
11	杜任之编	民族社会问题新辞典	太原：觉民书报社	
	常燕生等	生物史观研究	上海：大光书局	
	胡绳	新文字的理论和实践	香港：大众文化社	
12	刘西渭	咀华集	上海：文化生活出版社	1942年1月二集出版
	思慕译	歌德自传（上册）	上海：生活书店	1937年4月下册出版
	徐懋庸	文艺思潮小史		1949年6月新版
	丁伯骝编	戏剧欣赏法	南京：正中书局	
	陆侃如、冯沅君	南戏拾遗	北平：哈佛燕京学社	
	[日]青木正儿；汪馥泉译	中国文学思想史纲	上海：商务印书馆	
	[英]博克尔；胡肇椿译	英国文化史（上册）		1946年2月中册出版
	刘麟生	中国骈文史		
	徐懋庸	怎样从事文艺修养	上海：三江书店	
	[苏]塞维林、多里福诺夫；以群译	苏联文学讲话	上海：读书生活出版社	
	马芳若编	中国文化建设讨论集	上海：国音书局	
	陈柱	四十年来吾国文学略谈	上海：上海交通大学出版部	
1937年				
1	[英]雪莱；伍蠡甫译	诗辩	上海：商务印书馆	
	岑家梧	图腾艺术史		
	汪静之编	作家的条件		
	胡适等	张菊生先生七十生日纪念论文集		
	郑伯奇	两栖集	上海：良友图书印刷公司	
	杨晋豪编	现阶段的中国文艺问题	上海：北新书局	
	沈从文、萧乾	废邮存底	上海：文化生活出版社	
	许文雨编	文论讲疏	南京：正中书局	
	赵景深	小说闲话	上海：北新书局	
	谷剑尘	教育电影	上海：中华书局	

月	著者・译者	书　名	出版机构	备注
1	[日]冈泽秀虎；韩侍桁译	郭果尔研究	上海：中华书局	
	[德]恩格斯等；陈北鸥译	作家论	东京：质文社	
	中苏文化协会普式庚逝世百周年纪念筹备委员会编	A·普式庚	南京：中苏文化协会	
	[苏]绥维林、托里伏诺夫；戴何勿译	苏联文学	上海：读者书房	
2	陈友松	有声的教育电影	上海：商务印书馆	
	王云五编	编纂中国文化史之研究		
	提格亨；戴望舒译	比较文学论		
	金东雷	英国文学史纲		
	方东美	科学哲学与人生		
	张少微	法国六大社会学思想家		
	[德]格罗塞；蔡慕晖译	艺术的起源		
	中苏文化协会上海分会主编	普式庚逝世百周年纪念集		
	陆敏车编	最新中国文学流变史	汉口：汉光印书馆	
	蒋廷猷编	欧风东渐史	上海：普益书社	
	叶圣陶	文章例话	上海：开明书店	
	许文雨编	人间词话讲疏	南京：正中书局	《文论讲疏》之一
	[美]施平格；孙伟佛编译	文艺复兴期之文艺批评		
	[苏]米尔斯基；段洛夫译	现实主义	上海：潮锋出版社	
	[苏]A.亚尼克斯德等；茅盾等译	普式庚研究	上海：生活书店	
	张君劢	张君劢先生演讲集	南昌：编者自刊	
	[法]邵可侣；郑绍文译	人与地	上海：文化生活出版社	
3	[德]Otto Maull；李长傅、周宋康译	人文地理学	上海：中华书局	

月	著者·译者	书　名	出版机构	备注
3	[德]叔本华；张本权译	意志自由论	上海：商务印书馆	
	[日]丸山学；郭虚中译	文学研究法		
	袁昌英	山居散墨		5月再版
	郭虚中编	青年文学知识		
	郭一岑	现代心理学概观		
	赵季芳编译	恩格斯等论文学	上海：亚东图书馆	1947年4月第4版
	孔芥编	文学原论	南京：正中书局	
	[英]N.E.B.Wolters；朱炳荪译	舞台与银幕的化装术		
	薛建吾编	中国文学常识	上海：大华书局	
	张少孙编	国学研究法		
	[苏]万垒赛耶夫；孟十还译	果戈理怎样写作的	上海：文化生活出版社	
	[苏]高尔基；石夫译	青年文学各论	上海：世界文艺研究社	
	柳湜	国难与文化	上海：黑白丛书社	
	陈伯达	真理的追求	上海：新知书店	
4	[英]Charles Sarolea；余振焜译	托尔斯泰传	上海：世界书局	
	植耘	艺苑的巨人罗丹	著者自刊	
	世界文学研究社译	高尔基论苏联文学	上海：新生出版社	
	[苏]高尔基等	我们怎样写作	上海：联华书局	
	[苏]高尔基；齐生等译	我怎样学习		
	[苏]高尔基；以群、荃麟译	怎样写作——高尔基文艺书信集	上海：读书生活出版社	
	葛一虹、田鲁编译	苏联艺术讲话		
	熊佛西编	戏剧大众化之实验	南京：正中书局	
	羊达之编	中国文学史提要		
	徐公美编	非常时期的电影教育		
	[英]瑞恰慈；曹葆华译	科学与诗	上海：商务印书馆	
	[法]梵乐希等；曹葆华辑译	现代诗论		

月	著者·译者	书　名	出版机构	备注
4	[日]泽田总清；王鹤仪译	中国韵文史（上下册）	上海：商务印书馆	
	宋春舫	（宋春舫论剧第3集）凯撒大帝登台		
	[苏]李却·波里士拉夫斯基；郑君里译	演技六讲	上海：良友图书印刷公司	1940年1月有重庆生活书店版，1948年4月有哈尔滨光华书店版
	[日]高濑、甘粕等；辛苑译	艺术史的问题	东京：质文社	
	[苏]罗森塔尔；孟克译	世界观与创作方法		
5	[苏]高尔基等；伍蠡甫、曹允怀译	苏联文学诸问题	上海：黎明书局	
	[苏]高尔基等；黄远译	回忆安特列夫	上海：引擎出版社	据曼殊斐儿英译本
	[苏]伊佐托夫；沈起予、李兰译	文学修养的基础	上海：生活书店	
	S·Gunn；王焕章译	文学的故事		
	陈柱	中国散文史		
	卢前	八股文小史		
	阿英编	晚清小说史	上海：商务印书馆	
	[德]爱克尔曼；周学普译	哥德对话录		
	[法]赖那克；李朴园译	阿波罗艺术史		
	钱穆	中国近三百年学术史		
	华连圃	戏曲丛谈		
	啸南	世界文学史大纲	上海：乐华图书公司	
	王敏时、施肖丞编	中国文学常识	上海：震旦书店	
	丁炯培编	中国文化之核心	上海：大成书社	
	薛品源	中国反文化侵略运动史	上海：民强书局	
	现代知识编译社编	现代知识大辞典	上海：现代知识出版社	
	胡鸣祥	投稿术	上海：复兴书局	
6	[苏]泰洛夫；吴天译	演剧论	上海：潮锋出版社	1940年7月有上海剧场艺术社版，名《新演剧论》

月	著者·译者	书名	出版机构	备注
6	顾仲彝编	剧场	上海：商务印书馆	
	徐公美编著	电影场		
	陈高佣	中国文化问题研究		
	[苏]维诺格拉多夫；楼逸夫译	新文学教程	上海：天马书店	
	[苏]高尔基；杨伍编译	高尔基文学论集		
	[苏]维诺格拉多夫；以群译	新文学教程	上海：读书生活出版社	
	[苏]高尔基；楼逸夫译	高尔基文艺书简集	上海：开明书店	
	[日]昇曙梦；胡雪译	高尔基评传		
	[苏]高尔基等；雯英译	苏联文学的话	上海：大风书店	
	聂绀弩	语言文字思想		
	[苏]奥尔金；荃麟译	怎样了解高尔基		
	国立清华大学中国文学会编	语言与文学	上海：中华书局	
	骆鸿凯	文选学		
	夏征农编	鲁迅研究	上海：生活书店	
	孙楷第	唐代俗讲之科范与体裁	北平：国立北京大学出版部	
	施章	新旧文学之批判	南京：艺林社	
	李维编	国学概要	北平：北平联合出版社	
	王维彰编	国学问答	成都：东方书社	
7	王梦野等	给文学青年	上海：通俗文化社	
	华林	啼痕	南京：著者自刊	
	语文社编	通俗化问题讨论集（第1、2集）	上海：新知书店	
	郑振铎编	晚清文选	上海：生活书店	
	夏征农编	现阶段的中国思想运动	上海：一般书店	
	[英]罗素；高名凯译	哲学大纲	南京：正中书局	
	[日]森宏一；寇松如译	近代唯物论	上海：进化书局	
	[苏]尼柯尔斯基；焦敏之译	原始人的文化	上海：读书生活出版社	

月	著者·译者	书　名	出版机构	备注
8	[苏]M.罗森达尔；胡风译	论社会主义的现实主义	上海：夜哨丛书出版社	
	刘师培等	原戏	上海：开明书店	
	张若名	法国象征派三大诗人鲍德莱尔，魏尔莱诺与蓝苞	北平：中法大学	《中法大学月刊》第11卷第4、5期合刊单行本
10	卫惠林	民族文化运动与战时文化工作	南京：中山文化教育馆	
11	[苏]马科夫；魏南潜译	苏联的剧场	上海：商务印书馆	即《当代苏俄戏剧》
	[法]亚伯兰丁；范希衡译	苏联诸民族的文学		
	[法]巴朗德；刘宝环译	心理社会学论		
	[美]里夫；叶舟译	丁玲——新中国的女战士	上海：光明书局	
	宰木	论抗战期中的文化运动	上海：黑白丛书社	次年1月汉口再版
	赵季芳编译	恩格斯等论文学	上海：亚东图书馆	1947年4月第4版
12	田汉	抗战与戏剧	长沙：商务印书馆	
	姚苏凤	抗战与电影		
	[德]斯潘格来；董兆孚译	人与技术		1939年5月再版
	司马文森	战时文艺通俗化运动	上海：黑白丛书社	
	林淡秋	抗战文化与文化青年	汉口：上海杂志公司	
	何干之	近代中国启蒙运动史	上海：生活书店	
1938年				
1	陈安仁	中国文化史（上册）	长沙：商务印书馆	
	[英]摩尔根；施友忠译	突创进化论		
	陈唯实	抗战与新启蒙运动	汉口：扬子江出版社	
2	周钢鸣	怎样写报告文学	上海：生活书店	1940年4月重庆生活书店第4版更名《报告文学写作法》

月	著者·译者	书　名	出版机构	备注
2	黄文山	文化学论文集	广州：中国文化学会	
	吴大琨	抗战中的文化问题	汉口：黎明书局	
3	[美]何林华；张孟休编译	听众心理学	长沙：商务印书馆	1943年12月有重庆中国文化服务社阮春芳译本
	岑家梧	史前艺术史		
	方乃宜译	马克思与恩格斯论中国	汉口：中国出版社	
	[德]马克斯、恩格斯	社会主义入门	延安：民族解放青年社	本版系再版
	[英]福克斯；何家槐译	小说与民众	上海：生活书店	
	王平陵	战时文学论	汉口：上海杂志公司	
	陈彬荫编	民族女战士丁玲传	汉口：战时读物编译社	
	每日译报社编译	女战士丁玲	上海：每日译报社	
	晶莹编译	中国的女战士——丁玲	上海：金汤书店	
	俞士连编	最近的丁玲	上海：长虹书局	
4	蒲风	现代中国诗坛	广州：诗歌出版社	
		抗战诗歌讲话		
	胡春冰编	抗战文艺论	广州：中山日报社	
	衣冰编	日本反侵略作家鹿地亘及其作品	汉口：新国民书店	
	现实社编	日本反侵略作家鹿地亘	汉口：现实出版社	
	夏丏尊、叶绍钧	文章讲话	上海：开明书店	
		阅读与写作		
	[德]恩格斯	从空想的社会主义到科学的社会主义	上海：新汉出版社	
	杨季生	元剧的社会价值	贵阳：文通书局	
	[德]马克思、恩格斯；彭汉文编译	马克思主义的基础	汉口：社会科学研究社	次年3月上海健全社再版
5	[德]恩格斯著	史的唯物论	上海：新汉出版社	
	[苏]V.塞夫金；郑易里译	观念论	北京：北平国际文化社	
	吴生编	苏联的文学	上海：世界书局	
	瞿秋白；鲁迅编	乱弹及其他	上海：霞社	
	萧三	伟大的鲁迅	广州：战时出版社	
	阿英	抗战期间的文学		
	杨晋豪	怎样写抗战文艺		

月	著者·译者	书　名	出版机构	备注
5	林语堂；郑陀译	吾国与吾民（上下册）	上海：世界新闻出版社	
	司马文森	文艺通讯员的组织与活动	汉口：大众出版社	
	杨晋豪	青年创作指导	长沙：商务印书馆	
	王平陵编	电影文学论		
	陈友兰编	电影教育论		
	徐公美	电影艺术论		
		电影概论		
		电影发达史		
6	杨荫深	中国文学史大纲	上海：商务印书馆	
	王名元	传记学	广州：国立中山大学出版组	
	杨殷夫	郭沫若传	广州：新中国出版社	
	齐同	战时写作诸问题	长沙：中苏文化协会湖南分会	
	谭丕模	抗战文化动员		
7	滕固编	中国艺术论丛	长沙：商务印书馆	
	[奥]里尔克；冯至译	给一个青年诗人的十封信		
	时甫编译	欧美现代作家自述		
	李田意	哈代评传		
	[德]斯普兰格；[英]皮格士英译；董兆孚译	人生之型式		
	[美]梯利；陈正谟译	西洋哲学史（上下册）		
	[英]洛克；关琪桐译	人类理解论（第1、2册）		
	苏雪林	青鸟集		
	梁启勋	中国韵文概论		
	何达安	诗学概要		
	陈安仁	战争与文化		
	吴蒲石	有声电影论	上海：商务印书馆	
	[苏]叶斯·渥利夫桑；默涵译	唯物恋爱观——唯物辩证法的现象学入门	汉口：读书生活出版社	1945年11月生活书店版署伏尔佛逊著执之译
	[苏]聂奇金纳；郑易里译	资本论的文学构造		1947年3月及1949年5月再版
	李麦麦	目前文化运动的性质	重庆：文苑出版社	

月	著者·译者	书名	出版机构	备注
7	郭沫若	文艺与宣传	汉口：生活书店	
	胡风	密云期风习小纪	汉口：海燕书店	1947年8月沪第4版
8	蒋雪逸编	国学四十讲	上海：东方文学社	
	郑振铎	中国俗文学史（上下册）	长沙：商务印书馆	
	新文出版社编	鲁迅新论	上海：新文出版社	
9	[美]诺利斯·霍顿；贺孟斧译	苏联演剧方法论	重庆：上海杂志公司	1949年1月再版
	[苏]勃伦蒂涅尔；段洛夫译	尼采哲学与法西斯主义之批判	上海：潮锋出版社	
	穆木天	怎样学习诗歌	重庆：生活书店	
	[匈]卢卡契；以群译	小说	汉口：生活书店	
10	顾颉刚等	通俗读物论文集		
	许宏杰	抗战与文化	广州：民族文化研究会	
	谭正璧	国语文法与国文文法	广州：中华书局	
	谭正璧编	诗词入门	广州：中华书局	
	[日]青木正儿；江侠庵译	南北戏曲源流考	长沙：商务印书馆	
11	[日]青木正儿；隋树森译	中国文学概说	上海：开明书店	1947年3月再版
	[德]马克思、恩格斯；郭沫若译	德意志意识形态	上海：言行出版社	1947年3月和1949年群益出版社再版
	[德]马克思、恩格斯合著	中国问题评论集	上海：珠林书店	
	陈高佣编	战时文化运动	重庆：正中书局	
12	徐慕云	中国戏剧史	上海：世界书局	
	葛一虹	战时演剧论	重庆：新演剧社	
	巴金等	鲁迅与抗日战争	广州：战时出版社	
	[苏]列宁；张古梅译	列宁给高尔基的信	上海：新文化书房	

1939年

	老舍等	抗战与艺术	重庆：独立出版社	
1	叶溯中、江鹤等	战时文化论	重庆：独立出版社	
	胡秋原	中国文化复兴论	重庆：建国印书馆	

月	著者·译者	书 名	出版机构	备注
1	赵景深	小说戏曲新考	上海：世界书局	
	萧孝嵘	心理问题	上海：中华书局	
2	赵清阁	抗战戏剧概论	重庆：中山文化教育馆	
	陈安仁	宋代的抗战文学	长沙：商务印书馆	
	[苏]高尔基；瞿秋白、吕伯勤译	为了人类	上海：挣扎社	
	陈和山编	世界文化史讲话	上海：光明书局	
	国立编译馆编订	哲学名词	长沙：国立编译馆	
3	李何林编	近二十年中国文艺思潮论	重庆：生活书店	
	郑君里	论抗战戏剧运动		
	张申府	文化·教育·哲学	上海：生活书店	
	洛蚀文编	抗战文艺论集	上海：文缘出版社	
4	艾思奇	哲学与生活	重庆：读书生活出版社	1939年2、8、12月三次再版
	祝实明	文学与战争	重庆：国论社	
	陈伯达	在文化阵线上	汉口：生活书店	《真理的追求》续集
	王衍康	战时戏剧教育	重庆：中山文化教育馆	
	予且	舞台艺术	昆明：中华书局	
	方重	英国诗文研究集	长沙：商务印书馆	
	王力	中国语文概论		
	汪馥泉	文章概论		
	苏雪林等	写作经验谈	上海：中学生书局	
5	黄轶球编译	最近世界文学动态（上下）	广州：广东国民大学出版委员会	
	谭云山编	诗圣太戈尔与中日战争	重庆：独立出版社	
	[俄]克鲁泡特金；巴金译	我底自传	上海：开明书店	1930年分前后部出版
		国际文学	上海：东方出版社	系1934年8—9月会议报告与发言汇编
	郭箴一	中国小说史（上下册）	长沙：商务印书馆	
	朱星元	中国文学史通论	天津：利华书务局	
	国立编译馆编订	普通心理学名词	长沙：国立编译馆	
6	朱维之	中国文艺思潮史略	上海：合作出版社	
	林枳敔编	苏联文学的进程	上海：开明书店	
	巩思文	现代英美戏剧家	长沙：商务印书馆	

月	著者・译者	书　名	出版机构	备注
7	[美]波令等编；傅统先译	心理学	长沙：商务印书馆	
	[德]黎耳；杨丙辰译	论德国国民性		
	林履信	萧伯纳的研究		
	[苏]卢那卡尔斯基；齐明、虞人译	实证美学的基础	上海：世界书局	
	巴人	扪虱谈		
	刘大杰	魏晋思想论	上海：中华书局	
	[苏]爱拉娃卡娃；俞荻译	苏联文学新论	上海：海燕出版社	
	魏金枝	怎样写作	上海：珠林书店	
	俞荻	怎样学习文学		
	赵清阁	抗战文艺概论	重庆：中山文化教育馆	
8	宋之的等	演剧手册	重庆：上海杂志公司	
	葛一虹	战时演剧政策		
	[美]布士沃斯；章泯译	戏剧导演基础		
	李南桌	李南桌文艺论文集	重庆：生活书店	
	王光祈编	西洋话剧指南	昆明：中华书局	
	王希龢	英诗研究入门		
	章学诚	文学大纲	上海：三友书社	
	侯外庐	抗战建国的文化运动	重庆：中山文化教育馆	
	陈唯实讲演；解熠若、葛东强记	新人生观与新启蒙运动	太原：民族革命出版社	
	新中国文艺社编	高尔基与中国	重庆：读书生活出版社	
	拓牧	中国文字拉丁化全程	上海：生活书店	
	吴绍熙编	心理学纲要	上海：中华书局	
	张怀奇	辨证法唯物论问答	上海：三户书店	
9	张益弘	中国文化运动的性质	重庆：时代思潮社	
	洗群	戏剧学基础教程	金华：充实丛书社	
	袁牧之等	抗战中的戏剧	太原：民族革命出版社	
	葛一虹	苏联儿童戏剧	上海：上海杂志公司	
	世界辞典编译社主编	现代文化辞典	上海：世界书局	
10	老舍、何容编	通俗文艺五讲	重庆：中华文艺界抗敌协会	

月	著者·译者	书 名	出版机构	备注
10	林焕平	抗战文艺评论集	香港：民革出版社	
	[俄]馥埃奥克丽特沃；海妮译	托尔斯泰之死	长沙：商务印书馆	
	新中国文艺社编	鲁迅纪念特辑	香港：新中国文艺社	
	傅宁操编著	文学大路	哈尔滨：新华印书馆	
11	欧阳凡海编译	马·恩科学的文学论	重庆：读书生活出版社	次年3月再版
	[苏]瓦因斯坦；汪耀三、金奎光译	辩证法全程	上海：光明书店	1949年3月再版，7月第4版
	东方曦	秋窗集	上海：秋鸣社	
	唐弢	文章修养	上海：文化生活出版社	1946年11月第3版
	张申府	什么是新启蒙运动	重庆：生活书店	
	[德]尼采；梵澄译	快乐的知识	长沙：商务印书馆	
	张野农	怎样使生活美术化	上海：纵横社	
	沙蒂主编	写与读	浙江丽水：会文图书社	
	陈望道	中国拼音文字的演进（明末以来中国语文的新潮）	上海：中国语文教育学会	
	田汉等	抗战与戏剧	重庆：独立出版社	
	司达克·杨；章泯译述	表演艺术论	重庆：上海杂志公司	
	朱杰勤译	中西文化交通史译粹	上海：中华书局	
12	[美]M.史密士；田禽译	戏剧演出教程	上海：上海杂志公司	1949年10月新版
	武德报社编	中国戏剧	北京：武德报社	
	韩侍桁	浅见集	昆明：中华书局	
	罗家伦	抗战与文化	重庆：独立出版社	
	倩之等	现阶段的思想文化	上海：新文化社	
	[苏]米定、易希金柯；平生等译	辩证法唯物论辞典	重庆：读书出版社	1941年再版，1947年沪光华书局再版
	张怀奇	辩证法浅释详解	上海：新知学会	
	上海文明书局编译	最新心理学教科书	上海：文明书局	
	王恩洋	王国维先生之思想	上海：佛学书局	
	瞿白音等	人物的性格描写	上海：国民书店	
	戈戈编译	怎样演戏	上海：碧水社	
	丁作韶、刘云谷	五四运动史	重庆：青年出版社	

民国文学基础理论著译文献

月	著者·译者	书　名	出版机构	备注
1940 年				
1	瞿秋白	街头集	上海：霞社	
	赵景深	民族文学小史	上海：世界书局	
	戈登克雷；赵如琳译	舞台艺术论	广东曲江：动员书店	
	国立戏剧学校主编	战时戏剧讲座	重庆：正中书局	
	张叶舟	报告文学写作的技巧	上海：东南出版社	
	黄嘉德编	翻译论集	上海：西风社	
	方冲之编	国学举隅	上海：沪江图书公司	
2	[法]利舍；[日]间崎万里译；唐易庵译	世界文化史大纲	长沙：商务印书馆	
	[英]娇德；施友忠译	物质生活与价值（上下册）		
	麦参史	意识论		
	王力	中国文法学初探		
	谢六逸	日本之文学（上中下册）		
	雷海宗	中国文化与中国的兵		
	[苏]西尔列索；任白戈译	科学的世界文学观	东京：质文社	据日译本
	陈白尘	戏剧创作讲话	重庆：上海杂志公司	
	胡葵荪	歌剧概论	上海：商务印书馆	
	黄仲苏	陈迹	昆明：中华书局	
3	林焕平	活的文学	香港：海燕出版社	1947 年 8 月有上海万叶书店版
	黄峰	世界革命文艺论	上海：文学新潮社	
	史美钧	怎样习作文艺	上海：中国图书编译馆	
	田禽；史枚修订	怎样写剧	重庆：生活书店	
	约莱士；章泯译	戏剧本质论	重庆：上海杂志公司	
	胡绍轩	战时戏剧论	重庆：独立出版社	
	贺麟	德国三大哲人处国难时之态度		
	毛泽东	新民主主义论	延安：解放社	
	[苏]罗森塔尔、尤琴；孙冶方译	简明哲学辞典	上海：新知书店	
	汪馥泉编	中国文法革新讨论集	上海：学术社	

月	著者·译者	书　名	出版机构	备注
3	何峻编译	写作修养	益群出版社	
4	朱星元编	文学理论总编	天津：大东书局	
	陈易园编	中国民族文学讲话	福州：中国文化建设协会福建分会	
	顾仲彝等	演剧艺术讲话	上海：光明书局	
	重实编	我们怎样写作	上海：言行社	
	楚风编辑部编	文坛的风波	汉口：大楚报社出版部	
	适夷译	文学的新的道路	上海：光明书局	1946年4月更名《苏联文学与戏剧》
	[英]斯密司等；周骏章译	文化传播辩论集	长沙：国立编译馆	
	文学集林社编	译文特辑	上海：开明书店	
	傅东华	国文讲话概说辑	长沙：商务印书馆	
	李璜、陈启天等	新中国文化运动	成都：国魂书店	
	常燕生等	生物史观与唯物史观		
	宋垣忠撰	综合哲学讲话	重庆：国民图书出版社	次年再版
	刘雪谷	五四运动史	重庆：青年出版社	
5	朱谦之等	五四运动之史的考察	湖南蓝田：公益印刷公司	
	李仲融、曹伯韩等	现阶段的文化运动	桂林：文化供应社	
	缪凤林	中国民族之文化	西安：新中国文化出版社	
	[德]尼采；雷白韦译	查拉杜斯屈拉如是说	昆明：中华书局	
	杨鸿烈	中日文化结合论	南京：兴建月刊社	
	王任叔	文学读本	上海：珠林书店	
6	[英]奥兹本；董秋斯译	精神分析学与马克思主义	重庆：读书出版社	1947年6月更名《精神分析学与辩证唯物论》，另有1940年11月楚之译本，名《弗洛伊特与马克斯》
	周扬编校；曹葆华、天蓝译	马克思恩格斯列宁论艺术	延安：鲁迅艺术文学院	
	南线文艺丛刊社编	民主与文艺	香港：海燕文艺丛刊社	

月	著者·译者	书　名	出版机构	备注
6	[美]汉米尔顿；赵如琳译	戏剧原理	上海：言行出版社	同张伯符译本《戏剧论》上篇《戏剧一般论》
	田禽	战时戏剧演出论	重庆：独立出版社	
	蔡任尹	有声电影	长沙：商务印书馆	
	[日]神田丰穗；王隐编译	文艺小辞典	昆明：中华书局	
	[日]神田丰穗；徐汉臣编译	社会科学小辞典		
	裘灵·赫胥黎；陈范予译	达尔文	福建永安：改进出版社	
7	茅盾、适夷编	水火之间	重庆：生活书店	
	李辰冬	文学与青年	重庆：中国文化服务社	
	蒋伯潜、蒋祖怡编	章与句（上下册）	上海：世界书局	
	[美]夫来也尔、亨理；鲁继曾译	普通心理学大纲	长沙：商务印书馆	
8	[美]勒克斯洛德；宋桂煌译	普通心理学		
	周振甫	严复思想述评	昆明：中华书局	
	雪峰	鲁迅论及其他	桂林：充实社	
	茅盾、适夷编	论鲁迅	重庆：生活书店	
	梁乙真	民族英雄诗话（上下卷）	重庆：黄埔出版社	
	袁牧之	牧之随笔	上海：微明出版社	
	李仲融	唯物论与唯心论	桂林：文化供应社	
	[苏]铁木菲·罗果托夫编；蒋天佐译	斯达林与文化	上海：知识出版社	1948年4月有上海时代书报出版社贺依译本
9	向培良	艺术通论	长沙：商务印书馆	
	杜蘅之	诗的本质		
	高博林	圣经与文学研究		
	梁堃	桐城文派论		
	田仲济	新型文艺教程	重庆：华中图书公司	
	张若谷	十五年写作经验	上海：谷峰出版社	
	徐调孚校注	校注人间词话	上海：开明书店	
10	蔡元培等	中国新文学大系导论集	上海：良友复兴图书印刷公司	1945年7月再版
	[日]森山启；林焕平译	社会主义的现实主义论	上海：希望书店	

月	著者・译者	书　名	出版机构	备注
10	苏联康敏学院文艺研究所编；适夷译	科学的艺术论	重庆：读书生活出版社	1942年7月第3版，1948年5月第5版
	[奥]S.褚威格；许天虹译	托尔斯泰	福建永安：改进出版社	
	[法]柯克兰；吴天译	演员艺术论	上海：剧场艺术社	
	深渊	我对中国现时文艺工作的意见	成都：著者自刊	
	巴人	论鲁迅的杂文	上海：远东书店	
	吴烈	中国韵文演变史	上海：世界书局	
	谭丕模	清代思想史纲	上海：开明书店	
	[德]阿奈斯；林传鼎译	新心理学	北京：辅仁大学	
	冯蕙田	民族心理学	金华：国民出版社	
11	[英]奥斯旁；楚之译	弗洛伊特与马克斯——一种辩证法的研究	上海：世界书局	1949年6月新版
	译林社编译	我自己	上海：译林社	次年7月署马雅可夫斯基著，更名《裤中的云》
	学林社编辑	近百年来的中国文艺思潮	上海：学林社	
	王任叔	文学读本续稿	上海：珠林书店	
12	卢冀野	民族诗歌论集	重庆：国民图书出版社	1944年3月续论出版
	刘念渠	战时旧型戏剧论	重庆：独立出版社	
	黄其起	三民主义文化运动的基础		
	[日]原随园；杨錬译	希腊文化东渐史	长沙：商务印书馆	
	[德]康德；关琪桐译	优美感觉与崇高感觉		次年再版
	[德]葛德；梵澄译	葛德论自著之浮士德		
	李崇元	清代古文述传		
	王了一	汉字改革		
	西风社编译	变态心理漫谈	上海：西风社	
	徐宗泽	随思随笔	上海：圣教杂志社	

月	著者·译者	书　名	出版机构	备注
	蒋寿同	散文研究	上海：申报新闻函授学校	
	刘念渠	抗战剧本批评集	汉口：华中图书公司	
	朱谦之	中国思想对于欧洲文化之影响	长沙：商务印书馆	

1941年

月	著者·译者	书　名	出版机构	备注
1	[苏]拉波泊、查哈瓦；曹葆华、天蓝译	演员与导演	重庆：激流社	1943年1月再版，1949年3月大连生活书店版更名《演剧教程》
	杨村彬	新演出	重庆：独立出版社	
	毛起鵕编	辩证法论丛		
	刘露	舞台技术基础	重庆：上海杂志公司	
	陈友琴等	青年与写作	福建南平：浙江战时教育文化事业委员会新青年社	
	蒋伯潜、蒋祖怡编	体裁与风格（上下册）	上海：世界书局	
	朱湘	现代诗家评	上海：三通书局	
	刘大杰	中国文学发展史（上卷）	上海：中华书局	1949年1月下卷出版
	朱东润	中国文学批评论集	上海：开明书店	
	徐中玉	抗战中的文学	重庆：国民图书出版社	
	[苏]塞维林；以群译	苏联作家论	重庆：上海杂志公司	
2	[日]石田幹之助；张宏英译	中西文化之交流	长沙：商务印书馆	
	何鹏	抗战文艺诸问题	桂林：文化供应社	
		文艺常识		
	夏林	戏剧常识		
	潘文	编剧法	重庆：青年出版社	
	卢前	吴芳吉评传	重庆：独立出版社	
3	[美]厄森文；杨梦生译述	短篇小说分析	重庆：商务印书馆	
	艾芜	文学手册	桂林：文化供应社	次年10月增订
	平心	论鲁迅的思想	上海：长风书店	1947年10月上海心声阁版更名《人民文豪鲁迅》

月	著者·译者	书　名	出版机构	备注
3	[英]卫白夫妇	苏维埃共产主义新文化	长沙：商务印书馆	
	阎宗临	近代欧洲文化之研究	桂林：广西建设研究会	
	阎哲吾编	怎样演出抗战戏剧	重庆：正中书局	
	张野农	怎样使生活艺术化	上海：纵横社	1947年5月重版
	陈大年编	高尔基传	上海：世界书局	
	白丁等	论思想方向（第1辑）	上海：生活与实践出版社	
4	吴天	剧场艺术讲话	上海：剧艺出版社	
	刘念渠等	演剧初程	重庆：青年出版社	
	国立戏剧学校编	表演艺术论文集	重庆：正中书局	
	李长之编	西洋哲学史		
	胡风	论民族形式问题	重庆：学术出版社	
	欧阳梓川编	日本文坛考察	重庆：文化书店	
	[法]莫洛环；魏华灼译	雪莱传	长沙：商务印书馆	
5	胡风编	"民族形式"讨论集	重庆：华中图书公司	
	方舟等	论大众化	上海：求知出版社	
	巴人	窄门集	香港：海燕书店	
	[苏]史达尼斯拉夫斯基；叔懋译	演员自我修养（上册）	上海：剧场艺术社	
	[英]约翰·欧文；孤槐译	戏剧写作教程	重庆：华中图书公司	
	[苏]托力伏诺夫；吴沙里译	现代苏联文学教程	上海：斯纳维社分馆	
	陈治策	表演技术论	重庆：独立出版社	
	[德]什本格勒；刘檀贵译	马克斯主义在欧洲		系《西方的没落》第二部分
	大众读物社编	大众化工作研究	新华书店	
	艾思奇	论中国特殊性及其他	上海：辰光书店	1946年8月有大众书店版
	朱维之	基督教与文学	上海：青年协会书局	
	[法]莫洛亚；陈占元译	英国人	福建永安：改进出版社	
	[美]W.Durant；越裔译	希腊之生命	上海：世界文化出版社	
6	陈德芸	八股文学	香港：私立岭南大学	

月	著者·译者	书名	出版机构	备注
7	[日]高冲阳造；林焕平译	艺术学	广州：广东国民大学出版委员会	
	丰子恺	艺术修养基础	桂林：文化供应社	
	谭正璧编	文章法则	上海：世界书局	
	林林	崇高的忧郁	桂林：文献出版社	
	[德]马克思、恩格斯；克士译	德意志观念体系	上海：珠林书店	1938年11月署名郭沫若译，更名《德意志意识形态》
	[德]德吕克汉·蒙特马丁；关琪桐译	德国现代思想问题	北京：中德学会	
	[日]青木正儿；隋树森译	元人杂剧序说	上海：开明书店	
	[日]辻善之助；俞义范译	中日文化之交流	南京：国立编译馆	
8	[英]亨黎；傅统先译	唯心哲学	上海：中华书局	
	施慎之编	中国文学史讲话	上海：世界书局	
	李建文	中国文化史讲话		
	詹文浒	现代思潮讲话		1947年5月再版
		西洋哲学讲话		1947年5月再版
	[美]德莱塞；白石译	梭罗	福建永安：改进出版社	
	洪云编译	趣味的心理学	重庆：激流书店	
9	[日]米川正夫；任钧译	俄国文学思潮	重庆：正中书局	
	艾青	诗论	桂林：三户图书社	
	韩汶编	写作经验谈	上海：博文书店	
	郭绍虞	语文通论	上海：开明书店	
	许地山	许地山语文论文集	上海：新文字学会	
10	景宋、巴人等	鲁迅的创作方法及其他	重庆：读书出版社	
	浪舟	新戏剧讲话	上海：海棉社	
	徐訏	西流集	上海：夜窗书屋	
	陈鲤庭	电影轨范	重庆：中国电影制片厂	
	莫德威；贺孟斧译	近代戏剧艺术	成都：剧艺出版社	
	斯米吞；戚治常译	莎士比亚评传	上海：世界书局	

月	著者・译者	书　名	出版机构	备注
10	时粹林府社编	重论新启蒙运动	上海：启蒙出版社	
11	周辅成编	哲学大纲	重庆：正中书局	
	[苏]高尔基；孟昌译	文学散论	桂林：文献出版社	
	侯枫	战地戏剧理论与实践	重庆：独立出版社	
12	[俄]托尔斯泰；曹靖华译	致青年作家及其他	重庆：上海杂志公司	1946年8月增订
	谭正璧编	文学源流（中学适用）	上海：世界书局	
	蒋伯潜、蒋祖怡编	小说与戏剧		
		诗		
		骈文与散文		
	谭正璧编	文章体裁		
	朱裕民编	文学与兴趣	沈阳：益智书店	
	冯贯一	中国艺术史各论（上下册）	南京：中日文化协会	
	[日]栗田元次；章钦亮译	日本文化史	南京：国立编译馆	
	[日]小田岳夫；单外文译	鲁迅传	长春：艺文书房	另有1945年11月上海星州出版社任鹤鲤译本及1946年9月开明书店范泉译本
	[苏]高力里；戴望舒译	苏联文学史话	香港：耕耘书店	
	倪品真	五四运动纪实	衡阳：湘潮印书馆	

1942年

月	著者・译者	书　名	出版机构	备注
1	胡绍轩、张惠良	现阶段戏剧问题	重庆：独立出版社	
	蒋祖怡编	文章学纂要	重庆：正中书局	
2	黄道明	文学丛话	北京：新进社	
3	姜蕴刚	社会哲学	重庆：商务印书馆	
	[英]亨得利卡尔脱；赵如琳译	苏俄的新剧场		
	[苏]法捷耶夫；贾明译	写作修养	重庆：国风出版社	
	王集丛编	三民主义文学论文选	江西泰和：时代思潮社	
	尹汐编	文学问答集	沈阳：文化社	
	沈飞达；桑春明译	哲学入门	大连：关东出版社	

月	著者·译者	书　名	出版机构	备注
4	[日]佐藤庆二；韩护译	哲学新讲	大连：关东出版社	
	[日]青木正儿；梁盛志编译	中国文学与日本文学	北京：国立华北编译馆	
	杨玉清	战时文化建设概论	重庆：文信书局	
	孙伏园	鲁迅先生二三事	重庆：作家书屋	
	何干之	中国人和中国人的镜子（鲁迅作品研究集）	桂林：民范出版社	1946年11月上海新新出版社版《鲁迅作品研究》
	[美]S.Richmond；谢云译	演技基本训练	重庆：青年出版社	
	吕叔湘	中国文法要略（上中下卷）	重庆：商务印书馆	陆续出版至1944年12月
5	陈铨编	叔本华生平及其学说	重庆：独立出版社	
	赵清阁编	编剧方法论		
	[苏]吉尔波丁；阳华译	普式金评传	桂林：大公书店	1946年4月上海国际文化服务社版署名吕荧译
	罗荪	文艺漫笔	重庆：读书出版社	
	欧阳凡海	长年短辑	桂林：文献出版社	
		鲁迅的书		
	洗群	戏剧手册	桂林：文化供应社	
	[美]饶生史亭等；田禽译	新演技手册	重庆：上海杂志公司	1948年9月沪版更名《新演员手册》
6	郁达夫等	中国文学论集	上海：一流书店	
	谢冰莹	写给青年作家的信	西安：大东书局	
	蒋伯潜编	文体论纂要	重庆：正中书局	
	贺麟	近代唯心论简释	重庆：独立出版社	
	李贻燕编	辛亥以前激动民族精神之革命文艺	西安：中国文化服务社陕西分社	
	唐绍华编	战地演剧手册	重庆：中国文化服务社	
7	王集丛	怎样建设三民主义文学	重庆：国民图书出版社	
	江道源	十六七世纪西学东渐考略	山东兖州：保禄印书馆	
8	郭沫若等	孟夏集	桂林：华华书店	
	钟敬文	诗心	桂林：诗创作社	
	朱自清	经典常谈	重庆：国民图书出版社	

月	著者·译者	书 名	出版机构	备注
8	胡斗南	文艺十二讲	大连：关东出版社	
	刘念渠	转形期演剧纪程	重庆：商务印书馆	
	艺文社编	艺文集刊（第1辑）	江西赣县：中华正气出版社	
	苏渊雷	民族文化建立论	重庆：独立出版社	
	张十方	战时日本文坛	长沙：前进新闻社	
	梁宗岱	非古复古与科学精神	桂林：明日社	
	张庚	戏剧艺术引论	北京：华北书店	另有1949年1月东北光华书店版与1949年8月苏北新华书店版
9	张天翼	谈人物描写	重庆：作家书屋	
	贺孟斧编译	世界名剧作家及作品	重庆：五十年代出版社	
	阎哲吾、张石流	导演方法论	重庆：独立出版社	
	陈沂	电影教育	福建永安：福建省政府教育厅	
	湖北青年文艺写作会	文艺写作指导纲领	武昌：编者自刊	
	卢森、辜训略编	时代文艺选集	广东曲江：中心出版社	
	吴泽编	中国历史研究法	重庆：峨嵋出版社	
	陈安仁	中国文化演进史观	贵阳：文通书局	本版系再版
	茅盾等	青年与文艺	桂林：耕耘出版社	
		中国作家与鲁迅	桂林：学习出版社	
	郑学稼	鲁迅正传	江西泰和：胜利出版社江西分社	
10	梅子编	关于鲁迅	重庆：胜利出版社	
	李长之	苦雾集	重庆：商务印书馆	
	［德］L.Mühlbach；杨白平译	歌德与席勒	成都：越新书局	
	胡风等	论诗短札	桂林：耕耘出版社	1947年10月重版
11	张渡	国文文法	湖南蓝田：蓝田书报合作社	
	茅盾等	红叶集	桂林：华华书店	
12	胡绍轩	中国新文学教程	贵阳：文通书局	
	王亚平、戈茅	诗歌新论	重庆：人间出版社	
	茅盾	文艺论文集	重庆：群众出版社	
	徐霞村	法国文学的故事	重庆：商务印书馆	

月	著者·译者	书 名	出版机构	备注
12	燕义权	三民主义之文化	重庆：独立出版社	
	[德]斯勃朗格；王文俊译	文化形态学研究		
	[日]川端康成；范泉译	文章	重庆：复旦出版社	
	以群	旅程记	桂林：集美书店	
	余天休	社会文化研究法	北京：北京大学法学院《社会科学季刊》出版委员会	
	缪斌	从西欧文艺复兴运动到东亚文艺复兴运动的历史展开	北京：东亚联盟月刊社	

1943 年

月	著者·译者	书 名	出版机构	备注
1	[苏]高尔基；伍蠡甫译	文化与人民	重庆：大时代书局	
	郑学稼	由文学革命到革文学的命	重庆：胜利出版社	
	臧克家	我的诗生活	重庆：学习生活社	
	欧阳山等	文艺阅读与写作		
	柳倩编	文艺新论	成都：莽原出版社	
	赵恂九	小说作法之研究	大连：启东书社	
	胡适；郁鹏程编	中国章回小说考证	大连：实业印书馆	
	中国歌剧艺术学会编	歌剧研究与舞踊	成都：编者自刊	
2	王集丛	三民主义文学论	江西泰和：时代思潮社	
	陈遵统编	中国民族文学讲话	福建永安：建国出版社	
	谭锋编	佩剑集	桂林：文林书店	
	[法]罗曼罗兰；梁宗岱译	歌德与悲多汶	桂林：华胥社	
	[苏]谢尔宾拉；蒋路译	论静静的顿河	桂林：河山出版社	
	萧赛	曹禺论	成都：燕风出版社	
	林山	通俗文艺的基本问题	桂林：文化供应社	
	叶运升	电影常识		
3	[苏]I.卢波尔等；庄寿慈译	普式庚论	桂林：白虹书店	
	孙毓棠编	传记与文学	重庆：正中书局	
	林萤熜	论巴金的家春秋及其它	柳州：文丛出版社	

月	著者·译者	书　名	出版机构	备注
3	高尔基等；胡风辑译	人与文学	桂林：文艺出版社	
	叶青	三民主义文化运动论	江西泰和：时代思潮社	
	朱启贤	科学哲学与玄学	重庆：商务印书馆	
4	[苏]卢那查尔斯基等；茅盾等译	外国作家研究	桂林：文学出版社	
	李葳、邹绿芷译述	普式庚论集	重庆：商务印书馆	
	[苏]卢那卡尔斯基等；吕荧译	普式庚论	桂林：远方书店	
	王冶秋	民元前的鲁迅先生	重庆：峨嵋出版社	
	林枳敔编译	语言学史	上海：世界书局	
	[德]欧斯特瓦尔德；马绍伯译	文化学之能学的基础	重庆：三友书店	
	方豪	中外文化交通史	重庆：独立出版社	
5	陈铨编	文学批评的新动向	重庆：正中书局	
	唐君毅	中西哲学思想之比较研究集		
	柳无忌	明日的文学	桂林：建文书店	
	茅盾、田汉等	戏剧的民族形式问题	桂林：白虹书店	
	梁乙真	中国民族文学史	重庆：三友书店	
	[美]培林革；殷炎麟译	西洋戏剧史	贵阳：文通书局	
	[日]鹤见祐辅；陈秋子译	拜伦传	桂林：远方书店	
	[苏]高尔基等；学习出版社编译	写作经验讲话	桂林：学习出版社	
6	朱光潜	诗论	重庆：国民图书出版社	1948年3月上海正中书局增订
	沈从文	云南看云集		
	李长之	批评精神	重庆：南方印书馆	
	[苏]诺维茨基；舒非译	苏联演剧体系	桂林：上海杂志公司	
	[美]J.Emerson、A.Loos；田禽译	怎样写电影剧	重庆：正中书局	1946年2月沪版
	姚雪垠	小说是怎样写成的	重庆：商务印书馆	
	渔郎编	新文学总论六编	大连：实业印书馆	
	陈因编	满洲作家论集		

月	著者·译者	书　名	出版机构	备注
6	[英]包尔得温；戴镏龄译	英国人论	重庆：中国文化服务社	
	陈汉年编译	美国人和英国人	成都：中美出版社	
7	[苏]史旦尼斯拉夫斯基；郑君里、章泯译	演员自我修养	重庆：新知书店	1947年9月沪二版、1948年6月沪三版
	[苏]高尔基；曹葆华译	苏联的文学	北京：华北书店	
	孙犁	怎样写作（上下册）		
	[德]玛尔霍兹；李长之译	文艺史学与文艺科学	重庆：商务印书馆	
	蔡仪	新艺术论		
	姜蕴刚	历史艺术论		
	学艺编委会编	艺文小语	上海：新中国报馆	
	[法]A.莫洛亚；许天虹译	迭更司评传	桂林：文化生活出版社	
	王治心	中国文化史类编（上中册）	上海：作者书店	
	尹耕南	论中国政治与中国文化的动向	重庆：国民图书出版社	
	李洁非等	战后中美文化关系论丛	重庆：中美文化协会	
	姜学潜	青年与哲学	长春：五星书林	
8	王平陵	新狂飙时代	重庆：商务印书馆	
	田仲济	杂文的艺术与修养	重庆：东方书社	
	陈望道编	中国文法革新论丛	重庆：文聿出版社	
	范文澜等	论王实味的思想意识	新华书店	
9	李长之	德国的古典精神	成都：东方书社、中西书局、复兴书局	
	傅庚生	中国文学欣赏举隅	重庆：开明书店	
	洪深	戏剧导演的初步知识	重庆：中国文化服务社	
	中国青年写作协会编	文艺写作经验谈	重庆：天地出版社	
	林萤愡	通俗文学读本	桂林：文心书店	
	陈安仁	中国文化建设问题	重庆：国民图书出版社	
	胡秋原	中西文化与文化复兴	重庆：祖国出版社	
	[美]斯温；沈炼之译	世界文化史（上册）	福建永安：文选社	次年3月下册出版
	李松伍	汉学辑要	长春：艺文书房	
10	曹朴	国学常识（上下册）	桂林：国文杂志社	

月	著者·译者	书 名	出版机构	备注
10	[日]长泽规矩也；胡锡年译	中国学术文艺史讲话	上海：世界书局	
	徐伟编	欧洲近代文学史讲话		
	荆凡编	俄国七大文豪（上下册）	桂林：理知出版社	
	朱光潜	我与文学及其他	上海：开明书店	
	毛泽东	文艺问题	延安：解放社	即"延座讲话"
	储安平	英人·法人·西班牙人	湖南蓝田：袖珍书店	
11	以群	文学底基础知识	桂林：自学书店	
	徐伟编	西洋近代文艺思潮讲话	上海：世界书局	
	田仲济	小说的创作与鉴赏	重庆：文信书局	
	荆有麟	鲁迅回忆断片	桂林：上海杂志公司	
	[英]佛罗朗；田禽译	给有志于文艺的青年	成都：中西书局	
	田鸣歧编	历代文学小史	沈阳：惠迪吉书局	
	顾实	国学运动大纲	重庆：中华国学社	
	王力	中国现代语法（上册）	重庆：商务印书馆	次年8月下册出版，1947年2月沪版
12	徐英	诗法通微	重庆：正中书局	
	梁宗岱译	罗丹		
	洪深	戏的念词与诗的朗诵	重庆：美学出版社	
	欧阳凡海	文学论评	重庆：当今出版社	
	李广田	诗的艺术	重庆：开明书店	
	石叔明	戏剧散篇	福建永安：福建省教育厅民教一团	
	马璧	人本论	重庆：商务印书馆	
	莫东寅	东方研究史	北京：东方社	
1944年				
1	朱东润	中国文学批评史大纲	桂林：开明书店	
	丰子恺	艺术与人生	桂林：民友书店	
	冯沅君	古优解	重庆：商务印书馆	
	[英]阿尔麦·莫德；徐迟译	托尔斯泰传（1—3）	重庆：国讯书店	陆续出版至10月，1947年3月沪版
	周钢鸣	文艺创作论	桂林：远东书局	
	赵友培编	三民主义文艺创作论	重庆：正中书局	

月	著者·译者	书 名	出版机构	备注
2	徐中玉	民族文学论文初集	重庆：国民图书出版社	
	王了一	语文丛谈		
	林桂圃辑	文化建设与思想路线	重庆：现实出版社	
	孟载南编	国学丛谈	四川内江：仁义永书局	
	陈友琴	国文十讲	福建南平：国民出版社	
3	[美]加尔·凡·多兰；胡曦译	现代美国的小说	重庆：新生图书文具公司	
	李慕白	莎士比亚评传	重庆：中国文化服务社	
	狄·诺斯；万歌译	爱弥儿·左拉	重庆：群益出版社	
	茅盾等	文艺写作讲话	福建南平：战时文化供应社	
	[日]竹田复；隋树森译	中国文艺思想	贵阳：文通书局	
	周化人	中日文化讲话	上海：中日文化协会上海分会	
	[日]田山花袋；查士元译述	小说作法讲话	上海：中国联合出版公司	
4	丰子恺	艺术学习法及其他	桂林：民友书店	
	陈白尘	习剧随笔	重庆：当今出版社	
	张若英编	中国新文学运动史资料	上海：光明书局	
	徐中玉辑译	伟大作家论写作	重庆：天地出版社	
	阎宗临	欧洲文化史论要	桂林：文化供应社	
	方豪著	中外文化交通史论丛（第一辑）	重庆：独立出版社	
5	周扬编	马克思主义与文艺	延安：解放社	另有大连大众书店等多种版本
	黄药眠	论诗	桂林：远方书店	
	梁漱溟	漱溟最近文录	江西赣县：中华正气出版社	
	陶晶孙	牛骨集	上海：太平书局	
	[日]实藤惠秀；张铭三译	日本文化给中国的影响	上海：新申报馆	
	[日]辻善之助；方纪生译	中日文化交流史话	上海：中日文化协会上海分会	
	中央电讯社出版委员会编	中国文教建设问题	南京：编者自刊	
	郑业建编	修辞学	重庆：正中书局	

月	著者·译者	书　名	出版机构	备注
6	陈铨	戏剧与人生——编剧概论	重庆：在创出版社	次年有大东书局版
	杨之华	文艺论丛	上海：太平书局	
	余毅恒编	词筌	重庆：正中书局	
	徐泽人编	人间词话·人间词合刊	重庆：出版界月刊社	
	常风	弃余集	北京：新民印书馆	
	林同济编	时代之波	重庆：在创出版社	
	朱谦之	中国文化之命运	广东：国立中山大学训导处	
7	胡风	看云人手记	重庆：自力书店	
	张道藩、梁实秋等	文艺论战	重庆：中央文化运动委员会	
	缪钺	缪钺文论甲集	成都：路明书店	1948年9月开明书店版更名《诗词散论》
	鲁觉吾	戏剧新时代	重庆：青年书店	
	李长之	北欧文学	重庆：商务印书馆	
	[波]马凌诺夫斯基；费孝通等译	文化论		
8	李长之	迎中国的文艺复兴		1946年9月沪版
	袁昌英	法国文学		
	胡秋原	民族文学论	重庆：文风书局	
9	谷剑尘	戏剧教育之理论与实际	重庆：商务印书馆	次年10月下册出版
	王力	中国语法理论（上册）		
	胡适·刘复	谈小说	重庆：中周出版社	
	[日]加藤武雄；李甲寰译	小说作法	沈阳：满洲杂志社	
	王国维	谈词曲	重庆：中周出版社	
	钟敬文等	艺文集刊（第2辑）	江西赣县：中华正气出版社	
10	傅抱石	怎样欣赏艺术	重庆：文风书局	
	苏渊雷	民族文化论纲	重庆：黄中出版社	
	阿英	中国俗文学研究	上海：中国联合出版公司	
	夏衍	边鼓集	重庆：美学出版社	

月	著者·译者	书名	出版机构	备注
11	徐迟	美文集	重庆：美学出版社	
	[英]蔼理斯；冯明章译	性心理	重庆：文摘出版社	
	冯文炳	谈新诗	北京：新民印书馆	
	于潮等	方生未死之间	福建永安：东南出版社	次年5月有香港考验社版，1947年1月有小雅出版社版
	吕奇	艺术与技术	北京：新民印书馆	
	田禽	中国戏剧运动	重庆：商务印书馆	
	陈康译	柏拉图巴曼尼得斯篇		
	葛一虹编	交流		
12	王本传	门外剧论	著者自刊	
	郑学稼	苏联文学的变革	重庆：国民图书出版社	
	张道藩等	文化建设新论	重庆：中央文化运动委员会	
	李长之	中国画论体系及其批评	重庆：独立出版社	
	陈荡编	评林语堂	桂林：华光书店	

1945年

月	著者·译者	书名	出版机构	备注
1	胡风	民族战争与文艺性格	重庆：南天出版社	
	任苍厂编	怎样写剧本	成都：经纬书局	
	陈治策编	导演术	重庆：商务印书馆	
	龚书炽	韩愈及其古文运动		
	[美]赛珍珠；周鹃痕译	美国与中国	上海：文化书局	
2	吕荧	人的花朵	重庆：大星印刷出版社	
	柳无忌	印度文学	重庆：中国文化服务社	
3	邓熙	中国文化建设论	四川：诚报印刷部	
4	胡风	在混乱里面	重庆：作家书屋	
	杨世骥	文苑谈往（第1集）	重庆：中华书局	
	[美]詹姆士；唐钺译	论思想流	重庆：商务印书馆	次年7月沪版
	[美]鲁一士；樊星南译	近代哲学的精神（上下册）		
5	潘公展编	五十年来的中国	重庆：胜利出版社	
	宋云彬编	中国文学史简编	重庆：文化供应社	

月	著者·译者	书　名	出版机构	备注
5	刘永济	十四朝文学要略	重庆：中国文化服务社	次年5月沪版
	范泉	战争与文学	上海：永祥印书馆	
	吴景嵩	现代欧洲艺术思潮		
	周贻白	中国戏剧小史		
	鲁思	电影知识		
	孔另镜	青年写作讲话		
	废名	招隐集	汉口：大楚报社	
	任苍厂编	小品文写作指导	成都：甲申出版社	
	罗常培	中国人与中国文	重庆：开明书店	
	胡兰成	文明的传统	汉口：大楚报社	
	[日]中村孝也；东方文化编译馆译	日本文化史讲话	上海：东方书局	
	孙本文等编	中国战时学术	重庆：中央文化运动委员会	
6	林榕	夜书	北京：文章书房	
	[苏]A.罗斯金；戈宝权译	高尔基	昆明：北门出版社	
	吕思	音乐的时代性	北京：新民印书馆	
	李岳南	语体诗歌史话	成都：拔提书店	
	方君逸	编剧和导演	上海：永祥印书馆	1947年2月再版
	张质君	人类社会与民族国家	重庆：商务印书馆	
7	李辰冬	新人生观与新文艺	重庆：中央文化运动委员会	
	许杰	现代小说过眼录	福建永安：立达书店	
	李达仁等	新语文建设论	福建永安：东方出版社	
8	张耀翔	心理学讲话	上海：世界书局	
	芳信	罗曼罗兰评传	上海：永祥印书馆	
	高尔基；戈宝权译	我怎样学习写作	重庆：读书出版社	
	李长之	梦雨集	重庆：商务印书馆	又名《文艺批评与文艺教育》
	石怀池	石怀池文学论文集	上海：耕耘出版社	
9	许杰编	蚁垤集	江西上饶：战地图书出版社	
	许杰	文艺、批评与人生		
10	顾仲彝、朱志泰	文学概论	上海：永祥印书馆	
	万亦吾	文艺欣赏之社会学的分析	重庆：商务印书馆	

月	著者·译者	书　名	出版机构	备注
10	刘明水	国学纲要（上下册）	重庆：商务印书馆	
	H.Lichtewberg；李辰冬译	浮士德研究		
	曹伯韩	通俗文化与语文	重庆：读书出版社	
	孙渠	哲学解蔽论	上海：中华书局	
	[英]卡莱尔；周太玄译	人的科学		次年4月再版
11	贺麟	当代中国哲学	南京：胜利出版社	1947年1月再版
12	[德]尼采；杨伯苹译述	教育家之叔本华	重庆：商务印书馆	
	兹浮利夫等	新文化与新文化人	汉口：人民书店	
1946年				
1	J.B.Priestly；李儒勉译	英国小说概论	重庆：商务印书馆	
	傅庚生	中国文学批评通论		
2	周扬等	民间艺术和艺人	张家口：新华书店晋察冀分店	
	钱毅	怎样写小故事	华中新华书店盐阜分店	
	丁英	妇女与文学	上海：沪江书屋	
	杨荫深	中国俗文学概论	上海：世界书局	
	罗家伦	新民族观（上册）	重庆：商务印书馆	
3	以群	文学的基础知识	上海：生活书店	
	赵景深著译	文学常识	上海：永祥印书馆	
	范泉	文学源流		
	赵景深	银字集		
	钱穆	中国政治与中国文化	南京：航空委员会政治部	
	张冰独	上海观剧杂记	上海：中华文化出版社公司	
	[苏]A.托尔斯泰等；金人、水夫译	苏联文学之路	上海：时代书报出版社	
	王了一	中国语法纲要	上海：开明书店	
4	[英]蔼理士；潘光旦译	性心理学	重庆：商务印书馆	
	胡仲持等编	文艺辞典	上海：华华书店	

月	著者·译者	书　名	出版机构	备注
4	李铸晋等编	美国名人小传	成都：五大学比较文化研究所	
	[苏]V.吉尔波丁；吕荧译	普式庚传	上海：国际文化服务社	
	劭青	诗学概论	沈阳：东文印书馆	
	刘思训	中国美术发达史	上海：商务印书馆	
5	朱光潜	谈文学	上海：开明书店	
	胡风编	罗曼·罗兰	上海：新新出版社	
		尼采传	南京：读者之友社	
	林同济、雷海宗	文化形态史观	上海：大东书局	
6	茅盾等	文艺修养	广州：国华书局	
	雪峰	论民主革命的文艺运动	上海：作家书屋	
	任钧	新诗话	上海：新中国出版社	
	胡绳	理性与自由	上海：华夏书店	1949年12月第3版
	刘尧民	词与音乐	昆明：国立云南大学文史系	
	冀南书店编辑部	文艺政策	河北威县：冀南书店	
	文化建设运动委员会编	文化建设论丛（第1辑）	南京：青年出版社	
	万瑞莲	什么是社会主义	香港：东方出版社	
	方君逸	演员与演技	上海：永祥印书馆	
	钱君匋	西洋古代美术史		
7	[匈]G.卢卡契；吕荧译	叙述与描写	上海：新新出版社	次年10月再版
	茅盾等	谈人物描写	北平：文史出版社	
	雪峰	过来的时代	上海：新知书店	
	茅盾等；克维编	鲁迅研究（上集）	长春：嘉陵江出版社	
	[英]John Nichol；高殿森译	拜伦传	南京：独立出版社	
	[美]塞尔萨谟；吕见平、克士译	简明新哲学教程	上海：珠林书店	
	陶庸生	国学概要	上海：龙门联合书局	
8	包遵彭	五四运动史	南京：青年出版社	本版系再版
	蔡仪	文学论初步	上海：生活书店	
	王亚平	永远结不成的果实	重庆：文通书局	
	许地山	国粹与国学	重庆：商务印书馆	

月	著者·译者	书　名	出版机构	备注
8	胡蛮	中国美术史	上海：群益出版社	1948年6月有吉林书店版
	[苏]N.丹钦柯；焦菊隐译	文艺·戏剧·生活	上海：文化生活出版社	
9	[苏]史坦尼斯拉夫斯基；贺孟斧译	我底艺术生活	重庆：群益出版社	本版系再版
	[英]普列查特；胡仲持译	文艺鉴赏论	香港：文化供应社	
	廖辅叔	中国文学欣赏初步	上海：生活书店	
	柳无忌	西洋文学的研究	上海：大东书局	
	钱君匋	西洋近代美术史	上海：永祥印书馆	
	江风	文艺大众化论集	山东烟台：胶东新华书店	
	冯石竹编	人民世纪的中国文化	上海：经纬书局	
	仓年编	新名词手册	上海：长风书店	
	[美]孟汉；李安宅译	知识社会学	上海：中华书局	系《意识形态与乌托邦：知识社会学引论》第五编
10	崔荣秀	中国文学史概略	长春：国民图书公司	
	读书与生活社编	写什么	北平：读书与生活社	
	卢正义选辑	鲁迅论（第1、2辑）	大连：大连文协	
	邓珂云编；曹聚仁校订	鲁迅手册	上海：群众杂志公司	1947年2月有上海博览书局版
11	郭沫若等	走向人民文艺	山西沁源：太岳新华书店	
	周扬	表现新的群众的时代		1948年2月有香港海洋书屋版
	蒋祖怡编	诗歌文学纂要	上海：正中书局	
	陈铨	从叔本华到尼采	上海：大东书局	另有1944年5月在创出版社版
	[美]爱尔吾德；瞿菊农译述	社会哲学史	上海：商务印书馆	次年2月沪版
	郑昕	康德学述		
	徐仲年	法国文学的主要思潮		
	陈安仁	中亚文化与中国文化	广州：中印文化出版公司	
12	毛泽东	在延安文艺座谈会上的讲话	哈尔滨：东北书店	
	吴达元编	法国文学史（上下册）	上海：商务印书馆	
	张长弓	文学新论	上海：世界书局	

月	著者·译者	书名	出版机构	备注
12	蒋伯潜、蒋祖怡编	词曲	上海：世界书局	
	朱维之	中国文艺思潮史略	上海：开明书店	1949年3月第3版
	高维岳编	文史选刊	合肥：安徽省文献委员会	
	杨振声等编	现代文录（第1集）	北平：新文化出版社北平总社	
	[匈]玛察；雪峰译	现代欧洲的艺术	上海：新艺丛书社	本版系改译重版，1930年大江书铺初版
	[西]G.桑达雅那；蒋学模译	人与地（当代一位哲人的自传）	上海：文摘出版社	
1947年				
1	李相显	哲学概论	北平：世界科学社	
	冯友兰等	学术演讲集	北平：第十一战区长官部政治部	
2	谭正璧	文法大要	上海：大东书局	
	谭正璧编	国学常识		
	[俄]车尔尼舍夫斯基；周扬译	生活与美学	大连：读书出版社	即《艺术与现实的美学关系》
	[英]罗素；李季译	心的分析	上海：中华书局	
	[苏]卢波尔等；李申谷译	（十九世纪后半世纪）五大哲学思潮	上海：生活书店	
	[苏]铎尼克；焦敏之译	文艺的基本问题	上海：文光书店	
	陈哲敏等	公教与文化	北平：上智编译馆	
3	[德]马克思；郭沫若译	艺术的真实	上海：群益出版社	
	[德]尼采；高寒译	看哪这人	贵阳：文通书局	5月有沈阳文化书店刘恩久译本
	钱浩编	鲁迅文学讲话	上海：文光书店	
	胡风	逆流的日子	上海：希望社	
	水夫译	联共（布）党的文艺政策	晋冀鲁豫军区政治部	
	叶圣陶编	开明书店二十周年纪念文集	上海：开明书店	
4	谢幼伟编撰	现代哲学名著述评	上海：正中书局	
	钱谦吾编	文艺创作辞典	上海：光明书局	次年10月再版

月	著者·译者	书 名	出版机构	备注
4	[英]莫逊、勒樊脱；柳无忌、曹鸿昭译	英国文学史	南京：国立编译馆	
	洪为法	谈文人	上海：永祥印书馆	
	方君逸	剧艺琐谈		
	朱志泰	元曲研究		
	[德]马克思等；欧阳凡海编译	科学的文学论	重庆：读书出版社	1948年3月及1949年2月再版
5	[美]威尔逊；沈炼之译	罗曼罗兰传	上海：文化生活出版社	
	[德]尼采；刘恩久译	看哪，这个人！	沈阳：文化书店	
	水华等	秧歌表演手册	延安：鲁迅文艺工作团	
	祝实明	新诗的理论基础	上海：商务印书馆	
	[苏]列宁；萧三编译	列宁论文化与艺术（上）	黑龙江东安：东北书店	本版系再版，1949年6月有山东新华书店版
	徐照	三民主义文化论	江苏：江苏省政府新闻处	
	太岳新华书店编	文艺政策选集	山西沁源：太岳新华书店	
	何干之	中国启蒙运动史	上海：生活书店	
	林庚	中国文学史	厦门：国立厦门大学	
6	[英]R·奥兹本；董秋斯译	精神分析学与辩证唯物论	上海：读书出版社	本版系第3版
	蒋天佐	低眉集	上海：光明书店	
	何典	文艺漫谈	上海：通惠印书馆	
	周扬等	新歌剧	山东朝城：冀鲁豫书店	
	叶德均	戏曲论丛	上海：日新出版社	
	赵景深	小说论丛		
	冀鲁豫书店编辑部编	从"逼上梁山"、"三打祝家庄"谈到平剧改造	山东朝城：冀鲁豫书店	
	胶东新华书店编	写作的新知识	山东烟台：胶东新华书店	
	许寿裳	鲁迅的思想与生活	台湾台北：台湾文化协进会	
	善秉仁编；景明译	文艺月旦	北平：普爱堂	原名《说部甄评》
7	孙犁	文学入门	河北威县：冀南书店	
	瞿秋白	论中国文学革命	香港：海洋书屋	1949年6月再版

月	著者·译者	书　名	出版机构	备注
7	[苏]日丹诺夫等；葆荃、水夫译	战后苏联文学之路	上海：时代书报出版社	
	李春兰编	文艺的群众路线（上册）	山东朝城：冀鲁豫书店	
	郭沫若等	论赵树理的创作	山东朝城：冀鲁豫书店	同年另有华北书店和晋察冀书店等版
	清华周刊社编	闻一多先生死难周年纪念特刊	北平：清华周刊社	
	史靖	闻一多的道路	上海：生活书店	
	骆宾基	萧红小传	上海：建文书店	
	刘锡五编	中国文学史大纲	河南开封：中国文化服务社河南分社	
8	沃渣编	新美术论文集（第1集）	黑龙江牡丹江：东北书店牡丹江分店	
	[苏]顾尔希坦；戈宝权译	论文学中的人民性	香港：海洋书屋	1949年7月再版，1948年6月北平天下图书公司更名《文学的人民性》
	伍蠡甫	谈艺录	上海：商务印书馆	
	朱自清	诗言志辨	上海：开明书店	
	巴山主编	写作与修养	上海：文艺青年社	
	薛汕	文艺街头	上海：春草社	
	褚柏思	新哲学	南京：白雪出版社	
	范祥云	中国家族哲学	济南：艺华书局	又名《无我文化论》
9	吴大基	知识史观	广州：中国自然哲学研究会	
	[苏]卢西诺夫；刘执之译	文学	上海：生活书店	
	王锐	民族戏剧论	上海：中国文化服务社	
	蓝海	中国抗战文艺史	上海：现代出版社	
	郭沫若等	人民至上主义的文艺	上海：文汇报馆	《文汇报》副刊选辑
	东北书店编	苏联文艺方向的新问题	黑龙江安东：东北书店	
	陈伯达等	人性·党性·个性	香港：潮汐社	
	[日]森正藏；赵南柔等译	日本近代社会运动	上海：亚东协会	
	[苏]裘柯夫斯基；俞鸿模译	尼古拉梭夫传	上海：海燕书店	

月	著者·译者	书　名	出版机构	备注
9	肖赛	柴霍甫传	上海：文通书局	
	赵图南	台湾诗史	南昌：健行书局	
10	黄药眠	战斗者的诗人	大连：远方书店	
	李一鸣	中国新文学史讲话	上海：世界书局	
	毛泽东等	论新民主主义文化	大连：大众书店	
	周扬等	论文艺工作	香港：求是社	
	艾青	释新民主主义的文学	香港：海洋书店	1949年6月再版
	许寿裳	亡友鲁迅印象记	上海：峨嵋出版社	
	艾思奇等	鲁迅研究丛刊（第1辑）	哈尔滨：鲁迅文化出版社	
	何干之	鲁迅思想研究	哈尔滨：东北书店	1949年4月第3版
	张耀翔	感觉心理	上海：商务印书馆	
	夏宇众	修辞学大纲	北平：国语小报社	
	田仲济	作文修辞讲话	上海：教育书店	
	吕凤子	美育与美术	江苏丹阳：正则艺专	
11	[意]克罗齐；朱光潜译	美学原理	上海：正中书局	
	贺麟	文化与人生	上海：商务印书馆	
	陈序经	文化学概观（1—4册）		
	[日]盐谷温；隋树森译	元曲概说		
	张庚	什么是戏剧	河北饶阳：冀中新华书店	
	钱毅	怎样写	山西沁源：太岳新华书店	
	毛泽东等	文艺工作者的方向	上海：华东新华社	
12	朱自清	新诗杂话	上海：作家书屋	
	傅东华编著	创作与模仿	上海：博文书店	
		苏联文艺问题	晋察冀新华书店	
	移模译	谈苏联文学（苏联作家答英国作家问）	上海：时代出版社	1949年6月有天下图书公司庄寿慈译本
	中华学艺社主编	战后日本的文艺及社会	上海：大成出版公司	
	宫达非等	怎样写作	河北威县：冀南书店	
	刘恩久	尼采哲学之主干思想	沈阳：永康书局	
	李祁	华茨华斯及其序曲	上海：商务印书馆	

月	著者·译者	书　名	出版机构	备注
12	朱道俊	人格心理学	上海：商务印书馆	
	费孝通	美国人的性格	上海：生活书店	
	周谷城	中国史学之进化	香港：生活书店	
	[苏]E·M·戈尔陀夫斯基；沈凤威译	电影技术导论	南京：中央电影局技术委员会	
	[日]秋田雨雀等；杨烈译	文学名著研究	成都：协进出版社	1947年春出版
	张盱编	什么是文学	上海：经纬书局	
	王秋萤	文学概论	大连：实业印书馆	
	时代出版社编	"五四运动"资料特辑	上海：时代出版社	

1948 年

月	著者·译者	书　名	出版机构	备注
1	李广田	文学枝叶	上海：益智出版社	
	徐中玉	文艺学习论	香港：文化供应社	
	林风	文艺之家	桂林：春草出版社	
	王士菁	鲁迅传	上海：新知书店	
	冯大麟	东方文艺复兴的展望	贵阳：文通书局	2月沪版
	肖树模	美学纲要	上海：世界书局	
	温肇桐	美术与美术教育		
	张其昀等	现代思潮新论	上海：正中书局	
2	谢幼伟等	哲理与心理		
	张梦麟编	文学浅说	上海：中华书局	
	潘澹明编	艺术简说		
	柳诒徵	国史要义		
	大众书店编	论苏联文艺与哲学的方向	大连：大众书店	
	黄文山	文化学的建立	广州：国立中山大学法学院出版部	
	郑君里	角色的诞生	香港：生活书店	
3	荃麟、乃超等	文艺的新方向		
	常守义	哲学概论	北平：明德学园	
	竺可桢等	现代学术文化概论（第1册）	上海：华夏图书出版公司	
	郭绍虞	语文通论续编	上海：开明书店	
4	费孝通	乡土中国	上海：观察社	
	蔡仪	新美学	上海：群益出版社	
	沈狄西编	演剧艺术	上海：中华书局	
	陶熊	剧评·编剧·技巧	上海：中国戏剧出版社	

月	著者·译者	书名	出版机构	备注
4	唐廷仁编	电影	上海：正中书局	
	温太辉编	有声电影和电视		
	张望编	鲁迅论美术	大连：大众书店	
	贾霁	戏剧常识讲话		
	朱自清	语文零拾	上海：名山书局	
		标准与尺度	上海：文光书店	
	雪苇	鲁迅散论	大连：光华书店	
		过去集		
		论文学的工农兵方向		次年12月海燕书店再版
	[苏]A.史坦因；蒋路译	奥斯特罗夫斯基评传	上海：时代书报出版社	
	[苏]罗果托夫；贺依译	史大林与文化		次年7月再版
	何剑熏	中国文学史（1）	重庆：寒流社	
5	鲍文杰	中国文学史略	杭州：中流出版社	
	中华全国文艺协会	五四谈文艺	上海：中华全国文艺协会	
	中华全国文艺协会香港分会编	知识分子的道路	香港：中华全国文艺协会香港分会	第四届五四文艺节纪念特刊
	乔木等	大众与文艺	香港：大众文艺丛刊社	
	马采	论美	广州：美学研究会	
	赵景深	西洋文学近貌	上海：怀正文化社	
	戚叔含	西洋戏剧	上海：华夏图书出版公司	
	李祁	英国文学		
	任铭善、朱光潜	近代中国文学		
	肖赛	柴霍甫的戏剧	上海：文通书局	
	竹马等译	大胆公开的批评	佳木斯：东北书店	
	张琦翔	中国文学精神	北平：金华印书局	
	朱自清	论雅俗共赏	上海：观察社	
	朱光潜	克罗齐哲学述评	上海：正中书局	
	常风	窥天集		
	蒋祖怡编	小说纂要		
	傅统先	美学纲要	上海：中华书局	
	韩非木编	曲学入门		
6	朱志泰编	诗的研究		
	顾毓琇	中国的文艺复兴		

月	著者·译者	书　名	出版机构	备注
6	王泽民编	民众读物研究	上海：中华书局	
	[英]麦唐纳；龙章译	印度文化史		
	[丹]乔治·勃兰兑斯；侍桁译	拜伦评传	上海：国际文化服务社	
	吴世昌	中国文化与现代化问题	上海：观察社	7月再版，11月第3版
	胡秋原	新自由主义论	上海：中国文化服务社	
	张其昀	罗素之西方文化论	上海：华夏图书出版公司	
	钱锺书	谈艺录	上海：开明书店	
	[苏]法捷耶夫等；伊真译	论苏联文学的高度思想原则	哈尔滨：东北书店	
	周笕编	论文艺问题	香港：谷雨社	即《马克思主义与文艺》再版
	陆地	怎样学文学	哈尔滨：光华书店	1949年6月沪版
	见山	怎样写小调	华中新华书店九分店	
	倪海曙	中国拼音文字运动史简编	上海：时代书报出版社	
7	林焕平	文艺的欣赏	香港：前进书局	
	萨空了	科学的艺术概论	香港：春风出版社	
	林洛	大众文艺新论	香港：力耕出版社	
	萧恺等	论文艺统一战线	香港：大众文艺丛刊社	
	陈铨编	戏剧概论	特勤学校编印	
	林辰	鲁迅事迹考	上海：开明书店	
	钱穆	中国文化史导论	上海：正中书局	
8	冯至	歌德论述		
	[苏]斯大林	论列宁与列宁主义	山东新华书店	
	[英]E·朋司选辑；周建人译	新哲学手册	上海：大用图书公司	
	黄药眠	论约瑟夫的外套	香港：人间书屋	
	费孝通	乡土重建	上海：观察社	
	倪海曙	拉丁化新文字概论	上海：时代出版社	
	黄裳	旧戏新谈	上海：开明书店	
	宋文翰编	文章法则	上海：中华书局	
9	何家选编	近代文艺批评论		

月	著者·译者	书 名	出版机构	备注
9	林焕平	文学论教程	香港：中国文化事业公司	
	廖其、易纹	论作家	上海：文艺论丛社	
	李广田	创作论	上海：开明书店	
	李长之	司马迁之人格及风格		
	胡风	论现实主义的路	上海：青林社	
	荃麟等	论批评	香港：大众文艺丛刊社	
	[英]约翰·黑瓦德；杨绛译	一九三九以来英国散文作品	上海：商务印书馆	
	[美]I.斯通；董秋斯译	杰克·伦敦传	上海：海燕书店	
	[苏]A·卡拉耿诺夫等；芳信译	"国家和文学"及其他	大连：光华书局	
	刘辽逸译	论文学批评的任务	哈尔滨：光华书店	
	国立浙江大学出版部辑	梅光迪文录	杭州：国立浙江大学出版部	
	倪海曙	中国拼音文字概论	上海：时代书报出版社	
10	洪深	抗战十年来中国的戏剧运动与教育	上海：中华书局	
	萧帆	简易演剧化装术	哈尔滨：光华书店	
	文艺新辑社编	论小资产阶级文艺	上海：文艺新辑社	文艺新辑第一辑
	[苏]米尔斯基；段洛夫译	新文学上的写实主义	上海：潮锋出版社	
	戈宝权、林陵编	俄罗斯大戏剧家奥斯特罗夫斯基研究	上海：时代出版社	
	胡山源	文艺综论	上海：大东书局	
		作文综论		
	程会昌编	文论要诠	上海：开明书店	
	张毕来	欧洲文学史简编	上海：文化供应社	
	[丹]乔治·勃兰兑斯；侍桁译	海涅评传	上海：国际文化服务社	
11	许杰	冬至集文	上海：新纪元出版社	
	朱谦之	文化社会学	广州：中国社会科学社广州分社	
12	葛存悫	中国文学史略	北平：大同出版社	
	[俄]凯缅诺夫；柏园、水夫合译	论现代资产阶级艺术	上海：时代书报出版社	

月	著者·译者	书　名	出版机构	备注
12	荃麟等著	论主观问题	香港：大众文艺丛刊社	
	盛澄华	纪德研究	上海：森林出版社	
	鲁迅	鲁迅论中国语文改革	华东新华书店	
	李何林编	五四运动	上海：大成出版公司	
	茅盾等	文化自由	香港：新文化丛刊出版社	
	郭沫若等	保卫文化	香港：生活书店	
	李耿	民国革命文学大纲	南宁：广西省立西江文理学院	
	胡山源	小说综论	上海：中央日报出版委员会	
	刘永济	小说概论讲义	上海：商务印书馆	函授学校讲义

1949 年

月	著者·译者	书　名	出版机构	备注
1	[德]歌德；胡仲持译	女性与童话	香港：智源书局	
	岑家梧	中国艺术论集	北平：考古学社	
	姚江滨	民族文化史论	上海：中国艺文出版社	
	莫东寅	汉学发达史	北平：文化出版社	
	周立波	思想文学短论	哈尔滨：光华书店	
	夏征农	新形势下的文艺工作与文艺工作者		本版系再版
	[苏]斯特拉热夫；刘执之译	屠格涅夫的生活和著作	上海：文化生活出版社	
	黄鸣岐编	苏曼殊评传	上海：百新书店	
	[苏]日丹诺夫；葆荃、梁香译	论文学、艺术与哲学诸问题	上海：时代书报出版社	
2	[苏]舍宾那等；陈学昭译	列宁与文学及其他	沈阳：东北书店	
	[俄]屠格涅夫；蒋路译	文学回忆录	上海：文化生活出版社	
	[苏]伏尔柯夫；朱笄译	史达尼斯拉夫斯基	上海：时代书报出版社	
	华中新华书店编	大众文艺工作经验选辑	华中新华书店	
	新民主出版社编	新文化新教育	北平：新民主出版社	
	张庚	秧歌与新歌剧	大连：大众书店	
	邵洵美选编	论幽默	上海：时代书局	

月	著者·译者	书名	出版机构	备注
2	任生	谈"文学语言"	香港：绿榕书屋	
	伯子	谈"写作过程"		
		文学的调查研究		
3	贾霁	编剧知识	沈阳：东北书店	
	于伶等	论电影	上海：艺术社	
	吕骥编	新音乐运动论文集	哈尔滨：新中国书局	
	史笃等	新形势与文艺	香港：大众文艺丛刊社	
	刘芝明	萧军批判	天津：知识书店	
	[英]亨利·瑞德；全增嘏译	一九三九年以来英国小说	上海：商务印书馆	
	[美]高勒；吴泽炎译	美国民族性		
	[美]卡静；冯亦代译	现代美国文艺思潮（上下卷）	上海：晨光出版公司	
	倪海曙编	中国语文的新生	上海：时代书报出版社	
4	杨晦	文艺与社会	上海：中兴出版社	
	安东省文协编	文艺工作论集	东北书店安东分店	
	力鸣	秧歌剧导演常识	沈阳：东北书店	
	戈宝权	苏联文学讲话	沈阳：新中国书局	
	[苏]叶戈林；梅林译	提高苏维埃文学底思想性	大连：新中国书局	
	倪海曙编	鲁迅论语文改革	上海：时代出版社	
	田干	自然科学与社会科学的阶级性	天津：知识书店	
	柴熙	认识论	上海：商务印书馆	
5	A·K·范西里夫；荒芜译	社会主义的现实主义	北平：天下图书公司	
	[苏]普洛特金等；郁文哉等译	苏联文艺科学		
	[美]玛丽霍葳；严君默译	爱底寻求	上海：正风出版社	乔治·桑传记
	郑亦文译	列宁论中国	香港：自由出版社	
	毛泽东	论文艺问题	上海：新华书店出版	
	李广田	文艺书简	上海：开明书店	
	黄药眠	论走私主义的哲学	香港：求实出版社	
	王西彦	文学·科学·哲学	上海：中华书局	
	刘芝明等	萧军思想批判	大连：东北书店	

月	著者·译者	书 名	出版机构	备注
5	天津青联筹备会选编	劳动创造了文化	天津：读者书店	
	中华全国文艺协会香港分会编	文艺三十年	香港：中华全国文艺协会香港分会	
	中华全国文艺协会香港分会方言文学研究会编	方言文学	香港：新民主出版社	
	[苏]札高尔斯基编；梁香译	俄罗斯演员论舞台艺术	上海：时代出版社	
	张际春等	论新歌剧	中国人民解放军第二野战军政治部	
6	郭沫若	中苏文化之交流	上海：生活·读书·新知上海联合发行所	
	麦青	普式庚		
	勉之	闻一多		
	吴荻舟	戏剧常识		
	章泯	导演与演员		
	新华书店编辑	苏联文艺问题	新华书店	8月再版
	苏联文艺选丛编辑委员会辑	苏联名著概说（第1辑）	上海：大东书局	
	阿垅	人和诗		
	[苏]康士坦丁诺夫；王易今译	进步观念在社会发展中的作用	上海：书报杂志联合发行所	即《进步思想论》
	荃麟等	《大众文艺丛刊》批评论文选集	北平：新中国书局	
	荒煤等	天津解放以来文艺工作经验介绍	天津：天津人民艺术出版社	
	宁静编译	旧民主与新民主	上海：中华书局	
	"五四"卅周年纪念专辑编委会编	"五四"卅周年纪念专辑	上海：新华书店	
7	[苏]季莫菲叶夫；水夫译	苏联文学史	上海：海燕书店	修订版全书，1948年9月上册曾出版
	[苏]叶高林；雪原译	苏联文学小史	天津：知识书店	
	[苏]阿玛卓夫等；荒芜译	苏联文艺论集	北平：五十年代出版社	
	朱观海译	苏联文艺论集	上海：棠棣出版社	
	[俄]康士坦丁诺夫；刘水译	个人与人民群众在历史上的作用	大连：新中国书局	

月	著者·译者	书 名	出版机构	备注
7	[日]昇曙梦；西因译	高尔基的一生和艺术	上海：上海杂志公司	
	李大钊	守常文集	上海：北新书局	
	华嘉	论方言文艺	香港：人间书屋	
	劳和编	论文章作法	北平：新华书店	
	方达文	创作的技术	上海：仁山书社	
	董每戡	西洋戏剧简史	上海：商务印书馆	
		中国戏剧简史		
	孺牛出版社编	现阶段的文艺问题	上海：孺牛出版社	
	杨荫浏	音乐对过去中国诗歌所起的决定作用	南京：中奥文化协会	
	李卉编	中国革命作家小传	上海：大地出版社	
	[德]尼采；高寒译	查拉斯图拉如是说	上海：文通书局	
	王守礼编	西洋社会思想	上海：中华书局	
	蒋牧良	高尔基	上海：生活·读书·新知上海联合发行所	
8	胡仲持	世界文学小史		
	钱君匋	西洋美术史	上海：永祥印书馆	
	刘汝醴译述	苏联艺术的发展	大连：旅大中苏友好协会	
	[苏]奥布拉茨特索夫等；芳信译	剧场艺术和电影艺术的界线		
	高歌编	导演经验	西北新华书店	
	夜澄	文艺探索与人生探索	上海：海燕书店	
	林林	诗歌杂论	香港：人间书屋	
	荒煤编	论工人文艺	上海：上海杂志公司	
		农村新文艺运动的开展		
9	刘念渠、吴青编	在人民的舞台上	上海：上海诗剧文出版社	
	王西彦	文学与社会生活	上海：中华书局	
	林海	小说新论		
	范泉	创作论	上海：永祥印书馆	
	董每戡	西洋诗歌简史	上海：文光书店	
	[苏]葛鲁兹杰夫；朱笄译	高尔基传	上海：时代出版社	
	[苏]玛雅可夫斯基；庄寿慈译	我自己		
	读者书店辑	论批评与自我批评	天津：读者书店	10月有增补版

月	著者·译者	书 名	出版机构	备注
9	仓年编	新名词手册	上海：长风书店	
	[苏]康斯坦丁诺夫；杨慕之译	进步思想论	北平：中外出版社	
10	[德]恩格斯；梁武译	新哲学典范	上海：文源出版社	
	李仲融	新哲学简明教程	上海：开明书店	
	若叶编	车尔尼雪夫斯基和杜勃罗留波夫	大连：旅大中苏友好协会	
	铁马	论文学语言	上海：文化工作社	
	赵纪彬撰	哲学常谈	上海：中华书局	
11	[法]泰勒；沈起予译	艺术哲学	上海：群益出版社	
	刘芝明、张如心	反对萧军思想保卫马列主义	苏南：新华书店	
12	司马文森主编	文艺学习讲话	香港：智源书局	
	铁马	文艺斗争	上海：正风出版社	
	卫靖	思想的进化	上海：时代书局	
	周扬等	大众文艺的理论和实际	华中：新华书店	
	华北大学第三部编	文艺面向工农兵	北平：华北大学第三部	

参考文献

[1] 王云五.万有文库第一集一千种目录[M].上海：商务印书馆，1929.
[2] 平心.生活全国总书目[M].上海：生活书店，1935.
[3] 岭南大学图书馆.中文杂志索引（第一集）[M].广州：岭南大学图书馆，1935.
[4] 吴保障，陈东原，蒋元卿.教育杂志索引[M].上海：商务印书馆，1936.
[5] 教育部图书馆.教育部图书馆丛书目录索引（第一辑）[M].南京：教育部图书馆，1937.
[6] 山东师范学院中文系.1937—1949主要文学期刊目录索引[M].济南：山东师范学院中文系，1962.
[7] 生活•读书•新知三联书店编辑部."东方杂志"总目（一九〇四年三月——一九四八年十二月）[M].北京：生活•读书•新知三联书店，1957.
[8] 生活•读书•新知三联书店编辑部."国闻周报"总目（一九二四年八月——一九三七年十二月）[M].北京：生活•读书•新知三联书店，1957.
[9] 全国图书联合目录编辑组.解放前中文报纸联合目录草目[M].北京：北京图书馆，1967.
[10] 余光."中央日报"近三十年文史哲论文索引（1936—1971）[M].台北：文史哲出版社，1971.
[11] 上海图书馆.中国近代期刊篇目汇录（第一卷）[M].上海：上海人民出版社，1965.
[12] 上海图书馆.中国近代期刊篇目汇录（第二卷上）[M].上海：上海人民出版社，1979.
[13] 上海图书馆.中国近代期刊篇目汇录（第二卷中）[M].上海：上海人民出版社，1981.
[14] 上海图书馆.中国近代期刊篇目汇录（第二卷下）[M].上海：上海人民出版社，1982.
[15] 上海图书馆.中国近代期刊篇目汇录（第三卷上）[M].上海：上海人民出版社，1983.
[16] 上海图书馆.中国近代期刊篇目汇录（第三卷下）[M].上海：上海人民出版社，1984.
[17] 上海图书馆.中国近现代丛书目录[M].上海：上海图书馆，1979.
[18] 谭汝谦.中国译日本书综合目录[M].香港：香港中文大学出版社，1980.
[19] 全国图书联合目录编辑组.1833—1949全国中文期刊联合目录（增订本）[M].北京：书目文献出版社，1981.
[20] 上海鲁迅纪念馆.申报自由谈目录(1932.12—1935.10)[M].上海：上海鲁迅纪念馆，1981.
[21] 丁守和.辛亥革命时期期刊介绍（第一集）[M].北京：人民出版社，1982.
[22] 丁守和.辛亥革命时期期刊介绍（第二集）[M].北京：人民出版社，1982.
[23] 丁守和.辛亥革命时期期刊介绍（第三集）[M].北京：人民出版社，1983.
[24] 丁守和.辛亥革命时期期刊介绍（第四集）[M].北京：人民出版社，1986.
[25] 丁守和.辛亥革命时期期刊介绍（第五集）[M].北京：人民出版社，1987.

[26] 郑方泽.中国近代文学史事编年[M].长春：吉林人民出版社，1983.

[27] 中国人民大学图书馆.解放区根据地图书目录[M].北京：中国人民大学出版社，1989.

[28] 陈平原，夏晓虹.二十世纪中国小说理论资料（第一卷）[M].北京：北京大学出版社，1997.

[29] 严家炎.二十世纪中国小说理论资料（第二卷）[M].北京：北京大学出版社，1997.

[30] 吴福辉.二十世纪中国小说理论资料（第三卷）[M].北京：北京大学出版社，1997.

[31] 钱理群.二十世纪中国小说理论资料（第四卷）[M].北京：北京大学出版社，1997.

[32] 洪子诚.二十世纪中国小说理论资料（第五卷）[M].北京：北京大学出版社，1997.

[33] 北京图书馆.民国时期总书目（1911—1949）•文学[M].北京：书目文献出版社，1992.

[34] 贾植芳，俞元桂.中国现代文学总书目[M].福州：福建教育出版社，1993.

[35] 徐中玉.中国近代文学大系 1840—1919•文学理论集一[M].上海：上海书店，1994.

[36] 徐中玉.中国近代文学大系 1840—1919•文学理论集二[M].上海：上海书店，1995.

[37] 魏绍昌.中国近代文学大系 1840—1919•史料索引集[M].上海：上海书店，1996.

[38] 黄修己.中国新文学史编纂史[M].北京：北京大学出版社，1995.

[39] 黄曼君.中国近百年文学理论批评史（1895—1990）[M].武汉：湖北教育出版社，1997.

[40] 陈飞.中国文学专史书目提要[M].郑州：大象出版社，2004.

[41] 王同舟.中国文学编年史•晚清卷[M].长沙：湖南人民出版社，2006.

[42] 於可训，叶立文.中国文学编年史•现代卷[M].长沙：湖南人民出版社，2006.

[43] 唐建清，詹悦兰.中国比较文学百年书目[M].北京：群言出版社，2006.

[44] 张研，孙燕京.民国史料丛刊总目提要[M].郑州：大象出版社，2009.

[45] 姜亚沙，经莉，陈湛绮.晚清珍稀期刊汇编[M].北京：全国图书馆文献缩微复制中心，2009.

[46] 姜亚沙，经莉，陈湛绮.晚清珍稀期刊续编[M].北京：全国图书馆文献缩微复制中心，2010.

[47] 唐沅，等.中国现代文学期刊目录汇编（一—七卷）[M].北京：知识产权出版社，2010.

[48] 吴俊，李今，刘晓丽，等.中国现代文学期刊目录新编（上中下）[M].上海：上海人民出版社，2010.

[49] 张晓.近代汉译西学书目提要（明末至1919）[M].北京：北京大学出版社，2012.

图书在版编目(CIP)数据

中国现代文学基础理论文献编目/贺昌盛,何锡章主编.—武汉：华中科技大学出版社,2021.3
（中国现代文学文献整理研究丛书）
ISBN 978-7-5680-6163-6

Ⅰ.①中… Ⅱ.①贺… ②何… Ⅲ.①中国文学-现代文学-文学理论-文献编目 Ⅳ.①I206.6

中国版本图书馆 CIP 数据核字(2021)第 066872 号

中国现代文学基础理论文献编目

贺昌盛　何锡章　主编

Zhongguo Xiandai Wenxue Jichu Lilun Wenxian Bianmu

策划编辑：	周晓方　杨　玲
责任编辑：	吴柯静
封面设计：	原色设计
责任校对：	张汇娟
责任监印：	周治超
出版发行：	华中科技大学出版社（中国·武汉）　电话：（027）81321913
	武汉市东湖新技术开发区华工科技园　邮编：430223
录　　排：	华中科技大学惠友文印中心
印　　刷：	湖北恒泰印务有限公司
开　　本：	787mm×1092mm　1/16
印　　张：	36　插页：2
字　　数：	1033 千字
版　　次：	2021 年 3 月第 1 版第 1 次印刷
定　　价：	298.00 元

本书若有印装质量问题，请向出版社营销中心调换
全国免费服务热线：400-6679-118　竭诚为您服务
版权所有　侵权必究